安徽師範大學中國詩學研究中心學術專刊

安徽師範大學文學院高峰學科建設經費資助項目

温庭筠全集校注

（一）

劉學鍇文集

第七卷

安徽師範大學出版社
ANHUI NORMAL UNIVERSITY PRESS
·蕪湖·

圖書在版編目(CIP)數據

溫庭筠全集校注: 1—2册 / 劉學鍇著 . — 蕪湖: 安徽師範大學出版社, 2020.12
(劉學鍇文集; 第七卷)
ISBN 978-7-5676-4975-0

Ⅰ. ①温… Ⅱ. ①劉… Ⅲ. ①中國文學—古典文學—作品綜合集—唐代 Ⅳ. ①I214.242

中國版本圖書館 CIP 數據核字(2020)第 260194 號

温庭筠全集校注: 1—2 册
WEN TINGYUN QUANJI JIAOZHU

劉學鍇◎著

責任編輯: 潘　安
責任校對: 李克非
裝幀設計: 丁奕奕
責任印製: 桑國磊
出版發行: 安徽師範大學出版社
蕪湖市北京東路 1 號安徽師範大學赭山校區　　郵政編碼: 241000
網　　址: http://www.ahnupress.com
發 行 部: 0553-3883578　5910327　5910310(傳真)
印　　刷: 安徽新華印刷股份有限公司
版　　次: 2020 年 12 月第 1 版
印　　次: 2020 年 12 月第 1 次印刷
開　　本: 700 mm×1000 mm　1/16
印　　張: 76
字　　數: 1310 千字
書　　號: ISBN 978-7-5676-4975-0
定　　價: 390.00 圓(全 2 册)

凡例

一、本書係存世温庭筠詩、詞、文之校注箋解本，並輯其存世小説《乾𦠆子》三十三則。

二、温庭筠詩校勘以國家圖書館藏明末馮彦淵家鈔宋本《温庭筠詩集》七卷《别集》一卷爲底本，以下列各本爲校本：

（一）國家圖書館藏明弘治十二年李熙刻《温庭筠詩集》七卷《别集》一卷。簡稱李本。

（二）國家圖書館藏明刻《温庭筠詩集》十卷《補遺》一卷（配清抄）。簡稱十卷本。

（三）北京大學圖書館藏明姜道生刻《唐方城令温飛卿集》一卷。簡稱姜本。

（四）國家圖書館藏明毛氏汲古閣刻《五唐人詩集》之《金荃集》七卷《别集》一卷。簡稱毛本。

（五）四部叢刊影印清錢氏述古堂鈔本《温飛卿詩集》七卷《别集》一卷。簡稱述鈔。

（六）清康熙席啓寓刻《唐人百家詩》之《温庭筠詩集》七卷《别集》一卷《温庭筠集外詩》一卷。簡稱席本。

（七）清顧嗣立刻康熙三十六年顧氏秀野草堂刻本《温飛卿詩集》七卷《别集》一卷《集外詩》一卷。簡稱顧本。

（八）清康熙輯《全唐詩》之温庭筠詩八卷補遺一卷。簡稱全詩。《集外詩》以顧本爲底本。除本集外，復以《又玄集》《才調集》《文苑英華》《樂府詩集》《萬首唐人絶句》《古今歲時雜詠》《唐詩紀事》等總集參校。分别簡稱《又玄》《才調》《英華》《樂府》《絶句》《雜詠》《紀事》。底本不誤而他本顯誤者一般不出校，他本異文兩通者出校。據他本改正删補者均出校，必要時略述理由。詩集中有同一詩前後重見者删後見者，録其異文。集外詩中有經考證確認爲他人詩誤收者删詩存目。

三、温庭筠詩注釋以明末曾益原注，清顧予咸補注、顧嗣立重校删補訂正之《温飛卿詩集》箋注本爲基礎。爲存舊注，概不加删削，分别以【曾注】【咸注】【立注】標明。編撰者對舊注之補正，則以【補注】或【按】標明。

歷代選本、詩話中對温詩之箋解評鑒，於有關諸詩之校注後别立箋評一項，依時代爲序加以引録。每首詩後均附編撰者按語，對詩之内容意藴略加箋釋。

鑒於温詩大部分難以編年，故編次仍從舊本，即正集七卷、别集一卷、集外詩一卷。凡可編年或可大體確定寫作時間者，於校注〔一〕標明並述繫年之依據。

四、温庭筠詞絶大部分輯自《花間集》（六十六首）。中華書局出版之曾昭岷等人編校之《全唐五代詞》以晁本《花間集》爲底本，廣搜舊本、總集進行校勘。另據朱本《尊前集》録一首、《稗海》本《雲谿友議》録二首，共計六十九首。本編温詞部分即依曾校本所校定之文字，偶有不同者，加以説明。其中《楊柳枝》八首、《添聲楊柳枝》二首已見《詩集》之集外詩，故詞集中只存目。在吸取前人、近人注釋成果基礎上作新注。有前人、近人箋評者立箋評一項，以時代爲序引録前人、近人箋解評點。每首詞後以按語附編撰者意見，以疏解爲主，間作評點。

五、温庭筠文（包括賦、狀、書、啓、牓文）現存二十五題三十四首，絶大部分輯自《文苑英華》。茲以清編《全唐文》爲底本，以《文苑英華》等進行校勘。因温文向無箋注，故每首均作新注，並於校注〔一〕對題目涉及的人名進行箋證，對寫作時間進行考證。文末不再附編撰者按語。

六、温庭筠著有小説《乾𦠆子》三卷（《新唐書·藝文志》小説家類著録），原書已佚，重編《説郛》《龍威秘書》存一卷，已非原帙。《太平廣記》引録三十三則，另《類説》《紺珠集》各摘録十餘則。今從《太平廣記》（明談愷刻本）輯録三十三則，僅録原文，不作注釋。間作校記。

七、附録

（一）傳記資料

（二）同時人寄贈詩

（三）史志書目著録及各本序跋提要

（四）温庭筠繫年

目録

温庭筠全集校注卷一　詩

温庭筠全集校注卷二詩

温庭筠全集校注卷三　詩

温庭筠全集校注卷四　詩

温庭筠全集校注卷五詩

温庭筠全集校注卷六詩

温庭筠全集校注卷七詩

温庭筠全集校注卷八詩

温庭筠全集校注卷九　詩

温庭筠全集校注卷十 詞

温庭筠全集校注卷十一　文

温庭筠全集校注卷十二 乾𦠆子

附　録

雞鳴埭曲〔一〕

南朝天子射雉時〔二〕，銀河耿耿星参差〔三〕。銅壺漏斷夢初覺〔四〕，寶馬塵高人未知〔五〕。魚躍蓮東蕩宮沼〔六〕，濛濛御柳懸棲鳥〔七〕。紅妝萬户鏡中春〔八〕，碧樹一聲天下曉〔九〕。盤踞勢窮三百年〔一〇〕，朱方殺氣成愁煙〔一一〕。彗星拂地浪連海〔一二〕，戰鼓渡江塵漲天〔一三〕。繡龍畫雉填宮井〔一四〕，野火風驅燒九鼎〔一五〕。殿巢江燕砌生蒿〔一六〕，十二金人霜炯炯〔一七〕。芊綿平緑臺城基〔一八〕，暖色春容荒古陂〔一九〕。寧知玉樹後庭曲〔二〇〕，留待野棠如雪枝〔二一〕。

〔一〕《樂府》卷一百新樂府辭十一樂府倚曲載此首。題内『曲』字，《樂府》、席本、顧本作『歌』。【咸注】李延壽《南史》：齊武帝車駕數幸琅邪城，宮人常從早發，至湖北埭，雞始鳴，故呼爲雞鳴埭。《金陵志》：雞鳴埭在青溪西南潮溝之上。齊武帝早遊鍾山射雉，至此始聞雞鳴。許慎《説文》：壅水爲堰曰埭。【補注】青溪，三國吴在建業城東南所鑿東渠，源於鍾山西南，流經今南京市區入秦淮河，亦名九曲青溪，今僅存入秦淮河之一段。雞鳴埭舊址在今南京市江寧南。

〔二〕【立注】《南史》：齊武帝永明六年五月，左衛殿中將軍邯鄲超表陳射雉，書奏賜死。九月壬寅，於琅邪城講武，習水步軍。九年九月戊辰，幸琅邪城講武，觀者傾都，普頒酒肉。【補注】射雉，射獵野雞。《三國志·魏志·辛毗傳》：『嘗從帝射雉。』魏、晉以來，皇帝常以射雉爲戲。《南史·齊武帝本紀》於『邯鄲超表陳射雉，書奏賜死』下又載：『又潁川荀丕亦以諫諍，託他事及誅。』可見邯鄲超『表陳射雉』，係諫阻其躭於射獵，竟以此賜死。

〔三〕【曾注】《白帖》：天河謂之銀漢，亦曰銀河。【補注】耿耿，明亮貌。謝朓《暫使下都夜發新林至京邑贈西府同僚》：『秋河曙耿耿，寒渚夜蒼蒼。』參差，錯落貌。

〔四〕【曾注】張衡《渾天儀制》：以銅爲器，實以清水，下各開孔，以玉虬吐漏水入兩壺。【立注】《南齊書》：武帝數遊幸苑囿，載宫人從後車。宫内深隱，不聞端門鼓漏聲，置鐘於景陽樓上，宫人聞鐘聲，早起裝飾，至今此鐘惟應五鼓及三鼓也。【補注】銅壺，古代計時器。以銅爲壺，底穿孔，壺中立一有刻度之箭形浮標，壺中水滴漏漸少，箭上刻度漸次顯露，視之以知時刻。漏斷，謂銅壺中水漏盡，時已五更。

〔五〕【曾注】《史記·李斯傳》：中厩之寶馬，臣得賜之。【咸注】徐陵《移齊文》：庸、蜀寶馬，彌山不窮。【補注】寶馬，指皇帝車駕所用名貴的駿馬。

〔六〕【曾注】吴曾《漫録》：樂府《江南詞》：魚戲蓮葉東，魚戲蓮葉西。魚戲蓮葉南，魚戲蓮葉北。【補注】《詩·大雅·旱麓》：『鳶飛戾天，魚躍于淵。』《禮記·喪大記》：『魚躍拂池。』《江南》古辭見《樂府詩集》卷二六相和歌辭一。曾注引之前有『江南可採蓮，蓮葉何田田。魚戲蓮葉間』三句，《樂府解題》：『《江南》古辭，蓋美芳晨麗景，嬉遊得時。』蕩，言水波蕩漾。宫沼，宫中池沼。

〔七〕【補注】御柳，禁苑中所植之柳。懸棲鳥，謂棲宿在樹上的鳥猶未醒而懸於柳枝。

〔八〕【咸注】費昶《行路難》：至尊離宫百餘處，千門萬户不知曙。【補注】《史記·孝武本紀》：『於是作建章宫，度爲千門萬户。』此句『萬户』即指宫苑之千門萬户。句謂宫中妃嬪對鏡梳妝，鏡中映出其青春容顔，即杜牧《阿房宫賦》『明星熒熒，開妝鏡也』之情景。

〔九〕【曾注】班固《西都賦》：珊瑚碧樹，周阿而生。【立注】《淮南子》：桃都山有大樹，名曰蟠桃，枝相去三千里。山上有天雞，日初出，照此木，天雞即鳴，天下雞隨皆應之。【按】事又見《太平御覽》卷九一八引《玄中記》。句則化用李賀《致酒行》：『雄雞一聲天下白。』

〔一〇〕【曾注】張勃《吴録》：諸葛亮謂大帝曰：『鍾山龍蟠，石頭虎踞。』【咸注】《隋·薛道衡傳》：郭璞云：『江表偏王三百年，還與中國合。』庾信《哀江南賦》：將非江表王氣，終於三百年乎？【補注】盤踞勢窮，謂建都金陵的南朝氣運已盡，即劉禹錫《西塞山懷古》所謂『金陵王氣黯然收』。南朝自東晉建立至陳朝滅亡，凡二百七十三年，『三百年』係舉成數。李商隱《詠史》：『三百年間同曉夢，鍾山何處有龍盤？』

〔一一〕【咸注】《吴地記》：吴改朱方曰丹徒。江淹賦：爰契闊於朱方。《晉·天文志》：條條片片，殺氣也。【補注】《左傳·昭公四年》：『楚子……使屈申圍朱方。』杜預注：『朱方，吴邑。』《史記·吴太伯世家》『吴予慶封朱方之縣』裴駰集解引《吴地記》：『朱方，秦改曰丹徒。』唐以前丹徒故城在今鎮江市東南。

〔一二〕【咸注】《淮南子》：鯨魚死而彗星出。《爾雅》：彗星爲欃槍。注：亦謂之孛，言其形孛孛然如掃帚。【補注】《史記·天官書》注：『天彗者，一名掃星。本類星，末類彗，小者數寸，長或竟天。而體無光，假日之光，故夕見則東指，晨見則西指。若日南北，皆隨日光而指。光芒所及，爲災變。見則兵起。』

〔一三〕【立注】《南史》：陳後主荒於酒色，不恤政事。隋文帝大作戰船，使投柹於江曰：『若彼能改，吾又何求？』及納蕭巘、蕭巖，隋文愈忿，以晉王廣爲元帥，督八十總管致討。【咸注】《家語》：子貢曰：『兩壘相望，塵埃相接。』庾信賦：塵埃漲天。

〔一四〕【曾注】《禮記》：天子龍卷。劉熙《釋名》：袞，卷也，畫卷龍於衣也。又：王后之上服曰褘衣，畫翬雉之文於衣也。【咸注】《南史》：隋軍克臺城，貴妃與後主俱入井。隋軍出之，晉王廣命斬於青溪中。《南畿志》：景陽井在臺城内，陳後主與張麗華、孔貴嬪投其中以避隋兵。舊傳欄有石脈，以帛拭之作臙脂痕，名臙脂井。一名辱井。在法華寺。【補注】繡龍畫雉，以皇帝、后妃所服之繡有袞龍、畫有野雉之衣借指帝、妃，即陳後主與張、孔二貴妃。《南史·陳後主本紀》：『韓擒率衆……自南掖門入……（後主）乃逃於井……既而軍人窺井而呼之，後主不應，欲下石，乃聞叫聲。以繩引之，驚其太重，及出，乃與張貴妃、孔貴人三人同乘而上。』『填宫井』指此。

〔一五〕【立注】《南史》：大皇佛寺起七層塔，未畢，火從中起，飛至石頭，死者甚衆。《左傳》：武王遷九鼎於洛邑。【補注】《左傳·宣公三年》：『昔夏之方有德也，遠方圖牧，貢金九牧，鑄鼎象物，百物而爲之備。』禹鑄九鼎，象徵九州。後因以九鼎喻國家領土、政權。燒九鼎，喻陳代滅亡，南朝終結。

〔一六〕【曾注】《廣雅》：砌，㡿也。《詩》：呦呦鹿鳴，食野之蒿。注：菣也，即青蒿。【補注】砌，臺階。句意謂宫殿荒廢。

〔一七〕【曾注】司馬遷《史記》：始皇收天下兵，聚之咸陽，銷以爲鐘鐻，金人十二，重各千石，置宫廷中。【補注】李賀《金銅仙人辭漢歌》序曰：『魏明帝青龍元（當作五）年，詔宫官牽車西遷漢武帝捧露盤仙人，欲立置前殿。宫官既拆盤，仙人臨載，乃潸然淚下。唐諸王孫李長吉乃作金銅仙人辭漢歌。』李賀以金銅仙人辭漢抒易代之悲，此句似兼用其意。表現陳亡後，宫中的遺物十二金人籠罩着白色的霜華，以抒亡國之悲。實則陳宫並無十二金人，此不過借指舊宫遺物。

〔一八〕【曾注】《南畿志》：臺城在鍾山側。【咸注】《容齋隨筆》：晉、宋後謂朝廷禁省爲臺，故稱禁城爲臺城。【補注】臺城，指南朝宫城。《輿地紀勝》卷十七建康府：『臺城，一名苑城，即古建康宫城也。本吴後苑城。晉安帝咸和五年作新宫於此，其城唐末尚存。』又云：『故臺城，在上元縣北五里。』故址在今南京玄武湖畔。芊綿，草木茂盛貌。此狀臺城荒蕪，即劉禹錫《金陵五題·臺城》『萬户千門成野草，只緣一曲後庭花』之謂。

〔一九〕容，《樂府》、席本、顧本作『空』。

〔二〇〕曲，述鈔作『花』。【立注】《陳書》：後主、貴妃遊宴，使諸貴人、女學士與狎客共賦新詩，互相贈答，采其尤豔麗者以爲曲調，被以新聲，選宫女有容色者以千百數，令習而歌之。其曲有《玉樹後庭花》《臨春樂》等，大抵皆美張貴妃、孔貴嬪之容色也。《舊唐·志》：《玉樹後庭花》，太蔟商曲也，陳後主所作，其曲云：『妖妃臉似花含露，玉樹流光照後庭。』

〔二一〕【曾注】崔豹《古今注》：棠梨，合歡也。【補注】野棠，即棠梨，俗稱野梨，花白色，果實小，略呈球形。陸璣《毛詩草木鳥獸蟲魚疏·蔽芾甘棠》：『甘棠，今棠梨，一名杜棃。』

【杜詔曰】庾信《哀江南賦》：『將非江表王氣，終於三百年乎？』此下（按：指『盤踞勢窮』句下）言禎明中，隋軍壓境，以至滅亡。（『戰鼓渡江』句下）禎明二年，隋下詔伐陳。明年正月朔，陳主會朝，大霧四塞。是日，賀若弼自廣陵引兵濟江，韓擒虎自横江宵濟采石，緣江諸戍，望風盡走。（『繡龍畫雉』句下）陳主與張麗華、孔貴嬪投景陽井，以避隋兵。（《中晚唐詩叩彈集》）

【按】題稱《雞鳴埭曲》，詩實慨諷南朝君主之宴遊荒政，終致覆亡。齊武帝雞鳴埭之荒遊，不過借以發端舉隅耳。晚唐詩人每視南朝爲一整體，諷慨其淫佚相繼，李商隱《南朝》『玄武湖中玉漏催，雞鳴埭口繡襦回。誰言瓊樹朝朝見，不及金蓮步步來』，即其例。庭筠此詩首句即標『南朝天子』而不稱齊武帝，正透露其用意。詩分三段。『盤踞勢窮』六句，突轉描敘隋軍渡江、陳朝覆滅情景，筆墨省净，而氣勢轉雄。『殿巢江燕』六句，寫今日所見南朝舊宫荒蕪凄涼景象，全以美好春色作反襯，而無窮盛衰興亡之慨即寓其中。

織錦詞〔一〕

丁東細漏侵瓊瑟〔二〕，影轉高梧月初出〔三〕。簇蔌金梭萬縷紅〔四〕，鴛鴦豔錦初成疋〔五〕。錦中百結皆同心〔六〕，蕊亂雲盤相間深〔七〕。此意欲傳傳不得，玫瑰作柱朱絃瑟〔八〕。爲君裁破合歡被〔九〕，星斗迢迢共千里〔一〇〕。象尺熏爐未覺秋〔一一〕，碧池已有新蓮子〔一二〕。

〔一〕《才調》卷二、《樂府》卷九四載此首。《樂府詩集》列新樂府辭樂府雜題類。

〔二〕東，《全詩》校：一作『冬』。瓊，《全詩》、顧本校：一作『瑶』。【補注】瑟有五十絃、二十三絃、二十五絃、十五絃等多種形製，每絃有一柱，上下移動，以定聲音。瓊瑟，以玉裝飾之瑟。侵，相雜。此言丁東之夜漏聲與彈奏瓊瑟之聲相雜。下有『玫瑰作柱朱絃瑟』之句，似織錦時有彈奏瑟之聲。

〔三〕【曾注】梁簡文帝詩：避暑高梧側，輕風時入襟。《詩》：月出皎兮。【咸注】公孫乘《月賦》：猗嗟明月，當心而出。【補注】謂月初升而照高梧，樹影亦隨之而轉移。

〔四〕簇蔌，《才調》《樂府》作『蔟蔌』，李本、十卷本、姜本、毛本、《全詩》、顧本作『簇簌』。音、義均同。

【曾注】《祕閣閒話》：蔡州蔡氏七夕禱天，得金梭。詳卷三《七夕歌》注〔一〕。【補注】簇蔌，象織梭織錦之聲。金梭，對織梭的美稱。萬縷紅，指織錦機上之千絲萬縷彩色絲線。

〔五〕疋，《樂府》、《全詩》、顧本作『匹』。同。【曾注】劉孝威詩：蒲萄始欲罷，鴛鴦猶未成。【立注】葛洪《西京雜記》：霍光妻遺淳于衍蒲萄錦二十四匹，散花綾二十五匹。綾出鉅鹿陳寶光家，寶光妻傳其法，霍顯召入其第，使作之。機用一百二十鑷，六十日成一匹。【補注】鴛鴦黼錦，織有鴛鴦圖案的彩錦。

〔六〕【曾注】梁武帝詩：腰間雙綺帶，夢爲同心結。【補注】百結皆同心，指織錦上有勾連的同心花紋。象徵男女間的恩愛，與上句『鴛鴦』寓意相同。

〔七〕【曾注】陸翽《鄴中記》：錦有大茱萸、小茱萸、蒲萄文錦、桃核文錦。【咸注】杜甫《白絲行》：萬草千花動凝碧。王子年《拾遺記》：嶠支國有列堞錦，文似雲霞，覆於日月，如城雉樓堞也。【補注】此謂織錦上的花蕊圖案、雲彩圖案相間。

〔八〕瑟，《才調》、《樂府》、李本、十卷本、姜本、毛本、述鈔、顧本作『琴』。【咸注】司馬相如《子虛賦》：其石則赤玉玫瑰。晉灼曰：玫瑰，火齊珠也。【立注】《才調集》徐注：沈約詩：寶瑟玫瑰柱。《尚書大傳》：大琴朱絃。【補注】玫瑰，此指美玉。《禮記·樂記》：『清廟之瑟，朱絃而疏越，壹倡而三嘆，有遺音者矣。』二句謂織錦女子的相思之情惟有一唱三嘆之瑟聲可以表達。

〔九〕【曾注】古詩：文彩雙鴛鴦，裁爲合歡被。【補注】破，助詞，猶『了』。李商隱《即日》：『何人書破蒲葵扇，記着南塘移樹時。』裁破，猶裁了。合歡被，織有對稱圖案花紋之聯幅被，象徵男女歡愛。

〔一〇〕迢迢，原校：一作『寥寥』。《才調》校同。【咸注】古詩：迢迢牽牛星，皎皎河漢女。謝莊《月賦》：隔千里兮共明月。【補注】句謂相隔千里的雙方共對此一天迢迢星斗。

〔一一〕尺，《才調》、席本、顧本作『齒』。【咸注】《左傳》：象有齒以焚其身。《西京雜記》：天子以象牙爲火籠。謝惠連《雪賦》：燎熏爐兮炳明燭。江淹《別賦》：共金爐之夕香。【補注】作『象齒熏爐』，蓋謂以象牙製成之熏爐，猶《西京雜記》『以象牙爲火籠』。作『象尺熏爐』則象尺指象牙尺，宋詞中『象尺熏爐』常連用，如寇準《點絳唇》：『象尺熏爐，拂曉停針線。』周邦彦《丁香結》：『寶幄香纓，薰爐象尺，夜寒燈暈。』象尺或爲撥火之工具。句意謂象尺熏爐尚閒置未用，蓋季節尚未至寒秋也。

〔一二〕已，《樂府》、席本、顧本作『中』。【咸注】庾信詩：深紅蓮子豔，細錦鳳皇花。【補注】謂碧池中荷花已經結成蓮蓬。蓋有時光易逝、芳華不再之感。

【王闓運曰】寫景新僻。（《手批唐詩選》）

【按】此首寫織錦女子之離别相思。前段六句寫夜間織錦，既狀錦之豔麗，又以『鴛鴦』『同心』略透其企盼好合。後段六句寫女子彈瑟以傳情，裁合歡被以寄意，『星斗』句點明與所思者兩地千里相隔。末點時令，略寓芳華易逝之慨。

夜宴謡〔一〕

長釵墜髮雙蜻蜓〔二〕，碧盡山斜開畫屏〔三〕。虬鬚公子五侯客〔四〕，一飲千鍾如建瓴〔五〕。鸞咽姹唱圓無節〔六〕，眉斂湘煙袖迴雪〔七〕。清夜恩情四座同，莫令溝水東西别〔八〕。亭亭蠟淚香珠殘〔九〕，暗露曉風羅幕寒〔一〇〕。飄飄戟帶儼相次〔一一〕，二十四枝龍畫竿〔一二〕。裂管縈紘共繁曲〔一三〕，芳樽細浪傾春醁〔一四〕。高樓客散杏花多〔一五〕，脉脉新蟾如瞪目〔一六〕。

〔一〕《樂府》卷一百新樂府辭十一樂府倚曲載此首。

〔二〕【補注】雙蜻蜓，指一對蜻蜓形狀的髮釵。張泌《江城子》詞：「緑雲高綰，金簇小蜻蜓。」「長釵墜髮」，形容夜宴已久，座中女子釵斜鬢亂情景。

〔三〕【補注】山，指屏山，即屏風，因其曲折如山，故稱。屏風上繪金碧山水，故云「碧盡山斜」。碧盡山斜，正狀「開畫屏」。

〔四〕鬚，《全詩》、顧本校：一作「髯」。【曾注】《魏志》：崔琰虬鬚，對客直視。荀悦《漢紀》：谷永與齊人樓護，俱爲五侯上客。【補注】五侯，泛指權貴豪門。

〔五〕【咸注】《孔叢子》：平原君與子高飲，强子高酒曰：「昔有遺辭：堯舜千鍾，孔子百壺，子路嗑嗑，尚飲百榼。古之賢無不能飲者也，吾子何辭焉！」《漢書·高帝紀》：下兵於諸侯，譬猶高屋之上建瓴水也。【按】建瓴，傾倒瓶中之水。語本《史記·高祖本紀》：「譬猶居高屋之上建瓴水也。」極言其易。

〔六〕姹，述鈔、席本、《全詩》、顧本同。而十卷本、毛本、李本、姜本作「妖」。《全詩》「姹」下音注：恥下、竹亞二切。【曾注】《説文》：鸞，赤文五彩，鳴中五音。【咸注】張率《白紵歌》：歌兒流唱聲欲清，舞女趁節體自輕。【補注】鸞咽，形容歌妓歌唱如鸞鳳之悲咽。姹、奼同，美女。姹唱，美女之唱。圓無節，圓轉流暢，没有節拍伴奏。

〔七〕【曾注】《海録碎事》：唐明皇令畫工畫十眉圖，一曰涵煙眉。【咸注】張衡《舞賦》：裾似飛燕，袖如回雪。【補注】眉斂湘煙，形容舞妓斂眉如籠罩煙霧之湘山。《西京雜記》謂「（卓）文君姣好，眉色如望遠山」，此化用其意。「鸞咽」句狀歌，「眉斂」句狀舞。

〔八〕【咸注】卓文君《白頭吟》：今日斗酒會，明旦溝水頭。蹀躞御溝上，溝水東西流。【補注】《西京雜記》卷三：「相如將聘茂陵人女爲妾，卓文君作《白頭吟》以自絶，相如乃止。」今傳漢樂府《白頭吟》有「皚如山上雪，皎如雲間月。聞君有兩意，故來兩决絶。今日斗酒會，明旦溝水頭。蹀躞御溝上，溝水東西流」等句。此即以「溝水東西別」喻彼此分離。蓋謂虬鬚公子屬意宴席上歌舞女子，不忍與之離別。

〔九〕殘，《樂府》作「濺」。【曾注】庾信《對燭賦》：銅荷承蠟淚，鐵鋏染浮煙。【補注】亭亭，明亮美好貌。沈約《麗人賦》：「亭亭似月，嬿婉如春。」香珠，指含有香料的蠟淚。

〔一〇〕曉，《樂府》作「小」。

〔一一〕飄颻，《樂府》、顧本作「飄飄」。【補注】戟，指門戟。宫廟、官府及顯貴之府第陳戟於門前，以爲儀仗，數目各有定制。此指五侯權貴之家所列門戟。戟上有飄帶，故云「飄颻戟帶」。儼相次，形容門戟整肅地排列。

〔一二〕【曾注】《典略》：天子戟二十有四。【立注】《文獻通考》：戟有枝，兵也。木爲刃，赤質，畫雲氣上垂交龍，掌五色帶。【補注】前蜀馮鑒《續事始·立戟》：「立戟開《元禮》：太廟、社、宫殿各施二十四戟，一品十六戟，郡主以下十四戟至十戟。」此詩所寫爲權豪家之宴會，而云「二十四戟」，蓋極形其僭侈踰制。戟竿上畫雲氣垂交龍，故云「龍畫竿」。

〔一三〕【咸注】白居易詩：翕然聲作疑管裂。隋煬帝詩：清歌宛轉繁絃促。【補注】裂管縈絃，謂管樂之聲高亢，絃樂之聲低迴。縈，原作「繁」，涉下「繁」字而誤，據《樂府》、述鈔、李本、姜本、十卷本、毛本、《全詩》、席本、顧本改。

〔一四〕【咸注】盛弘之《荆州記》：渌水出豫章康樂縣，其間烏程鄉有酒官，取水爲酒，酒極甘美，與湘東酃湖酒年常獻之，世稱酃淥酒。酃淥、酃醁同。【補注】細浪，指酒面之浮沫，即所謂『浮蟻』。春醁，春天釀成的美酒。

〔一五〕【咸注】曹植詩：明月照高樓，流光正徘徊。崔寔《四民月令》引農語：二月昏，參星夕，杏花盛，桑葉白。【補注】謂高樓宴罷客散之後，始發現枝頭地上杏花之繁多，蓋宴飲之時無人注意及此也。李商隱《落花》：『高閣客竟去，小園花亂飛。』《涼思》：『客去波平檻，蟬休露滿枝。』與此同一機杼。

〔一六〕脉脉，《樂府》、《全詩》、顧本作『脈脈』，同。【咸注】張衡《靈憲》：姮娥奔月，是爲蟾蜍。劉孝綽詩：攢柯半玉蟾。王延壽《魯靈光殿賦》：齊首目以瞪眄。《埤蒼》：瞪，直視也。【補注】脉脉，字本作『眽眽』，視貌。新蟾，新月。

【王闓運曰】寫景新僻。（《手批唐詩選》）

【按】前段八句寫豪貴之家夜宴歌舞。『虬鬚公子』係座上客。起句即寫侍宴佳人『長釵墜髮』，見夜宴已久。次寫虬鬚公子豪飲，亦見正盡興時。五六分寫歌舞侑歡助興。七八謂公子戀妓，不忍離別。後段寫夜宴徹夜達曉，蠟淚已殘，風露侵幕，猶管絃齊奏，春酒頻傾，插入『飄飄戟帶』二句，對豪貴家之僭侈稍作點染。末二句客散後情景，『高樓』句寫景真切有韻味，『脉脉』句則醉酒主人眼中之新月矣。

蓮浦謡〔一〕

鳴橈軋軋溪溶溶〔二〕，廢緑平煙吴苑東〔三〕。水清蓮媚兩相向，鏡裏見愁愁更紅〔四〕。白馬金鞭大堤上〔五〕，西江日夕多風浪〔六〕。荷心有露似驪珠〔七〕，不是真圓亦摇蕩〔八〕。

〔一〕《才調》卷二、《樂府》卷一百新樂府辭十一樂府倚曲載此首。【補注】蓮浦，種有蓮花的水口。

〔二〕【曾注】杜甫詩：鳴橈總發時。【補注】橈，船槳。軋軋，摇槳聲。溶溶，水波蕩漾貌。

〔三〕【補注】廢緑，荒蕪的緑野。吴苑，春秋時吴國的宫苑，即長洲苑。舊址在今蘇州市西南，太湖北，爲吴王闔閭遊獵處。

〔四〕【咸注】梁昭明太子《采蓮曲》：桂檝蘭橈浮碧水，江花玉面兩相似。【補注】相向，相對。鏡，指清澈平整的水面。愁，指看似脈脈含愁的荷花，即所謂『愁紅』，亦兼指采蓮的女子。紅，既指荷花，亦指采蓮女的紅顔。

〔五〕鞭，李本、十卷本、姜本、毛本作『鞍』。【咸注】隋煬帝詩：白馬金貝裝，横行遼水傍。陳沈炯詩：陳王裝腦勒，晉后鑄金鞭。《襄陽樂歌》：朝發襄陽城，暮至大堤宿。大堤諸女兒，花豔驚郎目。【補注】白馬金鞍，指貴遊公子。

〔六〕【咸注】梁簡文帝曲：采蓮渡頭擬黄河，郎今欲渡畏風波。費昶《采菱曲》：日斜天欲暮，風生浪未息。

【補注】此「西江」係泛指，非指南京以西的一段長江，視「吴苑」可知。

〔七〕【曾注】薛道衡詩：荷心宜露泫。庾信詩：秋露似珠圓。《莊子》：千金之珠，必在九重之淵，驪龍頷下，能得珠者，必遭其睡也。

〔八〕【咸注】白居易詩：荷露雖團豈是珠。【補注】二句點眼處在「心」字「摇蕩」字，謂荷心之露珠，雖非真正之驪珠，亦摇蕩不已，蓋以隱喻采蓮女子之春心摇蕩。

【賀裳曰】《塞寒行》後曰：「心許凌煙名不滅，年年錦字傷離别。彩毫一畫竟何榮，空使青樓淚成血！」《照影曲》結云：「桃花百媚如欲語，曾爲無雙今兩身。」《蓮浦謡》末曰：「荷心有露似驪珠，不是真圓亦摇蕩。」《織錦詞》末云：「象尺熏爐未覺秋，碧池已長新蓮子。」皆意淺體輕，然實秀色可餐。此真所謂應對之才，不必督之幹理；蛾眉之質，無俟繩之井臼也。（《載酒園詩話又編》）

【按】此寫吴中采蓮女於采蓮時見白馬金鞭之貴遊公子而有所屬望之詞。「水清」二句，亦花亦人，頗見巧思，「愁」字逗末句「摇蕩」；結二句即景取譬，闔合亦妙，有民歌風味。

郭處士擊甌歌〔一〕

佶栗金虬石潭古〔二〕，勺陂瀲灩幽脩語〔三〕。湘君寶馬上神雲〔四〕，碎珮叢鈴滿煙雨〔五〕。吾聞三十六宮花離離〔六〕，軟風吹春星斗稀〔七〕。玉晨冷磬破昏夢〔八〕，天露未乾香着衣〔九〕。蘭釵委墜垂雲髮〔一〇〕，小響丁當逐回雪〔一一〕。晴碧煙滋重疊山〔一二〕，羅屏半掩桃花月〔一三〕。太平天子駐雲車〔一四〕，龍鑪勃鬱雙蟠拏〔一五〕。宮中近臣抱扇立〔一六〕，侍女低鬟落翠花〔一七〕。亂珠觸續正跳蕩〔一八〕，傾頭不覺金烏斜〔一九〕。我亦爲君長歎息〔二〇〕，緘情遠寄愁無色〔二一〕。莫沾香夢緑楊絲，千里春風正無力〔二二〕。

〔一〕《才調》卷二、《唐詩紀事》卷五四載此首。【咸注】段安節《樂府雜録》：唐武宗朝，郭道源善擊甌，率以邢甌、越甌十二隻，旋加減水其中，以箸擊之。【補注】甌，盛水或酒之陶、瓷器，此爲瓷甌。古人也用作樂器，盛水擊之以和節拍，後世演變至可敲擊甌奏樂曲。段安節《樂府雜録·擊甌》云：『武宗朝，郭道源後爲鳳翔府天興縣丞，充太常寺調音律官，善擊甌……其音妙於方響也。咸通中，有吴縯洞曉音律，亦爲鼓吹署丞，充調音律官，善於擊甌。擊甌，蓋出於擊缶。』詩題稱郭道源爲處士，當在其爲天興縣丞，充太常寺調音律官之前，可能即在武宗會昌朝之前。

〔二〕栗，李本、十卷本作『粟』，誤。【曾注】《説文》：虬，龍子無角。《玉篇》：虬，無角龍也。俗作虯。【補

注】佶栗，聳動貌。

〔三〕瀲，《全詩》校：一作『澹』。【立注】徐注：《漢·地理志》：淠水至壽入芍陂。木華《海賦》：瀲淡瀲灩。李善曰：瀲灩，相連之貌。【補注】勺陂，即芍陂，又名期思陂。古代淮河最著名之水利工程。傳爲春秋楚相孫叔敖所鑿，在今安徽壽縣南，因引淠水經白芍亭東積而成湖，故名。今仍存，稱安豐塘。陂徑百里，灌田萬頃。《漢書·地理志上》：『沘山，沘水所出，北至壽春入芍陂。』沘音比，沘水即淠水，作『淠』似誤。瀲灩，水波蕩漾貌。幽脩，形容聲音低微悠長，猶『切切私語』之謂。

〔四〕【曾注】劉向《列女傳》：舜陟方死於蒼梧，二妃死於江、湘之間，俗謂之湘君。【立注】屈原《楚辭·湘夫人》：朝馳余馬兮江皋。又：靈之來兮如雲。

〔五〕【立注】《詩》：雜佩以贈之。傳：佩玉上有葱珩，下有雙璜衝牙，蠙珠以納其間。《楚辭·湘君》：捐余玦兮江中，遺余佩兮澧浦。《詩》：和鈴央央。傳：和在軾前，鈴在旗上。【補注】碎珮，細小的珮飾。湘君所佩。叢鈴，指湘君所駕馬車上掛的鈴鐺。因數目多，故曰『叢鈴』。

〔六〕李本闕『三十』二字。【曾注】李賀詩：三十六宫土花碧。【補注】班固《西都賦》：『離宫别館，三十六所。』離離，盛多貌。

〔七〕【咸注】魏武帝樂府：月明星稀，烏鵲南飛。

〔八〕晨，《紀事》作『宸』。冷，《紀事》作『泠』；顧本校：一作『吟』。【曾注】《上清紫晨君經》：上皇先生紫晨君，蓋二儀之胤，玉晨之精。【補注】玉晨，道觀名。元稹《寄浙西李大夫》之三：『最憶西樓人静後，玉晨鐘磬三兩聲。』自注：『玉晨觀在紫宸殿後面也。』

〔九〕天，《紀事》作『木』。【曾注】徐注《列星圖》：天乳一星在氐北，主甘露，占明潤則甘露降。

〔一〇〕【曾注】《後漢·梁冀傳》：冀妻孫壽造倭墮髻。【咸注】《古今注》：墮馬髻，今無復作者。倭墮髻，一云墮馬之餘形也。古樂府：頭上倭墮髻。司馬相如賦：雲髮豐豔。【補注】委墜，下垂貌。全句即《夜宴謡》『長釵墜髮雙蜻蜓』之意，似與倭墮髻無關。

〔一一〕【曾注】曹植《洛神賦》：飄颻兮若流風之回雪。【補注】句謂身上珮飾隨回雪之舞姿而發丁當之聲響。

〔一二〕【咸注】江淹詩：閨草含碧滋。宋玉《高唐賦》：重疊增益。【補注】重疊山，指曲折重疊的屏風。『晴碧煙滋』，指屏風上繪有煙霧繚繞之晴碧風景。滋，潤染。

〔一三〕【補注】羅屏，猶列屏。桃花月，喻女子面龐。

〔一四〕【咸注】《漢武故事》：帝乘小車，畫雲其上。王建《宫詞》：太平天子朝元日，五色雲車駕六龍。【補注】雲車，指皇帝所乘以雲彩爲裝飾之華麗車乘。

〔一五〕【咸注】梁沈約《和劉繪博山香鑪》詩：蛟螭盤其下，驤首盻曾穹。【補注】龍鑪，皇帝所用刻有蛟龍的香爐，勃鬱，形容爐煙繚繞迴旋之狀。雙蟠拏，指香爐上所刻蟠繞連結的雙龍。拏，牽引、連結。

〔一六〕【曾注】杜甫詩：雲移雉尾開宫扇。【補注】近臣，此指宫中侍從。扇，指皇帝儀仗雉尾扇。《新唐書·儀衛志》：『朝日……皇帝步出西序門，索扇，扇合。皇帝升御座，扇開。左右留扇各三。』又，『次雉尾障扇四，執者騎，夾繖……次小團雉尾扇四，方雉尾扇十二。』據晉崔豹《古今注·輿服》：『雉尾扇起於殷世。』

〔一七〕【曾注】杜甫詩：户外昭容紫袖垂。【補注】翠花，用翡翠鑲嵌成花朵形的首飾。低鬟，猶低頭。低首而飾落，故云。

〔一八〕【咸注】白居易《琵琶行》：嘈嘈切切錯雜彈，大珠小珠落玉盤。【補注】觸續，不斷碰撞。

〔一九〕【咸注】張衡《靈憲》：日，陽精之宗，積而成烏，烏有三趾。唐太宗詩：紅輪不暫駐，烏飛豈復停。【補注】傾頭，側過頭看。

〔二〇〕歎，顧本校：一作『太』。

〔二一〕【補注】緘情，含情。

〔二二〕【立注】北魏樂府《楊白花》：春風一夜入閨闥，楊花飄蕩落南家。含情出户脚無力，拾得楊花淚沾臆。

【補注】春風正無力，形容暮春風軟花殘景象。李商隱《無題》：『相見時難别亦難，東風無力百花殘。』

【黄周星曰】結處忽推開作深閨情語，若遠若近，不即不離，飛卿故善用此法。（《唐詩快》）

【杜庭珠曰】（首句）虬，龍無角者。此言甌之製。三句是形容其聲。自『三十六宫』句至此（指『傾頭不覺金烏斜』）皆追溯往事，總言擊甌之聲滿宫傾聽，不覺日之斜也。下爲處士生慨。（《中晚唐詩叩彈集》卷八）

【杜詔曰】處士在武宗朝曾供奉内廷，其後淪落不偶，故爲之歎息。『金烏斜』謂武宗崩，江淹賦所謂『宫車晚出』也。『愁無色』，憐其顑頷。春風無力，振拔爲難，亦寓自傷意。（同上）

【按】此詩前十六句，每四句一節，均形容郭處士擊甌所創造之音樂意境或所唤起之聯想。起二句點甌中盛水，如千年古潭，深藏虬龍；如勺陂瀲灎，水波動盪。『幽倏語』，謂其初擊發聲幽細悠長，如切切私語。『湘君』二句，謂擊甌聲如湘君駕寶馬上天時，身上之雜珮，車上之叢鈴，在煙雨迷濛中清脆作響。『吾聞』四句，謂擊甌聲令人恍若置身繁花似錦之離宫别苑，軟風送暖，星斗漸稀，天露未乾，馨香染衣，此際忽聞玉晨宫觀中清冷之擊磬聲，迷夢恍然驚醒。『蘭釵』四句，謂擊甌聲又恍若置身貴人華堂，佳人蘭釵委墜，雲髮低垂，隨起舞時流風回雪之舞姿而佩飾丁當作響；内室屏風羅列，屏上繪有晴碧煙靄之景色，屏間掩映美人身影。『太平』四句，則又形況擊甌聲恍若太平天子駐車臨朝時，香爐中煙霧繚繞，侍臣抱雉扇而立，侍女低首時翡翠釵落地之聲音。此四節中形況擊甌聲之主句實僅『勺陂瀲灎幽倏語』『碎珮叢鈴滿煙雨』『玉晨冷磬破昏夢』『小響丁當逐回雪』『侍女低鬟落翠花』數句，其他均爲環繞此主句所衍發之想象，並以此構成一相對完整之意境。『亂珠』句，乃對上述四節之形容作一總束，猶『大珠小珠落玉盤』之謂。『傾頭』句則擊甌既畢，側首忽見日已西斜也，猶琵琶女『曲終收撥』之後，『唯見江心秋月白』之如夢初醒意境。末四句感慨作結。謂我亦爲君長歎，君之擊甌，似含情寄愁，愁亦無色，然值此暮春緑楊垂絲，牽情惹夢之時，東風無力，且莫霑香夢之爲愈也。此詩全學長吉《李凭箜篌引》，而渲染音樂意境浮想聯翩，意蘊不免更晦。

遐水謡〔一〕

天兵九月渡遐水，馬踏沙鳴驚雁起〔二〕。殺氣空高萬里情，塞寒如箭雙眸子〔三〕。狼煙堡上霜漫漫〔四〕，枯葉號風天地乾〔五〕。犀帶鼠裘無暖色〔六〕，清光炯冷黄金鞍〔七〕。虜塵如霧昏亭障〔八〕，隴首年年漢飛將〔九〕。麟閣無名期未歸〔一〇〕，樓中思婦徒相望〔一一〕。

〔一〕《樂府》卷一百新樂府辭十一樂府倚曲載此首。【補注】遐水，荒遠邊地的河水。遐水謡，亦猶塞上曲、塞寒行。

〔二〕驚雁，《樂府》、席本、顧本作『雁聲』。【曾注】《邊地圖》：鳴沙，在沙州沙角山。沙如乾糖，人馬過此，則沙鳴有聲，聞數里外。或隨人足而墮，經宿復還山上，即《禹貢》所稱流沙。【補注】沙漠地區有鳴沙現象者不止沙州（今甘肅敦煌市）鳴沙山一處，如《元和郡縣圖志·靈州》：『鳴沙縣……西枕黄河，人馬經行此沙，隨路有聲，異於餘沙，故號「鳴沙」。』此鳴沙在今寧夏中衛市。

〔三〕雙，《樂府》、席本、《全詩》、顧本作『傷』。【補注】李賀《金銅仙人辭漢歌》：『東關酸風射眸子。』句謂塞上寒氣如箭，直射雙眸。

〔四〕【曾注】段成式《酉陽雜俎》：狼糞煙直上，烽火用之。【補注】狼煙，燃狼糞升起的烽煙，古時邊防用以報警之信號。《通鑑》胡注引陸佃《埤雅》：『古之烽火用狼糞，取其煙直而聚，雖風吹之不斜。』狼煙堡，猶邊防堡壘。

〔五〕號，《樂府》、席本、顧本作『飄』。

〔六〕【曾注】官制：中書舍人犀帶佩魚。【咸注】杜甫詩：暖客貂鼠裘。【補注】犀帶，飾以犀角之腰帶。品官所服。鼠裘，貂鼠皮袍。犀帶鼠裘，謂以犀帶緊束貂裘。岑參《白雪歌送武判官歸京》：『狐裘不暖錦衾薄。』無暖色，謂人臉上無暖色。

〔七〕【咸注】沈約《白馬篇》：白馬紫金鞍，停鑣過上蘭。【補注】炯冷，明亮而寒冷。

〔八〕昏，《樂府》、席本、顧本作『罩』。【立注】《秦始皇紀》：築亭障以逐戎人。《匈奴傳》：築城障列亭。顧胤云：障，山中小城。亭，候望所居也。庾信詩：蕭條亭障遠，悽慘風塵多。【補注】亭障，古代邊塞要地設置之堡壘。《史記·大宛列傳》：『於是酒泉列亭障至玉門關。』

〔九〕漢飛，李本、姜本、十卷本、毛本作『飛漢』。【曾注】柳惲詩：亭皋木葉下，隴首秋雲飛。《漢書》：李廣爲右北平太守，匈奴號曰『漢之飛將軍』。【補注】隴首，本山名，在秦州（今甘肅天水），見《後漢書·班固傳》引《西都賦》『右界褒斜、隴首』李賢注。此泛指邊塞。《史記·李將軍列傳》：『廣居右北平，匈奴聞之，號曰「漢之飛將軍」，避之數歲，不敢入右北平。』

〔一〇〕【曾注】《漢書》：甘露三年，單于入朝，上思股肱之美，乃圖畫大將軍霍光等十一人於麒麟閣。張晏曰：武帝獲麒麟時作此閣。【補注】期，期待，等待。

〔一一〕【曾注】沈約詩：高樓切思婦，西園遊上才。【補注】《古詩》：『盈盈樓上女，皎皎當窗牖……蕩子行不歸，空牀難獨守。』

【按】此詩寫邊塞苦寒，以襯托將軍征戍生活之艱苦。末二句點明主旨，慨將軍功名未立，遠戍未歸，閨中思婦徒勞想望。雖非反戰，却已透露出對長期征戍生活之厭倦情緒。渲染苦寒，雖間有形象生動之句，然已無雄豪之氣流注筆端。與盛唐邊塞詩風貌自别。

曉仙謡〔一〕

玉妃唤月歸海宫〔二〕，月色澹白涵春空〔三〕。銀河欲轉星靨靨〔四〕，碧浪疊山埋早紅〔五〕。宫花有露如新淚〔六〕，小苑叢叢入寒翠〔七〕。綺閣空傳唱漏聲〔八〕，網軒未辨凌雲字〔九〕。遥遥珠帳連湘煙〔一〇〕，鶴扇如霜金骨仙〔一一〕。碧簫曲盡彩霞動〔一二〕，下視九州皆悄然〔一三〕。秦王女騎紅尾鳳〔一四〕，半空回首晨雞弄〔一五〕。霧蓋狂塵億兆家〔一六〕，世人猶作牽情夢〔一七〕。

校注

〔一〕《樂府》卷一百新樂府辭十一樂府倚曲載此首。【補注】曉仙，清晨之仙境。

〔二〕【曾注】《靈寶赤書經》：元始登命，太真案筆，玉妃拂筵，鑄金爲簡，刻書玉篇。徐堅《初學記》引《史記》：蓬萊、方丈、瀛洲，此三神山，諸仙及不死藥在焉。黄金白銀爲宫闕，未至，望之如雲；及到，三山反居水下。欲到，則風引船而去，終莫能至者。【補注】玉妃，此指海上仙山中女仙。陳鴻《長恨歌傳》：「見最高仙山，上多樓闕，西廂下有洞户，東嚮闔其門，署曰「玉妃太真院」。」古人認爲月宵從海上升起，歷青天而復入碧海，夜夜皆然。李白《把酒問月》：「但見宵從海上來，寧知曉向雲間没？」此句「唤月歸海宫」即本此類傳説與猜測。

〔三〕【補注】涵，浸潤。

〔四〕【補注】曆曆，星光隱現貌。

〔五〕碧，《樂府》作「雪」。【補注】早紅，指早晨的紅日。日升起於東海，似隱埋於海，故云「埋早紅」。此句寫天將破曉。

〔六〕【咸注】《劉子》：春花含日似笑，秋露泫葉如泣。曹植《浮萍篇》：悲風來入懷，淚落如垂露。

〔七〕叢叢，《樂府》作「茸茸」。【補注】叢叢，聚集貌。

〔八〕【咸注】枚乘《雜詩》：交疏結綺窗，阿閣三重階。李賀詩：幾回天上葬神仙，漏聲相將無斷絶。【補注】綺閣，宫中華美的樓閣。唱漏，報告更漏時辰，空傳唱漏聲，謂仙人尚高卧未起。

〔九〕網，李本、十卷本、姜本、毛本作「綱」，誤。未，原作「天」，據《樂府》、席本、顧本、《全詩》改。十卷本原作「天」，校改爲「未」。字，原作「子」，據《樂府》、十卷本、姜本、毛本、《全詩》、顧本改。【曾注】沈約

《詠月》詩：網軒映珠綴，應門照緑苔。劉義慶《世説新語》：荀羨登北固山望海，云：『雖未覩三山，便自使人有凌雲意。』【補注】網軒，即網户，裝飾有網狀雕刻之門窗。未辨凌雲字，似謂尚未能辨認宫殿樓閣高處（如匾額）上的題字，蓋光綫尚暗。

〔一〇〕【曾注】《漢武故事》：以琉璃、珠玉、明月、夜光，錯雜天下珍寶爲甲帳。【補注】珠帳，用珍珠聯綴成之帷帳。閻朝隱《薛王花燭行》：『玉盤錯落銀燈照，珠帳壠瓏寶扇開。』李商隱《效徐陵體贈更衣》：『密帳真珠絡，温幃翡翠裝。』按《楚辭·九歌·湘夫人》有『登白薠兮騁望，與佳期兮夕張……罔薜荔兮爲帳，擗蕙櫋兮既張』等句，敍及張設帷帳之事，此言『遥遥珠帳連湘煙』，或與此有關。似謂天上宫闕中神仙華美的珍珠帳遥連着湘江煙靄，以暗示珠帳之主人或即湘江女神。

〔一一〕扇，《全詩》、顧本校：一作『羽』。【曾注】陸機《羽扇賦》：昔楚襄王會於章臺之上，大夫宋玉、唐勒侍，皆操白鶴之羽以爲扇，諸侯掩麈尾而笑。謝惠連《白羽扇贊》：凉齊清風，素同冰雪。東方朔《十洲記》：東海之西岸有扶桑，人食其椹，體骨皆作金色，高飛翔空。【補注】仙人多以鶴爲坐騎，故其所服用之物亦多以鶴爲稱，此『鶴扇』即指仙人所用以鶴羽製成之扇。

〔一二〕【咸注】鮑照《升天行》：鳳臺無還駕，簫管有遺聲。江淹《仙陽亭詩》：下視雄虹照，俯看彩霞明。【補注】碧簫，碧玉製成之簫。此『碧簫』即指秦穆公女弄玉所吹奏者，詳注〔一四〕。李商隱《送從翁從東川弘農尚書幕》：『素女悲清瑟，秦娥弄碧簫。』彩霞動，指天明時東方彩霞繚繞之情景。

〔一三〕【咸注】李賀詩：遥望齊州九點煙，一泓海水杯中瀉。【補注】九州，指中國。古代分中國爲九州。《書·禹貢》謂指冀、兖、青、徐、揚、荆、豫、梁、雍。九州皆悄然，謂人間尚在睡夢中。

〔一四〕【曾注】《列女傳》：蕭史者，秦繆公時人也。善吹簫，繆公有女弄玉好之，公遂以妻焉。遂教弄玉作鳳鳴。居數十年，吹似鳳聲，鳳皇來止其屋，爲作鳳臺。夫婦止其上不下，數年，一旦皆隨鳳皇飛去。江淹詩：畫作秦王女，乘鸞向煙霧。

〔一五〕半，《樂府》、席本、顧本作「乘」。【咸注】《太玄經》：雌雞晨鳴，雄雞宛頭。【補注】弄，禽鳥鳴叫。回首，回視塵世。晨雞弄，謂人世間之晨雞剛剛鳴叫。

〔一六〕霧，《全詩》、顧本校：一作「露」。兆，《全詩》、顧本校：一作「萬」。【曾注】《算法》：十萬爲億，十億爲兆。【補注】《墨子·明鬼》：「人民之衆兆億。」

〔一七〕【補注】牽情夢，爲塵世的情慾所糾纏牽引的夢。

【黄周星曰】「曉仙」之號亦新雋。此即長吉之「雄雞一聲天下白」、「遥望齊州九點煙」也。情境雖同，語意自別。（《唐詩快》）

【杜詔、杜庭珠曰】「玉妃」句，言月落也。「銀河」二句，言日欲出也。「宫花」四句，總言曉也。已下言仙。「秦王」句，用蕭史事。（《中晚唐詩叩彈集》卷八）

【王闓運曰】寫曉景甚工。（《手批唐詩選》卷十）

【按】此詩構思造境顯仿李賀《天上謡》之寫天仙生活、《夢天》之從天上俯視塵世。前四句寫月没星稀，紅日將出。起句「玉妃喚月歸海宫」即寫出神仙驅遣日月之神功，頗富童話意趣，「喚」字尤然。「碧浪疊山埋早紅」寫海上日出前景象，亦真切生動。「宫花」四句，寫天宫曉景：宫花含露、苑樹叢翠、綺閣傳漏、網軒尚暗。係仙宫中人尚高卧未起景象。「遥遥」四句，則仙人已起，珠帳已搴，鶴扇金骨，碧簫曲盡，彩霞繚繞，然下視人間九州，仍一片悄然，猶在睡夢之中。末四句於衆仙之中獨標騎鳳登天之秦娥弄玉，以其半空回首所見所感點明全篇主旨：「霧蓋狂塵億兆家，世人猶作牽情夢。」蓋以天上仙境之自在悠閒反襯塵世之昏濁拘束，为情慾所纏。全篇均圍繞

『曉』字叙寫，想像不如長吉之新奇，而語澀意晦之弊則時或有之（如『遥遥』『小苑』『網軒』數句）。

錦城曲〔一〕

蜀山攢黛留晴雪〔二〕，簝笋蕨芽縈九折〔三〕。江風吹巧剪霞綃〔四〕，花上千枝杜鵑血〔五〕。杜鵑飛入巖下叢，夜叫思歸山月中〔六〕。巴水漾情情不盡〔七〕，文君織得春機紅〔八〕。怨魄未歸芳草死〔九〕，江頭學種相思子〔一〇〕。樹成寄與望鄉人〔一一〕，白帝荒城五千里〔一二〕。

〔一〕《才調》卷二載此首。【咸注】《元和郡國志》：錦城在成都縣南十里，故錦官城也。《益州記》：錦城在益州南笮橋東流江南岸，昔蜀時古錦官也。今號錦城，城墉猶在。酈道元《水經注》：道西城故錦官也。言錦工織錦，則濯之江流，而錦至鮮明；濯以他江，則錦色弱矣。【補注】錦城，即錦官城。成都舊有大城、少城。少城古爲掌織錦官員之官署，故稱錦官城。常璩《華陽國志·蜀志》：『其道西城，故錦官也。錦工織錦，濯其中則鮮明，他江則不好。』後即以錦城、錦官城爲成都之別稱。本篇即泛詠成都景物與有關的典實人事。

〔二〕【曾注】《字義》：獨立水中曰蜀。《畫品》：巉嵯窳窆，巴蜀之山也。《三峽記》：峨嵋積雪，經時不散。【補注】蜀山留晴雪，當指成都西面之岷山雪嶺。杜甫《野望》：『西山白雪三城戍，南浦清江萬里橋。』李商隱《五言述德抒情詩獻杜七兄僕射》：『樓迥雪峯晴。』《復五言四十韻詩一章獻上》：『巒嶺晴留雪，巴江晚帶楓。』均同指岷山雪嶺。攢黛，青黛色的山峯攢聚。

〔三〕【咸注】左思《蜀都賦》：馳九折之阪。《水經注》：崍山，邛崍山也。在漢嘉、嚴道縣。一曰新道南山，有九折阪，夏則凝冰，冬則毒寒，王陽按轡處也。【補注】簝笋，簝竹之笋。《玉篇·竹部》：『簝，竹也。』簝笋蕨芽，均形容蜀山峯巒之尖削高峻。蕨初生似蒜。九折，坂名。在今四川邛崍。《漢書·王尊傳》：『王陽爲益州刺史，行部至邛崍九折坂，歎曰：「奉先人遺體，奈何數乘此險！」』因山路回曲，九折乃止，故稱。

〔四〕【補注】謂江風施巧，吹皺江水，似剪出一匹美豔如霞的輕綃。杜甫《題王宰畫山水圖歌》：『焉得并州快剪刀，剪取吴松半江水。』李賀《羅浮山人與葛篇》：『欲剪湘中一尺天，吴娥莫道吴刀澀。』温此句『剪』字似從上述詩句脱化，而曰『剪霞綃』，則因江邊山上杜鵑花一片紅豔倒映入水而有此形容。或解爲江風施巧，剪出江邊山上一片如同霞綃的杜鵑花，亦可。參下句。

〔五〕【咸注】《埤雅》：杜鵑，一名子規，苦啼，啼血不止。一名怨鳥。夜啼達旦，血漬草木。凡始鳴皆北向，啼苦則倒懸於樹。劉敬叔《異苑》：杜鵑始陽相催而鳴，先鳴者吐血死。【補注】相傳戰國末年杜宇在蜀稱帝，號望帝。除水患有功，後禪位，退隱西山，蜀人思之。時適二月，子規（杜鵑）啼鳴，以爲魂化子規。事見《華陽國志·蜀志》。杜鵑鳥春末夏初，常晝夜哀鳴，或云啼至血出乃止。句意謂千萬枝杜鵑花似染上杜鵑鳥的鮮血。

〔六〕【咸注】《零陵地志》：思歸，其音似『不如歸去』。【補注】思歸，杜鵑鳥的别名。元稹《思歸樂》：『山中思歸樂，盡作思歸鳴。』李白《宣城見杜鵑花》：『蜀國曾聞子規鳥，宣城還見杜鵑花。一叫一回腸一斷，三春三月憶三巴。』《蜀王本紀》：『蜀人以杜鵑鳴爲悲望帝，其鳴爲不如歸去云。』此謂杜鵑鳥於山中月夜悲鳴，聲聲似言思歸，勾起遊子思歸之情。

〔七〕【咸注】《水經注》：巴，漢世郡治江州，巴水北北府城是也。《三巴記》：閬、白二水東南流，曲折三回如『巴』字。【補注】巴水，即巴江，今嘉陵江。《太平寰宇記》卷一三六渝州引《三巴記》，謂閬、白二水南流曲折如

『巴』字，即指嘉陵江。

〔八〕【曾注】《司馬相如傳》：相如與臨邛令相善，臨邛富人卓王孫有女文君，新寡，好音，相如以琴心挑之，夜奔相如。《蜀都賦》：百室離房，機杼相和。貝錦斐成，濯色江波。【補注】織得春機紅，謂卓文君在春天的成都，織成紅豔的錦緞。關合詩題『錦城曲』。

〔九〕【咸注】《蜀記》：昔有人姓杜名宇，王蜀，號曰望帝。宇死，俗説云宇化爲子規。子規，鳥名也。蜀人聞子規鳴，皆曰望帝也。《成都記》：望帝死，其魂化爲鳥，名曰杜鵑，亦曰子規。《蜀都賦》：鳥生杜宇之魄。屈原《離騷》：恐鵜鴂之先鳴兮，使夫百草爲之不芳。王逸注：言我恐鵜鴂以春分鳴，使百草華英摧落，芬芳不成也。【補注】怨魄，指蜀王杜宇的魂魄。句意謂杜宇之魂所化的杜鵑哀鳴思歸而未歸，百草却已不再含芳。

〔一〇〕【曾注】左思《吴都賦》：相思之樹。【立注】徐注：王維詩：『紅豆生南國，春來發幾枝。勸君多采擷，此物最相思。』即此也。【補注】唐李匡乂《資暇集》卷下：『豆有圓而紅其首烏者，舉世呼爲相思子，即紅豆之異名也。其木，斜斫之則有文，可爲彈博局及琵琶槽。其樹也，大株而白枝，葉似槐，其花與皂莢花無殊。其子若穞豆，處於甲中，通身皆紅，李善云「其實赤如珊瑚」是也。』學種相思子，以種相思樹寓思鄉之情也。參下句。

〔一一〕【曾注】《益州記》：升仙亭夾路有二臺，一名望鄉臺，在華陽縣北九里。《成都記》：望鄉臺，隋蜀王秀所築。【補注】王勃《蜀中九日登玄武山旅眺》：『九月九日望鄉臺，他席他鄉送客杯。』

〔一二〕荒城，《全詩》、顧本校：一作『城荒』。千，李本、十卷本、姜本、毛本作『十』。【立注】《全蜀總志》：白帝城在夔州府治東五里。《元和郡國志》：公孫述至魚復，有白龍出井中，因號魚復爲白帝城。《水經注》：白帝山城周回二百八十步，北緣馬嶺，接赤岬山，其間平處，南北相去八十五丈，東西七十丈；又東傍東瀼溪，即以爲隍，西南臨大江，闞之眩目；惟馬嶺小差委迤，猶斬山爲路，羊腸數四，然後得上。《蜀都賦》：經途所亘五千餘里。【補注】連上句，似謂望鄉者登臺遥望，成都距白帝荒城猶道途數千里，故鄉更杳遠不可望矣。

【陸時雍曰】閒情野況繚繞，如一夢中。（《唐詩鏡》卷五一）

【賀裳曰】『白帝荒城五千里。』按：新、舊本無不作『五十里』者，獨楊士弘《唐音·遺響》作『五千里』。細味語氣，當以『千』字爲美。若止五十里，亦安用望，又安用寄？（《載酒園詩話·疑誤》）

【周詠棠《唐賢小三昧集續集》】顯於長吉，深於鐵崖。

【按】詩以杜鵑爲中心，將蜀中山水花木、禽鳥人物、故事傳説、地名古蹟等組成一篇具有典型特徵之蜀中風情風物賦。起四句由蜀中山水引出杜鵑花。中四句則由杜鵑花轉入對杜鵑鳥夜鳴思歸情景的描寫，並插入文君織錦情事，關合題目。末四句又承杜鵑夜叫思歸引到對思鄉、望鄉情景的抒寫。此詩雖列前二卷樂府體中，然非一般虚擬情事之作，具有寫實色彩。頗似蜀遊聞見其地風物而觸動思鄉情緒，故有是作。按：庭筠文宗大和三年冬南詔侵掠成都之後有蜀遊之跡（詳七律《贈蜀將》按語），此詩寫景切春暮，或爲大和五年春在成都作。詩平仄韻交押，韻隨意轉，若斷若續，豔麗中有流動之致。『江風』二句，既見巧思，亦富情致。

生禖屏風歌〔一〕

玉墀暗接崑崙井〔二〕，井上無人金索冷〔三〕。畫壁陰森九子堂〔四〕，階前細月鋪花影〔五〕。繡屏銀鴨香蓊濛〔六〕，天上夢歸花繞叢〔七〕。宜男漫作後庭草〔八〕，不似櫻桃千子紅。

〔一〕《樂府》卷一百新樂府辭十一樂府倚曲載此首。【咸注】《禮記·月令》：仲春之月，玄鳥至。至之日，以太牢祀於高禖。天子親往，后妃帥九嬪御，乃禮。天子所御，帶以弓韣，授以弓矢于高禖之前。鄭玄曰：高辛氏之世，玄鳥遺卵，娀簡吞之而生契。後王以爲媒官，嘉祥而立其祠焉。變媒言禖，神之也。【立注】《漢書·東方朔傳》：有《封泰山》《責和氏璧》，及《皇太子生禖》《屏風》《殿上柏柱》《平樂觀賦獵》，八言、七言上下。《枚皋傳》：武帝春秋二十九，乃得皇子，羣臣喜，故皋與東方朔作《皇太子生賦》及《立皇子禖祝》，受詔所爲，皆不從故事，重皇子也。《後漢書》注：晉元康中，高禖壇上石破，詔問出何經典，朝士莫知。博士束晳答曰：『漢武帝晚得太子，始爲立高禖之祠。高禖者，人之先也。故立石爲主，祀以太牢。』【補注】禖，古代求子之祭，亦指求子所祭之神。古帝王求子所祭之神，其祠在郊，故稱郊禖，亦作『高禖』。《詩·大雅·生民》：『克禋克祀，以弗無子。』毛傳：『弗，去也。去無子，求有子，古者必立郊禖焉。玄鳥至之日，以太牢祠于郊禖，天子親往，后妃率九嬪御。』揣詩題及詩意，似是屏風上畫有郊宫中禖祝之情景，因而作歌。

〔二〕【曾注】漢武帝《落葉哀蟬曲》：玉墀兮塵生。桑欽《水經》：昆侖墟在西北，去嵩高五萬里，地之中也。其高萬一千里。《吕氏春秋》：昆侖之井。【補注】《吕氏春秋·本味》：『水之美者，三危之露，崑崙之井。』《山海經·海内西經》：『海内昆侖之墟，在西北，帝之下都。昆侖之墟，方八百里，高萬仞……上有九井，以玉爲檻。』此以『崑崙井』借指宫中之井。

〔三〕【咸注】戴延之《西征記》：太極殿上有金井闌、金博山、金轆轤，蛟龍負山於井上。李正封詩：宵潤玉堂簾，露寒金井索。【補注】南朝費昶《行路難》之一：『唯聞啞啞城上烏，玉欄金井牽轆轤。』金井，指有雕欄之井，常指宮殿中之井。金索，即金井之索，非以金爲索。

〔四〕【曾注】《漢書·成帝紀》：元帝在太子宮，（成帝）生甲觀畫堂，爲世嫡皇孫。應劭曰：甲觀在太子宮甲地，畫堂畫九子母。【補注】畫壁，即畫堂之壁。畫堂，北宮太子宮堂名。《三輔黄圖》卷三：『太子宮有甲觀畫堂。』『畫堂，謂宮殿中彩畫之堂。』九子堂，畫堂中畫有九子母女神，故稱。《楚辭·天問》：『女歧無合，夫焉取九子？』九子母神，傳説能祐人生子。《荆楚歲時記》：『四月八日，長沙寺閣下有九子母神，是日，市肆之無子者，供養薄餅以乞子，往往有驗。』

〔五〕細，顧本作『碎』。【補注】謂細碎的月光照映階前地面，其上鋪滿花影。

〔六〕【曾注】漢羊勝《屏風賦》：重葩累繡，沓壁連璋。【咸注】李賀詩：深幃金鴨冷。李商隱詩：睡鴨香爐換夕熏。【補注】繡屏，彩畫的屏風。銀鴨，鴨狀香爐。蓊濛，濃鬱貌。

〔七〕【咸注】《漢書》：薄姬曰：『昨夜夢蛟龍據妾胸。』上曰：『此貴徵也，吾爲汝成之。』遂幸，有身，生文帝。【按】顧予咸注引《漢書》薄姬夢蒼龍據胸事，與『花繞叢』無涉，恐非所用。《左傳·宣公三年》：『鄭文公有賤妾曰燕姞，夢天使與己蘭，曰：「余爲伯鯈。余，而祖也。以是爲而子。以蘭有國香，人服媚之如是。」既而文公見之，與之蘭而御之。辭曰：「妾不才，幸而有子。將不信，敢徵蘭乎？」公曰：「諾。」生穆公，名之曰蘭。』天上夢歸花繞叢，正用夢天使與蘭而得貴子之典。花繞叢，指蘭花叢繞，係得子之貴徵。

〔八〕【曾注】《風土記》：宜男草，一名鹿葱，宜懷妊婦人佩之，必生男。【咸注】庾信《傷心賦》：風無少女，草不宜男。【補注】宜男，鹿葱之别名。《齊民要術·鹿葱》引周處《風土記》：『宜男，草也。高六尺，花如蓮。懷姙人帶佩，必生男。』晉嵇含《宜男花賦序》：『宜男多種植幽皐曲隰，或寄華林玄圃，荆楚之士，號曰鹿葱。』因其花色與萱稍相似，古人曾誤認爲萱。詳趙彦衛《雲麓漫鈔》卷四辨萱與鹿葱之異。

【按】此詩前四句寫郊宫中夜景，謂玉墀暗接宫井，井上無人，井索寒冷。宫内陰森，壁畫九子母女神。階前碎月映地，鋪滿花影。突出郊宫之幽暗神祕色彩。五句點明『繡屏』，暗示前四句所描繪之情景均屏上彩畫。『銀鴨香蓊濛』亦屏上所畫之物。而『天上夢歸花繞叢』則郊禖之應，當亦屏中所畫夢蘭得子情景。末二句則就屏上所畫宜男草抒慨，謂其空有『宜男』之名，不似櫻桃之多子。此詩或有所指。詹安泰《讀夏承燾先生的温飛卿繫年》云：『至於《生禖屏風歌》，更是以一般太子的典故來反映當時的現實。假如没有莊恪太子事，飛卿一定不會寫這樣的詩的……詩中最後「宜男漫作後庭草，不及櫻桃千子紅」兩句，更十分明顯地表露出他的用意，宜男之草竟不及櫻桃之子，那還不是指皇太子反不及其他諸子嗎？』可供參考。如此詩確指莊恪太子事，則此詩或作於開成三年十月太子永死後。

嘲春風

春風何處好，別殿饒芳草。苒嫋轉鸞旗〔一〕，萎蕤吹雉葆〔二〕。揚芳歷九門〔三〕，澹蕩入蘭蓀〔四〕。争奈白團扇，時時偷主恩〔五〕。

〔一〕嫋，十卷本、姜本、毛本作「弱」。【曾注】《詩》：鸞旗戾止。【補注】苒嫋，輕柔貌。鸞旗，天子儀仗中繡有鸞鳥的旗。《漢書・賈捐之傳》：「鸞旗在前，屬車在後。」顔師古注：「鸞旗，編以羽毛，列繫幢旁，載於車上。大駕出，則陳於道以先行。」

〔二〕【咸注】張衡《東京賦》：羽蓋威蕤。善曰：羽貌。【補注】萎蕤，柔軟貌。雉葆，即羽葆，帝王儀仗中以鳥羽聯綴爲飾之華蓋。《漢書・韓延壽傳》：「建幢棨，植羽葆。」顔師古注：「羽葆，聚翟尾爲之，亦今纛之類也。」翟尾，即雉尾。

〔三〕【曾注】《禮記》注：天子九門：啓門、應門、雉門、庫門、皋門、城門、近郊門、遠郊門、關門也。【補注】揚芳，飄送花草的芳香。歷，經。

〔四〕【曾注】鮑照《白紵歌》：春風澹蕩俠思多。沈約《和謝宣城詩》：昔賢侔時雨，今守馥蘭蓀。注：蓀，香草名也。【補注】澹蕩，猶駘蕩，和暢舒適貌。

〔五〕【立注】班倢伃《怨歌行》：新裂齊紈素，皎潔如霜雪。裁爲合歡扇，團團似明月。出入君懷袖，動摇微風發。常恐秋節至，涼風奪炎熱。棄捐篋笥中，恩情中道絶。【補注】此反用秋扇棄捐之意，謂白團扇荷君之寵而置春風於不顧也。

【按】前六句均詠春風之滋芳草、馥蘭蓀、轉鸞旗、吹羽葆，揚芳九門，以示其對君主之忠誠佑助。末二句逆轉，謂白團扇因近君而得以時時偷君之恩寵，而春風則爲君王所不顧。似刺怙君寵之近侍。嘲春風者，借以自嘲自傷也。

舞衣曲〔一〕

藕腸纖縷抽輕春〔二〕，煙機漠漠嬌蛾嚬〔三〕。金梭淅瀝透空薄〔四〕，剪落交刀吹斷雲〔五〕。張家公子夜聞雨〔六〕，夜向蘭堂思楚舞〔七〕。蟬衫麟帶壓愁香〔八〕，偷得鶯簧鎖金縷〔九〕。管含蘭氣嬌語悲〔一〇〕，胡槽雪腕鴛鴦絲〔一一〕。芙蓉力弱應難定〔一二〕，楊柳風多不自持〔一三〕。迴嚬笑語西窻客〔一四〕，星斗寥寥波脈脈〔一五〕。不逐秦王卷象牀〔一六〕，滿樓明月梨花白〔一七〕。

校注

〔一〕《才調》卷二、《樂府》卷一百新樂府辭十一樂府倚曲載此首。

〔二〕抽，《樂府》作『袖』。傅增湘藏宋配元本作『抽』。【曾注】束皙《補亡詩》：草以春抽。【補注】藕腸纖縷，藕管細絲，指織錦機上的細絲。抽輕春，從春蠶繭上抽出輕細的絲縷。此狀舞衣質地材料的精美。

〔三〕蛾，《樂府》、李本、毛本、《全詩》作『娥』。【咸注】謝脁詩：生煙紛漠漠。《詩》：螓首蛾眉。師古曰：蛾眉，形若蠶蛾眉也。梁劉孝綽《同武陵王看伎》：送態表顰蛾。【補注】煙機，對織錦機的美稱。漠漠，迷濛貌。嬌蛾嚬，謂織錦女子顰眉含愁。

〔四〕【補注】謂織梭往返，發出淅瀝之聲，穿過宛若透明的絲縷。

〔五〕交刀，《全詩》、顧本校：一作『鮫鮹』。【咸注】《東宫舊事》：太子納妃，有龍頭金縷交刀四。【補注】交刀，指剪刀剪東西時交叉之狀。吹斷雲，形容剪刀剪斷像雲彩一般的絲織品。此指裁剪斷匹。

〔六〕【咸注】《漢·五行志》：成帝時童謡云：『燕燕尾涎涎，張公子，時相見。』謂富平侯張放也。【補注】《漢書·張湯（孫）延壽傳》：（延壽子）勃，勃子臨，臨子放，嗣爵富平侯。『放取皇后弟平恩侯許嘉女，上爲放供張，賜甲第……（放）與上卧起，寵愛殊絶，常從爲微行出遊。』此以『張家公子』泛指權貴家公子。

〔七〕【曾注】張衡《南都賦》：揖讓而升宴於蘭堂。《史記》：戚夫人泣，上曰：『爲我楚舞，吾爲若楚歌。』【補注】蘭堂，廳堂之美稱，取其芬芳。

〔八〕【曾注】梁簡文帝詩：衫薄擬蟬輕。李賀詩：玉刻麒麟腰帶紅。【補注】蟬衫，薄如蟬翼之絹衫。麟帶，刻有麒麟圖形之扣子鉤連成之腰帶。壓愁香，形容舞者姣美香豔的面容脈脈含愁，似不勝輕薄衣衫腰帶的重壓。宋瑛

曰：『壓』字奇。（《唐詩選脈會通評林》引）

〔九〕簧，《樂府》作『黄』；鎖，《樂府》作『鎖』。《樂府》校：（全句）一作『偷得黄鶯鎖金縷』。【咸注】劉孝威《東飛伯勞歌》：瓊筵玉笥金縷衣。【補注】鶯簧，猶鶯舌，形容女子歌喉婉轉動聽，如黄鶯之弄舌。鎖金縷，指黄鶯在茂密的柳絲中鳴囀。

〔一〇〕【咸注】《洛神賦》：含辭未吐，氣若幽蘭。【補注】管，指管樂器。管含蘭氣，謂女子吹奏管樂（如簫笛笙等）時發出幽蘭的芳香。嬌語悲，指歌聲如女子嬌語，音情哀凄。或解爲指管樂聲如女子嬌語含悲，亦通。

〔一一〕【立注】張籍詩：黄金捍撥紫檀槽。晉樂府《雙行纏》：朱絲繫腕繩，真如白雪凝。李白詩：蜀琴欲奏鴛鴦絃。【補注】胡槽，胡琴、琵琶一類絃樂器上架絃之凹格，以檀木刻成者曰檀槽。雪腕，指女子之皓腕。鴛鴦絲，鴛鴦絃。句指女子彈奏絃樂器。

〔一二〕【立注】《世説補》：江從簡少時有文情，作《采荷調》，以刺何敬容曰：『欲持荷作柱，荷弱不勝梁。欲持荷作鏡，荷暗本無光。』【按】此與下句均形容女子舞姿，詳下句注。

〔一三〕【立注】梁元帝《春别應令》詩：門前楊柳亂如絲，直置佳人不自持。沈約《春思》：楊柳亂如絲，綺羅不自持。【補注】二句形容女子婀娜嬌弱的舞姿，謂其如芙蓉出水，力弱難定；如楊柳風多，難以自持。

〔一四〕【補注】迴嚬，猶回眸。西牕客，指座上賓客。李商隱《夜雨寄北》：『何當共剪西窗燭，却話巴山夜雨時。』古以西爲賓位，西窗當是待客的客廳。回嚬笑語者當是舞妓。西窗客，指張家公子之座上客。

〔一五〕【曾注】古詩：盈盈一水間，脈脈不得語。【補注】星斗寥寥，示夜已深。波脈脈，指銀河流波脈脈，兼指女子流波脈脈，含情相視。

〔一六〕【立注】《晉·樂志》：成帝咸康七年用顧臻表，除《高絙》《紫鹿》《跂行》《鼈食》及《秦王卷衣》《笮兒》等樂。吴兢《樂府古題要解》：《秦王卷衣曲》，言咸陽春景及宫闕之美，秦王卷衣以贈所歡也。《戰國策》：孟嘗君出行國，至楚，獻象牀。注：象齒爲牀。鮑照《白紵歌》：象牀瑶席鎮犀渠。【補注】李賀《惱公》：『象牀緣素柏，瑶席卷香葱。』捲象牀，謂收捲起象牀上的瑶席。

〔一七〕【咸注】劉孝綽《于座應令詠梨花》詩：詎匹龍樓下，素蕊映華扉。【按】句又見温詞《菩薩蠻》之九，作『滿宫明月梨花白』，蓋庭筠得意之句。

【周珽曰】脈絡宛委，自成晚唐一機局。（《唐詩選脈會通評林》）

【黄周星《唐詩快》】此則純乎情語也。然麗而不妖，妖而不淫，依然得情之正。

【按】前四句寫織機上織成空薄透明的絲絹，見舞衣材質之精良。中八句寫貴顯子弟夜間蘭堂歌舞，既狀女子舞衣之輕薄，又詠其歌喉之婉囀，舞姿之婀娜，以及堂上管絃齊奏之情景。末四句寫舞罷歌歇，夜闌星稀，女子脈脈含情，然彼此終未歡洽，唯見滿樓明月映照梨花如雪而已。

張静婉採蓮曲并序〔一〕

静婉，羊侃妓也〔二〕。其容絶世。侃自爲《採蓮》二曲。今樂府所存，失其故意，因歌以俟採詩者。事具載梁史〔三〕。

蘭膏墜髮紅玉春〔四〕，燕釵拖頸抛盤雲〔五〕。城邊楊柳向嬌晚〔六〕，門前溝水波粼粼〔七〕。麒麟公子朝天客〔八〕，珂馬瑠瑠度春陌〔九〕。掌中無力舞衣輕〔一〇〕，剪斷鮫綃破春碧〔一一〕。抱月飄煙一尺腰〔一二〕，麝臍龍髓憐嬌嬈〔一三〕。秋羅拂水碎光連〔一四〕，露重花多香不銷。鸂鶒交交塘水滿〔一五〕，緑芒如粟蓮莖短〔一六〕。一夜西風送雨來，粉痕零落愁紅淺〔一七〕。船頭折藕絲暗牽〔一八〕，藕根蓮子相留連〔一九〕。郎心似月月未缺〔二〇〕，十五十六清光圓〔二一〕。

〔一〕《才調》卷二、《樂府》卷五十清商曲辭七載此首。曲，李本、十卷本、姜本、毛本、《全詩》並作『歌』。《樂府》無『有序』二字。詩前引《梁書》曰：『羊偘性豪侈，善音律，姬妾列侍，窮極奢侈。有舞人張静婉，容色絶世，腰圍一尺六寸，時人咸推能掌上舞。偘嘗自造《採蓮》《棹歌》兩曲，甚有新致，樂府謂之《張静婉採蓮曲》。其後所傳，頗失故意。』

〔二〕偘，《才調》、《全詩》、顧本均作『侃』，字同。

〔三〕【咸注】《南史》：羊侃字祖忻，泰山梁父人。善音律，自造《採蓮》《櫂歌》兩曲，甚有新致。姬妾列侍，窮極奢靡。有舞人張净琬，腰圍一尺六寸，時人咸推能掌上舞。净琬、静婉同。【按】羊侃所作《採蓮》《櫂歌》二曲今不存。

〔四〕【咸注】宋玉《招魂》：蘭膏明燭，華容備些。注：以蘭香練膏也。《西京雜記》：趙飛燕與女弟昭儀，并色如紅玉，爲當時第一，皆擅寵後宫。【補注】蘭膏，一種有幽蘭芳香的潤髮油膏。唐浩虚舟《陶母截髮賦》：『象櫛重理，蘭膏舊濡。』《楚辭·招魂》『蘭膏明燭』，係以蘭香煉膏製成之油脂，用以製燭，非潤髮香油。紅玉，形容美人紅潤如玉的肌膚。

〔五〕【咸注】郭子横《洞冥記》：元鼎元年起昭靈閣，有神女留一玉釵，帝以賜趙倢伃。元鳳中，宫人謀欲碎之，視釵柙，惟見白燕升天。宫人因作玉燕釵。《詩》：鬒髮如雲。【補注】燕釵，燕形髮釵。燕釵拖頸，形容美人睡醒時釵斜鬟亂情態。盤雲，如雲之髮髻，拋，散。《新唐書·五行志》：『唐末京都婦人梳髮，以兩鬢抱面，狀如椎髻，時謂之抛家髻。』抛盤雲，或指此種髮式。

〔六〕邊，《才調》、《樂府》、席本、顧本作『西』。嬌，姜本、十卷本、毛本作『橋』。按：秦觀《採蓮》有『數聲水調紅嬌晚』句。嬌晚，或兼指蓮花與採蓮人。

〔七〕粼粼，《樂府》作『潾潾』，通。【咸注】謝朓詩：垂楊蔭御溝。《古今注》：長安御溝謂之楊溝，植楊於其上。《詩》：揚之水，白石粼粼。【補注】此『門前』當指羊侃府第門前。粼粼，形容溝水清澈。

〔八〕【曾曰】注見上。（按：上《舞衣曲》有『張家公子』及『蟬衫麟帶』之語，曾氏當以爲『麒麟公子』即此。）【補注】《詩·周南·麟之趾》：『麟之趾，振振公子，吁嗟麟兮！』《陳書·徐陵傳》：『母臧氏嘗夢五色雲化而爲鳳，集左肩上，已而誕陵焉。時寶誌上人者，世稱其有道。陵年數歲，家人攜以候之，寶誌手摩其頂曰：「天上石麒麟也。」光宅惠雲法師每嗟陵早成就，謂之顔回。八歲能屬文，十二通莊、老義。』此『麒麟公子』或即用徐陵事，指聰穎過人之少年公子。朝天客，朝見天子之官員，朝廷官員。此『麒麟公子』與『朝天客』均爲羊侃府上觀舞之賓客，非羊侃本人。羊侃梁人而用陳徐陵事，時代相近，固有所不拘耳。

〔九〕珂，《樂府》作『珮』，《才調》、底本、述鈔、李本、十卷本、姜本、毛本、《全詩》、顧本、席本均校：一作『珮』。璫璫，《才調》作『堂堂』，《全詩》一作『當當』。度，原作『渡』，據《樂府》、《全詩》、顧本改。【咸注】《西京雜記》：長安盛飾鞍馬，競加雕鏤，皆以南海白蜃爲珂，猶以不鳴爲患，或加以鈴鑷，走則如撞鐘磬。【補注】珂，白色似玉之美飾，常用作馬勒之飾物。《初學記》卷二二引服虔《通俗文》：『凡勒飾曰珂。』珂馬，佩飾華麗之馬。璫璫，象鳴珂之聲。度，越。春陌，春天京城的大道。《三輔黄圖》：『《三輔舊事》云：長安城中八街、九陌。』

〔一〇〕【咸注】《飛燕外傳》：成帝獲飛燕，身輕欲不勝風，恐其飄翥，帝爲造水晶盤，令宮人掌之而歌舞。

【按】參注〔一〕〔三〕引《梁書》《南史》。指張静婉能爲掌上舞。

〔一一〕綃，《全詩》校：一作『鮹』。【曾注】張華《博物志》：鮫人從水中出，曾寄寓人家，積日賣綃。鮫人臨去，從主人索器，泣而出珠滿盤，以與主人。【立注】任昉《述異記》：鮫人即泉先也。又名泉客。南海出鮫綃紗，泉先潛織，一名龍紗。其價百餘金，以爲服，入水不濡。【補注】春碧，春天的碧色，此借指碧緑的鮫綃。句謂舞衣以極輕薄的衣料裁剪而成。

〔一二〕【立注】許顗《詩話》：舞人張静婉腰圍一尺六寸，能掌上舞，唐人作《楊柳枝》詞云：『認得羊家静婉腰。』【補注】抱月，環繞如月之身材。飄煙，飄動如煙之腰肢。均形容舞姿。一尺腰，即所謂『腰圍一尺六寸』。

〔一三〕髓，《全詩》、顧本校：一作『腦』。嬈，《樂府》、述鈔、顧本作『饒』。【立注】《埤雅廣要》：麝似麞而小，黑色，好食柏葉，啗蛇。香在陰莖前皮内，别有膜袋裹之。每爲人逐，迫即投巖，急自舉爪剔出香投之，就縶且死，猶拱四足保臍。麝香落處，草木皆焦黄。《酉陽雜俎》：龍腦香樹出婆利國，亦出波斯國，樹高八九丈，大可六七圍，葉圓而背白，無花實，香在木心中。斷其樹，劈取之，膏於樹端流出，斫樹作坎而承之。【補注】麝臍，猶麝香，係雄麝臍部香腺中之分泌物，乾燥後呈顆粒狀或塊狀，可作香料或藥用。龍髓，舊注謂指龍腦香（俗稱冰片），係龍腦香樹幹中所含油脂之結晶，味香。然一般作藥用，不作香料。此『龍髓』當指龍涎香，係抹香鯨病胃之分泌物，類似結石，從鯨體内排出，爲黄、灰乃至黑色之蠟狀物質，香氣持久，係極名貴之香料。唐蘇鶚《杜陽雜編》卷下：『暑氣將盛，公主命取澄水帛，以水蘸之，掛于南軒。良久，滿座皆思挾纊。澄水帛長八九尺，似布而細，明薄可鑒，云其中有龍涎，故能消暑毒也。』句意似謂張静婉身上散發出如麝香龍涎般之奇香，倍憐其嬌嬈美好。

〔一四〕水，《樂府》作『衣』。【曾注】漣，古文『動』字。【咸注】梁元帝《蕩婦秋思賦》：秋水文波，秋雲似羅。【補注】此句謂张静婉身着白色羅衣，採蓮時羅衣拂水，碎光閃爍晃動。

〔一五〕交交，《樂府》作『膠膠』。【曾注】《吴都賦》：鸂鶒鷛鷞。注：水鳥也。【補注】鸂鶒，形大於鴛鴦，多紫色，好並游，俗稱紫鴛鴦。交交，狀其鳴聲。

〔一六〕芒，《樂府》作『萍』。緑芒如粟，《樂府》一作『緑芒金粟』，席本、顧本作『緑萍金粟』。【咸注】謝靈運詩：緑萍齊如葉。【補注】緑芒如粟，指蓮實初生成時外殼上之細刺如粟米粒形狀。

〔一七〕【曾注】杜甫詩：露冷蓮房墜粉紅。【補注】粉痕零落，指荷花凋零。愁紅淺，指荷花經秋風秋雨摧殘後，紅豔之顔色變淺，似脈脈含愁情狀。

〔一八〕【立注】梁簡文帝《櫂歌行》：葉亂由牽荇，絲飄爲折蓮。《採蓮》：荷絲傍皓腕，菱角遠牽衣。【補注】絲，諧情絲。

〔一九〕【立注】樂府《青陽歌曲》：下有並根藕，上有同心蓮。【補注】謂藕根與蓮子同體相連，喻相愛者之間相親相連。藕，諧『偶』；蓮，諧『憐』。

〔二〇〕未，《才調》、《樂府》、席本、顧本作『易』。【曾注】謝靈運《月賦》：昨三五兮既滿，今二八兮將缺。

〔二一〕【立注】鮑照《玩月》詩：三五二八時，千里與君同。沈約《詠月》詩：洞房殊未曉，清光信悠哉。

箋評

【陸時雍曰】語極嬌豔之致，末數語更復風騷。『麒麟公子』數句，屬何要緊？（《唐詩鏡》卷五十一）

【王闓運曰】（首四句）專鍊句，不必有意，此晚唐之窮處。（《手批唐詩選》卷十）

【按】詩分兩段。前段十句，先美其容色，次寫其居處，再敘賓客之至，舞姿之美。後段十句全寫採蓮。『一夜』二句以荷花之凋零與紅顔之易衰。末四句則謂郎心似月，目前正如十五十六之月，清光正圓，恩寵正盛也。前段頗嫌側豔，後段則清新有民歌風。

湘宮人歌〔一〕

池塘芳意濕〔二〕，夜半東風起。生緑畫羅屏〔三〕，金壺貯春水〔四〕。黄粉楚宮人〔五〕，芳花玉刻鱗〔六〕。娟娟照棊燭〔七〕，不語兩含嚬〔八〕。

〔一〕《樂府》卷一百新樂府辭十一樂府倚曲載此首。【按】卷二有《湘東宴曲》，與此首題或有關聯。

〔二〕意，《全詩》作『草』，《唐詩品彙》作『草』。【曾注】楊師道《春朝閑步》詩：池塘藉芳草。【補注】謝靈運《登池上樓》：『池塘生春草，園柳變鳴禽。』芳意濕，謂春天空氣濕潤，池塘上草木飽含水分，似充滿了春芳的氣息。

〔三〕【曾注】《西京雜記》：昭陽殿中設木畫屏風，文如蜘蛛絲縷。【補注】生緑，鮮嫩的緑色，猶生翠。李賀《昌谷》詩：『竹香滿凄寂，粉節塗生翠。』羅屏，排列的屏風。

〔四〕【咸注】殷夔《刻漏法》：爲器三重，門皆徑尺，差立於方輿踟躕之上，爲金龍口吐水，轉注入踟躕經緯之中。鮑照詩：金壺啓夕淪。注：金壺之漏，已啓夕波。【補注】金壺，即銅壺滴漏，古代計時器，詳《雞鳴埭曲》

注〔四〕。

〔五〕【曾注】《酉陽雜俎》：近代妝尚靨如射月，曰黄星靨。李賀詩：入苑白泱泱，宫人正靨黄。【補注】黄粉，即額黄粉，用以裝飾女子額部或面部之黄色粉。庭筠《照影曲》：『黄印額山輕爲塵。』曾注引《酉陽雜俎》謂指黄星靨，按黄星靨係女子以丹點額之妝，形似酒窩，與額黄妝用黄粉不同。

〔六〕芳花，《樂府》、席本、顧本作『方飛』。【補注】芳花，疑指女子佩戴的花飾。玉刻鱗，玉雕刻的魚，女子佩飾。

〔七〕【曾注】原注：《讀曲歌》：明鐙照空局，悠然未有期。【補注】娟娟，姿態柔美貌。照棊燭，映照着棋盤的蠟燭。棊，《全詩》一作『臺』。

〔八〕【補注】謂湘宫人與默然相對之蠟燭兩皆含愁不語。

【王闓運曰】李賀一派。（《手批唐詩選》卷二）

【按】此詩寫湘東王宫人之怨思，亦宫怨一類。前兩聯寫春夜之景：夜半東風，池塘草濕，畫屏凝翠，銅壺春水，一切均欣然有生機春意。而湘宫中之宫人則雖盛妝佩飾，而恩寵不至，惟獨對蠟照棋局，不語含嚬而已，與上幅適成對照。此與《湘東宴曲》或同時作，詳該詩編著者按語。

黃曇子歌〔一〕

參差綠蒲短〔二〕，搖豔雲塘滿〔三〕。紅瀲蕩融融〔四〕，鶯翁鸂鶒暖〔五〕。萋芊小城路〔六〕，馬上修蛾嬾〔七〕。羅衫裹向風〔八〕，點粉金鸝卵〔九〕。

〔一〕《樂府》卷八十七雜謠歌辭五載此首。述鈔有題無詩。李本、十卷本、姜本、毛本闕此首。《樂府》題注云：『《晉書·五行志》曰：「桓石民爲荊州，百姓忽歌《黃曇子曲》。後石民死，王忱爲荊州之應。黃曇子，王忱字也。」按橫吹曲李延年二十八解有《黃覃子》，不知與此同否？凡歌辭考之與事不合者，但因其聲而作歌爾。』

〔二〕【咸注】《塘上行》古詞：蒲生我池中，綠葉何離離。【補注】綠蒲，綠色的香蒲。

〔三〕雲，底本、《樂府》、《全詩》、顧本均一作『春』。【補注】搖豔，蕩漾。雲塘，倒映着雲彩的池塘。

〔四〕【補注】紅瀲，紅色的波光蕩漾。因彩霞映入水中，故云。

〔五〕【補注】鶯翁，鶯之戲稱。鸂鶒，見《張靜婉採蓮曲》注〔一五〕。

〔六〕城，《全詩》、顧本校：一作『成』。【補注】萋芊，草茂盛貌。

〔七〕蛾，《樂府》作『娥』，誤。【曾注】曹植《洛神賦》：修眉峨峨。【補注】修蛾，細長的蛾眉，借指美女。

〔八〕向，席本、《全詩》、顧本作『回』。【咸注】《上聲歌》：新衫繡兩端，乍著羅裙裏。行行動微塵，羅裙隨風轉。【補注】裛，底本誤作『烏』，據席本、顧本、《全詩》改。他本作『裊』。裛，同『裊』。

〔九〕【咸注】《國語》：鳥翼鷇卵。韋昭曰：未乳曰卵。【補注】金鸝，黄鸝。點粉，指黄鸝卵上的粉狀斑點。

箋評

【按】此因聲作歌之辭，與題意無關。前四句寫春塘水滿，緑蒲葉短，紅霞映水，水禽戲游。後四句寫芳草萋萋之小城路上有美麗女子騎馬緩行，意態慵懶，羅衫隨風飄揚。而黄鸝值此春日亦産下點粉之卵。似一幅春日之素描。

觱篥歌 李相妓人吹〔一〕

蠟煙如纛新蟾滿〔二〕，門外沙平草芽短〔三〕。黑頭丞相九天歸〔四〕，夜聽飛瓊吹朔管〔五〕。情遠氣調蘭蕙薰〔六〕，天香瑞彩含絪緼〔七〕。皓然纖指都揭血〔八〕，日暖碧霄無片雲〔九〕。含商咀徵雙幽咽〔一〇〕，軟縠疎羅共蕭屑〔一一〕。不盡長圓疊翠愁〔一二〕，柳風吹破澄潭月。鳴梭淅瀝金絲蕊〔一三〕，恨語殷勤隴頭水〔一四〕。漢將營前萬里沙〔一五〕，更深一一霜鴻起〔一六〕。十二樓前花正繁〔一七〕，交枝簇蔕連璧門〔一八〕。景陽宫女正愁絶〔一九〕，莫使此聲催斷魂〔二〇〕。

校注

〔一〕【咸注】《樂府雜録》：觱篥者，本龜茲國樂，亦名悲栗。以竹爲管，以蘆爲首，其聲悲栗，有類於笳也。【立注】《桂苑叢談》：咸通中，丞相李蔚自大梁移鎮淮海。浙右小校薛陽陶監押度支運米入城，公喜其姓名有同曩日朱崖李相左右者，遂令試詢之，果是舊人。公甚喜，留止别館。一日召陽陶遊，詢其所聞及往日蘆管之事，薛因獻朱崖李相、陸暢、元、白所撰歌一軸，公益喜之。次出蘆管於賞心亭奏之，其管絶微，每於一觱篥中常容三管，聲如天際自然而來，情思寬閒。公大嘉賞之，贈詩有云：『虚心纖質雁銜餘，鳳吹龍吟定不如。』劉昫《舊唐書》：李蔚，咸通中以京兆尹、太常卿同平章事，加中書侍郎。罷相，出爲山南東道節度使、宣武軍節度觀察等使，轉淮南節度副大使。本集有《獻淮南李僕射五十韻》詩可以參考。【夏承燾曰】李相指李德裕。顧予咸（按：應爲顧嗣立）引《桂苑叢談》李蔚命浙右小校薛陽陶吹觱篥事，定爲李蔚，非是。庭筠集中與蔚無交誼，此詩無悼亡語，且『飛瓊』一辭，亦不可以擬薛陽陶。詩應作於德裕在相位時。（《唐宋詞人年譜·温飛卿繫年》）【按】顧肇倉、夏承燾辨庭筠《感舊陳情五十韻獻淮南李僕射》之『李僕射』爲李德裕固誤（當爲李紳，詳該詩注〔一〕），而謂此詩題注『李相』爲李德裕則甚是。李德裕文集有《霜夜對月聽小童薛陽陶吹觱篥歌》（殘佚，存六句），作於寶曆元年秋任浙西觀察使時。劉禹錫有《和浙西李大夫霜夜對月聽小童吹觱篥歌》，白居易有《小童薛陽陶吹觱篥歌和浙西李大夫作》，元稹亦有和詩，其時德裕尚未入相。夏承燾指出詩中用『飛瓊』指李相妓人，不可以擬薛陽陶，甚是；詩中又有『蘭蕙薰』『皓然纖指』『軟縠疎羅』等語，亦可證吹觱篥者爲女妓人，非男僮。然據德裕及劉、白、元之唱和詩，德裕之好觱篥洵爲事實。詩有『黑頭丞相』語，説明作此詩時李相方當壯年。德裕凡兩次爲相，第一次在大和七年至八年，第二次在開成五年至會昌六年。大和七年初拜相時年方四十七，自可稱『黑頭丞相』。至於李紳，會昌二年始拜相，時年已七十一，豈得再稱『黑頭丞相』？而李蔚則遲至乾符二年始拜相，時庭筠已下世久矣（庭筠卒於咸通七年，有其弟庭皓所撰墓誌署年爲證）。李蔚爲淮南節度在咸通十一年（見《舊唐書·懿宗紀》），上距庭筠之卒亦已四年。或有謂『李相』指李程者，則更與觱篥之好無關，且其寶曆元年拜相時年已六十，亦不得謂之『黑頭丞相』矣。故此詩之『李相』當指大和七年初次拜相之李德裕，詩有『草芽短』『花正繁』之語，當作於大和七年春。觱篥，古簧管樂器，以竹爲管，管口插有蘆製哨子。有九孔。本出西域龜茲，後傳入内地，爲隋唐燕樂及唐代教坊樂之重要樂器。李頎《聽安萬善吹觱篥歌》：『南山截竹爲觱篥，此樂本自龜茲出。』

〔二〕【曾注】韓翃詩：日暮漢宫傳蠟燭，輕煙散入五侯家。【咸注】古詩：三五明月滿，四五蟾兔缺。【補注】纛，古代軍隊或儀仗隊之大旗。蠟煙如纛，形容其粗而直。新蟾滿，指新出之滿月。

〔三〕沙平，李本、十卷本、《全詩》作『平沙』。芽，顧本作『牙』。【咸注】李肇《國史補》：凡拜相，禮絶班行，府縣載沙填路，自私第至子城東街，名曰沙隄。【補注】白居易《新樂府·官牛》：『一石沙，幾斤重，朝載暮載將何用？載向五門官道西，緑槐陰下鋪沙堤。昨日新拜右丞相，恐怕泥塗汚馬歸。』

〔四〕【曾注】《世説》：諸葛道明初過江左，丞相謂曰：『明府當爲黑頭公。』【補注】黑頭，指青壯年。九天歸，指朝罷歸來。

〔五〕【曾注】《漢武故事》：西王母命侍女許飛瓊鼓震靈之簧。【補注】《漢武帝内傳》：『王母乃命諸侍女……許飛瓊鼓震靈之簧。』顧況《梁廣畫花歌》：『王母欲過劉徹家，飛瓊夜入雲軿車。』朔管，指觱篥，因其本出於北方少數民族，故稱。

〔六〕【咸注】宋玉《神女賦》：吐芬芳其若蘭。【補注】情遠，寄情悠遠。氣調，氣息調勻。蘭蕙薰，形容女妓吹奏觱篥時吐出蘭蕙般的幽香。舊題漢郭憲《洞冥記》卷四：『帝所幸宫人名麗娟，年十四，玉膚柔軟，吹氣勝蘭。』蘭蕙薰，即吹氣勝蘭之意。薰，顧本作『熏』，通。

〔七〕【咸注】《易》：天地絪緼，萬物化醇。【補注】瑞彩，吉祥的霞光異彩。絪緼，古以『天地絪緼』指天地陰陽二氣交互作用之狀態，此處形容吹奏觱篥時所呈現之音樂意境，如天香瀰漫，祥光瑞彩，宛若陰陽二氣交合時之狀態。非實境，乃想像中之樂境。

〔八〕【補注】皓然，潔白貌。揭，露。

〔九〕【補注】《列子·湯問》：『薛譚學謳於秦青，未窮青之技，自謂盡之，遂辭歸。秦青弗止，餞於郊衢，撫節悲歌，聲振林木，響遏行雲。』此句似暗用『響遏行雲』之意，形容觱篥之聲高亢明亮，境界如萬里碧霄，日暖無雲。前明言『夜聽』，見此『日暖碧霄』非吹奏觱篥時之現境，而係形況音樂境界。

〔一〇〕【曾注】鮑照《白紵歌》：含商咀徵歌露晞。【補注】含商咀徵，謂觱篥吹奏的曲調含有悲凉的商聲和清澄的徵聲。也可解爲觱篥吹奏出各種不同的音調。

〔一一〕屑，李本、十卷本、姜本、毛本作『瑟』。【咸注】《子虛賦》：雜纖羅，垂霧縠。《拾遺記》：吴主趙夫人析髮以神膠續之，乃織爲羅縠，累月而成。裁之爲幔，内外視之，飄飄如煙氣輕動，而房中自凉。何遜詩：長風正騷屑。【補注】軟縠疎羅，謂吹觱篥的女妓身着輕軟透明的輕紗霧縠。共蕭屑，謂女妓的容顔亦因幽咽悲凉的觱篥聲而呈現凄凉之態。

〔一二〕翠，席本、《全詩》校：一作『彩』。【補注】長圓，指圓月，即上文之『新蟾滿』。疊翠，層疊之翠緑色，此指翠緑之楊柳。此句及下句當亦形容音樂意境，謂觱篥聲悲凉幽咽，似圓月與疊翠的楊柳亦爲之含愁；忽又如輕暖之楊柳風，吹皺澄潭之水，潭底的一輪月影亦隨之而破。

〔一三〕【補注】金絲蕊，指織錦機用金絲綫織成花蕊的圖案。此句形容觱篥聲如織錦時鳴梭淅瀝，織就花蕊圖案。

〔一四〕【咸注】樂府《隴頭歌》：隴頭流水，鳴聲幽咽。遥望秦川，肝腸斷絶。【補注】句意謂觱篥聲如隴頭流水之嗚咽悲凉。

〔一五〕【曾注】《地理志》：萊陽夾河而岸沙，長二百餘里，名萬里沙。【補注】李益《夜上受降城聞笛》：『回樂烽前沙似雪，受降城外月如霜。不知何處吹蘆管，一夜征人盡望鄉。』此句明顯化用李益詩意。『吹蘆管』即吹觱篥，暗含其聲悲涼，引動征人思鄉之情之意。『沙似雪』即萬里平沙似雪之意。舊注引《地理志》『萊陽夾河而岸沙，長二百餘里，名萬里沙』，非所指。

〔一六〕【曾注】鮑照詩：霜高落塞鴻。【補注】李益《聽曉角》：『邊霜昨夜墮關榆，吹角當城漢月孤。無限塞鴻飛不度，秋風卷入《小單于》。』此句亦化用李益詩意，謂觱篥聲驚起塞雁。

〔一七〕【咸注】《漢書·郊祀志》：方士有言黃帝時爲五城十二樓，以候神人於執期。應劭曰：昆侖玄圃五城十二樓，仙人之所常居。【按】始見《史記·封禪書》。此以『十二樓』指皇宮中樓閣，視下『景陽宮』可知。

〔一八〕璧，述鈔，李本、十卷本、姜本、毛本、《全詩》作『壁』，誤。【曾注】王融《遊仙詩》：璧門涼月舉。【補注】璧門，漢建章宮之著名建築，武帝時造。《史記·封禪書》：『於是作建章宮……其南有玉堂、璧門、大鳥之屬。』班固《西都賦》：『設璧門之鳳闕，上觚棱而棲金爵。』《水經注·渭水二》引《漢武故事》：『（建章宮）南有璧門，三層，高三十餘丈，中殿十二間，階陛咸以玉为之……樓屋上椽首薄以玉璧，因曰璧玉門也。』亦可泛指宮門。杜牧《杜秋娘詩》：『窈裊復融怡，月白上璧門。』

〔一九〕【曾注】《宮苑記》：齊武帝置鐘景陽樓上，令宮人聞鐘聲並起妝飾。詳見上《雞鳴埭曲》注〔四〕。

〔二〇〕聲，原作『心』，李本、十卷本、姜本、毛本並同，聲近致誤。據述鈔、《全詩》、顧本改。【咸注】江淹《恨賦》：一旦魂斷。【補注】此聲，指觱篥聲

【按】前四句謂李相上朝歸晚，於蠟煙如纛、新蟾光滿之夜聽妓人吹觱篥。中間十二句，均描繪觱篥吹奏所呈現

之各種音樂意境：或如天香瑞彩，氤氳繚繞；或如萬里碧霄，晴空無雲；或如商聲徵聲之悲淒幽咽，或如圓月翠柳之含愁脈脈；或似柳風吹破澄潭月影，或似金絲織錦，鳴梭淅瀝；或似隴水幽咽，恨語殷勤；或似月照漢營，平沙萬里；或似更深霜濃，塞鴻驚飛。末四句收歸現境，謂十二樓前，繁花交枝簇蔕，連接宮門，景陽宮女，正因怨曠而愁絶，恐聞此觱篥之聲而魂斷也。

照影曲〔一〕

景陽粧罷瓊窗暖〔二〕，欲照澄明香步嬾〔三〕。橋上衣多抱彩雲〔四〕，金鱗不動春塘滿〔五〕。黄印額山輕爲塵〔六〕，翠鱗紅穉俱含嚬〔七〕。桃花百媚如欲語〔八〕，曾爲無雙今兩身〔九〕。

〔一〕《才調》卷二、《樂府》卷一百新樂府辭十一樂府倚曲載此首。

〔二〕景陽粧，見《雞鳴埭曲》注〔四〕。【補注】瓊窗，玉飾的窗户。宮人聞鐘，早起妝飾，妝罷天明，日光映窗，故云『瓊窗暖』。

〔三〕【曾注】孟浩然詩：澄明愛水物。【咸注】王子年《拾遺記》：石崇篩沉水之香如塵末，布致象牀上，使所愛踐之，無迹即賜真珠百粒；若有迹者，則節其飲食，令體輕弱。梁元帝《烏棲曲》：蘭房椒閣夜方開，那知步步香風逐。【補注】澄明，指清澈透明之宫中池沼，即下之『春塘』。照澄明，臨清池照影。

〔四〕【曾注】江淹詩：日暮崦嵫合，参差彩雲重。【補注】抱彩雲，謂如彩雲之環繞，形容宫女衣裳之五彩繽紛。

〔五〕鱗，席本、顧本作『鮮』。【曾注】沈約詩：白水滿春塘。【補注】金鱗，金色的池魚。

〔六〕【咸注】梁簡文帝詩：同安鬟裏撥，異作額間黄。庾信樂府：眉心濃黛直點，額角輕黄細安。【補注】黄印額山，即額黄。六朝婦女施於額上之黄色塗飾。其制起於漢時，唐代仍有之。因用黄粉塗飾，故曰『輕爲塵』。謂額黄粉輕細如塵。額黄妝係將額之一半塗黄，邊緣處用暈染過渡，漸淡至隱。

〔七〕鱗，《樂府》作『鮮』。【補注】翠鱗，金翠的魚鱗，代指魚。紅穉，紅妝的年輕女子，指宫女。

〔八〕【咸注】古詩：自有桃花容。古樂府：思我百媚娘。李白詩：荷花嬌欲語，愁殺蕩舟人。

〔九〕爲，《全詩》、顧本校：一作『謂』。【咸注】古樂府：纖纖作細步，精妙世無雙。【補注】《莊子·盜跖》：『生而長大，美好無雙。』兩身，謂形單影隻，唯照影方成兩身。

【按】此寫宫女妝罷，臨池照影。雖衣飾華麗，額黄輕施，然不爲君王所顧。臨池照影，似池中翠鱗與照影之自身均脈脈含愁。池邊桃花盛開，嬌媚欲語，已亦豔若桃花，曾爲舉世無雙之美女，今則惟照影自憐矣。蓋亦宫怨之詞也。

公無渡河〔一〕

黄河怒浪連天來〔二〕，大響硡硡如殷雷〔三〕。龍伯驅風不敢上〔四〕，百川噴雪高崔嵬〔五〕。二十三絃何太哀〔六〕，請公莫渡立徘徊〔七〕。下有狂蛟鋸爲尾〔八〕，裂帆截棹磨霜齒〔九〕。神椎鑿石塞神潭〔一〇〕，白馬趁趕赤塵起〔一一〕。公乎躍馬揚玉鞭〔一二〕，滅没高蹄日千里〔一三〕。

校注

〔一〕原作《拂舞詞》，《樂府》卷二十六相和歌辭一載此首，題作『公無渡河』，席本、顧本題同《樂府》，兹從之。【立注】《樂府古題要解》：《公無渡河》本《箜篌引》。霍里子高晨起刺船，見一白首狂夫，被髮攜壺，亂流而渡，其妻隨止之不及，遂溺死。於是其妻援箜篌而鼓之，作歌曰：『公無渡河，公竟渡河，墮河而死，當奈公何！』聲甚悽愴，曲終亦投河而死。子高還語其妻麗玉，麗玉傷之，乃引箜篌寫其聲，聞者莫不墮淚飲泣。麗玉以其聲傳鄰女麗容，名曰《箜篌引》。【補注】《樂府古題要解》此解本晉崔豹《古今注·音樂》，見《樂府詩集》卷二十六李賀《箜篌引》解題引。唐人如李白、王建均有樂府詩《公無渡河》，皆依上引本事敷衍。其中李白一首以『黄河西來决崑崙，咆哮萬里觸龍門』起首，尤明顯爲庭筠此首所仿效，其内容又同賦『公無渡河』之本事，故應從《樂府詩集》題爲《公無渡河》。然温詩舊本除席本、顧本從《樂府》題爲《公無渡河》外，他本均題《拂舞詞》，此則頗可疑。拂舞，雜舞名，一種以拂子爲舞具之歌舞。《晉書·樂志下》：『拂舞，出自江左。舊云吴舞，檢其歌，非吴辭也。亦陳於殿廷。楊泓序云：『自到江南見《白符舞》，或言《白鳧鳩舞》，云有此來數十年矣，察其辭者，乃是吴人患孫皓虐政，思屬晉也。』」晉無名氏有《拂舞歌辭》三首，曰《白鳩篇》《獨漉篇》《濟濟篇》。内容與『公無渡河』了不相涉。《樂府詩集》卷五十五有《梁拂舞歌》、《拂舞歌》下有唐李賀《拂舞辭》、李白《白鳩辭》、《獨漉篇》、王建《獨漉歌》，内容亦均與『公無渡河』不相涉。疑温集原有《拂舞詞》及《公無渡河》各一首，二詩相連，鈔刻過程中偶脱前首之文與後首之題，遂拼接成以《拂舞詞》爲題而内容則詠『公無渡河』之文不對題之作。此種脱誤現象，李商隱詩文集中頗有之。詳編著者所撰《李商隱詩文集中一種典型的脱誤現象——從〈爲尚書渤海公舉人自代狀〉題與文的脱節談起》（載《中華文史論叢》二〇〇一年三期）。

〔二〕【曾注】《爾雅》：河出昆侖墟，所渠並千七百一川，色黄。李白《將進酒》：君不見黄河之水天上來。

〔三〕耾耾，原作『肱肱』，形近致誤。《樂府》、席本、《全詩》、顧本作『谹谹』。音義同。【咸注】《揚子法言》：非雷非霆，殷殷谹谹。《詩》：殷其雷。【補注】耾耾、谹谹，象聲詞，形容聲音宏大。宋玉《風賦》：『耾耾雷聲，迴穴錯迕。』耾耾，音『轟轟』。肱，音『公』，古書無『肱肱』一詞。二者音、義均不同。此注從王國良《温庭筠詩集校注》之説而稍作補充，見該書二六頁。

〔四〕【咸注】《列子》：龍伯之國。《河圖玉版》：昆侖以北九萬里龍伯國，人長三十丈，萬八千歲。【補注】《山海經·大荒東經》『有波谷山者，有大人之國』郭璞注：『《河圖玉版》曰：「龍伯國人，長三十丈，生萬八千歲而死。」』《列子·湯問》：『龍伯之國有大人，舉足不盈數步而暨五山之所，釣而連六鼇。』

〔五〕百，李本、十卷本、姜本、毛本作『白』，誤。

〔六〕三，《樂府》、李本、十卷本、姜本、毛本作『五』。【立注】《周禮樂器圖》：雅瑟二十三絃，頌瑟二十五絃。《吕氏春秋》：朱襄氏作五絃瑟，以采陰氣，以定羣生。瞽叟乃拌五絃爲十五絃之瑟，命之曰大章。舜立，乃益八絃爲二十三絃之瑟。《高氏小史》：太昊作二十五絃箜篌。《漢書·郊祀志》：泰帝使素女鼓五十絃瑟，悲，帝禁不止，故破其瑟爲二十五絃。【按】《史記·孝武本紀》：『禱祠泰一、后土，始用樂舞，益召歌兒，作二十五絃及箜篌瑟自此起。」裴駰集解引徐廣曰：「應劭云：武帝令樂人侯調始造箜篌。」箜篌分豎式、卧式兩種。卧式爲西漢樂人侯調所造，豎式爲豎琴之前身，源出埃及。《公無渡河》一名《箜篌引》，此云「二十三（五）絃何太哀」，即指箜篌而言。

〔七〕莫，《樂府》、述鈔、《全詩》作「勿」。注見上注〔一〕。

〔八〕【咸注】王建《公無渡河》：蛟龍齧尸魚食血。【補注】鋸爲尾，謂狂蛟之尾如鋸齒之鋒利。

〔九〕棹，《全詩》、顧本作「櫂」，音義同。【咸注】張正見《公無渡河》：櫂折桃花水，帆横竹箭流。李白《公無渡河》：有長鯨白齒若雪山。

〔一〇〕【曾注】《晉書·祖約傳》：約曰：「假有神椎，必有神槌。」【按】此句當别有事在，未詳待考。

〔一一〕【咸注】《吴都賦》：趁趕翊𦒉。善曰：相隨驅逐衆多貌。

〔一二〕乎，毛本作「子」，誤。

〔一三〕滅，李本作「減」，誤。【曾注】《孫卿子》：騏驥一日千里。【補注】《列子·説符》：「天下之馬者，若滅若没，若亡若失。」李白《天馬歌》：「嘶青雲，振緑鬢，蘭筋權奇走滅没。」

【按】此就舊題本事敷演之作。首四句狀黄河怒浪連天，巨響如雷之象，興起「公無渡河」之意。中四句化用狂夫之妻援箜篌而歌之事，呼吁其夫莫渡河，以免爲狂蛟所害。末四句謂若有神椎鑿石塞滿神潭，則公當可乘白馬躍起，揚玉鞭絶塵而去，蓋悲其事而想望之詞。

太液池歌〔一〕

腥鮮龍氣連清防〔二〕，花風漾漾吹細光〔三〕。疊瀾不定照天井〔四〕，倒影蕩摇晴翠長〔五〕。平碧淺春生緑塘〔六〕，雲容雨態連青蒼〔七〕。夜深銀漢通柏梁〔八〕，二十八宿朝玉堂〔九〕。

校注

〔一〕《樂府》卷一百新樂府辭十一樂府倚曲載此首。題解曰：『《漢書》曰：「建章宫北有太液池，池中有蓬萊、方丈、瀛洲，象神山也。」顔師古曰：「太液池者，言其津潤所及廣也。」』【立注】《西京雜記》：太液池邊皆是彫胡、紫蘀、緑節之類。菰之有米者，長安謂爲彫胡。葭蘆之未解葉者，謂之紫蘀。菰之有首者，謂之緑節。其間鳧雛、雁子布滿充積，又多紫龜、緑鼈。池邊多平沙，沙上鵜鶘、鷓鴣、鵁鶄、鴻鶂，動輒成羣。【補注】《三輔黄圖》卷四：『太液池，在長安故城西，未央宫西南。』池位於建章宫前殿西北，以象北海，佔地十頃，係渠引昆明池水而形成之範圍寬廣之人工湖。池中有二十餘丈之漸臺。爲求神祈仙，池中築三座假山，以象東海中之瀛洲、蓬萊、方丈三神山。池北岸有人工雕刻而成長三丈、高五尺之石鯨，西岸有六尺長之石鼈三枚，另有各種石雕之魚龍、奇禽、異獸等。遺址在今西安市未央區未央宫鄉高堡子、低堡子村西北一片窪地處。又，唐代大明宫中含涼殿後亦有太液池，中有太液亭。李白《宫中行樂詞》：『鶯歌聞太液，鳳吹遶瀛洲。』

〔二〕【立注】《三輔故事》：太液池北有石魚，長二丈，高五尺。西岸有石龜三枚，長六尺。夏侯沖《答潘岳詩》：相思限清防。顔延之詩：踟蹰清防密。注：清防，謂屏風也。一云防扞水者。《周禮》：以防止水。劉楨詩：流波爲魚防。【補注】腥鮮龍氣，疑指太液池邊的石鯨，謂其似散發出腥鮮的龍氣。清防，猶清禁，指皇宫。《文選·顔延之〈直東宫答鄭尚書〉》：『踟蹰清防密，徙倚恒漏窮。』李善注：『夏侯冲《答潘岳詩》：「相思限清防，企佇誰與言？」劉良注：「清防，謂屏風也。」』祝廉先《文選六臣注訂譌》：『五臣注：「清防，謂屏風也。」非。按：清防，指皇宫，猶言清禁。夏侯冲《答潘岳詩》「相思限清防」，謂限於宫禁也。』

〔三〕【咸注】梁簡文帝詩：花風暗裏覺。【補注】庾信《北園新齋成應趙王教》：『鳥聲惟雜囀，花風真亂吹。』花風，即花信風。細光，指太液池被風吹起的粼粼波光。

〔四〕【曾注】《西京賦》：蔕倒茄于藻井，披紅葩之狎獵。【補注】疊瀾，指太液池層層疊疊之波瀾。天井，指藻井，屋頂梁棟間架木板爲方形如井者。庭筠《長安寺》：『寶題斜翡翠，天井倒芙蓉。』句意謂太液池之層波疊瀾反照於殿中之藻井，波光閃爍不定。參下句注。

〔五〕摇，《全詩》、顧本校：一作『漾』。【咸注】《陵陽子明經》：倒景氣去地四千里，其景皆倒在下。景、影同。【補注】倒影晴翠，指倒映在太液池底之終南山晴明翠緑的影象。顧予咸注非。

〔六〕【補注】平碧，指太液池碧緑平整的湖面。淺春生緑塘，謂池邊生長出春天的淺草，猶謝靈運《登池上樓》『池塘生春草』。

〔七〕青，顧本作『春』，《全詩》校：一作『春』。【曾注】宋玉《高唐賦》：旦爲朝雲，暮爲行雨。【補注】句意謂雲容雨態連接着太液池中倒映的青蒼天色。

〔八〕【曾注】《漢書》：元鼎二年春，起柏梁臺。《漢武故事》：以香柏爲之，香聞數十里。【補注】《三輔黄圖》謂柏梁臺在『長安城中北闕内』。《長安志》卷十二：『柏梁臺在未央宫北。』臺鑄銅爲柱，係一高達二十丈之高臺建築，臺頂置銅鳳凰，故亦稱鳳闕。武帝太初元年毁於火。遺址在今西安市西北郊未央區未央宫鄉盧家口村。銀漢通柏梁，極言其高。

〔九〕【咸注】《後漢書》論：中興二十八將，前世以爲上應二十八宿。《漢書》建章宫南有玉堂。《漢宫闕簿》：長安有玉堂殿，去地十二丈，基階皆用玉，故名。【補注】二十八宿，本指周天黄道之恒星二十八星座，即角、亢、氐、房、心、尾、箕、斗、牛、女、虚、危、奎、婁、胃、昴、畢、觜、參、井、鬼、柳、星、張、翼、軫。東漢明帝時，繪佐漢光武帝建立東漢政權之二十八將之像於南宫雲臺，以爲其上應二十八宿。玉堂，漢宫殿名。《史記·孝武本紀》：『於是作建章宫……其南有玉堂、璧門、大鳥之屬。』司馬貞索隱引《漢武故事》：『玉堂基與未央前殿等，去地十二丈。』

【按】詩詠漢太液池景象，全出之想像，而親切細膩，宛若當日親見。『疊瀾』句，寫太液池波光蕩漾，映照於殿内藻井之上；而終南晴翠山色，亦倒影入池，尤富想像力。然此種想像，實仍基於生活體驗，視唐人詠渼陂等詩可知。

雉場歌〔一〕

茭葉萋萋接煙曙〔二〕，雞鳴埭上梨花露〔三〕。彩仗鏘鏘已合圍〔四〕，繡翎白頸遥相妬〔五〕。雕尾扇張金縷高〔六〕，碎鈴素拂驪駒豪〔七〕。緑場紅跡未相接〔八〕，箭發銅牙傷彩毛〔九〕。麥隴桑陰小山晚，六虬歸去凝笳遠〔一〇〕。城頭却望幾含情〔一一〕，青畝春蕪連石苑〔一二〕。

〔一〕《樂府》卷一百新樂府辭十一樂府倚曲載此首。雉，姜本、毛本作『薙』，誤。【立注】《南史》：東昏侯置射雉場二百十六處，每出輒與鷹犬隊主徐令孫、媒翳隊主俞靈韻齊馬而走，左右争逐之。【補注】雉場，圍獵野雉之場地。魏晉以來上層常以射雉爲戲。潘岳有《射雉賦》。《南史·齊東昏侯本紀》：『置射雉場二百九十六處，翳中帷帳及步障，皆袷以緑紅錦，金銀鏤弩牙，玳瑁帖箭。』本篇所詠，即以南朝帝王如齊東昏侯之畋獵野雉生活爲題材。

〔二〕曙，《樂府》、席本、顧本作『樹』。【曾注】《詩》：其葉萋萋。【補注】茭葉，疑爲『艾葉』之誤。獵雉者用艾葉作成之蔽體稱艾帳，又稱射雉翳。潘岳《射雉賦》：『爾乃摯場拄翳。』注：『翳者，所以隱射也。翳上加木枝，衣之以葉。』李商隱《公子》詩：『春場鋪艾帳，下馬雉媒嬌。』又《戲題樞言草閣三十二韻》：『掃掠走馬路，整頓射雉翳。』而『茭葉』（茭白之葉）則與射雉毫無關涉，當因『艾』『茭』形近致誤。萋萋，草繁茂貌。煙曙，朦朧的曙色。潘岳《射雉賦》：『恐吾遊之晏起，慮原禽之罕至。』可證射雉須早起，故此云『接煙曙』。

〔三〕雞鳴埭，見《雞鳴埭曲》注〔一〕。【補注】梨花露，謂天剛破曉時，梨花猶含露。《雞鳴埭曲》：『南朝天子射雉時，銀河耿耿星参差。』與本篇『接煙曙』『梨花露』正相吻合。

〔四〕圍，李本、十卷本、姜本、毛本作『團』，誤。【曾注】李陵《答蘇武書》：單于臨陳，親自合圍。【補注】彩仗，彩飾之儀仗。鏘鏘，指儀仗隊中之響器發出之聲響，用以驅趕驚嚇禽鳥，使之陷入圍内。韓愈《雉帶箭》：『原頭火燒静兀兀，野雉畏鷹出復没。將軍欲以巧服人，盤馬彎弓惜不發。地形漸窄觀者多，雉驚弓滿勁箭加。』所寫即『合圍』射雉情景。

〔五〕【咸注】潘岳《射雉賦》：灼繡頸而衮背。又：櫟雌妒異，倏來忽往。【補注】繡翎白頸，指雄性野雉羽毛色彩斑斕如彩繡，頸下有一圈白色環紋。遥相妬，指雌雉妬羡雄雉之彩翎。

〔六〕【補注】謂雄雉尾羽開張如同彩繡，金色的羽毛高高揚起。

〔七〕【咸注】《説文》：驪，馬深黑色。何承天《纂文》：馬二歲爲駒。古樂府：何以識夫壻，白馬從驪駒。【補注】碎鈴，指獵馬頸上所繫鈴鐺發出之細碎聲響。素拂，指馬之白色尾巴如同拂塵。驪駒，本指純黑色之馬，此泛指獵馬。

〔八〕未，李本、十卷本、姜本、毛本、顧本、席本作『來』。【補注】緑場，指緑色之射雉場。紅跡，指紅色的雄雉。句意謂雄雉尚未完全進入射雉場内。

〔九〕銅，《全詩》、顧本校：一作『狼』。【立注】《齊東昏侯紀》：翳中帷帳及步障皆袷以緑紅錦，金銀鏤弩牙，瑇瑁帖箭。《南越志》：龍川有營澗，常有銅牙弩流出水，皆以銀黄雕鏤，取之者久而後得。父老云越王弩營也。杜甫詩：貞觀銅牙弩。【補注】銅牙，指銅鏤弩牙。句謂箭發於銅牙弩而山雞之彩色羽翎隨之而受傷墜落。

〔一〇〕【咸注】司馬相如《上林賦》：乘鏤象，六玉虬。謝朓《鼓吹曲》：凝笳翼高蓋。李善注：徐引聲謂之凝。【補注】六虬，六匹龍馬所駕之車，此指皇帝的車乘。凝，有凝固、静止、徐緩等義，白居易《長恨歌》『緩歌慢舞凝絲竹』，凝與緩、慢相聯繫。此句『凝笳』亦狀笳聲之悠長緩慢，故曰『遠』，以顯示獵罷歸來之悠閒容與。

〔一一〕【補注】却望，回望。

〔一二〕青畝春蕪，《全詩》、顧本校：一作『春畝青蕪』。石，《樂府》、席本、顧本作『古』。【立注】《齊東昏侯紀》：郊郭四民皆廢業，樵蘇路斷。《金陵志》：齊東昏侯即臺城閲武堂爲芳樂苑，山石皆塗以采色，跨池水立紫閣諸樓觀。又於苑中立店肆，以潘妃爲市令。又作土山，開渠立埭苑中。時百姓歌云：『閲武堂，種楊柳。至尊屠肉，潘妃酤酒。』【補注】青畝春蕪，青青的田畝，碧緑的草地。石苑，指芳樂苑。

【按】此篇顯據南齊東昏侯好射雉之事加以想像敷演而成。前四句寫射雉前置翳、合圍情景。獵已合圍，雉猶渾然不覺，『繡翎白頸遥相妒』。中四句正面寫射雉，獵馬興豪，雄雉尾張，箭發銅牙，彩羽紛墜。末四句寫獵罷晚歸，六馬款行，凝笳緩奏，一派盡興後容與景象。『石苑』，即臺城之芳樂苑，因山石皆塗以采色，故以『石苑』稱之。作『古苑』則是以詩人作詩時之視角言之，與全篇均想像當時射獵情景不合。詩人對詩中所描繪之南朝天子奢侈畋游之事，頗有流連稱賞之情，非諷慨其奢侈荒政也。

雍臺歌〔一〕

太子池南樓百尺〔二〕，八窗新樹疎簾隔〔三〕。黄金鋪首畫鉤陳〔四〕，羽葆停幢拂交戟〔五〕。盤紆欄楯臨高臺〔六〕，帳殿臨流鸞扇開〔七〕。早雁驚鳴細波起〔八〕，映花鹵簿龍飛迴〔九〕。

〔一〕《樂府》卷二十五横吹曲辭五載此首。【咸注】《古今樂録》：梁《鼓角横吹》舊曲有《大白浄皇太子》《小

白净皇太子》《雍臺》《擒臺》《胡遵利羖女》《淳于王》《捉搦》《東平劉生》《單迪歷》《魯爽》《半和》《企喻》《比敦》《胡度來》十四曲，三曲有歌，十一曲亡。梁武帝曲：日落登雍臺，佳人殊未來。【補注】雍臺，本指辟雍，古代天子設立之大學。校址圓形，圍以水池，前門外有便橋。《文選・揚雄〈劇秦美新〉》：『明堂雍臺，壯觀也。』李善注引《漢書》曰：『莽奏起明堂辟雍。』《後漢書・崔駰傳》：『臨雍泮以恢儒，疏軒冕以崇賢。』李賢注：『天子辟雍，諸侯頖宫。璧雍者，環之以水，圓而如璧也。』《白虎通・辟雍》：『天子立辟雍何？所以行禮樂宣德化也。辟者，璧也，象璧圓，所以法天，於雍水側，象教化流行也。』此詩『雍臺』係古代樂曲名，詳顧予咸注引《古今樂録》。《樂府詩集》卷二十五梁鼓角横吹曲録梁武帝《雍臺》云：『日落登雍臺，佳人殊未來。綺窗蓮花掩，網户琉璃開。茸茸臨紫桂，蔓延交青苔。月没光陰盡，望子獨悠哉！』吴均同題云：『雍臺十二樓，樓樓鬱相望。』則《雍臺》之爲歌曲，内容與雍臺仍密切相關。吴均詩『雍臺十二樓』之句，與《水經注・穀水》『又逕明堂北，漢光武中元元年立。尋其基構，上圓下方，九室重隅十二堂』之記載亦有相合處。

〔二〕【咸注】徐爰《釋問》注：西明内有太子池，孫權子和所穿，有土山臺，晉帝在儲宫所築，故俗呼太子池。吴均《雍臺》詩：雍臺十二樓，樓樓鬱相望。《淮南王》詞：百尺高樓與天連。

〔三〕八，《全詩》、顧本、席本作『入』。薛濤《籌邊樓》：『平臨雲鳥八窗秋，壯壓西川四十州。』蓋四面各有二窗。【咸注】徐悱詩：忽有當窗樹，兼含映日花。

〔四〕【曾注】揚雄《甘泉賦》：排玉户而颺金鋪兮。【咸注】《蜀都賦》：金鋪交映。劉淵林曰：金鋪，門鋪首以金爲之。《星經》：句陳六星爲六宫，亦主六軍。《晉書・天文志》：句陳六星在紫宫中，句陳，後宫也。王者法句陳設環列。【補注】《文選・司馬相如〈長門賦〉》：『擠玉户以撼金鋪兮，聲噌吰而似鍾音。』吕延濟注：『金鋪，扉上有金花，花中作鈕環以貫鎖。』鋪首，門上銜環之金屬底盤，常作獸形或龜蛇之形。鉤陳，星官名。揚雄《甘泉賦》：『詔招摇與太陰兮，伏鉤陳使當兵。』李善注引服虔曰：『鉤陳，神名也，紫微宫外營陳星也。』

〔五〕停僮，《樂府》、席本、顧本作『亭童』，李本、十卷本、姜本、毛本、《全詩》作『停幢』。【曾注】《蜀志·先主傳》：先主少時，與宗中諸小兒於樹下戲，言吾必當乘此羽葆蓋車。【咸注】《射雉賦》：擘場拄翳，停僮葱翠。善曰：亭僮，翳貌也。停僮、亭童同。《史記》：交戟之衞士，欲止不内。庾信詩：交戟映彤闈。【補注】羽葆，皇帝儀仗中以鳥羽聯綴爲飾之華蓋。停僮，枝葉紛披覆蓋之狀。交戟，謂衞士執戟相交。

〔六〕【補注】盤紆，回繞曲折。欄楯，欄杆。

〔七〕帳殿，原作『殿帳』，據《樂府》、述鈔、席本、《全詩》、顧本乙。【咸注】庾肩吾《曲水》詩：回川入帳殿。庾信《馬射賦》：帷宫宿設，帳殿開筵。《大唐六典》：尚舍奉御，凡大駕行幸，預設三部帳幕。帳皆烏氊爲表，朱綾爲覆，下有紫帷方座，金銅行牀，覆以簾，其外置桊城以爲蔽扞。庾信詩：思爲鸞翼扇，願備明光宫。【補注】古代帝王出行，休息時以帳幕爲行宫，稱帳殿。此句『帳殿』則係泛指張設帷帳之宫殿，實指雍臺。鸞扇，羽扇之美稱，係皇帝之儀仗。

〔八〕驚，《樂府》作『聲』。【咸注】沈約詩：雁門早鴻離離度。

〔九〕【立注】封演《聞見記》：輿車行幸，羽儀導從，謂之鹵簿。自秦、漢以來，始有其名。蔡邕《獨斷》載鹵簿有大駕、小駕、法駕之異，而不詳鹵簿之義。案字書：鹵，大楯也，字亦作櫓，又作樐，音義皆同鹵。以甲爲之，所以扞敵。賈誼《過秦論》云『伏尸百萬，流血漂鹵』是也。甲楯有先後，部伍之次皆著之簿籍，天子出入則案次導從，故謂之鹵簿耳。陸機詩：吳實龍飛，劉亦岳立。【補注】鹵簿，帝王駕出時扈從之儀仗隊，漢以後亦用於后妃、太子、王公大臣。此言『龍飛迴』，自指皇帝。《易·乾》：『飛龍在天，利見大人。』孔穎達疏：『若聖人有龍德，飛騰而居天位。』

【詹安泰曰】從歌詞中描繪的形象，可以看到太子宮室陳設的瑰麗，羽葆侍衛的威儀。而『早雁驚回』『映花鹵簿』的情狀，和文宗紀所説的『慢遊敗度』也相吻合。如果飛卿用『太子池』也是有所影射的話，那就更可以説明這詩是爲莊恪太子作。因爲『西明内有太子池，孫權子和所穿』（見顧注引），孫權于赤烏五年曾立子和爲太子，後來廢掉，更立子亮爲太子（見《三國志·吴書二》），和莊恪太子的事迹正相類似。（《讀夏承燾先生的温飛卿繫年》）

【按】詩寫雍臺景象。首二句言其地處太子池南，樓高百尺，新樹當窗，疎簾相隔。『新樹』指春來新緑之樹，非新植之樹。三四句謂門上黄金鋪首，畫鉤陳之星；羽葆紛披，拂交叉之戟。蓋狀其裝飾之華麗，儀衛之整肅。五六句寫雍臺帳殿臨水而建，欄杆曲折，鸞扇分開。七八句則謂皇帝之儀仗列隊而來，與春花相映，早雁因之驚飛而起，臺周之水亦細波蕩漾。此或紀天子駕幸辟雍之景象。或因首句有『太子池南』字而疑此詩與庭筠從莊恪太子游事有關，似無顯據。

吴苑行〔一〕

錦雉雙飛梅結子，平春遠緑牕中起。吴江澹畫水連空，三尺屏風隔千里〔二〕。小苑有門紅扇開〔三〕，天絲舞蝶共徘徊〔四〕。綺户雕楹長若此〔五〕，韶光歲歲如歸來〔六〕。

校注

〔一〕《樂府》卷一百新樂府辭十一樂府倚曲載此首。【立注】趙曄《吴越春秋》：吴王闔閭治宫室，立射臺於安里，華池在平昌，南城宫在長樂。闔閭出入游卧，秋冬治於城中，春夏治於城外。治姑蘇之臺，旦食鉏山，晝遊蘇臺，射於鷗陂，馳於游臺，興樂石城，走犬長洲。【補注】吴苑，泛指春秋時吴國宫苑。除吴王闔閭所建宫室外，夫差又曾爲西施造館娃宫，故址在今蘇州市西南靈巖山上。左思《吴都賦》：『幸乎館娃之宫，張女樂而娱羣臣。』又，闔閭曾作長洲苑，爲其游獵之處。《吴都賦》：『佩長洲之茂苑。』

〔二〕【立注】杜甫《戲題畫山水圖歌》：尤工遠勢古莫比，咫尺應須論萬里。焉得并州快剪刀，剪取吴松半江水？【補注】吴江，吴淞江之别稱。《國語·越語上》：『三江環之。』韋昭注：『三江：吴江、錢唐江、浦陽江。』顧嗣立注引杜詩，係形容畫中山水似真山水，有咫尺萬里之勢；而温詩用意正與之相反，謂眼前吴中真山水恰似一幅吴江的水墨淡畫山水，三尺屏風阻隔住春水連空之千里畫面。

〔三〕紅，《全詩》、顧本校：一作『門』。【咸注】何遜《南苑》詩：苑門闢千扇，苑户開萬扉。【補注】紅扇，朱漆之門扇。

〔四〕共，《樂府》、席本、顧本作『俱』。【咸注】梁簡文帝《春日》詩：落花隨燕入，游絲帶蝶驚。【補注】天絲，指春日晴空中的游絲，係蜘蛛等昆蟲所吐飄蕩於空中的細絲。庾信《行雨山銘》：『天絲劇藕，蝶粉生塵。』王建《春词》：『紅煙滿户日照梁，天絲軟弱蟲飛揚。』

〔五〕【咸注】張衡《七命》：雕堂綺櫳。《西京賦》：雕楹玉碣。【補注】綺户雕楹，彩繪雕花的門户和柱子。

〔六〕【曾注】梁元帝《纂要》：春曰韶景。【補注】韶光，美好之時光，春光。

【按】詩寫吴苑春色，視綫由内向外。憑窗遠眺，窗外平蕪遠緑，春色一片；吴江遠水，澹蕩連天。而錦雉雙飛，早梅結子，晴絲舞蝶，飄蕩徘徊，又添生機無限。末二句祝願之詞，希冀綺户雕楹，長久若此；美好春光，歲歲歸來。既無諷刺奢淫之意，亦無憑弔傷感之詞，純寫對吴苑春光之欣賞流連。

常林歡歌〔一〕

宜城酒熟花覆橋〔二〕，沙晴緑鴨鳴咬咬〔三〕。濃桑繞舍麥如尾〔四〕，幽軋鳴機雙燕巢〔五〕。馬聲特特荆門道〔六〕，蠻水揚光色如草〔七〕。錦薦金鑪夢正長〔八〕，東家呷喔雞鳴早〔九〕。

〔一〕《樂府》卷四十九清商曲辭六載此首，題内無『歌』字。解題曰：『《唐書·樂志》曰：「《常林歡》，疑宋、梁間曲。宋、梁之世，荆、雍爲南方重鎮，皆皇子爲之牧。江左辭詠，莫不稱之，以爲樂土。故隨王誕作襄陽之歌，齊武帝追憶樊、鄧。梁簡文帝樂府歌云：「分手桃林岸，送別峴山頭。若欲寄音信，漢水向東流。」又曰：

「宜城投酒令行熟，停鞍繫馬暫棲宿。」桃林在漢水上，宜城在荆州北，荆州有長林縣。江南謂情人爲歡。常、長聲相近，蓋樂人誤謂長爲常。《通典》曰：「《常林歡》，蓋宋、齊間曲。」」（顧嗣立注引同）

〔二〕【咸注】劉孝儀《謝酒啓》：奉教垂賜宜城酒四器。李肇《國史補》：酒則宜城之九醖。【補注】宜城，今湖北省宜城縣。唐屬襄州。縣東一里有金沙泉，造酒極美，世名宜城春，又名竹葉酒。梁簡文帝《和蕭侍中子顯春别詩四首》之三：『春堤楊柳覆河橋。』

〔三〕咬咬，《全詩》、顧本校：一作『交交』。【曾注】蔡洪《鴨賦》：冠葩緑以耀首。【補注】緑鴨，本爲雄性野鴨，頭部與頸部爲緑色，故名。曾慥《類説·語林》：『李遠爲杭州刺史，嗜啖緑頭鴨。貴客經過，無他饋餉，相厚者乃一對緑頭鴨而已。』蓋緑頭鴨經人工馴養，久已成爲著名鴨種。又有通身緑色者，此或指後者。

〔四〕濃，《樂府》、《全詩》、顧本作『穠』，通。【咸注】宋玉《笛賦》：麥秀蔪兮鳥華翼。《埤蒼》曰：蔪，麥芒也。【補注】麥如尾，麥抽穗如尾。

〔五〕【咸注】梁武陵王紀詩：昨夜夢君歸，賤妾下鳴機。古詩：思爲雙飛燕，銜泥巢君屋。【補注】幽軋，狀機織之聲。

〔六〕【咸注】盛弘之《荆州記》：郡西泝江六十里，南岸有山曰荆門。酈道元《水經注》：荆山在南，上合下開，狀似門。【按】荆門指山者，即《水經注·江水二》所稱『江水又東，歷荆門、虎牙之間』之荆門山，在今湖北省宜都縣西北長江南岸。此句之『荆門』則泛指荆州江陵，荆門道指通向荆州一帶的道路。

〔七〕【曾注】《太康地記》：荆州，古蠻服之地。【補注】蠻水，指荆州一帶之水。古代中原人對楚、越或南人稱『荆蠻』。《左傳·昭公二十六年》：『兹不穀震蕩播越，竄在荆蠻，未有攸底。』白居易《晉謚恭世子議》：『周之衰也，楚子以霸王之器，奄有荆蠻。』荆蠻每連稱，故稱荆州一帶之水爲蠻水。色如草，謂水色如春草之緑。江淹《别賦》：『春草碧色，春水緑波。』

〔八〕鑪，述鈔、顧本作『鑪』；《樂府》《全詩》作『爐』，音、義並同。【咸注】《鄴中記》：石季龍作席，以金裹五香，雜以五彩綫，編蒲皮，緣之以錦。徐悱《贈内詩》：綢蟲生錦薦，游塵掩玉牀。司馬相如《美人賦》：金鑪香熏，黻帳長垂。【補注】錦薦，華美之墊席。

〔九〕咿，《樂府》、席本、顧本作『呃』。【咸注】《射雉賦》：良遊呃喔，引之規裹。徐陵《烏栖曲》：惟憎無賴汝南雞，天河未落猶争啼。

【按】詩寫荆門道上所見春晨景物：宜城酒熟，春花覆橋；晴沙緑鴨，鳴聲咬咬。濃桑繞舍，麥穗如尾；鳴機軋軋，雙燕築巢；馬聲特特，往來道上；鑾水揚光，色緑如草。一派豐饒繁茂、春意盎然之景象。『馬聲』句點出詩人身處荆門道上，以上均道上所見所聞所感。末二句謂此時情侣猶沉酣於錦薦金鑪之好夢，不聞東家雞鳴之報曉。『常林歡』原題之意僅於篇末一點即止，而詩之主體已爲『荆門春』矣。庭筠咸通二年曾在荆南節度使幕爲從事。此前是否到過荆州，難以確考。此或在荆南爲從事期間荆門道上作，然情調不似晚年。

塞寒行〔一〕

燕弓弦勁霜封瓦〔二〕，樸蔌寒鵰睇平野〔三〕。一點黄塵起雁喧〔四〕，白龍堆下千蹄馬〔五〕。河源怒濁風如刀〔六〕，剪斷朔雲天更高〔七〕。晚出榆關逐征北〔八〕，驚沙飛迸衝貂袍〔九〕。心許凌煙名不滅〔一〇〕，年年錦字傷離別〔一一〕。彩毫一畫竟何榮〔一二〕，空使青樓淚成血〔一三〕。

〔一〕《才調》卷二、《樂府》卷一百新樂府辭十一樂府倚曲載此首。【咸注】《漢書·匈奴傳》：秦始皇使蒙恬將數十萬之衆，北擊胡，悉收河南地，因河爲塞，築四十四縣城，臨河，徙適戍以充之。【按】樂府有《塞上曲》《苦寒行》，寫邊塞征戍之事，此仿樂府舊題自擬之新題。顧予咸注引《漢書·匈奴傳》蒙恬因河爲塞戍守之事，僅指北邊。而此詩所寫之地域，西北至白龍堆，西至河源，東北至榆關，非限於某一隅，係泛詠邊塞征戍苦寒，抒發對立功邊塞之厭倦。

〔二〕【曾注】《列子》：燕角之弧，朔蓬之幹。【咸注】陸機《擬古詩》：凝霜封其條。【補注】燕弓，燕地所産之角製作之良弓。《文選·左思〈魏都賦〉》：『燕弧盈庫而委勁，冀馬填廄而駔駿。』李周翰注：『燕弧，角弓，出幽燕地。』

〔三〕蔌，《樂府》、李本、十卷本、姜本、毛本、《全詩》、顧本作『簌』。【曾注】《山海經》：雕一名鷲，黑色健飛，擊沙漠中，空中盤旋，無細不覩。鮑照詩：平野起秋塵。【補注】樸蔌，此處係形容寒雕飛翔時拍擊翅膀之聲響。睇，斜視。

〔四〕【曾注】杜甫詩：黄塵翳沙漠。【補注】一點黄塵，指遠處馬羣奔馳時所掀起之塵土。雁羣即因此而驚喧高飛。

〔五〕【曾注】《漢書·匈奴傳》：豈爲康居、烏孫能踰白龍堆而寇西邊哉！乃以制匈奴也。孟康曰：龍堆形如土龍身，無頭有尾，高大者二三丈，埤者丈餘，皆東北向相似也。在西域中。【立注】徐注：《貨殖傳》：陸地牧馬二百蹄，牛蹄角千。【補注】白龍堆，西域中沙漠名，在今新疆天山南路，簡稱龍堆。《法言・孝至》：『龍堆以西，大漠以北，鳥夷獸夷，郡勞王師，漢家不爲也。』李軌注：『白龍堆也。』岑參《獻封大夫破播仙凱歌》之四：『洗兵魚海雲迎神，秣馬龍堆月照營。』陳鐵民注：『龍堆，即白龍堆，今新疆南部庫姆塔格沙漠。其地沙岡起伏，形如卧龍。』

〔六〕濁，述鈔、席本、顧本作『觸』。《全詩》校：一作『激』。【曾注】《山海經》：河源出昆侖之上。【咸注】王昌齡《塞下曲》：飲馬渡秋水，水寒風似刀。【補注】河源，指黄河之源。古代誤以爲河出昆侖。《漢書・西域傳上・于闐國》：『于闐之西，水皆西流，注西海；其東，水東流，注鹽澤，河原出焉。』怒濁，怒濤濁浪。岑參《走馬川行送封大夫出師西征》：『風頭如刀面如割。』

〔七〕【曾注】宋玉《九辯》：泬寥兮天高而氣清。【補注】剪斷朔雲，謂如剪之寒風剪斷北方邊地的寒雲。

〔八〕關，《全詩》、顧本校：一作『林』。逐，李本、十卷本、姜本、毛本作『遂』，誤。【曾注】《地理志》：榆關，一名臨閭關，在漢中。【咸注】吴筠《春怨》：君去住榆關，妾留住函谷。【按】榆關，即今之山海關。古稱渝關、臨渝關、臨榆關。其地古有渝水，縣與關均以水而得名。唐人多稱此關爲榆關。高適《燕歌行》：『漢家煙塵在東北，漢將辭家破殘賊……摐金伐鼓下榆關，旌旆逶迤碣石間。』于志寧《中書令昭公崔敦禮碑》：『奉勑往幽州……建節榆關。』曾注引《漢書・地理志》謂指漢中之臨閭關，與詩題及内容均不合，非。征北：漢代有征西、征南等將軍名號，此泛指征討北方邊塞的將軍。

〔九〕貂，《全詩》、顧本校：一作『征』。

〔一〇〕【曾注】《唐書》：貞觀十七年二月，圖功臣於凌煙閣。【咸注】《兩京記》：太極宫中有凌煙閣，在凝陰殿内，功臣閣在凌煙閣南。【補注】凌煙，閣名，封建王朝爲表彰功臣而建築之繪有功臣圖像之高閣，以唐太宗貞觀十七年畫功臣像於凌煙閣事最著稱於後世。劉肅《大唐新語・褒錫》：『貞觀十七年，太宗圖畫太原倡義及秦府功臣趙公長孫無忌、河間王孝恭、蔡公杜如晦、鄭公魏徵、梁公房玄齡、申公高士廉、鄂公尉遲敬德、鄖公張亮、陳公侯君集、盧公程知節、永興公虞世南、渝公劉政會、莒公唐儉、英公李勣、胡公秦叔寶等二十四人於凌煙閣，太宗親爲之贊，褚遂良題閣，閻立本畫。」許，期望。

〔一一〕【曾注】《晉書》：竇滔妻蘇氏，名蕙，字若蘭。滔爲秦州刺史，被徙流沙，蘇氏思之，織錦爲《回文旋圖詩》以贈滔。宛轉循環，讀之詞甚悽惋，凡八百四十字。【補注】武則天《織錦回文記》：『初，滔有寵姬趙陽臺……滔置之別所。蘇氏知之，求而獲焉，苦加捶辱，滔深以爲憾。陽臺又專形蘇氏之短，謟毀交至，滔益忿焉。蘇氏時年二十一。及滔將鎮襄陽，邀其同往，蘇氏忿之，不與偕行。滔遂攜陽臺之任，斷其音問。蘇氏悔恨自傷，因織錦迴文，五綵相宣，瑩心耀目。其錦縱横八寸，題詩二百餘首，計八百餘言，縱横反復，皆成章句，其文點畫無缺，才情之妙，超今邁古，名曰《璇璣圖》。』此以『錦字』指征戍將士之妻子抒寫離別相思之情的書信或詩篇。

〔一二〕【咸注】《西京雜記》：天子筆管以錯寶爲跗，毛皆以秋兔之毫。《唐書》：詔閻立本畫凌煙閣功臣二十四圖，上自爲贊。《南部新書》：畫功臣皆北面，設三隔：內一層畫功高宰輔，外一層寫功高侯王，又外一層次第功臣。【補注】彩毫，指畫筆。

〔一三〕空，《全詩》、顧本校：一作『長』。淚，《樂府》、席本、顧本作『泣』。【曾注】曹植《美女篇》：青樓臨大路。【咸注】《南史》：齊武帝興光樓上施青漆，世人謂之青樓。吴筠《閨怨》：非獨淚如絲，亦見珠成血。【補注】青樓，青漆塗飾之豪華精美樓房，指顯貴人家女子所居之樓閣。淚成血，王嘉《拾遺記·魏》：『（魏）文帝所愛美人，姓薛名靈芸，常山人也……靈芸聞別父母，歔欷累日，淚下霑衣。至升車就路之時，以玉唾壺承淚，壺則紅色。既發常山，及至京師，壺中淚凝如血。』

【賀裳曰】《塞寒行》後曰：『心許凌煙名不滅，年年錦字傷離別。彩毫一畫竟何榮，空使青樓淚成血！』《照影曲》結云：『桃花百媚如欲語，曾爲無雙今兩身。』《蓮浦謡》末曰：『荷心有露似驪珠，不是真圓亦摇蕩。』《織錦詞》末曰：『象尺熏爐未覺秋，碧池已有新蓮子。』皆意淺體輕，然實秀色可餐。此真所謂應對之才，不必督之幹理；蛾眉之質，無俟繩之井臼也。（《載酒園詩話又編》）

【周詠棠輯《唐賢小三昧集續集》】健如生猱。較濃麗諸作，進得一格。

【按】此詩在廣袤的背景下極力渲染塞垣之寒、征戍之苦，而歸結爲『彩毫一畫竟何榮，空使青樓淚成血』之悲慨，最能反映晚唐時代之普遍社會心理。與初盛唐時期士人普遍向往立功邊塞、青史題名之積極進取心態相比，竟有天壤之别。『孰知不向邊庭苦，縱死猶聞俠骨香』（王維《少年行》），『萬里奉王事，一身無所求。也知塞垣苦，豈爲妻子謀』（岑參《初過隴山途中呈宇文判官》）。而温之『彩毫』二句，不僅極寫邊塞征戍給妻子帶來的離别相思之苦，且連凌煙圖像之榮亦徹底否定，體現出一種與初盛唐時期完全不同的輕視國家利益、輕視功名事業，重視個人家庭幸福的人生價值觀與幸福觀。恰似與王維、岑參唱反調。實則晚唐詩中，此類心理常有所表現，陳陶之『可憐無定河邊骨，猶是春閨夢裏人』，曹松之『憑君莫話封侯事，一將功成萬骨枯』，皆其例。此詩寫塞上苦寒，頗有佳句，如『一點』二句，畫面富於動感，頗似電影鏡頭，自遠而近，逐漸放大。『河源』二句，『驚沙』一句，亦形象生動而傳神。然因結穴二句，此類生動之描繪全成厭戰心理之襯托。

湖陰詞 并序

王敦舉兵至湖陰，明帝微行，視其營伍，由是樂府有《湖陰曲》，而亡其詞，因作而附之〔一〕。

祖龍黄鬚珊瑚鞭〔二〕，鐵驄金面青連錢〔三〕。虎髯拔劍欲成夢〔四〕，日壓賊營如血鮮〔五〕。海旗風急驚眠起〔六〕，甲重光摇照湖水。蒼黄追騎塵外歸〔七〕，森索妖星陣前死〔八〕。五陵愁碧春萋萋〔九〕，灞川玉馬空中嘶〔一〇〕。羽書如電入青瑣〔一一〕，雪腕如搥催畫鞞〔一二〕。白虬天子金煌鋩〔一三〕，高臨帝座迴龍章〔一四〕。吴波不動楚山晚，花壓欄干春晝長〔一五〕。

〔一〕《才調》卷二、《樂府》卷七十五雜曲歌辭十五載此首。序内『舉』字，李本、十卷本、姜本、毛本作『奉』，誤。【黄朝英曰】唐温庭筠嘗補古樂府《湖陰詞》，其序云（略）。按前史《王敦傳》云：『敦至蕪湖，上表。』又云：『帝將討敦，微服至蕪湖察其營壘。』又：『司徒導與王舍書曰：「大將軍來屯于湖。」』《明帝紀》云：『敦下屯于湖。』又，《周琦傳》云：『王敦軍敗於于湖。』又，『甘卓進爵于湖侯。』又，王允之『鎮于湖』。案《晉書·地理志》，丹陽郡統縣十二，有蕪湖縣。讀史者當以『帝微行至于湖』爲斷句，謂之『微行』，則『陰察其營壘』可知，不當云『湖陰』也。然則古樂府之命名，既失之矣，而庭筠當改曰《于湖曲》，乃爲允當……張耒《于湖曲序》云：蕪湖令寄示温庭筠《湖陰曲》，其序乃云（略）。按《晉．地志》有『于湖』而無『湖陰』。本紀云『敦屯于湖』，又曰『帝至于湖，陰察營壘而去。』頃予遊蕪湖，問父老『湖陰』所在，皆莫之知也。然則『帝至于湖』當斷爲句。（《靖康緗素雜記．湖陰》）【立注】《晉書．明帝紀》：太寧二年六月，王敦將舉兵内向。帝密知之。乃乘巴湞駿馬微行至于湖，陰察敦營壘而出。敦正晝寢，夢日環其城，驚起曰：『此必黄須鮮卑奴來也。』使騎追帝。帝見逆旅賣食嫗，以七寶鞭與之，曰：『後騎來，可以此示也。』追者至，問嫗，嫗曰：『去已遠矣。』因以鞭示之。五騎傳玩，稽留良久，帝僅而獲免。案：《晉書．地理志》：于湖，縣名，屬丹陽郡。楊慎曰：『帝至于湖』爲句，『陰察營壘』爲句，温作『湖陰』，誤也。【按】張耒、黄朝英、楊慎謂温氏斷句錯誤，甚是。樂府未見有《湖陰曲》，序所謂『樂府有《湖陰曲》，而亡其詞，因作而附之』，蓋亦自製新樂府辭之託詞也。營伍，營壘部伍。

〔二〕【黄朝英曰】謂明帝爲祖龍，又誤也。蓋《史記》載始皇爲祖龍者，祖，始也；龍者，人君之象也。以其自號始皇，故謂之祖龍耳。其他安可稱乎？（《靖康緗素雜記．湖陰》）【立注】《異苑》：王敦頓軍姑孰，明帝躬往覘之。敦晝寢，卓然驚寤曰：『營中有黄頭鮮卑奴來，何不縛取？』帝生母荀氏燕國人，故貌類焉。《世説新語》：明帝著戎服騎巴賨馬，齎一金馬鞭，陰察軍形勢。梁元帝詩：照耀珊瑚鞭。【補注】祖龍，原指秦始皇。《史記．秦始皇本紀》：『（三十六年）秋，使者從關東夜過華陰平舒道，有人持璧遮使者曰：「爲吾遺滈池君。」因言曰：「今年祖龍死。」』裴駰集解引蘇林曰：『祖，始也；龍，人君象。謂始皇也。』此借指晉明帝。《晉書．明帝紀》：『帝母荀氏，燕、代人，帝狀類外氏，鬚黄，敦故謂帝（黄鬚鮮卑奴）云。』祖龍黄鬚，指晉明帝。珊瑚鞭，以珊瑚爲飾之馬鞭，亦即《紀》文所謂『七寶鞭』。

〔三〕【立注】沈炯樂府：驄馬鐵連錢。《爾雅》：青驪驎曰驒。注：色斑駁如魚鱗，今連錢驄也。【補注】鐵驄，毛色青白相間之馬。泛指駿馬。金面，指飾金之馬轡頭。青連錢，色青白而呈魚鱗形紋絡之馬毛。

〔四〕髯，《全詩》、顧本校：一作『鬚』。【補注】虎髯，指晉明帝，因其鬚黄，故云。

〔五〕【補注】日壓賊營，即《晉書．明帝紀》『敦正晝寢，夢日環其城』之謂。日爲君象，指明帝陰察其營壘。

〔六〕【補注】海旗，指湖邊之軍旗。古亦稱大湖爲海。驚眠起，指王敦夢中驚起。

〔七〕【補注】蒼黄，匆遽驚惶貌。

〔八〕陣，李本、十卷本、姜本、毛本作『戰』。【立注】《晉書·天文志》：永昌元年七月甲午，有流星大如瓮，長百餘丈，青赤色，從西方來，尾分爲百餘岐，或散。時王敦之亂，百姓流亡之應也。又案：《晉·宣帝紀》：公孫文懿反時，有長星墜於梁水，帝縱兵擊之，斬於梁水星墜之所。此句蓋借用此事也。○以上八句實敍其事。【補注】森索，綿延離散貌。妖星，古指預兆災禍之星，如彗星等。《左傳·昭公十年》：『居其維首，而有妖星焉。』《晉書·明帝紀》：永寧二年秋七月，『帝躬率六軍，出次南皇堂……戰於越城，斬其前鋒何康。王敦憤惋而死。』此即所謂『妖星陣前死』。

〔九〕【立注】《王敦傳》：敦又大起營府，侵人田宅，發掘古墓，剽掠市道，士庶解體，咸知其禍敗焉。班固《西都賦》：北眺五陵。【補注】五陵，本指長安附近西漢諸帝的陵墓。《文選·班固〈西都賦〉》：『南望杜、霸，北眺五陵。』劉良注：『宣帝杜陵、文帝霸陵在南，高、惠、景、武、昭此五陵俱在北。』此借指晉諸帝陵墓。愁碧春萋萋，指晉帝陵墓上春天萋萋的碧草呈現令人心醉的緑意。

〔一〇〕灞，《全詩》作『霸』。【曾注】《瑞應圖》：王者清明尊貴，則玉馬至。【立注】《晉書》：新蔡王騰初發并州，次於真定。值大雪，平地數尺，營門前方數丈雪融不積。騰怪而掘之，得玉馬高尺許，奏獻之。徐注：《聞奇録》：沈傳師爲宣武節度，堂前馬嘶。掘地深丈餘，得一穴，有玉馬高三寸，長五寸，嘶則若壯馬聲。前有金槽，中碎碌砂如菉豆而金色也。【補注】灞川，即灞水，字本作『霸』。玉馬嘶，疑用玉馬朝周故事。《論語考比讖》：『殷惑如妲己，玉馬走。』宋均注：『玉馬，喻賢臣。奔，去也。』《文選·任昉〈百辟勸進今上箋〉》：『是以玉馬駿奔，表微子之去；金版出地，告龍逢之怨。』《史記·宋微子世家》：『微子曰：「父子有骨肉，而臣主以義屬。故父有過，子三諫不聽，則隨而號之；人臣三諫不聽，則其義可以去矣。」於是太師、少師乃勸微子去，遂行。』劉禹錫《後梁宣明二帝碑堂下作》詩：『玉馬朝周從此辭，園陵寂寞對豐碑。』按：『五陵』二句，緊承『森索妖星陣前死』，當指王敦亂平後之事。似謂敦既敗亡而晉先祖陵墓碧草萋萋，春色常在，玉馬長嘶，賢臣畢至，乃形容亂平後祥瑞景象，如杜詩之『五陵佳氣無時無』也。

〔一一〕【曾注】《漢書》：赤墀青瑣。孟康曰：以青畫户邊鏤中，天子制也。師古曰：刻爲連瑣文而以青塗之也。【補注】羽書，插上鳥羽以示緊急傳送之軍事文書。此指告捷之文書。青璅，同『青瑣』，裝飾皇宫門窗之青色連環花紋，此借指宫廷。

〔一二〕【立注】《禮記·月令》：仲夏，命樂師修鞀鞞鼓。〇以上四句，追敘亂離及徵發諸路刺史也。案：《晉書》：丁卯，加司徒王導大都督揚州刺史，徵徐州王邃、豫州祖約、兖州劉遐、臨淮蘇峻、廣陵陶瞻等還衛京師。【補注】畫鞞，古代軍中有畫飾之小鼓。鞞，同『鼙』。顧嗣立謂此四句追敘亂離及徵發諸路刺史，然上文既已明言『妖星陣前死』，又追敘前事，章法紊亂，恐非。此二句當是寫亂平後報捷之羽書急傳至皇宫，宫前畫鼓聲振，慶祝勝利之景象。蓋敦死後餘黨如錢鳳、沈充等猶在，『既而周光斬錢鳳，吴儒斬沈充，并傳首京師……餘黨悉平』（《晉書·王敦傳》），『羽書如電入青璅』，當爲此也。

〔一三〕煌，顧本作『鍠』。《全詩》校：一作『鍠』。【曾注】《晉書·天文志》：董養曰：『白者金色，國之行也。』《甘泉賦》：駟蒼螭兮六素虯。【補注】白虯，白龍。白虯天子，指晉明帝。金煌鍠，金光閃耀貌。

〔一四〕【曾注】《漢書·天文志》：中端門，左右掖門，掖門内六星諸侯，其内五星五帝座。又：紫微宫北極五星，其第二星謂之帝座。徐注：《郊特牲》：旗有十二旒，龍章而設日月，以象天也。【補注】龍章，龍旗，皇帝之儀仗。迴龍章，謂明帝征討王敦，勝利還朝。

〔一五〕【立注】江淹《西洲曲》：闌干十二曲，垂手明如玉。〇以上四句謂敦滅還宫，重慶昇平也。司馬光《資治通鑑》：王敦使王含、錢鳳、鄧岳、周撫等帥衆向京師，帝乃帥諸軍出屯南皇堂，夜募壯士，遣將軍段秀等帥千人渡水，明旦戰於越城，大破之。秀，匹磾弟也。敦聞含敗，尋卒。敦黨悉平。〇敦本鎮武昌，及謀篡位，諷朝廷徵己，移鎮姑孰，故結語云然。【按】末二句狀亂平後和平寧静景象。

【胡仔曰】温庭筠《湖陰曲》警句云：『吴波不動楚山晚，花壓欄干春晝長。』庭筠工於造語，極爲綺靡，《花間集》可見矣。（《苕溪漁隱叢話》）

【吴師道曰】于湖玩鞭亭，晉明帝覘王敦營壘處。自温庭筠賦詩後，張文潛又賦《于湖曲》，以正『湖陰』之誤（按：張耒《于湖曲序》已見注〔一〕所引）。詞皆奇麗警拔，膾炙人口。（《吴禮部詩話》）

【陸時雍曰】温飛卿有詞無情，如飛絮飄揚，莫知指適。《湖陰詞》後云：『吴波不動楚山晚，花壓欄干春晝長。』余直不知所謂。（《詩鏡總論》）

【朱彝尊曰】義山學杜者也，間用長吉體作《射魚》《海上》《燕臺》等詩，則多不可解。飛卿學李者也，即用太白體作《湖陰》《擊甌》等詩，亦多不可解。疑是唐人習尚，故爲隱語，當時之人自能知之；傳之既久，遂莫曉所謂耳。有明制藝且然，何况于詩？（評點《李義山詩集·射魚曲》）

【黄周星《唐詩快》】結語若與題絶不相關，正是詠史妙境。

【宋長白曰】温飛卿《湖陰詞》曰：『祖龍黄鬚珊瑚鞭，鐵驄金面青連錢。虎髯拔劍欲成夢，日壓賊營如血鮮。』按：王敦犯順，屯兵于湖。明帝單騎陰察賊壘。敦夢日墜帳前，驚曰：『黄鬚鮮卑兒來耶？』遣騎追之。帝以鞭遺村嫗，詭詞脱走。于湖，蓋地名。（《柳亭詩話》）

【杜詔曰】五陵、灞川，皆長安地，時爲劉曜所據。羽書鼙鼓，遠震江東，未可以敦死而遂宴衎也。下正譏之。（『五陵愁碧』四句下評）（《中晚唐詩叩彈集》）

【翁方綱曰】飛卿七古調子元好，即如《湖陰詞》等曲，即阮亭先生之音節所本也。然飛卿多作不可解語。且同

一濃麗，而較之長吉，覺有傖氣，此非大雅之作也。（《石洲詩話》卷二）

【按】詩分兩段。前段八句描敍晉明帝微行窺探王敦營壘，敦追帝不及，帝親征王敦，敦旋即敗亡等情事。後段八句描敍敦餘黨悉平後羽書報捷，明帝高臨帝座，朝廷上一片祥和寧静景象。所詠者雖爲東晉軍事政治大事，且頗具戲劇性情節，然詩人之興趣，主要不在事件本身之整個過程，亦不在通過事件的吟詠，抒發對歷史事件及人物的看法，故既非敍事之作，亦非一般意義的詠史詩。詩所要着意表現的，乃是一種歷史事件的整體氛圍，一種對當時場景的鮮明想像。此正長吉體詠史一類作品之重要特徵，非所謂太白體。庭筠所處之世，藩鎮反叛被朝廷平定者，有武宗朝昭義鎮劉稹之事，此詩或有感於此類事件而作。

蔣侯神歌〔一〕

楚神鐵馬金鳴珂〔二〕，夜動蛟潭生素波。商風刮水報西帝〔三〕，廟前古樹蟠白蛇〔四〕。吳王赤斧斫雲陣〔五〕，畫堂列壁叢霜刃〔六〕。巫娥傳意托悲絲〔七〕，鐸語琅琅理雙鬟〔八〕。湘煙刷翠湘山斜，東方日出飛神鴉〔九〕。青雲自有黑龍子，潘妃莫結丁香花〔一〇〕。

〔一〕【立注】《蔣子文傳》：蔣子文者，廣陵人也。嗜酒好色，佻達無度，常自謂青骨，死當爲神。漢末爲秣陵

尉，逐賊至鍾山下，賊擊傷額，因解綬縛之，有頃遂死。《金陵志》：子文爲秣陵尉，逐盜至鍾山，死而靈異。吴大帝立廟孫陵岡，封爲中都侯，改鍾山曰蔣山。晉加相國，重爲立廟。南宋初廢，後修復，封蔣王。齊進號蔣帝。

【按】事見晉干寶《搜神記》卷五。

〔二〕【補注】楚神，此指蔣侯神。春秋戰國時楚國疆域由今之湖南、湖北擴展至河南、安徽、江西、江蘇、浙江等地，故秣陵亦可稱楚地，秣陵之蔣侯神亦可稱楚神。然據下文『湘煙刷翠湘山斜』之句，似所詠之蔣帝廟在湖南湘江一帶，則自更可稱楚神。鐵馬，配有鐵甲之戰馬。金鳴珂，金屬之馬轡飾。行則作響，故曰鳴珂。

〔三〕【補注】商風，指秋天的西風。《楚辭·東方朔〈七諫〉》：『商風肅而害生，百草育而不長。』西帝，指秋天之神。

〔四〕【立注】《南史》：臨汝侯蕭猷與楚王廟神交，飲之一斛。每酹祀，盡歡極醉，神影亦有酒色，所禱必從。後爲益州刺史，時江陽人齊苟兒反，衆十萬攻州城，猷兵糧俱盡，人有異心，乃遥禱請救。是日有田老逢一騎絡鐵從東方來，問去城幾里，曰：『百四十。』時日已晡，騎舉稍曰：『後人來可令之疾馬，欲及日破賊。』俄有數百騎如風。一騎過，請飲，田老問爲誰，曰：『吴興楚王來救臨汝侯。』當此時，廟中請祈無驗。十餘日，乃見侍衛土偶皆泥溼如汗者。《南史·曹景宗傳》：梁旱甚，詔祈蔣帝神求雨。十旬不降，武帝怒，命載荻欲焚廟并神影。爾日開朗，欲起火，當神上忽有雲如繖，倏忽驟雨如瀉，臺中宫殿皆自振動。帝懼，馳詔追停，少時還静。自此帝畏信遂深。自踐阼以來，未嘗躬自到廟，於是備法駕，將朝臣修謁。是時魏軍攻鍾離，蔣帝神報敕必圍，許扶助，既而無雨水長，遂挫敵人，亦神之力焉。凱旋之後，廟中人馬脚盡有泥溼，當時并目覩焉。杜甫詩：鐵馬汗常趨。《金陵志》：鍾山北一峯最高，其顛有泉，泉西爲黑龍潭，相傳曾有龍見。劉歆《遂初賦》：遭陽侯之豐沛兮，乘素波以聊戾。梁元帝《纂要》：秋風曰商風。【咸注】《史記》：嫗曰：『吾子白帝子也，化爲蛇當道。』【按】古樹蟠白蛇，渲染蔣侯神廟之靈異神祕，未必用事。

〔五〕斫，姜本、十卷本、顧本作『砍』。

〔六〕壁叢，《全詩》、顧本校：一作『戟排』。【補注】叢，排列。

〔七〕娥，原作『蛾』，據述鈔、十卷本、姜本、毛本、《全詩》、顧本改。【補注】巫娥，指女巫。悲絲，聲音悲淒之絃樂器。杜甫《促織》：『悲絲與急管，感激異天真。』

〔八〕【立注】干寶《搜神記》：吴先主之初，其故吏見文於道，乘白馬，執白扇，侍從如平生，見者驚走。文追之，謂曰：『我當爲此土地神，以福爾下民。爾可宣告百姓，爲我立祠。不爾，將有大咎。』是歲夏大疫，百姓輒相恐動，頗有竊祠之者矣。文又下巫祝：『吾將大啓祐孫氏，宜爲我立祠。不爾，將使蟲入人耳爲災。』俄而有小蟲如鹿蠻，入耳皆死，醫不能治。百姓愈恐。孫主未之信也。又下巫祝：『若不祀我，將又以大火爲災。』是歲火災大發，一日數十處，火及公宫。孫主患之，議者以爲鬼有所歸，乃不爲厲，宜有以撫之。於是使使者封子文爲中都侯，加印綬，爲廟堂，轉號鍾山爲蔣山，今建康東北蔣山是也。自是災厲止息，百姓遂大事之。徐陵《關山月》：雲陳上祁連。【咸注】杜甫詩：古壁畫龍蛇。《吴都賦》：剛鏃潤，霜刃染。《唐書·樂志》：鐸舞，漢曲也。《古今樂録》：鐸，舞者所持也。【補注】鐸語，鈴鐺聲。女巫降神時摇動鈴鐺，發出琅琅的聲響，故曰『鐸語琅琅』。

〔九〕【補注】神鴉，廟中食祭品之烏鴉。杜甫《過洞庭湖》：『護堤盤古木，迎櫂舞神鴉。』仇兆鰲注引《岳陽風土記》：『巴陵鴉甚多，土人謂之神鴉，無敢弋者。』又引吴江周篆曰：『神烏在岳州南三十里，羣烏飛舞舟上。或撒以碎肉，或撒以荳粒，食葷者接肉，食素者接荳，無不巧中。如不投以食，則隨舟數十里，衆烏以翼沾泥水，污船而去，此其神也。』此句之『神鴉』，聯繫上句『湘煙刷翠湘山斜』，似專指巴陵之神鴉。

〔一〇〕【立注】劉敬叔《異苑》：青溪小姑廟，云是蔣侯第三妹廟。中有大穀扶疎，烏常産育其上。晉太元中，陳郡謝慶執彈乘馬繳殺數頭，即覺體中栗然。至夜夢一女子，衣裳楚楚，怒云：『此鳥是我所養，何故見侵？』經日謝卒。慶名奂，靈運父也。《建業志》：宋元嘉中，蔣陵湖有黑龍見，改名玄武湖。《南史·東昏侯紀》：潘貴妃偏信蔣侯神，迎來入宫，晝夜祈禱。左右朱光尚詐云見神，動輒啓，并云降福。始安之平，遂加位相國，末又號爲『靈帝』，車服羽儀，一依王者。【咸注】《本草》：丁香出交、廣，木類桂，高丈餘，葉似櫟，凌冬不凋，花圓，細黄色，其子出枝蕊上，如丁字。中有粗大如山茱萸者，謂之女丁香。案：陳藏器云：丁香擊之則順理而解爲兩向。杜少陵詩：丁香體柔弱，亂結枝猶墊。李義山詩：本是丁香樹，春條結始生。蓋其合則爲結也。【補注】李商隱《代贈二首》之一：『芭蕉不展丁香結，同向春風各自愁。』莫結丁香花，蓋謂莫心情鬱結含愁也。

【按】此詩刻意渲染蔣侯神之靈異與神廟景象。首四句寫蔣侯神夜間顯示靈異，乘鐵甲戰馬而來，嗚珂丁當作響，廟旁之蛟潭亦被掀動，生起層層白波。秋風刮過水面，告知秋神白帝，廟前古樹之上，白蛇蟠繞。次四句寫神廟中景象：蔣侯神手持赤斧，似欲斫開雲陣，廟堂上叢列如霜的兵器。降神之女巫或托絃樂以傳意，或摇動神鈴，捋理雙鬟。七八句似謂神廟外湘煙籠罩逶迤而去的翠緑湘山，飛舞的神鴉乘東方日出時齊集廟前争食祭品。末二句似謂迷信蔣侯神之潘妃且莫心情鬱結含愁，青雲之上自有黑龍子現，蔣侯神之靈異固不爽也。

漢皇迎春詞〔一〕

春草芊芊晴掃煙〔二〕，宮城大錦紅殷鮮〔三〕。海日初融照仙掌〔四〕，淮王小隊纓鈴響〔五〕。獵獵東風燄赤旗〔六〕，畫神金甲葱籠網〔七〕。鉅公步輦迎勾芒〔八〕，複道掃塵燕篲長〔九〕。豹尾竿前趙飛燕〔一〇〕，柳風吹盡眉間黄〔一一〕。碧草含情杏花喜，上林鶯囀遊絲起〔一二〕。寶馬摇環萬騎歸〔一三〕，恩光暗入簾櫳裏〔一四〕。

校注

〔一〕《樂府》卷一百新樂府辭十一樂府倚曲載此首，題内『詞』作『辭』。【立注】荀悦《漢紀》：成帝以宣帝時生，號曰『世嫡皇孫』。宣帝愛之，自名曰驁，字太孫。《禮記·月令》：立春之日，天子親帥三公九卿諸侯大夫以迎春於東郊。【補注】迎春，古代祭禮之一。古人以春配祭五方之東，五色之青。故於立春日，天子率百官出東郊祭青帝，迎接春天到來。《後漢書·祭祀志中》：『立春之日，迎春於東郊，祭青帝、句芒。東騎服色皆青。』《新唐書·禮樂志二》：『立春祀青帝，以太皞氏配。歲星、三辰在壇下之東北，七宿在西北，句芒在東南。』是爲歷代相沿之舊禮。顧嗣立引荀悦《漢紀》以注『漢皇』，然此『漢皇』實爲以漢喻唐，借指當時之唐皇。據詩中『豹尾竿前趙飛燕』二句，或即指唐武宗，詳箋評編著者按。

〔二〕『草』字脱，據述鈔、李本、姜本、毛本、席本、顧本、《全詩》補。《樂府》亦脱。掃，《全詩》、顧本校：一作『拂』。【曾注】宋玉《高唐賦》：仰視山顛，肅何芊芊。【按】芊芊，有茂盛與碧緑二義，均可通。宋玉《高唐賦》『芊芊』一作『千千』，李善注：『千千，青也。千、芊古字通。』《列子·力命》：『美哉國乎，鬱鬱芊芊。』此則爲茂盛義。晴掃煙，晴煙一抹如掃。

〔三〕【原注】殷，於閑反。【咸注】揚雄《甘泉賦》：曳紅采之流離兮，颺翠氣之宛延。《左傳》：左輪朱殷。杜甫詩：象牀玉手亂殷紅。孫愐《廣韻》：殷，赤黑色。【補注】殷鮮，紅豔、鮮豔。句意謂宫城披上大幅紅錦，鮮豔奪目。

〔四〕初，《樂府》、顧本作『如』。【曾注】《西都賦》：抗仙掌以承露。【補注】融，大明、明亮。《左傳·昭公五年》：『《明夷》之《謙》，明而未融，其當旦乎？』孔穎達疏：『明而未融，則融是大明。』仙掌，漢武帝爲求仙，在建章宫神明臺上造銅仙人，舒掌捧銅盤玉杯，以承雲表仙露。後亦稱承露金人爲仙掌。張衡《西京賦》：『立修莖之仙掌，承雲表之清露。』

〔五〕隊，原作『墜』，據述鈔、席本、《樂府》、《全詩》、顧本改。【咸注】《神仙傳》：淮南王安好道，有八公詣門，須眉皓白。王以其老，難問之，八公皆變爲童子，角髻青絲，色如桃花。王跣而迎，登思仙之臺，執弟子禮，八童子乃復爲老人。《西京雜記》：淮南王好方士，方士皆以術見，遂有畫地成江河，撮土爲山巖，嘘吸爲寒暑，噴嗽爲雨霧。王卒與方士俱去。《真誥》：老君佩神虎之符，帶流金之鈴。《雲笈七籤》：左佩玉瑞，右腰金鈴。【補注】纓鈴，馬革帶上繫的鈴。此以『淮王』指好神仙之事之帝王。

〔六〕啖赤，《樂府》、席本、顧本作『展啖』。『赤』字原闕，據李本、十卷本、姜本、毛本、《全詩》補。【補注】啖，作動詞用，照耀。

〔七〕【立注】荀悦《漢紀》：匡衡奏議：甘泉紫微殿有文章刻鏤、黼黻文繡之飾，又置女樂、石壇、仙人祠、瘞鸞輅、騂駒、偶人、龍馬之屬。古詞《烏夜啼》：蘢蔥窗不開，烏夜啼，夜夜望郎來。【補注】畫神，彩繪之神像。蔥蘢，本狀草木之青翠茂盛，此狀金甲之網絡形裝飾繁密貌。

〔八〕【立注】《封禪書》：見一父老牽狗，言欲見巨公，已忽不見。《禮記·月令》：孟春之月，其神句芒。【補注】鉅公，指隨從漢皇迎春之三公九卿等大臣。步輦，古人一種用人擡的代步工具，類似轎。《趙飛燕外傳》：『帝即令舍人吕延福以百寶鳳毛步輦迎合德。』唐閻立本有《步輦圖》。勾芒，木神。勾，同『句』。班固《白虎通·五行》：『其神勾芒者，物之始生，其精青龍。芒之爲宣萌也。』

〔九〕複，李本、十卷本、姜本、毛本作『復』。掃，《全詩》、顧本校：一作『拂』。燕，《樂府》、席本、顧本作『鸞』。篲，《全詩》、顧本作『彗』。【曾注】《秦本紀》：殿屋複道，周閣相屬。【咸注】蔡邕《獨斷》：天子出，前驅有鸞旗車，編羽毛列繫幢旁，俗名雞翹車。【補注】複道，樓閣間架空之通道。燕篲，指掃帚如燕尾之狀。字面上可能與《史記·孟子荀卿列傳》『（騶子）如燕，昭王擁篲先驅，請列弟子之座而受業』有關，但只取義於『篲』（掃帚），與敬賢之意無涉。

〔一〇〕【咸注】《揚雄傳》：是時趙昭儀方大幸，每上甘泉，常法從，在屬車間豹尾中。服虔曰：大駕八十一乘，最後一乘懸豹尾。《漢書·外戚傳》：趙后屬陽阿主家，學歌舞，號曰飛燕。師古曰：以其體輕也。【補注】蔡邕《獨斷下》：『秦滅九國，兼其車服，故大駕屬車八十一乘也。尚書、御史乘之。最後一車懸豹尾。』按：在豹尾車中之趙昭儀係趙飛燕之妹。

〔一一〕注見上《照影曲》『黄印額山輕爲塵』句。【曾注】額上塗黄，漢宫妝也。案：楊慎曰：温飛卿詩：豹尾車前趙飛燕，柳風吹散蛾間黄。王荆公詩：漢宫嬌額半塗黄。其制已起於漢，但未知所出耳。【按】眉間黄，即額黄妝，漢代宫妝，六朝隋唐仍流行。

〔一二〕【咸注】衛宏《漢舊儀》：上林苑中廣長三百里，離宫七十所，中容千乘萬騎。【補注】上林，漢宫苑名。本秦之舊苑，漢初荒廢。漢武帝進行大規模擴建，東南至宜春、鼎湖、昆吾，南至御宿及至終南山，西南至長楊、五柞，向北跨渭河，北繞黄山，瀕渭而東，方三百四十里，周圍環築苑垣，長四百餘里，有十二苑門，三十六區苑囿，宫觀七十餘座。詳《三輔黄圖·苑囿》。

〔一三〕【立注】《西京雜記》：輿駕祠甘泉，備千乘萬騎，太僕執轡，大將軍陪乘，名爲大駕。《甘泉賦》：敦萬騎於中營兮，方玉車之千乘。【補注】環，指馬嚼環。

〔一四〕【立注】荀悦《漢紀》：趙后本長安宫人，後屬陽阿公主。上微行公主家，見而悦之。及女弟俱爲倢伃，貴傾後宫。趙后既立，而弟絶幸，爲昭陽舍其中，庭彤朱而壁髹漆，切皆銅沓，黄金塗，白玉陛，金釭函，藍田璧，明珠翠羽飾之，自有宫室以來未之有也。【補注】恩光，指皇帝的恩澤。

【顧嗣立曰】《漢書·郊祀志》：成帝末年頗好鬼神，亦以無繼嗣故，多上書言祭祀方術者，皆得待詔。祠祭上林苑中長安城旁，費用甚多。《成帝紀》：永始三年冬十月，詔有司復甘泉泰畤、汾陰后土、雍五畤、陳倉陳寶祠。四年春正月，行幸甘泉宫，郊泰畤。揚雄《甘泉賦序》：上方郊祀甘泉泰畤、汾陰后土以求繼嗣。此篇細玩詩意，知漢皇爲成帝無疑也。原注（按：當指曾注）誤爲漢高祖，則詩中『豹尾竿前趙飛燕』句將何所指邪？

【按】顧嗣立以詩有『豹尾竿前趙飛燕』之句，以爲詩題中之漢皇指成帝。然題云『迎春』，與郊祀甘泉泰畤、汾陰后土以求繼嗣自是二事，詩中亦無求嗣意。以漢皇喻指唐帝，本唐人之習。此篇所詠之『漢皇』，突出之事有二：一爲好神仙，詩中『仙掌』『淮王』『畫神金甲』均寓此意。二爲好女色。詩中『豹尾竿前趙飛燕』『恩光暗入簾櫳裏』皆寓此意。求之庭筠所歷君主，惟唐武宗最爲相合。武宗頗好神仙道術，會昌五年春，『築望仙臺於南郊』，又寵王才人，『欲立以爲后』（均見《通鑑》）。此詩中之『趙飛燕』，殆即指『寵冠後庭』之王才人。與庭筠同時之李商隱，即針對武宗此類行事屢加諷詠，其《茂陵》《昭肅皇帝挽歌辭三首》《漢宫》《華嶽下題西王母廟》《北齊二首》等均可參較。

温庭筠全集校注卷二　詩

蘭塘詞〔一〕

塘水汪汪鳧唼喋〔二〕，憶上江南木蘭檝〔三〕。繡頸金鬟蕩倒光〔四〕，團團皺緑雞頭葉〔五〕。露凝荷卷珠净圓，紫菱刺短浮根纏〔六〕。小姑歸晚紅粧淺〔七〕，鏡裏芙蓉照水鮮〔八〕。東溝潏潏勞迴首〔九〕，欲寄一杯瓊液酒〔一〇〕。知道無郎却有情〔一一〕，長教月照相思柳〔一二〕。

〔一〕《樂府》卷一百新樂府辭十一樂府倚曲載此首。詞，《樂府》作「辭」。【曾注】《維揚志略》：蘭塘浦東接得勝湖，西接海陵溪，中植蓮藕菱芡，唐時爲勝遊處。【按】詩云「憶上江南木蘭檝」，則此「蘭塘」當在江南，可能即庭筠江南吴中故居附近之一處蓮塘。

〔二〕【曾注】《上林賦》：唼喋菁藻，咀嚼菱藕。《通俗文》：水鳥食謂之啑。啑與喋同。【補注】汪汪，水滿貌。

鳧，野鴨。唼喋，禽或魚吃食。

〔三〕檝，《樂府》作「楫」。【曾注】薛道衡詩：新船木蘭檝。詳卷四《西江貽釣叟騫生》「春潮遥聽木蘭舟」句注。【補注】木蘭檝，木蘭樹製作的船。

〔四〕頸，席本、顧本作「領」。【咸注】《漢書》：廣川王去姬爲去刺方領繡。晉灼曰：今之婦人直領也。繡爲方領，上刺作黼黻文。吴均《雜句》：繡領合歡斜。【補注】繡頸金鬚，疑是形容荷花之花苞如女子之繡頸，花蕊則如金鬚。花映水中，水波蕩漾，故云「蕩倒光」。如解爲女子繡領，則「金鬚」字不可解。

〔五〕皺緑，述鈔作「緑皺」。【曾注】嵇含《草木狀》：雞頭一名雞壅，葉蹙衄如沸，有芒刺。【咸注】《方言》：南楚謂之雞頭，北燕謂之葰，青、徐、淮、泗之間謂之芡。【補注】雞頭葉，芡葉。芡葉呈圓盾形，浮於水面，全株有刺，故云「團團緑皺」。

〔六〕「纏」字底本、述鈔闕文，《樂府》作「鮮」，《全詩》校：一作「綿」。均非。此據李本、十卷本、姜本、毛本、《全詩》、席本、顧本補。【曾注】《爾雅》：菱一名薢茩。《埤雅》：菱，白花紫角，有刺。庾信詩：紫菱生軟角。【補注】刺，指菱之角刺。

〔七〕【曾注】隋煬帝詩：菱潭落日雙鳧舫，緑水紅妝兩摇漾。【咸注】古樂府：小姑始扶牀。【按】下有「知道無郎却有情」之句，此「小姑」當用南朝樂府《青溪小姑曲》「小姑所居，獨處無郎」之語，非《古詩爲焦仲卿妻作》蘭芝之小姑。此「小姑」猶年輕姑娘之謂。

〔八〕【咸注】樂府《青陽歌曲》：青荷蓋緑水，芙蓉發紅鮮。【補注】句意雙關。謂水中荷花與女子之倒影同其鮮妍。

〔九〕潏潏，李本、毛本作「繘繘」，十卷本、姜本作「遹遹」。【補注】潏潏，水湧流貌。

〔一〇〕【咸注】《漢武内傳》：上藥有風實雲子、玉液金漿。謝燮《方諸曲》：瓊醴和金液。【補注】瓊液酒，指美酒，猶瓊漿玉液。

〔一一〕【曾注】晋樂府《青溪小姑曲》：小姑所居，獨處無郎。

〔一二〕【曾注】梁簡文帝《折楊柳》詩：曲終無別意，并是爲相思。【補注】相思柳，當是因柳象徵離别相思而有此稱。

【陸時雍曰】深着語，淺着情，是温家本色。（《唐詩鏡》卷五十一）

【按】次句一篇之主。全詩均寫回憶中往日江南蘭塘蕩舟採蓮的一段經歷。塘水汪汪，野鴨唼喋，荷花含苞，芡葉團緑，荷葉珠圓，紫菱刺短。此時忽遇採蓮少女，紅妝歸晚，水中荷花與少女之倒影，同其鮮妍。彼此未免有情，而不得交接，則亦徒勞相思而已。末句點醒今日之相思，遥應次句『憶』字。

晚歸曲〔一〕

格格水禽飛帶波，孤光斜起夕陽多〔二〕。湖西山淺似相笑〔三〕，菱刺惹衣攢黛蛾〔四〕。青絲繫船向江水〔五〕，蘭芽出土吴江曲〔六〕。水極晴摇泛灔紅〔七〕，草平春染煙綿緑〔八〕。玉鞭騎馬楊叛兒〔九〕，刻金作鳳光參差〔一〇〕。丁丁暖漏滴花影，催入景陽人不知〔一一〕。彎堤弱柳遥相矚〔一二〕，雀扇圓圓掩香玉〔一三〕。蓮塘艇子歸不歸〔一四〕，柳暗桑穠聞布穀〔一五〕。

〔一〕《才調》卷二、《樂府》卷一百新樂府辭十一樂府倚曲載此首。

〔二〕【曾注】沈約《詠湖中雁》：羣浮動輕浪，單泛逐孤光。【補注】《文選·沈約〈詠湖中雁〉》張銑注：「孤，猶遠也。」按：沈詩「孤」字當指單隻之水鳥，視上句「羣浮」，下句「單泛」可知。然沈詩「單泛」係在水面浮游之單隻水鳥，温詩「孤光斜起」則指在夕陽映照下單飛斜起之水鳥。温詩有「鴉背夕陽多」之句，此句之「夕陽多」正水禽之單飛者給人以「孤光斜起」之視覺感受之故。

〔三〕【曾注】《畫苑》：春山澹冶而如笑。【補注】山淺，謂山色淡遠。郭熙《林泉高致集》：「春山淡冶而如笑，夏山蒼翠而如滴。」

〔四〕【咸注】《煙花記》：隋煬帝宫人畫長蛾，日給螺子黛五斛。王僧孺《春閨怨》：愁來不理鬢，春至更攢眉。【補注】菱刺，此指菱之莖蔓，上有尖刺。攢黛蛾，緊皺雙眉。

〔五〕水，《才調》、《樂府》、述鈔、李本、十卷本、姜本、《全詩》、顧本作「木」。船，《全詩》校：一作「舟」。【曾注】梁元帝詩：向解青絲纜，將移丹桂舟。【補注】青絲，指繫船的纜繩。作「江木」指江邊用以繫纜的樹，然作「江水」意自可通，蓋謂船面對江水也。

〔六〕【咸注】鮑照《白紵歌》：桃含紅蕚蘭紫芽。【補注】蘭芽，蘭花的花苞。吴江，吴淞江之别稱，參卷一《吴苑行》「吴江澹畫水連空」句注。曲，水之彎曲處。

〔七〕【曾注】江淹《休上人怨别》：露彩方泛灩，月華始裴回。【補注】水極，水之遠處。晴摇，晴光摇漾。泛灩紅，形容湖面在夕陽照映下泛動一片紅豔的瀲灩水光。

〔八〕【補注】春染煙綿綠，春色染遍了籠罩着輕煙的連綿綠色田野。

〔九〕楊叛，《樂府》、席本、顧本作『白玉』。【曾注】杜甫詩：麒麟受玉鞭。【咸注】《唐書·樂志》：楊叛兒，齊隆昌時女巫之子，曰楊旻，少時隨母入宫，及長爲何后寵。童謡云：『楊婆兒，共戲來所歡。』語訛遂成楊叛兒。【補注】樂府西曲歌有《楊叛兒》。此句之『楊叛兒』猶少年郎。

〔一〇〕【曾注】陳後主《楊叛兒曲》：龍媒玉珂馬，鳳軫繡香車。【補注】刻金作鳳，指金製之鳳形首飾。温庭筠《思帝鄉》詞：『回面共人閑語，戰篦金鳳斜。』光參差，光影閃爍不定。

〔一一〕景陽，見卷一《雞鳴埭曲》注〔四〕。

〔一二〕【曾注】張正見《賦得垂柳映斜溪》：千仞清溪險，三陽弱柳垂。【補注】相矚，相望。

〔一三〕圓圓，《樂府》、李本、毛本、《全詩》作『團圓』，十卷本、姜本作『團團』。【補注】雀扇，羽毛扇。香玉，借指香而白的女子面龐。

〔一四〕歸不歸，李本、十卷本、姜本、毛本、席本均作『歸不得』。【咸注】江淹《西洲曲》：採蓮南塘秋，蓮花（子）過人頭。古樂府《莫愁樂》：艇子打兩槳，催送莫愁來。

〔一五〕【曾注】《廣雅》：擊穀，布穀也。以布種時鳴。傅玄賦：聆布穀之晨鳴。【補注】柳暗桑穠，柳色深暗，桑葉鮮濃，顯示時已春暮，故『聞布穀』。

【陸時雍曰】道情處在意似之間。（《唐詩鏡》卷五十一）

【按】此詠湖上蕩舟流連晚歸情景。首四句湖上景色。水禽格格飛起，猶帶水波，夕陽映照，孤光一點，斜飛而去。湖西山色淡遠，似美人含笑，而乘舟嬉游之女子則因菱刺惹衣而緊皺雙眉。『菱刺』句點出『晚歸』之人。『青絲』四句寫湖上湖邊景色。青纜繫船，面向江水，蘭芽初吐，晴光泛灩，草平煙籠，一片春緑。『玉鞭』四句，謂岸邊有揮鞭騎馬之少年郎君，湖上則有簪鳳釵之女子，彼此情愫暗通，如暖漏之滴入花影，雖催入景陽宫中人之心而不知。『景陽』點出女子身份。末四句則彼此有情，流連忘返之情景。『蓮塘艇子歸不歸』，女子因情思牽繞而不忍歸之心理獨白。末句以景結情，有春已暮而時不我待意。

故城曲〔一〕

漠漠沙堤煙，堤西雉子斑〔二〕。雉聲何角角〔三〕，麥秀桑陰閑〔四〕。遊絲蕩平緑〔五〕，明滅時相續。白馬金絡頭〔六〕，東風故城曲。故城殷貴嬪〔七〕，曾占未來春〔八〕。自從香骨化，飛作馬蹄塵〔九〕。

〔一〕《樂府》卷一百新樂府辭十一樂府倚曲載此首。【補注】據詩中所寫宋武帝殷貴嬪事，故城當指劉宋之都城建康（今南京市）。

〔二〕斑，李本、十卷本、姜本、毛本作『班』，字通。【曾注】樂府古題有《雉子斑》。【補注】《樂府詩集·鼓吹曲辭一·雉子斑》：『雉子，斑如此。』此句『雉子斑』指野雉色彩斑爛。

〔三〕《全詩》、顧本注：角，音谷。【補注】角角，雄雉鳴聲。韓愈《此日足可惜贈張籍》：『百里不逢人，角角雄雉鳴。』

〔四〕閑，《樂府》作『間』，誤。桑陰，李本、十卷本、姜本、毛本作『陰桑』，誤。【咸注】枚乘《七發》：麥秀蔪兮雉朝飛。《詩》：桑者閑閑兮。【補注】麥秀，麥子抽穗尚未結實。《史記·宋微子世家》：『箕子朝周，過故殷虛，感宫室毁壞，生禾黍，箕子傷之，欲哭則不可，欲泣爲其近婦人，乃作《麥秀》之詩以歌詠之。其詩曰：「麥秀漸漸兮，禾黍油油。彼狡僮兮，不與我好兮。」』此句用『麥秀』典，正寓故城滄桑、人事變化之感。顧予咸注引枚乘《七發》『麥秀蔪兮雉朝飛』，雖與所寫景物吻合，但未顯示『麥秀』一語之含蘊。《詩·魏風·十畝之間》：『十畝之間，桑者閑閑兮，行與子還兮。』『桑陰閑』用此而稍變其語，形容桑樹繁茂濃密，意態安閑幽静。

〔五〕【曾注】沈約詩：游絲映空轉，高楊拂地垂。【補注】句意謂游絲飄蕩於平坦的緑野之上。

〔六〕【曾注】鮑照樂府：驄馬金絡頭。【補注】金络頭，金飾之馬籠頭。

〔七〕【立注】《南史》：殷淑儀麗色巧笑，寵冠後宫。及薨，宋孝武帝常思見之，遂爲通替棺，欲見輒引替覩尸，如此積日，形色不異。追贈貴妃，謚曰宣。及葬，給輼輬車，羽葆鼓吹。上自於南掖門臨，過喪車，悲不自勝，左右莫不掩泣。

〔八〕來，《樂府》作『央』。【補注】句意謂其寵冠後宫，并後來宫嬪之寵亦佔盡也。

〔九〕【立注】謝莊《宋孝武宣貴妃誄》：銷神躬於壤末，散靈魄於天潯。【補注】此即美人香骨化爲塵土之意，李商隱《河陽詩》：『梓澤東來七十里，長溝複塹埋雲子。可惜秋眸一臠光，漢陵走馬黄塵起。』可互參。

【按】此過建康故城殷貴嬪墓而興美人黄土、世事滄桑之感。春色依舊，沙堤煙籠，麥秀雉鳴，桑陰閑閑，遊絲飄蕩，平蕪緑遍。常在之春色愈益反襯出人事之滄桑變化。今日騎馬過故城隅之殷貴妃墓，往日『曾占未來春』之美人香骨，久已化爲馬蹄下之飛塵矣，能不慨然！

昆明治水戰詞〔一〕

汪汪積水光連空〔二〕，重疊細紋晴瀲紅〔三〕。赤帝龍孫鱗甲怒〔四〕，臨流一時生陰風〔五〕。鼉鼓三聲報天子〔六〕，雕旌獸艦凌波起〔七〕。雷吼濤驚白若山〔八〕，石鯨眼裂蟠蛟死〔九〕。溟池海浦俱喧豗〔一〇〕，青幟白旌相次來〔一一〕。箭羽槍纓三百萬〔一二〕，踏翻西海生塵埃〔一三〕。茂陵仙去菱花老〔一四〕，唼唼遊魚近煙島〔一五〕。渺莽殘陽釣艇歸〔一六〕，緑頭江鴨眠沙草。

〔一〕《樂府》卷一百新樂府辭十一樂府倚曲載此首。治，毛本、《全詩》、《樂府》作『池』；詞，《樂府》作

『辭』。【立注】《漢書》：武帝元狩三年，減隴西、北地、上郡戍卒半，發謫吏穿昆明池。臣瓚曰：《西南夷傳》有越嶲昆明國，有滇池方三百里。漢使求身毒國而爲昆明所閉，今欲伐之，故作昆明池象之，以習水戰。在長安西南。《西京雜記》：武帝作昆明池，欲伐昆吾夷，教習水戰，因而于上游戲養魚。魚給諸陵廟祭祀，餘付長安市賣之。池周回四十里。【補注】昆明，指昆明池。治，作、爲。《詩・邶風・緑衣》：『緑兮衣兮，女所治兮。』治水戰，猶演習水戰。

〔二〕光連，《樂府》作『連碧』。【曾注】李百藥《遊昆明池》詩：積水浮深智。

〔三〕晴瀲，原作『晴激』，《樂府》作『交斂』，席本、顧本作『交瀲』，《全詩》作『晴漾』。【按】『激』字字書未見，當爲『瀲』字形誤，今據席本、顧本改正。晴瀲紅，謂紅日映照，池水瀲灩起一片紅色晴光。

〔四〕鱗，原作『鮮』，據《樂府》、述鈔、席本、《全詩》改正。【咸注】《漢・高帝紀》：有大蛇當道，高祖醉斬蛇。有一老嫗哭曰：『吾子白帝子也，化爲蛇，當道，今者赤帝子斬之。』杜甫《哀王孫》：高帝子孫盡隆準，龍種自與常人殊。【補注】赤帝，指漢高祖劉邦。《史記・高祖本紀》：『高祖被酒，夜徑澤中，令一人行前。行前者還報曰：「前有大蛇當徑，願還。」高祖醉，曰：「壯士行，何畏！」乃前，拔劍擊斬蛇……後人來至蛇所，有一老嫗夜哭……曰：「吾子，白帝子也，化爲蛇，當道，今爲赤帝子斬之，故哭。」』赤帝龍孫，指漢武帝劉徹。鱗甲怒，形容武帝之怒如龍之鱗甲怒張，憤而欲伐昆夷。

〔五〕時，《樂府》、席本、顧本作『眄』，《全詩》作『盼』。【曾注】謝朓詩：切切陰風暮。

〔六〕【曾注】李斯《諫逐客書》：樹靈鼉之鼓。【補注】鼉鼓，用鼉皮做的鼓。其聲如鼉鳴。鼉，揚子鰐的古稱。

〔七〕雕旌獸艦，《樂府》作『雕旗戰艦』，席本、顧本作『雕旗獸艦』。【立注】《西京雜記》：昆明池中有戈船樓船各數百艘。樓船上建樓櫓，戈船上建戈矛，四角悉垂幡旄旍葆，麾蓋照灼涯涘。余少時猶憶見之。【補注】雕旌，彩繪之旌旗。獸艦，船體雕飾獸形之戰艦。

〔八〕若，原作『石』，涉下句石字而誤。據述鈔、《樂府》、席本、《全詩》、顧本改。

〔九〕【立注】《西京雜記》：昆明池刻玉石爲鯨魚，每至雷雨，魚常鳴吼，鬐尾皆動。漢世祭之以祈雨，往往有驗。【補注】《三輔故事》：『（昆明）池中有豫章台及石鯨，刻石爲鯨魚，長三丈，每至雷雨，常鳴吼，鬣尾皆動。』鯨魚刻石今尚存，原在長安縣開瑞莊，今藏陝西博物館。

〔一〇〕溟，《樂府》、席本、顧本作『滇』。浦，《樂府》作『浪』。俱，《全詩》《樂府》作『相』。【咸注】《華陽國志》：澤下流淺狹，狀如倒池，故曰滇池。李白詩：飛湍瀑流爭喧豗。【補注】溟池，溟海。庾信《謝趙王集序啓》：『溟池九萬里，無踰此澤之深；華山五千仞，終愧斯恩之重。』《列子·湯問》：『終北之北有溟海者，天池也。』《文選·張協〈七命〉》：『溟海渾濩涌其後。』李善注引《十洲記》：『東王所居處，山外有員海，員海水色正黑，謂之溟海。』作『滇池』者，或因昆明池仿滇池而鑿，武帝欲伐昆夷，滇、溟二字形近而改。然溟池、溟海均習用語，且此處係誇張形容昆明池演習水戰時波濤洶湧之勢如同溟海，如作『滇池』，反失其意。海浦，海口。喧豗，水波激盪形成的轟響。

〔一一〕青幟白旌，《樂府》、席本、顧本作『青翰畫鷁』，非。【立注】《説苑》：鄂君乘青翰之舟。《子虛賦》：浮文鷁。張揖曰：鷁，水鳥也。畫其象於船首也。【補注】青幟白旌，指戰艦上插着青、白色旗幟，作爲演習水戰時交戰雙方的標識。若『青翰畫鷁』則遊船之屬，非『水戰』矣，與下『箭羽槍纓』亦不合。

〔一二〕【補注】謂戰艦上持槍挽弓之兵士衆多。『三百萬』極言其多，自非實數。

〔一三〕【曾注】王充《論衡》：漢得西王母石室，立西海郡，在阿瓦。《列仙傳》：方平笑曰：『聖人皆言海中行復揚塵也。』【補注】《山海經·南山經》：『招搖之山，臨於西海之上。』《楚辭·離騷》：『路不周以左轉兮，指西海以爲期。』此神話傳説中之西海。《漢書·張騫傳》：『賴天之靈，從泝河山，涉流沙，通西海。』此即西漢時所置西海郡，在今青海附近。而此句之『西海』當即指滇池。蓋昆明池演習水戰，本爲伐昆夷，故『踏翻西海』殆即伐滅昆夷之象喻。滇池方三百里，在西邊，故云『西海』。海翻則水流盡，故曰『生塵埃』。

〔一四〕【咸注】《漢書》：武帝葬茂陵。《莊子》：華封人謂堯曰：『千歲厭世，去而上仙。乘彼白雲，至於帝所。』任希古《昆明池》詩：萍葉疑江上，菱花似鏡前。【補注】茂陵，在今陝西省興平縣東北。《漢書·武帝紀》：『（後元二年）二月丁卯，帝崩于五柞宫，入殯于未央宫前殿。三月甲申，葬茂陵。』此以『茂陵』代指漢武帝。漢武好神仙，妄求長生，故於其逝世曰『仙去』。菱花，此喻指昆明池之湖面，蓋以鏡面喻湖面也。菱花老，謂昆明池因年深歲久，逐漸荒湮。唐時曾多次修浚昆明池，後期因堤堰崩潰和水源斷絶而逐漸乾涸。至宋代，已成一片農田。庭筠此詩曰『菱花老』，正反映唐後期昆明池漸次乾涸之實際狀況。

〔一五〕【立注】潘岳《關中記》：漢武習水戰，作昆明池。人釣魚，綸絶而去，夢於帝求去其鉤。明日，帝戲於池，見魚銜索，帝取其鉤放之。間三日，復游，池濱得珠一雙，帝曰：『豈非昔魚之報也？』【補注】唼唼，游魚吃食聲。《劉賓客嘉話録》：『昆明池者，漢武帝所製。捕魚之利，京師賴之。』

〔一六〕【曾注】庾信《昆明池》詩：密菱障浴鳥，高荷没釣船。【補注】渺莽，煙波遼闊無際貌。

【按】此游昆明池想像西漢盛時武帝於此練習水戰之壯盛氣象，即杜甫《秋興八首》所謂『昆明池水漢時功，武帝旌旗在眼中』是也。於興致淋漓之描寫中透露出對封建盛世之追緬嚮往。末四句收歸現境，武帝早已仙逝，昆池漸次乾涸，唯餘夕陽殘照、煙島釣艇，游魚江鴨，岸邊沙草，而往昔之壯盛氣象不可復覓矣。言外有無限今昔盛衰之慨。晚唐南詔屢爲邊患，此詩或有感而發。

謝公墅歌〔一〕

朱雀航南繞香陌〔二〕，謝郎東墅連春碧〔三〕。鳩眠高柳日方融〔四〕，綺榭飄飄紫庭客〔五〕。文楸方罫花参差〔六〕，心陣未成星滿池〔七〕。四座無喧梧竹静，金蟬玉柄俱持頤〔八〕。對局含嚬見千里〔九〕，都城已得長蛇尾〔一〇〕。江南王氣繫疎襟〔一一〕，未許苻堅過淮水〔一二〕。

〔一〕【咸注】《謝安傳》：安字安石，贈太傅，更封廬陵郡公。安於土山營墅，樓館林竹甚盛，每攜中外子姪往來遊集。【補注】謝公，指東晉名臣謝安。安曾阻桓温之欲移晉室；爲征討大都督，取得淝水之戰的巨大勝利，爲鞏固東晉政權作出重要貢獻。事詳《晉書·謝安傳》。謝公墅，指謝安於建康土山營建的别墅。安另於會稽東山亦有别墅，參注〔三〕。

〔二〕【曾注】《南畿志》：朱雀航即朱雀橋，地名，在城南烏衣巷口。【補注】朱雀航，亦稱朱雀桁、朱雀橋，六朝都城建康南城門朱雀門外之浮橋，横跨秦淮河上。桁爲連船而成，長九十步，廣六丈。

〔三〕【補注】東墅，位於東郊之别墅。土山在都城建康之東，又稱東山。與謝安早年隱居之會稽東山同名而異地。謝郎，稱謝安。「郎」爲對男子之敬稱。青碧，春天的碧野青山。

〔四〕【曾注】古樂府：北柳有鳴鳩。【補注】融，明亮。

〔五〕【曾注】梁武帝《遊女曲》：戲金闕，遊紫庭。【咸注】蔡邕《琴操》：周成王琴歌曰：『鳳皇翔兮紫庭，余何德兮感靈。』【補注】綺榭，裝飾華美之臺榭。飄飄，形容『紫庭客』舉止輕盈、灑脱之狀。柳泌《玉清行》：『照徹聖姿嚴，飄飄神步徐。』紫庭，本指天上宫庭，此指帝王宫廷。『紫庭客』指謝安。

〔六〕【咸注】《杜陽雜編》：日本東三萬里有集真島，産楸玉，狀如楸木，琢之爲棋局，光潔可鑑。【立注】桓譚《新論》：俗有圍棋，或言是兵法之類也。及爲之，上者張置疏遠，多得道而爲勝；中者務相絶遮要，以争趨利；下者守邊，趨作罫目，生於小地。猶薛公之言黥布反也：上計取吴、楚，廣道者也；中計塞城絶遮要，争利者也；下計據長沙以臨越，此守邊隅趨作罫者也。更始帝將相不能防衛，而令罫中死棋皆生。韋曜《博弈論》：所務不過方罫之間。【補注】文楸，用楸木製成的有花紋的圍棋盤。趙光遠《詠手》之二：『象牀珍簟宫棋處，指定文楸占角邊。』方罫，指圍棋盤上的方格。《文選·韋昭〈博弈論〉》：『然其所志不出一枰之上，所務不過方罫之間。』張銑注：『罫，線之間方目也。』花参差，指棋盤上的花紋参差有致。

〔七〕陣，顧本作『陳』，字通。【曾注】李洪謙《觀棋詩》：争先各有心。【補注】心陣，心中所籌畫算計之圍棋排子佈陣之法。

〔八〕持，《全詩》、顧本校：一作『支』。【曾注】董巴《輿服志》：侍中、中常侍冠武弁大冠，加金璫附蟬爲文。《晉書》：王衍恒捉白玉柄麈尾。【補注】金蟬，漢代侍中、中常侍冠飾。金取堅剛，蟬取居高飲潔。此借指謝安，其時安加侍中。玉柄，以玉爲柄之拂麈。借指名士謝玄。晉代文士談論時常執拂麈，即所謂『麈尾』。《晉書·王衍傳》：『每執玉柄麈尾，與手同色。』此當即『玉柄』一詞所出。持頤，以手托腮，形容神情專注、凝神思考之狀。

〔九〕噸，李本、十卷本、姜本、毛本、《全詩》均作『情』。【立注】《謝安傳》：時苻堅强盛，疆埸多虞，安遣弟石及兄子玄等征討。堅百萬次於淮肥，京師震恐，加安征討大都督。玄入問計，安夷然曰：『已别有旨。』既而寂然。玄令張玄重請，安遂命駕出山墅，親朋畢集，方與玄圍棋賭别墅。安常棋劣於玄，是日玄懼，便爲敵手而又不勝。安謂其甥羊曇曰：『以墅乞汝。』玄等既破堅，捷書至，安方對客圍棋，看書竟，便攝放牀上，棋如故。客問之，徐曰：『小兒輩遂已破賊。』【補注】含嚬，皺眉不語，形容思考棋局之狀。見千里，即所謂『運籌帷幄之間，決勝千里之外』，於方尺棋局之上見千里之外的戰局勝算，對勝局成竹在胸。

〔一〇〕【立注】謝朓《八公山》詩：長蛇固能翦。李善曰：長蛇，喻堅也。【補注】古代常以封豕長蛇喻兇惡貪暴之敵。《左傳・定公四年》：『吴爲封豕長蛇。』杜預注：『言吴貪害如蛇豕。』

〔一一〕【咸注】孫盛《晉陽秋》：秦時望氣者曰：『東南有天子氣，五百年有王者興。』至晉元帝適逢其時。【補注】疎襟，寬廣開朗的胸襟。此指謝安。句意謂謝安以一身繫東晉王朝之命運。

〔一二〕【立注】《謝玄傳》：苻堅兵次項城。詔以玄爲前鋒距之。堅列陣肥水，玄以精鋭八千渡肥水，決戰肥水南。堅中流矢，衆奔潰，自相蹈藉投水死者不可勝計，肥水爲之不流。

【陸時雍曰】『心陣』語，奇趣。雅、麗二道，各有所宜。作《謝公墅》詩，須平林曠野，淡淡疎疎。如庭筠此詩，謂之不韻。（《唐詩鏡》卷五十一）

【按】詩詠謝安東山圍棋賭墅情事，非贊其林泉高致，乃贊其胸有成算，運籌帷幄，決勝千里，鎮定從容之政治家風度。李白詩『但用東山謝安石，爲君談笑静胡沙』，即可移作此詩注脚。末二句揭出全篇主旨。晚唐國勢衰頽，秉政者多因循苟且，不思振作，如武宗時之李德裕擊敗回鶻，平定澤潞者絶鮮。詩極贊謝安以一身之疎襟繫『江南王氣』，或亦融有現實政治感慨。

罩魚歌雜言〔一〕

朝罩罩城南〔二〕，暮罩罩城西。兩槳鳴幽幽，蓮子相高低〔三〕。持罩入深水，金鱗大如手〔四〕。魚尾迸圓波，千珠落緗藕〔五〕。風颸颸，雨離離〔六〕。菱尖刺〔七〕，鸂鶒飛。水連網眼白如影〔八〕，淅瀝篷聲寒點微〔九〕。楚岸有花花蓋屋，金塘柳色前溪曲〔一○〕。悠溶杳若去無窮〔一一〕，五色澄潭鴨頭緑〔一二〕。

〔一〕《樂府》卷一百新樂府辭十一樂府倚曲載此首，題下無『雜言』二字。十卷本、姜本亦無『雜言』二字。【曾注】《爾雅》：籗謂之罩，今捕魚籠也。【補注】罩，捕魚之竹籠。《説文·网部》：『罩，捕魚器也。從网，卓聲。』《爾雅·釋器》『籗謂之罩』郝懿行義疏：『今魚罩皆以竹，漁人以手抑按於水中以取魚。』罩魚，以魚罩捕魚。

〔二〕南，《樂府》、顧本作『東』。【曾注】《詩》：南有嘉魚，烝然罩罩。【按】《詩·小雅·南有嘉魚》之『罩罩』係形容衆魚游水之狀，毛傳解『罩罩』爲籗，非。然此解相沿已久，庭筠或用此。

〔三〕【立注】江淹《西洲曲》：兩槳橋頭渡。又：低頭弄蓮子，蓮子清如水。【補注】罩魚時須乘小舟劃槳至水中，故云『兩槳鳴幽幽』。湖中有高低參差之蓮蓬，故云『蓮子相高低』。

〔四〕【立注】古樂府《罩詞》：罩初何得，端來得鮒。小者如手，大者如履。【補注】罩魚時以手抑按竹籠入水，故云『持罩入深水』。

〔五〕緗，《樂府》、《全詩》、顧本作『湘』。【曾注】江淹《蓮花賦》：着縹菱兮出波，擥湘蓮兮映渚。【補注】緗藕，淺黄色的蓮藕。

〔六〕【補注】颸颸，涼爽、微寒貌。離離，若斷若續貌，參下『淅瀝篷聲』句可知。

〔七〕尖，《樂府》《全詩》作『尖芰』，席本、顧本作『芰』，均非。【按】菱有尖刺，芰無刺，當是尖、芰二字形近，故誤『尖』爲『芰』；又增『尖』字而成『尖芰』。此二句爲三字句，作七字句不但與上兩個三字句不對稱，本句七字意亦不聯貫。

〔八〕影，顧本作『景』，字通。

〔九〕篷，原作『蓬』，據《樂府》、述鈔、席本、《全詩》、顧本改。【補注】淅瀝篷聲，指淅淅瀝瀝的雨點打在船篷上的聲音。寒點，帶着寒涼氣息的雨點。

〔一〇〕【咸注】劉楨《公讌詩》：菡萏溢金塘。《寰宇記》：前溪在烏程縣南，東入太湖，謂之風渚。夾溪悉生箭箬。晉車騎將軍沈充家於此。【補注】此『前溪』非專名。『前溪曲』亦非樂府《前溪歌》，乃指前面溪流之彎曲處。流入太湖之前溪在吴地，而此詩明言『楚岸』。

〔一一〕悠溶，席本、顧本作『悠悠』。【補注】悠溶，平静安閒貌。趙嘏《題昭應王明府溪亭》：『靖節何須彭澤逢，菊洲松島水悠溶。』杳若，杳然渺遠貌。

〔一二〕【立注】《唐書》：高麗國有馬訾水，出靺鞨之白山，色若鴨頭，號鴨緑水。李白詩：遥看漢水鴨頭緑。

【陸時雍曰】翠色欲滴。（《唐詩鏡》卷五十一）

【按】詩詠漁人罩魚，而以江南景物作襯托烘染，描繪出明麗自然的風情風物。三五七言相間，饒有民歌風味。末四語有悠然不盡之致。

春洲曲〔一〕

韶光染色如蛾翠〔二〕，綠濕紅鮮水容媚〔三〕。蘇小慵多蘭渚閑〔四〕，融融浦日鵁鶄寐〔五〕。紫騮蹀躞金銜嘶〔六〕，岸上揚鞭煙草迷〔七〕。門外平橋連柳堤，歸來晚樹黃鶯啼〔八〕。

〔一〕《才調》卷二、《樂府》卷一百新樂府辭十一樂府倚曲載此首。

〔二〕蛾，原作『娥』，據《才調》、《樂府》、述鈔、十卷本、姜本、毛本、席本、《全詩》、顧本改。【補注】韶光，美好的春光。蛾翠，女子蛾眉的翠色。

〔三〕【咸注】李百藥詩：飛日落紅鮮。【補注】緑濕，指草樹染緑，呈現濕潤之態。紅鮮，指紅花鮮豔。水容媚，緑樹紅花映照春水，使春水的姿容更加嫵媚。

〔四〕【咸注】《樂府廣題》：蘇小小，錢唐名倡也。蓋南齊時人。《吴地記》：嘉興縣前有晉伎蘇小小墓。【立注】徐注：《海録碎事》：山陰縣西南二十里有蘭渚。【補注】《玉臺新詠·錢塘蘇小歌》：『妾乘油壁車，郎騎青驄馬。何處結同心，西陵松柏下。』白居易《杭州春望》：『濤聲夜入伍員廟，柳色春藏蘇小家。』均以蘇小小爲錢唐（即杭州）人。此蘇小爲南齊名妓。另南宋時亦有錢唐名妓名蘇小小者，見趙翼《陔餘叢考·兩蘇小小》。蘭渚，蘭花盛開的洲渚，即題目《春洲曲》之『春洲』。顧引徐注謂指山陰縣西南之蘭渚，非。此『蘭渚』非專名，係泛稱。閑，形容春洲因蘇小一類名妓慵懶晏起，未曾來此游賞，呈現空寂閑静景象。

〔五〕【曾注】《埤雅》：鵁鶄，一名鳽，似鳧而脚高，有毛冠，長目以睛交，故云交睛。徐注：《上林賦》：交睛旋目。【補注】融融，和暖。浦日，水邊洲岸上的陽光。鵁鶄，即池鷺。《本草綱目·禽一·鵁鶄》：『鵁鶄大如鳧、鷺而高脚，似雞，長喙好啄。其頂有紅毛如冠，翠鬣碧斑，丹觜青脛，養之可玩。』杜甫《曲江陪鄭八丈南史飲》：『雀啄江頭黄柳花，鵁鶄鸂鶒滿晴沙。』

〔六〕【曾注】《尸子》：赤馬黑色曰騮。陳後主詩：蹀躞紫騮馬，照耀白銀鞍。【補注】紫騮，駿馬名。《南史·羊侃傳》：『帝因賜侃河南國紫騮，令試之。』李益《紫騮馬》：『争場看鬬雞，白鼻紫騮嘶。』蹀躞，馬緩行貌。金銜，銅製馬嚼。

〔七〕岸，毛本作『堤』，述鈔一作『堤』。【按】此句『堤』字與下句『堤』字重複，似涉下句『堤』字而誤。【咸注】江總《紫騮馬》：揚鞭向柳市，細蹀上金堤。范雲《閨思》：春草醉春煙。【補注】煙草，如煙的碧草。

〔八〕【咸注】蕭子顯《春别》：黄鳥芳樹情相依。

【按】前四句寫春洲景物：春光染色，草樹緑潤，百花紅豔，水容添媚。而佳人慵懶，尚未出游，故春洲閑静，鵁鶄亦於融融春陽下閑寐。後四句點明岸上觀賞春洲景物之人，騎紫騮揚金鞭漫步緩行，駿馬嘶鳴，煙草迷濛，留連忘返，至晚樹鶯啼時方循柳岸歸平橋頭之家。此詩寫江南春洲景物，頗似其吴中故居之景。《寄盧生》云：『遺業荒凉近故都，門前隄路枕平湖。緑楊陰裏千家月，紅藕香中萬點珠。』兩相參較，相似之處顯然。

臺城曉朝曲〔一〕

司馬門前火千炬〔二〕，闌干星斗天將曙〔三〕。朱網龕鬖丞相車〔四〕，曉隨疊鼓朝天去〔五〕。博山鏡樹香茸〔六〕，裹裹浮航金畫龍〔七〕。大江斂勢避辰極〔八〕，兩闕深嚴煙翠濃〔九〕。

〔一〕《樂府》卷一百新樂府辭十一樂府倚曲載此首。【曾注】《建業宫闕志》：臺城在應天府上元縣東北，本吴後苑城，即晉建業宫，在鍾山側。【補注】臺城，六朝時之禁城。洪邁《容齋續筆·臺城少城》：『晉、宋間謂朝廷禁省爲臺，故稱禁城爲臺城。』晉之臺城在今南京市雞鳴山南乾河沿北。其地本三國時吴之後苑城，東晉成帝時改建作新宫，歷宋、齊、梁、陳皆爲臺省（中央政府）與宫殿所在地，因專名臺城。

〔二〕火，李本、十卷本、姜本、毛本作『柳』。【立注】《金陵志》：建業宫有五門：正南曰大司馬門，左曰閶闔門，北曰昌平門，東、西門曰東掖、西掖。大司馬門與都城宣陽門相對。《漢書注》：師古云：凡言司馬門者，宫垣之内，兵衛所在，四面皆有司馬主武事，故總謂宫之外門爲司馬門。李肇《國史補》：冬至元日，百官已集，宰相列燭多至數百炬，謂之火城，至則衆燭皆滅。【補注】《史記·項羽本紀》：『章邯怒，使長史欣請事。至咸陽，留司馬門三日，趙高不見，有不信之心。』裴駰集解：『凡言司馬門者，宫垣之内，兵衛所在，四面皆有司馬主武事，總言之，外門爲司馬門也。』此處專指金陵建業宫外之大司馬門。火千炬，指百官上朝時點燃照明的火炬，即古之庭燎。《詩·小雅·庭燎》：『夜如何其？夜未央，庭燎之光。』《周禮·秋官·司烜氏》：『凡邦之大事，共墳燭庭燎。』鄭玄注：『墳，大也。樹於門外曰大燭，於門内曰庭燎，皆所以照衆爲明。』又稱庭炬、列炬、列燭。別本作『柳千炬』，或指庭炬以柳木點燃。古有以榆柳取火之俗，見《周禮·夏官·司爟》『四時變國火』鄭玄注。

〔三〕星，《全詩》，顧本校：一作『北』。【曾注】古樂府：月没參横，北斗闌干。注：闌干，横斜貌。

〔四〕鬖，樂府作『驂』。【曾注】謝朓《直中書省》詩：深沉映朱網。【補注】朱網，如網絡之紅色簾幕，古時掛於殿閣中或車厢外用以裝飾或防護。此指車上朱網。毿鬖，流蘇下垂貌。鬖音 sān。

〔五〕【咸注】《衛公兵法》：日出没時撾鼓三百三十三槌，爲一通。鼓音止，角音動，吹十二聲爲一疊。三角三鼓，而昏明畢也。【補注】謝朓《入朝曲》：『凝笳翼高蓋，疊鼓送華輈。』《文選》李善注：『小擊鼓謂之疊。』疊鼓，連續擊鼓，此指古代君臣上早朝時所擊的朝鼓。梁元帝《和劉尚書侍五明集詩》：『金門練朝鼓，玉壺休夜更。』朝天，朝見天子，上朝。

〔六〕芊，《樂府》作『丰』。【曾注】《晉東宫舊事》：皇太子服用則有銅博山香爐。【立注】劉繪《博山香爐》詩：蔽虧千種樹，出没萬重山。梁武帝《雍臺》詩：芊茸臨紫桂。【補注】博山，香爐名。《西京雜記》卷一：『長安巧工丁緩者……又作九層博山香爐，鏤爲奇禽怪獸，窮諸靈異，皆自然運動。』鏡樹，當是博山香爐上鏤刻的圖案。茸茸，茂密，濃鬱貌。此指香爐焚香之氣味濃鬱。

〔七〕【立注】劉繪《博山香爐》詩：下刻蟠龍勢，矯首半銜蓮。【補注】褭褭，同『裊裊』，摇曳貌。浮航，并船而成之浮橋。《晉書·蔡謨傳》：『蔡公過浮航，脱帶腰舟。』浮航、金畫龍，均指香爐上刻鏤的浮橋、蟠龍圖案。此博山香爐當是御案前的香爐。

〔八〕【補注】辰極，北斗星，喻皇位、朝廷。

〔九〕兩，《全詩》、顧本校：一作『雙』。【曾注】《南史》：宋孝武大明七年，於博望、梁山立雙闕。【補注】博望，又名天門山，今稱東梁山，在今當塗縣境。梁山，又稱西梁山，在今和縣境。東西梁山夾江對峙，似使奔騰而下的長江收斂起雄闊的氣勢，以避皇居的威嚴，故二句云。煙翠濃，指東西梁山樹木葱籠蒼翠。

【按】詩寫南朝臺城早朝景象。前四句寫天將曙時百官列炬司馬門前等候上朝，於丞相特用重筆渲染，以突出其威儀。五六兩句寫御前香爐製作之精緻華美及爐煙裊裊之景象，於早朝不作正面具體描寫，令人想像得之。末二句宕開，從寬廣的視野寫皇居氣象，大處落筆，富於氣勢。

走馬樓三更曲〔一〕

春姿暖氣昏神沼〔二〕，李樹拳枝紫芽小〔三〕。玉皇夜入未央宫〔四〕，長火千條照棲鳥〔五〕。馬過平橋通畫堂〔六〕，虎幡龍戟風飄揚〔七〕。簾間清唱報寒點〔八〕，丙舍無人遺燼香〔九〕。

〔一〕《樂府》卷一百新樂府辭十一樂府倚曲載此首。【曾注】《西京記》：大福殿重樓連閣綿亘，西殿有走馬樓，南北長百餘步，樓下即九仙門，西入苑，拾翠樓，在大福殿東北。【立注】《南部新書》：驪山華清宫毁廢已久，今所存唯繚垣耳。朝元閣在山嶺之上，山腹即長生殿。殿東西盤石道，自山麓而上，道側有飲酒亭子。明皇吹笛樓、宫人走馬樓故基，猶存繚垣之内。杜佑《通典》：一夜分五更者，以五夜更易爲名也。顔之推曰：五夜謂以甲乙丙丁戊記其次第也。點者，則以下漏滴水爲名，每一更又分五點也。《西京賦》：衛以虎威章溝，嚴更之署。

〔二〕【補注】神沼，對帝王居處池沼的美稱。《文選·班固〈西都賦〉》：『離宫别館，三十六所；神池靈沼，往往而在。』吕延濟注：『謂天子行處别署，所至之處皆有池沼，故言往往稱神靈美之。』昏神沼，切題内『三更』。

〔三〕【咸注】《神仙傳》：老子姓李名耳，字伯陽，楚國苦縣賴鄉人也。母到李樹下生。老子生而能言，指李樹曰：『以此爲我姓。』【補注】拳枝，枝條拳曲不展。紫芽，指紫色的花苞。此『李樹』似與老子事無涉。

〔四〕【曾注】《靈異經》：玉皇居於雲房，有紅雲繞之。《漢書》：高祖至長安，蕭何作未央宫。【補注】玉皇，此借指玄宗皇帝。温庭筠《贈彈箏人》：「天寶年間事玉皇，曾將新曲教寧王。」無本《馬嵬》：「一自玉皇惆悵後，至今來往馬蹄腥。」均以玉皇借指玄宗，當因其信奉道教，故以道教之「玉皇」稱之。未央宫本漢宫苑，此借指唐宫。

〔五〕【補注】長火，指火炬。長火千條，即《臺城曉朝曲》之「火千炬」。

〔六〕【曾注】《一統志》：西渭橋在舊長安西，亦曰平橋，唐時名咸陽橋。【咸注】《漢成帝紀》：元帝在太子宫生甲觀畫堂，爲世嫡皇孫。

〔七〕幡，《全詩》、顧本校：一作「蟠」。飄，席本、顧本、《樂府》作「悠」。【立注】《文獻通考》：幡有告止、傳教、信幡，皆絳帛。錯采爲字，上有朱絲小蓋，四角垂羅紋，佩繫龍頭竿上。錯采字下，告止爲雙鳳，傳教爲雙白虎，信幡爲雙龍。又：戟有枝，兵也。木爲刃，赤質，畫雲氣上垂交龍，掌五色帶。【補注】虎幡，繡虎之旗；龍戟，畫龍之戟，戟上有飄帶，故云「風飄揚」。幡、戟均皇帝出行之儀仗。

〔八〕間，《全詩》、顧本校：一作「前」。【曾注】唐制：率更掌漏刻，五五令相次爲二十五點。【咸注】韓愈《東方未明》：雞三號，更五點。【補注】清唱報寒點，指宫中傳唱報時。梁陸倕《新漏刻銘》：「坐朝晏罷，每旦晨興，屬傳漏之音，聽雞人之響。」

〔九〕【曾注】《左傳》：收合餘燼。【咸注】《後漢·清河王慶傳》：後慶以長別居丙舍。【補注】丙舍，後漢宫中正室兩邊之房屋，以甲乙丙爲次，其第三等舍稱丙舍。遺燼，燈燭燒殘之餘燼，因其中含有香料，故餘燼猶香。

【顧嗣立曰】《唐書》：玄宗第十八子瑁，封壽王。《后妃傳》：貴妃楊氏始爲壽王妃。開元二十四年，武惠妃薨，後宫無當帝意者。或言妃資質天挺，宜充掖庭，遂召内禁中，匄籍女冠，號太真。天寶四年，立爲貴妃，更爲壽王聘韋昭訓女。末二句即義山詩『夜半宴歸宮漏永，薛王沉醉壽王醒』意也。

【按】顧嗣立箋可備一説。蓋此詩中之『玉皇』既指唐玄宗，走馬樓又爲驪山華清宮之建築，首句『神沼』『暖氣』又似合『春寒賜浴華清池，温泉水滑洗凝脂』之情事，由此而聯及明皇寵楊妃之事，似不爲無據。然題之『走馬樓』乃宮人所居，末句『丙舍』又爲正室兩旁等級最次之房舍，其爲宮人所居亦可知。則此詩或係詠楊妃之專寵，致使後宫宫人無復受寵之情事，即所謂『後宫佳麗三千人，三千寵愛在一身』是也。故末句云然。丙舍寂寂，餘爐猶香，正宫女長夜孤寂之況。

達摩支曲 雜言〔一〕

擣麝成塵香不滅〔二〕，拗蓮作寸絲難絶〔三〕。紅淚文姬洛水春〔四〕，白頭蘇武天山雪〔五〕。君不見無愁高緯花漫漫〔六〕，漳浦宴餘清露寒〔七〕。一旦臣僚共囚虜〔八〕，欲吹羌管先汍瀾〔九〕。舊臣頭鬢霜華早〔一〇〕，可惜雄心醉中老。萬古春歸夢不歸，鄴城風雨連天草〔一一〕。

〔一〕《才調》卷二、《樂府》卷八十近代曲辭二載此首。《樂府》題作《達磨支》，題下無『雜言』二字，述鈔、十卷本、姜本亦無『雜言』二字。《樂府解題》曰：『《唐會要》曰：「天寶十三載，改《達磨支》爲《泛蘭叢》。」

《樂苑》曰：「《泛蘭叢》，羽調曲。又有《急泛蘭叢》。」《樂府雜録》曰：「《達磨支》，健舞曲也。」」【王昆吾曰】《達摩支》，教坊健舞曲，起源不詳。『達摩支』乃外語譯音，一説出自突厥語，爲扈從官；一説出自梵文，意爲法輪。（見《唐聲詩》下編五九九頁。）《羯鼓録》中有《大達磨支》，屬太簇角；《唐會要》天寶改名曲内有《達磨支》，太簇羽，改爲《泛蘭叢》。《樂苑》云：『《泛蘭叢》，羽調曲，又有《急泛蘭叢》。』曲既有大、小、緩、急之分，可知是大曲。《樂府詩集》『近代曲辭』載温庭筠《達磨支》一首，七言十二句，有『君不見』三襯字。（《隋唐燕樂雜言歌辭研究》一五三頁）【王克芬曰】舞名《達摩支》與印度僧人人名達摩相同……從名稱看，健舞《達摩支》與印度僧人達摩可能有所聯繫。僧人以鍛煉身體爲目的，傳習武術，由武術發展成爲一種舞姿豪雄的『健舞』是可能的……唐人温庭筠作《達摩支》，可能是『健舞』《達摩支》的舞曲歌辭，更可能是據《達摩支》樂曲填寫的詞。（《唐代文化·樂舞編》，上册三六八頁。）

〔二〕【曾注】嵇康論：麝食柏而香。詳卷一《張静婉採蓮曲》『麝臍龍髓憐嬌嬈』句注。【補注】麝，此指麝香，雄麝臍部香腺中之分泌物，乾燥後呈顆粒狀或塊狀，故可『擣』之成『塵』（粉末）而香不滅。

〔三〕【曾注】江淹《思北歸賦》：藕生蓮兮吐絲。【立注】徐注：樂府《折楊柳歌》：『上馬不捉鞭，反拗楊柳枝。下馬吹長笛，愁殺行客兒。』拗字本此。【補注】拗蓮作寸，將蓮藕拗折成寸。絲，諧『思』。

〔四〕姬，述鈔作『君』，誤。【曾注】范曄《後漢書》：陳留蔡邕女名琰，字文姬，博學有才辯。適河東衛仲道，夫亡無子。興（按：當作『初』）平中，喪亂，爲胡騎所獲，没入南匈奴左賢王十二年，生二子。曹公素與伯喈善，遣使以金璧贖之，嫁與董祀。【補注】《後漢書·董祀妻傳》：『（琰）後感傷亂離，作詩二章。』按：即《悲憤詩》及騷體《胡笳十八拍》。紅淚，用薛靈芸故事。王嘉《拾遺記·魏》：『文帝所愛美人，姓薛名靈芸，常山人也……靈芸聞别父母，歔欷累日，淚下霑衣。至升車就路之時，以玉唾壺承淚，壺則紅色。既發常山，及至京師，壺中淚凝如血。』洛水，在今河南境，又名洛河。『紅淚文姬洛水春』，謂文姬被虜，身陷匈奴，但無時不懷念中原故國的洛水春色，泣血神傷。

〔五〕頭，李本、十卷本、姜本、毛本誤作『蘋』。【曾注】《蘇武傳》：單于幽武置大窖中，絶不飲食。大雨雪，武卧齧雪與旃毛并咽之，數日不死，匈奴以爲神。【咸注】《西河舊事》：白山之中有好木，匈奴謂之天山。《廣志》：西域有白山，通歲有雪，亦名雪山。《漢書》注：祁連山即天山也。匈奴呼天爲祁連。【按】據《漢書·蘇武傳》，漢武帝天漢元年，蘇武以中郎將使持節出使匈奴，單于留不遣歸，欲其降，武堅貞不屈，持節牧羊於北海（今俄羅斯聯邦共和國貝加爾湖）畔十九年。始元六年始得歸，鬚髮盡白。唐時稱伊州（今新疆哈密市）、西州（今吐魯番盆地一帶）以北一帶山脈爲天山，亦稱白山，參見《元和郡縣圖志·伊州》。而蘇武牧羊之北海既爲今貝加爾湖，則此句『天山』當非西域之白山。疑指燕然山，即今蒙古人民共和國境内之杭愛山脈。北魏太延四年（公元四三八年），拓跋燾擊柔然，從浚稽山北向天山，或即此。然作爲比興象徵，以『天山雪』象徵蘇武長期困居艱苦卓絶之環境，堅貞不屈，守節不移，直至白頭，則固不必泥『天山』所指。

〔六〕【咸注】《北齊紀》：後主高緯頗學綴文，置文林館，引諸文士焉。盛爲《無愁》之曲，自彈胡琵琶而唱之，侍和之者以百數人，人間謂之『無愁天子』。宫掖婢皆封郡君，宫女寶衣玉食者五百餘人。其嬪嬙諸院中起鏡殿、寶殿、瑇瑁殿，丹青雕刻，妙極當時。周師漸逼，將遜於陳，爲周所獲。送長安，封温國公。至建德七年，誣以謀反，賜死。【補注】花漫漫，即繁花似錦之意，喻其在位時種種淫侈奢華之情事。

〔七〕宴，原作『晏』，據《樂府》、《全詩》、顧本改。【曾注】《水經》：漳水出上黨長子縣發鳩山，東過鄴縣西，又東北過阜城縣，與河會。【補注】漳浦，漳水邊。北齊都城鄴城臨漳水，故云『漳浦』。宴餘清露寒，謂其作長夜之歡宴，宴罷已是清露泛寒之清晨。極狀其『無愁』。

〔八〕【曾注】徐注：《吴書》：秦旦與黄彊等議，孰與偷生苟活，長爲囚虜。【補注】《北周書·武帝紀下》：『六年春……甲午，帝入鄴城。齊任城王湝先在冀州，齊主至河，遣其侍中斛律孝卿送傳國璽禪位於湝。孝卿未達，被執送鄴……尉遲勤擒齊王及其太子恒於青州……夏四月乙巳，至自東伐。列齊王於前，其王公等並從……獻俘於太廟。』此即所謂『臣僚共囚虜』。

〔九〕管，顧本作『笛』。氿，十卷本作『泛』。【曾注】歐陽建詩：揮筆涕氿瀾。【補注】氿瀾，流淚迅疾貌。《後漢書·馮衍傳》：『淚氿瀾而雨集兮。』『氿瀾』與上『無愁』相映。

〔一〇〕華，席本、顧本作『雪』。《樂府》校：一作『雪』。【咸注】《子夜四時歌》：感時爲歡歎，霜鬢不可視。【補注】舊臣，指高緯祖、父兩代所遺留之老臣。

〔一一〕【咸注】《唐書》：相州鄴郡屬河北道，乾元二年改爲鄴城。【補注】《北齊書·後主幼主紀》：『至建德七年，誣與宜州刺史穆提婆謀反，及延宗數十人無少長皆賜死，神武子孫所存者一二而已。』末二句形容北齊亡國後都城鄴城的凄凉景象。往昔繁華，盡成舊夢。春雖年年歸來，而繁華舊夢則一去不復返。值此春又歸來之時，故都鄴城籠罩在一片凄迷的風雨之中，惟見芳草連天而已。

【黃周星《唐詩快》】讀至末二語，不知幾許銷魂。

【杜詔曰】首四句，興也。高緯無愁，終爲囚虜，求如文姬、蘇武及身歸漢不可得也。此詩蓋深着淫佚之戒。（《中晚唐詩叩彈集》卷八）

【王闓運曰】以高緯比文、蘇，未知其意。大約言有節能久，高不能久耳。用意甚拙。（《手批唐詩選》卷十）

【按】詩詠北齊後主高緯亡國事，而以『擣麝成塵香不滅，拗蓮作寸絲難絶』起興，以『紅淚文姬洛水春，白頭蘇武天山雪』作反襯，蓋言文姬、蘇武雖歷經艱困磨難，而對故國之懷念始終不渝，故雖爲囚虜，終得歸漢。『君不見』四句，寫北齊後主亡國前之『無愁』享樂與亡國後之流涕『氿瀾』，則正與文姬、蘇武之心懷故國、守節不移形成鮮明對比，見其在位時荒湎宴安，亡國後軟弱無能。末四句則謂北齊舊臣頭鬢早白，空有雄心，只能於沉醉中送老。致使鄴城故都，籠罩於凄迷風雨與連天野草之中。詩對荒淫奢侈而亡國之高緯，雖有所諷慨，但同情惋惜之情多，而批判揭露之意則不顯，蓋作者内心深處對高緯之繁華舊夢亦有所留戀，此固不必以傳統之觀點一例視之。

陽春曲〔一〕

雲母空窗曉煙薄〔二〕，香昬龍氣凝輝閣〔三〕。霏霏霧雨杏花天，簾外春威着羅幕〔四〕。曲欄伏檻金麒麟〔五〕，沙苑芳郊連翠茵〔六〕。廐馬何能嚙芳草〔七〕，路人不敢隨流塵〔八〕。

〔一〕《才調》卷二、《樂府》卷五十一清商曲辭八、《唐詩紀事》卷五十四載此首。【立注】《古今樂録》：梁天監十一年，武帝改《西曲》，製《江南》、《上雲樂》十四曲、《江南弄》七曲。又沈約作四曲，三曰《陽春曲》，亦謂之《江南弄》云。《樂府解題》：《陽春》，傷也。一云傷時也。【按】《江南弄》係樂府清商曲名，梁武帝所製《江南弄》七曲，即《江南弄》《龍笛曲》《採蓮曲》《鳳笙曲》《採菱曲》《遊女曲》《朝雲曲》。沈約所作《江南弄》四曲，即《趙瑟曲》《秦箏曲》《陽春曲》《朝雲曲》。格調、字數全同，且同有轉韻，説明《江南弄》已成定格。沈約《陽春曲》云：『楊柳垂地燕差池，緘情忍思落容儀。弦傷曲怨心自知。心自知，人不見。動羅裙，拂金殿。』係宫女傷春抒怨之詞。而庭筠此首則似泛詠春天景象，傷春之意不顯。

〔二〕【咸注】王褒詩：高箱照雲母。【補注】雲母空窗，用雲母薄片裝飾的窗。因其半透明呈玻璃光澤，故曰『空』。

〔三〕凝，《唐詩紀事》卷五十四載此詩作『疑』，非。【立注】徐注：《梁四公記》：西海出龍腦香。宋王應麟《玉海》：唐凝暉閣在太極宮。【補注】句意謂室内點燃龍腦香，香氣繚繞在凝輝閣上。

〔四〕威，《紀事》卷五十四作『寒』。【曾注】徐注：王昌齡《春宫曲》：簾外春寒賜錦袍。鮑照《行路難》：文窗繡户垂羅幕。【補注】春威，謂春天清晨寒氣如施威也。温詩學李賀，造語每峭硬奇警，傳鈔翻刻過程中此類字每被有意或無意易爲一般詩人常用之字，此『威』字即一例。

〔五〕【咸注】宋玉《招魂》：坐堂伏檻，臨曲池些。【補注】伏檻，指馬卧伏於柵欄之中。金麒麟，喻指御苑中畜養的駿馬。句意謂曲折的柵欄中畜養着駿馬。

〔六〕【咸注】《元和郡國志》：沙苑在同州馮翊縣南十二里，東西八十里，南北三十里，其處宜六畜，置沙苑監。《唐六典》：沙苑監掌牧隴右諸牧牛馬。謝萬《春遊賦》：草靡靡以成茵。【補注】沙苑，在今陝西大荔縣南，臨渭水。杜甫《留花門》：『沙苑臨清渭，泉香草豐潔。』翠茵，如緑色茵褥的草地。

〔七〕【立注】杜甫《沙苑行》：苑中騋牝三千匹，豐草青青寒不死。

〔八〕【補注】流塵，游塵。指奔馬揚起的灰塵。

【按】前四句寫宫苑内春寒曉景：雲母窗上曉煙輕淡，龍腦香氣繚繞殿閣，值此霏霏霧雨杏花天氣，簾外春寒尚威透羅幕。後四句由苑内而苑外，謂御廄曲欄中畜養着駿馬，此時沙苑之芳草已如緑茵，連接郊野。廄中駿馬如何能嚙此豐潔之芳草，行路之人不敢追隨駿馬奔馳的飛塵。似有欣羨厩中駿馬獨享沙苑芳草之意。

湘東宴曲〔一〕

湘東夜宴金貂人〔二〕，楚女含情嬌翠嚬〔三〕。玉管將吹插鈿帶〔四〕，錦囊斜拂雙麒麟〔五〕。重城漏斷孤帆去，唯恐瓊籤報天曙〔六〕。萬户沉沉碧樹圓，雲飛雨散知何處。欲上香車俱脈脈〔七〕，清歌響斷銀屏隔〔八〕。堤外紅塵蠟炬歸〔九〕，樓前澹月連江白〔一〇〕。

〔一〕《才調》卷二、《樂府》卷一百新樂府辭十一樂府倚曲載此首。汲古閣本《才調集》『宴』上有『夜』字，然本集諸舊本均無『夜』字。【咸注】《水經注》：臨承縣即故酃縣也。縣即湘東郡治，郡舊治在湘水東，故以名郡。【補注】湘東，郡名，三國時吴置。隋平陳，廢郡。南朝宋明帝（劉彧）、梁元帝（蕭繹）即帝位前均曾封湘東王。今爲湖南衡陽市地。然此詩所詠，似非對歷史上湘東王府夜宴情景之想像，而係詩人親歷之情事。據庭筠《上鹽鐵侍郎啓》，庭筠曾於裴休任湖南觀察使期間（會昌三年至大中元年）拜謁裴休並受到款待，此詩作於大中元年。題内之『湘東』即指湘水東岸之潭州（今湖南長沙市），其地爲唐湖南觀察使治所。詩所詠者，乃在湖南觀察使府參加夜宴所經歷之情事。詳箋評欄編著者按及《上鹽鐵侍郎啓》注〔一〕。

〔二〕【曾注】梁元帝詩：金貂總上流。【補注】金貂，本指皇帝左右侍臣之冠飾。《文選·江淹〈雜體詩·效王粲懷德〉》：『賢主降嘉賞，金貂服玄纓。』李善曰：『時粲爲侍中，故云金貂。』此泛稱貴顯之大臣，指宴會之主人湖南觀察使裴休。

〔三〕嚬，毛本誤作『頻』。【補注】楚女，指宴席上侑酒奏樂之歌妓，暗用巫山神女故實。翠嚬，翠眉微皺，係含情送嬌之狀，故云『嬌翠嚬』。

〔四〕【補注】玉管，玉製管樂器，如笙簫笛等。鈿帶，鑲嵌金玉的腰帶。

〔五〕【曾注】《漢武内傳》：帝見西王母巾笈中有一卷書，盛以紫錦之囊。【立注】徐注：杜甫詩：瑞錦刺麒麟。【補注】錦囊，指歌妓身上所佩錦繡香囊。雙麒麟，指歌妓所穿繡衣上繡有雙麒麟的圖案。或指雙麒麟的佩飾。

〔六〕【曾注】《南史》：陳文帝每雞人伺漏傳籤於殿中者，令投籤於階石上，鎗然有聲，云：『吾雖得眠，亦令驚覺。』【補注】瓊籤，報更用計時竹籤之美稱，亦即所謂更籌。非指銅漏壺中指示時間之更箭。

〔七〕【曾注】魏武帝《與楊彪書》：『今贈足下畫輪四望通幰七香車二乘。』樂府：青牛白馬七香車。【補注】香車，用香木做的車，亦泛指華美的車。脈脈，同『脈脈』，含情凝視貌。《古詩十九首·迢迢牽牛星》：『盈盈一水間，脈脈不得語。』

〔八〕【咸注】《世說》：桓子野每聞清歌，輒喚奈何。梁簡文帝《美女篇》：朱顔半已醉，微笑隱香屏。【補注】清歌，清亮美妙的歌聲。葛洪《抱朴子·知止》：『輕體柔聲，清歌妙舞。』此指『楚女』所唱之美妙歌聲。

〔九〕蠟，底本及諸本、《才調》、《樂府》、《全詩》校均作『蜜』。

〔一〇〕江，《樂府》作『天』。

箋評

【按】庭筠《上鹽鐵侍郎啓》係上裴休之啓，中云：『頃者萍蓬旅寄，江海羈遊。達姓字於李膺，獻篇章於沈約。特蒙俯開嚴重，不陋幽遐。至於遠泛仙舟，高張妓席。識桓温之酒味，見羊祜之襟情。』係追敍大中元年庭筠羈游湖湘時曾拜謁湖南觀察使裴休，並受到其款待之情景。此詩題爲《湘東宴曲》，湘東即指湘水東岸之潭州，係湖南觀察使治所。詩中所敍，正裴休設夜宴款待庭筠之場景。所謂『楚女』吹玉管、唱清歌之情景，即啓内所稱『高張妓席』。詩人對此『楚女』，似未免有情。值重城漏斷，天色將曉之際，楚女即將乘舟别去。欲上香車，彼此均脈脈含情凝視。一别之後，清歌響斷，銀屏遠隔。末二句描寫别時空曠迷茫之境，頗富遠神。

東郊行〔一〕

鬭雞臺下東西道〔二〕，柳覆斑騅蝶縈草〔三〕。坱靄韶容鎖澹愁〔四〕，青筐葉盡蠶應老〔五〕。緑渚幽香生白蘋〔六〕，差差小浪吹魚鱗〔七〕。王孫騎馬有歸意〔八〕，林彩着空如細塵〔九〕。安得人生各相守〔一〇〕，燒船破棧休馳走〔一一〕。世上方應無别離〔一二〕，路傍更長千枝柳〔一三〕。

校注

〔一〕《樂府》卷一百新樂府辭十一樂府倚曲載此首。

〔二〕【咸注】郭緣生《述征記》：廣陽門北有鬭雞臺。《大業拾遺記》：煬帝遊雞臺，恍惚與陳後主遇，帝叱之，遂不見。曹植《名都篇》：鬭雞東郊道。【按】題名「東郊行」當即用曹植《名都篇》「鬭雞東郊道」句意。東西道，東西向之大道。

〔三〕【曾注】《説文》：騅，馬蒼黑雜色。陳樂府《明下童曲》：「陳孔驕赭白，陸郎乘斑騅。」案：陳、孔謂陳瑄、孔範，陸謂陸瑜，皆後主狎客。陳後主《長相思》：蝶縈草，樹繞絲。【按】《樂府詩集》卷四十七清商曲辭四《神弦歌》十八首《明下童曲》之二：「陳孔驕赭白，陸郎乘斑騅。徘徊射堂頭，望門不欲歸。」陳後主《長相思》：「長相思，怨成悲。蝶縈草，樹連絲，庭花飄散飛入帷。帷中看隻影，對鏡斂雙眉。」二詩均有情郎不歸，相思怨别意。曾注引過略，致使相思怨别之意不顯。

〔四〕【曾注】淮南王《招隱士》：坱兮軋。注：霧氣昧也。【補注】坱靄，煙霧迷濛貌。韶容，美好的春色。唐獨孤授《花發上林》詩：「上苑韶容早，芳菲正吐花。」句謂煙靄迷濛的春容似含淡淡的愁思。係用擬人化手法寫「韶容」，逗下怨别意。

〔五〕「筐」字底本缺末筆，蓋避宋太祖諱。蠶應，《全詩》、顧本校：一作「春蠶」。【曾注】《禮》疏：蠶三俯三起，二十七日而老，謂之红蠶。王筠《陌上桑》：秋胡始倚馬，羅敷未滿筐。春蠶朝已老，安得久徬徨？

〔六〕生，席本、顧本、《樂府》作「注」。【補注】白蘋，水中浮草，春天開白花。梁柳惲《江南曲》：「汀洲採白蘋，日暖江南春。洞庭有歸客，瀟湘逢故人。」句意謂緑色的洲渚上已開滿了散發幽香的白蘋花。生白蘋，謂從白蘋花生出，作『注』非。非謂另有幽香注入白蘋也。

〔七〕浪，李本、毛本誤作『娘』。【咸注】《淮南子》：水雲魚鱗。【補注】差差，猶『參差』，不齊貌。魚鱗，指魚鱗形的細浪。

〔八〕意，《全詩》、顧本校：一作『思』。【補注】淮南小山《招隱士》：『王孫遊兮不歸，春草生兮萋萋。』此反其意而用之。

〔九〕着空，《樂府》、席本、顧本作『空中』。【補注】林彩，指籠罩在樹林上的彩色煙靄。着空，附着在空中。

〔一〇〕人，《樂府》、席本、顧本作『一』。【按】句意謂安得使人生家家夫妻各自相守，永不分離，作『一』則與『各』不協。

〔一一〕馳，《全詩》、顧本校：一作『狂』。【曾注】《史記》：皆沈船破釜甑。《漢·高帝紀》：漢王燒絶棧道。

〔一二〕方，《全詩》、顧本校：一作『多』。【按】作『方』是。

〔一三〕【咸注】《三輔黄圖》：漢人送客至霸橋，折柳贈別，名曰銷魂橋。【補注】因世上無別離，故無人折柳送別，因而『路傍更長千枝柳』。

【按】此見春光美好而興歸思、惜別離。『王孫』自指。似是客遊他鄉逢春思歸之作。『安得』四句純用議論，而抒情意味自濃。所抒發之人生感慨，收斂内向，與熱衷漫游、醉心功業之盛唐人正形成鮮明對照。此與『彩毫一畫竟何榮，空使青樓泣成血』（《塞寒行》）均爲典型之晚唐士人心態，典型之晚唐之音。

水仙謡〔一〕

水客夜騎紅鯉魚〔二〕，赤鸞雙鶴蓬瀛書〔三〕。輕塵不起雨新霽，萬里孤光含碧虚〔四〕。露魄冠輕見雲髮〔五〕，寒絲七柱香泉咽〔六〕。夜深天碧亂山姿〔七〕，光碎平波滿船月〔八〕。

〔一〕《樂府》卷一百新樂府辭十一樂府倚曲載此首。【立注】《侯鯖録》：《清泠傳》：馮夷，華陰潼鄉隄畔人也，服八石得水仙，是爲河伯。《莊子》注云：以八月庚子浴於南河溺死。杜甫詩『飄泊南庭老，祇應學水仙』是也。又案：《通鑑》：孫恩赴海死，其黨從死者以百數，謂之水仙。【補注】水仙，神話傳説中之水中仙人。司馬承禎《天隱子·神解八》：『在人謂之人仙，在天曰天仙，在地曰地仙，在水曰水仙。能變通曰神仙。』此詩所謂水仙，據首句，當指琴高。參注〔二〕。

〔二〕【曾注】《列仙傳》：『琴高，趙人也，行涓、彭之術，浮游冀州涿郡間二百餘年。後入涿水中取龍子，與諸弟子期曰：『明日皆潔齋候於水傍。』果乘赤鯉來，留月餘，復入水去。【補注】李商隱《板橋曉别》：『水仙欲上鯉魚去。』鯉魚指船。

〔三〕【咸注】《山海經》：女牀之上有鳥焉，其狀如翟，五彩文，名爲鸞鳥。《錦帶》：仙家以鶴傳書，白雲傳信。褚載詩：惟教鶴探丹丘信，不遣人窺太乙鑪。《十洲記》：漢武帝八節常朝拜靈書，以求度脱。【補注】鸞、鶴均爲仙人坐騎，故神話傳説中常有鸞、鶴傳書之事。李商隱《碧城三首》之一：『閬苑有書多附鶴，女牀無樹不棲鸞。』蓬瀛，蓬萊、瀛洲，傳説中的海上仙山。

〔四〕【曾注】《玄真子》：碧虚之帝生於空。【補注】孤光，此指月亮。賈島《酬朱侍御望月見寄》：『相思唯有霜臺月，望盡孤光月却生。』碧虚，碧空。吴筠《詠雲》：『飄飄上碧虚，藹藹隱青林。』含，猶涵蓋。

〔五〕魄，《全詩》、顧本校：一作『冕』。【咸注】《温嶠等傳論》：奕世登臺，露冕爲飾。王融詩：搔首見雲髮。【按】『露魄』不詳其義及所出。『露冕』則爲隱者所戴之一種便帽，下云『冠輕』，文義較合。包佶《宿廬山贈白鶴觀劉尊師》：『漸恨流年筋力少，惟思露冕事星冠。』則露冕爲道流之冠，與題稱『水仙』正合。『魄』字或寫作『皃』，與『冕』字形近而易互訛。此句『露魄』殆『露冕』之訛。因諸本皆同，故未即改『魄』爲『冕』。

〔六〕柱，原作『炷』，據席本、顧本、《樂府》改。【補注】寒絲，指聲調清泠散發寒意的絲絃。七柱，七條繫絃的柱。寒絲七柱，指七條絃的琴。劉長卿《聽彈琴》：『泠泠七絃上，静聽松風寒。古調雖自愛，今人多不彈。』可參證。香泉咽，形容琴聲如泉聲之幽咽。因彈琴時須焚香，故似琴聲中亦帶有香氣，因曰『香泉』。

〔七〕【補注】亂山姿，指映入水中的山影因波浪晃動而零亂。參下句。

〔八〕平，《樂府》、席本、顧本作『玉』。【立注】《琴操·水仙操》：伯牙學鼓琴於成連先生，三年而成；至於精神寂寞，情志專一，尚未能也。成連曰：『吾師子春在海中，能移人情。』乃與伯牙延望，無人，至蓬萊山，留伯牙曰：『吾將迎吾師。』刺船而去。旬時不返，但聞海水汩汲漰澌之聲，山林窅冥，羣鳥悲號，愴然歎曰：『先生將移我情。』乃援琴而歌之。曲終，成連刺船而返。【補注】句意謂月光照射船上和水面，微風起處，平整的碧波蕩漾，月光的光影亦隨之細碎閃爍。

【按】詩所詠『水仙』，殆爲隱者兼道流。前四句寫夜間清景。『水客』二句，點明其『神仙』身份，『夜騎紅鯉魚』，實即指其乘船，下有『滿船』字可證。三四句，寫雨霽月出，萬里碧空，孤月高懸，清光普照，清景如畫，境界明净高遠。五六句寫其焚香彈琴，琴聲幽咽，情調清冷。七八句夜深明月滿船，微風蕩波，光影細碎，山影零亂。動中見静，境尤幽絶。

東峯歌〔一〕

錦礫潺湲玉溪水〔二〕，曉來微雨藤花紫〔三〕。冉冉山雞紅尾長〔四〕，一聲樵斧驚飛起。松刺梳空石差齒〔五〕，煙香風軟人參蕊〔六〕。陽崖一夢伴雲根〔七〕，仙菌靈芝夢魂裏〔八〕。

〔一〕《樂府》卷一百新樂府辭十一樂府倚曲載此首，題温庭筠作。然此詩又見賈島詩集，題作『蓮峯歌』。【佟培基曰】《英華》三四二作島，《樂府》一〇〇作温，則此詩之錯簡甚早。清人顧嗣立箋注飛卿詩時，依宋刻《金荃集》分爲詩集七卷、別集一卷，此篇載卷二，乃宋槧原貌。而朱之蕃校本賈島《長江集》中無此詩，《季稿》補入賈集卷後。李嘉言《長江集新校》作爲附集，云『按本詩似李賀體，温庭筠即學李賀爲詩者，疑作温者是。』所論甚是。（《全唐詩重出誤收考》四四九頁）【按】馮彦淵家鈔宋本、述古堂影宋寫本、汲古閣刻《金荃集》卷二均載此詩，明刊諸分體本（姜本、十卷本）亦同載，題並作『東峯歌』。或作《蓮峯歌》，題賈島作者顯誤。詩中無一語涉及華山及蓮花峯之故實與山形山貌，其非詠華山蓮峯顯然。而作『東峯』則是。蓋此『東峯』係唐代道教勝地名山玉陽山之東峯，詩之首句『錦礫潺湲玉溪水』之『玉溪』即東、西玉陽山之間蜿蜒流過之『玉溪』。玉陽山爲王屋山之分支，在今河南省濟源市西。有東、西兩峯相對，名東玉陽、西玉陽。朱鶴齡《李義山詩集箋注》卷下《李肱所遺畫松詩書兩紙得四十韻》『學仙玉陽東』句下注引《河南通志》：『東玉陽山在懷慶府濟源縣西三十里。唐睿宗女玉真公主修道於此。有西玉陽山，亦其棲息之所。』李商隱早歲曾在東玉陽山學道，其《奠相國令狐公文》云：『故山巍巍（一作峨峨），玉谿在中。』所謂『故山』，即指其早歲學道之玉陽山。據此，則所謂『東峯』，即指玉陽山之東峯（或東玉陽山），而首句『玉溪』，亦即東、西玉陽山之間的玉溪，此即商隱別號『玉谿生』取名之由來。餘詳箋評欄編著者按。

〔二〕【曾注】《説文》：礫，小石也。【補注】錦礫，彩色的鵝卵石。玉溪水，即東、西玉陽山之間的玉溪，詳注〔一〕。馮浩《玉谿生詩箋注》卷首曾詳考『玉谿生』之『玉谿』必在玉陽王屋山中，引元耶律楚材《王屋道中》詩『行吟想像覃懷景，多少梅花拆玉谿』之句，謂『玩其詞義，實有玉谿屬懷州近王屋山者，大可爲余説之一證。雖未能指明細處，必即義山之玉谿矣。』由於馮氏未引商隱《奠相國令狐公文》『故山巍巍，玉谿在中』之語作爲的證，所引耶律楚材詩句時代又較晚，致使學者對唐時玉陽山下是否有『玉谿』仍有懷疑。得温庭筠此詩爲證，則玉陽山東峯下有『潺湲玉溪水』可無疑矣。筆者一九九八年曾親至其地考察，見東、西玉陽山雙峯對峙，兩峯之間有溪水曲折蜿蜒南流，即玉溪也。蓋玉溪之名，歷千餘年而未改。

〔三〕藤，《樂府》、顧本作『蕉』，非。【按】藤花紫而蕉花紅。時至今日，玉溪兩岸樹上仍有藤花。

〔四〕【補注】冉冉，下垂貌。曹植《姜女篇》：『柔條紛冉冉，葉落何翩翩。』句中『冉冉』與『長』相應。

〔五〕梳，原作『流』，據《樂府》、《全詩》、顧本改。【補注】松刺，松針、松葉。松刺排列張開似梳齒向上，故云『梳空』。差齒，參差錯落如齒之列。

〔六〕【曾注】《廣雅》：人葠，地精。參、葠同。《本草》：似人形者有神。【咸注】《梁書》：阮孝緒母疾，須人葠，陳羣曰：頗有蕪菁，唐突人參也。【補注】蕊，含蕊。

〔七〕【咸注】張協《雜詩》：雲根臨八極。注：雲根，石也。雲觸石而生，故曰雲根。【補注】陽崖，指王屋山，即陽臺。《真誥》：『王屋山，仙之別天，所謂陽臺是也。始得道者，皆詣陽臺，是清虛之宮也。』李商隱《寄永道士》：『共上雲山獨下遲，陽臺白道細如絲。』

〔八〕【曾注】《南華經》注：司馬彪曰：朝菌，大芝也。葛稚川云：芝有百種，有肉芝菌芝。【補注】仙菌靈芝，道教認爲服之可以益壽延年、成仙得道的仙藥。

【按】此詩詠玉陽山東峯景物：山下玉溪潺湲，錦石斑斕，溪畔藤花呈紫，山雞尾紅。松針梳空，山石參錯，煙香風軟，人參吐蕊，境界幽靜而明麗。末二句由東峯而聯及王屋山（陽崖），謂己思入王屋山與山石爲伴，過採摘仙芝之求仙學道生活而未能，故曰『陽崖一夢』、『仙菌靈芝夢魂裏』。或舉庭筠《宿雲際寺》『白蓋微雲一徑深，東峯弟子遠相尋』之句及《重游圭（一作東）峯宗密禪師精廬》『故山弟子空回首，葱嶺還應見宋雲』之句爲證，謂『東峯』指圭峯。庭筠從宗密遊，故自稱『東峯弟子』。此恐以彼例此。蓋《東峯歌》所寫景物，充滿道教氣息，『陽崖』、『仙菌靈芝』尤爲顯著。與庭筠從遊之宗密駐錫之圭峯爲佛教修行之地迴然有別。彼『東峯弟子』固不足證此

《東峯歌》之『東峯』爲圭峯也。且《東峯歌》首標『玉溪水』，尤爲『東峯』指『故山巍巍，玉谿在中』之玉陽山東峯之顯證。

會昌丙寅豐歲歌 雜言〔一〕

丙寅歲，休牛馬〔二〕。風如吹煙，日如渥赭〔三〕。九重天子調天下〔四〕，春緑將年到西野〔五〕。西野翁〔六〕，生兒童，門前好樹青芊茸〔七〕。芊茸單衣麥田路〔八〕，村南娶婦桃花紅〔九〕。新姑車右及門柱〔一〇〕，粉項韓憑雙扇中〔一一〕。喜氣自能成歲豐〔一二〕，農祥爾物來爭功〔一三〕。

〔一〕十卷本、姜刻本題下無『雜言』二字，蓋因二本雜言單列一卷。【曾注】《舊唐書》：武宗即位，改元會昌，在位六年。【補注】會昌丙寅，會昌六年（公元八四六年）。詩有『春緑』、『麥田』等語，當作於是年春。

〔二〕【曾注】《爾雅》：太歲在丙曰柔兆，在寅曰攝提格。《尚書》：歸馬于華山之陽，放牛于桃林之野。【補注】《尚書·武成》：『王來自商，至於豐，乃偃武修文，歸馬于華山之陽，放牛于桃林之野，示天下弗服（不復乘用）。』休牛馬，即歸馬放牛，偃武修文之意，示天下太平，無征戰之事。會昌三年正月，破回鶻；四年八月，平定澤潞劉稹叛亂。故有『休牛馬』之語。

〔三〕【曾注】《詩》：顏如渥赭。【補注】風如吹煙，形容春日和風似帶有和煦的暖意。渥赭，濃鮮的赭紅色。《詩·邶風·簡兮》：『赫如渥赭，公言錫爵。』鄭箋：『碩人容色赫然厚傅丹。』

〔四〕【曾注】宋玉《九辯》：君之門兮九重。【補注】九重天子，指唐武宗。《舊唐書·武宗紀》：『（會昌六年）三月壬寅，上不豫，制改御名炎。帝重方士，頗服食修攝，親受法籙。至是藥躁，喜怒失常。疾既篤，旬日不能言。宰相李德裕等請見，不許。中外莫知安否，人情危懼。是月二十三日，宣遺詔以皇太叔光王柩前即位。是日崩，時年三十三。』是武宗卒於六年三月二十三日，已至春暮。武宗在位期間，擊回鶻，平澤潞，國勢稍振。此詩頌『九重天子』偃武修文，歸馬放牛，時平年豐，與武宗情事相合。如作於武宗逝世後，一則與『春緑』之時令不合，二則與武宗初喪、宣宗初立之情況不合（詩中無此跡象）。當爲會昌六年二三月間武宗未逝世時作。調，治理。又，詩之後幅敘及娶新婦事，如作於武宗逝世後，則國喪期間亦不許喜慶嫁娶也。

〔五〕【補注】年，指豐年。《説文·禾部》：『年，穀熟也。』《春秋·桓公三年》：『有年。』穀梁傳：『五穀皆熟，爲有年也。』

〔六〕西野翁，李本、姜本、毛本脱『西野』二字。十卷本作『西野老翁』，係校增，『老』字衍。

〔七〕【補注】芊芊，茂密貌。

〔八〕【曾注】甯戚歌：短布單衣適至骭。【補注】單衣，指西野翁所着之單層衣服，示豐歲氣候温煦。

〔九〕【咸注】陳周弘正《詠新婚》詩：婿顏如美玉，婦色勝桃花。【補注】娶婦桃花紅，當從《詩·周南·桃夭》『桃之夭夭，灼灼其華。之子于歸，宜其室家』化出。『桃之夭夭，灼灼其華』，即『桃花紅』也。

〔一〇〕右，李本、十卷本、姜本、毛本作『石』。【曾注】蔡邕《協和昏賦》：既臻門屏，結軌下車。【補注】新姑，即新婦。

〔一一〕項，《全詩》、顧本校：一作『頸』。【咸注】《搜神記》：宋康王舍人韓憑妻何氏美，王奪之。憑怨，自殺。何氏乃陰腐其衣，從王登臺，遂投臺下，左右攬其衣不得而死。遺書於帶曰：『願得與憑合葬。』王弗聽，使里人埋之，冢相望也。宿昔之閒，有梓生於二冢，旬日盈抱，屈體相就，根交於下，枝錯於上。又有鴛鴦雌雄各一，恒棲樹上，交頸悲鳴。《世説》：温嶠娶姑女，既昏交禮，女以手披紗扇，拊掌大笑。庾信《爲梁上黄侯世子與婦書》：分杯帳裏，卻扇牀前。【按】韓憑雙扇，此處似只取韓憑夫婦恩愛之義，謂新婦之姣好容顔隱藏於壻家的障扇之中。

〔一二〕【曾注】杜甫詩：門闌多喜氣，女壻近乘龍。【補注】謂娶新婦的喜氣自能導致豐年。

〔一三〕物，《全詩》、顧本校：一作『勿』。【曾注】梁簡文帝詩：天馬照耀動農祥。【咸注】《國語》：虢文公曰：『太史順時視土，農祥晨正，土乃脈發。』韋昭曰：農祥，房星也。晨正，謂立春之日，晨中於午也。【補注】《文選·張衡〈東京賦〉》：『及至農祥晨正，土膏脈起。』農祥，星宿名，即房宿。農事之候，故曰農祥。物、勿古通。

【毛先舒曰】《子夜》雙關，『稾砧』啞謎，雖入巧法而不墜古風。又有巧用別名略同爲隱者：杜康善釀，曹公即呼酒爲杜康……《搜神記》韓憑、何氏魂化鴛鴦，温飛卿詩『粉項韓憑雙扇中』，即呼鴛鴦爲韓憑。（《詩辯坻》卷三）

【按】此詩歌詠會昌六年時平年豐景象，突出百姓安居樂業、娶新婦到門之喜慶氣氛，反映出詩人對會昌朝政治的頌揚態度。詩長短句錯落，節奏明快，富於變化。頂針手法的運用，增添了民歌風味。

碌碌古詞〔一〕

左亦不碌碌，右亦不碌碌〔二〕。野草自根肥〔三〕，羸牛生健犢〔四〕。融蠟作杏蔕〔五〕，男兒不戀家。春風破紅意，女頰如桃花〔六〕。忠言未見信〔七〕，巧語翻咨嗟〔八〕。一鞘無兩刃〔九〕，徒勞油壁車〔一〇〕。

〔一〕《才調》卷二、《樂府》卷一百新樂府辭十一樂府倚曲載此首。《才調》題内無『古』字。【咸注】《老子》：『碌碌如玉，落落如石。』或作陸陸，一作録録。王劭曰：陸、録并借字。【補注】碌碌，玉石美好貌。《文子·符言》：『故不欲碌碌如玉，落落如石。其文好者皮必剥，其角美者身必殺。』《文心雕龍·總術》：『落落之玉，或亂於石；碌碌之石，時似乎玉。』詩似從事物内容與形式往往不一致之角度抒慨，近後者之義。

〔二〕【咸注】晉樂府《聖郎曲》：左亦不佯佯，右亦不翼翼。

〔三〕自，《才調》、席本、顧本作『白』。《全詩》、顧本校：一作『著』。【補注】句意似謂野草生長茂盛，蓋緣自其根肥。作『白』作『著』均不可解。

〔四〕【曾注】《世説》：顔延之常乘羸牛破車。

〔五〕蔕，《樂府》《全詩》作『蒂』，字同。【補注】句意似謂杏花的花蒂似融蠟而成。

〔六〕【咸注】古詩：何處碟鵦來，兩頰色如火。自有桃花容，莫言人勸我。【立注】虞世南《史略》：《北史》：

盧士深妻，崔林義之女，有才學，春日以桃花靧兒面，呪曰：『取紅花，取白雪，與兒洗面作光悦。』

〔七〕未，《全詩》、顧本校：一作『不』。

〔八〕【補注】咨嗟，稱歎。《楚辭·天問》：『何親揆發，定周之命以咨嗟？』王逸注：『咨嗟，歎而美之也。』

〔九〕無，原一作『没』，《才調》及本集諸本均同。刃，《才調》《樂府》作『刀』。【曾注】張協《雜詩》：長鋏鳴鞘中。

〔一〇〕【咸注】《蘇小小歌》：妾乘油壁車，郎騎青驄馬。何處結同心？西陵松柏下。【補注】油壁車，用油塗飾車壁的車子，多爲婦女或顯貴者所乘。《南齊書·鄱陽王鏘傳》：『制局監謝粲説鏘及隨王子隆曰：「殿下但乘油壁車入宫，出天子置朝堂。」』

【按】題與詩均不甚可解。首二句似起興，言外表均不如玉石之美好，三四似反其意，謂野草雖賤，却因根肥而生長茂盛；瘦牛雖弱，却能生下健壯的牛犢。是則事物均不可單純貌相。五至八句似敘事，謂春天到來，杏花之蒂如融蠟而成，正待開放；春風催破紅色花苞中包含的春意，女子的面頰豔若桃花，而男子則不戀家。此四句似寫女子之春怨。九十兩句謂忠言不被信任，巧言反受贊賞，似言事物之內容與形式往往不一致。末二句似女子口吻，謂一鞘不容兩刃，男子别有所戀，己雖欲乘油壁車前往相就亦屬徒勞。全篇之主旨及各層之間的聯繫均難以求索。

春野行 雜言〔一〕

草淺淺，春如剪〔二〕。花壓李娘愁，飢蠶欲成蠒〔三〕。東城少年氣堂堂〔四〕，金丸驚起雙鴛鴦〔五〕。含羞更問衛公子，月到枕前春夢長〔六〕。

校注

〔一〕《才調》卷二、《樂府》卷一百新樂府辭十一樂府倚曲載此首。《樂府》、十卷本、姜本題下無『雜言』二字。

〔二〕【立注】徐注：《典論》：時歲暮春，和風扇物。弓燥手柔，草淺獸肥。【補注】淺淺，形容春草短而整齊。春如剪，即『二月春風似剪刀』之意。

〔三〕【咸注】吴筠《陌上桑》：蠶飢妾復思，拭淚且提筐。《太玄經》：紅蠶以繭自衣，亦謂之室。【補注】花壓，形容花之繁茂重疊。飢蠶欲成蠒，謂春將老，應上『李娘愁』。蠒，同『繭』。

〔四〕少年，《樂府》《全詩》作『年少』。【咸注】何遜詩：城東美少年。【補注】堂堂，盛大貌。

〔五〕【咸注】《西京雜記》：韓嫣好彈，常以金爲丸，所失者日有十餘，長安爲之語曰：『苦飢寒，逐金丸。』京師兒童每聞嫣出彈，輒隨之，望丸之所落，輒拾焉。古絶句：南山一樹桂，上有雙鴛鴦。

〔六〕前，《全詩》、顧本校：一作『邊』。【曾注】李白《白頭吟》：且留琥珀枕，還有夢來時。【補注】衛公子，疑用衛玠典。晉衛玠幼時，風神秀異。總角乘羊車入市，見者皆以爲玉人，觀之者傾都。玠舅王濟俊爽有風姿，每見玠，恒歎曰：『珠玉在側，覺我形穢。』妻父樂廣有海内重名，議者以爲『婦公冰清，女壻玉潤』。詳見《晉書·衛玠傳》。

【顧嗣立曰】此擬蕩子蕩婦之詞，篇中李娘、衛公子及《三洲詞》李娘必有所指。今不可考，無容强解。

【按】詩詠春野景物與思婦春愁。『李娘』即篇中之女主人公，未必具體有所指。『衛公子』即思婦李娘所思念之男子。『含羞更問』者，心中欲問遠隔之『衛公子』，問其月到枕前時，是否亦如我之思君而春夢長也。

醉歌〔一〕

簷柳初黄燕初乳〔二〕，曉碧芊綿過微雨〔三〕。樹色深含臺榭情，鶯聲巧作煙花主〔四〕。錦袍公子陳盃觴〔五〕，撥醅百甕春酒香〔六〕。入門下馬問誰在〔七〕，降堦握手登華堂〔八〕。臨邛美人連山眉〔九〕，低抱琵琶含怨思〔一〇〕。朔風繞指我先笑，明月入懷君自知〔一一〕。勸君莫惜金樽酒〔一二〕，年少須臾如覆手。辛勤到老慕簞瓢〔一三〕，於我悠悠竟何有〔一四〕！洛陽盧仝稱文房〔一五〕，妻子脚禿春黄糧〔一六〕。阿毫光顔不識字〔一七〕，指麾豪儁如驅羊〔一八〕。天犀壓斷朱鼲鼠〔一九〕，瑞錦驚飛金鳳皇〔二〇〕。其餘豈足霑牙齒〔二一〕，欲用何能報天子。駑馬垂頭搶暝塵〔二二〕，驊騮一日行千里〔二三〕。但有沈冥醉客家〔二四〕，支頤瞪目持流霞〔二五〕。唯恐南園風雨落〔二六〕，碧蕪狼籍棠梨花〔二七〕。

校注

〔一〕《才調》卷二載此首。【按】杜甫有《醉時歌》，温此詩製題、内容、格調顯仿杜作。

〔二〕『初』，述鈔、李本、十卷本、《才調》、《全詩》作『新』。

〔三〕芊，顧本作『萋』。【補注】芊綿，形容緑草茂盛綿延。句謂清晨微雨過後，草色碧緑綿延。

〔四〕【補注】煙花，指春天煙靄迷濛、百花盛開的美好景色。句意謂流鶯巧囀，似成春天美好景色的主人。

〔五〕【咸注】《李白傳》：崔宗之謫官金陵，與白詩酒唱和。常月夜乘舟，自采石達金陵。白衣宮錦袍，於舟中顧瞻笑傲，旁若無人。【按】錦袍公子泛指貴顯子弟。

〔六〕【曾注】李白詩：恰似葡萄初撥醅。《詩》：爲此春酒。【補注】撥醅，未濾過的重釀酒。

〔七〕【曾注】李賀詩：入門下馬氣如虹。【補注】入門下馬者係詩人自己，下句『降堦握手』者則爲錦袍公子，即陳盃觴設宴之主人。參下句注。

〔八〕【曾注】陸雲詩：王在華堂，式宴嘉會。【補注】降堦，古代賓主相見，以西爲尊。主人迎客在東階，客人登從西階。客如表示謙讓，則登主人之階，稱爲『降階』，或稱『降等』。《禮記·曲禮上》：『客若降等，則就主人之階；主人固辭，然後客復就西階。』然此句中之『降堦』當指主人走下臺階相迎，以示恭敬。《陳書·吴明徹傳》：『及高祖鎮京口，深相要結。明徹乃詣高祖，高祖爲之降階，執手即席，與論當世之務。』《周書·趙僭王招傳》：『滕王逌後至，隋文帝降階迎之。』降堦，即主人降階以迎之意。堦，同『階』。

〔九〕【曾注】《西京雜記》：文君眉色姣好，如望遠山，臉際常若芙蓉。【補注】臨邛美人，指卓文君，文君爲臨邛富豪卓王孫之女。連山眉。指如遠山之雙眉。此『臨邛美人』當借指座中侑酒奏樂的歌妓。

〔一〇〕【曾注】《樂府雜録》：『琵琶，烏孫公主造。推手前曰琵，引手却曰琶。【補注】石崇《琵琶引序》：『昔公主嫁烏孫，令琵琶馬上作樂，以慰其道路之思。』杜甫《詠懷古跡五首》之三：『千載琵琶作胡語，分明怨恨曲中論。』

〔一一〕【立注】王融《詠琵琶》：抱月如可明，懷風殊復清。吴筠詩：洛陽名工見咨嗟，一翦一刻作琵琶。白璧規心學明月，珊瑚映面作風花。【補注】朔風繞指，形容琵琶彈奏出朔風凛冽的悲涼肅殺之音。李商隱《戲題樞言草閣三十二韻》：『又彈《明君怨》，一去怨不回。感激坐者泣，起視雁行低。翻憂龍山雪，却雜胡沙飛。仲容銅琵琶，項直聲凄凄。』描繪琵琶音樂意境，可與此互參。我先笑，謂己爲知音，聽琵琶而發出會心之微笑。明月入懷，指歌妓懷抱圓月形的琵琶。謝靈運《東陽溪中贈答詩二首》：『可憐誰家婦，緣流洒素足。明月在雲間，迢迢不可得。』『可憐誰家郎，緣流乘素舸。但問情若爲，月就雲間墮。』明月入懷，似暗用靈運詩意，暗示彼此有情。

〔一二〕金，原一作『芳』。《才調》同。【咸注】曹植樂府詩：金樽玉杯，不能使薄酒更厚。謝靈運詩：清醑滿金樽。【補注】李白《行路難三首》之一：『金樽清酒斗十千，玉盤珍羞直萬錢。』

〔一三〕【補注】《論語·雍也》：『一簞食，一瓢飲，在陋巷，人不堪其憂，回也不改其樂，賢哉回也！』慕簞瓢，仰慕顔回式的安貧樂道、堅守節操的生活。又，孔子答魯哀公問『弟子孰爲好學』云：『有顔回者好學』。

〔一四〕【補注】杜甫《醉時歌》：『先生有道出羲皇，先生有才過屈宋。德尊一代常坎坷，名垂萬古知何用！』又：『儒術於我何有哉，孔丘盗跖俱塵埃。』『辛勤』二句，正化用杜詩之意。

〔一五〕仝，原一作『生』，各本均同。【立注】韓愈《寄盧仝》詩：玉川先生洛城裏，破屋數間而已矣。一奴長鬚不裹頭，一婢赤腳老無齒。注：仝居洛陽，自號玉川子。徐注：張説《姚文貞公碑銘》：武庫則矛戟森然，文房則禮樂盡在。【補注】盧仝初隱濟源山中，後長期寓居洛陽，故稱『洛陽盧仝』。文房，本指官府掌管文書之處。《梁書・江革傳》：『此段雍府妙選英材，文房之職，總卿昆季。』此指文章界、文林。稱文房，著稱於文林。

〔一六〕舂，十卷本、姜本作『春』，誤。【立注】宋玉《招魂》：稻粢穱麥，挐黃粱些。吴江吴兆宜云：《後漢書》：桓帝時童謡：『河間姹女能數錢，以錢爲室金爲堂。石上慊慊舂黃糧。黃糧之下有懸鼓，我欲擊之丞相怒。』【補注】脚秃，赤脚。黃糧，即黃粱，小米。盧仝《示添丁》：『宿舂連曉不成米，日高始飲一碗茶。』按：韓愈《寄盧仝》只云其『一婢赤脚老無齒』，此云『妻子脚秃舂黃糧』，或另有所本。舂糧食須用腳踩動碓具，故云『腳秃舂黃糧』。

〔一七〕【曾注】鼇應作『趺』。【立注】《舊唐書》：李光顔本河曲部落稽阿趺之族。光顔，光進弟也。《南史》：沈慶之手不知書，每將署事，輒恨眼不識字。【補注】《新唐書・李光進傳》：『李光進，其先河曲諸部，姓阿趺氏……弟光顔。』光顔憲宗時屢立戰功，善撫士，其下樂爲用。憲宗元和六年，賜姓李氏。

〔一八〕【曾注】《漢書》：辟如豺狼驅羣羊也。【咸注】《淮南子》：兵略者，避實就虚，若驅羣羊。【補注】承上句言光顔雖不識字，而指揮麾下豪傑如驅羊之易。以與上盧仝雖著稱於文林而家境貧窮構成對照。

〔一九〕鼲，《全詩》、顧本校：一作『鼷』。【曾注】《廣雅》：犀，徼外獸。一角在鼻，一角在額，有粟文通兩頭，名通天犀。【立注】《爾雅》郭璞注：江東呼鼲鼠者，似鼠大而食鳥，在樹木上也。魏文帝《與王明書》：蚤蝨雖細，困於安寢；鼲鼠雖微，猶毁郊牛。【補注】張祜《少年樂》：『帶盤紅鼲鼠，袍砑紫犀牛。』可證天犀、朱鼲鼠係袍帶上圖案。

〔二〇〕皇，李本、十卷本、姜本、毛本作『凰』，字通。【咸注】陸翽《鄴中記》：錦署中有鳳皇錦。《舊唐書・外戚傳》：榮國夫人卒，則天出内大瑞錦，造佛像追福。

〔二一〕【咸注】《宋書》：謝朓好獎人才。會稽孔闓粗有才筆，孔時嘗令草讓表，朓嗟吟良久，謂時曰：『此子聲名未立，應共獎成，無惜齒牙餘論。』【補注】《南史・謝朓傳》：『朓好獎人才，會稽孔覬粗有才筆，未爲時知，孔珪嘗令草讓表以示朓，朓嗟吟良久，手自折簡寫之，謂珪曰：「士子聲名未立，應共獎成，無惜齒牙餘論。」其好善如此。』《宋書·孔覬傳》無此語，予咸注引誤。《南齊書·謝朓傳》亦不載。齒牙餘論，隨口稱譽的話。豈足需牙齒，不值得一提。

〔二二〕【補注】駑馬，劣馬。搶瞑塵，頭衝地上的灰塵。

〔二三〕【補注】驊騮，良馬。《荀子·性惡》：『驊騮、騏驥……此皆古之良馬也。』《莊子·秋水》：『騏驥驊騮，一日而馳千里。』

〔二四〕【咸注】《莊子》：蜀莊沈冥。【按】『蜀莊沈冥』語出揚雄《法言·問明》，非《莊子》，予咸引誤。『沈冥』原指幽居匿跡。此句『沈冥』則為沉迷於酒，昏睡不醒之意。

〔二五〕【咸注】《莊子》：左手據膝，右手支頤。《抱朴子》：項曼卿修道山中，自言至天上遊紫府，遇仙人與流霞一杯，飲之輒不飢渴。【補注】流霞，指仙酒。項曼卿，《論衡·道虛》作『項曼都』，云：『（項曼都）曰：「有仙人數人，將我上天，離月數里而止……口饑飲食，仙人輒飲我以流霞一杯，每飲一杯，數月不饑。」』此借指美酒。

〔二六〕園，原作『國』，據《才調》、述鈔、顧本、席本改。南園風雨落，《才調》作『南園風雨花』；述鈔、席本、顧本作『南園風雨作』。

〔二七〕【補注】碧蕪，碧緑的草地。棠梨，俗稱野梨。陸璣《毛詩草木鳥獸蟲魚疏》：『甘棠，今棠梨，一名杜梨。』

【杜詔曰】『洛陽盧仝』二句……此飛卿自况也。下四句况錦袍公子。（《中晚唐詩叩彈集》卷八）

【按】題曰『醉歌』，實借『醉』抒發內心之苦悶，宣泄胸中之不平。前段十二句，敘春暖花開時節至錦袍公子家作客宴飲，席間有歌妓彈奏琵琶，我既識琵琶中所含之怨思，彼亦含情脈脈。中段『勸君』以下十四句，直抒苦悶與不平，係全詩主體。謂儒者慕簞瓢而學詩書，不免窮困到老，一無所有，如『稱文房』之盧仝即不免『妻子腳禿春黃糧』，而目不識字之異族將領則『指揮豪儁如驅羊』。其中當含商隱《驕兒詩》『爺昔好讀書，懇苦自著述。顦顇欲四十，無肉畏蚤蝨。兒慎勿學爺，讀書求甲乙。穰苴司馬法，張良黃石術，便爲帝王師，不假更纖悉』一類感慨。『天犀』二句意晦，當是隱喻，視下『其餘豈足霑牙齒，欲用何能報天子』之語，似借喻無能而居高位者。或係形容居高位之李光顔袍服上所繡之圖案。『駑馬』二句，似以駑馬『垂頭搶暝塵』喻己之困頓不遇，以驊騮之『一日行千里』喻人之得志顯達，亦憤懣不平語。故末段四句仍收到眼前春景及宴席，承上『勸君莫惜金樽酒，年少須臾如覆手』之意，謂當及時行樂，沈醉客家，莫待南園風雨、碧蕪落花狼藉之時空歎惜也。詩明顯仿杜甫《醉時歌》，亦受李白《將進酒》《答王十二寒夜獨酌有懷》之影響，而無李之豪放，杜之沉痛。與李之《將進酒》相比，則乏李之豪縱與自信，然後逸風流之致則近李。

江南曲 五言〔一〕

妾家白蘋浦〔二〕，日上芙蓉檝〔三〕。軋軋搖槳聲〔四〕，移舟入茭葉〔五〕。溪長茭葉深，作底難相尋〔六〕。避郎郎不見，鸂鶒自浮沉。拾萍萍無根〔七〕，採蓮蓮有子〔八〕。不作浮萍生，寧爲藕花死〔九〕。岸傍騎馬郎〔一〇〕，烏帽紫遊韁〔一一〕。含愁復含笑，回首問橫塘〔一二〕。妾住金陵浦〔一三〕，門前朱雀航〔一四〕。流蘇持作帳〔一五〕，芙蓉持作梁〔一六〕。出入金犢幰〔一七〕，兄弟侍中郎〔一八〕。前年學歌舞，定得郎相許〔一九〕。連娟眉繞山〔二〇〕，依約腰如杵〔二一〕。鳳管悲若咽〔二二〕，鸞絃嬌欲語〔二三〕。扇薄露紅鉛〔二四〕，羅輕壓金縷〔二五〕。明月西南樓〔二六〕，珠簾玳瑁鈎〔二七〕。橫波巧能笑〔二八〕，彎蛾不識愁〔二九〕。花開子留樹，草長根依土。早聞金溝遠〔三〇〕，底事歸郎許〔三一〕？不學楊白花〔三二〕，朝朝淚如雨。

〔一〕《樂府》卷二十六相和歌辭一載此首，題下無『五言』二字，《全詩》同。【立注】《樂府古題要解》：《江南曲》古詞云：『江南可采蓮，蓮葉何田田。』又云：『魚戲蓮葉間：魚戲蓮葉東，魚戲蓮葉西，魚戲蓮葉南，魚戲蓮葉北。』蓋美其芳晨麗景，嬉遊得時也。郭茂倩《樂府詩集》：梁武帝作《江南弄》以代《西曲》，曲有《采蓮》《采菱》，蓋出於此。【補注】《樂府詩集》卷二十六相和歌辭一載《江南》古辭一首，曰：『右一首，魏、晉樂所奏。』又載宋湯惠休《江南思》一首、梁簡文帝《江南思》二首，復載梁柳惲至唐陸龜蒙十五人《江南曲》二十七首，體製各不相同，而總言江南景物人事，男女相思。

〔二〕【曾注】羅願《爾雅翼》：萍其大者蘋，五月有花，白色，謂之白蘋。屈原《九歌》：登白蘋（按：應作『薠』）兮騁望。白居易《記》：湖州城東南二百步抵霅溪，溪連汀洲，洲一名白蘋。梁吴興太守柳惲於此賦詩云『汀洲采白蘋』，因以名洲也。【補注】白蘋，水中浮草。《楚辭·九歌·湘夫人》之『白薠』係薠草，秋生，似莎而大，雁喜食，與『白蘋』不同。浦，水邊。柳惲《江南曲》云：『汀洲采白蘋，日暖江南春。』温詩製題自與柳之《江南曲》有關，但詩中所詠之地並非湖州，而係金陵，下云『妾住金陵浦，門前朱雀航』，又云『回首問橫塘』，均可證。故此句之『白蘋浦』係泛指生長白蘋之水邊，非專指湖州之白蘋洲。

〔三〕檝，《樂府》作『楫』。【曾注】梁簡文帝詩：玉軸芙蓉舟。【補注】芙蓉檝，猶蓮舟。檝，原指船槳，代指船。

〔四〕槳，《樂府》、毛本、十卷本、李本作『漿』，誤。

〔五〕【補注】茭，即茭白，又稱菰，水生植物。李時珍《本草綱目·草八·菰》：『江南人呼菰爲茭，以其根交結也。』茭葉，茭筍的葉。

〔六〕【補注】作底，如何、爲何。徐凝《和嘲春風》：『可憐半死龍門樹，懊惱春風作底來？』

〔七〕【咸注】《歡聞歌》：遥遥天無柱，流漂萍無根。

〔八〕【咸注】《子夜歌》：乘月採芙蓉，夜夜得蓮子。【補注】蓮，諧『憐』。

〔九〕爲，《樂府》作『作』。【補注】藕，諧『偶』。

〔一〇〕【曾注】李白詩：岸上誰家遊冶郎。【咸注】梁末童謡：可憐巴馬子，一日行千里。不見馬上郎，但見黄塵起。黄塵汙人衣，皁莢作料理。

〔一一〕【曾注】《晉·輿服志》：漢成帝制，二宫直官著烏紗帽。【咸注】《晉中興書》：太和中，鄴下童謡曰：『青青御路楊，白馬紫遊韁。汝非皇太子，那得甘露漿？』【補注】烏帽，黑帽。古代貴者常服。隋唐後多爲庶民、隱者之帽。白居易《池上閒吟》之二：『非道非僧非俗吏，褐裘烏帽閉門居。』或謂即烏紗帽。《宋書·五行志一》：『明帝初，司徒建安王休仁……製烏紗帽，反抽帽裙，民間謂之「司徒狀」，京邑翕然相尚。』五代馬縞《中華古今注·烏紗帽》：『武德九年十一月，太宗詔曰：「自今以後，天子服烏紗帽，百官士庶皆同服之。」』

〔一二〕【咸注】《金陵覽古》：吴自江口沿淮築隄，謂之横塘。《吴都賦》：横塘查下。吴筠《古意》：妾家横塘北。【補注】横塘，三國吴大帝時於建業（今南京市）之南淮水（今秦淮河）南岸修築堤岸，稱横塘。後爲百姓聚居之地。崔顥《長干曲》：『君家住何處，妾住在横塘。』

〔一三〕浦，《樂府》、席本、顧本作『步』。【咸注】《吴録》：張紘言於孫權曰：『秣陵，楚武王所置，名爲金陵。秦始皇時，望氣者云金陵有王者氣，故斷連岡，改名秣陵也。』【補注】浦、步通，指水邊停船處。《述異記》卷下：『上虞縣有石馳步，水際謂之步……昉按：「吴、楚間謂浦爲步，語之訛耳。」』今多稱『埠』。

〔一四〕【補注】朱雀航，即朱雀橋，見本卷《謝公墅歌》注〔二〕。

〔一五〕【咸注】梁簡文帝《有女篇》：流蘇時下帳。晉摯虞《決疑要注》：天子帳流蘇爲飾。《海録碎事》：流蘇帳，盤繪繡之毬，五色錯爲之，同心而下垂者也。梁江總詩：新人羽帳挂流蘇。【補注】流蘇，用彩色羽毛或絲線等製成之穗狀垂飾物，常用作帷帳、車馬之飾。

〔一六〕持，《樂府》作『待』，誤。【補注】謂屋梁上繪有荷花圖案。

〔一七〕【曾注】《蒼頡篇》：帛張車上曰幰。【咸注】揚雄《籍田賦》：微風生於輕幰。善曰：幰，車幰也。【補注】幰，代指車。金犢幰，對牛車的美稱。

〔一八〕【曾注】古樂府《陌上桑》：三十侍中郎。【補注】侍中郎，皇帝左右的侍從官。

〔一九〕【補注】相許，稱許。

〔二〇〕【曾注】屈原《九歌》：眉（按：當作『靈』）連蜷兮既留。【補注】連娟，形容女子眉毛彎曲而纖細。《史記·司馬相如列傳》：『長眉連娟，微睇緜藐。』司馬貞索隱引郭璞曰：『連娟，眉曲細也。』眉繞山，見本卷《醉歌》注〔九〕『連山眉』注。

〔二一〕杵，原作『柳』，非，據《樂府》、述鈔、席本、《全詩》、顧本改。【按】作『柳』與上下文不協韻，作『杵』則與許、語、縷等均屬上聲語韻。【立注】《搜神記》：阿文暮入北堂，梁上有一人，高冠朱幘，呼曰：『細腰。』細腰應諾。文因呼細腰，問：『向衣冠是誰？』答曰：『金也，在西壁下。』問：『君是誰？』答曰：『我杵也，今在竈下。』文掘金燒杵，由是大富。【補注】依約，彷佛。腰如杵，形容腰身纖細。

〔二二〕【咸注】庾信《楊柳歌》：鳳皇新管蕭史吹。【補注】鳳管，指笙、簫一類管樂器。

〔二三〕絃，李本、十卷本、姜本、毛本作『紗』，誤。【咸注】《十洲記》：鳳麟洲在西海中央，洲上專多鳳麟，數百合羣，亦多仙家，煮鳳喙及麟角，合煎作膠，名爲集弦膠。【按】顧予咸引《十洲記》『續弦膠』係接續弓弦斷面之膠，與『鸞絃』毫無關涉。『鸞絃』指琴絃，因琴聲如鸞鳳之和鳴，故稱。陸瑜《獨酌謡》：『忽逢鳳樓下，非待鸞絃招。』

〔二四〕【曾注】江洪《詠歌姬》詩：輕紅澹鉛臉。【補注】紅鉛，臙脂與鉛粉。

〔二五〕壓，十卷本、毛本作『厭』，誤。【補注】壓，刺繡時按壓針線。金縷，金色絲線。壓金縷，用金絲線繡花。秦韜玉《貧女》：『苦恨年年壓金線，爲他人作嫁衣裳。』

〔二六〕【咸注】鮑照《玩月》詩：始見西南樓，纖纖如玉鉤。

〔二七〕【補注】玳瑁鈎，以玳瑁裝飾的簾鈎。

〔二八〕能，《全詩》、顧本校：一作『相』。【咸注】傅毅《舞賦》：目流睇而横波。【補注】横波，流盼的眼波、美目。

〔二九〕【曾注】李賀詩：長眉對月鬬彎環。【補注】彎蛾，彎彎的蛾眉。

〔三〇〕早，李本、十卷本、姜本、毛本作『上』。【曾注】《南史》：羊戎曰：『金溝清泚，銅池摇颺。』【補注】金溝，指宫中溝渠。

〔三一〕【補注】底事，何事。許，所。

〔三二〕楊白花，十卷本、姜本作『閨中婦』，李本、毛本作『楊花白』，均非。【立注】《梁書》：楊華名白花，武都仇池人。少有勇力，容貌修偉，魏胡太后逼通之。華懼及禍，乃率其部曲降梁。太后追思不已，爲作《楊白花歌》，使宫人連臂蹋足歌之，聲甚悽惋。《楊白花歌》：含情出户脚無力，拾得楊花淚霑臆。

【按】此詩以第一人稱敘寫金陵女子之色藝與對愛情的期盼。首段十二句謂己家住白蘋浦，每日移舟採蓮，心中充滿對愛情生活的憧憬，『不作浮萍生，寧爲藕花死』。次段『岸傍』以下十句，寫採蓮時與『騎馬郎』的對答，頗似崔顥《長干行》所描繪之情景，其中『兄弟侍中郎』等誇示語，係仿《陌上桑》之樂府套語，不必認真。三段『前年』以下十二句，謂己色藝雙全，居處華美，巧笑無愁。四段『花開』以下六句謂當及時婚嫁生子，早聞宫中甚遠，不如歸依郎處，不學胡太后之思念楊白花，朝朝淚如雨下。詩有敘事線索，而通篇仍以自我抒情爲主，頗有民歌風味。

堂堂曲〔一〕

錢塘岸上春如織〔二〕，淼淼寒潮帶晴色。淮南遊客馬連嘶〔三〕，碧草迷人歸不得〔四〕。風飄客意如吹煙〔五〕，纖指殷勤傷雁絃〔六〕。一曲堂堂紅燭筵〔七〕，金鯨瀉酒如飛泉〔八〕。

校注

〔一〕《才調》卷二、《樂府》卷四十七清商曲辭四載此首。《才調》、席本、顧本題作『錢塘（唐）曲』，《樂府》題作『堂堂』。【按】詩有『一曲《堂堂》』語，故題爲《堂堂曲》。作《錢塘曲》者，殆因首句『錢塘岸上春如織』而有此題，然本集諸舊本除席本、顧本從《才調》作《錢塘（唐）曲》外，均作《堂堂曲》，故仍從本集。

〔二〕【咸注】《吴郡緣海四縣記》：錢塘西南五十里有定山，去富春又七十里，横出江中，波濤迅邁，以避山難。辰發錢塘，已達富春。【補注】詩言『錢塘岸上』，此『錢塘』當指錢塘江，非錢唐縣（今杭州市）。《國語·越語上》：『三江環之。』韋昭注：『三江：吴江、錢唐江、浦陽江。』春如織，形容春色如織成之錦繡。錢塘江口呈喇叭狀，海潮汹涌倒灌，故下句云『淼淼寒潮』。

〔三〕連，《全詩》、顧本校：一作『頻』。【補注】淮南遊客，詩人自指。其時當客遊淮南，因至錢塘。

〔四〕【曾注】淮南王《招隱士》：王孫遊兮不歸，春草生兮萋萋。

〔五〕意，《全詩》、顧本校：一作『思』。

〔六〕【補注】雁絃，指筝之絃柱斜列如同雁行。李商隱《昨日》：『二八月輪蟾影破，十三絃柱雁行斜。』傷雁絃，謂筝絃上彈奏出令人心傷的音調。

〔七〕【補注】《堂堂》，樂曲名。《樂府詩集·近代曲辭·堂堂》郭茂倩題解：『《樂苑》曰：「《堂堂》，角調曲，唐高宗曲也。」……《堂堂》，本陳後主作，唐爲法曲，故白居易詩云「法曲法曲歌《堂堂》」是也。』

〔八〕金，原作『長』，據《才調》、《樂府》、述鈔、席本、顧本改。【曾注】杜甫《飲中八仙歌》：飲如長鯨吸百川。又：百壺那送酒如泉。【補注】金鯨，喻指容量大之華美盛酒器。曰『瀉酒』自指酒器。李商隱《河陽詩》：

『龍頭瀉酒客壽杯。』龍頭指酒器瀉酒處刻爲龍頭形，金鯨或刻爲鯨形也。

【陸時雍曰】寡趣。（《唐詩鏡》卷五十一）

【按】詩詠錢塘春色之迷人。前四句錢塘江上晴日春景：春色如錦，碧草如煙，寒潮淼淼，晴光摇漾，令遊者迷不思歸。後四句夜間宴飲場景。『風飄』句，謂春風飄散客遊者之歸思如煙消也。故紅燭筵上，聽雁絃而進美酒，期於盡興而已。似客遊淮南後至錢塘作，故自稱『淮南遊客』。或僅爲用典，以指出遊未歸之詩人自己。此詩或會昌二年春自吳中赴越中途經杭州時作。

惜春詞〔一〕

百舌問花花不語〔二〕，低迴似恨橫塘雨〔三〕。蜂争粉蕊蝶分香〔四〕，不似垂楊惜金縷。願君留得長妖韶〔五〕，莫逐東風還蕩摇。秦女含嚬向煙月〔六〕，愁紅帶露空迢迢〔七〕。

〔一〕《才調》卷二、《樂府》卷一百新樂府辭十一樂府倚曲載此首。

〔二〕【曾注】《月令》注：反舌，百舌也。春始鳴，至五月能變其舌，反學其聲，爲百鳥之鳴。【咸注】邢劭《春歌》：花塢蝶雙飛，柳堤鳥百舌。【補注】《淮南子·説山訓》：『人有多言者，猶百舌之聲。』高誘注：『百舌，鳥名，能易其舌效百鳥之聲，故曰百舌也。』按：歐陽修詞『淚眼問花花不語』從此句化出。

〔三〕【補注】低迴，情感縈回，係對花之情狀的擬人化描寫。横塘，見《江南曲》『回首問横塘』句注。此『横塘』似泛稱。

〔四〕【曾注】崔豹《古今注》：蠭垂穎如鋒，曰蠭蝶，以須鼰。【補注】句意謂蜜蜂争相向花蕊采粉釀蜜，蝴蝶亦翻飛花上分得花香。

〔五〕君，《全詩》、顧本校：一作『言』。韶，《才調》作『嬈』。【補注】君，指花。妖韶，妖嬈美好。

〔六〕【咸注】梁簡文帝詩：倡樓秦女乍相值。案：《樂府詩集》唐李白樂府有《秦女卷衣》。【補注】秦女，泛指秦地女子，非指秦穆公女弄玉。

〔七〕迢迢，原一作『寥寥』，《才調》同。

【按】此惜春之詞。全篇以惜花之凋逝抒惜春之意。起二句有韻致，似小詞。三四謂蜂採花蕊，蝶分花香，不似

垂楊之惜金縷無蜂蝶縈繞也，正寫蜂蝶之惜花。『願君』二句，一篇主意。雖惜花，亦借喻女子之青春芳華。故末二句以秦女含嚬、愁紅帶露作結，傷春華之凋逝也。

春愁曲〔一〕

紅絲穿露珠簾冷〔二〕，百尺啞啞下纖綆〔三〕。遠翠愁山入卧屏〔四〕，兩重雲母空烘影〔五〕。涼簪墜髮春眠重，玉兔熅氤柳如夢〔六〕。錦疊空牀委墜紅〔七〕，颸颸掃尾雙金鳳〔八〕。蜂喧蝶駐俱悠揚〔九〕，柳拂赤欄纖草長〔一〇〕。覺後梨花委平緑〔一一〕，春風和雨吹池塘〔一二〕。

〔一〕《才調》卷二、《樂府》卷一百新樂府辭十一樂府倚曲載此首。

〔二〕【咸注】《西京雜記》：昭陽殿織珠爲簾，風至則鳴，如珩佩之聲。鮑照詩：珠簾無隔露，羅幌不勝風。【補注】句謂珠簾以紅絲穿珠而成，其上沾露，給人以冷意。

〔三〕【咸注】費昶《行路難》：唯聞啞啞城上烏，玉闌金井牽轆轤。《説文》：綆，汲井索也。《莊子》：綆短者不可以汲深。【補注】此句寫清晨汲井，『啞啞』狀轆轤轉動井索之聲。劉言史《賣花謡》：『澆紅溼緑千萬家，青絲玉轤聲啞啞。』

〔四〕【補注】遠翠愁山，指屏風上所繪遠山圖畫，故曰「入卧屏」。遠翠，遠處的翠色山巒。

〔五〕【曾注】《西京雜記》：趙飛燕爲皇后，女弟昭儀遺雲母屏風、琉璃屏風。李賀詩：琉璃疊扇烘。【補注】兩重雲母，指卧牀前的屏風以雲母爲飾，共有兩疊。空烘影，空自映照牀上女子之孤影。

〔六〕煴氳，《樂府》、席本、《全詩》、顧本作「煴香」；十卷本、姜本作「氳氳」。【曾注】李白詩：玉兔擣藥春復秋。【補注】玉兔，當指兔形之香爐，卷三《獵騎辭》「香兔抱微煙」句可以參證。煴氳，形容香煙繚繞迷漫之狀。同「氳氳」。柳如夢，謂楊柳煙籠霧罩，如夢似幻。

〔七〕墜，《樂府》《全詩》作「墮」。【曾注】古詩：蕩子行不歸，空牀難獨守。【補注】句意謂牀上散疊着紅色的錦被，被的一角下墜到牀邊。見女子輾轉反側，難以成眠。

〔八〕【咸注】古樂府：秋風肅肅晨風颸。《吴都賦》：翼颸風之颸颸。【立注】徐注：《黄庭經》：古者盟以玄雲之錦九十尺，金簡鳳文羅四十尺。【補注】颸颸，凄清貌。句謂錦被上繡有長尾之雙鳳，因空牀無侶亦呈凄清之態。

〔九〕俱，原一作「戲」，《才調》《樂府》及諸本同。【補注】悠揚，此狀意態從容悠閒。或解「雙金鳳」爲鳳簪，即上文之「凉簪墜髮」，亦通。

〔一〇〕【補注】赤欄，朱漆的欄杆。或解爲赤欄橋，亦通。

〔一一〕【補注】平緑，平整的緑草地。

〔一二〕【曾注】徐注：謝靈運詩：池塘生春草。

【按】庭筠爲文人詞鼻祖，晚唐五代香豔詞風與詞史上婉約詞風之開拓者，又爲晚唐綺豔詩風代表人物之一。一

身二任。故其詩風與詞風之間的聯繫，頗值得探討。其五七言古體樂府，辭藻麗密，色澤穠豔，風格頗近其詞。《春愁曲》即其中較爲典型之詩例。詩寫閨中春愁，對女主人公之外貌、心理、行動均不作正面描繪刻畫，完全藉環境氣氛之烘托渲染與自然景物之映襯暗示透露，寫法細膩婉曲，儼然花間詞境。其中若干詩句，使人自然聯想起其《菩薩蠻》詞中的句子。如『遠翠』二句之與『小山重疊金明滅，鬢雲欲度香腮雪』，『玉兔』句之與『江上柳如煙，雁飛殘月天』，『覺後』二句之與『雨後却斜陽，杏花零落香』『花落子規啼，緑窗殘夢迷』，取象造境，均極相似。但其此類作品由於刻意追摹李賀，不僅意境較爲隱晦，語言亦時有生硬拗澀之處，與其詞之圓融自然有別。表現亦稍嫌繁盡，不如其詞之含蓄蘊藉。《春愁曲》亦不免有此弊。

蘇小小歌〔一〕

買蓮莫破券〔二〕，買酒莫解金〔三〕。酒裏春容抱離恨〔四〕，水中蓮子懷芳心〔五〕。吳宮女兒腰似束〔六〕，家在錢塘小江曲〔七〕。一自檀郎逐便風〔八〕，門前春水年年緑〔九〕。

校注

〔一〕《才調》卷二、《樂府》卷八十五雜歌謡辭三載此首。《樂府詩集·蘇小小歌》古辭題解：『一曰《錢塘蘇小小歌》。《樂府廣題》曰「蘇小小，錢塘名倡也，蓋南齊時人。西陵在錢塘江之西，歌云『西陵松柏下』是也。」』

【咸注】《吴地記》：嘉興縣前有晉伎蘇小小墓。【按】唐代詩人權德輿、李賀、羅隱有《蘇小小歌三首》。羅隱《蘇小小墓》作於光啓三年任錢塘令時，詩云『魂兮檇李城，猶未有人耕。』檇李即嘉興。

〔二〕【立注】北齊武成後謡：千金買果園，中有芙蓉樹。破券不分明，蓮子隨他去。【補注】破券，破鈔、花錢。破，花費；券，錢幣。蓮，諧『憐』，憐愛。

〔三〕【立注】梁簡文帝詩：當壚設夜酒，宿客解金鞍。迎來挾琴易，送別唱歌難。【補注】解金，解下金錢，與上句『破券』意近，非『解金鞍』之省。

〔四〕【立注】《子夜歌》：郎懷幽閨性，儂亦恃春容。【補注】謂買酒圖醉反使佳人春容增添離恨。

〔五〕【補注】蓮子，諧『憐子』。謂水中蓮子本就深懷芳心，借喻女子本就有憐愛男子之意，無須『破券』『買蓮』。

〔六〕【咸注】趙曄《吴越春秋》：闔閭城西斫石山上有館娃宫。《登徒子好色賦》：腰如束素。

〔七〕在，《全詩》、顧本校：一作『住』。【補注】錢塘小江曲，指流入錢塘江的支流入口處。

〔八〕【曾注】李賀詩：檀郎謝女眠何處。或曰：檀奴，潘安仁小字，後人因號爲檀郎。【補注】《世説新語·容止》及《晉書·潘岳傳》載：潘岳美姿容，嘗乘羊車出洛陽道，路上婦女慕其容儀，手挽手圍之，擲果盈車。岳小字檀奴，後因以『檀郎』爲婦女對夫壻或所愛慕男子之美稱。此以『檀郎』指情郎。逐便風，乘順風船離去。

〔九〕【曾注】江淹《別賦》：春草碧色，春水緑波。【補注】謂年年佇候夫壻歸來，但見門外春水緑波，却不見歸舟。

【按】前四句謂真摯愛情非金錢可買，離情亦非醉酒可解，水中蓮子自有芳心，女子自有憐愛情郎之意。後四句謂女子腰似束素，家住錢塘江曲。一自情郎去後，音訊杳然，唯見年年春江水緑而已。全篇蓋寫一癡情女子之離情與幽怨，後四句既饒民歌風味，又頗具韻致。或亦會昌二年春經杭州時作。

春江花月夜詞〔一〕

玉樹歌闌海雲黑〔二〕，花庭忽作青蕪國〔三〕。秦淮有水水無情〔四〕，還向金陵漾春色〔五〕。楊家二世安九重〔六〕，不御華芝嫌六龍〔七〕。百幅錦帆風力滿〔八〕，連天展盡金芙蓉〔九〕。珠翠丁星復明滅〔一〇〕，龍頭劈浪哀笳發〔一一〕。千里涵空澄水魂〔一二〕，萬枝破鼻團香雪〔一三〕。漏轉霞高滄海西，玻璃枕上聞天雞〔一四〕。鑾絃代雁曲如語〔一五〕，一醉昏昏天下迷〔一六〕。四方傾動煙塵起〔一七〕，猶在濃香夢魂裏〔一八〕。後主荒宮有曉鶯，飛來只隔西江水〔一九〕。

校注

〔一〕《才調》卷二、《樂府》卷四十七清商曲辭四吴聲歌曲四載此首，《樂府》題内無『詞』字。《樂府詩集》隋煬帝《春江花月夜二首》解題：『《唐書·樂志》曰：「《春江花月夜》《玉樹後庭花》《堂堂》，並陳後主所作。後主常與宫中女學士及朝臣相和爲詩，太常令何胥又善於文詠，採其尤豔麗者，以爲此曲。」』【咸注】隋煬帝作《春江花月夜》曲云：『暮江平不動，春花滿正開。流波將月去，潮水帶星來。』【補注】隋諸葛穎有《春江花月夜》一首，五言四句，體製同煬帝之作。盛唐張若虛《春江花月夜》一首，七言歌行體，平仄韻交押。庭筠此首，體製同張作，内容則與前此之作詠春江花月之夜及離别相思不同，專詠隋煬帝奢淫亡國事，而於原題之意則不相涉。

〔二〕【補注】玉樹，即《玉樹後庭花》歌曲。《陳書·皇后傳·後主張貴妃》：『後主每引賓客對貴妃等遊宴，則使諸貴人及女學士與狎客共賦新詩，互相贈答，採其尤豔麗者以爲曲詞，被以新聲……其曲有《玉樹後庭花》《臨春樂》等。大指所歸，皆美張貴妃、孔貴嬪之容色也。』《舊唐書·音樂志》：『御史大夫杜淹對曰：「前代興亡，實由於樂。陳將亡也，爲《玉樹後庭花》；齊將亡也，而爲《伴侣曲》，行路聞之，莫不悲泣，所謂亡國之音也。」』海雲黑，象徵國之將亡。許渾《金陵懷古》：『玉樹歌殘王氣終，景陽兵合戍樓空。』歌闌，即歌殘。餘見注〔一〕引《新唐書·樂志》。

〔三〕【咸注】李端詩：青蕪赤燒生。【補注】花庭，即『玉樹後庭花』之後庭，指陳的宫苑。句意謂華美的宫苑轉眼間已成青緑色的平蕪。指陳之亡國。

〔四〕【曾注】《建康録》：始皇鑿鍾阜爲瀆，令水貫其中，以洩王氣，呼秦淮。【補注】傳秦始皇南巡至龍藏浦，發現有王氣，於是鑿方山、斷長隴爲瀆入於江，以洩王氣，故名秦淮。

〔五〕【補注】二句謂秦淮河水不管人間興亡，依舊流向金陵，蕩漾着緑波春色。寓意與劉禹錫《石頭城》『淮水東邊舊時月，夜深還過女牆來』、韋莊《臺城》『無情最是臺城柳，依舊煙籠十里堤』類似。

〔六〕【咸注】《隋書》：煬皇帝諱廣，一名英，小字阿　，高祖第二子也。【補注】楊家二世，明指隋朝第二代皇帝隋煬帝，兼喻其如秦二世而敗亡之意。安九重，安居九重深宫，即皇帝位。

〔七〕【立注】《隋書》：大業元年八月壬寅，上御龍舟幸江都，以左武衛大將軍李景爲後軍，文武官五品已上給樓船，九品已上給黄篾，舳艫相接二百餘里。俞瑒云：《甘泉賦》：登鳳皇而翳華芝。注：華芝，蓋也。《易》：時乘六龍以御天。【補注】華芝，華蓋，皇帝所乘車的車蓋。桓譚《新論》：『吾之爲黄門郎，居殿中，數見輿輦，玉蚤、華芝及鳳凰三蓋之屬，皆玄黄五色，飾以金玉、翠羽、珠絡、錦繡、茵席者也。』六龍，古代天子車駕用六馬，馬八尺稱龍，故以六龍爲天子車駕之代稱。句意謂煬帝出游，不乘六匹駿馬駕的車，御華蓋。

〔八〕【立注】《開河記》：煬帝御龍舟幸江都，舳艫相繼，自大堤至淮口，聯綿不絶。錦帆過處，香聞十里。【補注】顔師古《大業拾遺記》：『煬帝幸江都……至汴，御龍舟，蕭妃乘鳳舸，錦帆綵纜，窮極侈靡。』

〔九〕畫，十卷本、姜本、毛本作『晝』，誤。【曾注】樂府《子夜歌》：玉藕金芙蓉。【補注】金芙蓉，金蓮花。疑暗用南齊後主『鑿金爲蓮花以帖地，令潘妃行其上，曰：「此步步生蓮華也」』之事，謂煬帝展盡豪奢。或以金芙蓉代指美麗的嬪妃。

〔一〇〕【立注】《隋遺録》：帝御龍舟，蕭妃乘鳳舸，每舟擇妙麗女子千人，執雕版鏤金檝，號爲殿脚女。徐注：宋玉《招魂》：翡翠珠被，爛齊光些。【補注】丁星，閃爍貌，係聯綿詞，形容船上的嬪妃們珠翠滿頭，閃爍明滅。或指龍舟上裝飾的金玉閃爍明滅。宋無名氏《開河記》：『龍舟既成，泛江沿淮而下。至大梁，又別加修飾，砌以七寶金玉之類。』

〔一一〕【立注】《隋書·樂志》：煬帝大製豔篇，辭極淫綺，令樂正白明達造新聲，創《泛龍舟》等曲，掩抑摧藏，哀音斷絶。煬帝《泛龍舟曲》：舳艫千里泛歸舟，言旋舊鎮下揚州。借問揚州在何處？淮南江北海西頭。【補

注】龍頭，指煬帝所乘龍舟的船頭。

（一二）澄，《樂府》、席本、顧本作『照』。【補注】千里涵空，指自汴州至揚州的千里水路上碧水涵空。澄，靜。水魂，指水中精怪。蓋謂龍舟過處，水怪寧靜，不敢興風作浪。

（一三）團，李本、十卷本、姜本、毛本、《全詩》作『飄』。【立注】徐注：《隋書》：煬帝自板渚引河，作街道，植以楊柳，名曰隋堤，一千三百里。又案：揚州后土廟有花一枝，潔白可愛，樹大而花繁，俗謂之瓊花。天下獨一枝。歐陽永叔爲揚州，作無雙亭以賞之。【補注】句意謂揚州瓊花盛開，千枝萬枝，花繁如香雪成團，發出衝鼻香氣。瓊花屬木本花木，樹幹高大，每年暮春開白花，繁盛如雪，故云『團香雪』。或傳真正瓊花僅有一株，即生長於揚州后土祠者。後世謂爲瓊花者，多爲嫁接聚八仙而成，或將聚八仙、玉蕊花誤認爲瓊花。但温此詩已云『萬枝破鼻團香雪』，則其誤認自唐已然。晚唐吴融《隋堤》詩有『曾笑陳家歌玉樹，却隨後主看瓊花』之句，可能其時已有煬帝至揚州看瓊花的傳説。或云瓊花宋代始有，恐未必。

（一四）玻璃，《樂府》《全詩》作『頗黎』。【咸注】《韻會》：玻璃，寶玉名。《本草》作『頗黎』，云西國寶。或云是水玉，千歲冰爲之。《唐·高宗紀》：支汗郡王獻碧玻璃。《淮南子》：桃都山上有天雞，日出即鳴。【補注】玻璃，即頗黎，古代玉名，亦稱水玉，或以爲即水晶。

（一五）雁，李本、十卷本、姜本、毛本、述鈔、《全詩》作『寫』。【立注】《大業拾遺記》：帝自達廣陵，沈湎失度，每睡，歌吹齊發，方就一夢。【補注】蠻絃，指南方少數民族的絃樂器。代雁，指北方的絃樂器，如秦箏。雁，指雁柱，箏柱斜列如雁之行列。

（一六）【立注】《迷樓記》：煬帝建迷樓，選後宫女數千以居其中。《大業拾遺記》：帝於文選樓張四帳，一名醉忘歸，三名夜酣香。【補注】句謂煬帝在揚州沉湎酒色，不理天下政事。

（一七）傾，《全詩》校：一作『澒』。顧本校：疑作『澒』。煙，《全詩》、顧本校：一作『風』。【咸注】杜甫詩：風塵澒動昏王室。《淮南子》：未有天地之時，鴻濛澒動，莫知其門。【按】魏曹冏《六代論》：『天下所以不能傾動，百姓所以不易心者，徒以諸侯强大，盤石膠固。」傾動，意即傾覆動摇。「四方傾動」即用此意，謂四方變亂迭起，國家傾覆動摇。字不誤。因疑爲「澒動」之誤而改「煙塵」爲「風塵」，以實其用杜詩「風塵澒動昏王室」之説，更屬臆改。

〔一八〕香，李本、十卷本、姜本、毛本均作「團」。【立注】吕東萊《隋書》：大業十三年五月甲子，唐公起義師於太原。十一月丙辰，唐公入京師。辛酉，遥尊帝爲太上皇帝，代王侑爲帝，改元義寧。二年三月，右屯衛將軍宇文化及以驍果作亂，入犯宫闈，上崩於温室，時年五十。【補注】二句謂四方傾覆動摇，煙塵彌漫，煬帝仍肆意享樂，沉醉於濃香好夢之中。參下句注。

〔一九〕【立注】《隋遺録》：煬帝在江都，昏湎滋深。嘗遊吴公宅雞臺，恍惚與陳後主相遇，尚唤帝爲殿下。後主舞女數十，中一人迥美，帝屢目之，後主云：「即麗華也。」乃以海蠡酌紅粱新醖勸帝，帝飲之甚歡。因請麗華舞《玉樹後庭花》，麗華徐起，終一曲。後主問帝：「蕭妃何如此人？」帝曰：「春蘭秋菊，各一時之秀也。」後主問帝：「龍舟之遊樂乎？始謂殿下致治在堯、舜之上，今日復此逸遊。大抵人生只圖快樂，曩時何見罪之深耶！」帝忽悟，叱之，怳然不見。【補注】二句謂陳後主金陵荒宫之舊址至今唯有曉鶯飛翔，彼曉鶯飛過西江水至隋煬帝江都荒宫，又見隋之轉瞬覆亡、繁華丘墟矣。西江，此指長江。金陵在江都之西，故稱這一段長江爲西江。

【許學夷曰】庭筠七言古聲調婉媚，盡入詩餘……如「四方傾動煙塵起，猶在濃團夢魂裏。後主荒宫有曉鶯，飛來只隔西江水。」「爲君裁破合歡被，星斗迢迢共千里。象尺薰爐未覺秋，碧池已有新蓮子。」「迴嚬笑語西窗客，星斗寥寥波脈脈。不逐秦王卷象牀，滿樓明月梨花白。」「玉壻暗接崑崙井，井上無人金索冷。畫壁陰森九子堂，階前細月鋪花影。』『百舌問花花不語，低迴似恨横塘雨。蜂争粉蕊蝶分香，不似垂楊惜金縷』等句，皆詩餘之調也。（《詩源辯體》卷三十）

【賀裳曰】温不如李，亦時有彼此互勝者。如義山《隋宫》詩『玉璽不緣歸日角，錦帆應是到天涯』，飛卿《春江花月夜》曰：『十幅錦帆風力滿，連天展盡金芙蓉。』雖極力描寫豪奢，不及李語更能狀其無涯之慾。至結句『地下若逢陳後主，豈宜重問後庭花』，較温『後主荒宫有曉鶯，飛來只隔西江水』，則温語含蓄多矣。（《載酒園詩話又編》）

【杜詔曰】《古詩紀》《樂府詩集》并云：《春江花月夜》《玉樹後庭花》，并陳後主所作，出《晉（按：當作唐）書·樂志》。今考之，初無此説。且晉前陳百四十年，何由牽涉後主之曲邪？又考《古樂苑》，《春江花月夜》，隋煬帝所作。觀此詩，蓋賦隋煬，《玉樹後庭》，不過借作比興耳。宜從《樂苑》。（『不御華芝』句下）此下總言煬帝遊幸江都，荒淫無度也。（《中晚唐詩叩彈集》卷八）

【杜庭珠曰】起訖俱用後主事，金陵、廣陵，隔江相望。與義山《隋宫》詩結語同意，所謂『後人哀之，而不鑒之』也。（同上）

【許宗元曰】（首四句下評）借陳後主陪起，思新彩豔。（末二句下評）仍應起處作結，如連環鈎帶。（《網師園唐詩箋》）

【按】此詩主旨，蓋諷隋之覆亡，在不知汲取陳代奢淫亡國之教訓，反而變本加厲，肆意佚遊，窮極奢侈，故重蹈覆轍，迅即滅亡。因而詩之開端，結尾均以亡陳與亡隋並提作襯，以深寓諷慨之意。杜庭珠評語有識。詩寫陳、隋之覆亡，一則出以概括精練之筆，一則出以鋪張渲染之筆，正因以陳亡爲陪襯之故。然鋪張渲染中仍寓諷慨。如『鸞絃代雁曲如語，一醉昏昏天下迷。四方傾動煙塵起，猶在濃香夢魂裏』等語，即諷意明顯。末二句於鋪张渲染之餘忽轉用温婉含蓄之筆，尤覺諷慨彌深。

懊惱曲〔一〕

藕絲作線難勝針〔二〕，蕊粉染黄那得深〔三〕。玉白蘭芳不相顧〔四〕，青樓一笑輕千金〔五〕。莫言自古皆如此，健劍刜鐘鉛繞指〔六〕。三秋庭緑盡迎霜〔七〕，唯有荷花守紅死〔八〕。廬江小吏朱斑輪〔九〕，柳縷吐芽香玉春〔一〇〕。兩股金釵已相許〔一一〕，不令獨作空成塵〔一二〕。悠悠楚水流如馬〔一三〕，恨紫愁紅滿平野。野土千年怨不平，至今燒作鴛鴦瓦〔一四〕。

校注

〔一〕《才調》卷二、《樂府》卷四十六清商曲辭三吴聲歌曲三載此首。《樂府詩集·懊儂歌十四首》解題曰：『《古今樂録》曰：「《懊儂歌》者，晉石崇緑珠所作，唯絲布澀難縫一曲而已。後皆隆安初民間訛謡之曲。宋少帝更製新歌三十六曲。齊太祖常謂之《中朝曲》。梁天監十一年，武帝敕法雲改爲《相思曲》。」《宋書·五行志》曰：「晉安帝隆安中，民忽作《懊惱歌》，其曲中有『草生可攬結，女生可攬抱』之言。桓玄既篡居天位，義旗以三月二日掃定京師，玄之宫女及逆黨之家子女妓妾悉爲軍賞。東及甌越，北流淮泗，人皆有所獲焉。時則草可結，事則女可抱，信矣。」』【立注】《樂録》：《華山畿》者，宋少帝時《懊惱》一曲，亦變曲也。【按】《懊惱曲》，亦作《懊儂曲》《懊儂曲》《懊儂歌》，係樂府吴聲歌曲，産生於南朝吴地民間。現存《懊儂歌》十四首，五言四句或三句，内容多爲抒發女子愛情受到挫折的苦惱。其十四云：『懊惱奈何許！夜聞家中論，不得儂與汝。』又有《華山畿》二十五首，内容類似，其六云：「懊惱不堪止，上牀解要繩，自經屏風裏。」庭筠此首，爲七言歌行體，内容則仍與愛情失意有關。《南齊書・王敬則傳》：「仲雄於御前鼓琴，作《懊儂曲》，歌曰：「常歎負情儂，郎今果成許。」」可見南朝時其所歌詠内容之一斑。

〔二〕【立注】俞瑒云：朱超《採蓮曲》：摘除蓮上葉，拖出藕中絲。《説苑》：縷因鍼而入。【補注】藕絲作線，難以承受針之重量而易折斷，故云。針，諧「真」。

〔三〕【補注】蕊粉，指婦女化妝用的額黄粉。句意謂以蕊粉塗飾額黄不能持久而易褪。與上句「針」（真）分指情之真、深。

〔四〕玉白，顧本作「白玉」。【曾注】陸機《短歌行》：蘭以秋芳。【補注】謂玉雖瑩白，蘭雖芳香，然並不相顧，喻女子雖有高潔品性與美好姿容，然得不到男子的顧惜愛憐。

〔五〕青，原一作「倡」，《才調》同。《樂府》作「倡」。毛本一作「紅」。【立注】劉石齡云：《晉書・麴游歌》：南開朱門，北望青樓。李白《白紵詞》：美人一笑千黄金。【按】此「青樓」指倡樓妓女。梁劉邈《萬山見採桑人》：「倡妾不勝愁，結束下青樓。」杜牧《遣懷》：「十年一覺揚州夢，贏得青樓薄倖名。」

〔六〕【咸注】《説苑》：西閭過曰：「干將、莫邪，拂鐘不錚，試物不知。」劉琨詩：何意百煉鋼，化爲繞指柔。【補注】健劍，鋒利之劍。刜，擊、砍。鉛繞指，鉛質軟，有延展性，故云。句意謂利劍可以砍鐘，鉛可以繞指，物性剛柔各有不同，然均出於其本性，以見並非自古以來男女間均乏真情。

〔七〕【曾注】王融詩：秋風下庭緑。

〔八〕【咸注】《讀曲歌》：荷燥芙蓉萎，蓮汝藕欲死。李賀詩：秋白鮮紅死。【補注】兩句謂庭院中其他緑色草木均迎秋霜而枯黄凋衰，惟有荷花伴其嬌紅而死，以喻物性不同。「荷花守紅死」似喻女子守青春之容顔與堅貞之品性而死。

〔九〕盧，《樂府》作「西」。【咸注】《古詩爲焦仲卿妻作序》：漢末建安中，廬江府小吏焦仲卿妻劉氏爲仲卿母所遣，自誓不嫁，其家逼之，乃投水而死。仲卿聞之，亦自縊於庭樹。時人傷之，爲詩云爾。又詩云：金車玉作輪。【補注】朱斑輪，以朱紅色漆的車輪。

〔一〇〕春，李本、十卷本、姜本、毛本作『新』。【補注】香玉，喻指白色花瓣。李玖《白衣叟途中吟》：『春草萋萋春水緑，野棠開盡飄香玉。』春，指春天開花。

〔一一〕【立注】徐注：白居易《長恨歌》：釵留一股合一扇，釵擘黄金合分鈿。【補注】謂焦仲卿與劉蘭芝二人已如金釵之兩股，彼此以情相許，誓不相負。《古詩爲焦仲卿妻作》云：『新婦謂府吏：「何意出此言！同是被逼迫，君爾妾亦然。黄泉下相見，勿違今日言。」執手分道去，各各還家門。生人作死别，恨恨那可論。念與世間辭，千萬不復全。』

〔一二〕成，《樂府》、席本、顧本作『城』。【補注】句意謂不使某一方獨死而成塵土。

〔一三〕【曾注】李賀詩：黄塵清水三山下，更變千年如走馬。【補注】廬江古楚地，故稱其水爲『楚水』。

〔一四〕【曾注】《晉書》：鄴都銅雀臺皆爲鴛鴦瓦。梁昭明太子詩：日麗鴛鴦瓦。【補注】鴛鴦瓦，指成對的瓦。或云屋瓦一俯一仰合在一起稱鴛鴦瓦。二句謂仲卿蘭芝死後化爲塵土，千年之後猶怨憤難平，至今燒作鴛鴦瓦而此情永存。《古詩爲焦仲卿妻作》末段云：『兩家求合葬，合葬華山傍。東西植松柏，左右種梧桐。枝枝相覆蓋，葉葉相交通。中有雙飛鳥，自名爲鴛鴦。仰頭相向鳴，夜夜達五更。』温詩『野土……燒作鴛鴦瓦』之想像可能從此得到啓發。又李賀《秋來》『秋墳鬼唱鮑家詩，恨血千年土中碧』之句，亦爲温此二句所仿。

【陸時雍曰】末二語最奇麗。庭筠詩祇欲詞色相當，不必定情何似。（《唐詩鏡》卷五十一）

【賀裳曰】（庭筠）七言古詩，字雕句琢。當其沾沾自喜之作，雖竭其伎倆，止於音響卓越，鋪敘藻豔，態度生新，未免其美悉浮於外，有腴而實枯、紆而實近、中乾外強之病。如《懊惱曲》後云：『悠悠楚水流如馬，恨紫愁紅滿平野。野土千年恨不平，至今燒作鴛鴦瓦。』語誠警麗，細思之有深意否？（《載酒園詩話又編》）

【杜詔曰】晉《懊儂歌》第十四首云：『懊惱奈何許！夜聞家中論，不得儂與汝。』今借以詠仲卿夫婦偕死之事，故以『懊惱』名篇。健劍繞指，庭絲迎霜，比失節也。末言水流花謝，遺恨千年，而冢土成灰，依然作偶，即古詩之意而究言之也。（《中晚唐詩叩彈集》卷八）

【按】古辭《懊儂歌》十四首多抒愛情失意之苦惱或對方之負情。此詩起四句亦以比興之詞抒發對男女間缺乏真情深愛之感慨。自『莫言自古皆如此』以下，一反此意，以焦仲卿、劉蘭芝生死相許之真情爲例，謂兩情深時，雖身死千年，化爲塵土，猶化作鴛鴦瓦而永不相負也。似是有慨於『青樓一笑輕千金』之現象而有此作。

三洲詞〔一〕

團圓莫作波中月〔二〕，潔白莫爲枝上雪〔三〕。月隨波動碎潾潾〔四〕，雪似梅花不堪折。李娘十六青絲髮，畫帶雙花爲君結〔五〕。門前有路輕別離〔六〕，唯恐歸來舊香滅〔七〕。

〔一〕《才調》卷二、《樂府》卷四十八清商曲辭五西曲歌中載此首。《樂府》題作『三洲歌』，解題云：『《唐書·樂志》曰：「《三洲》，商人歌也。」《古今樂録》曰：「《三洲歌》者，商客數遊巴陵三江口往還，因共作此歌。」其舊辭云：「啼將别共來。」』【補注】現存《三洲歌》三首，係商人婦送别丈夫之詞，歌云：『送歡板橋灣，相待三山頭。遥見千幅帆，知是逐風流。』『風流不暫停，三山隱行舟。願作比目魚，隨歡千里遊。』『湘東酃醁酒，廣州龍頭鐺。玉樽金鏤椀，與郎雙杯行。』庭筠此首，則抒商婦李娘怨别之情。

〔二〕團圓，《全詩》、顧本校：一作『團圞』。

〔三〕莫，李本、毛本、十卷本、席本、姜本作『無』。

〔四〕【補注】潾潾，波光閃爍貌。碎潾潾，指水中月影隨水波動盪而成閃爍不定的碎影。

〔五〕【曾注】梁武帝詩：繡帶合歡結。【補注】畫帶，繡有圖案的腰帶。雙花，指用繡帶結成雙花結，象徵夫婦恩愛。

〔六〕輕，《全詩》、顧本校：一作『生』。别離，《樂府》作『離别』。

〔七〕唯，《全詩》、顧本校：一作『只』。【補注】《古詩十九首》：『庭中有奇樹，緑葉發華滋。攀條折其榮，將以遺所思。馨香滿懷袖，路遠莫致之。此物何足貢，但感别離時。』末句似化用其意。以『舊香』喻指女子青春。

箋評

【按】前四句以比興寓意，謂波中月影，似圓而易碎；枝上白雪，似花而不堪折。以喻身爲商婦，空有其名而無其實，别離多而團圓少，空作人婦。後四句代商婦李娘抒情，謂李娘正當青春妙年，充滿對幸福愛情的嚮往。然商人重利輕别離，唯恐異日歸來，青春已逝。李賀《大堤曲》：『莫指襄陽道，緑浦歸帆少。今日菖蒲花，明朝楓樹老。』温詩後幅亦此意。

温庭筠全集校注卷三 詩

春曉曲〔一〕

家臨長信往來道〔二〕，乳燕雙雙拂煙草〔三〕。油壁車輕金犢肥〔四〕，流蘇帳曉春雞早〔五〕。籠中嬌鳥暖猶睡〔六〕，簾外落花閑不掃。衰桃一樹近前池〔七〕，似惜紅顔鏡中老〔八〕。

〔一〕《才調》卷二、《樂府》卷一百新樂府辭卷十一樂府倚曲載此首。題内『曉』字，李本、十卷本作『時』。《才調集》於《邊笳曲》題下注云：『此後齊梁體七首。』【立注】《才調集》此詩及《邊笳曲》《俠客行》《春日》《詠嚬》《太子西池》共七首，皆齊梁體。【按】《才調集》謂《邊笳曲》以下七首（其中《太子西池》二首）均爲齊梁體詩，而《全唐詩》竟於題下注『一作齊梁體』，似其題一作『齊梁體』，則誤矣。《苕溪漁隱叢話·前集》卷二十三引此詩題作『晚春曲』。

〔二〕【曾注】《三輔黃圖》：漢洛門至闍廟門，有長信宮在其中。【補注】長信，漢長樂宮宮殿名。漢太后入居長樂宮，多居此殿。漢成帝時，趙飛燕驕妒宮中，班婕妤恐遭迫害，自請至長信宮供養服侍太后，並作賦以自傷：『奉共養於東宮兮，托長信之末流。共灑掃於帷幄兮，永終死以爲期。』唐人宮怨詩多以《長信秋詞》爲題。此詩首標『家臨長信往來道』，內容亦與宮怨有關。

〔三〕拂，《全詩》、顧本校：一作『掠』。草，《全詩》校：一作『早』。【補注】煙草，如煙之碧草。

〔四〕『油壁車』見卷二《碌碌古詞》注〔一〇〕。【立注】《朝野僉載》：龐帝師養一牸牛，一赤犢子，前後生五犢，得絹一百匹。及翻轉至萬匹，時號金犢子。《懊儂歌》：黃牛細犢車，游戲出孟津。【補注】金犢，毛色金黃的犢牛。以之駕車。

〔五〕流蘇，見卷二《江南曲》注〔一五〕。

〔六〕【咸注】左思《詠史》詩：習習籠中鳥，舉翮觸四隅。盧照鄰《長安古意》：一群嬌鳥共啼花。

〔七〕【曾注】張正見有《衰桃賦》。

〔八〕【補注】二句謂一樹開敗的桃花正緊靠前面的池塘，似惋惜其紅顏對鏡而老。『鏡』指池塘的水面如鏡。暗以衰桃臨池比喻美人對鏡，歎惜紅顏易衰。

【胡仔曰】温飛卿《晚春曲》（詩略）殊有富貴佳致也。（《苕溪漁隱叢話·前集》卷二十三）

【許學夷曰】庭筠七言古聲調婉媚，盡入詩餘。如『家臨長信往來道』一篇，本集作《春曉曲》，而詩餘作《玉樓春》，蓋其語本相近而調又相合，編者遂采入詩餘耳。（《詩源辯體》卷三十）

【陸時雍曰】聲調作嬌。（《唐詩鏡》卷五十一）

【賀裳曰】弇州曰：『油壁車輕金犢肥，流蘇帳曉春雞報（按：應作早）。』非歌行麗對乎？然是天成一段詞也，著詩不得。按温集作《春曉曲》，不列之詩。《花間》采温詞至多，此亦不載，僅《草堂》收之耳。然細觀全闋，惟中聯濃媚，如『籠中嬌鳥暖猶睡』，亦不愧前語，至『簾外落花閑不掃』，已覺其勁。至『衰桃一樹臨前池，似惜紅顔鏡中老』，尤不旖旎也。作歌行爲當。（《皺水軒詞筌》）

【按】此詩視『長信』、『金犢』、『流蘇帳』及末二語，係詠宮怨。一般宮怨詩，多以淒清秋景作背景，藉以烘托失寵宮嬪之寂寞淒涼心境。此首却以春曉鮮妍明麗之景物作背景，藉以反襯宮嬪失寵之命運與惋惜紅顔易老之心理，别具匠心。主意只於篇末點出，二語頗有巧思，而仍能含蓄。整體風貌雖濃豔婉媚，然仍屬輕倩流麗之歌行體，非詞體，賀評有識。

獵騎〔一〕

早辭平扆殿〔二〕，夕奉湘南宴〔三〕。香兔抱微煙〔四〕，重鱗疊輕扇〔五〕。蠶飢使君馬〔六〕，雁避將軍箭〔七〕。

寶柱惜離絃〔八〕，流黄悲赤縣〔九〕。理釵低舞鬢，换袖迴歌面〔一〇〕。晚柳未如絲〔一一〕，春花已如霰〔一二〕。所嗟故里曲，不及青樓宴〔一三〕。

校注

〔一〕《樂府》卷一百新樂府辭十一樂府倚曲載此首，題作『獵騎辭』，《全詩》同《樂府》。

〔二〕【曾注】《禮記》：天子負扆南向而立。【補注】扆，古代宫殿窗與門之間的地方。《説文·户部》：『户牖之間謂之扆。』亦指置於門窗之間畫爲斧文之屏風。《論衡·書虛》：『户牖之間曰扆，南面之坐位也。負扆南嚮坐，扆在後也。』此句『平扆殿』當指天子坐朝的宫殿。

〔三〕【曾注】《漢書》：湘南縣屬長沙國。《禹貢》：衡山在東，南荆州山。【按】此『湘南』當非實指之地名，而係『湘南王』之簡稱，泛指王侯顯貴。奉，陪。

〔四〕【立注】謝莊《月賦》：引玄兔於帝臺。注：張衡《靈憲》：月者陰精之宗，積成爲獸，象兔形。【按】此『香兔』指兔形香爐，視『抱微煙』可知。

〔五〕【曾注】曹植《扇賦》：效龍蛇之蜿蜒。【咸注】謝朓詩：輕扇動涼颸。【補注】句意謂扇上繪有重疊的魚鱗形細紋。輕扇，即所謂『輕羅小扇』。

〔六〕蠶，《樂府》作『僕』，非。【曾注】古樂府《日出東南隅行》：羅敷善採桑，採桑城南隅。又：使君從南來，五馬立踟蹰。【咸注】梁武帝《子夜四時歌》：君住馬已疲，妾去蠶已飢。

〔七〕【曾注】《隋書》：史萬歲從梁士彦軍次馮翊，見羣雁飛來，萬歲謂士彦曰：『請射行中第三者。』既射之，應弦而落。

〔八〕【曾注】柳惲詩：秋風吹玉柱。【補注】寶柱，箏、琴、瑟等彈撥樂器的弦柱之美稱。離絃，離别時所奏的樂曲。

〔九〕【補注】漢樂府《相逢行》：『大婦織綺羅，中婦織流黄。少婦無所爲，挾瑟上高堂。』流黄，一種紫黄兩色相間的絲織品。赤縣，唐代京都所治的縣。《通典》：大唐縣有赤、畿、望、緊、上、中、下七等之差。京都所治爲赤縣。庭筠《西州曲》云：『小婦被流黄，登樓撫瑶瑟。朱絃繁復輕，素手直淒清。』『流黄悲赤縣』，即以上所引《西州曲》數句之意。赤縣，代指神州，即京城長安。

〔一〇〕【補注】换袖，轉動長袖。歌面，歌女的面容。

〔一一〕【咸注】枚乘《柳賦》：吁嗟弱柳，流亂輕絲。

〔一二〕【咸注】柳惲詩：春花落如霰。

〔一三〕宴，《樂府》作『燕』。【補注】故里曲，指故鄉的曲調。青樓，指豪貴人家的青漆樓房，即『湘南宴』所在的樓房。

【按】此詩題爲『獵騎』（或獵騎辭），然全篇除『雁避將軍箭』一句外，均與『獵騎』毫無關涉，而樂府古辭又無以『獵騎辭』爲題者（《樂府詩集》列新樂府辭），可以襲古題而另寓新意。疑題有誤。詩似寫官吏朝辭金殿，夕陪貴顯之家宴會之情景。『香兔』二句，寫宴席上香煙裊裊，輕扇摇颺。『蠶飢』二句，似謂宴席上有文官如羅敷所遇之風流太守，有武官如鴻雁欲避之善射將軍。『寶柱』二句，寫席間奏樂，女子身着絲絹衣裳，聲音悲淒。『理釵』二句，寫席上歌舞。『晚柳』二句，宕開寫春天景物。末二句則慨歎豪華宴會上不聞故鄉之曲，蓋與宴之抒情主人公有思鄉之情，故有此語。就内容而論，詩似當題爲《湘南宴曲》。

西州詞 吴聲〔一〕

悠悠復悠悠，昨日下西州。西州風色好，遥見武昌樓〔二〕。武昌何鬱鬱〔三〕，儂家定無匹〔四〕。小婦被流黃，登樓撫瑶瑟〔五〕。朱絃繁復輕〔六〕，素手直淒清〔七〕。一彈三四解〔八〕，掩抑似含情〔九〕。南樓登且望〔一〇〕，西江廣復平〔一一〕。艇子摇兩槳，催過石頭城〔一二〕。門前烏臼樹〔一三〕，慘澹天將曙〔一四〕。鸂鶒飛復還〔一五〕，郎隨早帆去。迴頭語同伴，定復負情儂〔一六〕。去帆不安幅〔一七〕，作抵使西風〔一八〕。他日相尋索，莫作西州客〔一九〕。西州人不歸，春草年年碧〔二〇〕。

〔一〕《才調》卷二、《樂府》卷七十二雜曲歌辭十二載此首。《樂府》題作『西洲曲』，詩中凡『州』字均作『洲』，題下無『吴聲』二字。李本、十卷本題内『州』字亦作『洲』。席本、顧本題作『西州曲』。《樂府》題下校：一作『西州調』。【按】題當作《西州詞》。西州，東晉置，爲揚州刺史治所。故址在今江蘇南京市。然詩言『西州風色好，遥見武昌樓』，當非指東晉所置之西州。頗疑此『西州』即泛指武昌一帶之西部州郡。題一作『西洲曲』，當因《樂府詩集》編者將其與六朝時民歌《西洲曲》同編而致誤。此詩體制格調雖仿《西洲曲》，内容則詠女子對作客西州的情郎的思念。

〔二〕州，《樂府》第二句、第三句均作『洲』。【補注】武昌樓，即武昌（今湖北鄂城縣）南樓，亦稱玩月樓。

《世説新語・容止》：『庾太尉（庾亮）在武昌，秋夜氣佳景清，使吏殷浩、王胡之之徒登南樓理詠。』

〔三〕【曾注】古詩：洛中何鬱鬱。【補注】鬱鬱，茂盛繁多貌。此處係形容武昌城樹木茂盛、民居繁多之貌。

〔四〕【補注】儂家，我們這裏，女子自指居地。

〔五〕【立注】古樂府《相逢狹路間》：大婦織羅綺，中婦織流黄。小婦無所作，挾瑟上高堂。陸機詩：佳人理瑶瑟。【補注】被流黄，穿着絲織的衣裳。流黄見上首注〔九〕。

〔六〕【立注】徐注：蔡邕《琴賦》：繁弦既和。【補注】《禮記・樂記》：『《清廟》之瑟，朱絃而疏越。』朱絃，此泛指琴瑟類絃樂器。繁復輕，指聲音繁複而輕。

〔七〕【曾注】古詩：纖纖出素手。【補注】直，真。

〔八〕【曾注】古詩：一彈再三歎，慷慨有餘哀。【立注】《册府元龜》：李延年因胡曲更造新聲二十八解。【補注】解，此指樂曲之章節。

〔九〕【補注】掩抑，形容聲音低沉。王融《詠琵琶》：『掩抑有奇態，悽愴多好聲。』白居易《琵琶行》：『絃絃掩抑聲聲思，似訴平生不得志。』

〔一〇〕【補注】南樓，即武昌南樓，見注〔二〕。

〔一一〕【補注】西江，唐人多指長江中下游爲西江。此處即指流經西州一帶的長江。

〔一二〕【立注】古樂府《莫愁樂》：莫愁在何處？莫愁石城西。艇子打兩槳，催送莫愁來。【補注】《舊唐書・音樂志二》：『石城有女子名莫愁，善歌謡。《石城樂》和中復有「莫愁」聲，故歌云「莫愁在何處？莫愁石城西。艇子打兩槳，催送莫愁來。」』此『石城』即今湖北省鍾祥縣，與今江蘇省南京市之『石頭城』非一地。

〔一三〕臼，毛本作『桕』。【立注】江淹《西洲曲》：西洲在何處？兩槳橋頭渡。日暮伯勞飛，風吹烏臼樹。樹下即門前，門中露翠鈿。開門郎不至，出門採紅蓮。【補注】烏臼，落葉樹，實如胡麻子，多脂肪，可製肥皂及蠟燭。烏臼樹葉秋天經霜變紅，爲江南吴越一帶具有特色之景觀。

〔一四〕【補注】慘澹，暗淡。吴聲歌曲《讀曲歌》：『打殺長鳴雞，彈去烏臼鳥。願得連暝不復曙，一年都一曉。』此句似反其意而用之。

〔一五〕㶉鶒，《樂府》作『鶗鴂』。【補注】此句以㶉鶒之去而復還興起下句郎之去而不返。

〔一六〕【補注】儂，人，泛指一般人。《樂府詩集·清商曲辭一·子夜四時歌夏歌十六》：『赫赫盛陽月，無儂不握扇。』韓愈《瀧吏》：『比聞此州囚，亦有生還儂。』負情儂，即負心人。

〔一七〕【補注】幅，指船帆。《西曲歌·三洲歌》：『送歡板橋灣，相待三山頭。遥見千幅帆，知是逐風流。』句意謂行駛順風船不安帆席。

〔一八〕【補注】作抵，如何。使，放縱。縱西風則船西上受阻，故云。

〔一九〕州，《樂府》作『洲』。

〔二〇〕州，《樂府》作『洲』。【補注】《楚辭·招隱士》：『王孫遊兮不歸，春草生兮萋萋。』

【楊慎曰】大曆以後，五言古詩可選者，惟端此篇與劉禹錫《搗衣曲》、陸龜蒙『茱萸匣中鏡』、温飛卿『悠悠復悠悠』四首耳。（《升菴詩話·李端〈古離別〉詩》）

【陸時雍曰】《西州詞》《江南曲》，情致散漫，古詞當不如是。稍傍梁語，了無真情。（《唐詩鏡》卷五十一）

【周珽曰】深情婉譎，古練多致。楊用修謂晚唐古詩可選者唯此篇，誠不誣也。（《唐詩選脈會通評林》）

【許學夷曰】（庭筠）《西州詞》《江南曲》，轉韻體，用六朝樂府語。（《詩源辯體》）

【周詠棠《唐賢小三昧集續集》】迷離惝怳，得樂府神境。（『門前』句下）微詞婉調，何減原詞！

【按】此篇體製格調，顯仿南朝樂府《西洲曲》，其中如『南樓登且望』、『門前烏臼樹』等句，更顯用《西洲曲》中語。而意隨韻轉、意轉詞連、斷續無迹、恍忽迷離之格調韻致，亦頗似《西洲曲》。然此篇之『西州』顯非《西洲曲》之『西洲』（泛稱西邊的沙洲），所歌詠之内容爲一情郎作客西州之女子之情思。詩分兩段。前段十四句寫情郎昨日下西州及女子對西州的想像。其想像中的西州，熱鬧繁盛，且有樂妓登樓撫瑟，掩抑含情，此正情郎久滯不歸之故。『艇子』以下十四句爲後段，係女子自寫處境及心境。所居之地在石頭城，門前有烏臼樹。自情郎隨早船去西州之後，與女伴相語，料想其將負心不歸。故末四句謂他年若尋找情郎，莫找西州之客，西州客長年不歸，使女子年年空待，只見春草之碧，不見人之歸來。此『西州客』當亦重利輕别離之商人，故女子有此怨望語。

燒歌〔一〕

起來望南山，山火燒山田。微紅久如滅〔二〕，短焰復相連。差差向巖石〔三〕，冉冉凌青壁。低隨迴風盡，遠照簷茅赤〔四〕。鄰翁能楚言，倚鍤欲潸然〔五〕。自言楚越俗，燒畬爲早田〔六〕。豆苗蟲促促〔七〕，籬上花當屋〔八〕。廢棧豕歸欄〔九〕，廣場雞啄粟。新年春雨晴，處處賽神聲〔一〇〕。持錢就人卜，敲瓦隔林鳴〔一一〕。卜得山上卦〔一二〕，歸來桑棗下。吹火向白茅〔一三〕，腰鐮映赬蔗〔一四〕。風驅槲葉煙〔一五〕，槲樹連平山。迸星拂霞外〔一六〕，飛燼落階前〔一七〕。仰面呻復嚏〔一八〕，鴉娘呪豐歲〔一九〕。誰知蒼翠容，盡作官家稅〔二〇〕！

校注

〔一〕【曾注】《説文》：野火曰燒。燒去聲。【補注】燒，放火焚燒野草以肥山田。又稱燒畬。杜甫《秋日夔府詠懷奉寄鄭監李賓客一百韻》：『煮井爲鹽速，燒畬度地偏。』仇兆鰲注引《農書》：『荆楚多畬田，先縱火熂爐，候經雨下種。』亦稱燒田。按温庭筠大中十年貶隋縣尉，時徐商鎮襄陽，署爲巡官。在幕期間，與余知古、韋蟾、元繇、段成式等詩文唱和。此詩述鄰翁言，謂楚越俗『燒畬爲早田』，又言『新年春雨晴』，當作於大中十一年至咸通元年居襄陽幕期間之某年春。或謂首句『南山』指終南山，詩作於長安，非。長安一帶似無『燒畬』之俗，更不可能有『禎蔗』。

〔二〕久，《全詩》、顧本校：一作『夕』。

〔三〕【補注】差差，不齊貌。

〔四〕簷茅，《全詩》、顧本校：一作『茅簷』。

〔五〕鍤，《全詩》作『插』，音義同。【咸注】《史記》：歌曰：鄭國在前，白渠起後。舉鍤爲雲，決渠爲雨。【補注】鍤，鍬。潸然，流淚貌。

〔六〕爲，顧本作『作』。早，《全詩》、顧本校：一作『旱』。【立注】《農書》：荆楚多畬田，先縱火熂爐，候經雨下種。歷三歲土脈竭，復熂旁山。熂，燹火燎草；爐，焱山界也。杜田曰：楚俗燒榛種田曰畬。先以刀芟治林木，曰斫畬。其刀以木爲柄，刃向曲，謂之畬刀。【按】此即所謂刀耕火種。劉禹錫在夔州時，有《畬田行》，又有《竹枝詞九首》之九：『銀釧金釵來負水，長刀短笠去燒畬。』段成式在襄陽作《題谷隱蘭若》有『半坡新路畬纔了，一谷寒煙燒不成』之句，更可證襄陽有『燒畬』之俗。

〔七〕【曾注】陶潛詩：草盛豆苗稀。【補注】豆苗，豆長出苗。促促，蟲鳴聲。王建《當窗織》：『草蟲促促機下啼，兩日催成一匹半。』李咸用《山中夜坐寄故里友生》：『蟲聲促促催歸夢，桂影高高挂旅情。』或解爲『蹙蹙』，狀蟲之蜷縮貌，亦通。

〔八〕【曾注】杜甫詩：疎籬帶晚花。【補注】當，遮擋。

〔九〕【曾注】《莊子》：編之以厚棧。注：編木作棧以禦溼。【補注】棧，栅欄，養牲畜之木栅。

〔一〇〕【曾注】《漢·郊祀志》：冬賽禱祠。師古曰：賽謂報其所祈也。【補注】賽，設祭酬神。

〔一一〕【曾注】元稹詩：病賽烏稱鬼，巫占瓦代龜。注：巫俗擊瓦，觀其文理分析定吉凶，曰瓦卜。【補注】持錢，指持卜卦之資，非後世所謂金錢卦。敲瓦，指瓦卜時擊瓦。杜甫《戲作俳偕體解悶》：『瓦卜傳神語，畬田費火耕。』

〔一二〕山上，原作『上山』。述鈔、李本、姜本、毛本均作『上山』。【補注】山上卦，指卜得之卦象。《易·説卦》：『艮爲山。』《易·艮》：『《艮》……無咎。』

〔一三〕茅，原作『葦』。【補注】白茅，多年生草本植物，花穗上密生白色柔毛。又作『白茆』。

〔一四〕暎，他本多作『映』，字同。【曾注】《列子》：擁鎌帶索。《説文》：鎌，鍥也。【咸注】鮑照《東武吟》：腰鎌刈葵藿。【補注】鐮、鎌同。赬蔗，紫紅色的甘蔗。

〔一五〕【咸注】《北史》：李元忠作壘以自保，坐於大槲樹下。【補注】槲，落葉喬木，即柞櫟。

〔一六〕【補注】迸星，飛迸的火星。

〔一七〕【補注】飛燼，飛揚的灰塵。

〔一八〕呻，《全詩》、顧本校：一作『呼』。【曾注】《學記》：今之教者，呻其佔畢。《詩》：願言則嚏。《字林》：嚏，鼻塞而噴。一云咳嗽聲。

〔一九〕【補注】鴉娘，指女巫。上句『呻復嚏』即女巫裝神弄鬼時發出之呻喚聲與噴嚏聲。呪，同『祝』。

〔二〇〕【曾注】《漢・蓋寬饒傳》：三王官天下，五帝家天下。王建《田家行》：麥收上場絹在軸，的知輸得官家足。【補注】蒼翠容，指南山上生長的青緑茂盛的莊稼。

箋評

【陸時雍曰】語緒棼如。（《唐詩鏡》卷五十一）

【按】此詩寫襄陽百姓燒畬之農俗及與此相關的卜卦、巫祝之習俗。寫燒畬景象，觀察細致，描寫生動。『豆苗』四句，宛若素描。末二句點睛，揭出全篇主旨，與前『欲潸然』相應，尤爲精彩。全篇語言樸素，純用白描，切合所寫生活内容。

長安寺

仁祠寫露宫〔一〕，長安佳氣濃。煙樹含葱蒨〔二〕，金刹映茸葺〔三〕。繡户香焚象〔四〕，珠網玉盤龍〔五〕。寶題斜翡翠〔六〕，天井倒芙蓉〔七〕。幡長迴遠吹〔八〕，牕虚含曉風。遊騎迷青鎖〔九〕，歸鳥思華鍾〔一〇〕。雲拱承跗邐〔一一〕，羽葆背花重〔一二〕。所嗟蓮社客〔一三〕，輕薄不相從〔一四〕。

〔一〕【補注】仁祠，佛寺之别稱。宋之問《秋晚遊普耀寺》：『薄暮曲江頭，仁祠暫可留。』《釋門正統》卷三：『精舍所踞，號稱仁祠。』佛之德號釋迦譯言能仁，故稱佛寺爲仁祠。寫，仿效。露宫，猶露臺。《史記·孝文本紀》：『嘗欲作露臺，召匠計之，直百金。上曰：「百金中民十家之産，吾奉先帝宫室，常恐羞之，何以臺爲！」』

〔二〕【曾注】江淹詩：丹巘破葱蒨。【補注】葱蒨，草木青翠茂盛。

〔三〕【咸注】《西京雜記》：以黄金爲刹。《法華經》：長表金刹。【補注】金刹，指佛寺。佛寺每裝飾華麗，金璧輝煌，故稱。白居易《重修香山寺畢題十二韻以紀之》：『再瑩新金刹，重裝舊石樓。』芊茸，草木茂密貌，即上之『煙樹含葱蒨。』

〔四〕【咸注】杜甫《玄元皇帝廟詩》：山河扶繡户。【補注】繡户，指裝飾華美之寺廟。香焚象，象狀香爐中焚香。又，佛教諸象中有香象。

〔五〕【曾注】謝朓詩：沉沉映朱網。【咸注】沈約詩：網軒映珠綴。鮑照詩：柱柱玉盤龍。【補注】《文選·王中〈頭陀寺碑文〉》：『夕露爲珠網，朝霞爲丹雘。』吕延濟注：『珠網，以珠爲網，施於殿屋者。』玉盤龍，梁柱盤龍雕飾之美稱。

〔六〕斜，李本、十卷本、姜本、毛本作『新』。【咸注】《甘泉賦》：珫題玉英。應劭曰：題，頭也。榱椽之頭皆以玉飾也。【補注】寶題，疑指佛寺之匾額。斜翡翠，疑指匾額四周斜嵌玉石。

〔七〕倒，原作『到』，據席本、《全詩》、顧本改。十卷本、姜本作『列』，亦誤。【咸注】王延壽《魯靈光殿賦》：圓淵方井，反植芙蕖。《風俗通》：今殿作天井。井者，東井之像也。菱荷水中之物，皆所以厭火也。【補注】

天井，指佛殿屋頂梁棟間架木板爲方形之藻井，其上繪有荷花。自下朝上視之，故曰『倒芙蓉』。

〔八〕【咸注】《釋氏要典》：沙門得一法者便當建幡告四遠。《維摩經》：勝幡建道場。【立注】《指月録》：慧能大師至廣州法性寺，值印宗法師講《涅槃經》，寓止廊廡間。暮夜風颺刹幡，聞二僧對論，一曰『幡動』，一曰『風動』，往復不已。祖曰：『不是風動，不是幡動，仁者心動。』一衆竦然。【補注】句謂遠處吹來的風飄翻着寺中的長幡。迴，轉。

〔九〕鎖，姜本、顧本作『瑣』。【咸注】何晏《景福殿賦》：青瑣銀鋪。【補注】青鎖，同『青瑣』，窗户刻連環文而以青色塗飾之。此借指寺院殿閣。遊騎，猶遊人。

〔一〇〕鍾，述鈔、《全詩》、顧本作『鐘』，通。【曾注】《西都賦》：鏗華鐘。善曰：鐘有篆刻之文，故曰華也。【補注】：句謂遊人至此華美之寶刹，迷而不返；歸鳥則思寺鐘敲響以歸巢。

〔一一〕【曾注】杜甫詩：朱拱浮雲細細輕。【補注】雲拱，指層疊如雲的斗拱。字亦作『栱』。跗，指花萼。承跗邐，謂斗栱層疊相承如同花萼相連。

〔一二〕羽葆，寺中儀仗。參卷一《雍臺歌》『羽葆』句注。

〔一三〕【補注】東晉釋慧遠於廬山東林寺，同慧永、慧持及劉遺民、雷次宗等結社精修念佛三昧，誓願往生西方净土。又掘池植白蓮，稱白蓮社。見《蓮社高賢傳》。蓮社客，詩人自指。

〔一四〕【補注】輕蕩，輕浮放蕩。不相從，指不追隨寺僧修行。

【按】詩詠長安某佛寺之華美，末有歎惜自己輕蕩不知皈依佛法之意。

和沈參軍招友生觀芙蓉池〔一〕

桂棟坐清曉〔二〕，瑶琴商鳳絲〔三〕。况聞楚澤香〔四〕，適與秋風期〔五〕。遂從棹萍客〔六〕，静嘯煙草湄〔七〕。倒影迴澹蕩，愁紅媚漣漪〔八〕。湘莖久蘚澀〔九〕，宿雨增離披〔一〇〕。而我江海意〔一一〕，楚遊動夢思〔一二〕。北渚水雲葉〔一三〕，南塘煙露枝〔一四〕。豈亡臺榭芳〔一五〕，獨與鷗鳥知〔一六〕。珠墜魚迸淺〔一七〕，影多鳧泛遲〔一八〕。落英不可攀〔一九〕，返照昏澄陂〔二〇〕。

〔一〕《英華》卷一六五地部池載此首。【顧肇倉曰】唐方鎮年表四謂徐商自山南東道調任即在咸通元年。則庭筠之解職，當亦在此時……上令狐相公啓有云：『敢言蠻國參軍，才得荆州從事，戴經稱女子十年，留於外族；嵇氏則男兒八歲，保在故人。藐是流離，自然飄蕩。叫非獨鶴，欲近商陵；嘯類斷猿，况鄰巴峽。光陰詎幾，天道何如？豈知蕞爾之姿，獨隔休明之運？』當在荆州時求懇令狐綯之書……又有謝紇干相公啓：『間關萬里，僅爲蠻國參軍；荏苒百齡，甘作荆州從事。』其在江陵所作詩亦有數首，似庭筠居江陵，頗歷時日，其是否以荆州從事代署襄陽巡官之事，殊不可知。若謂實指荆州，又無他書佐驗。意者，自襄陽解職，即暫寄寓江陵耶？（西南聯大師院《國文月刊》五十七、六十二期《温飛卿傳訂補》）【補箋】顧氏指出庭筠罷襄陽徐商幕後曾至江陵，且頗歷時日，甚是。但對所引二啓中『才得荆州從事』、『甘作荆州從事』之語，則疑爲以荆州從事代署襄陽巡官之事，非實指爲荊州從事。按：『敢言蠻國參軍，纔得荊州從事』二語，上句用《世説新語・排調》：『郝隆爲桓公（温）參軍。三月三日會作詩，不能者罰酒三升。隆初以不能受罰，既飲，攬筆便作一句云：「娵隅躍清池。」桓曰：「娵隅是何物？」答曰：「千里投公，始得蠻府參軍，那得不作蠻語也。」』時桓温爲『都督荊梁四州諸軍事、安西將軍、荊州刺史、領護南蠻校尉、假節』（《晉書》本傳）。古稱長江流域中部荊州一帶爲蠻荊。下句用王粲依劉事。《三國志・魏志・王粲傳》：『詔除黄門侍郎，以西京擾亂，皆不就，乃至荊州依劉表。』兩句均用古人在荊州爲從事之典。庭筠以工於用典著稱於時，此二句若謂借指己爲襄陽從事，則嫌不切；若指己爲荊州從事，則可稱精切不移。聯繫此啓下文『嘯類斷猿，况鄰巴峽』二語，更可證作啓時庭筠居於鄰近巴峽的江陵（此二語用《水經注・江水・三峽》『高猿長嘯，屬引凄異』、『朝發白帝，暮到江陵』之語）。庭筠《上首座相公啓》係上白敏中之書啓，作於咸通元年十二月敏中再度爲相時，其中有『昨者膏壤五秋，川途萬里。遠違慈訓，就此窮棲，將卜良期，行當杪歲』等語，明言自己近五年來在遠離京城的膏壤之地『就此窮棲』，眼下已值歲末，行將離此他就。所謂『五秋』『窮棲』，即指大中十年至咸通元年在襄陽徐商幕爲巡官之事。徐商罷鎮，庭筠罷幕，將謀他就，故有『將卜良期，行當杪歲』之語，其所至之地，所就之職，即『荊州從事』也。按大中十三年十二月白敏中離荊南節度使任再度入相後，繼任荊南節度使者爲蕭鄴（大中十三年十二月至咸通三年）。庭筠當於咸通二年初抵江陵，在蕭鄴幕爲從事（具體職務不詳）。同幕有段成式、盧知猷。《唐文拾遺》卷三十三盧知猷《盧鴻草堂圖後跋》云：『咸通初，余爲荊州從事，與柯古（段成式）同在蘭陵公（蕭鄴）幕下。』庭筠有《答段柯古贈葫蘆管筆狀》，段成式有《寄温飛卿葫蘆管筆往復書》，今人或列於居襄陽幕時，然庭筠狀有『庭筠累日來……荊州夜嗽』之語，則書、狀實爲温、段荊南幕酬唱之作。庭筠當與成式同自襄陽幕至荊南節度使蕭鄴幕。此詩有『楚澤』字，當在江陵作，此『沈參軍』當亦荊州從事。詩有『秋風』『愁紅』語，詩當作於咸通二年秋。友生，朋友。《詩・小雅・常棣》：『雖有兄弟，不如友生。』芙蓉池，即蓮花池。

〔二〕【曾注】屈原《九歌》：桂棟兮蘭橑。【補注】桂棟，華美的梁棟，借指華美的屋宇。

〔三〕琴，李本、十卷本、席本作『瑟』。商，席本、顧本、《英華》作『雙』。【曾注】司馬相如《琴歌》：鳳兮鳳兮歸故鄉，遨遊四海求其皇。【立注】《西京雜記》：成帝侍郎善鼓琴，能爲《雙鳳之曲》。【補注】商，商討、商酌，指調試絃音。鳳絲，指琴之絃。

〔四〕【咸注】《子虛賦》：臣聞楚有七澤，嘗見其一，名曰雲夢。【補注】楚澤，荆楚一帶多湖澤，雲夢澤即最著稱者。江陵正楚澤之地。李商隱有《楚澤》詩，係自江陵北上首途之作。

〔五〕【曾注】漢武帝《秋風辭》：秋風起兮白雲飛。【補注】期，會。句意謂正值秋風起時。

〔六〕從，《英華》、顧本作『使』。【補注】從，跟隨。棹萍客，用船槳撥開浮萍之遊客，指遊芙蓉池之沈參軍。

〔七〕嘯，李本、毛本作『笑』。【曾注】古詩：涉江採芙蓉，蘭澤多芳草。【補注】煙草湄，如煙碧草的岸邊。

〔八〕【曾注】《詩》：河水清且漣猗。【補注】二句謂池上景物之倒影隨水波動盪而迴蕩不已，將凋的愁紅（指荷花）與漣漪的水紋相映，更添姿媚。

〔九〕蘚，原作『鮮』，誤，據《英華》、席本改。【補注】湘莖，湘蓮之莖。蘚澀，粗糙而不光滑。

〔一〇〕【咸注】宋玉《九辯》：白露既下降百草兮，奄離披此桐楸。【補注】離披，分散下垂之狀，此處形容荷花經雨後衰謝凋零之狀。李商隱《七月二十九日崇讓宅宴作》：『浮世本來多聚散，紅蕖（荷花）何事亦離披？』

〔一一〕意，顧本作『客』，涉上『棹萍客』之『客』而誤。【曾注】杜甫詩：張公一生江海客。【補注】江海意，浪跡江海隱居避世之意。

〔一二〕動，《全詩》、顧本校：一作『勤』。【咸注】杜甫《詠懷古跡》：雲雨荒臺豈夢思。

〔一三〕葉，原闕文，校：毛本陸增『叢』字，《英華》、述鈔、席本、顧本作『蔓』，此據李本、十卷本、姜本、毛本增補。【咸注】屈原《九歌》：帝子降兮北渚。【補注】水雲葉，水面上如同雲彩的荷葉。

〔一四〕露，李本、十卷本、毛本、《全詩》作『霧』。【曾注】江淹《西洲曲》：採蓮南塘秋。【補注】南塘，蓮塘，此指芙蓉池。煙露枝，籠煙含露的枝條。

〔一五〕亡，《全詩》、顧本校：一作『無』。臺，《英華》作『池』。【補注】臺榭，指池邊的亭臺樓閣。

〔一六〕【咸注】《列子》：海上人好鷗鳥，每旦至海上從鷗鳥游。其父曰：『吾聞鷗鳥皆從子游，汝取來吾玩之。』明旦至海上，鷗鳥翔舞而不下。【補注】二句謂已無心賞玩池上臺榭之華美芳麗，獨欲隨鷗鳥作忘機之游。

〔一七〕【咸注】鮑照《芙蓉賦》：葉折水而爲珠。謝朓詩：魚戲新荷動。【補注】謂荷葉上的水珠墜落，驚起淺水中的游魚。

〔一八〕【曾注】屈原《卜居》：將泛泛若水中之鳧乎？【咸注】唐太宗《采芙蓉》詩：游鶯無定曲，驚鳧有亂行。【補注】句謂荷花枝梗在水中的倒影繁多零亂，致使野鴨誤以爲水面上枝繁而浮游速度遲緩。

〔一九〕攀，《英華》作『搴』。【曾注】《離騷》：朝飲木蘭之墜露兮，夕餐秋菊之落英。【補注】落英，指荷花凋落的花瓣。

〔二〇〕【補注】澄陂，清澈的陂池，指芙蓉池。

【按】沈參軍有《招友生觀芙蓉池》之作，飛卿和之，當亦與沈及友人同游共賞。首六句謂沈參軍與友人清曉坐池邊華堂，聽奏瑶琴，共賞池荷之香。『倒影』六句，寫池上景色，愁紅姿媚，湘莖蘚澀，雲葉露枝。插入自己，抒江海之意。『北渚』六句，承『江海意』寫自己無心賞玩臺榭美景，獨有忘機之懷，末以晚景結。蓋遊觀自朝至暮矣。

寓懷

誠足不顧得〔一〕，妄矜徒有言〔二〕。語斯諒未盡，隱顯何悠然〔三〕。洵彼都邑盛〔四〕，眷惟車馬喧〔五〕。自期尊客卿〔六〕，非意干王孫〔七〕。銜知有真爵〔八〕，處實非厚顔〔九〕。苟無海岱氣〔一〇〕，奚取壺漿恩〔一一〕？唯絲南山楊〔一二〕，適我松菊香〔一三〕。鵬鶡誠未憶〔一四〕，誰謂凌風翔〔一五〕。

〔一〕顧，《全詩》、顧本校：一作「願」。【補注】句意謂確實富足的人不惦念獲得。

〔二〕【補注】妄矜，妄自誇耀者。

〔三〕何，李本、十卷本、姜本、毛本作「可」。【補注】隱顯，默默無聞和名揚遠近。指失意與得意。《北史·儒林傳下·劉炫》：「隱顯人間，沈浮世俗。」

〔四〕【曾注】劉熙《釋名》：國城曰都，四井爲邑。【補注】洵，確實、信然。盛，繁華。

〔五〕【曾注】陶潛《雜詩》（按：當爲《飲酒二十首》其五）：結廬在人境，而無車馬喧。【補注】眷，顧念。

〔六〕【曾注】《戰國策》：蔡澤西入秦，秦昭王召見，與語，大悦之，拜爲客卿。

〔七〕【咸注】《漢·韓信傳》：漂母怒曰：「吾哀王孫而進食，豈望報乎？」【補注】二句謂己自期赴京城長安能得到皇帝的尊禮賞識，並無意干求王孫顯貴。

〔八〕真，李本、十卷本、姜本、毛本、《全詩》、顧本、席本作『貞』。【補注】銜知，感念知遇。真爵，真正的爵位。

〔九〕【曾注】《越絶書》：名過實者滅，聖人不使名過實。《詩》：顔之厚矣。【補注】句意謂名實相符則非厚顔竊名尸位。

〔一〇〕岱，《全詩》、顧本校：一作『岳』。【咸注】《魏志》：許汜曰：『陳元龍湖海之士，豪氣不除。』【補注】海岱，渤海、泰山。海岱氣，指雄豪濶大之氣。

〔一一〕【咸注】《戰國策》：中山君曰：『吾以一杯羊羹亡國，以一壺餐得士二人。』【補注】壺漿恩，以茶酒款待之恩，猶受人厚待之恩。

〔一二〕絲，《全詩》、顧本校：一作『師』。【咸注】《漢書》：楊惲字子幼，華陰人。楊惲《報孫會宗書》：其詩曰：『田彼南山，蕪穢不治。種一頃豆，落而爲萁。人生行樂耳，須富貴何時！』【立注】李賀《浩歌》：買絲繡作平原君，有酒唯澆趙州土。【按】顧嗣立注引李賀詩，似以爲『絲』係『絲繡』之意，恐非。『絲』字古籍中似無此種用法，或當從一本作『師』，謂當師法楊惲之人生態度，不汲汲於功名富貴。然詩集諸舊本均作『絲』，故仍保留舊本原貌。

〔一三〕【咸注】陶潛《歸去來辭》：三徑就荒，松菊猶存。【補注】陶潛《飲酒二十首》之七：『秋菊有佳色，裛露掇其英。汎此忘憂物，遠我遺世情。』之八：『青松在東園，衆草没其姿。凝霜殄異類，卓然見高枝。』適我松菊香，謂適應我遺世獨立、堅貞卓絶之高標遠韻。

〔一四〕未，原作『來』，據述鈔、《全詩》改。【咸注】《莊子》：北溟有魚，其名爲鯤，化而爲鳥，其名爲鵬，怒而飛，其翼若垂天之雲。鵬之徙於南溟也，水擊三千里，摶扶摇而上者九萬里。【補注】憶，思。

〔一五〕【曾注】《莊子》：鵲巢於高榆之巔，巢折凌風而起。【按】曾注非。凌風翔，承上『鯤鵬』，謂如鯤鵬之凌空飛翔。《莊子·逍遥遊》：『夫列子御風而行，泠然善也。』此承上句，謂己誠未思爲鯤鵬，摶扶摇而上，誰謂我作凌空萬里之遊呢？

【按】此寄寓情懷之作。起四句謂確實富足者不惦念獲得，妄自矜誇者反徒作大言，此理誠言之未盡，而失意與得意已清楚可别。『洵彼』四句，謂己慕都邑之繁盛，本期能得到皇帝的尊重賞識，而無干求顯貴子弟之意。『銜知』四句，謂感念知遇方能有真正之爵位，名實若果相符則非厚顔竊名尸位，如果自身無壯盛闊大之氣，又何能受人厚待？『唯絲』四句，謂己唯思效法楊惲人生行樂之態度，不汲汲於功名富貴，以適應己之遺世獨立、堅貞卓絶之品性。原就未思作扶摇直上之鯤鵬，又何能作凌空萬里之飛翔。庭筠拙於言理議論，其情懷本身又每複雜矛盾，故全篇意藴主意常不够顯豁，本篇及下篇均不免此病。

余昔自西濱得蘭數本〔一〕**，移藝於庭，亦既逾歲，而芃然蕃殖**〔二〕**。自余遊者，未始以芳草爲遇矣。因悲夫物有厭常**〔三〕**，而返不若混然者有之焉**〔四〕**。遂寄情於此**〔五〕

寓賞本殊致〔六〕，意幽非我情。吾常有疏淺〔七〕，外物無重輕〔八〕。各言藝幽深，彼美香素莖〔九〕。豈爲賞者設，自保孤根生〔一〇〕。易地無赤株〔一一〕，麗土亦同榮〔一二〕。賞際林壑近，泛餘煙露清〔一三〕。余懷既鬱陶〔一四〕，爾類徒縱横〔一五〕。妍蚩苟不信〔一六〕，寵辱何爲驚〔一七〕。真隱諒無迹〔一八〕，激時猶揀名〔一九〕。幽叢靄緑畹〔二〇〕，豈必懷歸耕〔二一〕！

〔一〕《英華》卷三二七花木七載此首。昔自，原作『自昔』，據《英華》、《全詩》、顧本改。【補注】西濱，西邊的河濱。本，株。

〔二〕蕃，原作『藩』，據《英華》、述鈔、李本、十卷本、姜本、毛本、《全詩》、顧本改。【補注】芃然，草茂密貌。《詩·鄘風·載馳》：『我行其野，芃芃其麥。』

〔三〕厭，原作『壓』，據《英華》、李本、十卷本、姜本、毛本、席本、《全詩》、顧本改。【補注】厭常，厭棄常規。

〔四〕返，李本、十卷本、姜本、毛本、《全詩》、顧本作『反』，通。【補注】混然者，無知者。

〔五〕以上五十六字，底本、《英華》、席本、李本、《全詩》、顧本均爲長題。述鈔、十卷本、姜本、毛本則題爲『觀蘭作（并序）』，以此五十六字爲詩序。【按】晚唐温、李詩頗有長題，温除此首外，如《開成五年秋以抱疾郊野不得與鄉計偕至王府將議退適隆冬自傷因書懷奉寄殿院徐侍御察院陳李二侍御回中蘇端公鄠縣韋少府兼呈袁郊苗紳李逸三友人一百韻》《鴻臚寺有開元中錫宴堂樓臺池沼雅爲勝絶荒涼遺址僅有存者偶成四十韻》，均爲長題。『觀蘭作（并序）』五字或爲後人所追擬，未必即温之原題。

〔六〕賞，《全詩》校：一作『質』。【補注】寓賞，寄託賞愛、觀賞。殊致，不同的情趣。

〔七〕疏，底本作『流』，《英華》、述鈔、席本、顧本、《全詩》作『流』，誤。據李本、十卷本、毛本改。

〔八〕【曾注】嵇康《養生論》：外物以累心不存。【補注】外物，外界事物。二句意謂吾等之常情對於外物或有所親疏，然外界事物本身並無輕重之分。

〔九〕【曾注】屈原《九歌》：緑葉兮素枝，芳菲菲兮襲余。【補注】藝，種植。彼美，指蘭。

〔一〇〕【咸注】《家語》：芝蘭生於深谷，不以無人而不芳。

〔一一〕【曾注】《草木疏》：蘭爲王者香草，其莖葉皆似澤蘭，廣而長節，節中赤，高四五尺。【補注】易地，指移栽，即詩題所謂『移藝於庭』。赤株，指花葉萎敗之株。赤，猶光秃。無赤株，即題所謂『芃然蕃殖』。

〔一二〕【曾注】《易》：百穀草木麗乎土。【補注】麗土，依附於土地，指種植於土地。同榮，指移栽的數株蘭花均繁茂滋榮。

〔一三〕【補注】泛餘，觀賞之餘。泛有流義，指流觀，流覽。

〔一四〕【曾注】《尚書》：鬱陶乎予心，顔厚有忸怩。【補注】鬱陶，憂思積聚貌。《孟子·萬章上》：『象曰：鬱陶思君爾。』《楚辭·九辯》：『豈不鬱陶而思君兮，君之門以九重。』王逸注：『憤念蓄積盈胸臆也。』

〔一五〕【咸注】揚雄《解嘲》：一縱一横，論者莫當。【補注】爾類，指蘭。縱横，形容蘭繁茂叢生之狀。

〔一六〕【曾注】張正見《白頭吟》：語默妍媸際，浮沉毁譽中。【補注】妍蚩，美醜。

〔一七〕【曾注】《老子》：寵辱若驚。

〔一八〕真，李本、十卷本、姜本、毛本、《全詩》作『貞』。【補注】真隱，真正的隱者。

〔一九〕揀，《英華》作『簡』。【補注】激時，有激於時者。揀名，選擇聲名。

〔二〇〕【咸注】《文子》：叢蘭欲發，秋風敗之。《離騷》：余既滋蘭之九畹兮，又樹蕙之百畝。王逸注：十二畝爲畹。【補注】幽叢，指幽蘭之叢。靄，籠罩貌。

〔二一〕【曾注】《漢·夏侯勝傳》：學經不明，不如歸耕。

【王闓運曰】字面多難解，蓋當時語。（《手批唐詩選》卷二）

【按】此因移植蘭花，芃然蕃殖，『因悲夫物有厭常，而返不若混然者有之焉。』起四句言人之賞物本各有情致，吾之情并非賞愛幽静者。人之常情對物各有親疏，而外物本身並無輕重之分。『各言』四句，謂彼生長於幽深處之蘭花，素莖飄香，本不爲賞者而設，而係自保其孤根而生長滋茂。『易地』四句，謂移栽於庭之蘭花，根株不枯，枝葉繁茂。觀賞之際，有如置身林壑，煙露清微。『余懷』四句，謂我憂思鬱積，故蘭亦徒然繁茂縱横於前而無心觀賞。苟不信妍蚩美醜，則榮與辱亦何爲而驚。末四句謂真隱者不拘形跡，而有激於時者猶選擇聲名。值此芳香的叢蘭籠蓋庭畦之際，又何必懷念歸耕？似有以『真隱』自命之意，而自西濱移植於庭院之叢蘭則寄託此情之載體也。

秋日

爽氣變昏旦〔一〕，神皋遍原隰〔二〕。煙華久蕩摇〔三〕，石澗仍清急。柳闇山犬吠，蒲流水禽立〔四〕。菊花明欲迷〔五〕，棗葉光如濕。天籟思林嶺〔六〕，車塵倦都邑。譸張夙所違〔七〕，悔恡何由入〔八〕。芳草秋可藉〔九〕，幽泉曉堪汲。牧羊燒外鳴〔一〇〕，林果雨中拾〔一一〕。復此遂閑曠〔一二〕，翛然脱羈縶〔一三〕。田收鳥雀喧，氣肅龍蛇蟄〔一四〕。佳節足豐穰〔一五〕，良朋阻遊集〔一六〕。沉機日寂寥〔一七〕，葆素常呼吸〔一八〕。投迹倦攸往〔一九〕，放懷志所執〔二〇〕。良時有東菑〔二一〕，吾將事蓑笠〔二二〕。

〔一〕【曾注】《世説》：王子猷以手版拄頤云：『西山朝來，致有爽氣。』【咸注】謝靈運詩：昏旦變氣候，山水含清暉。【補注】爽氣，明朗開豁的自然景象。此指秋天的朗爽之氣。變昏旦，變化於旦夕之間。

〔二〕【曾注】《西京賦》：實維地之奥區神皋，《詩》：于彼原隰。《釋名》：廣平曰原，下溼曰隰。【咸注】《西都賦》：原隰龍鱗。【補注】神皋，肥沃之土地。《文選·沈約〈齊竟陵文宣王行狀〉》：『禹穴神皋，地埒分陝。』李周翰注：『皋，地也。其地肥沃，故云神皋。』曾注引《西京賦》之『神皋』係神明所聚之地，非此句『神皋』之義。

〔三〕【補注】煙華，猶煙花，泛指綺麗的春景。久蕩摇，早已摇蕩凋衰。

〔四〕流，《全詩》作『荒』，述鈔一作『疏』。【補注】蒲，香蒲。流，順水漂流。

〔五〕【補注】明欲迷，顔色鮮明，迷人眼目。

〔六〕【曾注】《莊子》：敢問天籟？子綦曰：『夫吹萬不同，而使其自已也。』【補注】天籟，自然界的聲響。林嶺，山林。

〔七〕【曾注】《尚書》：民無或須譸張爲幻。【咸注】《世説》：王僧彌謂謝車騎曰：『君何敢譸張？』【補注】譸張，欺誑詐惑。

〔八〕【曾注】《繫辭》：吉凶悔吝者，生乎動者也。【咸注】庾信詩：陽窮乃悔吝。【補注】悔悋，同『悔吝』，災禍。二句謂己素不爲欺誑之事，故災禍無由而生。

〔九〕【咸注】孫綽《天台賦》：藉萋萋之纖草。【補注】藉，坐卧其上。

〔一〇〕【補注】燒，野火。

〔一一〕【曾注】王維詩：雨中山果落。

〔一二〕【咸注】《莊子》：就藪澤處閑曠，此江海之士，避世之人也。閒曠者之所好也。【補注】閑曠，悠閑曠放。

〔一三〕【咸注】江偉《答軍司馬》詩：羈縶繫世網，進退維準繩。【補注】倏然，無拘無束貌。《莊子·大宗師》：「倏然而往、倏然而來而已矣。」成玄英疏：「倏然，無係貌也。」羈縶，束縛牽制。

〔一四〕【曾注】《易》：龍蛇之蟄。【補注】氣肅，秋氣肅殺。蟄，蟄伏。《易·繫辭下》：「龍蛇之蟄，以存身也。」

〔一五〕【補注】穰，（莊稼）豐熟。

〔一六〕朋，十卷本、姜本作「友」。

〔一七〕【曾注】宋玉《九辯》：寂寥兮收潦而水清。【補注】沉機，深沉的機巧之心。寂寥，稀疏。

〔一八〕【咸注】《莊子》：吹噓呼吸，吐故納新，此導引之士，養形之人也。【補注】葆素，保持純樸的本性。

〔一九〕【曾注】《易》：利有攸往。【補注】投迹，舉步前往、投身。攸往，所往。

〔二〇〕【補注】放懷，縱情任意。庭筠《春日偶作》：「自欲放懷猶未得，不知經世竟如何。」此「放懷」係「放寬心懷」之意，與「放懷志所執」之「放懷」義異。

〔二一〕【曾注】《爾雅》：田一歲曰菑。【補注】此「東菑」係泛稱田園，如「東皋」、「南畝」。

〔二二〕蓑，李本、姜本作「簑」。【曾注】《詩》：何蓑何笠。【補注】事蓑笠，穿蓑衣戴笠帽，從事農耕。

【按】詩當作於在長安鄠杜郊居時，具體時間不詳。前八句寫秋日自然景象。『天籟』四句，轉入抒情。『倦都邑』、『思林嶺』六字，一篇之主。『芳草』六句，寫秋日鄉居閑曠無拘之生活情趣。『田收』四句，寫秋日收成後豐足景象。末六句進一步抒發沉機葆素、放懷適志的生活態度和事農耕的意願。之所以『倦都邑』、『思林嶺』，爲林嶺能『遂閑曠』、而『脱羈縶』也。

七夕歌〔一〕

鳴機札札停金梭〔二〕，芙蓉澹蕩生池波〔三〕。神軒紅粉陳香羅〔四〕，鳳低蟬薄愁雙蛾〔五〕。微光弈弈凌天河〔六〕，鸞咽鶴唳飄飖歌〔七〕。彎橋銷盡愁奈何〔八〕，天氣駘蕩雲陂陁〔九〕。平明花木有愁意〔一〇〕，露濕綵盤珠網多〔一一〕。

〔一〕《古今歲時雜詠》卷二十六七夕載此首。原題作『七夕』，據《歲時雜詠》、述鈔、席本、顧本增。

〔二〕【咸注】古詩：纖纖擢素手，札札弄機杼。【立注】《祕閣閒話》：蔡州蔡氏七夕禱以酒果，忽流星墜筵中，明日瓜上得金梭，由是巧思益進。梁簡文帝《七夕》詩：天梭織來久，方逢今夜停。【補注】《詩·小雅·大東》：『維天有漢，監亦有光。跂彼織女，終日七襄。雖則七襄，不成報章。』《史記·天官書》：『婺女，其北織女。織女，天女孫也。』《月令廣義·七月令》引梁殷芸《小説》：『天河之東有織女，天帝之子也。年年機杼勞役，織成雲錦天衣，容貌不暇整。帝憐其獨處，許嫁河西牽牛郎，嫁後遂廢織紝。天帝怒，責令歸河東，但使一年一度相會。』句意謂織女因七夕一年一度相會而停織。

〔三〕生池，《歲時雜詠》、席本、顧本作『秋水』。【補注】滄蕩，蕩漾摇動。

〔四〕神，《歲時雜詠》、席本、顧本作『夜』。【咸注】周處《風土記》：七月七日，其夜灑掃於庭，露施几筵，設酒脯時果，散香粉於河鼓織女。【補注】神軒，祭神的庭軒。

〔五〕鳳低，《歲時雜詠》作『風輕』。【補注】鳳低，鳳釵低垂。蟬薄，蟬鬢輕薄。愁雙蛾，雙眉含愁。此句寫婦女七夕低頭禱神之狀。

〔六〕弈弈，十卷本、姜本、《全詩》、顧本作『奕奕』，通。天，《歲時雜詠》、席本，顧本作『曙』。【曾注】《四民月令》：七夕，見天漢中有奕奕正白氣。【咸注】王鑒《七夕》詩：隱隱驅千乘，闐闐越星河。【補注】句意謂織女凌越微光奕奕的天河。

〔七〕【咸注】湯惠休《楚明妃曲》：驂駕鸞鶴，往來仙靈。《禽經》：鶴以潔唳。【補注】句意謂織女乘鸞車駕鶴輦，飄颻天上，歌吹相隨，前往相會。

〔八〕愁奈，《歲時雜詠》、席本、顧本作『奈愁』。【曾注】《淮南子》：烏鵲填河成橋而渡織女。【補注】唐韓鄂《歲華紀麗·七夕》：『七夕鵲橋已成，織女將渡。』原注引《風俗通》：『織女七夕當渡河，使鵲爲橋。』彎橋，指拱形的鵲橋。銷盡，指天將曉時，銀河隱没，想像中的鵲橋亦銷盡不見。

〔九〕氣，《歲時雜詠》作『風』；駘，《歲時雜詠》作『澹』。阤，李本、姜本、毛本作『陁』，《歲時雜詠》、十卷本、顧本作『陀』，並同。【咸注】《莊子》：惠施之林，駘蕩而不得，逐物不及。司馬彪曰：駘蕩，猶施散也。謝朓詩：春物方駘蕩。宋玉《招魂》：文異豹飾，侍陂陀些。【補注】駘蕩，舒放。徐鍇《説文繫傳·馬部》：『駘，銜脱即放散，故古謂春色舒放爲駘蕩。』此謂秋初之天氣如春色之舒放。雲陂陁，雲層參差峥嶸貌。

〔一〇〕愁，《歲時雜詠》、述鈔、《全詩》作『秋』。意，《全詩》、顧本校：一作『思』。

〔一一〕珠，原作『蛛』，據十卷本、顧本、《全詩》改。【咸注】《荆楚歲時記》：七夕，婦人結綵縷穿七孔鍼，或以金銀鍮石爲鍼，陳瓜果庭中以乞巧，有喜子網於瓜上，則以爲得。宋孝武帝《七夕》詩：迎風披綵縷，向月貫玄鍼。【補注】綵盤，指陳瓜果結綵縷之乞巧盤。珠網，《文選·頭陀寺碑》『夕露爲珠網』，此『珠網』即指夕露。

【按】詩以七夕爲題，即詠七夕之神話傳説織女渡河與牽牛相會，以及民間七夕乞巧之風俗，而以寫織女渡河事爲主，七夕景物及乞巧情景爲輔，乞巧事僅於三四句及末二句略敘。詩用柏梁體，七言每句押韻，一韻到底，頗具歌謡風味。

酬友人

辭榮亦素尚〔一〕，倦遊非夙心〔二〕。寧復思金籍〔三〕，獨此卧煙林。閑雲無定貌，佳樹有餘陰〔四〕。坐久芰荷發〔五〕，釣闌芰葦深〔六〕。遊魚自摇漾〔七〕，浴鳥故浮沉〔八〕。唯君清露夕〔九〕，一爲灑煩襟〔一〇〕。

〔一〕【咸注】孔欣《猛虎行》：飢不食邪蒿萊，倦不息無終里。邪蒿乖素尚，無終喪若始。【補注】素尚，平生的好尚。

〔二〕【咸注】《司馬相如傳》：長卿故倦遊。郭璞曰：厭游宦也。

〔三〕【立注】謝脁《始出尚書省》詩：既通金閨籍，復酌瓊筵醴。【補注】金閨籍，指在朝爲官。漢金馬門懸有門牒，牒上有名籍者始得准其出入。《文選》李善注曰：『金閨，即金門也。《解嘲》曰：「歷金門，上玉堂。」應劭《漢書注》曰：「籍者，爲二尺竹牒，記其年紀、名字、物色，懸之宫門，案省相應，乃得入也。」』（顧嗣立引《文選》注有删略，此據原文引全）

〔四〕【咸注】《左傳》：韓宣子來聘，宴於季氏，有嘉樹焉。宣子譽之。【補注】陶淵明《和郭主簿二首》之一：『藹藹堂前林，中夏貯清陰。』《歸去來兮辭》：『雲無心以出岫。』二句似化用其意。

〔五〕【補注】芰荷，菱葉與荷葉。

〔六〕闌，《全詩》、顧本校：一作『餘』。【補注】芰，指茭白的葉，即菰葉，葦，蘆葦。

〔七〕漾，《全詩》、顧本校：一作『蕩』。【曾注】陶潛詩：臨水媿遊魚。【補注】摇漾，蕩漾，遊蕩。

〔八〕【咸注】杜甫詩：一雙鸂鶒對沉浮。【補注】故，亦『自』也。與上句『自』字對文義同。

〔九〕【咸注】《西京賦》：承雲表之清露。

〔一〇〕【補注】煩襟，煩悶的心懷。

【按】此友人辭官歸隱而有此酬贈之作。首二句謂其平生好尚本不慕榮寵，而此次歸隱却非緣倦於游宦，對照中似含有對此次辭官之不平情緒。三四謂既辭官豈復再思在朝爲官，此後但獨卧煙林享受歸隱之樂趣。『閑雲』以下六句，均想像其高卧煙林的閑適之趣，雲樹荷葦魚鳥，均一任其自然之狀態而自得其生趣。結二句謂值此清露之夕，君當對此而一洗煩襟也。『煩襟』亦透出友人『辭榮』自有其不平在。庭筠不擅五古，此篇却頗具古澹清新之致。

觀舞妓〔一〕

朔音悲嘒管〔二〕，瑶踏動芳塵〔三〕。揔袖時增怨〔四〕，聽破復含嚬〔五〕。凝腰倚風軟〔六〕，花題照錦春〔七〕。朱絃固凄緊〔八〕，瓊樹亦迷人〔九〕。

〔一〕妓，顧本作『伎』。

〔二〕【曾注】《詩》：嘒嘒管聲。【補注】朔音，北方的樂聲。嘒，狀聲音之清亮。此謂管樂器中吹奏出清亮悲涼的北方之樂。

〔三〕【咸注】王子年《拾遺記》：石虎太極殿樓高四十丈，春雜寶異香爲屑，使數百人於樓上吹散之，名曰芳塵臺。【補注】瑶踏，猶玉步，指舞妓的舞步。動芳塵，化用曹植《洛神賦》『凌波微步，羅襪生塵』語意。

〔四〕摠，述鈔、毛本、《全詩》、顧本作『總』，同。怨。顧本校：一作『態』。【曾注】《韓非子》：長袖善舞。【補注】摠袖，卷束舞袖，形容舞袖飄轉時捲束之狀。

〔五〕【立注】《太平廣記》引《傳載録》：天寶中，樂章多以邊地爲名，若《涼州》《甘州》《伊州》之類是焉。其曲偏繁聲名入破。後其地盡爲西蕃所没，破乃其兆矣。【補注】破，唐代舞樂大曲之第三段。其樂歌舞並作，繁聲促節，破其悠長，轉入繁碎，故名。白居易《卧聽法曲霓裳》：『朦朧閒夢初成後，宛轉柔聲入破時。』唐代大曲結構一般有序曲、排遍、急破三部分。以器樂緩奏（配合緩舞）爲散序，節拍穩定，伴有歌唱的部分稱中序，中序的曲子聯唱稱排遍。排遍之後的急舞之曲稱爲破。含嚬，皺眉。

〔六〕【咸注】梁王訓《詠舞》詩：傾腰逐韻管，斂色聽張絃。袖輕風易入，釵重步難前。【補注】凝，停止。凝腰，指舞者停止旋轉時的舞姿。或解凝爲結，凝腰指緊束腰身，亦通。倚風軟，形容舞妓腰肢細軟，弱不禁風之狀。《三輔黄圖》載，成帝與趙飛燕戲於太液池，以金鎖纜雲舟於波上。每輕風時至，飛燕殆欲隨風入水，帝以翠縷結飛燕之裾。『倚風軟』暗用此事。

〔七〕【立注】杜甫詩：胡舞白題斜。注：題者，額也。【補注】花題，指舞妓以繡花的錦緞飾額，故下云『照錦春』。

〔八〕【咸注】傅毅《舞賦》：弛緊急之弦張兮，慢末事之骫曲。殷仲文詩：風物自凄緊。【補注】凄緊，形容絃聲悲凄而急促。

〔九〕【立注】崔豹《古今注》：魏文帝宫人絶所愛者有莫瓊樹、薛夜來、陳尚衣、陳巧笑，皆日夜在側。江總詩：後宫知有莫瓊樹。【按】莫瓊樹事與舞無關，此自用陳後主張貴妃事。《南史·張貴妃傳》：『後主每引賓客對貴妃等遊宴，則使諸貴人及女學士與狎客共賦新詩，互相贈答。采其尤豔麗者，以爲曲調，被以新聲。選宮女有容色者以千百數，令習而歌之，分部迭進，持以相樂。其曲有《玉樹後庭花》、《臨春樂》等。其略云：「璧月夜夜滿，瓊樹朝朝新。」大抵所歸，皆美張貴妃、孔貴嬪之容色。』瓊樹，即玉樹，《玉樹後庭花》之省稱，又兼喻舞者如玉樹臨風之身姿。句意雙關，蓋謂舞曲與舞者同其迷人。

【按】此觀賞舞妓之表演而作。既狀其舞姿，亦狀其妝束情態，兼寫其伴奏之管絃。樂、舞、姿、容融爲一體。

邊笳曲〔一〕

朔管迎秋動〔二〕，雕陰雁來早〔三〕。上郡隱黄雲〔四〕，天山吹白草〔五〕。嘶馬悲寒磧〔六〕，朝陽照霜堡〔七〕。
江南戍客心〔八〕，門外芙蓉老〔九〕。

〔一〕《才調》卷二載此首，題下注云：『此後齊梁體七首。』《全詩》題下注：『一作齊梁體。』【按】《才調集》

題下注謂自此首起七首均爲齊梁體詩，非謂詩題一作『齊梁體』，《全詩》題下注誤（以下不再一一指出）。【曾注】《樂部》：笳，胡人卷蘆葉爲之，置部前曰頭管。【補注】邊笳，即胡笳。古代北方民族管樂器。傳説漢張騫由西域傳入，漢魏鼓吹樂中常用之。岑參《胡笳歌送顔真卿使赴河隴》：『君不聞胡笳聲最悲，紫髯緑眼胡人吹。』

〔二〕【咸注】李陵《答蘇武書》：涼秋九月，塞外草衰。又：胡笳互動，牧馬悲鳴。【補注】朔管，北方邊地管樂器，此即指胡笳。

〔三〕陰，原作『音』，本集諸舊刻、舊鈔均同，據《才調》改。《全詩》、顧本從《才調》作『陰』。顧本校云：一作『音』，非。【立注】《舊唐書》：隋雕陰郡，武德三年於延州豐林縣置綏州總管府。【補注】隋雕陰郡治所在今陝西綏德縣。

〔四〕【立注】《唐書·地理志》：貞觀二年罷都督府，移州治上縣。天寶元年改爲上郡。乾元元年復爲綏州。江淹詩：黄雲蔽千里。【按】雕陰、上郡、綏州，同爲一地，爲避複而錯舉。

〔五〕【立注】《史記索隱》：祁連山一名天山，亦曰白山，在張掖、酒泉二郡界。《唐書》：西州交河郡有天山，開元二年置天山軍，隸河西道，案劉石齡云：《杜詩注》引《歸州圖經》：胡地多白草，昭君冢獨青。【補注】唐時稱伊州（今哈密）、西州（今吐魯番）以北一帶之山脈爲天山，亦稱白山、折羅漫山，參《元和郡縣圖志·伊州》。白草，一種産於西域地區之牧草，乾熟時呈白色，故名。《漢書·西域傳上·鄯善國》：『地沙鹵，少田，寄田仰穀旁國。國出玉，多葭葦、檉柳、胡桐、白草。』顔師古注：『白草似莠而細，無芒，其乾熟時正白色，牛馬所嗜也。』岑參《白雪歌送武判官歸京》：『北風卷地白草折，胡天八月即飛雪。』

〔六〕悲，《才調》、顧本作『渡』。【補注】悲，謂馬嘶鳴之聲似有悲意。

〔七〕【曾注】《廣韻》：堡障，小城也。【補注】堡，土石築的堡壘。

〔八〕心，《全詩》、顧本校：一作『情』。

〔九〕【曾注】古樂府《江南》詞：江南可採蓮，蓮葉何田田。李賀詩：鯉魚風起芙蓉老。【補注】二句謂家居江南的戍邊客子，心中常記掛家門外的荷花，恐其秋來已經凋謝。暗喻其妻容顏凋衰。

【按】詩以邊笳之悲聲引出對邊地荒涼凄寒而闊大景象的描繪，歸結到戍客對江南故鄉及妻子的思念。上郡與天山，相距數千里，揣詩意，似是客游上郡時聞邊笳悲聲，見上郡黃雲而觸發對西北邊地的想像。『天山吹白草』之景像，在詩人所處之時代，似無親歷目擊之可能。『江南戍客』，詩人自指。

經西塢偶題〔一〕

搖搖弱柳黃鸝啼〔二〕，芳草無情人自迷。日影明滅金色鯉〔三〕，杏花唼喋青頭雞〔四〕。微紅㮈蔕惹蜂粉〔五〕，潔白芹芽穿燕泥〔六〕。借問含嚬向何事？昔年曾到武陵溪〔七〕。

〔一〕《英華》卷一六一地部山載此首。《張承吉文集》卷八載此首，文字略有不

〔二〕鸝，毛本、李本、席本作『鶯』。【曾注】《世説》：戴顒春日攜雙柑斗酒，人問何之，曰：『往聽黃

鸝聲。」

〔三〕【咸注】《神農書》：鯉爲魚王，無大小脊旁鱗皆三十有六，鱗上有小黑點，文有赤白黄三種。【補注】此謂日影明滅，照射水中金色鯉魚之鱗片，呈現神奇變幻之色彩。用筆頗似李賀《雁門太守行》之『甲光向日金鱗開』，然賀詩『金鱗開』係形況『甲光向日』之狀，温詩則實寫金鯉迎日之狀。

〔四〕唼，《英華》作『啑』。同。【咸注】沈懷遠《長鳴雞贊》：翠冠繽莒，碧距麗陳。【補注】唼喋，此狀禽之吃食聲。青頭雞，鴨之别名。《三國志·魏志·齊王芳傳》『大將軍司馬景王將謀廢帝，以聞皇太后』裴注：『《世説》及《魏氏春秋》並云……中領軍許允與左右小臣謀，因文王辭，殺之，勒其衆以退大將軍。已書詔於前。文王入，帝方食栗，優人雲午等唱曰：「青頭雞，青頭雞。」青頭雞者，鴨也。帝懼不敢發。』鴨與押同音，優人連唱青頭雞乃暗促曹芳在殺掉司馬昭之詔書上簽字畫押。此句謂池塘中的緑鴨在唼喋落於水面的杏花。

〔五〕㮈，《英華》、姜本、《全詩》、顧本作『柰』，字同。【曾注】《晉起居注》：嘉柰一蔕十五實，或七實，生於酒泉。【咸注】褚雲《詠柰》詩：映日照新芳，叢林抽晚蔕。【補注】㮈，同『柰』，與林檎同類，揚雄《蜀都賦》：『杏李枇杷，杜樼栗㮈。』《本草綱目·果二·柰》：『柰與林檎，一類二種也。樹、實皆似林檎而大……有白、赤、青三色。白者爲素柰，赤者爲丹柰，青者爲緑柰。』蔕，指果蔕。惹，沾。

〔六〕穿，《英華》、述鈔、席本、顧本作『入』。【曾注】薛道衡《昔昔鹽》：空梁落燕泥。杜甫詩：芹泥隨燕嘴。【補注】句意謂燕子啣來做窩的泥中有潔白的芹芽。

〔七〕【曾注】陶潛《桃花源記》：晉太元中，武陵人捕魚爲業。緣溪行，忘路之遠近。忽逢桃花林，夾岸數百步，中無雜木，芳草鮮美，落英繽紛。漁人異之，尋路，見黄髮垂髫，問之皆避秦人也。問今是何代，不知有漢，無論魏晉。既白太守，遣人隨往尋之，迷不復得路。（自卷五《贈張鍊師》移此。）【補注】《太平御覽》卷四十一引劉義慶《幽明録》：東漢劉晨、阮肇入天台山採藥，迷不得返，飢食桃果，尋水得大溪，溪邊遇仙女，獲款留。及出，已歷七世。復往，不知何所。王渙《惆悵詞》之十：『晨肇重來人已迷，碧桃花謝武陵溪。』曹唐《劉晨阮肇游天台》：『不知此地歸何處，須就桃源問主人。』是唐人亦以劉晨、阮肇入天台山事爲入『桃源』、『武陵溪』。故此句『武陵溪』雖字面有『武陵』，實即桃溪之代稱，係用劉、阮入天台遇仙女事，非用陶潛之『桃花源』事。参編著者按語。

【按】此經昔年曾游之西塢，有所感念而作。據末句『昔年曾到武陵溪』用劉、阮游天台遇仙女事，詩人當年游西塢時曾有所遇。重游舊地，春色依舊，而伊人不在，故不免惆悵含嚬。次句『芳草無情人自迷』已暗透此意。

金虎臺〔一〕

碧草連金虎，青苔蔽石麟〔二〕。皓齒芳塵起〔三〕，纖腰玉樹春〔四〕。倚瑟紅鉛濕〔五〕，分香翠黛嚬〔六〕。誰言奉陵寢〔七〕，相顧復沾巾。

〔一〕【立注】《鄴都故事》：漢獻帝建安五年，曹操破袁紹於鄴。十五年築銅雀臺，十八年作金虎臺，十九年造

冰井臺，所謂鄴中三臺也。【補注】《三國志・魏志・武帝紀》：『（建安十八年）九月，作金虎臺。』故址在今河北省臨漳縣西南故鄴城西北隅。

〔二〕【咸注】《西京雜記》：五柞宮西有青梧觀，觀前有三梧桐樹，樹下有石麒麟二枚，刊其脅爲文字，是秦始皇酈山墓上物也。【補注】石麟，石麒麟。古代帝王陵墓前多雕石麟。任昉《述異記》：『丹陽大姑陵，陵下有石麟二枚，不知年代。』此係在金虎臺前者。韋莊《上元縣》：『止竟霸圖何物在？石麟無主卧秋風。』二句寫金虎臺碧草叢生，青苔蔽麟，一片荒凉。

〔三〕【咸注】傅毅《舞賦》：吐哇聲則發皓齒。【補注】皓齒，指美人啓齒歌唱。芳塵起，謂其歌聲繞梁，驚起梁塵。

〔四〕【咸注】張衡《舞賦》：搦纖腰以互折。【補注】纖腰，指美人細腰起舞。玉樹，指《玉樹後庭花》舞曲，詳本卷《觀舞妓》注〔九〕引《南史・張貴妃傳》。兼喻舞者纖腰嫋嫋，如玉樹臨風。二句想像當年金虎臺中故君之宮嬪每月初一十五遵遺令對故君遺帳歌舞之情景，參注〔六〕。

〔五〕【咸注】《漢書》：文帝使慎夫人鼓瑟，帝自倚瑟而歌。師古曰：倚瑟，即今之以歌合曲也。梁元帝《詠歌》詩：汗輕紅粉濕。【補注】倚瑟，和着瑟的聲音節拍歌唱。紅鉛，婦女妝飾用的紅色鉛粉。紅鉛濕，謂其淚濕紅粉。

〔六〕【咸注】陸機《弔魏武帝文》：餘香可分與諸夫人，諸舍中無所爲，學作履綦賣也。梁元帝賦：愁容翠眉斂。【補注】《三國志・魏志・武帝紀》：『（建安二十五年）王崩於洛陽，年六十六，遺令曰：……』陸機《弔魏武帝文序》：『吾婕妤妓人，皆著銅雀臺。於臺堂上施八尺牀、繐帳，朝晡上脯糒之屬，月朝十五日，輒向帳作妓。汝等時時登銅雀臺，望吾西陵墓田。』分香，借指前朝故君之宮嬪。翠黛，翠眉。嚬，皺眉。

〔七〕【咸注】张衡《四愁》：側身西望淚霑巾。【補注】奉陵寢，指以前朝君主之宮嬪無子者遺奉山陵。唐代仍有此項制度。《通鑑・唐宣宗紀・大中十二年》『二月甲子』條胡三省注：『宋白曰：唐制，國忌行香，初只行於京城寺觀。貞元五年，八月，敕天下諸上州並宜國忌日準式行香之禮。及諸帝升遐，宫人無子者悉遣山陵供奉朝夕，具盥櫛，治衾枕，事死如事生。」白居易有《陵園妾》，即憫奉陵寢宫嬪之幽閉生涯。二句謂奉陵寢之前朝宫人相顧而淚下霑巾。

【按】此詩詠奉陵寢宫人「事死如事生」之悲慘痛苦生活。起二句金虎臺荒涼景象。三四句謂宫人猶遵遺令對遺帳作歌舞，皓齒啓而芳塵起，纖腰舞而玉樹春。於青春美貌與荒涼舊宫之對照中寓含微意。五六謂其倚瑟而歌，淚濕紅粉，翠眉頻蹙，直接揭示其内心痛苦。七八則點明所詠對象及全篇主旨。此篇之題材與内容類似白居易《陵園妾》、李商隱《燒香曲》，對「事死如事生」之宫女奉陵寢制度的反人道本質有所揭露。

俠客行〔一〕

欲出鴻都門〔二〕，陰雲蔽城闕。寶劍黯如水〔三〕，微紅濕餘血。白馬夜頻驚〔四〕，三更灞陵雪〔五〕。

校注

〔一〕《才調》卷二、《樂府》卷六十七雜曲歌辭七載此首。《才調》謂此首亦齊梁體。此詩一作張祜詩，非。《樂府詩集》晉張華《遊俠篇》題解：『《漢書·遊俠傳》曰：「戰國時，列國公子，魏有信陵，趙有平原，齊有孟嘗，楚有春申，皆藉王公之勢，競爲遊俠，以取重諸侯，顯名天下。故後世稱遊俠者，以四豪爲首焉。漢興，有魯人朱家及劇孟、郭解之徒，馳騖於閭里，皆以俠聞。其後長安熾盛，街閭各有豪俠。時萬章在城西柳市，號曰城西萬章，酒市有趙君都、賈子光，皆長安名豪，報仇怨、養刺客者也。」《魏志》曰：「楊阿若後名豐，字伯陽，少遊俠，常以報仇解怨爲事。故時人爲之號曰：東市相斫楊阿若，西市相斫楊阿若。後世遂有《遊俠曲》。」魏陳琳、晉張華，又有《博陵王宮俠曲》。』（顧嗣立注引過略，今全引）

〔二〕【曾注】《地理志》：鴻都門在洛陽。

〔三〕【立注】趙曄《吴越春秋》：越王允常聘歐冶子作名劍五枚，一曰純鉤。秦客薛燭善相劍，越王取示之，燭曰：『光乎如屈陽之華，沈沈乎如芙蓉始生于湖，觀其文如列星之行，觀其光如水溢于塘，此純鉤也。』【補注】此言寶劍在黯夜反射出如水的寒光。

〔四〕驚，《樂府》、顧本作『嘶』。【曾注】古樂府：白馬金羈俠少年。【補注】曹植《白馬篇》：『白馬飾金羈，連翩西北馳。借問誰家子，幽并游俠兒。』

〔五〕【曾注】《關中記》：霸陵爲漢文帝陵，在雍州城東南四十里白鹿原上，鳳皇嘴下。

【沈德潛曰】温詩風秀工整，俱在七言。此篇獨見警絶。（《重訂唐詩别裁集》卷四）

【紀昀曰】純於慘淡處取神，節短而意闊。（《删正二馮先生評閱才調集》）

【翁方綱曰】温詩短篇則近雅，如五古『欲出鴻都門』一篇，實高作也。（《石洲詩話》卷二）

【按】温氏樂府多辭采繁豔，表現亦時有繁蕪晦澀之弊。此篇則極精練奇警而富於氣勢，且能創造出與人物精神面貌渾然一體之氛圍意境。取境純在夜間。起二句寫其殺人後出城情景，『陰雲蔽城闕』畫出陰寒慘淡與危急氛圍。三四句專寫劍，暗示此前殺人報仇事。『微紅濕餘血』一語極精警而富蘊含，雖未正面寫日間殺人都市中之情景，而自能引發讀者之豐富想像，具有生動現場感。五六寫馬，而以『三更霸陵雪』之静景反托之，亦富遠神。夫入夜方出鴻都門，而三更已踏霸陵雪，可謂千里不留行矣。神駿之姿，躍然紙上。唐詩中多有新鮮若乍脱筆硯者，此即一例。

詠曉

蟲歇紗窗静〔一〕，鴉散碧梧寒〔二〕。稍驚朝珮動〔三〕，猶傳清漏殘。亂珠凝燭淚〔四〕，微紅上露盤〔五〕。寨衣復理鬢〔六〕，餘潤拂芝蘭〔七〕。

〔一〕【咸注】庾信《蕩子賦》：紗窗獨掩，羅帳長垂。【補注】向曉蟲鳴聲歇，蟲聲不再透入窗内，故云『紗窗静』。劉方平《月夜》：『今夜偏知春氣暖，蟲聲新透緑窗紗。』寫夜間蟲聲透入紗窗，可互參。

〔二〕【補注】《漢書·朱博傳》：『是時御史府吏舍百餘區……府中列柏樹，常有野烏數千棲宿其上，晨去暮來，號曰「朝夕烏」。』鴉或羣棲碧梧之上，至曉飛去，故云『鴉散碧梧寒』。

〔三〕【補注】朝珮，清晨上朝官員身上的佩飾。珮動説明天已向曉，官員起身穿戴，準備上朝。唐代五品以上官員有玉珮。

〔四〕【咸注】梁簡文帝《對燭賦》：漸覺流珠走，熟視絳花多。【補注】向曉蠟燭燃脂流溢如亂珠凝結，故云。

〔五〕【曾注】《三輔故事》：武帝於建章宫立銅柱，高二十丈，上有仙人掌承露盤。【補注】微紅，指早晨陽光初露時映射的淡紅色光綫。

〔六〕搴，李本、毛本、席本作『褰』，通。【補注】褰，用手提起。

〔七〕【補注】餘潤，指婦女晨起梳妝後留下的脂粉餘芳。拂芝蘭，飄拂出芝蘭般的芬芳。

【按】詩詠向曉景物情事。隨着時間推移，由開始時的『紗窗静』、『碧梧寒』漸次過渡到『朝珮動』、『清露殘』，直至『微紅上露盤』，次第井然。最後出現女主人公晨起梳妝情景，説明前六句所寫均爲其所聞所見。視『稍驚朝珮動』之句，此紗窗中女子殆即上朝官員之閨人，其人或亦有『無端嫁得金龜壻，辜負香衾事早朝』之憾乎？

芙蓉

刺莖澹蕩碧〔一〕，花片參差紅〔二〕。吴歌秋水冷〔三〕，湘廟夜雲空〔四〕。濃豔香露裏〔五〕，美人清鏡中〔六〕。南樓未歸客〔七〕，一夕練塘東〔八〕。

〔一〕碧，述鈔、顧本作『緑』。【曾注】李賀詩：緑刺罥銀泥。【補注】刺莖，指荷花帶刺的莖梗。澹蕩，摇蕩貌。

〔二〕【曾注】孫楚《蓮華賦》：紅花電發，暉光煒煒。【補注】參差，不齊貌。荷花花瓣上下參差排列，每一瓣顔色亦自深至淺，故云『參差紅』。

〔三〕【立注】《晉（當作唐）書·樂志》：吴歌雜曲，并出江南，東晉已來，稍有增廣。其始皆徒歌，既而被之管絃。蓋自永嘉渡江之後，下及梁、陳，咸都建業。吴聲歌曲起於此也。【補注】吴聲歌曲中多詠及芙蓉（荷花）、蓮子，如《子夜歌》：『霧露隱芙蓉，見蓮不分明。』《子夜四時歌·夏歌》：『青荷蓋淥水，芙蓉葩紅鮮。郎見欲採我，我心欲懷蓮。』又無名氏《西洲曲》有『採蓮南塘秋，蓮花過人頭。低頭弄蓮子，蓮子青如水』等句，殆即『吴歌秋水冷』之句所從化出。

〔四〕【咸注】酈道元《水經注》：太湖水西流逕二妃廟南，世謂之黃陵廟。大禹之陟方也，二妃從征，溺於湘江，民爲立祠於水側焉。《方輿勝覽》：在潭州湘陰北九十里。【補注】《楚辭·九歌·湘夫人》有『芷葺兮荷屋，繚之兮杜衡』之句，『湘廟夜雲空』之想像或與此有關。又，宋晏幾道《采桑子》詞有『湘妃浦口蓮開盡，昨夜紅稀』之句。

〔五〕【曾注】柳宗元《詠芙蓉》：薄彩寒露裏。【補注】濃豔，指盛開時色彩濃豔的荷花。此句寫荷花在晨露中盛開，香氣襲人。

〔六〕清，十卷本、姜本、毛本、《全詩》作『青』。【曾注】李白詩：荷花鏡裏香。【補注】此句謂水中荷花倒影，如美人映於明鏡之中。

〔七〕【補注】謝靈運有《南樓中望所遲客》云：『登樓爲誰思，臨江遲來客。與我別所期，期在三五夕。圓景早已滿，佳人殊未適。』後以『南樓』爲思念故人未歸之典。

〔八〕【曾注】《圖經》：華亭有三泖一谷，泖自澱湖入練塘。【補注】練塘，亦名練湖，在江蘇丹陽縣西北，即古曲阿後湖，俗名開家湖。形勢最高，納丹徒、長山諸水，注於運河。見《元和郡縣圖志》卷二十五丹徒縣。《新唐書·地理志五》：潤州丹楊郡丹楊縣，『有練塘，周八十里。永泰中，刺史韋損因廢塘復置，以溉丹楊、金壇、延陵之田，民刻石頌之。』

【按】首二芙蓉之刺莖、花瓣。三四宕開，對荷花作不即不離之詠歎，富於遠韻。由眼前在吳中秋水中的荷花聯

想到在湘妃廟旁的荷花。五六迴轉寫其豔色清香及水中倒影。七八點醒自己作客在外未歸，而身處之地即『練塘東』。蓋客游練塘賞荷有作。

敕勒歌塞北〔一〕

敕勒金幘壁〔二〕，陰山無歲華〔三〕。帳外風飄雪〔四〕，營前月照沙〔五〕。羌兒吹玉管〔六〕，胡姬踏錦花〔七〕。

却笑江南客，梅落不歸家〔八〕。

〔一〕《樂府》卷八十六雜歌謡辭四載此首，題内無『塞北』二字。《樂府詩集·敕勒歌》題解云：『《樂府廣題》曰：「北齊神武攻周玉壁，士卒死者十四五。神武恚憤，疾發。周王下令曰：高歡鼠子，親犯玉壁，劍弩一發，元凶自斃。神武聞之，勉坐以安士衆。悉引諸貴，使斛律金唱《勑勒》，神武自和之。」其歌本鮮卑語，易爲齊言，故其句長短不齊。』【補注】此當是以《敕勒歌》爲題，而詩之内容係詠塞北風物者。敕勒，古代北方民族，北魏時亦稱鐵勒。《新唐書·回鶻傳上》：『回紇，其先匈奴也。俗多乘高輪車，元魏時亦號高車部，或曰敕勒，訛爲鐵勒。』

〔二〕幘，《樂府》作『墳』；述鈔作『幘』；《全詩》校：一作『隤』；顧本校：一作『幘』。壁，《全詩》、顧本校：一作『碧』。【按】金幘壁，義未詳。字書無『幘』字。隤、墤均有『頽』義，然金隤壁或金墤壁亦未詳其義。又疑『金幘壁』或當從述鈔作『幘』，幘指包頭髮之巾。則『金幘壁』或『金幘碧』之音訛，指其頭上裝束。待考。又疑『金幘壁』係『全墤壁』之誤，指其地全處於頽壁般的不毛之地。

〔三〕【曾注】《秦本紀》：西北斥逐匈奴，自榆中并河以東，屬之陰山。徐廣曰：陰山在五原北。《通典》：陰山，唐爲安北都護府。【補注】《勑勒歌》：『勑勒川，陰山下。』陰山，横亘於今内蒙古自治區境内之大山脈，起自河套西北，東與大興安嶺相接。古代這一帶爲北方游牧民族活動的地區。歲華，每年榮枯的花草樹木。陳子昂《感遇》之二：『歲華盡摇落，芳意竟何成？』

〔四〕【立注】《唐書》：吐蕃贊普聯毳帳以居，號大拂廬，容數百部人號小拂廬。鮑照詩：胡風吹朔雪。

〔五〕【立注】陸機論：孫權聞曹公來，築營於濡須塢以拒之，狀如偃月，號偃月營。范雲《擬古》：寒沙四面平。【按】顧嗣立注引與詩意無涉。此即李益《夜上受降城聞笛》『回樂烽前沙似雪，受降城外月如霜』之意。

〔六〕【咸注】《風俗通》：笛元羌出，又有羌笛。然羌笛與笛二器不同，長於古笛，有三孔，大小異，故謂之雙笛。杜甫《秦州雜詩》：東征健兒盡，羌笛暮吹哀。【補注】玉管，此指羌笛。長二尺四寸，三孔或四孔。因産於羌中，故名。

〔七〕【立注】《樂府雜録》：胡旋舞，居一小圜毬子上舞，縱横騰擲，兩足終不離毬上，其妙如此。【補注】踏錦花，脚踏錦繡地毯起舞。地毯上有繡花圖案，故云。

〔八〕【咸注】鮑照、吴均樂府均有《梅花落》。程大昌《演繁露》：笛亦有《落梅》、《折柳》二曲，今其曲亡，不可考矣。【補注】因聽羌笛奏《梅花落》曲而聯想到故鄉江南，現已是梅落季節，自己却仍滯留塞北未歸。

【按】此江南遊客在塞北思家之作。前四句塞北荒寒景象，終年不見花草樹木，所見者唯風飄雪花、月照平沙而已。五六寫羌兒奏笛，胡姬起舞，充滿異域情調。七八點明抒情主體，謂江南遊客值此故鄉梅落季節猶未歸家。『江南客』當是詩人自指。庭筠開成年間已居鄠杜，其赴邊塞當在此前。

邯鄲郭公詞〔一〕

金笳悲故曲〔二〕，玉座積深塵〔三〕。言是邯鄲伎〔四〕，不見鄴城人〔五〕。青苔竟埋骨〔六〕，紅粉自傷神〔七〕。

唯有漳河柳〔八〕，還向舊營春〔九〕。

〔一〕《樂府》卷八十七雜歌謡辭五載此首。題内『詞』字，《樂府》作『辭』；述鈔作『祠』，誤。《樂府詩集·邯鄲郭公歌》解題：『《樂府廣題》曰：「北齊後主高緯，雅好傀儡，謂之郭公，時人戲爲《郭公歌》。及將敗，果營邯鄲。高、郭聲相近。九十九，末數也。滕口，鄧林也。大兒，謂周帝，太祖子也。高岡，後主姓也。雉，雞類，武成小字也。後敗於鄧林，盡如歌言。蓋語妖也。」』《邯鄲郭公歌》曰：『邯鄲郭公九十九，枝兩漸盡入滕口。大兒緣高岡，雉子東南走。不信吾言時，當看歲在酉。』【立注】明高啓集樂府亦有《邯鄲郭公歌》一首。本集誤『詞』爲『祠』，原注（按：指曾注）漫引郭子儀圍鄴城以保東京，嗣後建祠祀之，荒唐已甚，今亟爲改正（按：顧嗣立改引《樂府廣題》，已見前）。案：《陳後山詩話》：楊大年《傀儡》詩云：『鮑老當筵笑郭郎，笑他舞袖太郎當。若教鮑老當筵舞，轉更郎當舞袖長。』郭郎即郭公也。【按】此詩雖沿用樂府古題，但所詠内容與古辭實毫無關涉。據《樂府廣題》『北齊後主高緯，雅好傀儡，謂之郭公，時人戲爲《郭公歌》』之語，《邯鄲郭公歌》實即『高緯歌』。温詩内容係抒寫對故君之懷念。詳後編著者按語。

〔二〕【曾注】《樂部》：笳似觱篥，無竅，以銅爲之。《琴集》：《大胡笳十八拍》《小胡笳十九拍》，并蔡琰作。

〔三〕【咸注】謝脁《銅雀臺》詩：玉座猶寂寞，况乃妾身輕。【補注】玉座，帝王的御座。玉座塵積，暗示故君逝世已久。

【補注】句意謂華美的胡笳吹奏出聲調悲涼的舊曲。故曲，指昔日君王喜聽的曲調。

〔四〕是，李本、毛本、席本作『念』。【補注】邯鄲伎，邯鄲的歌妓舞女。《文選·左思〈魏都賦〉》：『邯鄲躧步，趙之鳴瑟。』張銑注：『邯鄲，趙地，亦多美女，善行步，皆妙鼓瑟。』《詩·秦風·小戎》：『言念君子，温其如玉。』言念，想念。

〔五〕見，《樂府》作『易』，誤。【補注】鄴城人，指故君。十六國時，後趙、前秦，北朝東魏、北齊均都於鄴（今河北臨漳縣）。此指北齊後主高緯。

〔六〕【咸注】杜甫詩：古人白骨生青苔。【補注】埋骨青苔者指故君。

〔七〕【咸注】白居易《燕子樓》詩：見説白楊堪作柱，争教紅粉不成灰！【補注】紅粉，指邯鄲妓，亦即宫女或宫妓。

〔八〕漳，原作『淬』，舊本多同，據《樂府》、席本、《全詩》、顧本改。【補注】漳河，亦稱漳水。鄴城臨漳水。《水經》：漳水出上黨長子縣發鳩山，東過鄴縣西，又東北過阜城縣，與河會。

〔九〕【補注】舊營，指北齊後主所駐的舊營壘。春，指呈現春色。

【按】此想像北齊宫妓面對故君塵封之玉座時懷念故君的情景。藉以寄寓對高。『青苔』二句，一死一生，爲全詩主意。末二語感慨生悲。庭筠於南北朝諸亡國敗君，譏刺之情少而感慨憑弔之語多，此亦一例。

古意

莫莫復莫莫〔一〕，絲蘿緣澗壑〔二〕。散木無斧斤〔三〕，纖莖得依託〔四〕。枝低浴鳥歇〔五〕，根静懸泉落〔六〕。不慮見春遲，空傷致身錯〔七〕。

〔一〕【曾注】莫莫葛藟。【補注】《詩·周南·葛覃》：『葛之覃兮，施于中谷。維葉莫莫，是刈是濩。』朱熹集傳：『莫莫，茂密貌。』

〔二〕緣，原作『绿』，據述鈔、十卷本、姜本、《全詩》、顧本改。【曾注】《廣雅》：兔絲蔓連草上，女蘿自下蔓松上生枝，一名松蘿。【補注】《淮南子・説山訓》：『千年之松，下有茯苓，上有兔絲。』高誘注：『一名女蘿也。』《文選・江淹〈古離別〉詩》：『兔絲及水萍，所寄終不移。』李善注引《爾雅》：『女蘿，兔絲也。』《詩・小雅・頍弁》：『蔦與女蘿，施于松柏。』毛傳：『女蘿，兔絲，松蘿也。』此云『絲蘿』，或兼指兔絲與女蘿。女蘿多附生於松樹上，成絲狀下垂。視『緣澗壑』之語，則似指蔓延於澗壑之上者。即《廣雅》所謂『兔絲蔓連草上』者。

〔三〕【曾注】《莊子》：此散木也，不夭斧斤，物無害者。【補注】散木，指因無用而享天年之樹木。《莊子・人間世》：『匠石之齊，至於曲轅，見櫟社樹……曰：「已矣，勿言之矣！散木也。以爲舟則沉，以爲棺槨則速舊，以爲器則速毀，以爲門户則液樠，以为柱則蠹。是不材之木也，無所可用，故能若是之壽。」』句意謂不材之木故無斧斤施行砍伐。

〔四〕依，《全詩》、顧本校：一作『所』。【補注】纖莖，承上指『絲蘿』中之女蘿。

〔五〕【補注】《大戴禮記・夏小正》：『黑鳥浴。黑鳥者何也？烏也。浴也者，飛乍高乍下也。』孔廣森補注：『浴者，言鳥乘暄飛，上下若浴然。』

〔六〕【曾注】《列子》：懸流三十丈。【補注】枝低、根静，均承上指絲蘿。浴鳥歇、懸泉落，謂絲蘿因託身散木而受外界侵害。

〔七〕【補注】致身，託身。二句謂絲蘿不憂慮見春之遲，只悲傷自己託身之誤。

【按】『不慮見春遲，空傷致身錯』，一篇主旨。詩蓋以『絲蘿』自比，謂己依託『散木』，雖免斧斤之伐，然彼

本爲不材之木，己之託身於彼，又豈能免外界之侵害。『見春遲』，喻出仕之遲；『致身錯』，喻依託非人。似有悔己未選好依託對象之意。《莊子》『散木』之喻，本意爲不材者可全身遠害，此則謂依託不材者實爲『絲蘿』致身之大錯也。似爲從莊恪太子游之事而發。

齊宮

白馬雜金飾〔一〕，言從雕輦迴〔二〕。粉香隨笑度，鬢態伴愁來〔三〕。遠水斜如剪〔四〕，青莎綠似裁〔五〕。所恨章華日，冉冉下層臺〔六〕。

〔一〕【咸注】曹植《白馬篇》：白馬飾金羈。

〔二〕【補注】雕輦，飾有浮雕、彩繪的帝王乘坐的車。從，跟隨、侍從。

〔三〕【補注】二句謂車中嬪妃的粉香隨笑語而飄度，鬢髮的姿態似伴愁而來。

〔四〕【咸注】杜甫《戲題畫山水圖歌》：焉得并州快剪刀，剪取吴松半江水？【補注】句意似是形容兩水交會。

〔五〕【曾注】《本草》：青莎，一名水香稜，一名雀頭香。《上林賦》注：徐廣云：薁莎可染紫。【補注】青莎，綠色的莎草，多年生草本植物，多生於潮濕地帶或河邊沙地。其地下塊莖稱香附子。綠似裁，狀其平整。

〔六〕【咸注】《左傳》：楚子成章華之臺。【補注】章華，楚離宮名，故址有多種説法。此泛指離宮中樓臺。題曰『齊宫』，而此云『章華』，顯非專指歷史上之楚章華臺。

【按】題曰『齊宫』，而所詠内容似爲侍從齊君出游之近侍少年晚間歸來之情景。一二白馬金飾，隨駕而回。三四聞見雕輦中嬪妃之粉香鬢影。五六歸途中所見春水緑蕪之美景。七八歸來時已是日暮時分，二句有遊樂惟日不足之憾。

春日〔一〕

柳暗杏花稀〔二〕，梅梁乳燕飛〔三〕。美人鸞鏡笑〔四〕，嘶馬雁門歸〔五〕。楚宫雲影薄〔六〕，臺城心賞違〔七〕。
從來千里恨，邊色滿戎衣〔八〕。

校注

〔一〕《才調》卷二、《英華》卷一五七天部七載此首。《才調》注謂此首亦齊梁體。《全詩》題下注：『一作齊梁體。』誤。別集此首重出，文字全同，當刪。

〔二〕暗，《英華》、《全詩》、顧本作『岸』。杏，《全詩》、顧本校：一作『百』。【補注】杏花凋謝稀疏時柳色已轉深暗，時令已值晚春。作『柳岸』者非，蓋因與下句『梅梁』對文而誤改。

〔三〕【曾注】《金陵志》：謝安造新宮，適有梅木浮至石頭城下，取爲梁，畫梅花於其上以表瑞。陰鏗詩：梁苑畫早梅。【補注】《太平御覽》卷九七〇引應劭《風俗通》：『夏禹廟中有梅梁，忽一春生枝葉。』唐徐浩《謁禹廟》：『梅梁今不壞，松杯古仍留。』後以『梅梁』泛指宮殿廟宇或華美房屋之大梁。按：詩有『楚宮』、『臺城』字，上句用典，下句借指。非詠宮禁。又，清錢泳《履園叢話·考索·梅梁》：『禹廟梅梁，爲詞林典故，由來久矣。余甚疑之，意以爲梅樹屈曲，豈能爲棟梁乎……偶閱《説文》「梅」字注曰：「楠也，莫杯切。」乃知此梁是楠木也。』可備一説。

〔四〕【補注】《太平御覽》卷九一六引范泰《鸞鳥詩》序：『昔罽賓王結罝峻祈之山，獲一鸞鳥，王甚愛之，欲其鳴而不致也。乃飾以金樊，饗以珍羞。對之逾戚。三年不鳴。夫人曰：「聞鳥見其類而後鳴，何不懸鏡以映之？」王從言。鸞覩影感契，慨焉悲鳴，哀響中宵，一奮而絶。』鸞鏡，此指妝鏡，鏡的背面雕刻有鸞鳥圖案。

〔五〕【曾注】《山海經》：雁門，雁出其間，在高柳西。【咸注】《漢·地理志》：雁門郡注：秦置，屬并州。【補注】雁門，郡名，今山西北部地區。山西代縣北有雁門山，唐於山頂置關。《山西通志》：『雁門山在代縣北三十五里，雙闕陡絶，雁欲過者必由此徑，故名。一名雁門塞。依山立關，謂之雁門關。』

〔六〕【補注】楚宮，指高唐宮。宋玉《高唐賦序》：『昔者楚襄王與宋玉游於雲夢之臺，望高唐之觀，其上獨有雲氣……王問玉曰：「此何氣也？」玉對曰：「所謂朝雲者也。」王曰：「何謂朝雲？」玉曰：「昔者先王嘗游高唐，怠而晝寢，夢見一婦人曰：妾巫山之女也，爲高唐之客。聞君游高唐，願薦枕席，王因幸之。去而辭曰：妾在巫山之陽，高丘之岨，旦爲朝雲，暮爲行雨，朝朝暮暮，陽臺之下。」』雲影薄，謂歡會夢稀。

〔七〕臺城，見卷一《雞鳴埭曲》注〔一八〕。【曾注】鮑照《白頭吟》：心賞猶難恃，貌恭豈易憑。【補注】心賞，心所賞愛之人，指心愛女子。臺城，借指金陵。

〔八〕戎，《全詩》、顧本校：一作『戍』。

【按】末二句點醒全篇主意，説明此詩係遠戍千里之外的征人對江南故鄉的懷念。前三句均江南春日景物，係征人之遥想。第四句『嘶馬雁門歸』落到身居北方邊塞雁門的征人自身。五六二句借用典暗示與所愛者遠隔，並歡會之夢亦稀。七八回到現境，以『千里恨』作結。

詠春幡〔一〕

閑庭見早梅，花影爲誰裁〔二〕？碧煙隨刃落，蟬鬢覺春來〔三〕。代郡嘶金勒〔四〕，梵聲悲鏡臺〔五〕。玉釵風不定，香步獨徘徊〔六〕。

〔一〕底本別集此首重出，文字稍有不同，見第五六二句校語。別集此首删去。【立注】《後漢·志》：立春之

日，夜漏未盡五刻，京都百官皆衣青衣，立青幡，施土牛耕人於門外。又：立春青旛。今世翦綵錯緝爲旛勝，雖朝廷亦縷金銀繒綃爲之，戴於首，士庶俱翦綵爲小旛，散於首飾花枝，皆曰春旛。或翦爲春蝶、春錢、春勝、花鳥人物之巧以相遺。【補注】春幡，春旗。舊俗於立春日，或掛春幡於樹梢，或剪繒絹成小幡，連綴簪之於首，以示迎春之意。牛嶠《菩薩蠻》詞之三：『玉釵風動春旛急，交枝紅杏籠煙泣。』此詩所寫春幡，既有懸掛於樹梢者，亦有簪之於婦女首飾上者。幡、旛通。

〔二〕裁，《全詩》作『栽』。【補注】二句謂閑静之庭院中忽見早梅，花影摇曳不知爲誰所裁剪而成。『裁』字見此『早梅』係人工剪就，綴於枝頭者。

〔三〕【咸注】宋之問詩：今年春色早，應爲剪刀催。《古今注》：莫瓊樹始製爲蟬鬢，挈之縹緲如蟬翼，故號曰蟬鬢。【補注】碧煙，指縹緲如煙之緑色繒絹。『煙』狀其細薄透明。隨刃落，隨剪刀的刀刃而落。指剪綵成旛。『刃』字應上『裁』字。春幡戴於女子頭鬢上，故云『蟬鬢覺春來』。

〔四〕代，李本、十卷本、姜本、毛本作『戊』，誤。按：别集重出此首亦作『代』。【曾注】《説文》：勒，馬頭絡銜也。有銜曰勒，無銜曰羈。何遜《輕薄篇》：白馬黄金勒。【補注】代郡，秦、漢郡名，治所在今河北蔚縣西南，唐代爲蔚州。唐時亦有代州，即雁門郡。此句『代郡』當指後者，與上一首《春日》『嘶馬雁門歸』句可互參。金勒，代指馬。

〔五〕『梵』字原为闕文，據李本、十卷本、姜本、毛本、《全詩》、顧本補。梵聲，别集同題、述鈔作『河陽』。【曾注】梁武帝詩：周流揚梵聲。《壇經》：身是菩提樹，心如明鏡臺。《世説》：温嶠姑囑嶠覓婚，嶠密有自婚意。少日嶠報姑云：『已覓得婚處，壻身名宦盡不減嶠。』因下玉鏡臺一枚。玉鏡臺是嶠爲劉越石長史北征劉聰所得。【補注】梵聲，佛教僧侣誦經之聲。句似謂閨中女子誦佛經以銷日，對鏡臺而增悲。

〔六〕【補注】庭筠《菩薩蠻》詞：『雙鬢隔香紅，玉釵頭上風。』此二句謂女子頭綴春幡，行步時釵動幡亦隨之飄拂，似有風然。

【按】此寫立春日剪綵爲梅花綴於枝頭，女子亦頭戴春幡，行步時釵動幡飄的情景。五六句點明主旨，蓋寫閨婦思遠戍代郡之丈夫。

陳宮詞〔一〕

雞鳴人草草〔二〕，香輦出宮花〔三〕。妓語細腰轉〔四〕，馬嘶金面斜〔五〕。早鶯隨綵仗〔六〕，驚雉避凝笳〔七〕。淅瀝湘風外〔八〕，紅輪映曙霞〔九〕。

〔一〕《才調》卷二載此首。

〔二〕【曾注】《詩》：勞人草草。【補注】雞鳴，暗用齊武帝早起率宮人游幸事，詳卷一《雞鳴埭曲》注〔一〕。此借指陳後主出游。草草，匆忙倉促貌。

〔三〕【補注】香輦，帝王后妃所乘之車。出宮花，指從宮中出發。

〔四〕【咸注】《後漢・馬廖傳》：楚王好細腰，宮中多餓死。【補注】妓，指隨行的宮妓。

〔五〕【補注】金面，指飾金之馬轡頭。餘見卷一《湖陰詞》「鐵驄金面青連錢」句注。

〔六〕【補注】綵仗，綵飾之儀仗，指儀衛人員所持之綵旗、傘、扇等。

〔七〕凝，《全詩》、顧本校：一作「鳴」。【補注】凝笳，徐緩幽咽的笳聲。《文選・謝朓〈鼓吹曲〉》：「凝笳翼高蓋，疊鼓送華輈。」李善注：「徐引聲謂之凝。」

〔八〕【立注】酈道元《水經注》引《山海經》云：洞庭之山，帝之二女居焉。沅、澧之風，交湘之浦，出入多飄風暴雨。湖中有君山，湘君之所游處。昔秦始皇遭風於此，問其故，博士曰：「湘君出入，則多風。」秦皇乃赭其山。【補注】淅瀝，風聲。湘風，疑用《楚辭・九歌・湘夫人》「帝子降兮北渚，目渺渺兮愁予。嫋嫋兮秋風，洞庭波兮木葉下」之語，以借指帝王后妃出游時所吹來的風。

〔九〕【曾注】沈約詩：紅輪映早寒。【立注】李商隱詩「紅輪結綺寮」，朱鶴齡注云：紅輪不知是何物。楊用修云：想是婦女所執如暖扇之類。又唐太宗《白日半西山》詩云：「紅輪不暫駐。」此則謂紅日也。【補注】曰「紅輪映曙霞」，此「紅輪」定指一輪紅日。此即《雞鳴埭曲》「碧樹一聲天下曉」之意。

【按】此詩寫陳宮逸游。雞鳴即匆匆出宮，妓語馬嘶，綵仗凝笳，一派熱鬧景象。早鶯之隨，驚雉之避，則見儀仗之華美，儀衛之威嚴。末二句應轉首句「雞鳴」，謂淅瀝風聲起處，一輪紅日正映朝霞，天色尚早也，與齊武帝游幸至湖北埭雞始鳴同爲躭逸游之典型表現。

春日野行〔一〕

騎馬踏煙莎〔二〕，青春奈怨何〔三〕。蝶翎朝粉盡〔四〕，鴉背夕陽多。柳豔欺芳帶〔五〕，山愁縈翠蛾〔六〕。別情無處説，方寸是星河〔七〕。

〔一〕《才調》卷二載此首。題内「野」字，十卷本、姜本作「曉」，非。詩有「夕陽」字，必非「曉行」所見。

〔二〕【補注】煙莎，碧莎如煙的草地。莎，見本卷《齊宫》「青莎緑似裁」句注。

〔三〕【補注】青春，兼指春天與青春年華。

〔四〕朝，原一作「胡」（按：《雪浪齋日記》引此詩作「胡」）。【曾注】梁簡文帝詩：花留蛺蝶粉。【咸注】《博物志》：燒鉛成胡粉。【補注】翎，指蝶翅。時已向晚，早晨蝴蝶翅上的蝶粉已漸次褪盡，故云「朝粉盡」。「盡」字，《詩話總龜後集》二八、《苕溪漁隱叢話前集》二三引《雪浪齋日記》作「重」。

〔五〕【曾注】李賀詩：官街柳帶不堪結。【補注】欺，壓倒、勝過。句意謂鮮豔的柳絲勝過華美的香帶。

〔六〕蛾，李本作「娥」，誤。【補注】《西京雜記》卷二：「文君姣好，眉色如望遠山，臉際常若芙蓉，肌膚柔滑如脂。」餘見卷二《晚歸曲》「黛蛾」注。此句謂遠山如美人翠眉縈繞，含愁脈脈。

〔七〕【咸注】《列子》：方寸之地虚矣。【補注】方寸，指心。星河，銀河。二句謂別情無處訴説，人心相隔，邈若星河。

【《雪浪齋日記》曰】温庭筠小詩尤工，如『牆高蝶過遲』，又『蝶翎胡粉重，鴉背夕陽多』，又《過蘇武廟》詩云：『歸日樓臺非甲帳，去時冠劍是丁年。』（胡仔《苕溪漁隱叢話前集》卷二十三引）

【陸時雍曰】末語巧思。（《唐詩鏡》卷五十一）

【黄周星《唐詩快》曰】（鴉背句下）黯然。（末句下）奇峭語，從無人道。

【屈復曰】一破題，二情。中四景，七八情。二，全篇主意，中四皆承二寫，而盡、多、欺、愁字既承上『怨』字，又起下『别情』。『方寸』，又遥應『怨』字。『無處説』應首句。（《唐詩成法》）

【按】春日野行，目睹春色而興怨别之情。所見景物，均呈現晚暮、愁悵色彩，而已之『怨』情即寓其中。末二句逼進一層，謂不僅怨别，且别情亦無處可以訴説，蓋人心之隔邈若星河也，極言其孤獨感。『鴉背夕陽多』固爲觀察細致之寫景名句，尾聯亦體驗深刻、造語新穎之抒情語。抒情主體應爲怨别之女子。

詠嚬〔一〕

毛羽斂愁翠〔二〕，黛嬌攢豔春〔三〕。恨容偏落淚〔四〕，低態定思人。枕上夢隨月，扇邊歌繞塵〔五〕。玉鉤鸞不住，波淺石磷磷〔六〕。

〔一〕《才調》卷二載此首，題注謂此亦齊梁體。【補注】嚬，同「顰」，皺眉。

〔二〕毛羽，《全詩》、顧本校：一作「羽薄」。【曾注】《古今注》：梁冀改驚翠眉爲愁眉。【咸注】《登徒子好色賦》：眉如翠羽。陸機《豔歌行》：蛾眉象翠翰。【補注】句意謂翠眉愁蹙，如翠鳥羽毛之緊斂。

〔三〕【補注】句意謂豔若春花之顏容因黛眉緊攢而更添嬌美。

〔四〕【咸注】《世説》：吴道助兄弟遭母艱，號踊哀絶，路人爲之落淚。

〔五〕【曾注】劉向《别録》：有人歌賦楚、漢興以來善雅歌者，魯人虞公發聲清哀，遠動梁塵。【咸注】劉孝綽《和詠歌人偏得日照》詩：屢將歌罷扇，回拂影中塵。【補注】《列子·湯問》：「昔韓娥東之齊，匱糧，過東門，鬻歌假食。既去，而餘音繞欐，三日不絶。」扇，指歌女所執之歌扇。

〔六〕石磷磷，《全詩》、顧本校：一作「白粼粼」。【補注】玉鉤，玉製之掛鉤，用以懸掛衣物或珠簾。此似喻女子之彎眉。波，指眼波。

【按】此詠女子愁眉緊皺之情態。一狀其形，二狀其態，點出「愁」「嬌」二字。三四由顰眉而聯及其「恨容」、

『低態』，點醒其『落淚』、『思人』的内心活動。五六謂此顰眉女子枕上夢虚，歌聲繞梁。七八似狀其彎眉如玉鉤，眼波如秋水，而所思不在（鸞不住），故不免嚬眉思人。

中書令裴公挽歌詞二首〔一〕

王儉風華首〔二〕，蕭何社稷臣〔三〕。丹陽布衣客〔四〕，蓮渚白頭人〔五〕。銘勒燕山暮〔六〕，碑沉漢水春〔七〕。從今虚醉飽〔八〕，無復污車茵〔九〕。

箭下妖星落〔一〇〕，風前殺氣迴〔一一〕。國香荀令去〔一二〕，樓月庾公來〔一三〕。玉璽終無慮〔一四〕，金縢竟不開〔一五〕。空嗟薦賢路，芳草滿燕臺〔一六〕。

〔一〕『二首』二字，李本、十卷本、姜本、毛本爲小字置行側。第二首之前一行有『又』字。【咸注】《舊唐書》：裴度字中立，河東聞喜人。貞元五年進士擢第，累官門下侍郎、同中書門下平章事。出爲蔡州刺史、充彰義軍節度使。吴元濟平，賜爵上柱國，封晉國公，食邑三千户，進位中書令。薨時年七十五。【補注】據《新唐書·裴度傳》，大和八年，『徙東都留守，俄加中書令』。『（開成）三年，以病丐還東都，真拜中書令』，『（四年）上巳，宴羣臣曲江，度不赴，帝賜詩……别詔曰：「方春慎疾爲難，勉醫藥自持……」使者及門而度薨，年七十六。』又據

《新唐書・宰相表》《舊唐書・文宗紀》，裴度卒於開成四年三月丙戌。此二首挽歌詞當作於其後。度之享年應從《舊唐書》作七十五。

〔二〕【曾注】《南史》：王儉字仲寶，官僕射，嘗謂人曰：「江南風流宰相，唯有謝安。」蓋自況也。【補注】風華，風采才華。《南史・謝晦傳》：「時謝混風華爲江左第一。嘗與晦俱在武帝前，帝目之曰：『一時頓有兩玉人耳。』」風華首，語本此。據《南齊書》及《南史・王儉傳》，儉幼篤學，手不釋卷，曾依劉歆《七略》撰《七志》四十卷，又撰《元徽四部書目》，著録書籍二千二十帙，一萬五千七十四卷。年二十八即爲尚書左僕射，領吏部。弱年留意「三禮」，尤善《春秋》，發言吐論，必據儒學。手筆典裁，爲時所重。爲南齊駢文家，亦能詩。宋、齊之際易代文告，多出儉手。故以「風華首」稱之。此以借指裴度。度亦能文。晚年與白居易、劉禹錫宴游，以詩酒琴書自樂，當時名士，多從之游，係文宗大和年間洛陽著名舊臣文士集團之首領人物。

〔三〕【咸注】班固《漢書》贊：蕭何、曹參，位冠羣后，聲施後世，爲一代之宗臣。陸機《漢高祖功臣頌序》：右三十一人，與定天下安社稷者也。【補注】《史記・袁盎傳》：「袁盎曰：『絳侯所謂功臣，非社稷臣。社稷臣主在與在，主亡與亡。』」又《蕭相國世家》：「高祖以蕭何功最盛，封爲酇侯，所食邑多……曰：『夫獵，追殺獸兔者狗也，而發蹤指示獸處者人也。今諸君徒能得走獸耳，功狗也；至如蕭何，發蹤指示，功人也……』……於是乃令蕭何第一。」社稷臣，即關係國家社稷存亡之重臣。此借指裴度。《新唐書・裴度傳》：「度退然纔中人，而神觀邁爽，操守堅正，善占對。既有功，名震四夷。使外國者，其君長必問度年今幾，狀貌孰似，天子用否。其威譽德業比郭汾陽，而用不用常爲天下重輕。事四朝，以全德始終。及殁，天下莫不思其風烈。」此即所謂「社稷臣」。李商隱《韓碑》：「帝曰汝度功第一。」亦以蕭何擬之。

〔四〕【曾注】《姓譜》：陶弘景爲丹陽派，常自稱丹陽布衣。【補注】《南史・陶弘景傳》：「陶弘景字通明，丹陽秣陵人也……齊高帝作相，引爲諸王侍讀……永明十年，脱朝服挂神武門，上表辭禄……於是止於句容之句曲山……中山立館，自號華陽陶隱居……梁武帝既早與之游，及即位後，恩禮愈篤，書問不絶，冠蓋相望……國家每有吉凶征討大事，無不前以諮詢……時人謂爲山中宰相。』此以『丹陽布衣』借指裴度晚年引疾辭機務事。《新唐書·裴度傳》：『大和四年，數引疾不任機重，願上政事……自見功高位極，不能無慮，稍詭跡避禍……時閹豎擅威，天子擁虚器，搢紳道喪，度不復有經濟意，乃治第東都集賢里……午橋作别墅，具燠館涼臺，號緑野堂……野服蕭散，與白居易、劉禹錫爲文章、把酒，窮晝夜相歡，不問人間事。而帝知度年雖及，神明不衰，每大臣自洛來，必問度安否。』其事類似陶弘景之掛冠居句曲山而號山中宰相，故以『丹陽布衣客』擬之。

〔五〕【曾注】《世説》：王儉高自標位，時人呼儉府爲入芙蓉池。古樂府：安得同心人，白頭不相離。【補注】《南史·庾杲之傳》：『（王儉）用杲之爲衛將軍長史。安陸侯蕭緬與儉書曰：「盛府元僚，實難其選。庾景行汎渌水、依芙蓉，何其麗也！」時人以入儉府爲蓮花池，故緬書美之。』蓮渚白頭人，借指裴度晚年仍任節度使開府。度開成二年復以本官節度河東，時年已七十三，故云。

〔六〕【曾注】《後漢書》：竇憲破匈奴，登燕然山刻石紀功，令班固作銘。【補注】此借指裴度平叛破敵，功勳卓著。如元和十二年，裴度拜門下侍郎、平章事、彰義軍節度、淮西宣慰招討處置使，親往淮西前綫督戰，平淮西叛，擒吴元濟，封晉國公。憲宗命韓愈撰《平淮西碑》，即類似竇憲勒銘事。元和十三年，又建謀平淄青叛鎮李師道，十四年二月，淄青平。

〔七〕【咸注】《晉書》：杜預好爲後世名，刻石爲二碑，紀其勳績，一沉萬山之下，一立峴山之上，曰：『焉知此後不爲陵谷乎？』【補注】萬山、峴山均在襄陽，臨漢水，故曰『碑沉漢水春』。此只取裴度之功烈必當流芳千古之意，不取其好後世名。

〔八〕【曾注】《詩》：既醉以酒，既飽以德。

〔九〕【曾注】《漢書》：丙吉馭吏嗜酒，醉嘔丞相車上。西曹吏欲斥之，吉曰：『以醉飽之失去士，使此人將何所容？不過汙丞相車茵耳。』【補注】車茵，車上的墊褥。二句謂從今之後已雖空自醉飽，却再也得不到裴公的厚待與愛護了。夏承燾《温飛卿繫年》據此二句，謂庭筠『似曾從度游』，甚是。此句用典類似李商隱《過故府中武威公交城舊莊感事》『芳草如茵憶吐時』，商隱借此懷念已故府主盧弘止之知遇，温詩用此典抒懷恩知遇之感，正復相似。

〔一〇〕【立注】本傳：（元和十二年）度（八月）二十七日至郾城，巡撫諸軍，宣達上旨，士皆賈勇，出戰皆捷。十月十一日，唐鄧節度使李愬襲破懸瓠城，擒吴元濟。【補注】《通鑑·憲宗元和十二年》：『諸軍討淮、蔡，四年不克……李逢吉等競言師老財竭，意欲罷兵。裴度……對曰：「臣請自往督戰。」……先是，諸道皆有中使監陳，進退不由諸將，勝則先使獻捷，不利則陵挫百端，度悉奏去之，諸將始得專軍事，戰多有功……（十月）甲戌，愬以檻車送元濟詣京師，且告于裴度。是日，申、光二州及諸鎮兵二萬餘人相繼來降。』《新唐書·裴度傳》：『李師道怙強，度密勸帝誅之。乃詔宣武、義成、武寧、横海四節度會田弘正致討……弘正奉詔，師道果擒。』妖星，指叛鎮吴元濟、李師道。

〔一一〕殺，底本闕文，據李本、十卷本、姜本、毛本、《全詩》、顧本補。【補注】殺氣，殺伐之氣。杜甫《北風》：『十年殺氣盛，六合人煙稀。』廻，轉變。

〔一二〕【曾注】《世説》：荀令君至人家，坐處嘗三日香。【補注】荀彧字文若，東漢潁川人，少有才名，何顒稱其爲『王佐才』。初依袁紹，後從曹操，操比之爲張良。操迎漢獻帝徙都許昌，以彧爲侍中，守尚書令。常參與軍國大事。操之功業，多出彧謀。事詳《後漢書》《三國志》本傳。《太平御覽》卷七〇三引習鑿齒《襄陽記》：『荀令君至人家，坐處三日香。』此言『國香』，謂其香甲於一國。此以荀彧之功業擬裴度，謂其今已去世。

〔一三〕庾，李本、十卷本、姜本、毛本作『定』，非。【咸注】《庾亮傳》：亮在武昌，諸佐吏殷浩等乘秋夜共登南樓，俄而亮至，諸人將起避。亮曰：『諸君少住，老子於此興復不淺。』【補注】據《晉書·庾亮傳》，亮歷仕東晉元帝、明帝、成帝三朝。成帝初，爲中書令，掌朝政。此以庾亮之功業及雅致比裴度。

〔一四〕【曾注】蔡邕《獨斷》：皇帝六璽，皆以玉螭虎紐。【立注】《通鑑》：度復知政事，左右忽白失中書印，度飲酒自如。頃復白已得之，人問其故，曰：『急之則投之水火，緩之則復還故處。』人服其識量。【按】玉璽終無慮，謂唐之政權，賴裴度爲相，終於無憂，與失中書印復還事無涉。此即本傳所謂『其威譽德業比郭汾陽，而用不用常爲天下重輕。事四朝，以全德始終』之意。

〔一一五〕【立注】《尚書》疏：武王有疾，周公作策書告神，請代武王死，事畢，納書於金縢之匱，遂作《金縢》。及爲流言所謗，成王悟而開之。本傳：開成二年，復以本官節度河東，度固辭老疾。帝遣吏部郎中盧弘宣旨（諭意）曰：『爲朕卧鎮北門可也。』度不獲已，之任。三年，病甚，乞還東都，詔許還京，拜中書令。上巳曲江賜宴，羣臣賦詩，度不能赴，文宗遣中使賜御札并詩曰：『注令待元老，識君恨不早。我家柱石衰，憂來學丘禱。』御札及門，而度已薨。【補注】《書·金縢》：『既克商二年，王有疾，弗豫……（周）公……乃告於大王、王季、文王，史乃册祝曰：「惟爾元孫某，遘厲虐疾，若爾三王，是有丕子之責于天，以旦代某之身……」公歸，乃納册于金縢之匱中。王翼日乃瘳。武王既喪，管叔及其羣弟乃流言于國，曰：公將不利于孺子（按：指周成王）……周公居東二年，則罪人斯得……秋大熟，未穫，天大雷電以風，禾盡偃，大木斯拔，邦人大恐。王與大夫盡弁，以啓金縢之書，乃得周公所自以爲功代武王之説。』金縢開，則周公忠于武王、成王之心大白，而此云『金縢竟不開』，則周公之忠心終不見白，而未得成王之信任重用。故此句當是統指裴度雖爲唐廷立大功，却未能始終如一地得到信任重用，數度起用爲相，又數度罷相之事。《新唐書·裴度傳》：『程异、皇甫鎛以言財賦幸，俄得宰相，度三上書極論不可，帝不納。自上印，又不聽。纖人始得乘罅……而卒爲异、鎛所構，以檢校尚書左僕射兼門下侍郎爲河東節度使。穆宗即位，進檢校司空……時元稹顯結宦官魏弘簡求執政，憚度復當國，因經制軍事，數居中持梗，不使有功。度恐亂作，即上書痛暴稹過惡，帝不得已，罷弘簡、稹近職。俄擢稹宰相，以度守司空、平章事、東都留守……徐州王智興逐崔羣，諸軍盤亘河北，進退未一。議者交口請相度，乃以本官兼中書侍郎、平章事……居位再閏月，果爲逢吉所間，罷爲左僕射……度自見功高位極，不能無慮，稍詭迹避禍。於是牛僧孺、李宗閔同輔政，媢度勳業久居上，欲有所逞，乃共訾其跡損短之，因度辭位，即白帝進兼侍中，出爲山南西道節度使。』是度續爲程异、皇甫鎛、元稹、李逢吉、牛僧孺、李宗閔所構忌，先後四次罷相，説明幾朝皇帝對裴度并未始終信任，故曰『金縢竟不開』。

〔一六〕【咸注】《寰宇記》：燕昭王金臺在易州易縣東南三十里。【補注】裴度在位時，曾薦李德裕爲相。《新唐書·李德裕傳》：「大和三年，召拜兵部侍郎。裴度薦材堪宰相。而李宗閔以中人助，先秉政，且得君，出德裕爲鄭滑節度使，引僧孺協力，罷度政事。」然此處非泛稱裴度之能薦賢，而係與第一首尾聯相應，落到自身。謂往昔曾受度恩遇，今度已逝，薦賢之路已斷，『黄金臺』已爲萋萋芳草所掩矣。

【按】此非一般虚應故事之挽歌詞，亦非僅對位顯功高重臣之贊頌與哀挽，而係身受裴度恩遇，對度之汲引寄予厚望之文士發自内心的贊頌與哀挽。二首對度之功業固極頌揚，稱之爲『社稷臣』，明其以一身繫朝廷之安危，且對其功高而未能始終受君主信任重用深有感慨。二首尾聯均聯繫到自身，透露出裴度在世時曾對其有知遇，故於度之逝世，不能無薦賢路絶之慨。庭筠之從度游，具體時間及詳情今不能考，視首章尾聯，似曾爲度之門下客。

唐莊恪太子挽歌詞二首〔一〕

疊鼓辭宫殿〔二〕，悲笳降杳冥〔三〕。影離雲外日〔四〕，光滅火前星〔五〕。鄴客瞻秦苑〔六〕，商公下漢庭〔七〕。依依陵樹色〔八〕，空繞古原青〔九〕。

東府虛容衛〔一〇〕，西園寄夢思〔一一〕。鳳懸吹曲夜〔一二〕，雞斷問安時〔一三〕。塵陌都人恨〔一四〕，霜郊賵馬悲〔一五〕。唯餘埋璧地〔一六〕，煙草近丹墀〔一七〕。

〔一〕顧本題首無「唐」字，毛本題末無「二首」二字，李本、十卷本、姜本「二首」二字爲小字置行側，席本同。【曾注】《舊唐書》：莊恪太子永，文宗長子也，母曰王德妃。大和四年封魯王。六年詔册爲皇太子。開成三年，上以皇太子宴遊敗度，將議廢黜，御史中丞狄兼謩雪涕以諫，上意稍解。十月，皇太子薨於少陽院，謚曰莊恪。十二月葬於驪山之北原。【補注】《舊唐書·文宗二子傳》：「莊恪太子永，文宗長子也。母曰王德妃。大和四年正月封魯王。六年，上以王年幼，思得賢傅輔導之……因以户部侍郎庾敬休守本官兼魯王傅，太常卿鄭肅守本官兼魯王府長史，户部郎中李踐方守本官兼王府司馬。其年十月降詔爲太子。上自即位，承敬宗盤游荒怠之後，恭謹惕慎，以安天下。以晉王謹愿，且欲建爲儲貳。未幾，晉王薨，上哀悼甚，不爲言東宮事久之。今有是命，中外欽悦。後以王起、陳夷行爲侍讀。開成三年，上以皇太子宴游敗度，不可教導，將議廢黜，特開延英召宰相及兩省、御史臺五品已上，南班四品已上官對。宰臣及衆官以爲儲后年少，可俟改過，國本至重，願寬宥。御史中丞狄兼謩雪涕以諫，詞理懇切。翌日，翰林學士洎神策軍六軍軍使十六人又進表諫論，上意稍解。其日一更，太子歸少陽院……其年薨……初，上以太子稍長，不循法度，昵近小人，欲加廢黜，迫於公卿之請，乃止。太子終不悛改，至是暴薨。時傳云：太子，德妃之出也，晚年寵衰。賢妃楊氏恩渥方深，懼太子他日不利于己，故日加誣譖，太子終不能自辨明也。太子既薨，上意追悔。四年，因會寧殿宴，小兒緣橦，有一夫在下，憂其墮地，有若狂者。上問之，乃其父也。上因感泣，謂左右曰：「朕富有天下，不能全一子！」遂召樂官劉楚材、宫人張十十等責之曰：「陷吾太子者，皆爾曹也。今已有太子（按：開成四年十月，文宗立敬宗第六子陳王成美爲太子），更欲踵前邪！」立命殺之。」此二首有『依依陵樹色』、『霜郊賵馬悲』之句，當於開成三年十二月莊恪太子葬驪山北原之後作。

〔二〕【曾注】謝朓詩：疊鼓送華輈。李善云：小擊鼓謂之疊。【咸注】《漢書》：孝成帝，元帝太子也。初居桂宮。《漢武故事》：武帝生猗蘭殿，七歲爲皇太子。【補注】此句寫莊恪太子出殯，於疊鼓聲中靈車辭別宮殿。

〔三〕【立注】《舊唐書》本傳：敕兵部尚書王起撰哀册文曰：『玉琯歲窮，金壺漏盡。祖奠告徹，哀笳將引。』【補注】杳冥，天空。哀笳響起，靈車啓行，故云『悲笳降杳冥』。

〔四〕【曾注】温子昇《皇太子赦詔》：彩雲映日，神光照殿。【補注】《易·離》：『六二，黄離，元吉。』黄離，日旁之雲彩，因其受日光照射，色多赤黄，故稱。古多以黄離喻太子。劉禹錫《蘇州賀册皇太子箋》：『伏惟皇太子殿下，允膺上嗣，光啓東朝，蒼震發前星之輝，黄離表重輪之瑞。位居守器，禮重承祧。』此言『影離雲外日』，正所以喻皇太子失去皇帝的照耀庇護，猶黄離之離日。

〔五〕【曾注】劉孝威《和太子詩》：前星涵瑞彩。《荆州星占》：少微星，一名處士星，儲君副主之宫。【補注】《漢書·五行志下之下》：『心，大星，天王也。其前星，太子；後星，庶子也。』心，心宿，二十八宿之一，有星三顆，其主星亦稱大火、商星、鶉火。火前星、前星均指太子。李商隱《爲濮陽公奉慰皇太子（按：即莊恪太子）薨表》：『奄謝東宫……前星失色，少海驚波。』前星失色，即『光滅火前星』，指太子去世。

〔六〕【立注】謝靈運有《擬魏太子鄴中集》詩。《典略》：徐幹、劉楨、應瑒、阮瑀、陳琳、王粲、吴質並見友於太子。吴質《在元城與魏太子牋》：張敞在外，自謂無奇。陳咸憤積，思入京城。【補注】鄴客，指在鄴都從魏太子游之賓客。曹丕《典論·論文》：『今之文人，魯國孔融文舉、廣陵陳琳孔璋、山陽王粲仲宣、北海徐幹偉長、陳留阮瑀元瑜、汝南應瑒德璉、東平劉楨公幹，斯七子者，於學無所遺，於辭無所假。』即後世所稱建安七子。其中孔融年輩較長，故謝靈運《擬魏太子鄴中集詩八首》中除魏太子及平原侯植兄弟二人外，僅王、陳、徐、劉、應、阮六人而無孔融。所謂『鄴客』，當指此六人。此處借指從太子永游之賓客，當包括庭筠自己在内。秦苑，秦地的宫苑，指博望苑。《漢書·戾太子劉據傳》：『及冠就宫，上爲立博望苑，使通賓客。』顔師古注：『取其廣博觀望也。』《三輔黄圖·苑囿》：『博望苑，武帝立子據爲太子，爲太子開博望苑以通賓客……博望苑在長安城南杜門外五里有遺址。』《長安志·唐京城》：『北門有戾園，園東南，有漢博望苑。』此處本應用『漢苑』，因第四字宜平而改『秦苑』（指秦地宫苑），且下句已有『漢庭』字，亦當避複。如解『秦苑』爲秦代宫苑，則與太子事了不相涉。戾太子劉據爲江充所誣，因舉兵誅江充，兵敗自殺。死後武帝亦曾憐太子無辜，乃作思子宫，爲歸來望思之臺于湖城。事與太子永死後文宗追悔有相似處，故借以爲比。此句謂舊日的賓客瞻望太子永接待賓客的宫苑。

〔七〕【曾注】《史記·留侯傳（當作世家）》：上欲易太子，及燕置酒，太子侍，四人從太子，須眉皓白，衣冠甚偉。上怪之，四人各言姓名曰：東園公、角里先生、綺里季、夏黄公。上乃大驚，竟不易太子。【補注】商公，即商山四皓。漢高祖欲廢太子，吕后用留侯張良計，迎四皓，輔太子，遂使高祖輟廢太子之議。此以『商公』指輔導太子永之庾敬休、鄭肅、李踐方等人。下漢庭，言其離開朝廷，如鄭肅於太子永死後不久即出爲河中節度使。

〔八〕【補注】依依，依稀隱約貌。陵樹，當指太子永陵墓上的樹木。

〔九〕古，《全詩》、顧本校：一作『九』。【補注】古原，指太子永所葬之驪山北原。

〔一〇〕【咸注】《丹陽記》：東府城地，晋簡文爲會稽王時第也。東則丞相會稽王道子府，道子領揚州，故俗稱東府。（自卷七移此）【曾注】隋煬帝詩：朱庭容衛肅。【按】此以『東府』借指東宫太子府。容衛，儀仗、侍衛。太子已逝，空有儀衛，故云『虚』。

〔一一〕【咸注】魏文帝《芙蓉池作》：逍遥步西園。【補注】西園，舊址在今河北臨漳縣鄴縣舊治北，傳爲曹操所建。曹植《公讌詩》：『清夜游西園，飛蓋相追隨。』王粲、劉楨、阮瑀、應瑒亦各有《公讌詩》傳世。顯爲鄴中諸子與曹丕、曹植兄弟同遊西園宴集之作，故後以『西園』作爲主賓相得同游之典。此處不但切主賓同游，且切從太子同游。據上首『鄴客』及此句，庭筠曾從莊恪太子游，爲其門下賓客。句意謂往昔陪奉太子游，今惟寄之夢思。

〔一二〕【曾注】《列仙傳》：王子晉者，周靈王太子，好吹笙作鳳鳴。【補注】鳳，指笙。應劭《風俗通·聲音·笙》：「《世本》：『隨作笙。』長四寸，十二簧，像鳳之身，正月之音也。」懸，掛。句謂鳳笙在吹曲之夜被空懸不用。暗示吹笙者太子已逝。傳王子晉於緱山頂駕鶴仙去。

〔一三〕【曾注】《禮記》：文王之爲世子，朝於王季，日三。雞初鳴而至於寢門之外，問内豎之御者曰：「今日安否何如？」内豎曰安，文王乃喜。及日中又至，亦如之。及暮又至，亦如之。【補注】》《通鑑·文宗開成二年》：「給事中韋温爲太子侍讀，晨詣東宫，日中乃得見。温諫曰：『太子當雞鳴而起，問安侍膳，不宜專事宴安。』」太子不能用其言，温乃辭侍讀。辛未，罷守本官。」可見太子永確有宴游敗度之行。然此句之意則謂：太子已逝，不能復行雞鳴問安之禮。

〔一四〕【曾注】《詩》：彼都人士。【補注】塵陌，猶「紫陌紅塵」，指京城道路。漢長安城中有九條大道，稱九陌。塵陌，紅塵飛揚之京城大道。恨，遺恨。

〔一五〕賵，述鈔、李本、姜本誤作「賵」。【曾注】陶潛《輓詩》：嚴霜九月中，送我至遠郊。《穀梁傳》：歸死曰賵，歸生曰賻。或曰車馬曰賵，貨財曰賻。《白虎通》：賻，助也；賵，赴也。所以助生送死也。【補注】賵馬，贈給喪家的送葬之馬。

〔一六〕璧，李本、十卷本、姜本、毛本作「壁」，誤。【咸注】《左傳》：楚恭王無冢適，有寵子五人，無適立焉。乃大有事於羣望而祈曰：「請神擇五人，主社稷。」乃徧以璧見於羣望曰：「當璧而拜者，神所立也。」與巴姬密埋璧於太室之庭，使五人拜，康王跨之，靈王肘加焉。子干、子皙皆遠之。平王弱，抱而入，再拜皆壓紐。【補注】埋璧地，指昔日定立太子之地。〔一七〕丹，《全詩》、顧本校：一作「前」。【補注】丹墀，宫殿的赤色臺階或赤色地面。

【按】從『鄴客瞻秦苑』、『西園寄夢思』二句，可以推斷温庭筠曾作爲門客從游於莊恪太子李永。牟懷川《温庭筠從游莊恪太子考論》謂：『「鳳懸」二句，正是「夢思」内容……今按「鳳懸」即「懸鳳」，也就是懸着（即持在手）鳳管以吹曲……在太子居處吹曲夜樂，這難道不正是「有絃即彈，有孔即吹」的温庭筠之所爲？反過來説，吹曲者只是才十歲左右的太子，而無座中的「鄴客」，倒是無法講通了……因此，這兩首挽歌，沉痛悲歎之外，隱隱透露了詩人與莊恪太子的特殊關係。這并不是一般的「都人恨」，而是一個從游文人因其事關己所發、由衷的兔死狐悲之詞。』（《唐代文學研究》第一輯）然『鳳懸』句明用王子晉吹笙作鳳鳴事，以『懸』字透露鳳笙空懸，吹笙者已逝的消息，與下句均用有關太子的典故，其非指庭筠自己吹曲甚明。從『鄴客』『西園』用典的出處看，庭筠作爲從游者，恐主要還是以文士的身份，而非吹拉彈唱的樂人身份。兩首挽詩所抒發的感情確實比較真摯、沉痛，但庭筠與太子永之間，是否還有更特殊的關係，單憑這兩首挽詩，尚難得出結論。

祕書劉尚書挽歌詞二首〔一〕

王筆活鸞鳳〔二〕，謝詩生芙蓉〔三〕。學筵開絳帳〔四〕，談柄發洪鐘〔五〕。粉署見飛鵬〔六〕，玉山猜卧龍〔七〕。遺風麗清韻〔八〕，蕭散九原松〔九〕。

麈尾近良玉〔一〇〕，鶴裘吹素絲〔一一〕。壞陵殷浩謫〔一二〕，春墅謝安棊〔一三〕。京口貴公子〔一四〕，襄陽諸女兒[一五]。折花兼踏月，多唱柳郎詞[一六]。

[一]『二首』二字，毛本無，李本、十卷本、姜本作小字置行側。【陶敏曰】劉尚書，劉禹錫。《舊唐書》本傳：『會昌二年七月卒，時年七十一。』《新唐書》本傳：『會昌時，加檢校禮部尚書。卒，時年七十一（二），贈戶部尚書。』《全文》卷六一〇劉禹錫《子劉子自傳》：『又改祕書監分司。一年，加檢校禮部尚書，兼太子賓客，行年七十有一……』（《全唐詩人名考證》八六五—八六六頁）。【按】兩《唐書》均未載禹錫改祕書監分司事。據《子劉子自傳》，其改祕書監分司在『改太子賓客，分司東都』之後，時間在開成四年。禹錫卒於會昌二年七月，白居易有《哭劉尚書夢得二首》。庭筠此二首挽詩，當作於會昌二年七月以後。

[二]【曾曰】未詳。【立注】張懷瓘《書録》：許圉師見太宗書，曰：『鳳翥鸞回，實古今書聖。』杜甫《贈汝陽王》詩：筆飛鸞聳立，章罷鳳鶱騰。又唐太宗《王羲之傳贊》：『煙霏霧結，狀若斷而還連；鳳翥龍蟠，勢如斜而反正。』今之『活鸞鳳』，或假借以狀其筆勢耳。【補注】劉禹錫擅長書法，曾從皇甫閱學書。書法作品有《萍鄉廣乘禪師碑》（《金石萃編》，拓本藏國家圖書館）、《寂然碑》（見《宋高僧傳》卷二十七《寂然傳》）等。此以王羲之善書法借指劉之善書。活鸞鳳，猶鸞翔鳳翥，狀其字體飄逸，筆勢飛動。或解：『王筆』指東晉王珣之爲大手筆。『筆』與下句『詩』對文，筆指文章。珣爲王導孫，能詩文，工行草。簡文帝爲撫軍大將軍，總理朝政，珣與殷仲堪等並以才學文章見知。《晉書·王珣傳》：『珣夢人以大筆如椽與之，既覺，語人云：「此當有大手筆事。」俄而帝崩，哀册謚議，皆珣所草。』珣亦善書，其《伯遠帖》今存，與王羲之《快雪時晴帖》、王獻之《中秋帖》並爲乾隆帝『三希』。此謂『王筆活鸞鳳』，蓋謂其工文章爲大手筆，其文勢如同鸞翥鳳翔、飄逸飛動也。禹錫之文，當時即有評

贊，李翱謂：『翱昔與韓吏部退之爲文章盟主，同時倫輩，惟柳儀曹宗元、劉賓客夢得耳。』（《劉賓客文集》卷十九《唐故中書侍郎平章事韋公集紀》）後世如宋祁至謂『最愛劉禹錫文章，以爲唐稱「柳劉」，劉宜在柳柳州之上』（《宋景文筆記》卷上）。故以『王筆』喻劉之能文。

〔三〕【咸注】《世説》：顔延之嘗問鮑明遠己詩與謝康樂優劣，鮑曰：『謝五言如初發芙蓉，自然可愛；君詩若鋪列錦繡，亦雕繢滿眼。』【按】此以謝靈詩之如『初發芙蓉，自然可愛』贊劉詩之『神妙』（白居易《劉白唱和集解》）、『有高韻』（張戒《歲寒堂詩話》）。

〔四〕【曾注】《後漢書》：馬融坐高堂，施絳紗帳，前授生徒，後列女樂。【補注】據此句，似禹錫曾有收徒授業之事。或在貶居朗、連、夔、和期間。

〔五〕【曾注】《世説》：龐士元謂司馬德操曰：『若不扣洪鐘，不知其音響也。』【補注】談柄，清談時所執之麈尾。王士禛《居易續録》：『六朝以來則以麈尾爲談柄耳。』禹錫《送僧仲制東游兼呈靈澈上人》：『高筵談柄一麈拂，講下門徒如醉醒。』句意謂禹錫善談辯，高談時聲若洪鐘。

〔六〕鵩，李本作『鵬』，誤。【曾注】《異物志》：有鳥小如雞，體有文色，土俗因形名之曰鵩，不能遠飛，行不出域。賈誼《鵩鳥賦序》：誼爲長沙王傅，有鵩鳥飛入誼舍，止於坐隅。鵩似鴞，不祥鳥也。誼自傷悼，以爲壽不得長，乃爲賦以自廣。【補注】粉署，指尚書省。《太平御覽》卷二一五引應劭《漢官儀》：『省皆胡粉塗畫古賢人烈女，郎握蘭含香，趣走丹墀奏事。』故稱尚書省粉署、粉省。牛僧孺《席上贈劉夢得》：『粉署爲郎四十春，今來名輩更無人。』禹錫貞元二十一年參預王叔文改革集團，擢屯田員外郎、判度支鹽鐵案，同年八月，憲宗即位，改元永貞，八司馬被貶，禹錫先貶連州刺史、再貶朗州司馬，在朗州居九年。『粉署見飛鵩』，當指其在尚書省屯田員外郎任上被貶。

〔七〕【咸注】《世説》：山公曰：『嵇叔夜之爲人也，巖巖若孤松之獨立；其醉也，傀俄若玉山之將崩。』【立注】《晉·嵇康傳》：鍾會言於文帝曰：『嵇康，卧龍也，不可起。公無憂天下，顧以康爲慮耳。』【補注】猜，猜忌。此句蓋謂禹錫有卧龍之才器，有玉山之俊邁風神，故遭到當權者之猜忌。此仍指被貶謫的遭遇而言。《晉書・裴楷傳》：『楷風神高邁，容儀俊爽……時人謂之「玉人」，又稱「見裴叔則（裴楷字）如近玉山，照映人也」。』

〔八〕麗，李本、毛本、十卷本、齊本作『灑』。【補注】麗，附着。清韻，指其清麗的詩文。或連下句解，指墓地松濤之清韻，亦通。

〔九〕【曾注】《檀弓》：趙文子曰：『是全要（腰）領以從先大夫於九京也。』鄭玄曰：晉卿大夫之墓地在九原。

〔一〇〕【曾注】《世説》：王夷甫容貌整麗，妙於談玄，恆捉白玉柄麈尾，與手都無分別。

〔一一〕【曾注】《晉書》：王恭美姿儀，嘗披鶴氅裘涉雪而行。孟昶見之，歎曰：『此神仙中人也。』【補注】二句美劉之儀容風度。

〔一二〕【曾注】《晉書》：殷浩字深源，陳郡長平人。有盛名，朝野推服。與桓温頗相疑貳。浩受命北征，請進屯洛陽，修復園陵。進軍次山桑，而士卒多亡叛。温上疏罪浩，竟坐廢爲庶人。【補注】《晉書・殷浩傳》：『浩雖被黜放，口無怨言，夷神委命，談詠不輟，雖家人不見其有流放之戚。但終日書空，作「咄咄怪事」而已。』句意似謂，殷浩請進屯洛陽，修復毀壞之園陵，本爲王室，不意因此遭貶。借喻劉禹錫之無罪被貶。

〔一三〕謝安圍棋賭墅事，見卷二《謝公墅歌》『對局含情見千里』句注。【補注】此句謂禹錫有謝安之才器氣度。《舊唐書・劉禹錫傳》：『禹錫尤爲叔文知獎，以宰相器待之。』

〔一四〕【補注】京口，三國時吴孫權將首府自吴（今蘇州市）遷京口（今鎮江市），稱京城。後遷都建業，改稱京口鎮。東晉、南朝稱京口城，爲長江下游軍事重鎮。

〔一五〕【咸注】《古今樂録》：《襄陽樂》者，宋隨王誕之所作也。誕爲襄陽郡，夜聞諸女歌謡，因而作之。其曲云：朝發襄陽城，暮至大堤宿。大堤諸女兒，花豔驚郎目。

〔一六〕【立注】《南史》：柳惲字文暢，少有志行，好學善尺牘。與陳郡謝瀹鄰居，深見友愛，瀹曰：『宅南柳郎，可爲表儀。』案：惲《江南曲》云：春花復將晚。又《起夜來》云：月影入蘭室。【補注】《舊唐書・劉禹錫傳》：『禹錫在朗州十年，唯以文章吟詠，陶冶情性。蠻俗好巫，每淫祠歌舞，必歌俚辭。禹錫或從事於其間。乃依騷人之作，爲新辭以教巫祝。故武陵溪洞間夷歌，率多禹錫之辭也。』禹錫在夔州期間所作《竹枝詞九首引》亦自敍其效屈原作《九歌》而撰《竹枝詞》之事。此詩後四句蓋贊其仿民歌而作《竹枝詞》，爲民間廣泛傳唱。踏月，踏地爲節拍，在月夜唱歌起舞。《宣和書譜》卷五：南方風俗，中秋夜婦人相持踏歌，婆娑月影中，最爲盛集。柳郎，借指劉禹錫。禹錫有《踏歌詞四首》。

【按】此二首挽歌，對劉禹錫之才器、氣度、詩文創作成就均有高度評價，對其受猜忌遭貶謫之命運則深表同情。在詩歌創作方面，突出其學習民歌的作品深受民間喜愛、廣泛傳唱，堪稱具眼。禹錫晚年居洛多與裴度、白居易交游唱和。庭筠似曾在大和、開成間爲裴度門下客，其結識禹錫，或在禹錫居洛期間。

太子池二首〔一〕

梨花雪壓枝〔二〕，鶯囀柳如絲。懶逐妝成曉，春融夢覺遲〔三〕。鬢輕全作影〔四〕，嚬淺未成眉〔五〕。莫信张公子〔六〕，窗間斷暗期〔七〕。

花紅蘭紫莖〔八〕，愁草雨新晴〔九〕。柳占三春色，鶯偷百鳥聲〔一〇〕。日長嫌輦重，風暖覺衣輕。薄暮香塵起〔一一〕，長楊落照明〔一二〕。

〔一〕《才調》卷二載此詩，題作『太子西池二首』，述鈔作『太子池二首』；李本、姜本、十卷本作『太子池二首』。席本作『太子西池二首』，同《才調》。《全詩》、顧本作『太子西池二首』。毛本無『二首』二字，目録有此二字。《才調》列此首爲齊梁體。【立注】《世説》：明帝欲起池臺，元帝不許。帝時爲太子，好養武士，一夕中作池，比曉已成，今太子西池是也。山謙之《丹陽記》，西池，孫登所創，吴史所稱西苑也。晉明帝修復之耳。【按】詩中未涉及『太子池』或『太子西池』，疑題有誤。然詩中有『張公子』『輦』『長楊』等字，所寫確爲宮中情事，似是詠漢宮中嬪妃宮女之春情，當爲仿齊梁體之宮體詩。

〔二〕【咸注】李白《紫宮樂》詩：梨花白雪香。【補注】謂梨花繁盛，如白雪之壓枝。

〔三〕【補注】融，和煦、暖和。二句謂因慵懶故不願早起梳妝打扮，直睡到天大亮；春氣融和，故夢醒遲遲。

〔四〕【補注】駱賓王《在獄詠蟬》：『那堪玄鬢影，來對白頭吟？』此句狀女子鬢髮輕薄，如同蟬翼雲影。

〔五〕【咸注】徐陵《與李那書》：嚬眉難巧，學步非工。【補注】謂皺眉淺而未成愁眉。

〔六〕【咸注】《漢書・序傳》：富平侯張放始愛幸，成帝出爲微行，與同輦執轡，入内禁中，設飲燕之會，引滿舉白，談笑大噱。《漢・五行志》：成帝時童謡云：『燕燕尾涎涎，張公子，時相見。』謂富平侯張放也。

〔七〕【補注】暗期，暗地約會。

〔八〕【曾注】屈原《九歌》：秋蘭兮青青，緑葉兮紫莖。

〔九〕【補注】謂雨中含愁之煙草適逢新晴。

〔一〇〕【咸注】韋應物《聽鶯曲》：流音變作百鳥喧。【補注】流鶯巧囀，能爲百鳥之聲，故曰『偷』。

〔一一〕【補注】香塵，猶芳塵，指女子所乘車輦揚起的灰塵。

〔一二〕【曾注】《漢書》注：宣曲宫在昆明池西，長楊宫在盩厔。【補注】長楊宫，初建於秦昭王時，因宫中有垂楊數畝，故名。秦亡後保存較完整。西漢諸帝常往游幸，在此觀看校獵。成帝時揚雄爲諷諫游獵，曾作《長楊賦》。故址在今周至縣東三十里的終南鎮竹園頭村。

【按】二詩均寫宫嬪春情。首章寫春日梨花似雪，楊柳如絲，流鶯巧囀，春色迷人，而宫嬪則懶起夢遲，鬢輕嚬淺。尾聯透露宫嬪與皇帝近幸如張公子者有偷期暗約之事，曰『莫信』，則怨對方之失約也。次章似寫宫嬪隨皇帝至長楊觀獵，日暮始歸的情景。二首均與『太子』及『池』無涉。

西嶺道士茶歌〔一〕

乳竇濺濺通石脉〔二〕，緑塵愁草春江色〔三〕。澗花入井水味香，山月當人松影直。仙翁白扇霜鳥翎〔四〕，拂壇夜讀黄庭經〔五〕。疎香皓齒有餘味，更覺鶴心通杳冥〔六〕。

校注

〔一〕嶺，《全詩》、顧本作『陵』，疑聲近致誤，全篇不及『西陵』。今浙江杭州市蕭山區西興鎮古稱西陵。李白《尋越中山水》：『東海横秦望，西陵遶越臺。』

〔二〕竇，李本、十卷本、姜本、毛本作『燕』，誤。【咸注】鮑照《過銅山》：乳竇夜涓滴。屈原《九歌》：石瀨兮淺淺。淺、濺同。【補注】乳竇，泉眼。元結《説洄溪招退者》：『長松亭亭滿四山，山間乳竇流清泉。』濺濺，水疾流貌。李端《山下泉》：『碧水映丹霞，濺濺度淺沙。』石脉，石頭縫隙。李賀《南山田中行》：『石脈水流泉滴沙，鬼燈如漆點松花。』此謂道士用泉眼涌出的泉水煮茶。

〔三〕【補注】緑塵，緑色塵末。此指茶葉碾成的細粉末。范仲淹《和章岷從事斗茶歌》：『黄金碾畔緑塵飛，紫玉甌心雪濤起。』愁草，似指含愁的緑草。或解：指斂束的茶葉。愁，通『揫』，斂也。春江色，言茶葉的顔色碧緑。句意謂緑色的茶葉粉末猶如碧草春江之色。

〔四〕鳥，十卷本、姜本作『烏』，誤。【咸注】陸機《羽扇賦》：委曲體以受制，奏雙翅而爲扇。【補注】仙翁，指西嶺道士。白扇霜鳥翎，謂其白羽扇係白鳥的羽毛製成。霜，狀其白。

〔五〕讀，《全詩》、顧本校：一作『誦』。【曾注】《集仙傳》：謝自然日誦《黄庭經》十徧，誦時有童子侍立，每十徧即將向上界去。《黄庭經》：脾神常在字魂庭。注：脾中央即黄庭之宫，曰常在。又：黄庭者，頭中明堂洞房丹田也。【補注】拂壇，用羽扇拂去石壇上的灰塵。《黄庭經》，道教的經典著作，有兩種，即《上清黄庭内景經》及《上清黄庭外景經》，《外景經》早於《内景經》。二書均以七言歌訣講述養生修煉原理。

〔六〕【咸注】《春秋繁露》：鶴知夜半。【補注】疎香，指茶的清香。鶴心，猶道心、出塵之心。修道者常以鶴爲伴，傳説中仙人多以鶴爲坐騎。杳冥，高遠的天空。

【按】詩寫西嶺道士以泉水煮茶，茶湯呈緑草春江之色。澗花入井，水味添香；山月照人，松影正直。道士手執羽扇，拂壇夜讀道教經典。此際品茶，清香留齒，餘味悠長，更覺道心通向高遠無際的天空。將茶之色、香、味與道士的生活環境及修道誦經生活融爲一體。

過西堡塞北〔一〕

淺草乾河濶，叢棘廢城高。白馬犀匕首〔二〕，黑裘金佩刀〔三〕。霜清徹兔目〔四〕，風急吹雕毛〔五〕。一經何用厄〔六〕，日暮涕沾袍〔七〕。

校注

〔一〕【陳尚君曰】《邊笳曲》……爲初秋在邊堡作。《過西堡城》（卷三）亦秋日作。塞址不詳。或即前詩的『霜堡』。（《温庭筠早年事迹考辨》）

〔二〕犀匕，李本、十卷本、姜本、毛本作『紋犀』。【咸注】《戰國策》：得徐夫人匕首。【補注】犀匕首，用犀牛皮的鞘裝匕首。

〔三〕【曾注】《戰國策》：李兑送蘇子黑貂之裘。《漢書》：單于朝天子於甘泉宮，賜以佩刀。【補注】二句係詩人過西堡塞北所見戍邊將士威武形象，非詩人自我寫照，否則與尾聯不合。

〔四〕【曾注】《埤雅》：兔目不瞬。【咸注】羅願《爾雅翼》：兔視月而有子。其目尤瞭，故牲號謂之明視。【補注】句意謂秋霜肅殺百草，天高氣清，故兔目可徹視廣遠。

〔五〕【咸注】《淮南子》：雕，其毛能食諸鳥羽，如羣錯草中，有雕毛，必衆毛自落。【補注】此句言風急而雕羽被吹開張。

〔六〕經，原作『輕』，據述鈔、《全詩》、顧本改。【咸注】《漢書·韋賢傳》：長安語曰：『遺子黄金滿籯，不如一經。』【補注】厄，困。句意謂何用困守一經。蓋謂通一經無用於國，無補於己。

〔七〕日，席本、顧本作『已』。【咸注】《公羊傳》：西狩獲麟，孔子反袂拭面，涕泣霑袍。【補注】學文通經無用於世，故曰『涕沾袍』。

【按】此遊邊塞目睹邊地荒涼景象及邊將威武形象，有感於百無一用是書生，而作此以抒慨。西堡塞，所在不詳。

温庭筠全集校注卷四 詩

送李億東歸 六言〔一〕

黄山遠隔秦樹〔二〕，紫禁斜通渭城〔三〕。别路青青柳弱〔四〕，前溪漠漠苔生〔五〕。和風澹蕩歸客〔六〕，落月殷勤早鶯〔七〕。灞上金樽未飲〔八〕，讌歌已有餘聲。

〔一〕《才調》卷二、《英華》卷二七九送行十四載此首。《英華》題内『億』作『憶』，誤。十卷本、姜本置六言律卷（僅此一首），故題下無『六言』二字。【按】此詩一作周賀詩。佟培基《全唐詩重出誤收考》云：『四部叢刊鐵琴銅劍樓藏宋刊本《周賀詩集》無。《才調集》二、《英華》二七九、顧氏秀野草堂本《温飛卿詩集》四作温詩。《品彙》四五作周賀，疑誤。李億大中十二年進士，見《登科》二二。《才調》一〇載魚玄機《寄李億員外》詩。周賀稍早，當爲温庭筠送其東歸。』所辨甚是。詩逕稱『李億』，當是大中十二年億登第以前作。李億係大中十二年狀元，見《玉芝堂談薈》。李億，字子安，咸通中曾爲補闕、員外郎。魚玄機有《情書寄李子安》《春情寄子安》《隔漢江寄子安》《江陵愁望寄子安》《寄子安》等多首，又有《冬夜寄温飛卿》《寄飛卿》。魚玄機曾爲李億妾。

〔二〕【立注】《西京賦》：繞黃山而款牛首。注：《漢書》：右扶風槐里縣有黃山宮。杜甫詩：兩行秦樹直。【補注】黃山，在今陝西興平縣北，又名黃麓山。有黃山宮，爲漢惠帝二年建造之離宮。句謂黃山遠在秦樹之外。

〔三〕【立注】謝莊《宣貴妃誄》：收華紫禁。善曰：王者之宮以象紫微，故謂宮中爲紫禁。王維《渭城曲》：渭城朝雨浥輕塵。【補注】渭城，漢縣名，本秦之咸陽。治所在今咸陽市東北十公里窑店鎮附近。渭城在宮禁之西北，有漕河相通，故云『斜通』。二句長安形勢。

〔四〕【咸注】張正見詩：别路已驚秋。【補注】李億東歸，庭筠當於長安城東之灞橋送别（下『灞上金樽未飲』句可證）。《三輔黃圖·橋》：『霸橋，在長安東，跨水作橋。漢人送客至此橋，折柳送别。』王維《渭城曲》：『客舍青青柳色新。』

〔五〕【曾注】《前溪曲》：幽思出門倚，逢郎前溪度。【按】此『前溪』當即眼前的灞水，與《前溪曲》之『前溪』（在今浙江湖州）無涉。漠漠，密佈貌。

〔六〕【補注】澹蕩，猶『駘蕩』，謂使人和暢。鮑照《代白紵曲》之二：『春風澹蕩俠思多，天色净渌氣妍和。』

〔七〕【補注】殷勤，情意深厚。句意謂下弦月尚在天空，而早鶯却已殷勤啼鳴，像在深情送客。

〔八〕灞，顧本作『霸』。【曾注】《漢書》注：應劭曰：霸上在長安東三十里，古曰滋水，秦穆公更名霸水。

【按】首二長安形勢，别地遠景。三四别地近景，點明『别路』及『柳』，關合題内『送』字，『前溪』即别地灞上。五六落到『歸客』，早鶯殷勤，和風澹蕩，托出主賓意興情意。七八則酒未飲而歌已闌，歸客即將啓程。款款道來，不見用力，清新流麗，風調自佳。六言律唐代甚少，此詩可稱佳製。

開聖寺〔一〕

路分磎石夾煙叢〔二〕，十里蕭蕭古樹風。出寺馬嘶秋色裏，向陵鴉亂夕陽中〔三〕。竹間泉落山厨静，塔下僧歸影殿空〔四〕。猶有南朝舊碑在，恥將興廢問休公〔五〕。

〔一〕《英華》卷二三八寺院六載此首。【補注】張祜有《開聖寺》七律（一作朱慶餘詩）：『西去山門五里程，粉牌書字甚分明。蕭帝壞陵深虎跡，廣師遺院閉鬆聲。長廊畫剝僧形影，古壁塵昏客姓名。何必更將空理遣，眼前人事已浮生。』寺在荆州。《輿地紀勝》卷六四江陵府：『開寶寺，在江陵界，有後梁宣、明二帝陵。』此『開寶寺』

即唐之開聖寺。劉禹錫有《後梁宣明二帝碑堂下作》。元稹《楚歌十首（江陵時作）》之七：「梁業雄圖盡，遺孫世運消。宣明徒有號，江漢不相朝。碑碣高臨路，松枝半作樵。唯餘開聖寺，猶學武皇妖。」陵在紀山（今湖北沙洋縣紀山鎮）。詩當作於咸通二年庭筠居江陵蕭鄴幕期間。

〔二〕磎，《全詩》作「谿」，《英華》、顧本作「溪」。【補注】磎，山間的水流。煙叢，煙籠霧罩的樹林，即下句之「十里蕭蕭古樹」。夾煙叢，指溪的兩岸夾生叢叢煙樹。

〔三〕【補注】陵，指南朝諸帝陵墓。《元和郡縣圖志·江南道一·潤州》：丹陽縣，有南齊宣帝休安陵、高帝道成泰安陵、武帝頤景安陵、景帝道生永安陵、明帝鸞興安陵、梁文帝順之建陵、武帝衍修陵、簡文帝綱莊陵。

〔四〕【補注】影殿，寺中供奉佛祖真影的殿堂。

〔五〕恥，《英華》、席本、顧本作「敢」。休公，《英華》、席本、顧本作「漁翁」。【補注】休公，指南朝劉宋僧人惠休。《文選·江淹〈雜體詩·休上人〉》李善注：「沈約《宋書》曰：『沙門惠休，善屬文，徐湛之與之甚厚，世祖命使還俗。本姓湯，位至揚州從事也。』」此以「休公」借指開善寺住持僧。

【譚宗《近體秋陽》】純以古懷發其愴感，以愴出其題賦，作手哉！

【胡本淵《唐詩近體》】（「出寺」二句）秋晚摹寫最工。

【按】此游南朝古寺，見壞陵舊碑，有感於興廢之事而作，曰「恥將興廢問休公」，似因南朝政權多次更迭，興廢不常，政治腐敗而「恥」言之也。雖略有感愴，但並不沉重。遊賞一路秋景，迤邐而下，別具清暢流美之情致風調，雖爲律體，頗近古風。前幅寫景殆可入畫。此詩疑會昌元年秋歸吳中舊鄉途中所作。

贈蜀將 蠻入成都，頗著功勞〔一〕

十年分散劍關秋〔二〕，萬事皆隨錦水流〔三〕。心氣已曾明漢節〔四〕，功名猶自滯吴鉤〔五〕。鵰邊認箭寒雲重〔六〕，馬上聽笳塞草愁〔七〕。今日逢君倍惆悵，灌嬰韓信盡封侯〔八〕。

〔一〕《英華》卷三百軍旅二邊將載此首，題作《贈蜀將蠻人成都頗著功勞》。《全詩》「蜀」下有「府」字。李本、十卷本、姜本、毛本「入」誤作「人」；十卷本、姜本、毛本、《全詩》、顧本「頗」作「頻」，李本作「領」。【按】作「人」顯爲「入」之形誤；作「頻」作「領」亦顯爲「頗」之形誤。蠻入成都後不久即掠子女百工等南去，蜀將不可能「頻」著功勞。【夏承燾曰】咸通十一年庚寅春，蠻攻成都，經月始退。舊紀通鑑集四有《贈蜀將》自注云：『蠻入成都，頻著功勞。』顧肇倉曰：『蠻入援川，前此二三十年已然，而攻成都則在本年。此詩不必即作於本年，蓋蜀將著功，未必即回長安而相晤也。』飛卿詩可考年代者，此爲最後。足證其此年尚健在（《温飛卿繫年》）。【陳尚君曰】施蟄存先生《讀温飛卿詞札記》（《中華文史論叢》第八輯）據宋人《寳刻類編》記載，『唐國子助教温庭筠墓誌，弟庭皓撰，咸通七年（八六六）。』考定了庭筠卒年。庭筠不可能看到死後的南詔入侵。施先生復引《南詔野史》：『咸通三年（八六二），世隆親寇蜀，取萬壽寺石佛歸』，交代了『蠻入成都』事件。細繹詩意，參以史實及庭筠行年，這一交代尚不足釋疑……今按，中晚唐間，南詔侵入成都，正史記載凡兩次。除咸通十一年外，前一次在大和三年（八二九）十一月。據史載，是次南詔入侵，聲勢很大，攻陷數州，佔據成都外郭十日，東西兩川爲之震動。朝廷急發神策軍和七道節度使入川增援，南詔始引退。這次事件中，成都守軍和赴援諸軍，皆可記功。庭筠詩中稱蜀將『蠻入成都，頗著功勞』，可確定是指這一事件。詩當作於此後不久……今姑定《贈蜀將》作於大和五年（八三一），距成都事件兩年。詩中『十年分散劍關秋，萬事皆隨錦水流』，十年非確數，但據此逆推其入蜀在長慶、寶曆間，與事實相去不會甚遠。庭筠時年二十餘歲，正值少年俊邁之時（按：陳定庭筠生於貞元十七年，即公元八〇一年）。（《温庭筠早年事跡考辨》）【按】『蠻入成都』當從陳尚君說，指大和三年南詔入侵成都事。《通鑑·文宗大和三年》：十一月，丙申，『西川節度使杜元穎奏南詔入寇。元穎以舊相，文雅自高，不曉軍事，專務蓄積，減削士卒衣糧。西南戍邊之卒，衣食不足，皆入蠻境鈔盜以自給，蠻人反以衣食資之；由是虛實動靜，蠻皆知之。南詔自嵯巔大舉入寇，邊州屢以告，元穎不之信；嵯巔兵至邊城，一無備禦。蠻以蜀卒爲鄉導，襲陷嶲、戎二州。甲辰，元穎遣兵與戰於邛州南，蜀兵大敗，蠻遂陷邛州……嵯巔自邛州引兵徑抵成都，庚戌，陷其外郭……蠻留成都西郭十日，其始撫慰蜀人，市肆安堵。將行，乃大掠子女、百工數萬人及珍貨而去。蜀人恐懼，往往赴江，流尸塞江而下。』以上記載，正此詩自注所云『蠻入成都』之事。詩之作年，當在庭筠與蜀將『分散劍關秋』的十年後。『蠻入成都』在大和三年冬，蜀將之『著功勞』即在其時。庭筠與蜀將初次相逢及分散，當在蜀將『著功勞』之後，約在大和四年秋。自大和四年下推『十年』，庭筠與蜀將重逢並贈詩約在開成四年。參箋評欄編著者按。

（二）【曾注】《水經注》：劍州劍門縣，諸葛武侯相蜀，於此立劍門；以大劍山至此有隘束之路，故曰劍門。』【補注】《水經注》卷二十《漾水》：『又東南逕小劍戍北，西去大劍三十里，連山絕險，飛閣通衢，故謂之劍閣道。』唐置劍門縣，境內有劍門山，峭壁中斷，兩崖相嵌，形似劍門。句謂十年前的秋天，庭筠與蜀將在劍門分別。

（三）隨，《英華》校：一作『從』，席本、顧本作『從』。【曾注】《華陽國志》：錦江，織錦濯其中則鮮明，他江則不好。

〔四〕心，《英華》、席本、顧本、《全詩》作『志』。【曾注】《漢書》：蘇武使匈奴，持漢節十九歲，節旄盡脱。【補注】心氣，志氣。韓愈《送侯參謀赴河中幕》：『爾時心氣壯，百事謂己能。』句意謂蜀將在南詔入侵時已經表明了忠於唐王朝的志節。

〔五〕自滯，《英華》、席本、顧本作『尚帶』。【曾注】《吴越春秋》：吴王闔閭令國中作金鉤，令曰能爲善鉤者賞之百金。有人殺其二子，以血釁金，遂成二鉤，獻於闔閭。【咸注】《吴都賦》：吴鉤越棘。【補注】鉤，兵器，似劍而曲。吴鉤，泛指利劍。杜甫《後出塞五首》之一：『男兒生世間，及壯當封侯。戰伐有功業，焉能守舊丘……少年别有贈，含笑看吴鉤。』李賀《南園十三首》之一：『男兒何不帶吴鉤，收取關山五十州。請君試上凌煙閣，若箇書生萬户侯？』吴鉤作爲建功封侯之志的象徵。猶自滯吴鉤，謂其雖『頗著功勞』，而至今仍留滯不得封賞也。

〔六〕【曾注】王維詩：回看射雕處，千里暮雲平。【補注】句謂蜀將於寒雲沉重的天空下射雕，並在射落的雕身上辨認自己的箭。

〔七〕【補注】謂蜀將在馬上聽悲凉的胡笳聲在吹奏，似乎連塞草也籠罩着悲愁。

〔八〕【曾注】《史記》：灌嬰，睢陽人，封潁陰侯。又：韓信，淮陰人，封淮陰侯。【補注】據《史記·樊酈滕灌列傳》，灌嬰本爲『睢陽販繒者』；《淮陰侯列傳》，韓信『始爲布衣時，貧無行，不得推擇爲吏，又不能治生商賈，常從人寄食飲，人多厭之者』，出身地位均較低賤。此借指其他地位功績不如蜀將的將領。《史記·李將軍列傳》：『李將軍廣者，隴西成紀人也。其先曰李信，秦時爲將……孝文帝十四年，匈奴大入蕭關，而廣以良家子從軍擊胡，用善騎射，殺首虜多，爲漢中郎……文帝曰：「惜乎，子不遇時！如令子當高帝時，萬户侯豈足道哉！」』又，『初，廣之從弟李蔡與廣俱事孝文帝……元狩二年中，代公孫弘爲丞相。蔡爲人在下中，名聲出廣下甚遠，然廣不得爵邑，官不過卿，而蔡爲列侯，位至三公。諸廣之軍吏及士卒或取封侯。廣嘗與望氣王朔燕語，曰：『自漢擊匈奴而廣未嘗不在其中，而諸部校尉以下，才能不及中人，然以擊胡軍功取侯者數十人，而廣不爲後人，然無尺寸之功以得封邑者，何也？豈吾相不當侯邪？且固命也。』聯繫自注『蠻入成都，頗著功勞』之語，此聯蓋暗以李廣喻蜀將，慨其有功而不得封賞，而出身地位才能功勞不如蜀將者反盡得封侯。『盡』字含輕視之意，亦含怨憤不平。

【陸次雲曰】筆壯。（《五朝詩善鳴集》）

【楊逢春曰】七八頂『滯吴鉤』申説，妙用托筆。（《唐詩繹》）

【胡以梅曰】（雕邊二句）言藝精而邊徼凄涼之況。（《唐詩貫珠串釋》）

【沈德潛曰】（末二句）惜其立功而不侯，同於李廣。李蔡下中人，且侯，況灌嬰、韓信乎？（《重訂唐詩别裁集》卷十五）

【宋宗元曰】（首二句）不脱蜀地。（雕邊二句）壯麗。（《網師園唐詩箋》）

【管世銘曰】凡律詩最重起結，七言尤然。起句之工於發端，如……温飛卿『十年分散劍關秋，萬事皆隨錦水流』。（《讀雪山房唐詩序例·七律凡例》）

【延君壽曰】温飛卿七律，如《贈蜀將》、《馬嵬》、《陳琳墓》、《五丈原》、《蘇武廟》諸作，能與義山分駕，永宜楷式。（《老生常談》）

【王壽昌曰】以句求韻而尚妥適者……温飛卿之『鵰邊認箭寒雲重，馬上聽笳塞草愁』之類是也。（《小清華園詩談》卷下）

【按】此爲蜀將有功勞而無封賞抱不平之作。起聯點明已與蜀將十年前劍關分别，『萬事』句寫十年中世事變遷，反托『滯』字。頷聯一篇之主，謂其十年前在南詔入侵時已用『頗著功勞』的實際行動表明了忠于朝廷的志氣節概，十年後功名不立『猶自』滯居下位。『已曾』、『猶自』分指十年前與十年後。腹聯蜀將目前閒置冷落景況，承

『滯吳鉤』而申言之。尾聯『今日逢君』點明今日重逢，遥應首句『十年分散』；『倍惆悵』者，他人才能功績不及蜀將者均得封賞，獨君猶自留滯不還也。中二聯均貼『蜀將』言，僅首尾點明昔别今逢。或解中二聯指庭筠，殆誤。當十年前『分散劍關秋』時，蜀將已在『蠻入成都』時『頗著功勞』，故十年後又『今日逢君』倍感惆悵，因其時隔十年，『功名猶自滯吳鉤』也。如此解，方順理成章。十年前分别之時，當距蜀將『頗著功勞』之時較近，故定其約在大和四年秋。自此下推十年，此詩約作於開成四年。視『馬上聽笳塞草愁』之句，此次重逢之地似在西北邊塞之地，或蜀將在邊地軍中供職也。

西江貽釣叟騫生〔一〕

晴江如鏡月如鉤〔二〕，泛灔蒼茫送客愁〔三〕。夜淚潛生竹枝曲〔四〕，春朝遥上木蘭舟〔五〕。事隨雲去身難到〔六〕，夢逐煙銷水自流〔七〕。昨日歡娱竟何在〔八〕，一枝梅謝楚江頭〔九〕。

〔一〕《英華》卷二六一寄贈十五載此首，題作『西江寄友人騫生』。【按】别集又有《貽釣叟騫生》，與此首重複，個别文字稍有不同，見各句校。西江，當即末句『楚江』，指長江中游流經舊楚地的一段。騫生，名未詳。

〔二〕晴江，《英華》、顧本作『碧天』。【曾注】公孫乘《月賦》：隱圓巖而似鉤，蔽條堞而分鏡。梁簡文帝《烏棲曲》：浮雲似障月如鉤。

〔三〕灩，十卷本作『艷』。送，《英華》、席本作『迷』。愁，《全詩》、顧本校：一作『遊』。【補注】泛灩，浮光閃耀貌。《藝文類聚》卷一引謝靈運《怨曉月賦》：『浮雲褰兮收泛灩，明舒照兮殊皎潔。』盧照鄰《宿晉安亭》：『汎灩月華曉，裴回星鬢垂。』此句『泛灩』當指月光映於江面浮動閃耀之貌。

〔四〕【咸注】錢謙益《杜詩注》：《竹枝》本出於巴、渝。唐貞元中，劉禹錫在沅、湘，以俚歌鄙陋，乃依騷人《九歌》作《竹枝》新歌。禹錫曰：『《竹枝》，《巴歈》也。巴兒聯歌，吹短曲，擊鼓以赴節。』【補注】《竹枝》，巴、渝民歌。顧況《竹枝曲》：『巴人夜唱竹枝曲，腸斷曉猿聲漸稀。』劉禹錫仿巴渝民歌作《竹枝詞》九首，在爲夔州刺史期間，時間在穆宗長慶二年，非貞元中作，亦非在沅、湘爲朗州司馬時，見其《竹枝詞九首（并引）》，錢氏引《樂府詩集》卷八十一所記載有誤。據顧況《竹枝曲》，此曲聲當悲淒，故云『腸斷曉猿』。白居易《憶夢得》自注亦云：『夢得能唱《竹枝》，聽者愁絶。』故温詩云『夜淚潛生竹枝曲』，謂夜聽《竹枝曲》，不覺潸然淚下也。

〔五〕朝，《英華》、十卷本、姜本、別集作『灘』，《全詩》、顧本作『潮』。上，《英華》、席本、顧本作『聽』。【曾注】任昉《述異記》：木蘭洲在潯陽江中，多木蘭，吳王闔閭植此搆宮殿。又七里洲中，魯般刻木蘭爲舟，至今存。【補注】木蘭，香木名，皮似桂而香，狀如楠樹，花内白外紫。木蘭舟，泛稱華美的船。柳宗元《酬曹侍御過象縣有寄》：『破額山前碧玉流，騷人遥駐木蘭舟。』

〔六〕身，《全詩》、顧本校：一作『心』。

〔七〕自，別集作『共』。

〔八〕在，《英華》、席本、顧本作『事』，《全詩》、顧本校：一作『有』。

〔九〕【咸注】盛弘之《荆州記》：陸凱與范曄相善，自江南寄梅一枝詣長安與曄，並詩曰：『折梅逢驛使，寄與隴頭人。江南無別信，聊贈一枝春。』【按】楚江，見注〔一〕。

【按】此江頭送客之作。首聯西江清晨送客即景：晴江如鏡、下弦月如鈎。微茫月色映照江面，浮光閃耀。『送客愁』三字點明全篇主意。頷聯回顧昨夜聞《竹枝》而别淚暗滋，點出今晨友人乘舟離去。五六往事俱成舊夢，如雲去煙銷水流，而已身亦難到昔日歡娱之地。七八謂往日歡娱（即腹聯所謂『事』『夢』）究成何事，今日所見，惟一枝梅謝楚江頭而已，蓋言所懷之人路遥莫寄也。似是『鶱生』與作者有過一段共同的生活經歷（即『昨日歡娱』），故送别之際抒寫往事成虚之感慨。此詩似在江陵作，疑作於咸通二年在荆南節度使蕭鄴幕時。

寄清源寺僧〔一〕

石路無塵竹徑開，昔年曾伴戴顒來〔二〕。牕間半偈聞鐘後〔三〕，松下殘棋送客廻。簾向玉峯藏夜雪〔四〕，砌因藍水長秋苔〔五〕。白蓮社裏如相問〔六〕，爲説游人是姓雷〔七〕。

〔一〕《英華》卷二二三釋門五載此首。又卷二六一寄贈十五亦載此首，題作『寄清涼寺僧』，文字亦有異。席

本、顧本題亦作『寄清涼寺僧』。【按】題當作『寄清源寺僧』。清源寺，在藍田輞川。李肇《國史補》卷上：『王維好釋氏，故字摩詰。立性高致，得宋之問輞川別業，山水勝絶，今清源寺是也。』《新唐書・王維傳》：『別墅在輞川……母亡，表輞川第爲寺，終葬其西。』詩有『玉峯』、『藍水』字，其爲清源寺無疑。作『清涼寺』者非。

〔二〕【曾注】《南史》：戴顒字仲若，譙郡人。父逵兄勃，亦隱遁有高風。父善琴書，顒並傳之。【補注】戴顒（三七八—四四一），晉、宋間音樂家、雕塑家。宋武帝、文帝屢辟之，均不就。衡陽王義季鎮京口，長史張邵與顒爲姻親，迎顒居京口黄鵠山。義季從顒游，顒不改常度。瓦官寺鑄丈六銅像成而面瘦，顒以爲非面瘦而係肩胛肥，如其言改減，果勻稱。《宋書・隱逸傳・戴顒》謂：『父逵，兄勃，並隱遁有高名……桐廬縣又多名山，兄弟復共游之，因留居止。』此以『戴顒』借指隱遁有高風之友人。

〔三〕【咸注】《涅槃經》：佛言我念過去作婆羅門，在雪山中修菩薩行。時天帝釋即下試之，自變其身作羅刹像，住菩薩前，口説半偈云：『諸行無常，是生滅法。』菩薩即語羅刹，但能具足説是偈竟，我當以身奉施供養。【補注】偈，梵語『偈陀』之簡稱，即佛經中之唱頌詞。通常四句爲一偈，半偈爲兩句。

〔四〕簾，《英華》校：或作『簷』。顧本作『檐』。藏，《英華》校：一作『籠』，席本、顧本作『籠』。【曾注】《太平寰宇記》：藍田山在縣西三十里，一名玉山。《三秦記》：有川方三十里，其水北流出玉。【補注】向，面向，對。玉峯，即藍田玉山。句意謂簾對玉山，窗含峯頂的夜雪。

〔五〕藍，《英華》校：或作『流』，席本、顧本作『流』，非。【補注】藍水，即藍溪，藍谷水，源出秦嶺，經藍田縣東南藍谷，西北流入灞水。杜甫《九日藍田崔氏莊》：『藍水遠從千澗落，玉山高並兩峯寒。』

〔六〕社，《英華》校：或作『會』，席本、顧本作『會』。白蓮社，見卷三《長安寺》『所嗟蓮社客』句注。

〔七〕爲説，《英華》校：或作『説與』。席本、顧本作『説與』。説，《全詩》、顧本校：一作『道』。【曾注】劉程之《蓮社文》：慧遠師命正信之士雷次宗等百二十人集於廬山之般若臺，修净土之學。【補注】《南史・隱逸傳》：『雷次宗字仲倫，豫章南昌人也。少入廬山，事沙門僧釋慧遠，篤志好學，尤明三禮、《毛詩》，隱退不受徵辟。宋元嘉十五年，徵之都，開館於雞籠山，聚徒教授……時國子學未立，上留意藝文……車駕數至次宗館，資給甚厚。久之，還廬山……後又徵詣郡，使爲皇太子、諸王講《喪服經》。次宗不入公門，乃使自華林東門入延賢堂就業。二十五年，卒於鍾山。』此以雷次宗自喻。

【金聖歎曰】前解：『石路』、『竹徑』，是寫舊日清涼寺景也。自述舊於寺中，因聞半偈，盡破殘刦。『聞鐘後』，妙，寫所悟不是義學。『送客回』，妙，寫已後永無消息也。後解：『簾向玉峯』、『砌臨藍水』，是寫今日清涼寺景也，言已後於此精藍，但逢續開浄社，必須遍告同學，勿以不在外我，自誇身爲廬山雷次宗，舊是蓮花漏邊人也。（《貫華堂選批唐才子詩》卷六）

【黄生曰】尾聯見意。詩以物象爲骨，地名其一也。地名愈大，則本詩愈有斤兩，如此詩著『玉峯』『藍水』四字，便不但見出清涼寺所在，而境界之曠，胸次之闊，俱於此見之。盛唐之後，辨此者鮮矣。游人，客游之人，言已雖在客游，而心願棲蓮社，故以次宗自比。（《唐詩摘鈔》卷三）

【朱三錫曰】一二記舊游也。三四憶舊日清涼寺之情事。五六想近日清涼寺之景致。末以白蓮社雷次宗作結，其不忘於清涼寺可知。（《東岩草堂評點唐詩鼓吹》卷七）

【按】題曰《寄清源寺僧》，次句明點『昔年曾伴戴顒來』，則前三聯所寫之景物情事，均爲回憶中昔年伴友來游時所見聞經歷。而非五六寫今日清源寺景，或想近日清源寺景。石路竹徑，昔年曾行；半偈鐘聲，昔年所聞；棋罷送客，昔年所見。簾對玉峯，夜雪皚皚；砌臨藍水，青苔滋生，寺之近景遠景。境界景物人事均具有清浄曠遠幽寂之特点，亦透出對清源寺之懷想。尾聯點明題内『寄』字，蓋以白蓮社中人喻寺僧，以雷次宗自喻，『遊人』遥應次句。據《南史·雷次宗傳》，次宗曾爲皇太子、諸王講經，庭筠以次宗自況，或透露其曾從莊恪太子游之消息。

重遊圭峯宗密禪師精廬〔一〕

百尺青崖三尺墳，微言已絶杳難聞〔二〕。戴顒今日稱居士〔三〕，支遁他年識領軍〔四〕。暫對杉松如結社〔五〕，偶同麋鹿自成羣〔六〕。故山弟子空迴首，葱嶺唯應見宋雲〔七〕。

〔一〕《英華》卷三〇五悲悼五載此首，題内「圭」作「東」，又卷三〇四載此首，題作「哭盧處士」。傅校云：删落。席本、顧本「圭」亦作「東」。【曾注】《傳燈録》：圭峯禪師名宗密，初從道圓授《圓覺》，了義未終，大悟，後教大行，住終南山草堂寺。【咸注】《世説》：何子季與周彦倫同時，二人精信佛法。子季别立精廬，都無妻妾。【補注】宗密（七八〇—八四一），果州西充人，俗姓何。元和二年出家。因常住圭峯草堂寺，故稱圭峯大師、草堂和尚。其著述弘法，主要闡述華嚴宗教義，被尊爲華嚴五祖。會昌元年卒，謚定慧禪師。裴休有《圭峯禪師碑銘并序》，載《全唐文》卷七四三。《祖堂集》有傳。本篇當作於會昌元年（八四一）宗密卒後。圭峯，終南山峯名。《通志》：「紫閣、白閣、黄閣三峯，具在圭峯東。」又名尖山。在今西安城西南四十餘公里，山峯突出如圭。北麓有草堂寺，寺内有後秦時在長安翻譯佛經的鳩羅摩什的舍利塔。精廬，佛寺、僧舍。

〔二〕微，《英華》校：一作『玄』。席本、顧本作『玄』。【曾注】《漢·藝文志》：仲尼没而微言絶。裴休《圓覺疏略序》：圭峯禪師受南宗密印，所著有《圓覺大疏略》、《大鈔》、《小鈔》、《道場修證儀》等作行世。【補注】微言，此指佛教的深微玄妙之義。

〔三〕【咸注】《南史·戴顒傳》：自漢世始有佛像，形制未工，逵特善其事，顒亦參焉。宋世子鑄丈六銅像於瓦官寺，既成，面恨瘦，工人不能改。乃迎顒看之。顒曰：『非面瘦，乃臂胛肥耳。』乃减臂胛，瘦患遂除。《禮·玉藻》：『居士錦帶。』《法華科》注：以道自居曰居士。【補注】居士，在家佛教徒之受過三規五戒者。《維摩詰經》稱，維摩詰居家學道，後稱維摩詰居士。《南史·隱逸傳·戴顒》：『宋國初建，元嘉中徵，皆不就。衡陽王義季鎮京口，長史張邵與顒姻通，迎來止黄鵠山，山北有竹林精舍，林澗甚美，顒憩于此澗。義季亟從之游，顒服其野服，不改常度。』稱居士，當指其止憩于黄鵠山竹林精舍事。

〔四〕領，原作『嶺』（校云：毛本作『領軍』），據《英華》、李本、十卷本、姜本、毛本、《全詩》、顧本、席本、述鈔改。【曾注】《高逸沙門傳》：支遁字道林，河内林慮人。風期高亮，年二十五始釋形入道。王洽字敬和，官領軍，與支遁爲方外交。【補注】支遁（三一四—三六六），東晋高僧，玄言詩人。本姓關，陳留人，或云河東林慮人。幼聰明。年二十五出家，常在白馬寺，與劉惔、殷浩、許詢、郄超、孫綽、袁宏等游，以佛理釋《莊子·逍遥游》，爲衆名士所服。後與王羲之交，居剡之沃洲山。晋安帝即位，召入建康，止東安寺。居三載，還東山，遁作《即色遊玄論》，主『即色是空』之説。晋太和元年卒。事詳梁釋慧皎《高僧傳》卷四《支遁》。王洽，王導之子，官中領軍，尋加中書令，固讓，表疏十上。升平二年卒于官。《晋書》有傳。《高僧傳》卷四：『王洽、劉惔、殷浩……等，並一代名流，皆著塵外之狎。』二句以戴顒、王洽自喻，以支遁喻宗密，謂昔日宗密與己相識，而今已猶篤信佛法而稱居士。

〔五〕杉，《英華》、席本、顧本作『山』。杉松，《全詩》、顧本校：一作『松杉』。【曾注】《高僧傳》：遠公結香火社。【補注】東晋釋慧遠於廬山東林寺，同慧永、慧持及劉遺民、雷次宗等結社精修念佛三昧，誓願往生西方净土，又掘池植白蓮，稱白蓮社。見晉無名氏《蓮社高賢傳》。

〔六〕同，《英華》、顧本作「因」。【曾注】劉峻《廣絶交論》：獨立高山之頂，歡與麋鹿同羣。【補注】《論語·微子》：「鳥獸不可與同羣，吾非斯人之徒與而誰與？」此反其意而用之。

〔七〕唯，《英華》、顧本作「還」。宋，《全詩》校：一作「彩」。非。【曾注】《西河舊事》：蔥嶺在敦煌西八千里，其山高大，上生蔥，故曰蔥嶺。【立注】《傳燈録》：達磨葬熊耳山，起塔定林寺。其年魏使宋雲蔥嶺回，見祖手攜隻履，翩翩而逝。雲問師何往，祖曰：「西天去。」雲歸具説其事。及門人啓壙，棺空，唯隻履存焉。詔取遺履少林寺供養。

【按】此宗密禪師圓寂後，詩人重游圭峯舊廬，有感而作。起聯謂圭峯禪師已故，唯見百尺青崖之下土墳三尺，往日宣講之佛教微言奥義杳不可聞。頷聯回憶昔年宗密與己相識，今日已猶篤信佛法而稱居士，逗下「故山弟子」。腹聯謂今日重遊圭峯，見故山之杉松、麋鹿，猶有與之結社、同羣之親切感。尾聯「故山弟子」自謂，重遊圭峯，不見禪師，空自回首，想禪師之靈魂當往西天永駐佛地。陳尚君《温庭筠早年事跡考辨》云：「庭筠自稱「故山弟子」、「東峯弟子」，是曾從宗密問學……東峯受學當在大和、開成之間。宗密是影響較大的華嚴宗宗主，政治上極有勢力。重臣温造、裴休等，屈身師事之。著名文士白居易、劉禹錫等，頻繁來往。一時名流，以得聞宣教，稱俗弟子爲幸。庭筠隨其受學，與時代風氣有關。從多次稱弟子，自謂「戴顒今日稱居士」看，在東峯爲時頗多，非偶涉僧寺者。宗密與李訓交契。《舊唐書·李訓傳》載，甘露事敗，李訓單騎投宗密。宗密「欲剃其髮匿之」。事後被拘捕，承認「識訓年深，亦知反叛」，參預了密謀。宦官懾於其勢力，不敢加害。」可資參考。庭筠受學於宗密，是否有政治色彩，單從留存的作品看，尚難作出結論。

題李處士幽居〔一〕

水玉簪頭白角巾〔二〕，瑤琴寂歷拂輕塵〔三〕。濃陰似帳紅薇晚〔四〕，細雨如煙碧草春〔五〕。隔竹見籠疑有鶴，捲簾看畫静無人〔六〕。南山自是忘年友〔七〕，谷口徒稱鄭子真〔八〕。

〔一〕《英華》卷二三二隱逸二載此首，又卷三一八居處八載此首，題作『題李剪處士杜城別業』，文字有異同，見《英華》校。【陶敏曰】李處士，李羽。温庭筠有《李羽處士寄新醞》詩。（《全唐詩人名考證》八六六頁）【按】温集尚有《李羽處士故里》、《經李徵君故居》、《宿城南亡友別墅》、《經李處士杜城別業》、《登李羽（處）士東樓》、《春日訪李十四處士》等詩，連同此首及《李羽處士寄新醞走筆戲酬》，與李羽有關之詩共有八首。羽居杜城，與庭筠之『鄠杜郊居』相近，故時有往來造訪及酬贈。李羽卒後庭筠屢經其故居，且宿其別墅。二人交往甚密，情誼亦深。處士，未入仕之士人。

〔二〕白，《英華》校：一作『戴』。席本、顧本作『戴』。【曾注】司馬相如賦：水玉磊砢。杜甫詩：頻抽白玉簪。【咸注】《世説》：郭林宗嘗行陳、梁間，遇雨，巾一角霑折。二國學士著巾，莫不折其一角，云作林宗巾。【補

注】水玉，水晶之古稱。《山海經·南山經》：『堂廷之山多棪木，多白猿，多水玉，多黄金。』郭璞注：『今水精也。』此指用水晶製作的髮簪。角巾，有棱角的頭巾，方巾，古代隱逸之士冠飾。

〔三〕【咸注】蕭子顯《春别》：江東大道日華春，垂楊掛柳拂輕塵。【補注】瑶琴，用玉裝飾的琴。寂歷、冷清、寂静。

〔四〕濃，《英華》作『穠』。【曾注】李賀詩：薇帳逗煙生緑塵。【補注】紅薇，指紅薔薇。句意謂因濃陰似帳，連日陰晦，故薔薇開晚。筆致類似義山詩『秋陰不散霜飛晚，留得枯荷聽雨聲』。

〔五〕煙，《全詩》、顧本校：一作『珠』。春，《英華》校：一作『新』。席本、顧本作『新』。

〔六〕静，《英華》、席本、顧本作『更』。

〔七〕山，《英華》、顧本作『窗』。是，《英華》、顧本作『有』。年，《英華》、席本、顧本作『機』。【咸注】陶潛《歸去來兮辭》：倚南窗以寄傲。《莊子》：漢陰丈人曰：『有機械者必有機事，有機事者必有機心，機心藏於胸中則純白不備，純白不備則神意不定。神意不定者，道之所不載也。』【補注】《詩·小雅·天保》：『如南山之壽，不騫不崩。』唐張正見《御幸樂遊苑侍宴》：『願薦南山壽，明明奉萬年。』南山作爲壽考之象徵，千年萬世長在，與人相對而言，自爲『忘年友』。山與人終日相對，似相交友，此意當暗用陶潛《飲酒》『採菊東籬下，悠然見南山』，及李白《獨坐敬亭山》『相看兩不厭，唯有敬亭山』。

〔八〕徒，《英華》、席本、顧本作『空』。【曾注】《逸士傳》：鄭朴字子真，褒中人，隱於谷口。【補注】揚雄《法言·問神》：『谷口鄭子真，不屈其志而耕乎巖石之下，名震於京師，豈其卿！豈其卿！』句意謂李羽處士之高風實更超鄭子真，豈能徒稱谷口鄭子真爲高士乎？

【方世舉曰】有同一訪人不遇而詩格高下迥別者。太白有兩五律，前六句全揭起不遇之情以入景，至結衹一點。一云『語來江色暮，獨自下寒煙』，一云『無人知處所，愁倚兩三松』，真是天馬行空，羚羊掛角，驟學如何能得？若白香山項聯『看院衹留雙白鶴，入門惟見一青松』，温飛卿項聯『隔竹見籠疑有鶴，捲簾看畫静無人』，是則雖平，却易知易能矣。（《蘭叢詩話》）

【按】此訪李羽幽居而詠其居處之幽静與其人之高逸。首聯冠戴之清雅與琴聲之幽清。頷聯幽居花草之清麗芊綿。腹聯幽居之寂静。尾聯以神交南山、比美鄭朴襯出幽居主人之清高風神。方世舉謂『訪人不遇』，恐係誤解『静無人』之語。『静無人』者，除主、客外別無他人也。起聯已明示有『水玉簪頭白角巾』，拂塵彈琴之主人在。

利州南渡〔一〕

澹然空水帶斜暉〔二〕，曲島蒼茫接翠微〔三〕。波上馬嘶看棹去〔四〕，柳邊人歇待船歸〔五〕。數叢沙草羣鷗散〔六〕，萬頃江田一鷺飛〔七〕。誰解乘舟尋范蠡，五湖煙水獨忘機〔八〕。

校注

〔一〕《英華》卷二九四行邁六載此首。【咸注】《唐·地理志》：利州，隋義城郡，武德八年改爲利州。【補注】利州，唐屬山南西道，州治在今四川廣元市。瀕嘉陵江，西南有桔柏津，『南渡』或指此渡口。此詩當爲文宗大和四年左右庭筠遊蜀途中作。

〔二〕帶，李本、十卷本、姜本、毛本、《全詩》作『對』。【補注】澹然，水波起伏貌。空水，指江面空闊船隻稀少。帶，映帶。

〔三〕【咸注】《爾雅》：山未及上曰翠微。疏：謂未及頂上，在旁陂陀之處，名翠微。【補注】曲島，指江中岸邊曲折的洲渚。翠微，此指山光水色之青翠縹緲。《文選·左思〈蜀都賦〉》：『鬱岪嶴以翠微，崛巍巍以峨峨。』劉逵注：『翠微，山氣之輕縹也。』韓愈《送區弘南歸》：『洶洶洞庭莽翠微。』句意謂江中曲折的洲渚微茫不清，連接着青翠縹緲的水光山色。此句承上『斜暉』，點染暮景。

〔四〕波，《全詩》校：一作『坡』。【補注】波上，猶言江邊。或謂此句『寫渡船過江，人渡馬也渡』（文研所《唐詩選》），亦通。

〔五〕【文研所《唐詩選》】寫待渡的人（包括作者自己）歇在柳邊。【按】二句意一貫，謂在岸上待渡的人（包括詩人自己）繫馬柳樹之下，馬在岸邊嘶鳴，眼看着渡船南去，待其歸來。

〔六〕【咸注】《南越志》：江鷗一名海鷗，在漲海中隨潮上下，常以三月風至乃還洲渚。頗知風雲，若羣飛至岸必風，渡海者以此爲候。

〔七〕【曾注】《詩》：鷺于飛。

〔八〕【曾注】《吴越春秋》：范蠡字少伯，乃楚宛三户人也。《史記》：范蠡事越王句踐，滅吴，乃裝其輕寶珠玉，自與其私徒屬乘舟浮海以行，終不反。【咸注】《史記索隱》：五湖者，郭璞《江賦》云：具區、洮滆、彭蠡、青草、洞庭。又云：太湖周五百里，故曰五湖也。張勃《吴録》：五湖者，太湖之别名也。【補注】《史記·貨殖列傳》：『范蠡既雪會稽之耻，乃喟然而嘆曰：「計然之策七，越用其五而得意。既已施于國，吾欲用之家。」乃乘扁舟浮于江湖。』又《越王句踐世家》：『句踐已平吴……范蠡遂去，自齊遺大夫種書曰：「蜚鳥盡，良弓藏，狡兔死，走狗烹。越王爲人長頸鳥喙，可與共患難，不可與共樂。子何不去？」』忘機，忘却機心機事。此指遠離機詐紛爭的政局，淡然處世。此聯承上『鷺飛』，聯想到『鷗鷺忘機』的典故，故以『尋范蠡』、『獨忘機』作結。

【金聖歎曰】水帶斜暉加『淡然』字，妙！分明畫出落日帖水之際，不知是水『淡然』，斜暉『淡然』也。再加『曲島蒼茫』字，妙！曲島相去甚遠，而其蒼茫之色，遂與翠微不分，則一時之荒荒抵暮，真是不能頃刻也。三四，『波上馬嘶』、『柳邊人歇』，妙，妙！寫盡渡頭勞人，情意迫促。自古至今，無日無處，無風無雨，而不如是，固不獨利州南渡爲然矣。（前四句）日愈淡，則島愈微；渡愈急，則人愈嘩。於是而鷗至鷺飛，自所必至，我則不曉其一一有何機事，紛紛直至此時，始復喧豗求歸去耶？末以范蠡相諷，正如經云：如責蜣螂成妙香佛，固必無是理矣。（後四句）（《貫華堂選批唐才子詩》卷六）

【朱三錫曰】一二寫是日南渡晚色，三四寫渡頭勞人情意迫促。自古至今無日無處而不然者，不獨一利州爲然也。五六即『鷗散』『鷺飛』以逼出八之『獨忘機』三字耳。（《東岩草堂評點唐詩鼓吹》）

【趙臣瑗曰】『水帶斜暉』以下十一字，只是寫天色將暝，妙在『水』字上加一『空』字，而『空』字上又加

『淡然』二字，以反挑下文之『棹去』『船歸』，見得水本無機，一被有機之人紛紛擾亂，勢必至於不能空，不能淡而後已，則甚矣機心之不可也。三四寫日雖已晡，人馬不堪并渡。五六寫人方争渡，禽鳥爲之不安。吾不知人生一世，有何機事，必不容已，碌碌皇皇，至於如此，真不足當范少伯之哂也已。（《山滿樓箋注唐詩七言律》）

【王堯衢曰】（『波上』二句）此聯野渡如畫。『獨』字與『一』字應，與『誰解』字相呼，言獨有范蠡忘機，而世人不但不能學，且不能解也。（末二句下）前解寫渡，後解因所渡之事而别以興感也。（《古唐詩合解》卷十一）

【《精選評注五朝詩學津梁》】高曠夷猶之致，落落不羣。

【按】評家於此詩頷、腹二聯，多有誤解，以爲均寫紛擾之境，以反托『忘機』之旨，實則不然。起聯『澹』『空』二字，即已顯示全篇意趣。澹然空水，映帶斜暉；曲島蒼茫，遥連翠微，寫出空闊蒼茫之利州南渡景色，係静景。頷聯正寫『渡』字，係動景。然岸邊馬嘶，柳下人歇，看舟之去，待船之歸，所呈現者乃一種悠閒不迫之情致，非所謂紛擾之境。腹聯是南渡待船人所見江天空闊之境，鷗之散，鷺之飛，均自由自在、自然而然之景，非所謂禽鳥不安。尾聯順勢收束，歸結到五湖煙水忘機之主旨。『忘機』之情即由上述空闊蒼茫、容與悠閒、自由自在之情境所觸發。曰『誰解』者，正謂我今對此情境油然而生『忘機』之情，是自得語，非謂争渡之人不解也。詩人自己即待渡之人。

贈李將軍〔一〕

誰言荀羨愛功勳〔二〕，年少登壇衆所聞〔三〕。曾以能書稱内史〔四〕，又因明易號將軍〔五〕。金溝故事春長在〔六〕，玉軸遺文火半焚〔七〕。不學龍驤畫山水〔八〕，醉鄉無跡似閑雲〔九〕。

〔一〕《英華》卷二六一寄贈十五載此首。李將軍，名字、事蹟未詳。

〔二〕言荀，《英華》校：一作『家荀』。

〔三〕【曾注】《晉書》：荀羡字令則，年十五尚公主，拜駙馬都尉。穆帝時除北中郎將、徐州刺史，監徐、兗諸州軍事，時年二十八。中興方伯，未有如羡之少者。【補注】登壇，指拜將。《史記·淮陰侯列傳》：『何曰：「王素慢無禮，今拜大將如呼小兒耳，此乃信所以去也。王必欲拜之，擇良日，齋戒，設壇場，具禮，乃可耳。」王許之。』

〔四〕【立注】《王羲之傳》：羲之字逸少，尤善隸書，爲右軍將軍、會稽内史。【補注】西漢初，諸侯王國置内史，掌民政，歷代沿置，至隋始廢。晉時内史地位相當於郡守。

〔五〕【曾注】《漢書》：劉歆謂揚雄曰：『空自苦。今學者有禄利，然尚不能明《易》，又如《玄》何？』《世説》：劉真長與殷深源談，劉理如小屈，曰：『惡卿不欲作將，善雲梯仰攻。』【補注】《舊唐書·長平王叔良傳》：『孝斌子思訓……開元初左羽林大將軍，進封彭國公，更加實封二百户，尋轉右武衛大將軍，開元六年卒……思訓尤善丹青，迄今繪事者推李將軍山水。』思訓子昭道亦以繪山水著名。思訓以官稱大李將軍，昭道又因父而稱小李將軍。此唐代李姓稱大小李將軍者，然二李均不聞有『明《易》』之事。

〔六〕【曾注】《晉書》：王濟買地爲馬埒，編錢滿之，時人謂爲『金溝』。【補注】《世説新語·汰侈》：『濟好馬射，買地作埒，編錢匝地竟埒，時人號曰金溝。』

〔七〕文，《英華》、述鈔、席本、顧本作『圖』。【咸注】庾信賦：玉軸揚灰。【補注】此似謂其愛好收藏古代書畫。火半焚，言其曾經兵火等刼難而彌顯珍貴。

〔八〕水，原一作「色」，《英華》作「色」。【曾注】《畫苑》：顧愷之善畫山水，仕至龍驤將軍。每大醉始命筆，人稱奇絶。【按】《晉書·顧愷之傳》只載其曾爲桓温大司馬參軍、後爲殷仲堪參軍，義熙初爲散騎常侍，未見曾爲龍驤將軍，亦未載其善畫山水。未知《畫苑》所本。

〔九〕【補注】王績《醉鄉記》：「阮嗣宗、陶淵明等十數人，並遊於醉鄉。」陶淵明《歸去來兮辭》：「雲無心以出岫，鳥倦飛而知還。」

【按】首聯謂李將軍雖不愛功勳，而年少即如荀羡登壇拜將，聲名自顯。頷聯美其身爲武人，而能書明《易》，具有文化修養，非一介粗鄙武夫。腹聯言其性雖豪侈如王濟，却愛收藏古書法名畫，與「能書」「明《易》」相應。尾聯謂其雖爲不畫山水之「李將軍」，然寄跡醉鄉，心如閑雲，品格自高，遥應篇首「誰言荀羡愛功勳」。總言李將軍之年少登壇拜將，能書明《易》、喜愛書法名畫，喜飲酒，雖武將而具文人修養氣質。或謂題内「李將軍」指李愬之子李聽。聽曾「十領節旌」，元和十四年即任夏綏節度使，與首聯合，「出爲蔚州刺史。州有銅冶，自天寶後廢不治，民盜鑄不禁。聽乃開五鑪，官鑄錢日五萬，人無犯者」，或即所謂「金溝故事」。《新唐書·李德裕傳》載「李聽爲太子太傅，招所善載酒集宗閔閤，醉乃去」，或可附會末句。然於「能書」「明《易》」「玉軸遺文」諸事皆未有相合者，疑非是。聽曾爲羽林將軍，開成四年卒。兩《唐書》有傳。可覆按。

寒食日作〔一〕

紅深緑暗逕相交〔二〕，抱暖含春披紫袍〔三〕。綵索平時牆婉娩〔四〕，輕毬落處花寥梢〔五〕。窗中草色妬雞卵〔六〕，盤上芹泥憎燕巢〔七〕。自有玉樓芳意在〔八〕，不能騎馬度煙郊。

〔一〕《古今歲時雜詠》卷十二寒食載此首。【咸注】徐堅《初學記》：《荆楚歲時記》：『去冬節一百五日，即有疾風甚雨，謂之寒食。』據曆合在清明前二日，亦有去冬至一百六日。【補注】寒食節起源甚早，《周禮·秋官·司烜氏》即有『中春以木鐸修火禁於國中』之記述。後又附會介之推隱綿山，晉文公燒山逼使其出仕，之推抱樹焚死，後人憫其遭遇，相約於其忌日禁火冷食之傳説。《荆楚歲時記》謂寒食『禁火三日，造餳大麥粥。』晉陸翽《鄴中記》：『寒食三日，作醴酪，又煮粳米及麥爲酪，杏仁煮作粥。』唐人詩中多寫寒食春遊、蕩鞦韆、掃墓、造餳粥等習俗。庭筠現存詩中，有關寒食之作共三題四首，除本篇外，尚有《寒食前有懷》（卷八《别集》）、《寒食節日寄楚望二首》（卷九《集外詩》）。本篇當居鄠杜時作。

〔二〕逕，《歲時雜詠》作『遥』，誤。【補注】紅深緑暗，指花色深紅緑草深暗。逕相交，指花草長得茂盛，將小徑都連接成一片。

〔三〕春，席本、《全詩》、顧本作『芳』。披，顧本作『被』。【曾注】長孫無忌議：袍下加襴緋紫緑，視其品。

【補注】抱暖含春，謂花苞中包含着春天的晴暖之氣。披紫袍，指花萼的外層呈紫色。李商隱《和張秀才落花有感》：『晴暖感餘芳，紅苞雜絳房。』

〔四〕【曾注】《古今藝術圖》：北方山戎寒食用秋千爲戲，以習輕矯者。《内則》：婉娩聽從。【補注】綵索，指秋千索。韓愈《寒食直歸遇雨》：『不見紅毬上，那論綵索飛。』平時，指秋千高高蕩起與架頂平齊。婉娩，蜿蜒伸展貌。

〔五〕花，《歲時雜詠》、席本、《全詩》、顧本作『晚』。梢，《全詩》校：一作『捎』。【咸注】武平一詩：令節重遨遊，分鑣戲綵毬。按：朱鶴齡《李義山集注》：打毬即蹴鞠，本寒食事。【補注】輕毬，指蹴毬之戲所用之綵球。唐代蹴毬之戲爲戰國以來流行之『蹴鞠』之戲的演變，已有充氣球及類似現代足球的球門。《文獻通考·樂二十》：『蹵球蓋始於唐，植兩修竹，高數丈，絡網於上，爲門以度毬。毬工分左右朋，以角勝負否。豈非蹴鞠之變歟？』花寥梢，形容花稀疏。

〔六〕卵，李本、十卷本、姜本、毛本誤作『卯』。【咸注】《初學記》引《玉燭寶典》：此節城市尤多鬭雞卵之戲。《左傳》有季郈鬭雞，其來遠矣。古之豪家，食稱畫卵，今代猶染藍茜雜色，仍加雕鏤，遞相餉遺，或置盤俎。《管子》曰：雞卵熟，斲之，所以發積藏，散萬物。張衡《南都賦》：春卵夏筍，秋韭冬菁。【補注】似謂草色僅碧綠一色，不似雞卵之多彩，故云『妬』。

〔七〕【補注】芹泥，燕子築巢所用之草泥。燕巢中之芹泥掉落盤中，故曰『憎』。

〔八〕樓，《歲時雜詠》作『机』。芳，李本、毛本、席本、姜本作『春』，與次句複。

【按】詩寫寒食日春色、節俗之美。末聯謂『玉樓』（似指所愛女子居處）春意正濃，故不能騎馬度越煙花如錦之芳郊，爲寒食之郊遊也。

李羽處士寄新醖走筆戲酬〔一〕

高談有伴還成藪〔二〕，沉醉無期即是鄉〔三〕。已恨流鶯欺謝客〔四〕，更將浮蟻與劉郎〔五〕。簷前柳色分張緑〔六〕，窗外花枝借助香。所恨玳筵紅燭夜〔七〕，草玄寥落近回塘〔八〕。

〔一〕【補注】李羽處士，見前《李處士幽居》注〔一〕。新醖，新釀的春酒。走筆，揮筆疾書。

〔二〕【曾注】李白《春夜宴桃李園序》：高談轉清。【咸注】《世説》：晉裴頠善談論，時謂言談之林藪。【補注】《世説新語·賞譽》劉孝標注引《惠帝起居注》：『頠理甚淵博，贍於論難。』故『談藪』一語本指知識淵博，對答如流。此句則謂李處士高談有伴，成爲談論者聚集之所，取義有别。獨孤及《河南府法曹參軍張公墓表》：『談藪清風，詞林逸韻，墨池真草，三事永絶。」義同。

〔三〕【曾注】《韓詩外傳》：飲者齊顏色均衆寡謂之沈。顏延之《五君詠》：沈醉似埋照。【立注】《新唐書·王績傳》：績作《醉鄉記》以次劉伶《酒德頌》。《舊唐書》：績字無功，隋大業中授六合縣丞。棄官還鄉，嘗躬耕於東皋，號東皋子。或經過酒肆，動輒經日，往往題壁作詩，多爲好事者諷詠。【補注】王績《過酒家》：「此日長昏飲，非關養性靈。眼看人盡醉，何忍獨爲醒？」《贈程處士》有句云：「禮樂囚姬旦，詩書縛孔丘。不如高枕上，時取醉消愁。」可見其「沉醉無期」之真實心理。李羽之沉於醉鄉，或亦類此。

〔四〕欺，席本、顧本作「期」，與上句「期」字複。【咸注】謝靈運詩：園柳變鳴禽。李善曰：鳴禽，鶯也。鍾嶸《詩品》：初錢塘杜明師夜夢東南有人來入其館，是夕即靈運生於會稽。旬日而謝玄亡。其家以子孫難得，送靈運於杜治養之，十五方還都，故名客兒。

〔五〕【咸注】劉熙《釋名》：酒有泛齊浮蟻在上，泛泛然也。庾信詩：浮蟻對春開。【立注】《世説》：王戎弱冠詣阮籍，時劉公榮在座。阮謂王曰：「僕有二斗美酒，當與君共飲，彼公榮者無預焉。」二人交觴酬酢，公榮遂不得一杯。而言語談戲，三人無異。或問之，阮答曰：「勝公榮者，不得不與飲酒；不如公榮者，不可不與飲酒；唯公榮可不與飲酒。」【按】此「劉郎」不當指劉公榮，因公榮已在「不與飲酒」之列。當指以嗜酒聞名之劉伶。《晉書·劉伶傳》：「常乘鹿車攜一壺酒，使人荷鍤而隨之，謂曰：『死便埋我。』其遺形骸如此。嘗渴甚，求酒於其妻……跪祝曰：『天生劉伶，以酒爲名。一飲一斛，五斗解醒……』」浮蟻，本指酒面上的浮沫，此借指酒。

〔六〕【補注】分張，分佈。或解，分張，分與，攤與。詳錢鍾書《管錐編》第三冊一一〇九至一一一〇頁。

〔七〕【補注】玳筵，以玳瑁爲飾的筵席，指豪貴人家的盛宴。

〔八〕【曾注】《揚雄傳》：時雄方草《太玄》，有以自守，泊然也。【補注】《漢書·揚雄傳》：「哀帝時，丁、傅、董賢用事，諸附離之者或起家至二千石。時雄方草《太玄》，有以自守，泊如也。」曾注引過略，故補引之。《太玄》，揚雄模仿《周易》作《太玄經》，分八十一首，以擬六十四卦，今本十卷。回塘，曲折的池塘。

【按】此因李羽處士寄贈新釀之美酒而作詩酬之。首聯謂李羽好招集名士高談且酷嗜飲酒，常沉於醉鄉。次聯謂其已抱恨於園柳尚未見黄鶯之啼鳴（園柳雖緑而流鶯未聞，故恨其失信而『欺』我），更將新釀之美酒贈與我，『劉郎』指詩人自己。腹聯謂緑蟻新醅之酒分佈其緑色於簷前之柳，而窗外之花枝，亦借助酒之芳香。此贊新醖之色香。尾聯謂值此豪貴之家玳筵紅燭高照之時，處士則獨自寂寞地在曲折的池塘邊從事著述，有惋惜感慨之意。

郊居秋日有懷一二知己〔一〕

稻田鳧雁滿晴沙〔二〕，釣渚歸來一逕斜〔三〕。門帶果林招邑吏，井分蔬圃屬隣家。皐原寂歷垂禾穗〔四〕，桑竹參差映豆花〔五〕，自笑謾懷經濟策〔六〕，不將心事許煙霞〔七〕。

〔一〕【補注】郊居，當指詩人所居之鄠郊别墅。詩集有《鄠郊别墅寄所知》、《鄠杜郊居》、《自有扈至京師已後朱櫻之期》等詩，證明庭筠家居於長安西南鄠郊，靠近杜陵。其《商山早行》云：『晨起動征鐸，客行悲故鄉……

因思杜陵夢，鳧雁滿回塘。」回思故鄉景物，與本篇首句『稻田鳧雁滿晴沙』相似，亦可證『郊居』之爲『鄠杜郊居』。詩當作於居鄠杜期間，具體時間不詳。一二知己，或包括李羽在内。

〔二〕【曾注】杜甫詩：鵁鶄鸂鶒滿晴沙。

〔三〕【咸注】庾信賦：方塘水白，釣渚池圓。【補注】庭筠《開成五年秋以抱疾郊野》詩敘郊居生活，亦有『釣石封苔蘚』之句。

〔四〕【補注】皋原，沼澤和原野。寂歷，寂静貌。

〔五〕【曾注】顔延之詩：歸來藝桑竹。【咸注】《五侯鯖》：八月豆花雨。

〔六〕【補注】經濟策，經世濟民之方略。《晉書·殷浩傳》：『足下沈識淹長，思綜通練。起而明之，足以經濟。』李白《嘲魯儒》：『問以經濟策，茫若墜煙霧。』

〔七〕【補注】心事許煙霞，指歸隱山林的意向。

【按】詩詠郊居秋日景物及閑散生活。稻田禾穗，晴沙鳧雁，釣渚斜徑，果林蔬圃，桑竹豆花，一片閑逸蕭散之鄉居生活景象。然詩人之『心事』却未歸於安閑恬静，而是深懷經世濟民之志。現實之安閑處境與不安於隱遁之心志適成鮮明對照。『自笑』『謾懷』四字中含有感喟與不平。

題友人池亭〔一〕

月榭風亭繞曲池〔二〕，粉垣迴㸦瓦參差〔三〕。侵簾片白摇翻影〔四〕，落鏡愁紅寫倒枝〔五〕。鸂鶒刷毛花蕩漾〔六〕，鷺鷥拳足雪離披〔七〕。山翁醉後如相憶〔八〕，羽扇清樽我自知。

〔一〕《英華》卷三一六居處六載此首，題作『偶題林亭』，校：集作『題友人池亭』。席本、顧本題同《英華》。

【按】此詩當居鄠郊期間作。友人姓名不詳。

〔二〕【曾注】宋玉《招魂》：坐堂伏檻，臨曲池些。【咸注】沈約《郊居賦》：風臺累翼，月榭重栭。【補注】月榭，賞月的臺榭。風亭，納凉的亭子，曲池，曲折回繞的池塘。

〔三〕粉，《全詩》、顧本校：一作『粿』。垣，《英華》、席本作『牆』。㸦，《英華》《全詩》作『互』，字同。李本、十卷本、姜本、毛本作『牙』。十卷本、姜本注：與『互』同。【曾注】㸦，古『互』字，與『牙』同。【咸注】顔延之序：延帷接枑。銑曰：延帷謂列帷使相接而回枑也。枑，五臣本作『枑』字，音㸦。【補注】回㸦，回環繚繞。參差，紛紜繁雜。杜牧《阿房宫賦》：『瓦縫參差，多於周身之帛縷。』

〔四〕簾，《英華》作『簷』。片白，李本、十卷本、姜本、毛本作『白片』，非。【補注】片白，指白花的花瓣。

〔五〕愁紅，李本、十卷本、姜本、毛本作『紅愁』，非。【補注】鏡，指如鏡的池面。愁紅，指將凋謝的花。

寫，映照。句意謂映照在如鏡池面上的花枝顯現出倒影。

〔六〕【補注】刷毛，刷理毛羽。花蕩漾，指彩色紛披的毛羽隨波蕩漾。

〔七〕【曾注】李白詩：白鷺拳一足。【補注】雪離披，形容鷺鷥的白色毛羽紛披如雪。

〔八〕【咸注】《晉書》：山簡字季倫，鎮襄陽時，天下分崩，簡優游卒歲，惟酒是躭。習氏有佳園池，簡每至池上，置酒輒醉，名之曰高陽池。兒童歌曰：『山公出何許？往至高陽池。日夕倒載歸，酩酊無所知。時時能騎馬，倒著白接䍦。舉鞭向葛彊，何如并州兒？』【補注】山翁，借指友人，即池亭之主人。下句『羽扇清樽』亦指友人。

【按】此游友人池亭題贈之作。首聯點題，謂月榭風亭，環繞曲池，粉牆繚繞，瓦片參差。次聯亭前池上之景，白色花瓣侵簾而摇落，將凋之紅花映照池面，顯現倒影。腹聯寫池中鸂鶒刷理毛羽，池邊鷺鷥拳足而立。尾聯從眼前池亭景物推開，想像異日池亭主人持扇揮樽相憶之情景。君思我，我亦思君，故曰『羽扇清樽我自知』。

南湖〔一〕

湖上微風入檻涼〔二〕，翻翻菱荇滿迴塘〔三〕。野船着岸偎春草，水鳥帶波飛夕陽。蘆葉有聲疑霧雨，浪花無際似瀟湘〔四〕。飄然篷艇東歸客〔五〕，盡日相看憶楚鄉〔六〕。

〔一〕【曾注】《地理志》：南湖，一名鑑湖，在會稽。漢太守馬臻開鑿。【補注】本篇又作朱慶餘詩，見《全唐詩》卷五一五。佟培基《全唐詩重出誤收考》云：『按南湖即鏡湖，又名鑒湖。《元和郡縣圖志》二六云：「湖在會稽、山陰兩縣界。」《讀史方輿紀要》九二會稽縣條下云：「鑒湖，城南三里，亦曰鏡湖，一名長湖，又爲南湖。」會稽屬越州，朱慶餘即越州人，會稽是其家鄉……此重出詩後四句……對越州南湖蘆葉浪花，而聯想瀟湘及楚鄉，似不應爲朱慶餘語。夏承燾《温飛卿繫年》曾説：「卷四有《南湖》即鑒湖一律，結云：飄然蓬頂東遊客，盡日相看憶楚鄉。當在遊江淮之後。」繫此詩爲飛卿三十歲間所作，即從江淮客遊江東時。述古堂影宋寫本《温庭筠詩集》載此，而四部叢刊續編宋本及江標宋本朱集不收。《英華》一六三載朱慶餘《和唐中丞開淘西湖暇日遊泛》詩，後緊接《南湖》此詩及《鏡湖西島言事》，題下佚名。《全詩》將此二首補入朱集末。此詩爲温飛卿作，而《西島言事》爲方干詩，首句「慵拙幸便荒僻地」，尾句「應向此溪成白頭」，皆不應爲朱慶餘語。』按：佟氏考辨翔實，此當爲温作。

〔二〕入，《英華》作『小』。【補注】檻，上下四方加板的船。《文選·左思〈吴都賦〉》：『弘舸連舳，巨檻接艫。』劉逵注：『船上下四方施板者曰檻也。』此詩尾聯有『篷艇』字，詩人當在舟中觀賞南湖風景。故此句之『檻』當指船，而非通常指臨水有欄杆的建築。

〔三〕菱荇，《全詩》、顧本校：一作『荷芰』。【補注】荇，多年生草本植物，葉呈對生圓形，嫩時可食。《詩·周南·關雎》：『參差荇菜，左右流之。』回塘，曲折回繞的池塘，此指鏡湖邊上的池塘。翻翻，形容菱荇的葉隨風翻動之狀。

〔四〕【曾注】何遜詩：風逆浪花生瀟湘。《圖經》：湘水自陽海發源，至零陵北而營水會之。二水合流，謂之瀟湘。瀟者，水清深之名也。【補注】《山海經·中山經》：『帝之二女居之，是常遊于江淵，澧、沅之風，交瀟湘之淵。』《水經注·湘水》：『二妃從征，溺于湘江，神遊洞庭之淵，出入瀟湘之浦。瀟者，水清深也。』此『瀟湘』即指湘江。按：唐時鏡湖遠比現時寬廣，有百里鏡湖之稱，故曰『浪花無際』。

〔五〕篷，原作『蓬』，據毛本、《全詩》改。艇，席本、顧本作『頂』。歸，李本、十卷本、姜本、毛本、席本作『遊』。

〔六〕【補注】楚鄉，當指詩人在吴地太湖附近的舊鄉。庭筠詩中多稱自己吴地的舊鄉爲『楚國』（《碧磵驛曉思》：『香燈伴殘夢，楚國在天涯。』），稱自己爲『楚客』（《細雨》：『楚客秋江上，蕭蕭故國情。』），稱舊鄉一帶的天爲『楚天』（《盤石寺留別成公》：『山疊楚天雲壓塞，浪遥吴苑水連空。』），稱吴地的寺爲『楚寺』（《和友人盤石寺逢舊友》：『楚寺上方宿，滿堂皆舊游。』）蓋因吴地後盡入楚，故可稱『楚國』、『楚天』、『楚寺』、『楚客』，此『楚鄉』亦指其在吴地之舊鄉。

【金聖歎曰】（前解）坐檻中看湖上，初並無觸，而微涼忽生，於是默然心悲，此是湖上風入也。一時閑閑肆目，是他翻翻滿塘。嗟乎！秋信遂至如此，我今身坐何處，便不自覺轉出後一解之四句也。前解只寫得『風』字『涼』字，言因涼悟風，因風悟涼，翻翻菱荇，則極寫風色也。三四『着岸偎』、『帶波飛』，亦是再寫風。然『春草』寫爲時曾幾，『夕陽』寫目今又促。世傳温、李齊名，如此纖濃之筆，真爲不忝義山也。（比義山，又別是一手。）（後解）『疑夜雨』，非寫蘆葉；『似清（瀟）湘』，非寫浪花。此皆坐篷艇，憶楚鄉人，心頭眼底遊魂往來，惝恍如此。細讀『盡日相看』四字，我亦渺然欲去也。（筆墨之事，真是奇絶。都來不過一解四句，二解八句，而其中間千轉萬變，並無一點相同，正如路人面孔，都來不過眼耳鼻口四件，而並無一點相同也。即如飛卿齊名義山，乃至於無義山一字，惟義山亦更無飛卿一字。只因大家不襲一字，不讓一字，是故始得齊名。然所以不襲不讓之故，乃只在一解四句、二解八句之中間。我真不曉法性海中，大漩澓輪，其底果在何處也。（《貫華堂選批唐才子詩》卷六）

【陸次雲曰】「偎」字用在船上，亦佳。（《五朝詩善鳴集》）

【趙臣瑗曰】前六句皆寫湖上之景，七八結出全旨，而先用「似瀟湘」三字，暗伏「楚鄉」之脈，又其針綫也。筆態纖穠合度，無忝一時才名。（《山滿樓箋注唐詩七言律》）

【屈復曰】前六句俱寫景，七八方寫情。句雖典雅，但少意味耳。（《唐詩成法》）

【毛張健曰】通篇暗寫微風，不露色相，使讀者了然會心。（《唐體膚詮》）

【王堯衢曰】前解寫南湖風景，後解寫旅泊神情。看此浪花蘆葉，且并看此夕陽春草，水鳥野船，頭頭是景，種種動情。然其如非我之楚鄉何哉！故因看而遂有故鄉之憶也。（《古唐詩合解》卷十一）

【朱三錫曰】通首只寫湖上坐篷艇，客心憶楚鄉，一時閑閑肆目，俱成絶妙文章。（《東岩草堂評訂唐詩鼓吹》卷七）

【按】前三聯均寫舟中所見南湖景色。而「湖上微風」四字實爲所有景物特徵之根由。舉凡「入檻涼」之觸覺感受，「翻翻菱荇」、「野船着岸」、「水鳥帶波」、「浪花無際」之視覺感受，「蘆葉有聲」之聽覺感受，均緣「湖上微波」而生。而「浪花無際」一句又暗遞到尾聯「憶楚鄉」。蓋因詩人之舊鄉即在煙波浩渺之太湖濱，故見此「浪花無際」之南湖遂自然引起對「楚鄉」之思憶。「東歸客」指自己。會昌元年春，庭筠有《春日將欲東歸寄新及第苗紳先輩》，「東歸」即指「行役議秦吴」（《書懷一百韻》），亦即自長安東歸舊鄉吴中。庭筠當先歸舊鄉，然後出游越中。詩寫景當春令，約爲會昌二年春作。另有《東歸有懷》五律，寫景值秋令（「魚静蓼花垂」「無限高秋淚」），當會昌元年秋初抵舊鄉吴中時作。此詩風格清麗流美，寫景如畫，「水鳥」句、「蘆葉」句尤爲出色。

贈袁司録 即丞相淮陽公之猶子，與庭筠有舊也〔一〕

一朝辭滿有心期〔二〕，花發楊園雪壓枝〔三〕。劉尹故人諳往事〔四〕，謝郎諸弟得新知〔五〕。金釵醉就胡姬畫〔六〕，玉管閑留洛客吹〔七〕。記得襄陽耆舊語〔八〕，不堪風景峴山碑〔九〕。

〔一〕《英華》卷二六一寄贈十五載此首。【陶敏曰】淮陽公，袁滋。《新書》本傳：『遷湖南觀察使，累封淮陽郡公。』袁滋相憲宗。（《全唐詩人名考證》）【補注】司録參軍，府尹或州郡刺史屬官。猶子，姪。袁司録，疑指袁郊。《新唐書·宰相世系表四下》：袁滋，字德深，相憲宗。子炯，江陵户曹參軍；寔，河中功曹參軍；均，太子典膳郎；都，字子美，右拾遺；郊，字子乾，虢州刺史。《新唐書·袁滋傳》：『子均，右拾遺；郊，翰林學士。』《唐詩紀事》卷六十五：『郊，咸通時爲祠部郎中，有《甘澤謡》九章，與温庭筠酬唱，庭筠有《開成五年抱疾不得預計偕詩寄郊》云：「逸足皆先路，窮交獨向隅」是也。』按：庭筠與袁郊爲故交，長詩《開成五年秋以抱疾郊野不得與鄉計偕至王府將議遐適隆冬自傷因書懷奉寄殿院徐侍御察院陳李二侍御回中蘇端公鄠縣韋少府兼呈袁郊苗紳李逸三友人一百韻》，稱郊爲友人，即此詩題注『有舊』之意。唯《新唐書》表、傳均謂袁郊係滋之子，此詩題注則曰『猶子』，爲未全合。如袁司録爲袁郊，其爲司録參軍當在大中年間，在咸通爲祠部郎中之前。

〔二〕【曾注】謝靈運詩：辭滿豈常秩。【補注】辭滿，官吏任期屆滿，自求解退。心期，心願。李商隱《七月二十九日崇讓宅宴作》：『豈到白頭長只爾，嵩陽松雪有心期。』

〔三〕壓，《英華》、席本、顧本作『覆』。【曾注】王僧達詩、楊園流好音。【補注】花，指楊花（柳絮）。楊花色白如雪，故云『雪壓枝』。

〔四〕【曾注】《世説》：劉惔字真長，沛國相人也。歷丹陽尹。及卒，故人孫綽爲之誄曰：『知真長者無若我，彼往居官，而無官官之事；處事，而無事事之心。』【補注】此以劉尹比袁司録，以故人孫綽自指。諳往事，即所謂『知真長者無若我』。

〔五〕【咸注】謝靈運《酬從弟惠連》詩：末路值令弟，開顔披心胸。【補注】謝郎，指謝靈運。靈運在建康與族叔謝混、從弟瞻、曜、弘微時以文義賞會，時人稱烏衣之游（見《宋書·謝弘微傳》）。又《宋書·謝靈運傳》：『靈運以疾東歸……與族弟惠連、東海何長瑜、潁川荀雍、泰山羊璿之，以文章賞會，共爲山澤之游，時人謂之四友。惠連幼有才悟，而輕薄不爲父方明所知……靈運嘗自始寧至會稽造方明，過視惠連，大相知賞……謂方明曰「阿連才悟如此，而尊作常兒遇之。」』此類或即所謂『謝郎諸弟得新知』。此句借指己之諸弟亦有幸得與袁同游，獲此新知。

〔六〕胡，姜本、十卷本作『吴』。晝，《英華》作『盡』，誤。【曾注】古樂府：頭上金爵釵。辛延年詩：胡姬年十五，春日獨當壚。

〔七〕【曾注】庾信賦：玉管初調。《列仙傳》：王子晉善吹笙，伊、洛間有道士浮丘伯，攜之上嵩山。【補注】此句化用李白《春夜洛城聞笛》詩意：『誰家玉笛暗飛聲，散入春風滿洛城。此夜曲中聞《折柳》，何人不起故園情？』上句亦與李白詩有關，如《金陵酒肆留别》：『風吹柳花滿店香，胡姬壓酒勸客嘗。』

〔八〕【曾注】杜甫詩：襄陽耆舊間。

〔九〕景，《全詩》、顧本校：一作『雨』。【咸注】《晉書》：羊祜樂山水，每風景，必造峴山，置酒言詠。曾慨然流涕，顧謂從事中郎鄒湛等曰：『有宇宙便有此山。由來賢達勝士，登此望遠，如我與卿等多矣。皆湮滅無聞，使人悲傷。』祜卒，襄陽百姓於峴山祜生平遊憩之所建碑立廟，望其碑者莫不流涕。【補注】據《新唐書·袁滋傳》，滋憲宗時爲相，曾歷任劍南東西川節度使、義成節度使、山南東道節度使、荆南節度使等。其中山南東道節度使治襄陽。傳載其『爲華州刺史，政清簡，流民至者，給地居之，名其里曰義合。然專以慈惠爲本……滋行，耆老遮道不得去。』『徙義成節度使。滑，用武地，東有淄青，北魏博，滋嚴備而推誠信，務在懷來，李師道、田季安畏服之。居七年，百姓立祠祝祭。』其事類似羊祜之有惠政。尾聯以襄陽百姓懷念羊祜借喻，謂袁滋歷官之地的百姓懷念其舊德。

【按】首聯謂袁司録任官期滿，自求解職，以遂其隱逸之心願，其時正值暮春楊花飄絮之候。頷聯敍二人之交情，謂我爲袁之故人，最諳袁之才情個性；而己之諸弟亦有幸與袁同游而獲此新知。腹聯敍彼此同游之放逸生活，或入胡姬酒肆而醉就金釵作畫，或吹奏玉笛以抒思鄉之情。尾聯點題注『丞相淮陽公』，謂耆舊百姓懷其惠政舊德，而己之懷恩之情亦寓其中。

題西明寺僧院〔一〕

曾識匡山遠法師〔二〕，低松片石對前墀。爲尋名畫來過院〔三〕，因訪閑人得看棋〔四〕。新雁參差雲碧處〔五〕，寒鴉遼亂葉紅時〔六〕。自知終有張華識〔七〕，不向滄洲理釣絲〔八〕。

〔一〕《英華》卷二三八寺院六載此首。【補注】西明寺，在長安朱雀門街西第三街延康坊西南隅。本隋楊素舊宅。唐高宗顯慶元年（六五六）爲孝敬太子病愈而改宅爲寺。係唐人賞牡丹之勝地。寺中有楊廷光畫及褚遂良等書。見《唐兩京城坊考》卷四。大中六年改爲福壽寺。

〔二〕【曾注】《廬山記》：匡俗出於周威王時，生而神靈，隱淪潛景，廬於此山，故山取號焉。【咸注】《高僧傳》：慧遠本姓賈氏，雁門樓煩人。因秦亂來遊於晉，居廬阜三十餘年，化兼道俗。【補注】匡山，指廬山。遠法師，借指西明寺某住持高僧，謂其曾駐錫名山。

〔三〕院，《英華》、席本、顧本作『寺』。【補注】名畫，指楊廷光畫。張彥遠《歷代名畫記》卷九：『楊庭光，與吴（道玄）同時。佛像經變，雜畫山水極妙，頗有似吴生處，但下筆稍細耳。』在西明寺之楊廷光畫，當是佛像經變圖。

〔四〕【曾注】《列仙傳》：王質入山看仙人對棋，局竟，斧柯已爛。【補注】閑人，此指寺僧。

〔五〕【補注】參差，形容雁陣斜行不齊之狀。

〔六〕遼，《英華》作『寥』；亂，《英華》作『落』，李本、毛本作『遶』。【補注】作『遼遶』、『遼亂』、『寥落』雖均可通，但此句實本作『遼遶』。遼遶，同『繚繞』，回環旋轉。暗用曹操《短歌行》『月明星稀，烏鵲南飛。繞樹三匝，無枝可依』語意，暗示己正如寒鴉繞樹，無枝可依。反逗尾聯。

〔七〕【曾注】《晉書》：張華字茂先，范陽人。累遷司空。性好人物，誘進不倦，至於窮賤候門之士有一介之善者，便咨嗟稱詠，爲之延譽。【補注】《晉書·陸機傳》：『至太康末，與弟雲俱入洛，造太常張華。華素重其名，如舊相識，曰：「伐吴之役，利獲二俊。」』又，『機天才秀逸，辭藻宏麗，張華嘗謂之曰：「人之爲文，常恨才少；而子更患其多。」』此蓋以陸機自比，謂己終當得到當朝顯宦如張華者之延譽賞識。

〔八〕【補注】滄洲，隱士之居處。謝朓《之宣城郡出新林浦向板橋》：『既歡懷禄情，復協滄洲趣。』句謂己不願隱淪遁世。

【按】首聯謂己與西明寺住持高僧舊已相識，今來此寺，見院中低松片石正對階墀。頷聯謂己因尋訪楊廷光之名畫來到寺院，並拜訪閑逸之高僧，得以觀其圍棋對局。腹聯宕開，寫所見空中雁陣參差、寒鴉繞樹之景，微寓無所依託之意。尾聯反轉作結，謂己終能爲當權重才者所賞譽，不願隱淪遁世，與《郊居秋日有懷一二知己》『自笑謾懷經濟策，不將心事許煙霞』可以互參。可見積極用世，不甘隱遁係庭筠之一貫主導思想。訪寺院詩每以清净爲言，此却結穴於希企顯貴者之賞識，可見詩人之個性，亦見詩人之自信。據徐松《唐兩京城坊考》卷四，西明寺大中六年改爲福壽寺，則此詩當作於大中六年以前。

偶題

微風和暖日鮮明，草色迷人向渭城〔一〕。吳客捲簾閑不語〔二〕，楚娥攀樹獨含情〔三〕。紅垂果蔕櫻桃重〔四〕，黄染花叢蝶粉輕〔五〕。自恨青樓無近信〔六〕，不將心事許卿卿〔七〕。

〔一〕【曾注】《漢書》注：渭城故咸陽，高帝元年更名新城。武帝元鼎三年更名渭城。《括地志》：渭城在雍州東五十里。【補注】渭城東漢時併入長安縣，治所在今陝西咸陽東北二十里。

〔二〕吳，底本闕文，校：毛本陸增『洛』字。李本、十卷本、姜本、毛本、《全詩》、顧本作『吳』，兹據補。述鈔作『蜀』。【補注】吳客，庭筠自指。庭筠舊家吳中，故稱。

〔三〕【補注】楚娥，楚地的美女，指所懷的歌妓。

〔四〕【曾注】《漢書》：叔孫通曰：『禮，春有嘗果。方今櫻桃熟，可薦宗廟。』【補注】此言櫻桃紅熟，果蔕倒垂，果實飽滿。

〔五〕【曾注】梁元帝詩：戲蝶時飄粉。【補注】謂戲蝶留連飛舞花叢之間，遺落翅上的黄粉。

〔六〕【補注】青樓，此指妓院倡樓。南朝梁劉邈《萬山見采桑人》：『倡妾不勝愁，結束下青樓。』杜牧《遣懷》：『十年一覺揚州夢，贏得青樓薄倖名。』

〔七〕【曾注】《世説》：王安豐婦常卿安豐。安豐曰：『婦人卿壻，於禮不敬。』婦曰：『憐卿愛卿，所以卿卿。我不卿卿，誰當卿卿。』【補注】卿卿，男女間親暱之稱呼。此『卿卿』自指。

【按】此有懷倡樓舊好之作。首聯春天風和日暖，草色迷人之景，興起懷念對方的情懷。頷聯分寫雙方：『吳客』自指，『楚娥』指女方，或即以巫山神女指稱之。『卷簾閑不語』與『攀樹獨含情』均有所思念之情狀，下句係想像之詞。腹聯寫春暮景色，櫻桃紅熟垂果，蝶粉黃染花叢，寓意在有意無意之間。尾聯恨對方無近信，不將心事告知自己。此首一作張祜詩，見宋蜀刻本《張承吉文集》卷八，文字與温集略異，佟培基《全唐詩重出誤收考》未考。從文字風格看，似爲温作。

寄湘陰閻少府乞釣輪子〔一〕

釣輪形與月輪同〔二〕，獨繭和煙影似空〔三〕。若向三湘逢雁信〔四〕，莫辭千里寄漁翁〔五〕。篷聲夜滴松江雨〔六〕，菱葉秋傳鏡水風〔七〕。終日垂鈎還有意〔八〕，尺書多在錦鱗中〔九〕。

校注

〔一〕【咸注】《舊唐書》：湘陰縣，漢羅縣，屬長沙國。縣界汨水，注入湘江、昌江。【補注】《新唐書·地理志》：「岳州巴陵郡。湘陰，武德八年省羅縣入焉。」湘陰瀕湘江，靠洞庭湖湘江入口處不遠。少府，唐人對縣尉的稱謂。釣輪子，釣車上的輪子，上面纏絡釣絲。既可放遠，亦可迅速收回。

〔二〕【曾注】薛道衡詩：復屬月輪圓。【補注】月輪，圓月。

〔三〕【曾注】《列子》：詹何以獨繭爲綸。【補注】獨繭，即獨繭絲。司馬相如《上林賦》：「曳獨繭之褕絏，眇閻易以卹削。」郭璞注：「獨繭，一繭之絲也。」言其細，故云「影似空」。《列子·湯問》原文作「詹何以獨繭絲爲綸，芒鍼爲鉤……引盈車之魚於百仞之淵。」

〔四〕信，十卷本、姜本校：一作「侶」。誤。【咸注】《寰宇記》：湘潭、湘鄉，湘源（一作陰），是爲三湘。《古今詩話》：北方白雁，秋深乃來，來則霜降，謂之霜信。【補注】陶潛《贈長沙公族祖》：「遥遥三湘，滔滔九江。」陶澍集注：「湘水發源會瀟水，謂之瀟湘；及至洞庭陵子口，會資江謂之資湘；又北與沅水會於湖中，謂之沅湘。」唐人詩文中之「三湘」，多泛指湘江流域及洞庭湖地區，如王維《漢江臨泛》：「楚塞三湘接，荆門九派通。」李白《江夏使君叔席上贈史郎中》：「昔放三湘去，今還萬死同。」此詩亦然。雁信，古有雁足傳書的傳説，又衡陽有回雁峯，相傳雁南飛不過衡陽。此「雁信」指傳書的信使，即將此詩捎給閻少府的使者。向，在。

〔五〕【補注】漁翁，詩人自指。乞釣輪，故自稱「漁翁」。

〔六〕篷，原作「蓬」，據述鈔、毛本、席本、《全詩》、顧本改。雨，李本、十卷本、姜本、毛本作「漏」。【曾注】《吴郡志》：松江在郡南四十五里，《禹貢》「三江」之一。【補注】松江，吴淞江之古稱。錢大昕《十駕齋養新録》：『唐人詩文中稱松江者，即今吴江縣地，非今松江府也。松江首受太湖，經吴江、崑山、嘉定、青浦，至上海縣合黄浦入海，亦名吴松江。』

〔七〕鏡水，即鏡湖，見《南湖》注〔一〕。

〔八〕【咸注】《尚書中候》：王至磻溪之水，吕望釣于厓，王下拜，尚答曰：『得玉璜，刻曰：姬受命，吕佐檢，德來昌來，提撰爾雒，鈐報在齊。』【補注】《尚書大傳》卷一：『周文王至磻溪，見吕望，文王拜之。尚父云：「望釣得玉璜，刻曰：周受命，吕佐檢，德合於今昌來提。」』李白《梁甫吟》：『君不見朝歌屠叟辭棘津，八十西來釣渭濱。寧羞白髮照清水，逢時壯氣思經綸。廣張三千六百釣，風期暗與文王親。』即所謂『終日垂鈎應有意』。句意蓋謂自己雖終日垂鈎，却非欲隱淪。實如吕望之釣渭濱，乃等待時機，希圖遇合，得到明主的賞識任用。

〔九〕【曾注】古詩：呼兒烹鯉魚，中有尺素書。

【按】庭筠喜垂釣，詩中每有言及。此以詩代柬，求釣輪於千里之外之故人，其酷嗜此道情見乎詞。前二聯點題，囑閻少府托信使寄釣輪。腹聯謂已曾垂釣於松江鏡湖，聽夜雨之滴船篷，見秋風之動菱葉。尾聯轉出新意，謂已雖酷嗜垂釣，卻非隱淪，乃深有意於用世，企望君臣遇合者，已之此意已盡在尺素中矣。庭筠七律每於尾聯轉出積極之人生態度，如此篇及《題西明寺僧院》均然。視腹聯『松江雨』、『鏡水風』之語，似其時庭筠已由舊鄉吴中游過越中，已由越返吴。約會昌二年秋在吴中作。

哭王元裕

聞説蕭郎逐逝川〔一〕，伯牙因此絶清絃〔二〕。柳邊猶憶紅驄影〔三〕，墳上俄生碧草煙。篋裏詩書疑謝後〔四〕，夢中風貌似潘前〔五〕。他時若到相尋處，碧樹紅樓自宛然〔六〕。

〔一〕【咸注】白居易詩：殷勤萬里意，并寫贈蕭郎。《梁武帝紀》：初爲衛軍王儉東閤祭酒，儉謂廬江何憲曰：『此蕭郎三十内當作侍中，出此則貴不可言。』《舊唐書・蕭瑀傳》：高祖每臨軒聽政，必賜升御榻。瑀既獨孤氏之壻，與語呼之爲蕭郎。【補注】『蕭郎』本爲對蕭姓青年男子之敬稱，顧予咸注引《梁武帝紀》及《蕭瑀傳》均其例。然在習用過程中已逐漸演變爲泛稱才俊之青年男子或女子愛慕之男子，如《全唐詩話》所載崔郊贈姑婢詩：『公子王孫逐後塵，緑珠垂淚滴羅巾。侯門一入深如海，從此蕭郎是路人。』本篇『蕭郎』視腹聯『謝後』、『潘前』語，當亦稱美其才俊。逝川，語本《論語・子罕》：『子在川上曰：「逝者如斯夫，不舍晝夜。」』逐逝川，借指逝世。

〔二〕因，《全詩》、顧本校：一作『自』。【曾注】《韓詩外傳》：伯牙鼓琴，志在泰山，子期曰：『巍巍乎若泰山。』志在流水，子期曰：『洋洋乎若流水。』子期死，伯牙絶絃，終身不復鼓琴。【補注】絶清絃，指失去知音。『伯牙』自指。

〔三〕紅，李本、十卷本、姜本、毛本、《全詩》作「青」。【按】作「紅」與末句「紅」字複，且「紅驄」字罕見。青驄，毛色青白相雜的駿馬。然《新雕皇朝類苑》六九載「一少年跨紅驄馬」，則作「紅驄」亦有用例。

〔四〕【曾注】《新序》：孫叔敖曰：「筐篋之蠹簡書。」【咸注】《世説》：會稽太守孟顗事佛精懇，謝嘗語曰：「得道應須慧業文人，卿生天當在靈運前，成佛當在靈運後。」【補注】宋無名氏《釋常談》：「文章多謂之八斗之才。謝靈運嘗曰：『天下才有一石，曹子建獨占八斗，我得一斗，天下共分一斗。』」此謂「篋裏詩書疑謝後」，蓋贊王元裕博學才高，僅略遜於「少好學，博覽羣書，文章之美，江左莫逮」（《宋書·謝靈運傳》）之謝靈運也。與「生天」、「成佛」無涉。

〔五〕【咸注】《南史》：宋孝武帝選侍中，兼以風貌。《晉書·夏侯湛傳》：湛與潘岳友善，每行同輿接茵，京都謂之連璧。【補注】《晉書·潘岳傳》：「岳美姿儀……少時常挾彈出洛陽道，婦人遇之者，皆連手縈繞，投之以果，遂滿車而歸。」似潘前，謂姿儀風貌之美似居潘岳之前。

〔六〕【咸注】江淹《雜詩》：碧樹先秋落。江總詩：紅樓千愁色。【補注】相尋處，指過去曾經尋訪的王元裕居處。宛然，真切貌、清晰貌。《關尹子·五鑒》：「譬猶昔時再到，記憶宛然。此不可忘，不可遺。」

【按】首聯謂元裕逝世，已痛失知音，點題内「哭」字。頷聯憶昔同遊，傷今永逝，往日繫馬高柳之同遊情景猶宛然在目，而墳上之碧草已萋萋如煙矣。腹聯分贊其才學與風貌，謂才學可擬謝，姿貌在潘前。尾聯轉想將來重訪元裕故居，碧樹紅樓當猶宛然如昔，而人已永逝矣。將思念傷悼之情推進一層。

法雲雙檜〔一〕

晉朝名輩此離羣〔二〕，想對濃陰去住分〔三〕。題處尚尋王内史〔四〕，畫時應是顧將軍〔五〕。長廊夜静聲疑雨〔六〕，古殿秋深影勝雲。一下南臺到人世〔七〕，曉泉清籟更難聞〔八〕。

〔一〕《英華》卷三二四花木四載此首，題作『晉朝柏樹』，題下校：『集作「法雲雙檜」。』席本、顧本從《英華》作『晉朝柏樹』。《全詩》『法雲』下有『寺』字。他本均作『法雲雙檜』。【曾注】《維揚志》：謝安鎮廣陵，於宅中手植雙檜，至唐改爲法雲寺。其樹猶存，在大東門外。【補注】劉禹錫《謝寺雙檜》題注：『揚州法雲寺謝鎮西宅，古檜存焉。』謝鎮西，鎮西將軍謝尚。據《重修揚州府志》，謝安領揚州刺史，於宅内手植雙檜。後其姑於本宅爲尼建寺，名法雲。與《維揚志》所云有别。《英華》卷三二四檜下又載張祜《揚州法雲寺雙檜》七律一首，云：『謝家雙植本南（集作圖）榮，樹老人亡地變更。朱頂鶴知深蓋偃，白眉僧見小枝生。高臨月户（集作殿）秋雲影，静入風簷（集作廊）夜雨聲。縱使（集作從此）百年爲上壽，緑陰終借暫時行（集作終是借君行）。』其中腹聯與温作相似。可證題當作『法雲雙檜』。

〔二〕【曾注】《檀弓》：吾離羣而索居，亦已久矣。【補注】晉朝名輩，指謝安手植的雙檜。此離羣，在法雲寺離開它的同伴。據《維揚志》『其樹猶存，在大東門外』之記載及下句『去住分』，以及張祜詩『樹老人亡地變更』，雙檜之一當在後世移植於『大東門外』，庭筠所見者即此檜。

〔三〕濃，顧本作『穠』。【補注】去住，去者與留者。

〔四〕【補注】王内史，指王羲之，曾爲會稽内史。詳《贈李將軍》注〔四〕。題處，指題字之處。句意謂在樹上尋覓王羲之題留的書法。

〔五〕顧將軍，見《贈李將軍》注〔八〕。

〔六〕【曾注】張衡賦：長廊廣座。【補注】聲疑雨，謂風吹檜樹葉，其聲似雨。

〔七〕【補注】南臺，當指法雲寺中南面的樓臺。到人世，指佛寺以外的塵俗世界。法雲寺檜樹後世當爲人所移植，置於寺外，即張祜詩所謂『樹老人亡地變更』，故此句云然。

〔八〕曉，《英華》、《合璧事類備要别集》四九作『晚』。難，《英華》作『誰』。【補注】曉泉清籟，形容風吹檜葉的清韻似早晨寂静時淙淙作響的清泉聲。

【按】首聯謂法雲寺雙檜之一被後人移植於寺外，離開其往日的同伴，兩樹濃陰遂有去住之分。頷聯謂我今對此檜，猶想尋覓當年王羲之的題字，顧愷之的繪畫。腹聯正寫檜樹，上句狀其聲，下句狀其形，均係想像其昔日在法雲寺中情景。尾聯謂一自檜樹離法雲寺移植於寺外人世，人們遂難聞其風吹樹葉的曉泉般清韻。

送陳嘏之侯官兼簡李常侍〔一〕

縱得步兵無緑蟻〔二〕，不緣勾漏有丹砂〔三〕。殷勤爲報同袍友〔四〕，我亦無心似海查〔五〕。春服照塵連草色〔六〕，夜船聞雨滴蘆花。梅仙自是青雲客〔七〕，莫羨相如却到家〔八〕。

校注

〔一〕侯，述鈔作「候」，誤。【曾注】《唐書》：臨海郡有侯官縣，武德六年置。【陶敏曰】《登科記考》卷二一：開成三年進士陳嘏。《舊書·宣宗紀》：大中十一年九月，「右補闕陳嘏……上疏諫遣中使往羅浮山迎軒轅集先生。」詩云「梅仙」，用梅福爲南昌尉事，知嘏赴侯官作尉。趙嘏亦有《送陳嘏登第作尉歸覲》詩，知其爲侯官尉歸閩即在開成三年後不久。然開成至大中初，無李姓福建廉使。疑「李常侍」乃「黎常侍」之訛，即黎埴。《廣記》卷一七五引《閩川〔名〕士傳》：「（林）傑……九歲，謁盧大夫貞、黎常侍植。」《唐方鎮年表》卷六列黎植會昌元年至三年。《郎官柱題名》司勳員外郎第十三行有黎植。《學士壁記》：「黎植，大和九年十月十二日自右補闕充；開成二年二月十日，加司勳員外郎；三年正月十日，加知制誥；其年十二月……二十日，加兵部郎中；四年十一月六日，還中書舍人；五年……三月十六日，拜御史中丞，出院。」北圖藏拓本《黎燧志》：「第七姪翰林學士、朝議郎、右補闕、右供奉、上輕車都尉埴撰。」開成二年二月葬。字以作「埴」爲正。（《全唐詩人名考證》）【按】郁賢皓《唐刺史考全編》，唐扶開成元年五月至四年任福建觀察使，盧貞開成四年閏正月任福建觀察使。據《閩川名士傳》「（林）傑……九歲謁盧大夫貞、黎常侍植』之記載，黎埴當爲繼盧貞任福建觀察使者。吴廷燮《唐方鎮年表》列黎埴任福建觀察使於會昌元年至三年，可從。會昌元年春庭筠猶在長安，有《春日將欲東歸寄新及第苗紳先輩》，此詩當與寄苗紳詩同時作。作二詩後不久，庭筠即東歸吴中舊鄉矣。至有謂李常侍爲李貽孫（大中五至六年任福建觀察使）者，則離陳嘏登第之年過遠，必非。

〔二〕【曾注】《阮籍傳》：籍聞步兵營厨營人善釀，有貯酒三百斛，乃求爲步兵校尉。【咸注】謝朓詩：緑蟻方獨持。【補注】緑蟻，酒面上浮起之緑色泡沫，此借指酒。

〔三〕【咸注】《晉書》：葛洪以年老，欲煉丹以祈遐壽。聞交阯出丹，求爲句漏令。帝以洪資高，不許。洪曰：『非欲爲榮，以有丹也。』帝從之。《交阯國志》：句漏，山名，在南交阯。【補注】勾漏山在今廣西北流縣東北，有山峯聳立如林，溶洞勾曲穿漏，故名。爲道家所傳三十六小洞天之第二十二洞天。見《雲笈七籤》卷二十七。漢置勾漏縣，隋廢。

〔四〕報，原作『問』，據述鈔、《全詩》、顧本改。【曾注】《詩》：與子同袍。【補注】同袍一詞有多種含義，此指朋友。王昌齡《長歌行》：『所是同袍者，相逢盡衰老。』報，告。

〔五〕查，毛本、《全詩》作『槎』，通。【咸注】王子年《拾遺記》：堯登位三十年，有巨查浮於西海。查上有光，夜明晝滅，乍大乍小，若星月。常浮繞四海，十二年一周天，名曰貫月查，又名掛星查，羽人棲息其上。【補注】張華《博物志》卷十：『舊説云：天河與海通，近世有人居海渚者，年年八月，有浮槎去來，不失期。』無心，蓋謂似海上浮槎之隨浪飄浮，不由自主。查，木筏。

〔六〕連，《全詩》、顧本校：一作『迷』。【咸注】古詩：青袍似春草，長條隨風舒。【補注】縣尉一般爲八、九品官，服青袍，故云『春服照塵連草色』。照塵，言其光鮮。

〔七〕梅仙，原作『山梅』，李本、十卷本、姜本、毛本、席本、顧本並同，據述鈔、《全詩》改。【曾注】《史記》：非附青雲之士，惡能施于後世哉！【補注】《漢書·梅福傳》，福字子真，爲郡文學，補南昌尉。後歸里，一旦棄妻子去，傳以爲仙。故稱『梅仙』，作『山梅』者誤。青雲客，仕途顯達之人。此以『梅仙』借指陳嘏作尉。『自是青雲客』則稱美祝頌之詞。

〔八〕【咸注】《司馬相如傳》：相如馳傳至蜀，太守以下郊迎，縣令負弩矢先驅，蜀人以爲寵。【補注】謂莫羡司馬相如之功成名就榮歸蜀地故里，言外陳嘏將來亦自能和相如之顯達。據『却到家』之語，陳嘏之故鄉即在侯官。趙嘏《送陳嘏登第作尉歸覲》：『千峯歸去舊林塘，溪縣門前即故鄉……就養舉朝人共羡，清資讓却校書郎。』可參證。

【按】首聯謂陳嘏作尉侯官，非如名士阮籍可求美酒，亦非如葛洪之爲求丹砂。頷聯二句意一貫，謂我告同袍之友，己身亦正如隨浪飄浮之海查，不由自主。味此聯，似陳嘏有浮查之慨，故詩人以此語慰之，『亦』字見意。腹聯懸想陳嘏赴任途中情景：春服與草色同青，夜船聞雨滴蘆花。尾聯就目前作尉侯官慰之勉之，謂今日赴尉任，雖如梅福之爲南昌尉，但日後定當青雲直上，不必羡相如之榮歸故里也。蓋陳嘏登第四年，方得一尉，未任校書郎一類清職，中心未免有憾，故詩中多慰勉之詞。

春日野行〔一〕

雨漲西塘金堤斜〔二〕，碧草芊芊晴吐芽〔三〕。野岸明媚山芍藥〔四〕，水田叫噪官蝦蟇〔五〕。鏡中有浪動菱蔓〔六〕，陌上無風飄柳花〔七〕。何事輕橈句溪客〔八〕，緑萍方好不歸家〔九〕？

〔一〕《才調》卷二、《唐詩鼓吹》卷七載此首，題作『春日野步』。

〔二〕雨漲西塘，《才調》、《鼓吹》、席本、顧本作『日西塘水』。【曾注】司馬相如賦：婺姗勃窣而上乎金隄。師古云：言隄塘堅固如金也。【補注】金堤，對堤岸的美稱。蕭統《錦帶書十二月啓·無射九月》：『金堤翠柳，帶星采而均調。』西塘，見注〔八〕。

〔三〕碧，《全詩》校：一作『百』。《鼓吹》作『百』。芊芊，顧本作『萋萋』。晴，席本、顧本、《鼓吹》作『暗』，《鼓吹》校：一作『青』。【補注】芊芊，草茂盛貌。

〔四〕媚，《全詩》、顧本校：一作『滅』。【曾注】《埤雅》：《韓詩》曰：芍藥，離草也。《草木狀》：一名山芍藥。【補注】芍藥，初夏開花，花色富麗，有紅、紫、粉、白、黄等色。朵大色豔，氣味芳香，與牡丹相似。《埤雅》謂：『世謂牡丹爲花王，芍藥爲花相。』此言『野岸』、『山芍藥』，似是野生之芍藥。

〔五〕【咸注】《晉書》：惠帝在華林園聞蝦蟇鳴，問曰：『爲官乎？爲私乎？』或對曰：『在官地爲官，在私地爲私。』《晉中州記》：令曰：若官蝦蟇，可給廩。【補注】官蝦蟇，對蝦蟆之諢稱。晉惠帝性愚蒙，故有爲官爲私之問。答者爲侍臣賈胤，見《晉書·惠帝紀》。

〔六〕鏡，《全詩》、顧本校：一作『湖』。蔓，《全詩》、顧本校：一作『芰』。【曾注】《武陵記》：兩角曰菱，三角四角曰芰。【補注】鏡，指清澈的陂塘，塘面如鏡，故云。風吹波動，塘中菱蔓隨之晃動。闕合鏡的背面刻有菱花圖案。

〔七〕飄，《鼓吹》作『吹』。《全詩》校：一作『吹』。【曾注】李白詩：風吹柳花滿店香。

〔八〕輕橈：《全詩》、顧本校：一作『扁舟』。句，《才調》校：一作『向』。席本、顧本作『向』。【補注】橈，船槳。輕橈，猶輕舟。句溪，疑指句容縣流入絳巖湖之溪流。《新唐書·地理志五》：昇州江寧郡句容縣：『西南三十里有絳巖湖。麟德中，令楊延嘉因梁故隄置，後廢。大曆十二年，令王昕復置，周百里爲塘，立二斗門以節旱暵，開田萬頃。』疑首句之『西塘』即指句容縣西南之絳巖湖，『句溪』則流入湖之溪也。

〔九〕方，《全詩》、顧本校：一作『雖』。

【《唐詩鼓吹評注》卷七】此言陂塘之間百草繁茂，又見芍藥明媚于野岸，蝦蟆叫噪于水田。而且菱蔓有浪而時動，柳花無風而自吹。通上四句皆野步之所見也。夫春光如是，宜返鄉園，乃猶泛舟于此，未得歸家，其見綠萍而致思也有以哉！

【朱三錫曰】一曰『日西塘水』，是絶好一帶水；再曰『金堤斜』，是絶好一帶堤。百草吐芽，點出春日意。三四皆春色也，皆寂寞無聊之春色也。『鏡中』句，又寫水；『陌上』句，又寫堤。有浪動菱蔓，是非無風矣。無風吹柳

花，是又非有風矣。總是一派風和日暖景色，忽動歸家之興耳。（《東岩草堂評訂唐詩鼓吹》卷七）

【按】此客中春日野行（視尾聯，係乘舟遊西塘）所見所聞所感。首聯點明舟行之地——西塘。塘水緑漲，金堤斜繞，岸上碧草芊芊，晴日吐芽。頷聯舟行塘中所見所聞：野岸長滿紅豔明媚的山芍藥，水田傳來羣蛙的叫噪聲。上句寫視覺感受，下句寫聽覺感受，均顯示出春日的明媚與生意。腹聯寫塘水清澈如鏡，微風起處，水中菱蔓隨之浮動，而塘邊的道路上，柳絮雖無風亦到處飄蕩。尾聯點明『輕橈』，説明以上皆『舟行』所見所聞。『句溪』回應篇首『西塘』。『緑萍』乃『輕橈』行駛時所見。句溪蕩舟，緑萍方好，春色正美，然萍游之客不免因此觸動歸家之想，故云『何事』『不歸』。此係客游句容西塘思家之作，『家』當指長安鄠杜郊居。此詩或亦會昌三年春作於江南。

溪上行

緑塘漾漾煙濛濛〔一〕，張翰此來情不窮〔二〕。雪羽褵褷立倒影〔三〕，金鱗拔剌跳晴空〔四〕。風翻荷葉一向白〔五〕，雨濕蓼花千穗紅〔六〕。心羨夕陽波上客，片時歸夢釣船中〔七〕。

〔一〕【補注】漾漾，水動蕩貌。煙，指塘面籠罩着的煙霧般的水汽。

〔二〕【咸注】《張翰傳》：翰字季鷹，辟齊王東曹掾。在洛見秋風起，因思吳中菰菜羹、鱸魚膾，曰：『人生貴得適意耳，安能羈宦數千里以要名爵？』遂命駕便歸，俄而齊王敗，時人皆謂爲見幾。【按】此以張翰自况。翰吴郡吴（今江蘇蘇州）人，庭筠亦舊鄉吴中。曰『張翰此來』，説明所來之地在舊鄉江東。

〔三〕【曾注】劉禹錫《詠鷺》詩：毛衣新成雪不敵。【咸注】木華《海賦》：鳧雛䙰褷。注：䙰褷，毛羽始生之貌。孫綽《游天台山賦》：或倒景於重溟。【補注】䙰褷，羽毛離披之狀。句意謂白鷺鷥雪羽離披立於溪邊，溪中映現出其倒影。

〔四〕拔，十卷本、姜本作『潑』，述鈔、《全詩》、顧本作『撥』，並通。【咸注】謝靈運賦：魚水深而拔刺。《韻會》：魚跳蹳刺。蹳，北末切。刺，郎達切。【補注】拔刺、潑刺、撥刺，均指魚躍撥水之聲。

〔五〕【補注】一向，猶一片、一派。見張相《詩詞曲語辭滙釋》。

〔六〕【曾注】《爾雅翼》：蓼有紫赤青等種，最大者名蘢，有花。白居易詩：水蓼冷花紅簇簇。【補注】紅蓼，蓼之一種，多生水邊，花呈淡紅色，秋天開花，係南方水鄉富於特徵之景物。羅鄴《雁二首》之一：『暮天新雁起汀洲，紅蓼花開水國愁。』

〔七〕夢，《全詩》、顧本校：一作『去』。

【按】詩用張翰歸江東典，顯係自喻己之自長安東歸吴中。庭筠會昌元年春自長安啓程，途中在揚州有躭擱，曾獻詩於淮南節度使李紳。此詩寫景切秋令（蓼花千穗紅），當是同年秋東歸吴中舊鄉途中作。首聯以『張翰此來』點明東歸舊鄉，『情不窮』，歸鄉之情正濃。頷聯溪上之景：鷺鷥雪羽離披，立於溪邊，倒影映於水中；金色鯉魚躍起溪中，撥刺而鳴。腹聯風吹水中荷葉，一片泛白；雨濕蓼花，千穗豔紅。兩聯一寫動物，一寫植物，色彩明麗，均江南水鄉富于特徵之景物。尾聯則心羨夕陽波上之舟中客，彼之釣船片時即可歸家，我則猶在途中。蓋見此江南水鄉景色，歸思愈切矣。又，次句用張翰典，如用典含有切『齊王（冏）敗』及『見幾』之意，則或與莊恪太子事有關。

上翰林蕭舍人〔一〕

人間鵷鷺杳難從〔二〕，獨恨金扉直九重〔三〕。萬象晚歸仁壽鏡〔四〕，百花春隔景陽鐘〔五〕。紫微芒動詞初出〔六〕，紅燭香殘誥未封〔七〕。每過朱門愛庭樹，一枝何日許相容〔八〕？

〔一〕《英華》卷二六一寄贈十五載此首，題作『投翰林蕭舍人』，《全詩》、顧本題同《英華》。【咸注】《舊唐書》：蕭遘，蘭陵人。咸通五年登進士第。乾符初，召充翰林學士，正拜中書舍人。【補注】據庭筠弟庭皓咸通七年撰《唐國子助教温庭筠墓誌》，庭筠於是年即已去世，乾符初早已不在人世。故此蕭舍人斷非蕭遘。顧學頡《温庭筠交游考》（載《北京師範大學學報》一九八二年五期）考定爲蕭鄴，然岑仲勉《唐史餘瀋》（二五一頁）對蕭鄴説早有疑問。按《新唐書·蕭鄴傳》：『蕭鄴字啓之，梁長沙宣王懿九世孫。及進士第，累進監察御史、翰林學士，出爲衡州刺史。大中中，召還翰林，拜中書舍人，遷户部侍郎，判本司，以工部尚書同中書門下平章事。懿宗初，罷爲荆南節度使，仍平章事。』丁居晦《重修承旨學士壁記》：『蕭鄴大中元年二月二十六日，自監察御史裏行充。十一月二十日，遷右補闕。十二月二十七日，三殿賜緋。二年七月六日，特恩遷兵部員外郎。十一月十三日，加知制誥，並依前充。二年九月十四日，責授衡州刺史。』『大中五年正月二十八日，自考功郎中充。二月一日，加知制誥。七月十四日，遷中書舍人。六年正月七日，三殿召對賜紫。七月二十七日，加承旨。七年六月十二日，遷户部侍郎、知制誥，并依前充。八年十二月十八日，守本官、判户部出院。』據以上記載，蕭鄴在大中年間曾兩入翰林院，但第一次并未拜中書舍人。第二次則在大中五年七月十四日至七年六月十二日之間，任中書舍人。然大中年間蕭姓任中書舍人充翰林學士者尚有另一人，即蕭寘。據《學士壁記》，蕭寘大中四年七月至十年八月在翰林院，其間六年五月至八年五月任中書舍人。故單從《上翰林蕭舍人》詩題看，蕭鄴或蕭寘均有可能爲此詩所上之對象。然據筆者考證，庭筠於咸通二年曾在荆南節度使蕭鄴幕爲從事，詳後庭筠文校注《謝紇干相公啓》注〔四〕〔五〕及《上令狐相公啓》『敢言鑾國參軍，纔得荆州從事』二句。故此『翰林蕭舍人』以指蕭鄴之可能較大。按：《千載佳句》下題正作《投翰林蕭舍人鄴》。鄴大中五年七月十四日至七年六月十二日期間在翰林，官中書舍人，詩當上於此期間。詩寫景當春令，故具體時間應爲大中六年春或七年春。以六年春之可能性較大。《新唐書·百官志》：中書舍人，『正五品上，掌侍進奏，參議表章，凡詔旨制敕，璽書册命，皆起草進畫。既下，則署行。』庭筠文有二首《上蕭舍人啓》，其中『某聞孫登之獎嵇康』一首係代人作，非庭筠自上；另一首『某聞周公當國』題有誤，應爲上白敏中相公之啓，均詳二啓注〔一〕。不可援此二啓爲據。

〔二〕【補注】鵷鷺，鵷（鸞鳳一類的鳥）與鷺飛行有序，比喻班行有序之朝官。《隋書·音樂志中》：『懷黄綰白，鵷鷺成行。文贊百揆，武鎮四方。』此以『鵷鷺』喻蕭舍人如人間之鸞鳳，高居朝班，杳遠而難以追隨。

〔三〕獨，《英華》作『猶』，校：集作『獨』。九，《英華》、席本、顧本作『幾』。《英華》校：集作『九』。【曾注】李白詩：引領望金扉。【補注】金扉，華貴的門户，此指翰林院。直九重，在宫中當值。李肇《翰林志》：『（翰林院）今在右銀臺之北第一門，向□，牓曰翰林之門。其制高大重複，號爲北門。』『凡當值之次，自給、舍、丞郎入者，三直無僁……凡交直，候内朝之退，不過辰巳，入者先之，出者後之……每下直，出門相謔，謂之「小三昧」，出銀臺乘馬，謂之「大三昧」，如釋氏之去纏縛而自在也。」

〔四〕晚，《英華》、顧本作『曉』，《英華》校：集作『晚』。【曾注】陸機《與弟雲書》：仁壽殿前有大方銅鏡，高五尺餘，廣三尺二寸，立著庭中向之，便寫人形體了了，亦怪也。梁簡文帝詩：仁壽含萬類。【補注】句意謂人間萬象天向晚時均映入仁壽殿的銅鏡中。

〔五〕隔，《英華》作『滿』，校：集作『隔』。景陽鐘，見卷一《雞鳴埭曲》注〔四〕。

〔六〕微，原作『薇』，據《英華》、述鈔、《全詩》、顧本改。【咸注】《三秦記》：未央宫一名紫微宫。然未央爲總稱，紫宫其中别名。《會要》：唐開元初改中書令爲紫微令，中書舍人爲紫微舍人。白居易詩：紫微花對紫微翁。【補注】紫微，紫微垣。《晉書·天文志上》：『紫宫垣十五星，其西蕃七，東蕃八，在北斗北。一曰紫微，大帝之座也，天子之常居也，主命主度也。』芒，芒角，指星的光芒。『紫微芒動詞初出』，謂天子授旨，學士舍人所擬之詔誥制敕初出。明謝肇淛《五雜俎·地部一》：『紫微原爲帝星，以其政事之所從出，故中書省亦謂之紫微，而舍人爲紫微郎。』故『紫微芒動』亦可解爲中書舍人之筆鋒動時。

〔七〕燭，《英華》、述鈔作『蠟』。誥，《英華》作『詔』。【咸注】《翰林志》：故事，中書舍人專掌詔誥。【補注】句謂翰林蕭舍人夜間當值，草擬詔誥，至紅燭燒殘，天將破曉時，新擬的詔誥尚未封緘。李商隱《夢令狐學士》：『山驛荒涼白竹扉，殘燈向曉夢清暉。右銀臺路雪三尺，鳳詔裁成當值歸。』所寫情景可與此句相參。蠟燭中添入香料，故云『香殘』。

〔八〕相，《英華》作『從』。【曾注】李義府《詠烏》詩：上林多少樹，不借一枝棲？

【按】此獻詩於翰林蕭舍人希依託於門庭也。首聯美其爲人間鸞鳳，已與其地位懸絶，杳遠難以追隨。獨恨其當值未歸，難以面謁，是獻詩之由。頷腹二聯即想像宫中華貴氣象及夜間當值草擬詔誥情景，詞語高華典雅，切合對方身份。尾聯揭出獻詩正意，謂每過蕭之朱門府邸，深愛庭院中的樹木，不知何日得列植其中成爲『一枝』，蓋有望於列其門庭，希其援引也。《新唐書·蕭鄴傳》謂鄴『在官無足稱道』，庭筠投贈，希圖蕭之援引，其志亦可憫矣。

春日偶作〔一〕

西園一曲艷陽歌〔二〕，擾擾車塵負薜蘿〔三〕。自欲放懷猶未得〔四〕，不知經世竟如何〔五〕？夜聞猛雨判花盡〔六〕，寒戀重衾覺夢多〔七〕。釣渚别來應更好〔八〕，春風還爲起微波。

〔一〕《才調》卷二、《唐詩鼓吹》卷七載此首，題並作『春日偶成』。

〔二〕【咸注】繁欽《與魏文帝牋》：都尉薛方車子年始十四，能囀喉引聲，與笳同音。又：胡欲傲其所不知，尚之以一曲，巧竭意匱，既已不能。《神農本草》：春夏爲陽。【立注】徐注：鮑照詩：當避豔陽年。【按】『西園』泛指，未必與曹丕、曹植兄弟及鄴中諸子同游之『西園』有關。艷陽歌，初疑猶《陽春》曲，指高雅的曲調，語本宋玉《對楚王問》：『其爲《陽春》、《白雪》，國中屬而和者不過數十人。』然細審全詩，似仍以泛解爲春之歌爲宜。

〔三〕【立注】郝天挺注：謝靈運詩：想見山間人，薜蘿若在眼。【補注】薜蘿，薜荔與女蘿。屈原《九歌·山鬼》：『若有人兮山之阿，被薜荔兮帶女蘿。』後以『薜蘿』借指隱逸之士的衣服。張喬《送陸處士》：『若向仙巖住，還應著薜蘿。』負薜蘿，有負於隱遁山林的志願。

〔四〕【曾注】王羲之序：放懷天地之間。案：郝天挺注：杜甫詩：放懷殊不愜，良覿渺無因。【補注】放懷，放寬心懷，開懷。

〔五〕【曾注】李康《運命論》：言足以經世，而不見信於時。【補注】經世，治理國事。

〔六〕【咸注】杜甫詩：縱飲久判人共棄。注：判，普官切。《方言》：楚人凡揮棄物，謂之拌，俗作拚。【按】此『判』即『判斷』、『斷定』之意，非『舍棄』之意。

〔七〕衾，原作『袠』，據《才調》、席本、《全詩》、顧本改。

〔八〕【補注】釣渚，當指其鄠杜郊居旁的垂釣處。《書懷一百韻》云：『築室連中野，誅茅接上腴……釣石封苔蘚，芳蹊豔絳跗。』可證。此句暗用東漢初高士嚴光耕於富春山，隱居垂釣於七里瀨事，詳見《後漢書·嚴光傳》。

【金聖歎曰】（前解）一解，寫無端在家，不知何據，瞥地出門，竟成兩負，以爲大慚也。試想聽歌未終，驅車忽發，問其何往，曰我欲經世也。則我曾聞諸吾師，經世之人其人意思甚閑，未聞其有如是之忙者也。讀先生此詩，其誰不應捫心自忖？（後解）此五六，先生真實人，便説出自己經世之本事也。五，雨猛花盡，喻蒼生不知如何糜爛。六，衾寒夢多，喻當事惟有一味省縮。然則三十六計，歸爲上計，此座固定非我之所應坐矣。讀此詩，忽想漆雕開一章，實有無限至理。（《貫華堂選批唐才子詩》）卷六）

【《唐詩鼓吹評注》】此感春思歸之作也。首言春期已至，西園方歌豔陽，正當遊賞之日，奈身困車塵，虚負故園薜荔之約矣。人誰不能放懷，而此時則猶未得，而我亦思經世，不知究竟如何。但有夜闌聞猛雨，判夜欲盡，寒戀重衾，鄉夢偏多耳。想故園漁釣之所，別來更有可玩，此時輕風一動，爲起微波，不覺對豔陽而有感矣。

【朱三錫曰】詩意言聽歌未終，驅車忽發，其意不過爲致君澤民，以圖經世之事而已。究之身困車塵，虚度春期，退且未能，進又無補，意成兩負，故曰『放懷未得』、『經世如何』也。夜雨寒衾，是自寫寂寞無聊，優游無事，正與『負薜蘿』相應。擾擾車塵，竟爾如此，回想故園釣渚，不如早爲歸計之妙。（《東岩草堂評訂唐詩鼓吹》卷七）

【吴喬曰】義山詩思深而大，温斷不及。而温之『釣渚別來應更好，春風還爲起微波』，寧不淡遠！大抵古人難以一語斷盡。（《圍爐詩話》）

【趙臣瑗曰】『夜聞猛雨』、『寒戀重衾』，此二句正極寫長安邸中無聊况味。試思况味如此，其所謂『放懷』者安在耶？所謂『經世』者又安在耶？『釣渚』即『西園』，『應更』、『還爲』，致想彌深。至此蓋不得不思歸隱矣。

【薛雪曰】《春日偶成》，讀之不覺淚下沾襟。（《一瓢詩話》）

（《山滿樓箋注唐詩七言律》）

【俞陛雲曰】『夜聞猛雨判花盡，寒戀重衾覺夢多』，此類之句，貴心細而意新，必確合情事，乃爲佳句。且一句中自相呼應，惟雨猛，故花盡；戀衾，故夢多……詩中此類極多，固在描繪細確，尤在用虚字之精煉也。（《詩境淺説》）

【按】此春日豔陽之候，有感於仕隱兩失而抒苦悶也。三春時節，聞西園豔陽之歌，深感春光爛漫，當盡情享受，奈己則困居長安，目睹車塵擾擾，深有負於夙昔隱逸山林之志。雖自欲放寬心懷，不計名利得失，然猶未能；而經世之志願固不知究竟能否實現。三四一縱一收，一宕一抑，極有筆意、情致。五六寫春夜聞猛雨，判定花已凋盡，春寒夜長，戀重衾而夢多，係寫困居長安之苦悶無憀意緒。尾聯『釣渚』應首聯『薜蘿』。釣渚春好，風起微波，固不如歸隱鄠郊舊墅也。語淡蕩而有致。此詩純用白描，轉折如意，風格類似義山之《即日》（一歲林花即日休），見温詩不僅有穠豔一格。

春暮宴罷寄宋壽先輩〔一〕

斜掩朱門花外鐘，曉鶯時節好相逢。牕間桃蕊宿妝在〔二〕，雨後牡丹春睡濃。蘇小風姿迷下蔡〔三〕，馬卿才調似臨邛〔四〕。誰憐芳草生三徑〔五〕，參佐橋西陸士龍〔六〕？

校注

〔一〕《才調》卷二、《英華》卷二六一寄贈十五載此首。述鈔題内『暮』字作『夢』，誤。【咸注】程大昌《演繁露》：唐世呼舉人已第者爲先輩。【補注】李肇《唐國史補》卷下：『得第謂之前進士，互相推敬謂之先輩。』余嘉錫《讀已見書齋隨筆》：『唐人稱進士爲先輩者，言其登第必在同輩之先也，故又稱必先，與後人稱先及第者爲前輩之意不同。』按温庭筠終身未登進士第，此『先輩』固非同登第者相互推敬之尊稱，當爲同參加進士試者對已登第者之尊稱。宋壽，大中五年登進士第。胡可先《登科記考匡補》云：『清孫星衍《寰宇訪碑録》卷四：「華嶽廟薛謂等《送□□尚書赴滑臺題名》，正書，大中五年十月，陝西華陰。」吴廷燮《唐方鎮年表》卷二引《華嶽志·題名》：「薛謂、宋壽送坐主王尚書赴滑臺，大中五年十月二十七日。」是薛謂、宋壽曾進士及第。按大中中知貢舉後出鎮鄭滑者惟韋慤一人。據《舊唐書》卷一七七《韋保衡傳》，「父慤……大中四年，拜禮部侍郎，五年選人，頗得名人。」是《登科記考》大中五年進士科應補薛謂、宋壽。』孟二冬《登科記考補正》即據胡考於大中五年進士科補入薛謂、宋壽，並引温此詩爲證。視題稱『先輩』而不及其官職，當是已登第尚未任官時作，約大中五年暮春。

〔二〕蕊，《英華》作『葉』，校：集作『蕊』。《全詩》、顧本校：一作『蕚』。【按】作『蕊』是。

〔三〕風，原作『丰』，據述鈔、李本、《才調》二、《英華》、《全詩》、顧本改。【曾注】《登徒子賦》：惑陽城，迷下蔡。注：陽城、下蔡，二縣名，楚之貴介公子所封。【補注】蘇小，即南齊錢唐名妓蘇小小，參卷二《蘇小小歌》注〔一〕。此借指宴席上的美貌歌妓。

〔四〕才調，《全詩》、顧本校：一作『詞賦』。【曾注】《司馬相如傳》：相如之臨邛，買一酒舍酤酒，令文君當壚，身自滌器於市中。徐注：下蔡之迷，何關蘇小？臨邛之客，即是馬卿。想叉手韻成，不無少疏脱耳。【立注】『蘇小』句本阮籍《詠懷詩》『傾城迷下蔡』來。【按】句意謂宴席上文士之才調如臨邛之司馬相如。語微有疵，而意自可會。『馬卿』，司馬長卿之省，借指宋壽。

〔五〕生，《英華》、席本、顧本作『連』。【曾注】《高士傳》：蔣詡所居三徑，皆生蓬蒿。《三輔决録》：蔣詡字元卿，隱於杜陵，舍中三徑，惟羊仲，杜仲從之游。【補注】陶潛《歸去來兮辭》：『三徑就荒，松菊猶存。』芳草生三徑，即徑生蓬蒿、三徑就荒之意。

〔六〕【曾注】《世説》：蔡司徒在洛，見陸機兄弟住參佐廨中，三間瓦屋，士龍住東頭，士衡住西頭。【補注】參佐，僚屬。庭筠有弟庭皓，故尾聯以陸機，陸雲兄弟自況，時兄弟二人或同居一屋。

箋評

【按】前兩聯寫春暮：朱門斜掩，花外鐘聲，曉鶯啼鳴。窗間桃蕊，宿妝猶在，牡丹雨後，春睡正濃。蓋隱以美人比桃花、牡丹。『曉鶯時節』隱用『遷鶯』之典，喻宋之新及第。相逢之處當即在平康北里間，蓋唐人新及第者每事平康北里之遊也。腹聯正面寫宴席上情景：美貌如蘇小之歌妓風姿迷人，才調如相如之宋壽意氣縱橫。尾聯宴罷寄宋，謂己兄弟如陸機、陸雲之賃居僚佐舊廨，三徑就荒，無人相憐而過訪也。此當是詩人參加宋壽在平康北里舉行的宴會歸後而有此寄贈之作。雖亦科場失意，羨他人之先登，然『雨後牡丹春睡濃』等語，與義山《回中牡丹爲雨所敗二首》之凄凉婉轉，不可同日而語矣。温、李個性，心態之不同，此又可見。

馬嵬驛〔一〕

穆滿曾爲物外遊〔二〕，六龍經此暫淹留〔三〕。返魂無驗青煙滅〔四〕，埋血空生碧草愁〔五〕。香輦却歸長樂殿〔六〕，曉鐘還下景陽樓〔七〕。甘泉不復重相見〔八〕，誰道文成是故侯〔九〕？

〔一〕《英華》卷二九八行邁十（館驛附）載此首，題作『過馬嵬驛』。【咸注】鄭樵《通志》：馬嵬坡在西安府興平縣西二十五里。《舊唐書》：貴妃從幸至馬嵬，大將陳玄禮密啓誅國忠父子，既而四軍不散。玄宗不獲已，與妃詔縊死於佛堂，瘞於驛西道側。

〔二〕【咸注】王融《三月三日曲水詩序》：穆滿八駿，如舞瑶池之陰。【補注】穆滿，周穆王，昭王子，名滿。在位時曾西征犬戎。《穆天子傳》演述其事，稱穆王乘八駿見西王母。物外，塵世之外。物外遊，即指見西王母事。西王母在後來的神話傳説中被描繪成神仙。此以穆王喻指唐玄宗，以『物外遊』稱其奔蜀避亂。

〔三〕六龍，見卷二《春江花月夜詞》注〔七〕。【補注】此句以穆王西巡狩車駕經此借喻唐玄宗奔蜀途經馬嵬驛而停留不進。《舊唐書·玄宗本紀》：天寶十五載，六月『丙辰，次馬嵬驛，諸衛頓軍不進。龍武大將軍陳玄禮奏曰：「逆胡指闕，以誅國忠爲名，然中外羣情，無不嫌怨。今國步艱阻，乘輿震蕩，陛下宜徇羣情，爲社稷大計，國忠之徒，可置之於法。」會吐蕃使二十一人遮國忠告訴於驛門，衆呼曰：「楊國忠連蕃人謀逆！」兵士圍驛四合。及誅楊國忠、魏方進一族，兵猶未解。上令高力士詰之，回奏曰：「諸將既誅國忠，以貴妃在宫，人情恐懼。」上即命力士賜貴妃自盡。玄禮等見上請罪，命釋之。』

〔四〕【曾注】《十洲記》：聚窟洲有大樹，與楓木相似，花發香聞數百里，名返魂樹。死者在地，聞香即活。【補注】此謂楊妃既死，如同青煙之滅，縱有返魂之香，亦不能使其復生。陳鴻《長恨歌傳》：『適有道士自蜀來，知上心念楊妃如是，自言有李少君之術。玄宗大喜，命致其神。方士乃竭其術以索之，不至。又能遊神馭氣，出天界、没地府以求之，不見。又旁求四虚上下，東極大海，跨蓬壺。見最高仙山，上多樓闕，西廂下有洞户，東嚮，闔其門，署曰「玉妃太真院」。』此處對方士召魂之事加以否定。

〔五〕生，《英華》、席本、顧本作『成』。【曾注】《莊子》：萇弘死，藏其血，三年化爲碧。【補注】《舊唐書·楊貴妃傳》：『上皇自蜀還，命中使祭奠，詔令改葬。禮部侍郎李揆曰：「龍武將士誅國忠，以其負國兆亂。今改葬故妃，恐將士疑懼，葬禮未可行。」乃止。上皇密令中使改葬於他所。初瘞時以紫褥裹之，肌膚已壞，而香囊猶在。内官以獻，上皇視之悽惋，乃令其圖形於別殿，朝夕視之。』此謂楊妃埋血生成碧草，空留遺恨。

〔六〕却，《英華》作『乍』，校：集作『却』。殿，述鈔作『橋』，非。【咸注】《漢武故事》：建章、長樂宫皆輦道相屬，懸棟飛閣，不由徑路。【補注】長樂殿，即長樂宫。漢初皇帝在此視朝，惠帝後，爲太后居地。故址在西安市西北郊漢長安故城東南隅。此與下句『景陽樓』皆借指唐代宫殿樓閣。

〔七〕景陽樓，見卷一《雞鳴埭曲》注〔四〕。【補注】五六句分用西漢與南齊事以喻唐。謂楊妃死後，宫中嬪妃的香輦仍歸所居的宫殿，端門上的曉鐘聲仍傳下宫樓，而玄宗却只能過着寂寞凄涼的生活。

〔八〕復，《英華》作『得』，校：集作『復』。席本、顧本同《英華》。【咸注】《漢·外戚傳》：李夫人少而早卒，帝憐閔焉，圖畫其形於甘泉宫。又：夫人卒，上思念不已。方士齊人少翁言能致其神，乃夜張燈燭，設帷帳，而令上居他帳，遥望見好女如李夫人之貌。【補注】《漢書·外戚傳》：『帝益相思，爲作詩曰：「是邪非邪？立而望之，偏何姍姍而來遲！」』按：楊妃死後，玄宗自蜀還京，亦曾令人圖楊妃之形於別殿，朝夕視之，其事與漢武帝圖李夫人之形於甘泉宫正復相似。而齊人少翁誑言能致李夫人之神事，又與玄宗命方士召楊妃魂魄之事相類。故用以借喻。參注〔四〕引《長恨歌傳》及下句注。〔九〕【曾注】《史記》：元狩四年，齊人少翁以鬼神方見上，拜文成將軍。歲餘，其方益衰，神不至，於是誅文成將軍，隱之。【補注】句意蓋謂：誰説文成將軍是漢代的『故侯』呢？言外之意是：當今的唐朝也同樣有方士大言召魂而毫無徵驗的事。

【金聖歎曰】（前解）不便於説玄宗，則云『穆滿』；不便於説避胡，則云遠遊；不便於説車駕，則云『六龍』；不便於説軍士不發，請誅罪人，則云『暫淹留』。『暫淹留』三字，斟酌最輕，中間便藏却佛堂尺組、玉妃就盡無數磣毒之狀也。三四承『暫淹留』，言自從此日直至於今，玉妃既死，安有更生。碧血所埋，依然草滿。人之經其地者，直是試想不得也。（後解）上解寫馬嵬，此解又終説玉妃之事也。『香輦』七字，言既而乘輿還京；『曉鐘』七字，言依舊春宵睡足。嗟乎！嗟乎！宫中事事如故，細思只少一人，又何言哉！又何言哉！（《貫華堂選批唐才子詩》卷六）

【朱三錫曰】五六即七之『不復重相見』也。只是輕輕一手，便爲空行絶迹之作。世傳温、李齊名，讀此却高義山一籌矣。（《東岩草堂評訂唐詩鼓吹》卷七）

【沈德潛曰】（首句旁批）借穆王比玄宗。（篇末總評）通體俱屬借言，詠古詩另開一體。（《重訂唐詩别裁集》卷十五）

【按】題曰『馬嵬驛』，而通首均不直敘玄宗貴妃事，而借周穆、漢武、李夫人、齊人少翁等前代人事以喻指之，并『長樂殿』、『景陽樓』亦均用前代宫殿樓閣以借指之，其中漢武、李夫人及齊人少翁事尤切。沈德潛謂『通體俱屬借言，詠古詩另開一體。』甚確。詩之大意不過謂楊妃既死，不得復生，召魂之舉，總屬徒勞。埋血之地，碧草滋生，玄宗空有長恨。雖宫苑依舊，而孤悽終身矣。末句有刺。除首聯、頷聯與『馬嵬驛』有關外，腹、尾兩聯均與題目關係較遠。

知道溪君別業〔一〕

積潤初銷碧草新〔二〕，鳳陽晴日帶雕輪〔三〕。絲飄弱柳平橋晚〔四〕，雪點寒梅小院春〔五〕。屏上樓臺陳後主〔六〕，鏡中金翠李夫人〔七〕。花房透露紅珠落〔八〕，蛺蝶雙飛護粉塵〔九〕。

〔一〕《才調》卷二載此首，題作『和友人溪居別業』，席本、顧本同；述鈔、李本作『知道溪君別業』，姜本、十卷本、毛本作『和道溪君別業』。《唐詩鼓吹》卷七載此首，題作『知道溪居別業』，是，兹從之。【按】詩無『和』意。『和』字或係『知』字之訛；亦未見『溪居』之跡。詩係詠名『知道溪』者之別業。

〔二〕【補注】積潤，雨後積存的濕潤之氣。

〔三〕【曾注】《詩》：鳳皇鳴矣，于彼高岡。梧桐生矣，于彼朝陽。（按：曾氏未引二、三兩句，兹補之。）【咸注】《楞嚴經》：明還日輪，暗還黑月。【補注】鳳陽，猶朝陽。句意謂晴日朝陽高照，乘畫輪出游。雕輪指車。

〔四〕絲，十卷本、姜本、毛本、《全詩》作『風』；李本作『終』，係『絲』字之訛。【按】作『風』似與下句『雪』字對偶較切。然此二句上四字本以『弱柳飄絲』、『寒梅點雪』爲對，因調平仄而寫作『絲飄弱柳』、『雪點寒梅』。後人以爲『絲』對『雪』不甚切，故改『絲』爲『風』，不知與原意不符。

〔五〕院，《全詩》作『苑』。【補注】雪點寒梅，指梅花點綴枝頭如朵朵雪花。

〔六〕【立注】郝天挺注：《陳書》：後主陳姓，字叔寶，至德二載於光照殿起臨春、結綺、望仙三閣，檻闌以沈香爲之，飾以金玉，每微風起，香聞數里之外。【補注】句意謂别業中的樓臺如同畫屏中所繪的陳後主的别殿樓臺，金璧輝煌。

〔七〕【曾注】《漢書》：孝武李夫人本以倡進，妙麗善舞，由是得幸。曹植《洛神賦》：戴金翠之首飾。【補注】《漢書·外戚傳上》：「初，（李）夫人兄延年……侍上起舞，歌曰：『北方有佳人，絶世而獨立。一顧傾人城，再顧傾人國。寧不知傾城與傾國，佳人難再得！』上歎息曰：『善！世豈有此人乎？』平陽主因言延年有女弟，上乃召見之，實妙麗善舞。由是得幸。」句意謂溪中繁花的倒影，如同鏡中映現的金翠滿頭的李夫人。鏡，指水面。

〔八〕透露，顧本作「露透」。

〔九〕雙飛，《才調》、席本、顧本作「雙雙」。【補注】二句謂蛺蝶因花房上的露珠滴落而雙雙飛起，以保護翅上的粉不被霑濕。

【陸時雍曰】三四風味絶佳。（《唐詩鏡》）

【金聖歎曰】（前解）先生詩總是此輕輕一手。此解輕輕先寫春雨新霽，出門閑行。初經柳橋，遂訪梅院，所謂一路行來猶未寫到别業也。（後解）此解始寫别業。五是寫其亭軒高低，六是寫其波光蕩漾。看他用陳後主、李夫人畫早春新霽嬌紅穉緑，妙，妙。至七八，亦只用細瑣之筆，寫一花上蛺蝶，便結之也。總是輕輕一手。（《貫華堂選批唐才子詩》卷六）

【朱三錫曰】此通首皆就别業中言之。首言春雨新霽來遊其地。三寫柳，四寫梅。絲飄弱柳，雪點寒梅，皆早春

景色，即雨消新晴景色也。（以下略同金評，不録）（《東岩草堂評訂唐詩鼓吹》卷七）

【《唐詩鼓吹評注》】首言別業之中積雨初消，故草色鮮妍而日色晴暖。此時乘雕輪而遊，則見平橋小院之間，弱柳飄絲，寒梅點雪，皆可玩之景。又屏上樓臺如陳後主之别殿，鏡中金翠若李夫人之媚容，俱足以悦目娱情也。而且露滴花房，紅珠欲落，雙雙蛺蝶又爲之護粉塵焉。其幽勝爲何如歟？

【趙臣瑗曰】一，宿雨初收；二，新陽載道；此寫其出遊之日也。三，溪邊之柳色舒黄；四，牆角之梅梢破白；此寫其經行之路也，猶未到别業也。五六寫别業中全景：軒窗高下，如樓臺畫於屏中；花木参差，似金翠照於鏡裏。陳後主、李夫人，却牽合得甚妙。自來詩人不敢如此想頭也。七八再一小景，不過是閑閑着筆，有意無意，便成絶妙好辭。人言温，李詩體輕浮，吾則但見其嫵媚也。（《山滿樓箋注唐詩七言律》）

【沈德潛曰】（屏上二句）形别業之勝，非實寫也。（《重訂唐詩别裁集》卷十五）

【薛雪曰】大凡人有敏捷之才，斷不可以有敏捷之作。温太原八叉手而八韻成，致有『絲飄弱柳平橋晚，雪點寒梅小院春』，上下情景不相屬，竟是園亭對子。（《一瓢詩話》）

【俞陛雲曰】此詩『弱柳』、『寒梅』句，不事捶煉，而風致如畫，爲寫景之秀句。五六言『陳後主』之樓臺，『李夫人』之金翠，極人間之美麗矣，而於屏上、鏡中見之，可望而不可即。色即是空，本無諸相，麗句而兼妙悟也。但中四句專用字面，而不用語意相貫。大陸才多，偶爲之固無不可，句亦殊佳。乃其起結亦用詞藻，而少意義，似未盡美。（《詩境淺説》）

【按】此詠友人别業風景之佳。起聯寫晴日照耀，積潤初銷，碧草新齊，乘車往遊。次聯寫院外平橋弱柳飄絲，院内寒梅枝梢綴雪。腹聯以實景爲圖畫，借鏡面喻水面，構思新巧。尾聯寫院内花房滴露，蛺蝶雙飛之景，意態閑閑，宛然詞境。此詩輕倩流美，側豔纖巧兼而有之。

奉天西佛寺〔一〕

憶昔狂童犯順年〔二〕，玉虬閑暇出甘泉〔三〕。宗臣欲舞千鈞劍〔四〕，追騎猶觀七寶鞭〔五〕。星背紫垣終掃地〔六〕，日歸黄道却當天〔七〕。至今南頓諸耆舊〔八〕，猶指榛蕪作弄田〔九〕。

〔一〕【曾注】《唐書》：京兆府有奉天縣，屬關内道。文明元年以管乾陵，分醴泉置。天授二年置稷州。大足元年還雍州。【補注】奉天，今陝西乾縣。唐德宗建中四年十月，涇原節度使姚令言軍隊譁變謀叛，德宗倉皇出奔奉天。亂軍擁迎朱泚爲帥，圍攻奉天，形勢危急。賴名將李晟、渾瑊等力戰，方於次年五月收復京城長安。七月德宗回京。事詳兩《唐書·德宗本紀》及《通鑑》。佛寺當是德宗回京後建以報佛佑者。

〔二〕【補注】狂童，狂悖作亂之人。童，奴才。韓愈《送張道士序》：『臣有平賊策，狂童不難治。』李商隱《昭應縣道上送户部李郎中充昭義攻討》：『將軍大旆掃狂童，詔選名賢贊武功。』此句之『狂童』指叛亂之朱泚等人。犯順，叛亂。《晉書·甘卓傳論》：『及兇渠犯順，志在勤王。』

〔三〕【曾注】《楚辭》：駟玉虬以乘鷖兮。【咸注】《關輔記》：甘泉宫在今池陽縣西甘泉山。【補注】玉虬，傳説中的虬龍，借指天子所乘飾有玉勒的馬。《漢書·司馬相如傳》：『於是乎背秋涉冬，天子校獵。乘鏤象，六玉虬。』顔師古注引張揖曰：『六玉蚪，謂駕六馬，以玉飾其鑣勒，有似玉蚪。』甘泉，漢宫，借指唐宫。不曰出奔，而曰

『閑暇出甘泉』，諱飾之詞。

〔四〕鈞，席本、顧本作『金』。【曾注】《漢書》：蕭何、曹參，爲一代之宗臣。《呂覽》：伍員解其劍以予丈人，曰：『此千金之劍也。』【補注】宗臣，有二義，一爲與君主同宗之臣，一爲世所敬仰之名臣。曹注引《漢書・蕭何曹參傳贊》係後一義。平定朱泚等人之亂，李晟、渾瑊功最大。李晟與唐皇室同宗，渾瑊本鐵勒族，奉天保衛戰全仗渾瑊指揮得當。故此句之『宗臣』當以指後一義爲宜，且可兼包其時平叛有功諸將帥。

〔五〕【咸注】《晉書》：明帝見逆旅嫗，以七寶鞭與之，曰：『後騎來，可以此示也。』【按】事詳卷一《湖陰詞》注〔一〕。句意謂叛軍追騎未能趕上德宗的車駕。

〔六〕【曾注】晉陸雲詩：在晉奸臣，稱亂紫微。宋張鏡《觀象賦》：覩紫宮之環周。【補注】星，此指彗星。古代認爲彗星出現是兵亂之兆。背，犯。紫垣，即紫微垣，指帝王宮禁，詳《上翰林蕭舍人》注〔六〕。掃地，掃地以盡，又切『掃帚星』（即彗星）之光芒隱滅。句意謂侵犯宮禁的叛亂者終歸滅亡。

〔七〕【曾注】《漢・天文志》：日有中道，月有九行。中道者黄道，一曰光道。【補注】古天文學以爲日繞地而行，日所行之路綫謂之黄道。亦可借指帝王出行時所走的道路。李白《上之回》：『萬乘出黄道，千騎揚彩虹。』蕭士贇曰：『日，君象，故天子所行之道亦曰黄道。』句謂日仍歸循黄道而行，當天而照臨萬物，喻德宗雖出奔奉天，終回鑾長安，仍穩居帝位，統治萬民。

〔八〕頓，《全詩》校：一作『嶺』。《後漢書》：光武生於南頓。《地理志》：南頓，古頓子國，在汝南。應劭曰：頓迫於陳，其後南徙，故名。

〔九〕【曾注】《漢書》：昭帝耕於鉤盾弄田。應劭曰：鉤盾，宦者近署，故往試耕爲戲弄也。臣瓚曰：弄田在未央宮中。【補注】弄田，漢未央宮有弄田，供皇帝宴遊。《漢書・昭帝紀》：『己亥，上耕於鉤盾弄田。』顔師古注：『應劭曰：「時帝年九歲，未能親耕帝籍。鉤盾，宦者近署，故往試耕爲戲弄也。」臣瓚曰：「《西京故事》，弄田在未央宮中。」弄田爲宴遊之田，天子所戲弄耳，非爲昭帝年幼創有此名。』按：末聯意晦，似以漢光武帝之中興漢朝喻德宗平定叛亂，中興唐室，謂至今德宗出生之地的耆舊百姓，仍指現已榛蕪叢生之荒地，謂此處係德宗當年曾經遊宴之處。

【按】題曰『奉天西佛寺』，當是因德宗平叛後所建之報功佛寺而聯想及當年平定朱泚之亂的情事。首聯朱泚叛亂，德宗出奔奉天。頷聯謂名將渾瑊、李晟等奮勇揮劍殺敵，叛軍終未追及出奔之德宗。腹聯謂叛亂者終告覆滅，德宗勝利回鑾仍君臨萬民。尾聯以德宗平叛比光武之中興漢室，有懷念之意。

題望苑驛 東馬嵬，西端正樹〔一〕

弱柳千條杏一枝，半含春雨半垂絲〔二〕。景陽寒井人難到〔三〕，長樂晨鐘鳥自知〔四〕。花影至今通博望〔五〕，樹名從此號相思〔六〕。分明十二樓前月〔七〕，不向西陵照盛姬〔八〕。

〔一〕《英華》卷二九八行邁十（館驛附）載此首，題下注作『東有馬嵬驛，西有相思樹』。姜本、十卷本、毛本

『樹』作『寺』，誤。席本作『東有馬嵬，西有端正樹』，顧本作『東有馬嵬驛，西有端正樹』。述鈔、李本同底本。
【曾注】《關中記》：望苑驛即博望苑，舊址在西安，漢武帝戾太子築通靈臺即此。【補注】望苑驛，即漢之博望苑，漢武帝爲太子劉據所建。《三輔黃圖》卷四引《漢書》：『武帝年二十九乃得太子，甚喜。太子冠，爲立博望苑，使其通賓客，從其所好。』苑名博望，取其廣博觀望之意。《三輔黃圖》卷四：『博望苑在長安城南，杜門外五里有遺址。』《水經注·渭水》：『昆明池故渠之北，有白亭、博望苑。』《長安志》：唐長安西城區北部金城坊『北門有戾園，園東南，漢博望苑。』曾注引《關中記》之『博望觀』可能爲博望苑中之樓觀。端正樹，見卷五《題端正樹》注〔一〕。據本篇題下注，《馬嵬驛》、《題望苑驛》、《題端正樹》三首，當爲同時先後之作。

〔二〕垂，《全詩》、顧本校：一作『含』。

〔三〕到，《英華》校：一作『見』。【曾注】《建業志》：景陽井在吴城，即辱井。【補注】景陽井，南朝陳景陽殿之井，又名胭脂井。禎明三年（五八九），隋兵南下過江，攻佔臺城，陳後主聞兵至，與貴妃張麗華投匿此井，至夜爲隋兵所執。參卷一《雞鳴埭曲》『繡龍畫雉填宫井』句注。

〔四〕鳥，《英華》、席本、顧本作『曉』。【曾注】《漢·高帝紀》：長樂宫成，諸侯羣臣稱賀。【咸注】《三輔黃圖》：鐘室在長樂中。【補注】長樂宫，漢高祖五至七年，由丞相蕭何在秦興樂宫基礎上營建而成，周回二十里，位於長安城東南，西隔安門大街與未央宫相望，内有十四座主要宫殿，有鐘室。因其在未央宫之東，故又稱東宫。此句有可能即取其『東宫』之別名以指太子之東宫。

〔五〕至今，《英華》、席本、顧本作『幾年』。《英華》校：集作『至今』。【曾注】《漢書》：戾太子既冠就宫，爲立博望苑，使通賓客。

〔六〕從此，《英華》、席本、顧本作『何世』。《英華》校：集作『從此』。【曾注】《歡聞變歌》：南有相思木，合影復同心。【咸注】干寶《搜神記》：韓憑妻塚上梓號相思樹。詳卷二《會昌丙寅豐歲歌》『粉項韓憑雙扇中』句注。【補注】西漢京兆湖縣有思子宫。武帝征和二年（前九一），巫蠱之禍起，太子據從長安東逃至湖縣，自殺而死。壺關縣三老令狐茂、太廟郎田千秋先後爲太子鳴冤。武帝感寤，憐太子無辜，遂於湖縣建思子宫，並在宫内造歸來望思之臺，以表望而思之，盼太子之魂歸來之意。此云樹名號相思，或亦暗寓武帝思念太子之事。

〔七〕分明，《英華》、席本、顧本作「至今」。《英華》校：集作「分明」。【補注】《史記·封禪書》：「方士有言『黄帝時爲五城十二樓，以候神人於執期，命曰迎年』。上許作之如方，命曰明年。」《漢書·郊祀志上》：「五城十二樓。」顔師古注引應劭曰：「昆侖玄圃五城十二樓，仙人之所常居。」亦泛指天子宫闕。王昌齡《放歌行》：「南渡洛陽津，西望十二樓。明堂坐天子，月朔朝諸侯。」此處即指皇宫樓殿。

〔八〕盛，《英華》、席本、顧本作「戚」。《英華》校：集作「盛」。顧本校：疑作「盛」。【咸注】《穆天子傳》：天子遊於河濟，盛君獻女。王爲盛姬築臺，砌之以玉。天子西征至玄池之上，乃奏樂，三日終，是日樂池盛姬亡。天子殯姬於穀丘之廟，葬於樂池之南。白居易《李夫人詩》：君不見穆王三日哭，重璧臺前傷盛姬。西陵未詳。【補注】西陵，即高平陵（《三國志·魏志·武帝紀》作「高陵」），曹操陵墓。《全上古三代秦漢三國六朝文》操《遺令》云：「吾死以後……葬于鄴之西岡上，與西門豹祠相近，無藏金玉珍寶。吾婢妾與伎人皆勤苦，使著銅雀臺……汝等時時登銅雀臺，望吾西陵墓田。」謝朓《銅雀臺》詩：「鬱鬱西陵樹，詎聞歌吹聲。」此借指唐代帝王陵墓。盛姬，借指唐代帝王的寵姬。詳箋評編著者按語。

【按】此詩題爲「題望苑驛」，即漢戾太子據之博望苑舊址，而詩中雜用「景陽井」（陳）、「長樂」（漢）、「西陵」（魏）、「盛姬」（周）等不同時代之典實，刻意造成撲朔迷離之氣氛，詞意閃[illegible]有隱寓。頗疑以漢戾太子據因巫蠱事外逃自盡，影射唐文宗開成三年莊恪太子暴死事。首聯望苑驛春日即景。頷聯以[illegible]「長樂」借指太子永所居。太子永居少陽院，故以『景陽』借指。太子已死，故地荒凉，故井曰『寒井』，已亦不能再到，故曰『人難到』；『長樂』宫又名東宫，故以之借指太子東宫。晨鐘惟鳥自知，正反映宫中寂然，人已不在。腹聯上句意謂，何時能再通博望苑，見苑中之花影，下句疑以漢武感寤思念戾太子之事影指文宗追悔廢莊恪太子之事。太子卒後，文宗意頗追悔，曾慨歎『朕貴爲天子，不能全一子』（見《通鑑·文宗開成四年》）。尾聯則因楊賢妃欲立安王溶日譖太子於文宗之前，致使文宗欲廢太子，而以穆王之寵姬盛姬擬之，謂如今宫前之月不再照臨陪葬『西陵』（借指文宗的陵墓章陵）之楊賢妃，蓋深疾其進讒而使太子被廢暴卒也。

寄分司元庶子兼呈元處士〔一〕

閉門高卧莫長嗟〔二〕，水木凝暉屬謝家〔三〕。緱嶺參差殘曉雪〔四〕，洛波清淺露晴沙〔五〕。劉公春盡蕪菁色〔六〕，華廙愁多苜蓿花〔七〕。月榭知君還悵望，碧霄煙闊雁行斜〔八〕。

校注

〔一〕【吴汝煜、胡可先曰】元處士疑爲元孚。與温庭筠同時的許渾有《元處士自洛歸宛陵山居見示詹事相公餞行之什因贈》《冬日宣城開元寺贈元孚上人》等詩，杜牧有《贈宣州元處士》詩……元處士均指元孚。元孚曾住洛陽，後歸宛陵。温庭筠此詩當是元孚在洛陽時作。（《全唐詩人名考》）【補注】分司元庶子，名不詳。視詩中『謝家』『雁行』語，元庶子當是元處士之兄弟而爲左（右）庶子分司東都者。庶子，太子東宮官名。東宮左右春坊各有左、右庶子二人，左庶子正四品上，右庶子正四品下。按：許渾開成三年秋至五年在宣州當塗、太平爲官，其有關元處士諸作（《元處士自洛歸宛陵山居見示詹事相公餞行之什因贈》《題宣州元處士幽居》《宣城開元寺贈元孚上人》）均作於此期間。杜牧開成二年冬至四年初春在宣州任團練判官，其《贈宣州元處士》約作於開成三年。視此詩末聯，其時元處士已自洛歸。則温庭筠此詩當作於開成三年之後。元庶子爲太子東宮官分司東都者，庭筠亦曾從莊恪太子遊。二人之結識可能與此有關。

〔二〕【曾注】《後漢書》：袁安值大雪，閉門高卧。【補注】《後漢書·袁安傳》注引《汝南先賢傳》：『時大雪，積地丈餘，洛陽令自出案行，見人家皆除雪出，有乞食者。至袁安門，無有行路，謂安已死。令人除雪入户，見安僵卧，問何以不出，曰：「大雪人皆餓，不宜干人。」令以爲賢，舉爲孝廉也。』此以喻元庶子，贊其雖居閑官而品格高潔，慰之曰『莫長嗟』。

〔三〕【曾注】謝靈運詩：山水含清暉。【補注】《宋書·謝靈運傳》：『靈運少好學，博覽羣書，文章之美，江左莫逮。從叔混特知愛之……與族弟惠連……以文章賞會，共爲山澤之遊。』謝混《游西池》：『景昃鳴禽集，水木湛清華。』此以『水木凝暉』喻指『謝家』叔姪兄弟的文學才華，借以贊美元庶子、元處士兄弟。

〔四〕【曾注】《列仙傳》：王子喬好吹笙，遊伊、洛間，隨浮丘公上嵩山。後見桓良曰：『告我家，七月七日待我緱氏山頭。』至時果乘白鶴，舉手謝時人而去。【補注】緱嶺，即緱山，在今河南偃師縣，地近洛陽。緱嶺曉雪、洛水晴沙，均洛中景物，切分司東都之元庶子。『緱嶺』且兼含有關太子之典故。劉向《列仙傳·王子喬》：『王子喬者，周靈王太子晉也。好吹笙作鳳凰鳴。遊伊、洛間，道士浮丘公接上嵩高山。三十餘年後，求之於山上，見柏良曰：「告我家，七月七日待我於緱氏山巔。」至時，果乘鶴駐山頂，望之不可到。舉手謝時人，數日而去。』曾注引《列仙傳》略去王子喬即『周靈王太子晉』一節，致使『緱嶺』與太子有關之涵意不顯。

〔五〕【補注】洛波，洛水的清波。

〔六〕【曾注】胡冲《吴歷》：蜀先主劉備在許下閉門種蕪菁，因謂張飛、關羽曰：『吾豈種菜者乎！』【咸注】《呂覽》：菜之美者，具區之菁。【補注】鎦，『劉』之古字。

〔七〕廙，原作『厩』，諸本均同。【王國安曰】華厩，疑當作『華廙』，以同上句『劉公』對偶。華廙，字長駿，華歆孫。晉武帝時除名削爵，後武帝『登陵雲臺，望見廙苜蓿園，阡陌甚盛，依然感舊。』《晉書》有傳。（上海古籍出版社王國安標點本《温飛卿詩集箋注》九三頁）【按】王校是，兹據改。多，李本、十卷本、姜本、毛本、席本、《全詩》、顧本作『深』。述鈔同底本。【曾注】《漢書》：大宛馬嗜苜蓿，上遣使者持千金請宛馬，采苜蓿歸，種之離宫。《西京雜記》：樂遊苑自生玫瑰樹，下多苜蓿。苜蓿一名懷風，時人或謂之光風。風在其間常蕭蕭然，日照其花有光彩，故名苜蓿爲懷風。茂陵人謂之連枝草。庾信賦：人戴蒲萄，馬銜苜蓿。【補注】劉公、華廙，均喻指元庶子，謂其身居閒職。苜蓿花繁，故曰『多』。

〔八〕【補注】月榭，賞月的臺榭。君，指元庶子。雁行斜，以雁陣之斜列喻元氏兄弟。結『兼呈』。

【按】元庶子似因身居閑職而内心苦悶，故起聯即以袁安高卧擬之，謂其雖居閑職而品格自高，勸其莫因居閑而嗟歎，並贊其兄弟均長於文學如当年之謝家。頷聯承『水木凝暉』，謂洛中有緱嶺曉雪、洛波晴沙，足可供賞玩吟詠。腹聯以劉備、華廙比庶子，承『閉門高卧』，謂其目前雖居閑曠，而仍如劉備之志存遠大，如華廙之爲君主所繫念。尾聯謂元庶子於月榭悵望碧天雁行斜列時當想念兄弟元處士，結出『兼呈』之意。據『悵望』語，元處士其時已離洛歸宣州。吴、胡謂此詩當是元孚在洛陽時作，恐誤。『兼呈』之對象固不必與『寄』之對象同在一地。

題柳〔一〕

楊柳千條拂面絲〔二〕，緑煙金穗不勝吹〔三〕。香隨静婉歌塵起〔四〕，影伴嬌饒舞袖垂〔五〕。羌管一聲何處曲〔六〕，流鶯百囀最高枝〔七〕。千門九陌花如雪〔八〕，飛過宫牆兩自知〔九〕。

〔一〕《才調》卷二、《英華》卷三二三花木二載此首。《英華》題作「柳」。《唐詩鼓吹》卷七載此首，題亦作「柳」，顧本謂「題，《鼓吹》作楊」，不知何據。集本均作「題柳」。

〔二〕【曾注】《南史》：劉悛之獻蜀柳數株，枝條甚長，狀如絲縷。

〔三〕穗，《英華》作「德」，誤。吹，《英華》作「移」。【補注】緑煙，楊柳色緑而枝條繁茂重疊，如同堆煙，故云。金穗，指金色的嫩枝。

〔四〕【郝天挺注】《梁書》：羊侃字祖欣，雅愛文史，姬妾列侍，窮極奢靡。舞人張静婉腰圍一尺六寸，能爲掌上舞。【曾注】《南史》：張静婉善歌舞。詳卷一《張静婉採蓮曲》注〔一〕。【補注】歌塵，本指歌聲動聽。《藝文類聚》卷四三引劉向《别録》：「漢興以來，善《雅歌》者魯人虞公，發聲清哀，蓋動梁塵。」此處與善舞之張静婉聯繫，當指歌舞時揚起的細塵。柳本無「香」，此處以美人之舞腰擬柳，故云「香隨静婉歌塵起」。

〔五〕饒，李本、毛本、《才調》、《鼓吹》、《全詩》作「嬈」，通。【立注】郝天挺注：宋子侯有《董嬌嬈》詩。

杜甫詩：佳人屢出董嬌嬈。

〔六〕管，《全詩》、顧本校：一作『笛』。曲，《全詩》校：一作『笛』。【郝天挺注】笛中有《折楊柳曲》。虞羲《詠霍將軍北伐》云：胡笳關下思，羌笛隴頭鳴。【曾注】王僧虔《技録》：《折楊柳》，古曲名。【補注】《折楊柳》，古横吹曲。傳張騫從西域傳入《德摩訶兜勒曲》，李延年因之作新聲二十八解，以爲武樂。魏晉時古辭亡佚。《樂府詩集·横吹曲辭二·梁元帝〈折楊柳〉》解題云：『《唐書·樂志》曰：「梁樂府有胡吹歌云：上馬不捉鞭，反拗楊柳枝。下馬吹横笛，愁殺行客兒。此歌辭元出北國，即鼓角横吹曲《折楊柳枝》是也。」《宋書·五行志》曰：「晉太康末，京洛爲折楊柳之歌，其曲有兵革苦辛之辭。」』

〔七〕【郝天挺注】賈至詩：千條弱柳垂青瑣，百囀流鶯繞建章。

〔八〕陌，《全詩》、顧本校：一作『曲』。【咸注】曹植詩：東西經七陌，南北越九阡。【補注】《史記·孝武本紀》：『於是作建章宫，度爲千門萬户。』九陌，漢代長安城中的九條大道。《三輔黄圖》：『長安八街九陌。』花，指柳絮。

〔九〕自，《英華》作『不』，《鼓吹》同。

【楊慎曰】李太白詩：『風吹柳花滿店香。』温庭筠詠柳詩：『香隨静婉歌塵起，影伴嬌嬈舞袖垂。』……其實柳花亦有微香，詩人之言非誣也。（《升庵詩話》卷七《柳花香》）

【《唐詩鼓吹評注》】此自柳綫初垂以至柳花飛絮，終一春之事而言之也。首言楊柳初垂，緑煙含穗，時枝尚弱，未勝春風之吹。及花之香則隨歌塵而起，影之動則逐舞袖而垂。至於曲吹羌笛，枝囀流鶯，楊柳風流有不同凡木者矣。若暮春則花白如雪，填滿於千門九陌之間，而且飛入宫牆，人莫之覺（按：《鼓吹》作『兩不知』）。其輕盈之態，不足令人愛玩哉！『兩不』，廖（文炳）解謂『莫辨其爲花爲雪』，則鑿矣。眉批：其中有作計在，所以有味。三四言當年風流可愛。後半則自慨歸於憔悴摧折。『不勝吹』三字直貫注末句。『嬈』應作『饒』，『不』應作『自』。

【朱三錫曰】通首只起二句實寫楊柳，餘俱用比用興，曲盡其妙。唐人詠物，必有所託，細玩自知其意。即實詠一物，決不純用賦體也。（《東岩草堂評訂唐詩鼓吹》）

【譚宗曰】感愴夷浩，迴出凡等，是絶不關情，而情深百道，豈非至文哉！（《近體秋陽》）

【按】就詩面作解，則首聯形容柳絲千條，緑煙金穗，吹拂人面。次聯謂風吹柳絲，如静婉之裊舞腰，香隨塵起；如嬌嬈之轉舞袖，影伴舞垂。腹聯謂羌笛有《折楊柳》曲，而流鶯百囀，正棲於柳之高枝。尾聯以楊花柳絮或飛入宫牆，或落於九陌作結。此詩若作單純詠物詩讀，實少意味，腹聯更上下句不相連貫。但如將『柳』理解爲歌舞女子之象喻，則較爲含蓄有味。首聯形容楊柳千絲拂面，緑煙金穗，若不勝春風之吹拂，此蓋狀其『娉娉嫋嫋』之時，頷聯寫其歌舞，香隨塵起，影伴舞嬌。既寫其藝，復展其姿。腹聯則謂其伴羌笛之曲而歌，如流鶯百囀於枝頭。尾聯則以楊花飄雪，飛過宫牆，喻歌舞女子之徵入宫中者。『兩自知』者，宫内宫外之歌舞女子各自知，亦從此兩不相值也。此解未必即作者本意，然就詩而言，不妨有此一解。

和友人悼亡〔一〕

玉皃潘郎淚滿衣〔二〕，畫羅輕鬢雨霏微〔三〕。紅蘭委露愁難盡〔四〕，白馬朝天望不歸〔五〕。寶鏡塵昏鸞影在〔六〕，鈿箏絃斷雁行稀〔七〕。春風幾許傷情事〔八〕，碧草侵堦粉蝶飛。

〔一〕《才調》卷二、《英華》卷三〇四悲悼四載此首。《英華》校：一作『喪歌姬』。《全詩》、顧本校同《英華》。底本、述鈔、席本《題柳》下有《和友人悼亡》《李羽處士故里》《却經商山寄昔同行友人》《池塘七夕》四首，而李本、十卷本、姜本、毛本均無，當是鈔刻時脱漏此頁。此和友人悼亡之作，首句『玉皃潘郎淚滿衣』即『友人悼亡』之意，非庭筠自傷喪歌姬。

〔二〕【立注】徐注：王樞詩：玉貌映朝霞。晉潘岳有《悼亡詩》。【補注】皃，古『貌』字。《晉書·潘岳傳》：『岳美姿儀，辭藻絶麗，尤善爲哀誄之文。』其《悼亡詩三首》有『撫衿長歎息，不覺涕霑胸』、『悲懷感物來，泣涕應情隕』等語。『玉皃潘郎』指友人，非庭筠自謂。《北夢瑣言》卷十：『薛侍郎昭蘊氣貌昏濁，杜紫薇唇厚，温庭筠號温鍾馗，不稱才名也。』

〔三〕雨，《英華》、《全詩》作『兩』，誤。【補注】畫羅，有畫飾之絲織品。輕鬢，輕薄的鬢髮。霏微，迷蒙細小貌。此句寫友人身著羅衣，鬢髮稀疏，在迷蒙細雨中佇立沉思之情景。

〔四〕【曾注】江淹《别賦》：見紅蘭之受露。【補注】紅蘭委露，喻女子亡故。

〔五〕【曾注】《天寶遺事》：虢國不施紅粉，自衒美豔，嘗素面朝天。【按】曾注非。白馬素車，爲古代凶喪輿服。《史記·秦始皇本紀》：『楚將沛公破秦軍入武關，遂至霸上，使人約降子嬰，子嬰即係頸以組，白馬素車，奉天子璽符，降軹道旁。』裴駰集解引應劭曰：『素車白馬，喪人之服也。』此謂亡者已下葬，再無重歸之期。白馬朝天，謂拉靈車的白馬仰天悲鳴。陶淵明《擬挽歌辭三首》之三：『荒草何茫茫，白楊亦蕭蕭。嚴霜九月中，送我出遠郊。四面無人居，高墳正崔嵬。馬爲仰天鳴，風爲自蕭條。』

〔六〕【曾注】范泰《鸞鳥詩序》：昔罽賓王結罝峻祈之山，獲一鸞鳥，王甚愛之。三年不鳴，其夫人曰：『嘗聞鳥見其類而後鳴，何不懸鏡以映之？』王從其言。鸞覩影，悲鳴冲霄，一奮而絶。【補注】寶鏡塵昏，謂其人已逝，妝鏡蒙塵。鸞影在，表面上是説，鏡背面的鸞鳳圖案還在，實以喻指男方猶如弔影之孤鸞。鸞鳳每連稱，單用『鸞』時多指男性。

〔七〕鈿，《英華》作『細』，誤。【曾注】本集《贈彈筝人》詩：鈿蟬金雁皆零落。【補注】鈿筝，鑲嵌金玉細粒的筝。絃斷，喻妻子亡故。雁行，筝柱（繫絃的木柱）斜列如同雁行。雁行稀，喻絃斷人亡。

〔八〕《才調》《英華》《全詩》作『春來多少傷心事』。《英華》校：集作『春風幾許傷情事』。

【按】首聯點明友人悼亡。頷聯以『紅蘭委露』『白馬朝天』分指其人已如紅蘭之凋謝，且已白馬素車送其遠埋荒郊。『愁難盡』、『望不歸』，寫友人之哀愁與懷想。腹聯以寶鏡塵昏、鈿筝絃斷示其人之亡故與友人之孤寂。尾聯謂春來本已因悼亡而傷悲，又何況見碧草侵階，粉蝶雙飛乎？蓋觸景而愈傷情也。

李羽處士故里〔一〕

柳不成絲草帶煙，海槎東去鶴歸天〔二〕。愁腸斷處春何限，病眼開時月正圓。花若有情還悵望〔三〕，水應無事莫潺湲〔四〕。終知此恨銷難盡〔五〕，辜負南華第二篇〔六〕。

〔一〕《才調》卷二、《英華》卷三〇七悲悼七第宅載此首，《英華》題作『宿杜城亡友李羽處士故墅（一作里）』。《唐詩鼓吹》卷七選此首，題誤作『傷李羽士』。李羽處士，已見前注。

〔二〕海槎，見卷四《送陳嘏之侯官兼簡李常侍》注〔五〕。【補注】海槎東去，借乘槎仙去喻亡故。鶴歸天，乘鶴仙去，亦喻逝世。

〔三〕還，《鼓吹》作『應』。

〔四〕應，《鼓吹》作『因』，誤。【曾注】屈原《九歌》：觀流水兮潺湲。

〔五〕終，《才調》作『須』。銷難盡，《英華》作『難消遣』，校：集作『消難盡』。盡，《才調》、《鼓吹》作『得』。

〔六〕二，原作『一』，據《英華》《鼓吹》改。【郝天挺注】莊子號南華真人，第二篇即《齊物論》。【按】據詩意，似當作『第二篇』。《莊子·齊物論》闡論等生死壽夭、是非得失之理，而已不能忘情於亡友之生死，『此恨銷難盡』，故云『辜負南華第二篇』。《唐詩紀事》卷五十四温庭筠云：『庭筠有詩曰：「因知此恨人多積，悔讀南華第二篇。」』所引文字雖有誤，然亦作『南華第二篇』。作『第一篇』（即《逍遥遊》）似取義於『恬然自適』之義，參下首起聯。《唐會要·雜記》：『天寶元年二月二十二日敕文，追贈莊子南華真人，所著書爲《南華真經》。』《新唐書·藝文志三》：『天寶元年，詔號《莊子》爲《南華真經》。』

【金聖歎曰】（前解）柳只是依舊柳，草只是依舊草，今遽覺其滿眼麻迷，不可分明者，只爲心頭一人，如槎去海，如鶴歸天，將謂百年，竟成一旦故也。三四妙於『春何限』、『月正圓』，言偏是人情最惡之時，偏是天氣絶妙之時也。（後解）此五六，看他句法無數變换。言花無賴無情，故不悵望耳；設使有情，應亦大不自遣。水若無事，決不潺湲矣，正爲有事，遂至如此嗚咽。蓋言傷處士者，不獨一我也。《南華經》第二篇，正指蝴蝶物化一段。平日所悟道理，此時全用不着也。（《貫華堂選批唐才子詩》卷六）

【《唐詩鼓吹評注》】詳此詩意，羽士必非念真期靈之流，故着以雲月之詞也。首言羽士當早春物化，我乃傷之之至。愁腸欲斷，無限春光；病眼初開，正值月滿，所以愁思無已耳。且傷之非獨余也，花亦應爲之悵望，水亦莫爲之潺湲。須知此難銷之恨，殊有負於莊生齊物之意也。次聯或作追述羽士情事，或作別有傷之之人，於義俱可。末二句廖（文炳）謂：羽士情鍾世味，愁恨未消，有負齊物之道，恐未見作者傷之之意。

【按】李羽爲庭筠摯友，此詩係羽卒後重訪其杜城故里，凄然有感而作。起聯謂春來柳絲乍吐、煙草依稀，而羽已乘槎駕鶴仙去。頷聯謂己因摯友仙逝愁腸欲斷，而目睹故里滿眼春光，愈感情之難堪；己病體新癒，病眼乍開，值此月圓之景，益感人亡之悲。蓋以『春無限』、『月正圓』反襯友人亡故之沉悲。腹聯謂：花若有情，亦應對故居主人之仙逝悵望傷感；水若無情，何以終夜嗚咽潺湲不已。一正一反，均從設想中見己之傷悲。故尾聯以不能忘情於生死壽夭，辜負莊生齊物之論結之。全篇均用白描抒真摯之情，虛字之開合照應，曲折如意。腹聯從李賀『天若有情天亦老』化出，而句法摇曳多姿，富於情致。

却經商山寄昔同行友人〔一〕

曾讀逍遥第一篇〔二〕，爾來無處不恬然〔三〕。便同南郭能忘象〔四〕，兼笑東林學坐禪〔五〕。人事轉新花爛熳〔六〕，客程依舊水潺湲〔七〕。若教猶作當時意，應有垂絲在鬢邊。

〔一〕《英華》卷二六一寄贈十五載此首。題内『經』字，《英華》作『歸』，校：集作『徑』。昔，《英華》作『惜』，誤。【補注】商山，在今陝西商縣東。又名商嶺、商阪、地肺山、楚山。秦末漢初商山四皓曾隱於此。商山係長安南赴荆襄湘桂的必經之路。作者另有《地肺山春日》，亦春日經商山作。却，再也。

〔二〕讀，《全詩》作『道』。【立注】徐注：《莊子》，《逍遥遊》第一。

〔三〕無處，《英華》作『何事』，校：集作『無處』。

〔四〕【曾注】《莊子》：南郭子綦隱几而坐，仰天而噓，嗒焉似喪其耦。【補注】《莊子·外物》：『荃者所以在魚，得魚而忘荃；蹄者所以在兔，得兔而忘蹄；言者所以在意，得意而忘言。』王弼《周易略例・明象》：『夫象者，出意者也；言者，明象者也。盡意莫若象，盡象莫若言。言生於象，故可尋言以觀象，象生於意，故可尋象以觀意。意以象盡，象以言著。故言者所以明象，得象而忘言；象者所以存意，得意而忘象……存言者，非得象者也；存象者，非得意者也。象生於意而存象焉，則所存者乃非其象也；言生於象而存言焉，則所存者乃非其言也。然則忘象者，乃得意者也；忘言者，乃得象者也。得意在忘象，得象在忘言。故立象以盡意，而象可忘也；重畫以盡情，而畫可忘也。』忘象，指得意而忘象，只取精神無視形式。

〔五〕【曾注】《高僧傳》：晉沙門惠永居在西林，與慧遠同門遊好，遂邀同止。刺史桓伊以學徒日衆，更爲遠建東林寺。【補注】南宗禪提倡心性本净，佛性本有，覺悟不假外求，不讀經，不禮佛，不立文字，强調以無念爲宗，『即心是佛』『見性成佛』，故坐禪自亦可廢。慧遠在廬山邀集僧俗十八人成立白蓮社，發願往生西方净土，被後世奉爲净土宗始祖。主張『乘佛願力』，稱『一心專念』阿彌陀佛名號，死後『往生安樂國土』。由於修行簡易，中唐以後廣泛流行，後與禪宗融合。『兼笑東林學坐禪』當是晚唐與禪宗融合的净土宗僧人的看法。

〔六〕【曾注】司馬相如《上林賦》：麗靡爛熳於前。庾信詩：殘花爛熳舒。

〔七〕客，《英華》作『驛』，校：集作『客』。

【按】此重經商山有感於莊子『逍遥』之旨，作此以寄昔同行經此之友人。起聯謂己曾讀《莊子・逍遥遊》之篇，深悟其『無待』『無己』，絶對自由地遨遊永恒的精神世界之哲理，從此無時無地不感到心境恬然。頷聯承『恬然』作進一步發揮，謂已達到南郭子綦那樣的『坐忘』境界，直取莊禪的精神，得意而忘象，因感東林僧人之坐禪亦繁瑣可笑。腹聯謂人事新變而自然依舊，花之爛熳盛開、水之潺湲而流仍同上次同行時所見所聞，而已因悟逍遥之理，對此亦殊感『恬然』。尾聯『當時意』，應是悟逍遥之理以前的認識，謂若仍執著於過去的認識，恐今日應有斑白的鬢絲了。全篇似爲悟道之言。

池塘七夕〔一〕

月出西南露氣秋〔二〕，綺羅河漢在斜溝〔三〕。楊家繡作鴛鴦幔〔四〕，張氏金爲翡翠鉤〔五〕。香燭有花妨宿燕〔六〕，畫屏無睡待牽牛〔七〕。萬家砧杵三篙水〔八〕，一夕横塘似舊遊〔九〕。

〔一〕《才調》卷二、《唐詩鼓吹》卷七載此首。《鼓吹》題作『初秋』。

〔二〕【補注】鮑照《翫月城西門廨中詩》：『始見西南樓，纖纖如玉鉤。』七夕月見於西南。時已入秋，故云『露氣秋』。

〔三〕羅，《才調》、《鼓吹》、席本、顧本作『寮』。綺羅，《鼓吹》《全詩》校：一作『倚霄』。斜溝，《才調》、席本、顧本作『鋮（針）樓』。《鼓吹》作『斜樓』。【郝天挺注】《魏都賦》：雷雨窈冥而未半，皦日籠光於綺寮。注曰：交結綺紋而爲寮也。唐七夕，宫中以錦彩結高樓，可容數十人，陳花果酒炙，以祀牛、女二星，嬪妃穿針乞巧，動清商之樂，宴樂達旦，時人皆效之。【補注】句意似謂，如綺羅般光輝燦爛之銀河映入斜溝（即題内『池塘』，亦即末句『横塘』）。

〔四〕【立注】徐注：《隋書·蘇威傳》：威見宫中以銀爲幔鉤。陳後主《烏棲曲》：牀中被織兩鴛鴦。【補注】楊家，疑指楊國忠兄妹之家，泛指貴戚。鴛鴦幔，繡有鴛鴦圖案的帷幔。

〔五〕【立注】徐注：《搜神記》：京兆有張氏，獨處一室，有鳩自外入止於牀。張氏祝曰：『鳩爲禍也，飛上承塵；爲福也，即入我懷。』以手探之，得一金鉤。自後子孫漸盛，貲財萬倍。梁簡文帝詩：珠繩翡翠帷。【按】顧嗣立引徐注所徵京兆張氏事與詩意無涉。此『張氏』疑指漢代顯宦張安世。據《漢書·張安世傳》，安世封富平侯，食邑萬户。薨，子延壽嗣。延壽薨，子勃嗣。勃薨，子臨嗣。臨尚敬武公主，薨，子放嗣。放娶皇后弟平恩侯許嘉女，上爲放供張，賜甲第，充以乘輿服飾，號爲天子取婦，皇后嫁女。後世詩文中常以『金張』或『金張許史』並稱，以之指顯宦之家。此處即泛指顯宦之家。金爲翡翠鉤，用金製作成翡翠帷帳（飾以翡翠羽毛的帷帳）的帳鉤。《楚辭·招魂》：『翡帷翠羽，飾高堂些。』

〔六〕香，《才調》作『銀』。花，《才調》、《鼓吹》、席本、顧本作『光』。

〔七〕畫，《鼓吹》《全詩》校：一作『曉』。【曾注】梁簡文帝詩：宵牀悲畫屏。牽牛，詳本卷《七夕》『未應清淺隔牽牛』句注。

〔八〕【曾注】韋應物詩：數家砧杵秋山下。【補注】砧杵，擣衣石和擣衣棒槌。李白《子夜吴歌·秋歌》：『長安一片月，萬户擣衣聲。』三篙水，指池塘乘舟以竹篙撐船。

〔九〕似，《才調》《鼓吹》作『是』。【補注】横塘，此即題内之『池塘』，亦即首句之『斜溝』。

【郝天挺曰】詩意以楊家、張氏奢侈，其爲奢皆取法於宫中，蓋譏之也。（《唐詩鼓吹注》卷七）

【《唐詩鼓吹評注》】此當初秋見貴家豔麗而追憶舊游以諷之也。首言月露臨秋之夕，富豪者争結綺寮，而河漢亦横亘於針樓之上矣。且其家固不特綺寮而已也，楊家繡幔，張氏金鉤，富貴已極；銀燭有光，畫屏無睡，豔冶難名，其爲奢侈如此。而余當秋深之夕，砧杵並作，煙水瀰漫，一夕泛舟，以攬秋光。横塘實舊游之地也，而何有於奢侈哉！『妨宿燕』、『待牽牛』，切秋意。

【朱三錫曰】同一秋也，月也，其在豔冶之地，斜溝、綺寮與繡帳、金鉤、香燭、曉屏相映，何等富貴！其在岑寂之地，扁舟、横塘與砧杵、煙水作伴，何等凄凉！細玩詩意，温公必有所見，忽有所觸，追寫舊游以託諷耳。（《東岩草堂評訂唐詩鼓吹》卷七）

【張文蓀曰】實景興起，參用活法。與義山《隋宫》同調。（《唐賢清雅集》）

【按】此七夕富貴人家姬妾有所待而託題以詠也。七夕，牛、女相會之期；池塘，情人相會之地。題意如此。首聯點題，謂西南月出之七夕，光輝燦爛之星河映入池塘之中。頷聯女子室内陳設之富貴華豔。楊家、張氏，點明係貴戚顯宦之家。鴛鴦、翡翠，則豔情之象徵。腹聯謂女子燃香燭、傍畫屏以等待『牽牛』之到來。尾聯則情人於萬家砧杵之七夕，乘小舟撑竹篙越横塘而至女子居所也。『似舊遊』，暗示此前已有約會之事。此首實爲豔詩，味尾聯，似是詩人自己的經歷。尾聯有韻味。

偶遊〔一〕

曲巷斜臨一水間〔二〕，小門終日不開關。紅珠斗帳櫻桃熟〔三〕，金尾屏風孔雀閑〔四〕。雲髻幾迷芳草蝶〔五〕，額黄無限夕陽山〔六〕。與君便是鴛鴦侣〔七〕，休向人間覓往還〔八〕。

〔一〕《才調》卷二載此首。

〔二〕【曾注】古詩：盈盈一水間。

〔三〕【咸注】劉熙《釋名》：小帳曰斗帳，以形如覆斗。古樂府：紅羅覆斗帳，四角垂珠璫。《埤雅》：櫻桃顆小者如珠，南人呼爲櫻珠。【補注】紅珠，指櫻桃果實，因其形狀、顔色如同紅珠。斗帳，非實指，係形容櫻桃樹緑葉成蔭，狀如帷帳。李商隱《嘲櫻桃》：『朱實鳥含盡，青樓人未歸。南園無限樹，獨自葉如幃。』朱實，即此句所謂『紅珠』；『葉如幃』，即此句所謂『斗帳』。然句意自富暗示。

〔四〕【咸注】《海南志》：孔雀尾作金色，五年而後成，長六七尺，展開如屏。【補注】句本爲『屏風金尾孔雀閑』，因詩律而改爲『金尾屏風孔雀閑』，意爲畫屏上繪有金尾之孔雀，意態閑閑。

〔五〕【曾注】司馬相如賦：雲髻峨峨。【補注】句意謂女子如雲的髮髻上有芬芳之香澤，幾欲迷亂尋芳的蝴蝶。

〔六〕額黄，見卷一《照影曲》『黄印額山』句注。【補注】句意謂女子額間之黄色塗飾如同夕陽映照下之遠山。

無限，猶隱約，邊界不清晰。

〔七〕【曾注】《禽經》：雄曰鴛，雌曰鴦。《古今注》：匹鳥也。

〔八〕休，《全詩》、顧本校：一作「不」。

【按】此偶遊有所遇而欲訂鴛盟也。首聯偶游其人所居，曲巷臨水，小門常關，見其居之幽静。頷聯入其居，見院中櫻桃樹緑葉成蔭，如同斗帳，珠實累累，點綴其間，室内之畫屏上繪有金翠尾羽之孔雀，意態閑閑。「斗帳」「屏風」，均含男女情事之象徵暗示色彩。腹聯寫其人，雲髻峨峨，芳澤流香，欲迷蝴蝶；額黄無限，如夕陽照映，遠山隱隱。妙在只稍作點染，留下想像空間。尾聯直抒情愫，謂我與君便是天上鴛侶，休向人間再尋覓往來之知音。其人似是歌妓一類人物，如李娃者流。此類豔情詩，温氏寫來，色彩穠豔，富於象徵暗示意味。

寄河南杜少尹〔一〕

十載歸來鬢未凋〔二〕，玳簪珠履見常僚〔三〕。豈關名利分榮路〔四〕，自有才華作慶霄〔五〕。鳥影參差經上苑〔六〕，騎聲相續過中橋〔七〕。夕陽亭畔山如畫〔八〕，應念田歌正寂寥〔九〕。

〔一〕《英華》卷二六一寄贈十五載此首，題内『尹』字作『府』，席本、顧本同《英華》。南，《全詩》、顧本校：一作『北』。非。【曾注】《唐書》：河南府河南郡本洛州，開元元年爲府。【補注】《新唐書・百官志》：『開元元年，改京兆、河南府長史復爲尹，通判府務，牧缺則行其事……少尹二人，從四品下，掌貳府州之事。』如作『杜少府』，則當爲河南府河南縣之縣尉。而據次句『玳簪珠履』之語，應作『少尹』方合。因少尹爲河南尹之副貳，而河南尉則不宜謂『玳簪珠履』也。

〔二〕載，《英華》作『歲』。

〔三〕【咸注】《史記》：趙使欲夸楚，爲瑇瑁簪，刀劍室以珠玉飾之，請命春申君客。春申君客三千餘人，其上客皆躡珠履，以見趙使，趙使大慚。【補注】玳簪珠履，指上客，借指杜少尹，因其爲府尹的副手，主要僚屬。常僚，此處指府中一般的僚屬。少尹地位高於其他府僚。『常僚』另有常參官（日常參朝之官吏）中的同僚之義，此處非其義。

〔四〕【咸注】元稹詩：榮路昔同趨。【補注】句意謂杜少尹雖分趨榮顯之路，但其本志並非追求名利。

〔五〕【咸注】謝瞻《張子房》詩：慶霄薄汾陽。善曰：慶霄，即慶雲也。【補注】句意謂杜自有才華堪爲國家之瑞慶。慶雲，古以爲祥瑞之氣。又，慶雲亦可解爲顯位。《楚辭・王褒〈九懷・思忠〉》：『貞枝抑兮枯槁，枉車登兮慶雲。』王逸注：『慶雲，喻尊顯也。』則此句亦可解爲：自有才華可致尊顯之位。

〔六〕參差，《英華》、席本、顧本作『不飛』，《英華》校：集作『參差』。上苑，見卷一《漢皇迎春詞》『上林鶯囀』句注。

〔七〕相，《全詩》作『斷』。中，《全詩》、顧本校：一作『平』。【曾注】《史記索隱》：今渭橋有三所：一在城西北咸陽路，曰西渭橋；一在東北高陵邑，曰東渭橋；其中渭橋在古城之北。《漢書》：武帝作便門橋。服虔曰：在長安西北茂陵東。師古曰：便門，長安城北面西頭門，即平門也。古平、便同字，於此道作橋，跨渡渭水，以趨茂陵，即今所謂便橋，是其處也。【補注】中橋，即中渭橋，本名横橋，始建於秦始皇時，漢代又稱横門橋（與漢長安城北面横門相對）。《雍録》：『秦、漢、唐架渭者凡三橋。在咸陽西十里者，名便橋，漢武帝造；在咸陽東南二十二里者，爲中渭橋，秦始皇造；在萬年縣東四十里者，爲東渭橋。』中渭橋在長安城之北，直接關係長安安危。

〔八〕畔，《英華》、席本、顧本作『下』。【咸注】《晉・賈充傳》：任愷請充鎮關中，充既出外，自以爲失職，將之鎮，百僚餞於夕陽亭。【按】夕陽亭在西晉都城洛陽。

〔九〕【補注】田歌，農歌，田地上勞作之歌。

箋評

【按】此自長安寄河南府杜少尹。據末句『田歌正寂寥』語，詩當作於庭筠居鄠杜期間。起聯謂杜在外爲官，十載歸來，鬢髮未凋，今爲府尹副貳，玳簪珠履，位居常僚之上。頷聯贊美其雖趨榮路，非圖名利；自有才華，故居顯位。腹聯轉寫作者所在之長安，謂見鳥影先後參差，經過上苑，聞騎聲相續不斷，經過中橋。尾聯謂杜居洛陽，夕陽亭畔，山色如畫，當念我困居鄠郊，田歌聲中，身世正自寂寥也。似有希企杜之汲引相助之意。或謂『中橋』指洛陽城内洛水上之中橋，則上句『上苑』應指東都之上陽宫方合。

贈知音〔一〕

翠羽花冠碧樹雞〔二〕，未明先向短牆啼〔三〕。窗間謝女青蛾斂〔四〕，門外蕭郎白馬嘶〔五〕。星漢漸移庭竹影〔六〕，露珠猶綴野花迷〔七〕。景陽宫裏鐘初動〔八〕，不語垂鞭上柳堤〔九〕。

〔一〕《才調》卷二、《英華》卷二八八留别三載此首。《英華》題作『曉别』，文字頗多歧異，詳各句校語。姜本七律補一作『曉别』，題下注云：『二首（指此首及《經祕書崔監揚州舊居》）已見前，因别本同異附見。』【按】詩顯係詠情人曉别，然《才調》及諸集本題均作『贈知音』，或題内之『知音』即指情人知己。詩係將别之男子贈女子之作。《英華》歸入『留别類』，即將此詩理解爲男子留别之作。『曉别』之題，或據内容而擬。又《張承吉文集》卷八亦載此首，題作『曉别』。

〔二〕【曾注】本集：碧樹一聲天下曉。【補注】此『碧樹』非用神話傳説中天雞所棲之大樹（梁任昉《述異記》卷下：『東南有桃都山，上有大樹，名曰桃都，枝相去三千里。上有天雞，日初出照此木，天雞則鳴，天下雞則隨之鳴。』），乃泛指緑樹。古詩有『雞鳴桑樹巔』之句，故此云『碧樹雞』；因雞棲高樹，故下句云『先向短牆啼』。

〔三〕向，《英華》作『上』。

〔四〕間，《英華》作『前』。蛾，《英華》作『娥』，誤。【曾注】《世説》：謝道藴，王凝之妻，幼聰敏。【咸

注】李賀詩：檀郎謝女眠何處？【按】此『謝女』與下句『蕭郎』均屬泛指，未必與謝道藴事有關（道藴事常用作才女之典故）。詩中之『謝女』係『蕭郎』所戀之女子。青蛾，翠眉。

〔五〕【咸注】《梁·武帝紀》：初爲衛軍王儉東閤祭酒，儉謂廬江何憲曰：『此蕭郎三十年内當作侍中，出此則貴不可言。』《舊書·蕭瑀傳》：『高祖每臨軒聽政，必賜升御榻，瑀既獨孤氏之壻，與語呼之爲蕭郎。【按】蕭郎，本爲對蕭姓青年男子之美稱，唐詩中多用作才郎或情郎的泛稱。此句蕭郎即指女子的情郎。

〔六〕《英華》、席本、顧本此句作『殘曙微星當户没』。移，《才調》作『回』。【補注】句意謂銀河逐漸西移，庭竹之影亦隨（月影）而移。

〔七〕《英華》、席本、顧本此句作『澹煙斜月照樓低』。姜本七律補《曉别》此聯同《英華》。

〔八〕景，《英華》、席本、顧本作『上』。初，《英華》作『聲』。景陽宫屢見前注。此泛指皇宫。

〔九〕上，《英華》、顧本作『過』。

【金聖歎曰】集中淫褻之詞一例不收，此見其題作『贈知音』三字，恐别有意，故偶録之。一解寫下牀驚晏。又：後解：一解寫出門惜早。雖復淫詞，然一解寫晏，一解寫早，不知定晏、定早，甚有頓挫之狀也。（《貫華堂選批唐才子詩》卷六）

【朱三錫曰】温公集中，大概多淫褻之詞，而香豔不忝李義山。因《鼓吹》所載無多，余添入數首。然於淫詞，一例不收也。此篇不知何指，偶録之。（《東岩草堂評訂唐詩鼓吹》卷七）

【沈德潛曰】頸聯寫曉别之景，令人輒唤奈何。（《重訂唐詩别裁集》卷十五）

【薛雪曰】《贈知音》直刺入未成名人心裏。（《一瓢詩話》）

【俞陛雲曰】此詩雖非飛卿之傑作，而層次最爲清晰。詩題僅寫『贈知音』，其全首皆言侵曉別離之意。首二句牆畔雞聲已動，紀殘宵欲别之時也。三句言長眉不展，滿鏡都愁，指所贈者言也。四句言門外斑騅，匆匆欲發，謂己之不得暫留也。五六紀分袂之時，斜月微星，僅淡淡寫曉天光景，而黯然魂消之意自在言外。末句已行之後，遠處聞上陽鐘動，已晨光熹微，無聊情緒，垂鞭信馬而行，唯見曉風楊柳披拂長堤，而畫樓人遠矣。（《詩境淺説》）

【按】詩詠情人曉别。首聯寫天未明而雞先啼，是别前之景，『未明先向』四字，透出情人怨悵情緒。頷聯將别情景，男女分寫：一則惜别而雙眉斂，一則難舍而白馬嘶。腹聯係空鏡頭，分寫庭院内外，暗示時間在推移中已近破曉：星漢横斜，庭竹之影漸移；露珠點點，猶綴野花之上。而行人之由院内而院外自見。尾聯則漸行漸遠，宫中曉鐘初動之時，行人已上柳堤，轉眼即在女子視綫以外矣。是行者對自己行蹤之想像。『不語垂鞭』四字，曲傳行人之無憀失落意緒。此詩内容情調已極近温之情詞。

過陳琳墓〔一〕

曾於青史見遺文〔二〕，今日飄蓬過古墳〔三〕。詞客有靈應識我〔四〕，霸才無主始憐君〔五〕。石麟埋没藏春草〔六〕，銅雀荒涼對暮雲〔七〕。莫怪臨風倍惆悵，欲將書劍學從軍〔八〕。

校注

〔一〕《又玄》卷中、《英華》卷三〇六悲悼六墳墓、《唐詩鼓吹》卷七載此首。【曾注】《文章志》：陳琳字孔璋，廣陵人，避亂冀州，袁紹辟之使典密事。紹死，魏太祖辟爲軍謀祭酒，典記室。病卒。《南畿志》：墓在淮安邳州。【補注】《三國志·魏志·王粲傳》：「廣陵陳琳字孔璋……前爲何進主簿，進欲誅諸宦官……琳諫進……進不納其言，竟以取禍。琳避難冀州，袁紹使典文章。袁氏敗，琳歸太祖。太祖謂曰：『卿昔爲本初移書，但可罪狀孤而已，惡惡止其身，何乃上及父祖耶？』琳謝罪，太祖愛其才而不咎……並以琳、瑀（阮瑀）爲司空軍謀祭酒，管記室，軍國書檄，多琳、瑀所作也。」《大清一統志》：「江蘇徐州府，魏陳琳墓在邳州界。」

〔二〕【曾注】江淹書：並圖青史。【立注】郝天挺注：《三國志》有《陳琳傳》。【補注】陳琳《爲袁紹檄豫州》，見《後漢書·袁紹傳》及《三國志·魏志·袁紹傳》；《諫何進召外兵》，見《後漢書·何進傳》。此即所謂「青史見遺文」。

〔三〕蓬，李本、毛本、《三體唐詩》、《律髓》二八、《鼓吹》、《品彙》八九作「零」。古，《英華》、席本、顧本作「此」。【按】庭筠《蔡中郎墳》亦云：『古墳零落野花春』。

〔四〕【補注】詞客，指陳琳。

〔五〕始，《英華》作「亦」。【郝天挺注】《三國志》：陳琳避難冀州，袁紹以琳典文章，令作檄以告劉備，言曹公失德。後紹敗，琳歸曹公，公曰：『卿爲紹作書，但可罪孤而已，何乃上及祖父耶？』琳謝罪曰：『矢在弦上，不得不發。』曹公愛其才，不責。【按】『矢在弦上，不得不發』二語，《三國志·魏志·王粲傳（附陳琳等傳）》無。《太平御覽》卷五九七引晉王沈《魏書》：『陳琳作檄，草成，呈太祖。太祖先苦頭風，是日疾發，卧讀陳琳所作，翕然而起，曰：「此愈我疾病。」太祖平鄴，謂陳琳曰：「君昔爲本初作檄書，但罪孤而已，何乃上及父祖乎？」琳謝罪曰：「矢在弦上，不得不發。」太祖愛其才，不咎。』歷代評家解此句多誤。方回云：『謂曹操有無君之志而後用此等人，甚妙。』周珽云：『君有霸佐之才，而東臣西仕，遇非其主，雖有才而無用，豈不足憐哉！』沈德潛曰：『言袁紹非霸才，不堪爲主也，有傷其生不逢時意。』《唐詩鼓吹評注》云：『公之始事袁紹，紹非霸才，不堪佐輔，我亦當「憐君」也。』【按】『霸才』，詩人自指，謂能輔佐明主成霸業之才。或逕解爲『雄才』，亦通。憐，愛慕、羡慕。白居易《長恨歌》：『姊妹兄弟皆列土，可憐光彩生門户。』可憐，即可羡之意。陳琳終遇曹操，操愛其才，不咎既往，加以重用，得以施展雄才，誠可謂『霸才有主』矣。我今才比陳琳，亦可謂霸才，然遭遇不偶，飄蓬無託，故過其墳而益羡君之遇明主矣。紀昀曰：『詞客指陳，霸才自謂。此一聯有異代同心之感，實指彼此互文。「應」字極兀傲，「始」字極沉痛。通首以此二語爲骨，純是自感，非弔陳琳也。虚谷以霸才爲曹操，謬甚。霸才、詞客均結入末句中。』雖指出『霸才』係自謂，然仍誤解『憐』爲憐惜、同情，故云『有異代同心之感』，於作者本意猶未明瞭。

〔六〕麟，《又玄》作『鱗』，誤。春，《鼓吹》作『秋』。【補注】石麟，石刻麒麟。古代帝王顯宦墓前石刻羣中常有石麟、石虎等。此類石刻當非陳琳墓前所應有，當指想像中曹操陵墓前的石麟。參下句『銅雀』意益顯。

〔七〕暮，《鼓吹》作『墓』，誤。【曾注】《鄴中記》：曹操築臺高二丈五尺，置銅雀於樓巔。名銅雀臺。《魏志》：建安十五年冬，作銅雀臺。《魏武遺令》曰：『吾伎人皆著銅雀臺，於臺上施六尺牀、繐帳，朝餔上脯糒之屬。月朝十五日，輒向帳作伎。汝等時時登銅雀臺望吾西陵墓田。』【按】此聯承上『霸才無主』，聯想到今日已無曹操那樣識才重才的明主，想像今日曹操的陵墓前，石麟已深深埋藏於萋萋春草之中，往日豪華的銅雀臺亦已荒涼破敗，空對黯淡的暮雲，抒發了對曹操的懷念憑弔之情。『石麟』句意近李白『昭王白骨縈蔓草』。

〔八〕書，《英華》作『弓』，非。『書』承上『詞客』。【咸注】謝靈運《擬鄴中詠》云：陳琳，袁本初書記之士。【郝天挺注】魏太祖辟琳爲軍謀祭酒。王粲《從軍詩》云：從軍有苦樂，但問所從誰？【補注】將，持。尾聯謂我今霸才無主，故臨風憑弔遥想，倍感惆悵，惟持書劍，效陳琳之從軍，庶幾可一遇知己，施展才能。從軍，指入戎幕。

【顧璘曰】此篇前四句濁俗。後語頗實，終不脱晚唐。（《批點唐音》）

【李維楨曰】感懷寄意中，盡傷心語。（《唐詩雋》）

【周珽曰】自古稱才難；才非難，知之者難。知而寵遇維艱，猶弗知也；遇而明良乖配，猶弗遇也。如陳琳名列「鄴中七子」，比賈生之於漢文，終屈長沙差殊，而飛卿猶以「霸才無主」爲琳歎息。若禰衡不免殺戮之慘，懷才至此，時運之厄，不令人千載感弔乎！故讀「漢文有道恩猶薄，湘水無情弔豈知」與「詞客有靈應識我，霸才無主始憐君」之四語，既知君臣遇合之難；讀「曹瞞尚不能容物，黄祖何曾解愛才」，益爲萬古英豪魂驚髮豎矣。又曰：首謂曾於史傳見君遺文，已知爲一代詞客，第生不同時，無由識面。今過其墳，不能不弔其才也。次聯正弔之之詞。言君若有靈，應識我爲千載知己。但君有霸佐之才，而東臣西仕，遇非其主，雖有才無用，豈不足憐哉！既死之後，墓上石麟埋没，與鄴都銅雀之勝同一消廢，則魏主雖見爲愛才，終非憐才之主可知也。然則人而有才，惟濟（際？）遇何如耳。所從未盡如其願者，故臨風惆悵，莫怪因琳而倍增，欲將書劍學從軍，恐知遇亦如琳也。（《删補唐詩選脈箋釋會通評林·晚七律》）

【金聖歎曰】（前解）一二，言昔讀其文，今過其墳也。不知從何偷筆，忽於句中颵地插得「飄零」二字，於是頓將二句十四字，一齊收來盡寫自己。猶言昔讀君文之時，我是何等人物；今過君墳之時，竟成何等人物，則焉禁我之不失聲一哭也。三四，詞客有靈，霸才無主。「應識我」、「始憐君」，其辭參差屈曲，不計如何措口，妙，妙。

猶言昔讀君文之時，我亦自擬霸才；今過君墳之時，我亦竟成無主。然則我識君，君應識我；我憐我，故復憐君也。（輕細手下，又有如此屈曲。）（後解）前解之二句，若依尋常筆墨，則止合云『今日荒涼過古墳』也，忽被『飄零』二字横攙過去，先自寫其滿胸怨憤，於是直至此五六，始得補寫古墳。然而七云『莫怪』，八云『欲將』，依舊横攙過去，仍寫自己。蓋自來筆墨，無此怨憤之甚矣。（《貫華堂選批唐才子詩》卷六）

【沈德潛曰】前四句，插入自己憑弔。五六句，魏武亦難保其荒臺矣。對活。七八句，己與琳蹤跡相似。言袁紹非霸才，不堪爲主也，有傷其生不逢時意。（《重訂唐詩別裁集》卷十五）

【《唐詩鼓吹評注》】此言陳琳文章曾於青史中見之，我今飄零到此而過其墓焉。以余之寥落不偶，『詞客有靈』，知當『識我』；而公之始事袁紹，紹非霸才，不堪佐輔，我亦當『憐君』也。茲者，古墓石麟長埋秋草，而當時事曹公而遊銅雀，今亦荒涼寂寞，臺鎖暮雲。余也飄零，過此追慕遺風，亦將以書劍之術，學公之從事於軍中也。能勿臨風惆悵哉！

【朱三錫曰】一言昔讀公之文，二言今過公之墓。無端於二句十四字中忽地插入『飄零』二字，頓將讀史、過墓二句文字，一齊都收到自己身上來，妙，妙。言昔日讀史時何等氣慨，今日過墓時何等胸襟，感懷及此，不覺失聲一哭也。三四『應識我』、『始憐君』即承此意來。五六寫墓。七八仍寫自己。通首只將『飄零』二字，寫盡滿腔怨憤，參差屈曲，絶妙文章。（《東岩草堂評訂唐詩鼓吹》卷七）

【吴喬曰】詩意之明顯者，無可著論；惟意之隱僻者，詞必迂回婉曲，必須發明。温飛卿《過陳琳墓》詩，意有望於君相也。飛卿於邂逅無聊中，語言開罪於宣宗，又爲令狐綯所嫉，遂被遠貶。陳琳爲袁紹作檄，辱及曹操之祖先，可謂酷毒矣。操能赦而用之，視宣宗何如哉！又不可將曹操比宣宗，故託之陳琳，以便於措詞，亦未必真過其墓也。起曰『曾於青史見遺文，今日飄零過古墳』，言神交，敍題面，以引起下文也。『詞客有零應識我』，刺令狐綯之無目也；『霸才無主始憐君』，『憐』字詩中多作『羡』字解，因今日無霸才之君，大度容人之過如孟德者，是以深羡於君。『石麟埋没藏春草』，賦實境也；『銅雀荒涼對暮雲』，憶孟德也。此句是詩之主意。『莫怪臨風倍惆悵，欲將書劍學從軍』，言將受辟於藩府，永爲朝廷所棄絶，無復可望也。怨而不怒，深得風人之意。以李頎之『新加大邑綬仍黄，近與單車向洛陽。顧盼一過丞相府，風流三接令公香』，『知君官屬大司農，詔幸驪山職事雄。歲發金錢供御府，晝看仙液注離宫』等視此，直是應酬死句。（《圍爐詩話》卷一）

【陸次雲曰】憑弔古人詩，得恁般親切，性情不遠。（《五朝詩善鳴集》）

【何焯曰】感憤抑揚，不覺其詞之過。（《唐三體詩評》）

【楊逢春曰】此詩弔陳琳，都用自己伴説，蓋己之才與遇，有與琳相似者，傷琳即以自傷也。（《唐詩繹》）

【胡以梅曰】五六承『古墳』，是中二聯分承一二之法。結仍以三四之意歸於己，欲學古人，故『倍惆悵』耳。自有一種回環情致。（《唐詩貫珠串釋》）

【毛張健曰】（首二句）自寫飄零，已伏下意。（末二句）以琳自況，回顧飄零。（《唐體膚詮》）

【屈復曰】抑揚頓挫，沉痛悲涼，法亦甚合。『飄零』一篇之主，三四緊承二字。（《唐詩成法》）

【趙臣瑗曰】題是弔古，詩却是感遇。看他起手，一提一落，何嘗不爲陳琳而設。而特於其中間下得『飄零』二字，此便是通篇血脈也。（《山滿樓箋注唐詩七言律》）

【宋宗元曰】同調相借，才不是泛然凭弔。（《網師園唐詩箋》）

【吴瑞榮曰】飛卿此篇，不愧與義山對壘。（《唐詩箋要》）

【薛雪曰】《過陳琳墓》一起，漢唐之遠，知心之通，千古同懷，何曾少隔。三四神魂互接，爾我無間。乃胡馬向風而立，越燕對日而嬉，惺惺相惜，無可告語。（《一瓢詩話》）

【馮班曰】第四句自歎也。（《瀛奎律髓彙評》引）

【梅成棟曰】飄然而來，聲淚俱下，自寫騷擾。（《精選五七言律耐吟集》）

【張世煒曰】飛卿負才不遇，一尉終身。此詩借他人杯酒，澆自己塊壘，讀之墮千古才人之淚。（《唐七律雋》）

【許印芳曰】三四語曉嵐之説最當（按：紀昀之説已見注〔五〕引，箋評中不再録），虚谷之解固非（方回之解亦見注〔五〕引）。又沈歸愚云：『言袁紹非霸才，不堪爲主也。有傷其生不逢時意。』此解勝虚谷，然亦未的。（《律髓輯要》）

【按】此過陳琳墓，深有感於琳之終遇曹操，得展才能，青史遺文，名垂後世；而己則霸才無主，身世飄蓬，因而羡琳之遇明主，歎己之與琳才同而遇異也。『飄蓬』二字，固全篇感情之根由，『霸才無主始憐君』一語，尤爲全篇之主意。『憐君』之中，即包含對琳之『霸才有主』之認定。因己之『霸才無主』，故『飄零』至今，臨風惆悵，對陳琳所遇之『主』曹操無限向往歆慕，五六一聯即因此而生。西陵石麟早已深埋春草，銅雀高臺今亦荒涼空對暮雲。彼愛才之明主今已杳然不見，安得不惆悵也哉！因琳之『霸才有主』，故己不但憐羡之，且欲追蹤前賢，『欲將書劍學從軍』。此一篇之大意。然自方回以來，對此詩之旨意實未領會。紀昀『霸才自謂』之解，吴喬『憐作羡解』之説固爲確解，然於全篇意旨仍未掌握。究其原因，主要由於自南宋尊蜀漢爲正統以來，對曹操形成貶抑性之傳統觀念，影響到對此詩主旨之正確理解。如方回謂『曹操有無君之志而後用此等人』，周珽謂『遇非其主，雖有才無用』『魏祖雖見爲愛才，終非憐才之主可知』，均其例。實則魏武素以『唯才是舉』著稱，其識才重才之意，屢見於詩文，且付之實踐。其卒成霸業者，此爲重要原因。唐人對魏武並無後世之錯誤觀念。如張説《鄴都引》云：『君不見魏武草創争天禄，羣雄睚眦相馳逐。晝攜壯士破堅陣，夜接詞人賦華屋。』即表現出對其重用『壯士』『詞人』之贊美。此詩對曹操之追慕，亦明顯表現在五六一聯中。由於對曹操之事功及重視人才缺乏正確認識，故對陳琳之事曹操亦認爲遇非其主，從而將『才同而遇異』誤解爲『己之才與遇，有與琳相似者，傷琳即以自傷也』，而『憐』字亦被誤解爲『憐惜』『同情』，而失其『愛羡』之本意矣。影響所及，五六一聯亦無法正確感受理解其意藴，且與前後無法貫串，『學從軍』亦與『傷琳即以自傷』相矛盾。錯誤之傳統觀念影響到對詩意的正確理解，此爲一典型例證。此亦接受史上一場公案也。庭筠《蔡中郎墳》云：『今日愛才非昔日，莫抛心力作詞人。』『今日愛才非昔日』一語，正可爲《過陳琳墓》所包含之思想感情作一注脚。此詩作年，當在會昌元年春，自長安赴吴中舊鄉途中。《感舊陳情五十韻獻淮南李僕射》作於是年春末夏初。詩有云：『有客將誰託，無媒竊自憐。抑揚中散曲，漂泊孝廉船。未展干時策，徒抛負郭田。轉蓬猶邈爾，懷橘更潸然。』此即《過陳琳墓》所謂『霸才無主』『飄蓬』。又云：『旅食逢春盡，羈遊爲事牽。』説明作詩時正當『春盡』之時，與《過陳琳墓》『石麟埋没藏春草』之想像時令亦合。邳縣在揚州以北數百里，《過陳琳墓》當在《感舊陳情五十韻》之前作。獻李詩又云：『冉弱營中柳，披敷幕下蓮。儻能容委質，非敢望差肩。』表示欲寄淮南幕的意願，此正《過陳琳墓》『欲將書劍學從軍』之謂。

題崔公池亭舊遊〔一〕

皎鏡芳塘菡萏秋〔二〕，此來重見採蓮舟〔三〕。誰能不逐當年樂〔四〕，還恐添成異日愁〔五〕。紅豔影多風嫋嫋〔六〕，碧空雲斷水悠悠〔七〕。簷前依舊青山色，盡日無人獨上樓。

〔一〕《英華》卷三一六居處六亭載此首，題作『題懷貞亭舊遊』，校：集作『崔公池亭』。席本、顧本題同《英華》。

〔二〕芳，《英華》、《全詩》、顧本作『方』。【曾注】沈約詩：皎鏡無冬春。【咸注】劉楨詩：方塘含清源。【補注】皎鏡，形容水清如鏡的池塘。芳塘，池塘内有荷花，故云。菡萏，荷花。

〔三〕【咸注】吴筠《採蓮》詩：錦帶雜花鈿，羅衣垂緑川。問子今何去？出采江南蓮。陳後主《三婦豔》：中婦蕩蓮舟。【按】曰『此來重見』，明點『舊遊』。聯繫下文，似是昔遊有所遇。

〔四〕逐，《英華》、席本、顧本作『遂』。【補注】句意謂當年蕩舟採蓮之時，誰能不追歡逐樂呢？蓋謂昔遊之盡興。

〔五〕成，《英華》、席本、顧本作『爲』。【補注】異日，他日，將來。謂當年之樂，還恐添成異日之愁。

〔六〕影，《英華》、席本、顧本作『花』。【咸注】屈原《九歌》：嫋嫋兮秋風。【補注】紅豔，指荷花。

〔七〕【補注】温庭筠《夢江南》：『山月不知心裏事，水風空落眼前花。摇曳碧雲斜。』『過盡千帆皆不是，斜暉脈脈水悠悠。』

【金聖歎曰】（前解）欲寫昔日蓮舟，反寫今日蓮舟；欲寫今日感慨，反寫後日感慨。不知其未措筆先如何設想，又不知其既設想後如何措筆，真爲空行絶跡之作也。（後解）『紅豔』七字，寫今日池亭也，『碧空』七字，寫昔日池亭也。『紅豔』七字，寫不是昔日池亭也；『碧空』七字，寫不是今日池亭也。『依舊青山色』，妙，猶言不依舊者多矣。『無人獨倚樓』，妙，猶言雖復喧喧若干遊人，豈有一人是昔人哉！（《貫華堂選批唐才子詩》卷六）

【朱三錫曰】重見採蓮舟，池亭舊遊也。三四人多承寫昔日景況，此偏反寫後日感慨，設想靈幻，真空行絶跡之文。後半方寫池亭舊遊。『依舊青山色』，猶言不依舊者正多耳。『無人獨倚樓』，豈竟無人同遊耶？言昔日同遊之人竟無一人在伴，深爲可感也。（《東岩草堂評訂唐詩鼓吹》卷七）

【毛張健曰】（『誰能』二句）承『重見』以傷舊游，筆意既曲，情味無限。（『紅豔』二句）五句略鬆，六句急

照本意。（《唐體膚詮》）

【趙臣瑗曰】首句先將爾日池塘之景，一筆寫開。次句亦不過是找足上文，妙在輕輕點得『重見』二字，而舊游之神理無不畢出。三四承之，便全不費力矣。三一頓，四一宕，言目前已不如昔，後來安得如今？此蓋從右軍《蘭亭記》中撮其筋節也。五六再寫首句：紅豔裊風，『菡萏秋』也；碧空映水，『方塘皎』也。一結無限感慨：『依舊青山色』，是青山而外，更無有『依舊』者矣。至『盡日無人』，則崔公亦且不在，此來之客獨倚樓而已矣。當年之樂，豈可得而逐？而異日之愁，又寧待異日而始添也耶！（《山滿樓箋注唐詩七言律》）

【屈復曰】情景兼到，照應有法，而三四從已往，未來夾寫『重來』，生新有致。此畫家之最忌正面也。（《唐詩成法》）

【按】題曰『題崔公池亭舊遊』，而詩曰『盡日無人獨上樓』，明言此次重來，乃是盡日獨自一人，自始至終並無他人陪伴同遊。故三句『誰能不逐當年樂』非謂此次重遊，誰能不追效當年之樂。蓋既爲盡日獨自一人，又如何能追效當年之樂哉！其意蓋謂，當年蕩舟池上，面對紅豔之荷花與採蓮人，誰能不盡興追歡逐樂哉？由于句法稍變（用散文表達，本爲『當年誰能不逐樂』），遂易誤解爲今日重來欲效當年之樂，而下句『異日』亦易理解爲今日之『異日』。實則自當年視之，今日即當年之『異日』也。故句雖謂『還恐添成異日愁』，似只躭心添成將來之愁，實則今日重遊舊地，重見蓮舟，而採蓮人已不在，即已添成今日之愁矣。腹聯即承『重見採蓮舟，不見採蓮人』之意而言之，紅豔之荷花在嫋嫋秋風中搖曳，而明豔如花之採蓮人已不復見，唯見碧空雲斷，池水悠悠而已。尾聯由『池』而『樓』，寫徘徊盡日，獨自登樓，雖簷前青山依舊，而人事全非矣。此蓋昔遊有所遇重來不見而生物是人非之慨，意本平常。緣頷聯句法新變，搖曳生姿，且含人生哲理之感慨，讀來倍覺情致綿長。

回中作〔一〕

蒼莽寒空遠色愁〔二〕，嗚嗚戍角上高樓〔三〕。吴姬怨思吹雙管〔四〕，燕客悲歌別五侯〔五〕。千里關山邊草暮，一星烽火朔雲秋〔六〕。夜來霜重西風起，隴水無聲凍不流〔七〕。

〔一〕《英華》卷二九九軍旅一邊塞載此首。【曾注】《括地志》：回中在雍州西四十里，漢武帝元封間因至雍通回中。【補注】回中，一指回中宫，秦宫名，故址在今陝西隴縣西北。秦始皇二十七年出巡隴西、北地，東歸時經此。漢文帝十四年匈奴從蕭關（今寧夏固原東南）深入，燒毀此宫。二指回中道。南起汧水河谷，北至蕭關，因途經回中得名。爲關中平原與隴東高原間交通要道。漢元封四年武帝自雍縣經回中道北出蕭關。此詩所謂『回中』當指回中道。而李商隱《回中牡丹爲雨所敗二首》之『回中』則實指涇州安定郡之州治所在地。

〔二〕蒼莽寒空，《英華》作『莽莽雲空』。

〔三〕【曾注】楊惲《報孫會宗書》：仰天拊缶，而呼烏烏。

〔四〕【補注】吴姬，吴地的歌妓。

〔五〕別，《英華》、十卷本、姜本、毛本、席本、顧本作『動』。李本作『上』，涉次句『上』字而誤。【咸注】荀悦《漢紀》：河平二年六月，封舅禁爲平陽侯，莽爲成都侯，立爲紅陽侯，根爲曲陽侯，逢時爲高平侯，同日受封，故世稱『五侯氏』。【補注】燕客悲歌，用荆軻、高漸離易水悲歌事。《史記·刺客列傳》：『太子及賓客知其事者皆白衣冠以送之。至易水之上，既祖，取道，高漸離擊筑，荆軻和而歌，爲變徵之聲，士皆瞋目垂淚涕泣。又前而歌曰：「風蕭蕭兮易水寒，壯士一去兮不復還！」復爲羽聲慷慨，士皆瞋目，髮盡上指冠。』五侯，泛指顯貴。此或指邊地節度使。

〔六〕【曾注】《説文》：烽，候表也。邊有警則舉火。

〔七〕涷，《英華》校：一作『噎』。席本、顧本作『噎』。【曾注】杜佑《通典》：天水郡有大阪，名曰隴坻，亦曰隴山，即漢隴關也。《三秦記》：其地九回，上者七日乃越。上有清水，四注下，所謂隴頭水也。【補注】北朝樂府《隴頭歌》：『隴頭流水，鳴聲幽咽。遥望秦川，肝腸斷絶。』

【王夫之曰】温、李並稱，自今古皮相語。飛卿，一鍾馗傳粉耳。義山風骨，千不得一。唯此作純净可誦。（《唐詩評選》卷四）

【按】此庭筠西遊邊塞所作。陳尚君《温庭筠早年事跡考辨》云：『唐宋史傳稗説均未及庭筠出塞事……但現存庭筠詩中，作於邊塞或寫到邊塞的有十餘首。按這些詩中的節候、地名考察，其出塞路綫尚可勾勒出來。《西遊書懷》……爲初離長安在渭川一帶作……邊塞所作詩有《回中作》……《遐水謡》……《敕勒歌塞北》……《蘇武廟》……《塞寒行》……綜上各詩，庭筠出塞是由長安出發，沿渭川西行，取回中道出蕭關，到隴首後折向東北，在綏州一帶停留較久。估計在邊塞時間，在一年以上。』爲其出塞之行勾畫了一個輪廓，雖細節尚待進一步考證，但大體可從。此詩爲其親歷回中所作，殆無疑問。詩中對西北邊塞之描寫，除頷聯稍隔外，其他各聯均頗能顯現西北邊地之蒼莽遼闊與悲壯蒼涼情致，語亦清新爽利。

西江上送漁父〔一〕

却逐嚴光向若耶〔二〕，釣輪菱棹寄年華〔三〕。三秋梅雨愁楓葉〔四〕，一夜篷舟宿葦花〔五〕。不見水雲應有夢，偶隨鷗鳥便成家〔六〕。白蘋風起樓船暮〔七〕，江燕雙雙五兩斜〔八〕。

〔一〕《英華》卷二七九送行十四載此首。【按】本卷有《西江貽釣叟騫生》，不知是否一人。

〔二〕【曾注】《後漢書》：嚴光字子陵，與光武同遊學。及即位，令以物色訪之。齊國上言：『有男子披羊裘，釣澤中。』帝三聘乃至，除諫議大夫，不屈。《越志》：若邪溪在會稽。【補注】句意謂漁父追隨嚴光之足跡欲隱於若耶溪上。《史記·東越列傳》：『越侯爲戈船、下瀨將軍，出若邪、白沙。』若邪（耶）溪，出浙江紹興西南若耶山，溪旁舊有浣紗石，傳西施浣紗於此。

〔三〕輪，《英華》作『綸』，誤。菱，李本、毛本作『茭』，誤。菱棹，采菱的小舟。釣輪，已見本卷《寄湘陰閻少府乞釣輪子》注〔六〕。

〔四〕【立注】《荆楚歲時記》：江南梅熟時有細雨，謂之梅雨。【補注】《太平御覽》卷九七〇引應劭《風俗通》：

『五月有落梅風，江淮以爲信風，又有霖霪，號爲梅雨，沾衣服皆敗黦。』梅雨每於夏初産生於江淮流域與長江中下游地區，三秋時無所謂梅雨。然秋天上述地區有時亦有霖雨綿綿之日，或因其似初夏之梅雨而稱之。

〔五〕篷，原作『蓬』，據述鈔、毛本、《全詩》、顧本改。【補注】葦花，即蘆花，生長水邊，故每爲篷舟泊處。

〔六〕鷗鳥，《英華》、席本、顧本作『煙鳥』。十卷本、毛本、《全詩》作『鷗鷺』。《全詩》、顧本校：一作『鷗鳥』。【補注】鷗鳥浮游漂泊水上，居無定所。又鷗鷺每連稱，有鷗鷺忘機之稱（事見《列子·黄帝》）。此句謂隨鷗鳥爲家，正見其漂浮無定與淡然忘機。『漁父』蓋逐嚴光漁釣而隱之高士。

〔七〕【咸注】宋玉賦：夫風起於青蘋之末。柳惲詩：汀洲採白蘋。江淹詩：東風轉緑蘋。杜甫詩：青蛾皓齒在樓船。【補注】白蘋，亦作『白苹』，水中浮草。也稱四葉菜、田字草。生淺水中，夏秋間開小白花。樓船，有樓飾的游船，非漁父之『篷舟』。

〔八〕五兩，《英華》、席本、顧本作『正雨』。【咸注】杜甫詩：細雨魚兒出，微風燕子斜。【補注】五兩，古代測風器。雞毛五兩或八兩繫於高竿頂上，藉以觀測風向、風力。《文選·郭璞〈江賦〉》：『覘五兩之動静。』船上每在檣竿上繫五兩。上句言『白蘋風起』，此句言『五兩斜』，正相應。作『正雨』者蓋形近致誤。

【金聖歎曰】（前解）人生一樣年華，却有各樣寄法。直至到頭平算，始悟『釣輪茭（菱）棹』之人，真是落得無量便宜也。三四寫之，特地兜上心來愁悶，却因微雨一回置之度外。身世只有扁舟，以視世上之秦重楚重，君憂民憂，生難死難，碑踣碑立，誠爲快活不了也。又：（後解）五言更無『不見水雲』之時也，六言更無不似鷗鷺之人也。七八言一任風起風息，只在水雲鷗鷺之間，不似艑舸樓船五兩占風，臨暮又欲他去也。（《貫華堂選批唐才子

詩》卷六）

【朱三錫曰】將漁父寫得無量便宜、異常受用，正與世上君憂民憂、生難死難、碌碌風塵者迥異矣。（《東岩草堂評訂唐詩鼓吹》卷七）

【賀裳曰】七言近體之佳者，如『暫對杉松如結社，偶同麋鹿自成羣』『醉後獨知殷甲子，病來猶作《晉春秋》』『不見水雲應有夢，偶隨鷗鷺便成家』，不問而知爲高僧、隱士、漁父矣。（《載酒園詩話又編》）

【王堯衢曰】今因白蘋風動，雙燕欹斜，而樓船中人方且朝歡暮樂，蓋不知樓船外之風色何如也。此蓋用反襯法，以入世人與出世人對照言之，自覺冷熱兩途，蓋有所感也。又曰：前解寫送漁父，後解則別有感觸。（《古唐詩合解》卷十一）

【按】漁父係『逐嚴光』而隱之高士。起聯點明其身份、去向，概述其漁釣生涯。頷聯承次句，寫其『三秋』所見所感，『一夜』所宿所賞，景物清迥，對仗工整。腹聯謂其終歲徜徉江上，以水雲爲家，與鷗鷺爲伴，隨處漂泊，淡然忘機。尾聯係江上即目所見，未必有深意，蓋所寫之景亦頗有情致，未必作爲漁父生涯之反襯也。

經故祕書崔監揚州南塘舊居〔一〕

昔年曾識范安成〔二〕，松竹風姿鶴性情。西掖曙河横漏響〔三〕，北山秋月照江聲〔四〕。乘舟覓吏經輿縣〔五〕，爲酒求官得步兵〔六〕。千頃水流通故墅〔七〕，至今留得謝公名〔八〕。

校注

〔一〕《英華》卷三〇七悲悼七第宅載此首。除第二句、第五句、第六句文字與大多數集本相同外，其他五句均迥異或有明顯不同，詳各句校記。題内『南塘』二字，李本、十卷本、姜本、毛本並脱。【曾注】《唐書》：廣陵郡，本江都郡，武德九年更置揚州。【陶敏曰】崔監，崔咸。《舊唐書》本傳：『字重易……入爲右散騎常侍、秘書監。大和八年十月卒。』又《文宗紀下》：大和九年十月『己丑，秘書監崔戚（咸）卒。』《全文》卷六八〇白居易《祭崔常侍文》：『維大和元（當作九）年歲次丁未（當作乙卯）二月丙午（當作子）朔七日壬子（當作午），中大夫、守太子賓客分司東都、上柱國、賜紫金魚袋白居易……敬祭於故秘書監、贈禮部尚書崔公……嗚呼重易……』（據朱金城《白居易集箋校》），知崔咸卒於大和八年十月。《全文》卷六八一白居易《祭弟（行簡）文》：『擬憑崔二十四舍人撰序。』據《行第録》考證，即崔咸，祭文大和二年作，時咸官中書舍人，故詩云『西掖曙河横漏響』。《舊・傳》云咸『既冠，棲心高尚，志於林壑，往往獨遊南山，經時方還，尤長於歌詩』，故詩比之謝朓，云『松竹風姿鶴性情』。《舊・傳》云咸爲陜虢觀察使時，『自旦至暮，與賓僚痛飲，恒醉不醒』，與詩『爲酒求官得步兵』合。據傳，崔咸曾佐李夷簡幕，李夷簡元和十三年至長慶二年爲淮南節度使，崔咸在揚州有舊居，或在此期間。（《全唐詩人名考證》）【按】陶考是。會昌元年春末夏初，庭筠自秦赴吴途經揚州，曾獻詩淮南節度使李紳。此詩寫景切秋令（『北山秋月照江聲』），豈逗留揚州達數月乎？

〔二〕范安成，《英華》、席本、顧本作『謝宣城』。【咸注】李白集有《秋登宣城謝朓北樓》詩。齊賢曰：謝朓字玄暉。【立注】《南史》本傳未嘗守宣城，而《文選》載朓《郡内高齋閒坐答吕法曹》、《夏在郡卧病呈沈尚書》、《之宣城出新林浦向板橋》與《敬亭山》，皆宣城之作。齊、梁相繼，昭明必無差誤，古文史傳固有闕文也。况至唐猶有謝朓樓，則朓守宣城無可疑者。【按】謝朓爲宣城太守，載《南齊書》本傳，此固無可疑者。然此句是否作『昔年曾識謝宣城』，則頗可疑。蓋按常理，如本作『謝宣城』，似不大可能改爲或誤爲不經見之『范安成』；反之，如本作『范安成』，則極有可能因其不經見而改爲常見之『謝宣城』。蓋緣末句有『謝公』字，改者誤以爲此謝公即謝朓，故將首句之『范安成』改爲『謝宣城』，以求首尾相應統一，不知末句『謝公』指謝安，與謝朓本不相涉。按：范安成指范岫（四四〇—五一四），字懋賓，幼爲外祖父顔延之所稱賞。宋明帝泰始中，起家奉朝請，與沈約俱爲蔡興宗所禮，引爲主簿。入齊，爲竟陵王蕭子良記室參軍，累遷太子家令，與沈約俱以文才被賞，遷國子博士。齊武帝永明中，岫以善於辭辯被選派至邊境迎接北魏使臣，累遷南義陽太守、安成内史。東昏侯永元元年，在御史中丞任，參劾謝朓下獄。三年，出爲冠軍晉安王長史，行南徐州事。入梁，爲度支尚書、都官尚書。天監五年，遷散騎常侍。六年，領太子左衛率。八年，出爲晉陵太守。九年，入爲祠部尚書。遷金紫光禄大夫。十三年卒官，年七十五。稱『范安成』，即因其曾官安成内史。沈約與之同有文才，約有《别范安成》詩云：『生平少年日，分手易前期。及爾同衰暮，非復别離時。勿言一樽酒，明日難重持。夢中不識路，何以慰相思？』此句即以沈約自比，謂己早年即已結識文才如范安成之崔咸。據《南史·范岫傳》：『岫長七尺八寸，姿容奇偉。』故謂其『松竹風姿』；又謂其『自親喪後，蔬食布衣以終身。每所居官，恒以廉潔著稱』，故以『鶴性情』稱之。崔咸之『棲心高尚』，正類似范岫。

〔三〕《英華》、席本、顧本此句作『唯向舊山留月色』。【補注】西掖，指中書省。崔咸曾官中書舍人，見注〔一〕。曙河，破曉時分的銀河。句意謂其在宫禁中草制直至漏盡天曙銀河西斜。『横』指銀河横斜。

〔四〕《英華》、席本、顧本此句作『偶逢秋澗似琴聲』。【補注】此句寫其揚州南塘舊居。謂舊居空寂無人，唯見北山月色空照長江流水而已。

〔五〕【曾注】《地理志》：輿縣，屬臨海郡。【補注】《晉書·桓彝傳》：『於時王敦擅權，嫌忌士望，彝以疾去職。嘗過輿縣，縣宰徐寧字安期，通朗博涉，彝遇之，欣然停留累日，結交而别。先是，庾亮每屬彝覓一佳吏部（郎），及至都，謂亮曰：「爲卿得一吏部（郎）矣。」亮問所在，彝曰：「人所應有而不必有，人所應無而不必無，徐寧其海岱清士。」因爲敍之，即遷吏部郎，竟歷顯職。」此句借桓彝舉薦徐寧事贊崔咸有知人之明，能舉薦賢才。輿縣，故城在今江蘇江都縣西。

〔六〕【補注】《晉書·阮籍傳》：「籍聞步兵廚營人善釀，有貯酒三百斛，乃求爲步兵校尉，遺落世事，雖去佐職，恒游府内，朝宴必與焉。」此以阮籍嗜酒擬崔咸。咸任陝虢觀察使時，「自旦至暮，與賓僚痛飲，恒醉不醒。」

〔七〕《英華》、席本、顧本此句作「玉柄寂寥譚客散」。【補注】千頃水流，指揚州南塘。故墅，指崔咸舊居。參下句注。

〔八〕《英華》、席本、顧本此句作「却尋池閣淚縱橫」。【補注】謝公，指謝安。《晉書·謝安傳》：「又於土山營墅，樓館林竹甚盛，每攜中外子姪前來遊集。」此爲在都城建康土山之別墅。此前在會稽（今浙江紹興）寓居時，東山亦有別墅。此句「謝公」及上句「故墅」即以謝安故墅借指崔咸揚州南塘舊居。後人誤解此「謝公」爲謝朓，遂改首句「范安成」爲「謝宣城」。

【賀裳曰】升菴曰：「謝靈運詩「明月入綺窗，髣髴想蕙質」，乃杜工部「落月屋梁」之所祖。」余以杜雖本於謝，杜語殊勝……至杜審言「水作琴中聽」，温庭筠化爲「偶逢秋澗似琴聲」（按：賀氏據《英華》所載），又似韻勝其質。古有出藍生冰之言，良然。（《載酒園詩話》卷一）

【按】首聯言昔年與崔咸結識，並美其風姿性情之高潔。頷聯分寫其昔日任職中書舍人時之榮顯與今日揚州南塘舊居之寂寥。腹聯贊其善識拔薦舉人材與酷嗜飲酒，一則見其人品，一則見其個性。尾聯以「南塘舊居」結，謂舊居以崔咸之名而留傳至今，亦當傳於後世。前有《題崔公池亭舊遊》，此崔公或亦指故祕書崔監咸也。

七夕〔一〕

鵲歸燕去兩悠悠〔二〕，青瑣西南月似鉤〔三〕。天上歲時星右轉〔四〕，世間離别水東流〔五〕。金風入樹千門夜〔六〕，銀漢横空萬象秋。蘇小横塘通桂楫〔七〕，未應清淺隔牽牛〔八〕。

〔一〕《英華》卷一五八天部八七夕、《古今歲時雜詠》卷二十六七夕載此首。

〔二〕燕，《英華》作『鸞』，校：《雜詠》作『燕』。【曾注】庾肩吾詩：倩語雕陵鵲，填河未可飛。《禽經》：燕以秋分去。謝朓《七夕賦》：升夜月之悠悠。【補注】唐韓鄂《歲華紀麗·七夕》：『七夕鵲橋已成，織女將渡。』原注引《風俗通》：『織女七夕當渡河，使鵲爲橋。』按：句意謂鵲已歸，則鵲橋不復在；燕已去，則音訊又不通（古有燕翼傳書之傳説，李商隱《和友人戲贈二首》之一：『東望花樓會不同，西來雙燕信休通。』），故説『兩悠悠』。悠悠，遠貌。

〔三〕【補注】青瑣，刻鏤成連瑣文的窗户。鮑照《翫月城西門廨中詩》：『始見西南樓，纖纖如玉鉤。』

〔四〕右，《英華》、席本、顧本作『又』。【曾注】隋煬帝《觀星》詩：更移斗杓轉。【按】北斗星杓及天上星斗隨地球自東向西運行均自東向西轉移，故云『右轉』。

〔五〕世，顧本作『人』。别，《英華》作『恨』，校：《雜詠》作『别』。【補注】水東流，喻人間離别之相續不斷。

〔六〕【補注】金風，秋風。《文選·張協〈雜詩〉》：『金風扇素節，丹霞啟陰期。』李善注：『西方爲秋而主金，故秋風曰金風也。』《史記·孝武本紀》：『於是作建章宮，度爲千門萬户。』此句『千門』泛指千家萬户。

〔七〕横，《英華》、述鈔、席本、顧本作『回』。【曾注】李賀《七夕》詩：錢唐蘇小小，更值一年秋。【補注】蘇小，南齊歌妓蘇小小，已見卷三《蘇小小歌》注〔一〕。此以蘇小小借指所繫念的歌妓。横塘，此泛指池塘。庭筠《池塘七夕》：『萬家砧杵三篙水，一夕横塘似舊遊。』此亦云『横塘』，可證其所戀之歌妓居於『横塘』畔。桂楫，猶桂舟，對船的美稱。『通桂楫』，即所謂『三篙水』。

〔八〕【曾注】古詩：河漢清且淺。吴均《續齊諧記》：桂陽成武丁有仙道，謂其弟曰：『七月七日，織女當渡河，暫詣牽牛。』《爾雅》：河鼓謂之牽牛。【補注】《古詩十九首》：『河漢清且淺，相去復幾許？盈盈一水間，脈脈不得語。』

【毛奇齡曰】（天上二句）佳句俗調。（《唐七律選》）

【毛張健曰】（世間句）暗伏結意。（《唐體餘編》）

【張世煒曰】七夕詩未有不用黄姑織女事而以豔筆出之者，此偏寫得大雅，不可以綺麗病西崑也。（《唐七律雋》）

【按】此七夕思念情人之詞，所思者爲歌妓一類人物。首聯點七夕。鵲歸燕去，新月似鉤，暗示鵲橋已斷，音訊不通。頷聯謂雙方離別經年。腹聯七夕即景：金風入樹，銀漢横空，千門入夜，萬象皆秋。如此高秋良夜，引出結聯對良會的期盼：所思者『蘇小』居住横塘之畔，桂舟可通，清淺之池水豈能如銀河阻隔牛女之良會哉！此首與《池塘七夕》所寫之内容、所戀之對象當有聯繫。風格清淺輕倩，不落俗豔。

題韋籌博士草堂〔一〕

玄晏先生已白頭〔二〕，不隨鴛鷺狎羣鷗〔三〕。元卿謝免開三徑〔四〕，平仲朝歸卧一裘〔五〕。醉後獨知殷甲子〔六〕，病來猶作晉春秋〔七〕。滄浪未濯塵纓在〔八〕，野水無情處處流。

〔一〕【曾校】《鼓吹》作薛逢詩，題作『韋壽博書齋』。【吴汝煜、胡可先曰】按當從本題作『韋籌博士』是。韋籌，大和二年狀元。《全唐文》卷七八八有《原仁論》等文。夏承燾《唐宋詞人年譜》於開成三年云：『韋籌進史解表五通。』『醉後獨知殷甲子，病來猶作晉春秋。』即指韋籌通史學而言。（《全唐詩人名考》）。【陶敏曰】《唐才子傳》卷六：『杜牧……大和二年韋籌榜進士。』知籌爲此年狀元。（《全唐詩人名考證》）【佟培基曰】元遺山《鼓吹》二作薛逢，《統籤》五八〇、六六六中重出，在温庭筠集中注云：『一作薛逢詩，今詳詩意似五代人詩誤入。』按在薛逢集中亦有注云：『一作温庭筠詩。今觀五六聯，似是贈唐亡後人者，非薛與温詩明矣。』認爲不是唐人詩。按此詩在宋槧飛卿詩集中題爲《題韋籌博士草堂》。韋籌，大和二年（八二八）狀元，見《登科》二一。開成三年（八二九）時官爲左拾遺，曾進《書史解表》，見《册府元龜》五五九。左拾遺爲門下省屬員，從八品上。這是韋籌登第第十年時所任。博士應爲國子監屬員，正五品上。按唐代官制考計，韋籌從八品至五品之職要十幾年時間。温庭筠在咸通七年（八六六）時曾任國子助教，並將進士所納詩篇榜於國子監，見《全文》七八六。這時韋籌年事已高，從此詩看，已歸老閑居，但仍在繼續撰書。因疑此詩是温庭筠在國子監時與韋籌同官而題。《後村詩話》續二作温詩。夏承燾《温飛卿繫年》有辨：『飛卿此詩，《唐詩鼓吹》二作薛逢詩，題作《韋壽博書齋》，訛謬可笑。顧注引用，不加辨正，尤可怪詫。宋刊本飛卿詩集已有此詩，且題目完整，是無可懷疑的。』（《全唐詩重出誤收考》）。【按】諸家考辨甚是。此詩當是飛卿咸通六年任國子助教後，七年貶方城尉前所作。

〔二〕【曾注】《皇甫謐傳》：謐字士安，自號玄晏先生。耽玩典籍，忘寢與食，時人謂之書淫。【補注】《晉書·皇甫謐傳》：『沈静寡欲，始有高尚之志，以著述爲務，自號玄晏先生。著《禮樂》《聖真》之論。後得風痹疾，猶手不釋卷。』『謐所著詩賦誄頌論難甚多，又撰《帝王世紀》《年曆》《高士》《逸士》《列女》等傳，並重於世。』本傳録其《玄守論》《釋勸論》《篤終》。

〔三〕鵷，述鈔，顧本作『鴛』，字通。【曾注】江淹《雜體詩》：物我俱忘懷，可以狎鷗鳥。【補注】鵷鷺，喻朝官。鵷與鷺飛行有序，以喻班行有序之朝官。句意謂韋辭朝官之班行而退隱閒居，與羣鷗相親。狎羣鷗，事見《列子·黄帝》：『海上之人有好漚（鷗）鳥者，每日之海上，從漚鳥游，漚鳥之至者百住而不止。』

〔四〕【曾注】《三輔決録》：蔣詡字元卿，隱於杜陵，舍中三徑，惟羊仲、求仲從之游。【補注】謝免，辭官罷職。

〔五〕【曾注】《檀弓》：晏子一狐裘三十年。【補注】春秋齊相晏嬰字平仲，以節儉力行著稱，着布衣鹿裘以朝。孔子弟子有若謂其衣一狐裘至三十年。事見《晏子春秋》、《禮記·檀弓》。

〔六〕【曾注】《禮》疏：紂以甲子日死。【補注】殷甲子，殷商之曆法與時日干支。

〔七〕【咸注】《晉書·習鑿齒傳》：桓温覬覦非望，鑿齒著《漢晉春秋》以裁正之。始以漢光武，終於晉愍帝。

於三國時，蜀以宗室爲正，魏雖受漢禪晉，猶爲篡逆。至文帝平蜀，乃爲漢亡，而晉始興焉。凡五十四卷。後有足疾，廢於里巷。

〔八〕滄浪未濯塵纓在，《鼓吹》作『塵纓未濯今如此』。【曾注】屈原《漁父》：歌曰：『滄浪之水清兮，可以濯吾纓。』【補注】《孟子·離婁上》：『有孺子歌曰：「滄浪之水清兮，可以濯我纓；滄浪之水濁兮，可以濯我足。」孔子曰：「小子聽之，清斯濯纓，濁斯濯足矣，自取之也。」』滄浪，古水名。有漢水、漢水之別流、下流及夏水諸説。《書·禹貢》：『嶓冢導漾，東流爲漢。又東爲滄浪之水。』孔傳：『別流在荆州。』滄浪未濯，謂自己尚未超脱世俗，棄官退隱。塵纓，喻塵世俗事之羈絆。

【劉克莊曰】温飛卿《過韋籌草堂》七言云：『醉後獨知殷甲子，病來猶作晉春秋。』和靖五言云：『隱非秦甲子，病著晉春秋。』和靖非蹈襲者，當是偶然相犯。（《後村詩話續集》卷二）

【陸時雍曰】庭筠七律，麄色新聲，相逼而就，此已不求格律。（《唐詩鏡》卷五一）

【周珽曰】似作行狀，又類誄銘。韋公一生心跡，得此詩炳著千秋矣。其曰『獨知』、『猶作』，深；『醉後』、『病來』，猶深。（《刪補唐詩選脈箋釋會通評林·晚七律》）

【《唐詩鼓吹評注》】籌博初仕隋，隋亡，不肯仕唐，徵辟皆不就，有若皇甫謐輩，故以玄晏比之。首言公已白頭，而不肯隨鵷鷺之班，寧即羣鷗爲侶焉。是其見機如蔣元卿之謝仕而開三徑，其廉潔若晏平仲之罷朝而卧一裘。且懷忠誠之心，猶淵明之貳於宋，嚴善惡之辨；亦季野之示褒貶也。余也反被功名之累，未能歸隱以濯塵纓，睹此流水之無情，滔滔不返，予心能無慽慽哉！（卷二薛逢詩）

【朱三錫曰】通首只是極稱韋公之清高無累，以自悔不早歸隱之憾。（《東岩草堂評訂唐詩鼓吹》卷七）

【按】此詩意本平常，緣《鼓吹》誤植薛逢名下，且題有脱誤，遂致《評注》之穿鑿爲解。首聯謂韋年老辭官。以皇甫謐擬之，謂其志趣高尚，勤於著述。頷聯謂其辭官後，從游者惟志趣相投之士，而生活儉樸，唯卧一裘。腹聯贊美其擅長史學，雖病中猶勤於著述。《晉春秋》，初疑《漢晉春秋》不當如此省稱，或指孫盛之《晉陽秋》不諱桓温枋頭之敗，『詞直而理正』，然云『病來』，則指習鑿齒之《漢晉春秋》無疑。稱《漢晉春秋》爲《晉春秋》，猶稱司馬遷爲馬遷，稱司馬相如爲馬相如（李商隱《梓潼望長卿山至巴西復懷譙秀》：『梓潼不見馬相如，更欲南行問酒壚。』），稱司馬長卿爲馬卿也。尾聯謂己尚未濯塵纓，辭官歸隱，如韋之高潔，徒看野水無情，四處流淌，不免有愧滄浪之水矣。

和友人題壁〔一〕

沖尚猶來出範圍〔二〕，肯將輕世作風徽〔三〕？三台位缺嚴陵卧〔四〕，百戰功高范蠡歸〔五〕。自欲一鳴驚鶴寢〔六〕，不應孤憤學牛衣〔七〕。西州未有看棋暇〔八〕，澗户何由得掩扉〔九〕？

〔一〕《英華》卷二四六酬和七載此首。

〔二〕【曾注】《易》：範圍天地之化而不過。【補注】沖尚，幼小時的志向。猶來，即由來、從來。出範圍，超越常人的範圍。句意謂自幼志向不同凡俗。

〔三〕輕世，述鈔、《全詩》作「經世」，《英華》、席本、顧本作「經濟」。《英華》校：一作「經世」。【補注】輕世，輕視世俗，此指世間經世濟時之事。風徽，風範、美德。二句意謂自幼志向遠大，豈肯將輕視世間的經世濟時之事作爲美德風範。

〔四〕【咸注】《晉・天文志》：斗魁下六星，兩兩而居，起文昌列抵太微。西近文昌二星曰上台，次二星曰中台，東二星曰下台。《後漢書》：嚴光與光武同游學，及即位，三聘乃至，因共偃卧，光以足加帝腹上。明日，太史奏客星犯御坐甚急，帝笑曰：「朕故人嚴子陵共卧耳。」【補注】三台，喻指三公。《晉書・天文志上》：「三台六星，兩兩而居……在人曰三公，在天曰三台，主開德宣符也。」《後漢書・逸民傳・嚴光》：「少有高名……及光武即位，乃變姓名，隱身不見。帝思其賢，乃令以物色訪之……乃備安車玄纁，遣使聘之，三反而後至，舍於北軍……車駕即日幸其館，光卧不起。帝即其卧所撫光腹曰：「咄咄子陵，不可相助爲理邪？」光又眠不應……除爲諫議大夫，不屈。乃耕於富春山。」「嚴陵卧」指此。

〔五〕【曾注】《孫武子》：百戰百勝。范蠡事，見本卷《利州南渡》「誰解乘舟尋范蠡」二句注。

〔六〕自欲一鳴驚，《英華》、席本、顧本作「剩欲一名添」。《英華》校：集作「自欲一鳴驚」。【曾注】《史記》：齊威王曰：「不鳴則已，一鳴驚人。」【咸注】《埤雅》：鶴之上相，隆鼻短口則少眠。【補注】《藝文類聚》卷九十引周處《風土記》：「鳴鶴戒露，此鳥性警，至八月白露降，流於草上，滴滴有聲，因即高鳴相警，移徙所宿處。」鶴寢，鶴眠。按：太子居室器用多以鶴爲稱，本王子晉駕鶴仙去之事。此「鶴寢」疑借指太子東宮。或云指隱居不仕，恐非。

〔七〕【咸注】《漢書、王章傳》：章學長安，疾病，無被，卧牛衣中，與妻對泣。後爲京兆，上封事，妻曰：「人當知足，獨不念牛衣中涕泣時耶？」程大昌《演繁露》：王章卧牛衣中。注：龍具也。【立注】《食貨志》：董仲舒曰：『貧民當衣牛馬之衣而食犬彘之食。』然則牛衣者，編草使暖，以被牛體，蓋蓑衣之類也。【補注】顧予咸注引《漢書·王章傳》過略，未能發明句中『孤憤』二字之義。按傳云：『章疾病，無被，卧牛衣中，與妻決，涕泣，其妻呵怒之，曰：「仲卿，京師尊貴，在朝廷人，誰踰仲卿者？今疾病困戹，不自激卬，乃反涕泣，何鄙也！」』師古注：『牛衣，編亂麻爲之。』孤憤，因孤高嫉俗而産生的憤慨。此指王章因貧病困戹而産生的憤世之情，即所謂『與妻決，對泣』。

〔八〕看，顧本作『覩』。【曾注】《晉書·謝安傳》：羊曇者，泰山人，爲安所愛重。安薨後，輟樂彌年，行不由西州路。嘗因石頭大醉，扶路唱樂，不覺至州門。左右白曰：『此西州門。』曇悲感不已，以馬策扣扉，誦曹植詩曰：『生存華屋處，零落歸山丘。』慟哭而去。（此注自卷五《經故翰林袁學士居》移此）【補注】曾注引《謝安傳》非此句『西州』之意，乃所謂『西州之悲』。西州，古城名，東晉置，爲揚州刺史治所，故址在今南京市。此句『西州』借指謝安，因其曾爲尚書僕射，又領揚州刺史，總攬朝政。『看棋暇』亦謝安事。《晉書·謝安傳》：『（苻）堅後率衆，號百萬，次於淮淝，京師震恐。加安征討大都督。玄入問計，安夷然無懼色，答曰：「已别有旨。」既而寂然……安遂命駕出山墅，親朋畢集，方與玄圍棋賭别墅。安棋常劣於玄，是日玄懼，便爲敵手而又不勝。安顧謂其甥羊曇曰：「以墅乞汝。」……玄等既破堅，有驛書至，安方對客圍棋，看書既竟，便攝放牀上，了無喜色，圍棋如故。』未有看棋暇，謂未能如謝安之從容閒暇，圍棋賭墅，決勝千里，建功立業。

〔九〕由，《英華》作『因』。【曾注】孔稚珪《北山移文》：磵户摧絶無與歸。【補注】澗户，又作『磵户』，山谷中之住屋，常指隱士所居。王勃《詠風》：『驅煙尋磵户，卷霧出山楹。』王維《辛夷塢》：『木末芙蓉花，山中發紅萼。磵户寂無人，紛紛開且落。』句意謂何由得隱居山間，掩澗户之門扉以避世。

【按】此詩最能見詩人之積極用世情懷。起聯開宗明義，表明自幼即志超凡俗，不願以避世作爲美德風範。頷聯用嚴光、范蠡故事，均不取其避世一面，謂三公位缺，嚴光應徵，卧見光武；百戰功成，范蠡始歸，隱於五湖。强調出世建功方能歸隱。腹聯謂己本欲一鳴驚人，不願牛衣對泣，徒有孤憤之情。「鶴寢」如指鶴禁（東宫），則表明庭筠本欲輔佐太子永而有所作爲。尾聯更以謝安自期，謂己尚未如謝安之從容破敵，建不世之功，何能隱居澗户，掩扉避世。晚唐詩人有此種情懷者絶少，如此直白表露者尤稀。或解，此鼓勵友人之辭，然即作如此理解，仍表露出庭筠自己的積極用世情懷。

春日將欲東歸寄新及第苗紳先輩〔一〕

幾年辛苦與君同，得喪悲歡盡是空〔二〕。猶喜故人先折桂〔三〕，自憐羈客尚飄蓬〔四〕。三春月照千山道〔五〕，十日花開一夜風〔六〕。知有杏園無路入〔七〕，馬前惆悵滿枝紅〔八〕。

校注

〔一〕《又玄》卷中、《才調》卷二、《英華》卷二六一寄贈十五、《唐詩鼓吹》卷七均載此首。《又玄》、《鼓吹》題作『春日將欲東游寄苗紳』。《英華》題下校：一作『下第寄司馬札』。誤。【陶敏曰】北圖藏拓本會昌四年七月《上黨苗府君（縝）墓誌》：『第四弟將仕郎、守祕書省校書郎分司東都紳謹撰并書』。苗紳及第當在會昌初。（《全唐詩人名考證》）【孟二冬曰】孟按《補遺》册六，第一九一頁，鄭畋撰咸通十五年（八七四）十月八日《唐故朝散大夫京兆少尹苗府君（紳）墓誌銘并序》云：『君諱紳，字紀之，上黨壺關人……會昌初，登進士第。明年，得宏詞上等，授秘書省校書郎。』又云：『畋與君聯年登第，同出河東公門下。』鄭畋於會昌二年（八四二）登進士第，見《記考》。『河東公』當指柳璟，其於會昌元年、二年連知貢舉。故知苗紳當在會昌元年登進士第，次年登博學宏詞科。又，黃補亦證苗紳爲會昌元年進士。（《登科記考補正》卷二十二）。【按】陶、孟考是。此詩有『三春月照千山路』之句，當作於會昌元年二月。東歸，指歸吴中舊鄉。庭筠舊鄉在今江蘇吴地。庭筠《開成五年秋以抱疾郊野不得與鄉計偕至王府將議遐適隆冬自傷因書懷奉寄殿院徐侍御察院陳李二侍御回中蘇端公鄠縣韋少府兼呈袁郊苗紳李逸三友人一百韻》，詩作於開成五年隆冬，時苗紳尚未及第。題内之『遐適』，詩中之『行役議秦吴』，即此詩題内之『東歸』。又《感舊陳情五十韻獻淮南李僕射》係會昌元年東歸途中獻淮南節度使李紳之作，中有『旅食逢春盡，羈遊爲事牽』之句，可證淮南獻詩時值春末夏初。自長安至揚州二千七百里，春末夏初在淮南，則此詩約作於二月。參注〔五〕『三春』注。

〔二〕【曾注】《易》：知得而不知喪。潘岳詩：悲歡從中起。【補注】庭筠開成四年秋試京兆，薦名居其副；次年又『抱疾不赴鄉薦試有司』，未參加開成五年及會昌元年進士試。『幾年辛苦與君同』，指幾年來辛苦準備應試，與苗紳情況相同，『得喪悲歡盡是空』，指自己四年被薦名居其副等第罷舉及五年抱疾不赴鄉薦事。

〔三〕【曾注】杜甫詩：折桂早年知。【補注】故人，指苗紳。折桂，指科舉考試及第。《晉書·郤詵傳》：『武帝於東堂會送，問詵曰：「卿自以爲何如？」詵對曰：「臣舉賢良對策，爲天下第一，猶桂林之一枝，崑山之片玉。」』

〔四〕【曾注】曹植詩：轉蓬離本根，飄摇隨長風。【補注】羈客，客游在外者，詩人自指。庭筠雖久居长安鄠郊，然仍然認爲自己是『羈客』。鮑照《代櫂歌行》：『羈客離嬰時，飄颻無定所。』

〔五〕道，《又玄》、《英華》、《鼓吹》、席本、顧本作『路』。【補注】三春，有二解，一指春天的三個月（孟春仲春季春），亦即泛指春日；一指春天的最後一個月，即暮春。此處當取前一義。此句切題内『春日將欲東歸』。千山路，指東歸之路。

〔六〕【咸注】唐武后詩：百花連夜發，莫待曉風吹。【補注】此句切苗紳新及第，謂新及第者如十日春風，一夜催開百花。按：梁宗懔《荆楚歲時記》、宋程大昌《演繁露·花信風》謂，自小寒至谷雨，凡四月，共八個節氣，一百二十天，每五日一候，計二十四候，每候應以一種花的信風（應花期而來的風），稱『二十四番花信風』，每一節氣三番。其中雨水節氣所催開者爲菜花、杏花、李花。

〔七〕路，《英華》校：一作『計』。席本、顧本作『計』。入，《又玄》作『人』，誤。【咸注】《秦中記》：唐人舉進士，會杏園，謂之探花宴。【補注】五代王定保《唐摭言》：『神龍已來，杏園宴後，皆於慈恩寺塔下題名。同年推一善書者紀之。』杏園，故址在今西安市大雁塔南，唐代新科進士賜宴之處。唐李淖《秦中歲時記》：『進士杏園初宴，謂之探花宴。』

〔八〕【補注】因馬前花發滿枝益加觸動不得參與杏園探花宴之惆悵，故云。已與苗紳雙綰。此句係想像之詞。時『將欲東歸』而尚未啓程在途。

箋評

【陸時雍曰】六句佳絶。（《唐詩鏡》卷五十一）

【《唐詩鼓吹評注》】飛卿因不第而作。首言幾年與君辛苦同學，經歷世途，前事之得失悲歡，盡是空虛耳。由今言之，公先折桂於蟾宫，我尚飄蓬於世路。余也將欲東遊，千山古道，春月常懸，一夕東風，繁花頓發。知有杏園之景，而無路可入，惟有策馬征途，惆悵滿枝之紅而已。『十日』句，或作爲風所敗，與上下意亦合。

【朱三錫曰】一『與君同』，兼説苗君；二『盡是空』，單寫自己。三承一，四承二，一開一闔，愈覺無聊之甚矣。五六實寫春日之景，虛寫東遊之路。杏園春色，我獨不與，正所謂美景良辰倍增感歎也。『十日』句，不可看作花爲風敗意，畢竟説是一夕春風繁花頓發，倍覺入情。（《東岩草堂評訂唐詩鼓吹》卷七）

【按】如題抒寫，每一聯均從雙方對照着筆。首聯己與苗幾年辛苦準備應試雖同，而己則得失悲歡均已成空，與苗異。次聯苗先登第，己則尚羈滯飄蓬。腹聯想像己東歸道中所見，對照苗之十日春風一夜花發，均就『春日』景物作對比（孟郊《登科後》：『春風得意馬蹄疾，一日看盡長安花』，可爲『十日花開一夜風』之比興含義作參照），而一虛一實。尾聯歎羨苗之杏園宴飲，而己則無路可入，惟於東歸道上，惆悵於馬前滿枝繁花呈豔而已。平平敍寫，淺淺形容，清新流暢，不乏韻致。尾聯尤具情致。此詩題曰『寄』，是自鄠郊居處寄長安之苗紳，係行前所寄，故有『千山道』、『馬前』等語。

經李徵君故居〔一〕

露濃煙重草萋萋，樹映欄干柳拂堤。一院落花無客醉，五更殘月有鶯啼〔二〕。芳筵想像情難盡〔三〕，故榭荒涼路已迷〔四〕。惆悵羸驂往來慣〔五〕，每經門巷亦長嘶〔六〕。

〔一〕《才調》卷二、《英華》卷二三〇隱逸一徵君載此首。《唐詩鼓吹》卷八王建名下載此首，題作『李處士故居』，文字有歧異。【佟培基曰】王建集《李處士故居》，又作温庭筠。《才調》二、《英華》二三〇作温。《鼓吹》八作王，誤。（《全唐詩重出誤收考》）【補注】徵君，徵士之尊稱，指不受朝廷徵聘之隱士。《後漢書·黄憲傳》：『友人勸其仕，憲亦不拒之，暫到京師而還，竟無所就。年四十八終，天下號曰徵君。』此『李徵君』即李羽，庭筠詩中又稱其爲李處士、李羽處士、李十四處士。詳本卷《題李處士幽居》注〔一〕、卷五《宿亡友城南别墅》注〔一〕。

〔二〕五更，《鼓吹》作『半窗』。

〔三〕【補注】想像，緬懷、回憶。《楚辭·遠遊》：『思舊故以想像兮，長太息而掩涕。』李商隱《及第東歸次灞上却寄同年》：『下苑經過勞想像，東門送餞又差池。』

〔四〕已，《鼓吹》作『欲』。

〔五〕《英華》、《鼓吹》、席本、顧本此句作『風景宛然人自改』。《英華》校：集作『惆悵羸驂往來慣』。【曾注】《説文》：驂，三馬也。一云外騑曰驂。【補注】羸驂，指詩人自己所乘的瘦馬。

〔六〕《英華》、席本、顧本此句作『却經門巷馬嚬嘶』，《鼓吹》作『却驚門外馬頻嘶』。

【金聖歎曰】（前解）一解先寫故居。細思天下好詩，乃只在眉毛咳唾之間。如此前解一二，露自濃，煙自重，草自萋萋，樹自映闌干，柳自拂堤，曾有何字帶得悲涼之狀？却無奈作者眉毛咳唾之間，早有存亡之感，於是讀者讀未終口，亦便於眉毛咳唾之間，先領盡其存亡之感也。三四，逐字皆人手邊筆底尋常慣用之字，而合來便成先生妙詩。若知果然學做不得，便須千遍爛熟讀之也。（後解）一解次寫徵君。看他避過自家眼淚，别寫羸馬長嘶，便令當時常常過從意盡出。（《貫華堂選批唐才子詩》卷六）

【陸次雲曰】心骨悄然。（《五朝詩善鳴集》）

【賀裳曰】（温詩）寫景如『一院落花無客醉，五更殘月有鶯啼』……真令人謏謏在耳，忽忽在目。（《載酒園詩話又編》）

【趙臣瑗曰】此詩前半先寫故居，後半乃是追悼徵君也。勿謂起手十四字何曾有悲涼之狀，予讀之，早已覺其悲涼滿目矣。三四一承，乍見之，如不過是詩人口頭語言，乃一連吟咀數十遍不厭者，何耶？以其情深而調穩耳。大凡好詩必從自然中來，此類是也。（《山滿樓箋注唐詩七言律》）

【《唐詩鼓吹評注》】此言舊居草樹萋然，更無客至，唯有鶯啼而已。是以芳筵不勝其想像，故榭惟見其荒涼。風景儼然而人無復在，經其門外，馬亦爲之長嘶也。（卷八王建詩）

【宋宗元曰】（一院二句）的是故居。（《網師園唐詩箋》）

【梅成棟曰】全從『故』字中想像得來。（《精選五七言律耐吟集》）

【俞陛雲曰】『一院落花無客醉，五更殘月有鶯啼』，此經李徵君故宅而作。當日鶯花庭院，列長筵招客，醉月飛觴，何等興采！乃舊地重過，但有『一院落花』『五更殘月』。故其第七句有『風景宛然人事改』之嘆。（《詩境淺説》）

【按】飛卿七律，擅長用清淺語言與白描手法抒寫真切懷舊之情，本篇爲其顯例。李羽爲其居鄠郊時之知己，二人經常過從，對其居處極爲熟悉，此番重過，李已去世，故居中一切草樹花月、門巷亭榭均易喚起對已往密切交往的記憶與物在人亡的感愴，信手寫來，情感自深。頷聯點睛處在一『醉』字，不僅透露出昔日共醉花前的歡聚情景，且傳達出眼前院空無人、落花狼藉、無言似醉的神韻，堪稱神來之筆。尾聯撇開自己，寫熟悉故人居處之羸驂每經此門巷亦頻頻長嘶，馬猶懷舊，人何以堪！此一細節非有真切生活體驗不能道，一經拈出，遂成妙語。雖避開正面寫側面，然濃重感愴之意自見言外。《英華》作『風景宛然人自改』，明白道出，反乏餘味，且近套語。晏幾道《木蘭花》『紫騮認得舊游蹤，嘶過畫橋東畔路』，師其意而不襲其辭，可謂善學。

送崔郎中赴幕〔一〕

一別黔巫似斷絃〔二〕，故交東去更悽然〔三〕。心游目送三千里〔四〕，雨散雲飛二十年〔五〕。發跡豈勞天上桂〔六〕，屬詞還得幕中蓮〔七〕。相思休話長安遠〔八〕，江月隨人處處圓。

校注

〔一〕《英華》卷二七九送行十四載此首，題内『郎中』二字作『判官』。《英華》校：集作『郎中』。【補注】郎中，唐尚書省六部諸司正長官，從五品上。崔郎中，名不詳。

〔二〕巫，《英華》、席本、顧本作『南』。【咸注】王僧孺詩：斷弦猶可續，心去最難留。【補注】黔巫，指巫山及古黔中一帶。元稹《酬樂天東南行詩一百韻》：『鯨吞近溟漲，猿鬧接黔巫。』唐代詩文中黔巫常連稱，赴黔中亦常取道巫山，如李白之長流夜郎。似斷絃，言此後斷絶音訊，未再相見。

〔三〕悽，《英華》、席本、顧本作『凄』。《英華》校：集作『悽然』。【補注】故交東去，指崔郎中此次東去赴幕供職。黔巫一别，彼此隔絶，此番又别，故云更凄然。

〔四〕送，《英華》、席本、顧本作『斷』。《英華》校：集作『送』。【補注】心遊，謂己之心伴隨崔郎中遊歷一路經行之地。三千里，指崔郎中赴幕之地與京城長安之間的大致距離。據末句『江月』，其地或在南方江邊。

〔五〕飛，《全詩》、顧本校：一作『收』。【補注】雨散雲飛，喻朋友分别。謝朓《和劉中書繪入琵琶峽望積布磯詩》：『山川隔舊貫，朋僚多雨散。』白居易《五年秋病後獨宿香山寺三絶句》之二：『飲徒歌伴今何在，雨散雲飛盡不迴。』句意謂一别黔巫已二十年。

〔六〕天上桂，見本卷《春日將欲東歸寄新及第苗紳先輩》注〔三〕。【補注】發跡，由卑微而得志顯達。《南史·何胤傳》：『兄弟發跡雖異，克終皆隱。』或解爲立功揚名，亦通。《史記·太史公自序》：『秦失其政，而陳涉發迹。』句意謂顯達不必由科舉登第之途。據此句，崔某當非由登進士第爲官者。

〔七〕【咸注】《南史》：王儉用庾杲之爲衛將軍，蕭緬與儉書曰：『盛府元僚，實難其選。庾景行泛緑水，依芙蓉，何其麗也！』時以儉府爲蓮花池，故緬書美之。【補注】屬詞，作文章。句意謂崔某因擅長寫文章故得以聘其入幕。據此句，崔某可能在幕中擔任文字工作，如掌書記。

〔八〕休話，《英華》、席本、顧本作『莫道』。《英華》校：莫，集作『休』。【咸注】《晉書·明帝紀》：帝幼聰哲，爲元帝所寵異。年數歲，嘗坐置膝前，屬長安使來，因問帝曰：『汝謂日與長安孰遠？』對曰：『長安近。不聞人從日邊來，居然可知也。』元帝異之。明日，宴羣僚，又問之，對曰：『日近。』元帝失色，曰：『何乃異間者之言乎？』對曰：『舉目則見日，不見長安。』由是益奇之。

【按】據『一別』句及『雨散』句，二十年前，庭筠與崔某曾在黔巫一帶分別。又據庭筠《贈蜀將》，約大和四年秋庭筠曾游蜀，與『蠻入成都，頗著功勞』之蜀將相識，五年春在成都，有《錦城曲》。其游黔巫當在此後不久，自大和五年下推二十年，此詩約作於大中五年。詩之前兩聯交錯敍昔別與今別，三承二，四承一。崔未登科第，故以『發跡豈勞天上桂』贊之；崔所任幕職，當爲以『屬詞』爲職事之掌書記，題一作『崔判官』，恐有誤。然郎中官從五品上，猶赴幕爲書記，似亦不甚合常情。末聯暗含『我寄相思與明月』之意，故云別後君如相思休言長安路遠，我之相思已寄明月而一路隨君也。化用李白『我寄愁心與明月，隨君直到夜郎西』詩意而不露痕跡。

經舊遊〔一〕

珠箔金鉤對綵橋〔二〕，昔年於此見嬌饒〔三〕。香燈悵望飛瓊鬢〔四〕，涼月殷勤碧玉簫〔五〕。屏倚故牕山六扇〔六〕，柳垂寒砌露千條〔七〕。壞牆經雨蒼苔遍，拾得當時舊翠翹〔八〕。

〔一〕《才調》卷二載此首，題作『懷真珠亭』，席本、顧本題同《才調》。【按】據詩意，確係舊地重遊，非懷念遥想之詞，視尾聯可見。

〔二〕金，《才調》作『銀』。對，《才調》作『近』。【咸注】《三秦記》：明光殿皆金玉珠璣爲簾箔，晝夜光明。李白詩：雙橋落彩虹。【補注】綵橋，裝飾華麗的橋。

〔三〕於，《才調》作『曾』。饒，李本、毛本、《才調》、《全詩》作『嬈』。【補注】嬌饒，美人。字亦作『嬌嬈』。《玉臺新詠》載漢宋子侯《董嬌饒》詩，後遂以『嬌饒（嬈）』代指美人。李商隱《碧瓦》：『他時未知意，重疊贈嬌饒。』

〔四〕【補注】飛瓊，西王母侍女。見卷一《觱篥歌》『夜聽飛瓊吹朔管』句注。此借指所懷女子，其身份當是歌姬侍妾一類人物。

〔五〕【咸注】古樂府：碧玉破瓜時。庾信詩：定知劉碧玉，偷嫁汝南王。【補注】殷勤，情意深厚。碧玉簫，指侍姬吹簫。吴聲歌曲《碧玉歌》：『碧玉小家女，不敢攀貴德。感郎千金意，慚無千金色。』碧玉係東晉宗室汝南王之侍姬。又兼指簫以碧玉製成。

〔六〕【曾注】古詩：山屏六曲郎歸夜。《舊唐書·憲宗紀》：御製前代君臣事迹十四篇，書於六扇屏風。【補注】山，屏山，形容屏風之形狀如山形之曲折。

〔七〕【補注】砌，臺階。露，指帶露的柳枝。

〔八〕【曾注】宋玉《招魂》：砥室翠翹，掛曲瓊些。注：翠，鳥名；翹，羽也。《炙轂子》：高髻名鳳髻，上有翡翠翹。【補注】翠翹，婦女首飾，狀如翠鳥尾上長羽。曾注引《招魂》之『翠翹』係實指翠鳥尾上長羽，非此句『翠翹』之義。

【按】此重遊舊地而懷所戀女子。其人身份，視頷聯『飛瓊』『碧玉』之稱，當爲歌姬侍妾一類人物。起聯謂昔年曾在珠簾金鉤正對綵橋之居處遇見對方，點明題目。頷聯回想昔年『見嬌嬈』之情景：時值月夜，於香燈之下，悵望對方之鬢影；在涼月之夜，聽對方吹奏碧玉簫。『悵望』『殷勤』二語，透露對方雖情意殷勤，却未能與之相通，惟『悵望』而已。腹聯此番重遊所見：室内屏風六扇，仍倚故窗；室外柳垂寒砌，千條帶露，而其人已杳不可見。尾聯於尋尋覓覓之時，見壞牆經雨，蒼苔遍生，忽於牆邊拾得舊翠翹，睹物思人，益感失落惆悵。此詩内容類似李商隱之《春雨》，均寫重訪舊地不見所思女子之失落惆悵，其風格亦同具綺豔之特點，而李作於綺豔之中滲透感傷意緒，變綺豔爲淒豔，温作則止於綺豔。李作『紅樓』一聯所創造之情景渾融、意藴深遠境界，尤爲温詩所缺乏。

老君廟〔一〕

紫氣氤氳捧半巖〔二〕，蓮峯仙掌共巉巉〔三〕。廟前晚色連寒水〔四〕，天外斜陽帶遠帆。百二關山扶玉座〔五〕，五千文字閟瑶緘〔六〕。自憐金骨無人識〔七〕，知有飛龜在石函〔八〕。

校注

〔一〕【咸注】封演《聞見記》：唐高祖武德三年，晉州人吉善行，於羊角山見白衣老父，呼謂曰：『爲吾語唐天子，吾是老君，即汝祖也。』高祖即遣使立廟。《唐書》：天寶元年，田同秀上言：『玄元皇帝降於丹鳳門，告錫靈符在尹喜故宅。』上遣使就函谷關尹喜臺西發得之，乃置廟於大寧坊。【補注】據此詩前兩聯，此老君廟在華山。

〔二〕【咸注】《關尹内傳》：關令尹喜嘗登樓，望見東極有紫氣西邁，曰：『應有聖人經過京邑。』乃齋戒。其日，果見老君乘青牛東來過。【補注】《史記·老子韓非列傳》『莫知其所終』司馬貞索隱引劉向《列仙傳》：『老子西遊，關令尹喜望見有紫氣浮關，而老子果乘青牛而過也。』捧半巖，指紫氣圍繞華山之半山腰。

〔三〕【曾注】《名山記》：西岳華山，一名蓮花峯，有仙掌崖。【補注】蓮花峯，華山中峯；仙掌峯，華山東峯。《華岳志》：『岳頂東峯曰仙人掌。峯側石上有痕，自下望之，宛然一掌，五指俱備，人呼爲仙掌。』

〔四〕晚色，《全詩》、顧本校：一作『古木』。【補注】寒水，指黄河，下句『遠帆』亦指黄河中之舟船。句意謂老君廟前蒼茫的暮色一直伸展到遠處的黄河，一片迷茫曠遠。

〔五〕【曾注】《漢書》：秦，形勝之國也。帶河阻山，縣隔千里，持戟百萬，秦得百二焉。【補注】百二，以二敵百。或説，百之一倍。百二關山，百二山河，均喻指山河險固之秦地。玉座，指廟中供奉老君神像之玉座。

〔六〕【曾注】《史記》：老子西遊至關，關令尹喜曰：『子將隱矣，强爲我著書。』老子乃著上下篇，言道德之意五千言而去。【補注】閟，閉藏。瑶緘，藏書之玉篋。《拾遺記》載，浮提之國獻神通善書二人助老子撰《道德經》，寫以玉牒，貯以玉函。

〔七〕金骨，仙骨，詳見卷一《曉仙謡》『鶴扇如霜金骨仙』句注。

〔八〕【咸注】庾信銘：飛龜之散，遣疾無徵。《神仙傳》：華子斯，淮南人，師用里先生，授山隱靈寶方：一曰伊洛飛龜秩，二曰白禹正機，三曰平衡案。合服之，日以還少，後得仙去。【補注】飛龜，道家仙藥名。

【陸時雍曰】五六擔當。（《唐詩鏡》卷五十一）

【按】首聯寫老君廟所在。廟在半山，紫氣圍繞，蓮峯仙掌，同其高峻。頷聯廟前遠眺，蒼茫暮色遥接黄河，天外斜陽映照遠帆。腹聯謂秦中險固山河遥扶神像之玉座，五千道德經文閉藏於玉篋之中。尾聯謂己有仙骨惜無人識，知有仙藥藏於石函之中，當可服之成仙。此應景之作，惟頷聯寫景富有遠勢，境界壯闊，可以入畫。

過五丈原〔一〕

鐵馬雲鵰久絶塵〔二〕，柳陰高壓漢營春〔三〕。天晴殺氣屯關右〔四〕，夜半妖星照渭濱〔五〕。下國卧龍空誤主〔六〕，中原逐鹿不因人〔七〕。象牀錦帳無言語〔八〕，從此譙周是老臣〔九〕。

〔一〕《英華》卷二九四行邁六載此首，題作『經五丈原』，席本、顧本題同《英華》。《英華》校：集作『過』。【咸注】《蜀志》：建興十二年春，諸葛亮悉大衆由斜谷出，據武功五丈原，與司馬宣王對於渭南。八月，亮卒於軍。《三秦記》：在郿縣南三十里。

〔二〕鵰，李本、十卷本、姜本、毛本作『雕』。久，《英華》、《唐詩紀事》、席本、顧本作『共』。【曾注】《莊子》：超逸絶塵。【補注】鐵馬，配有戰甲之戰馬。《文選·陸倕〈石闕銘〉》：『鐵馬千羣，朱旗萬里。』雲鵰，雲中鵰鳥，形容馬之迅疾。絶塵，絶迹。《宋書·自序》：『間者獯獫扈横，掠剝邊鄙，郵販絶塵，坰介靡遠。』句意謂昔日蜀魏交兵時鉄騎雲鵰馳逐的景象久已絶跡。因誤解『絶塵』爲飛速奔馳之義，而改『鵰』爲『雕』，又改『久』爲『共』。

〔三〕營，《英華》、席本、顧本作『宫』，誤。《英華》校：集作『營』。【咸注】《漢書》：周亞夫軍細柳，文帝勞軍，至其營曰：『嗟乎！此真將軍矣。』【補注】《史記·絳侯周勃世家》：『文帝之後六年，匈奴大入邊，乃以宗正劉禮爲將軍，軍霸上；祝茲侯徐厲爲將軍，軍棘門；以河內守亞夫爲將軍，軍細柳，以備胡。上自勞軍，至霸上及棘門軍，直馳入，將以下騎送迎。已而至細柳，軍士吏被甲，鋭兵刃，不得入。先驅曰：「天子且至！」軍門都尉曰：「將軍令曰：軍中聞將軍令，不聞天子之詔。」居無何，上至，又不得入。於是上乃使使持節詔將軍：「吾欲入勞軍。」亞夫乃傳言開壁門。壁門士吏謂從屬車騎曰：「將軍約，軍中不得驅馳。」於是天子乃按轡徐行。至營，將軍亞夫持兵揖曰：「介胄之士不拜，請以軍禮見。」天子爲動，改容式軍……文帝曰：「此真將軍矣！曩者霸上、棘門軍，若兒戲耳。」」句意謂諸葛亮素以治軍嚴整著稱，如今惟見濃密的柳陰高高覆蓋着往昔漢營的遺跡而已。

〔四〕晴，《英華》、顧本作『清』。【曾注】《地理志》：雍州在函谷關西，一名關右。【補注】句意謂遥想當年，雖天晴氣朗之時似猶見殺氣屯聚在五丈原一帶的關右地區。

『春』與『柳』相應。

〔五〕妖，《紀事》作『長』。【立注】《蜀志·諸葛亮傳》：亮據武功五丈原，患糧不繼，分兵屯田，爲久住之基。耕者雜於渭濱居民之間，而百姓安堵，軍無私焉。《晉陽秋》：有星赤而芒角，自東北西南流，投於亮營，三投再還，往大還小，俄而亮卒。【補注】此句謂當年妖星高照渭濱，説明諸葛亮卒於軍中乃是天意。

〔六〕誤，《英華》、述鈔、席本、顧本作『痦』。【咸注】《蜀志》：徐庶謂先主曰：『諸葛孔明，卧龍也。』【補注】下國，小國，指偏處西南一隅的蜀漢，相對於中原大國魏而言。語含貶意。空誤主，謂其隆中對策三分進而統一中國之規劃未能實現，與下句意一貫。

〔七〕逐，《英華》、《紀事》、席本、顧本作『得』。《英華》校：集作『逐』。因，《英華》、顧本作『由』。【咸注】《史記》：蒯通曰：『秦失其鹿，天下共逐之，於是高材疾足者先得焉。』【補注】謂争奪天下，統一中國，取决於天意而非人謀。

〔八〕錦，《英華》校：集作『寶』。顧本作『寶』。【按】除顧本外，本集諸本均作『錦』。【補注】象牀，象牙裝飾的牀。句意謂蜀漢後主劉禪庸愚，空居象牀錦帳，於國事不能出一語。

〔九〕老，《英華》校：集作『舊』。【按】本集諸本均作『老』。【曾注】《蜀志》：譙周字允南，巴西人。亮卒於敵廷，周在家聞問，即便奔赴。後主立太子，以周爲僕，轉家令。時後主頗出遊觀，增廣聲樂，周上疏：『願省減樂官，後宫所增造，但奉修先帝所施，下爲子孫節儉之教。』徙爲中散大夫。後遷光禄大夫，位亞九列。周雖不與政事，以儒行見禮，時訪大議，輒據經以對，而後生好事者亦咨問所疑焉。【補注】《三國志·蜀志·譙周傳》：『景耀六年冬，魏大將軍鄧艾克江由，長驅而前……後主使羣臣會議，計無所出……周曰：「……若陛下降魏，魏不裂土以封陛下者，周請身詣京都，以古義争之。」……於是遂從周。劉氏無虞，一邦蒙賴，周之謀也。』句意謂從此國之大事就取決於譙周這樣的老臣。

【陸次雲曰】成事在天，惟有鞠躬盡瘁而已。武侯知己。（《五朝詩善鳴集》）

【楊逢春曰】七八是題後托筆，言亮卒後，蜀漢無人，老臣唯一譙周，卒説後主降魏耳。（《唐詩繹》）

【吴喬曰】結句結束上文者，正法也；宕開者，别法也。上官昭容之評沈、宋，貴有餘力也。『曲終人不見，江上數峯青』，貴有遠神也……温飛卿《五丈原》詩以『譙周』結武侯，《春日偶成》以『釣渚』結旅情……宕開者也。（《圍爐詩話》卷一）

【胡以梅曰】二三可以言目今，亦可以言武侯當年，是活句。（《唐詩貫珠串釋》）

【沈德潛曰】一至五句，《出師》二表是也。六句，天意不可知。七八句，誚之比于痛駡。（《重訂唐詩别裁集》卷十五）

【黄叔燦曰】首言鐵馬雲雕，當時争戰，久已絶塵矣。（《唐詩箋注》）

【姚鼐曰】第二句借用細柳營以比武侯之營。五丈原在武功，東望盩厔，有漢離宫。然終是湊句，不佳。（《五七言近體詩鈔》）

【梅成棟曰】收二句痛煞、憤煞之言，却含蓄無窮。（《精選五七言律耐吟集》）

【余成教曰】《過陳琳墓》、《經五丈原》、《蘇武廟》三詩，手筆不減于義山。温、李齊名，良有以也。（《石園詩話》）

【按】前四句過五丈原有感於諸葛亮昔日屯兵於此終歿于軍中之事，將眼前所見與對昔日蜀魏交兵景象的想像融合在一起，『夜半』句已暗透『中原逐鹿不因人』之意。五六一篇之主旨，蓋謂蜀漢雖有諸葛亮這樣的傑出才智之士，也無法挽救其覆亡的命運，因爲取天下非靠人謀，實由天命。七八進謂，更何況諸葛亮死後，劉禪昏庸，老臣惟有譙周這樣的人物，蜀漢之亡更不問可知。詩中所表現之傑出人物無法挽救衰頽國運的思想，與李商隱之《籌筆驛》、《武侯廟古柏》有類似處，透露出時代衰頽的氣息。而温詩之宿命思想尤爲突出。讀此類詩，切忌用後世《三國演義》及其評點者的眼光去理解詮釋。

和友人傷歌姬〔一〕

月缺花殘莫愴然，花須終發月終圓〔二〕。更能何事銷芳念〔三〕，亦有濃華委逝川〔四〕。一曲豔歌留婉轉〔五〕，九原春草妒嬋娟〔六〕。王孫莫學多情客，自古多情損少年。

校注

〔一〕《才調》卷二、《英華》卷三〇五悲悼五載此首。《英華》題作『和王秀才傷歌妓』，校：（妓）集作『姬』。席本、顧本題作『和王秀才傷歌姬』。

〔二〕發，原作『廢』，據《才調》、《英華》、述鈔、十卷本、姜本、席本、《全詩》、顧本改。月終圓，席本、顧本作『月須圓』。

〔三〕【補注】芳念，指對歌姬的悲悼懷想。

〔四〕濃，席本、顧本作『穠』。華，十卷本、姜本作『花』。【曾注】《詩》：何彼穠矣，華如桃李。【補注】句意謂即便華豔如桃李亦不免委落隨逝水而去。此寬解之詞。

〔五〕婉，《英華》作『宛』，校：集作『婉』。【立注】吴均《續齊諧記》：晉有王敬伯者，會稽餘姚人。少善鼓琴，年十八過吴，維舟中渚，登亭望月，悵然有懷，乃倚琴歌之。俄見一女子，雅有容色，謂敬伯曰：『女郎悦君之琴，願共撫之。』敬伯許焉。既而女郎至，資質婉麗，綽有餘態，從以二少女。乃命大婢酌酒，少婢彈箜篌，作《宛轉歌》。女郎脱頭上金釵，扣琴絃而和之。意韻繁諧，歌凡八曲。臨去，留錦卧具、繡香囊，并佩一雙，以遺敬伯；敬伯報以牙火籠、玉琴軫。敬伯船至虎牢戍，吴令劉惠明者有愛女早世，舟中亡卧具，於敬伯船獲焉。敬伯具以告，果於帳中得火籠、琴軫。女郎名妙容，字雅華，大婢名春條，小婢名桃枝，皆善彈箜篌及《宛轉歌》，相繼俱卒。【補注】豔歌，古樂府有《豔歌行》，此指豔情歌曲。《文心雕龍·樂府》：『若夫豔歌婉孌，怨志詄絶。』句意謂歌姬之一曲豔情歌曲，聲情宛轉，長留記憶之中。

〔六〕妬，《才調》《英華》作『葬』。《英華》校：集作『妬』。【曾曰】用魏武銅雀臺事，注見上（《過陳琳墓》

注〔七〕）。【立注】謝朓《銅雀臺伎》：芳襟染淚迹，嬋娟空復情。【補注】句意謂歌姬貌美，死葬九泉之下，雖九原春草亦妬其青春容顔。似與銅雀臺事無涉。

【按】首聯以花月爲喻。謂月之缺花之殘，物之常理，且莫悲愴。花終會再發，月亦終能再圓。以喻歌姬之亡雖極傷悲，然生活終能隨時間消逝回歸美滿。頷聯謂友人之悲悼懷念之情誠難銷除，然物有常理，即便穠豔若桃李亦終有委落隨水流逝之時，上句放，下句收，宛轉有致。腹聯分寫歌姬之藝與色，此正友人之所以不能忘情者。尾聯直出正意，勸友人莫過於多情傷痛，以免損少年之容顔。實則全篇均慰之之詞，尾聯乃作一總束。

山中與諸道友夜坐聞邊防不寧因示同志〔一〕

龍砂鐵馬犯煙塵〔二〕，跡近羣鷗意倍親〔三〕。風卷蓬根屯戊己〔四〕，月移松影守庚申〔五〕。韜鈐豈足爲經濟〔六〕，巖壑何嘗是隱淪〔七〕？心許故人知此意，古來知者竟誰人〔八〕？

〔一〕題内『諸』字毛本、李本、十卷本、姜本闕。【補注】據題内『邊防不寧』及首句『龍砂鐵馬犯煙塵』，犯邊者當爲西北邊少數民族。檢《新唐書》文、武、宣、懿紀，開成二年七月，党項羌寇振武；開成五年十月，回鶻寇天德軍；會昌二年，回鶻寇横水栅，略天德、振武軍，寇雲、朔、大同川；會昌三年，党項羌寇鹽州、邠、寧；大中四年十一月，党項羌寇邠、寧；咸通七年閏三月，吐蕃寇邠、寧。又據題内『山中與諸道友夜坐』，詩似爲較早時居山中習道期間所作，或在開成年間。道友，指同學道者，視『月移』句可知。夏承燾《温飛卿繫年》據《通鑑・大中四年》『党項爲邊患，發諸道兵討之，連年無功，戍饋不已』之文，於大中四年下繫此詩，謂『約在此一二年内作』，似過晚。

〔二〕【曾注】《九邊志》：龍沙，焉耆龜茲地。《班超傳》：咫尺龍沙。【補注】龍砂，即白龍堆。《後漢書・班超傳贊》李賢注『龍沙』云：『白龍堆沙漠也。』在今新疆天山南路，簡稱龍堆。

〔三〕見《題韋籌博士草堂》注〔三〕『狎羣鷗』注。

〔四〕己，原作『巳』，誤，據述鈔、《全詩》、顧本改。【咸注】《漢・元帝紀》：發戊己校尉屯田吏士攻郅支單于。師古曰：戊己校尉者，鎮安西域，無常治處，亦猶甲乙等各有其方位，而戊與己四季寄王，故以名官也。【補注】此句寫邊防警急，當風卷蓬根之時，將領駐屯邊地。

〔五〕【曾注】《玉函祕典》：上尸彭琚，小名阿呵；中尸彭瓆，小名作子；下尸彭璚，小名季細。每庚申夜，伺人昏睡，陳其過惡於上帝，减人禄命，故道家遇是夕輒不睡，卧時左手撫心，呼三尸名，令不敢爲害。【補注】月移松影，示夜間時間流逝。此句寫『山中與諸道友夜坐』，謂習道守庚申夜，避三尸爲害。

〔六〕【咸注】劉向《列仙傳》：吕尚釣於磻溪，三年不得魚，已而獲大鯉，得兵鈐於魚腹中。杜甫詩：韜鈐延子荆。【補注】韜鈐，古兵書《六韜》與《玉鈐篇》之合稱。此泛指軍事韜略。《六韜》，舊題周吕望撰，分文、武、龍、虎、豹、犬六韜。《玉鈐》，傳亦爲吕望所遺兵書。經濟，經世濟民之方略。

〔七〕【補注】巖壑，山巒谿谷。常指隱者所居。此言居於山間者何嘗真是隱淪避世之士。蓋言己雖習道山中，實有用世抱負。

〔八〕誰，《全詩》、顧本校：一作『何』。【曾注】《吴世家》：季札解其寶劍，繫徐君冢樹而去，曰：『始吾心已許之，豈以死倍吾心哉！』【補注】心許，心中贊許。此意，指五六一聯所表達之經世濟民抱負。

【葉夢得曰】詩之用事，不可牽強，必至於不得不用而後用之，則事詞爲一，莫見其安排鬭凑之迹。蘇子瞻嘗爲人作挽詩云：『豈意日斜庚子後，忽驚歲在己辰年。』此乃天生作對，不假人力。温庭筠詩亦有用甲子相對者，云：『風捲蓬根屯戊己，月移松影守庚申。』兩語本不相類。其題云：『與道士守庚申，時聞西方有警事。』邂逅適然，固不可知。然以其用意附會觀之，疑若得此對而就爲之題者，此蔽於用事之弊也。（《石林詩話》卷上）

【金聖歎曰】（前解）一寫世上有一等人，有一等事。二寫世上另有一等人，另有一等事。三寫世上一等人，一等事，如此其急。四寫世上另一等人，另一等事，如此其閒。真是其人各不相聞，其事又各不相礙；其人本各不相屬，其事又各不相通。誠以上界天眼視之，直可付之雪淡一笑者也。又：（後解）上解分畫兩人已盡，此解出手判斷之也。言『屯戊己』人，自云第一經濟；『守庚申』人，又自云第一隱淪。殊不知轟天轟地事業，必須從『月移松影』處守出；分陰分陽道理，必須從『龍砂鐵馬』時煅成也。（《貫華堂選批唐才子詩》卷六）

【朱三錫曰】前四句分寫兩種人，後四句合寫兩種人，『示同志』意在内。（《東岩草堂評訂唐詩鼓吹》卷七）

【薛雪曰】邊上正屯戍己，山中坐守庚申，此時豈吾輩忘籌國、希長生之時哉！身閑如雲，心熱如火，舉世滔滔，誰其知我，豈不可歎！（《一瓢詩話》）

【按】首聯謂值此邊防不寧之際，已與道友方跡近羣鷗，忘機山中。頷聯分承一二，謂邊將屯兵禦寇，已與道友夜守庚申，静待月移松影。腹聯分承三四，謂單憑軍事韜略豈足以經世濟民，居於巖谷如己者又何嘗真是隱淪避世之人，蓋謂己雖居巖谷而實有經世之抱負與才能。二句一篇主意。尾聯『故人』即題内『同志』，『此意』承五六，謂知我之經世之志者唯有故人，古往今來，真知己者又有誰人？蓋慨知音之稀也。薛雪以『身閑如雲，心熱如火』概庭筠之心志，亦可謂異代知己。頷聯以戊己、庚申爲對，似巧而實拙，似工而實呆，庭筠高處不在此。

秘書省有賀監知章草題詩筆力遒健風尚高遠拂塵尋玩因有此作〔一〕

越溪漁客賀知章〔二〕，任達憐才愛酒狂〔三〕。鸂鶒葦花隨釣艇，蛤蜊菰菜夢横塘〔四〕。幾年涼月拘華省〔五〕，一宿秋風憶故鄉〔六〕。榮路脱身終自得〔七〕，福庭迴首莫相忘〔八〕。出籠鸞鶴歸遼海〔九〕，落筆龍蛇滿壞牆〔一〇〕。李白死來無醉客〔一一〕，可憐神彩弔殘陽〔一二〕。

〔一〕《英華》卷三〇七悲悼七第宅載此首，題作『過賀監舊宅』。校：集作『秘書省賀監知章草題詩筆力遒健風尚高遠拂塵尋玩因有此作』。題内『草』字，李本、十卷本、姜本、毛本無。【按】據『落筆龍蛇』句，當有『草』字。『有此』，毛本、十卷本、李本、姜本作『此有』。又，十卷本、姜本此首入『七言排律』。【咸注】《舊唐書》：賀知章，會稽永興人。舉進士，累遷太子賓客、銀青光禄大夫，兼正授秘書監。知章晚年尤加縱誕，無復規檢，自號四明狂客，又稱秘書外監。遨遊里巷，醉後屬詞，動成卷軸，文不加點，咸有可觀。又善草隸書，好事者供其牋翰，每紙不過數十字，共傳寶之。【補注】風尚，風格。

〔二〕【曾注】《越志》：若邪溪與鑑湖相通。【補注】越溪，即若耶（邪）溪，傳爲西施浣紗之處。

〔三〕【咸注】《賀知章傳》：吴郡張旭與知章相善，旭善草書，而好酒，每醉後號呼狂走，索筆揮灑，變化無窮，若有神助，時人號爲張顛。【補注】任達，放任曠達。《舊唐書·賀知章傳》謂其『性放曠，善談笑』。參注〔一〕所引本傳。憐才，愛才。孟棨《本事詩·高逸》：『李太白初自蜀至京師，舍於逆旅。賀監知章聞其名，首訪之。既奇其姿，復請所爲文。出《蜀道難》以示之，讀未竟，稱歎者數四，號爲謫仙，解金龜換酒……賀又見其《烏棲曲》，歎賞苦吟曰：「此詩可以泣鬼神矣！」』愛酒狂，則杜甫《飲中八仙歌》所謂『知章騎馬似乘船，眼花落井水底眠』之類是也。

〔四〕菰，《英華》、顧本作『葉』。【曾注】《説文》：菰，一名蔣，秋實曰菰米。【補注】蛤蜊，生活在淺海泥沙中之軟體動物，味美。會稽近海，故有此物。菰菜，俗稱茭白。横塘，此借指故鄉之池塘。温詩喜用『横塘』字，大都爲泛稱，與金陵之横塘無關。

〔五〕【咸注】《舊唐書》：開元十年，兵部尚書张説爲麗正殿修書使，奏請知章入書院，同撰《六典》及《文纂》等，累年，書竟不就。潘岳賦：獨展轉於華省。【補注】華省，清貴者之省署。據本傳，知章曾任禮部侍郎，兼集賢院學士，宰相源乾曜語（張）説曰：『賀公兩命之榮，足爲光寵。』又曾授祕書監。均爲清貴之職。又唐代稱尚書省爲畫省、粉省、粉署，華省之義，當亦與之相近。賀集中有《奉和御製春臺望》、《奉和聖製送張説上集賢學士賜宴賦詩得謨字》、《奉和聖製送張説巡邊》等酬應之作，以賀之任達縱逸性格，此類事即『拘華省』之一例。

〔六〕【咸注】《舊唐書》：天寶三載，知章因病恍惚，乃上疏請度爲道士，求還鄉里，仍舍本鄉宅爲觀。上許之，御製詩以贈行，皇太子以下咸就執别。【補注】《晉書·張翰傳》：『翰因見秋風起，乃思吴中菰菜、蓴羹、鱸魚膾，曰：「人生貴得適志，何能羈宦數千里以要名爵乎！」遂命駕而歸。』前有『蛤蜊菰菜夢橫塘』，此云『秋風憶故鄉』，正用張翰事。舊失注。知章有《回鄉偶書》二絶，亦見其『思故鄉』之情。

〔七〕【咸注】唐玄宗《送賀知章歸四明》詩：遺榮期入道，臨老竟抽簪。【補注】榮路，榮顯的仕宦之路。

〔八〕【咸注】《福地記》：其山東接驪山、太華，西連太白，至於隴山，北去長安城八十里，南入楚塞，連屬東西諸山，周圍數百里，名曰福地。【補注】福庭，幸福之地，常指仙佛所居之處。孫綽《遊天台山賦》：『仍羽人於丹丘，尋不死之福庭。』李華《雲母泉》：『訪道出人世，招賢依福庭。』此指賀知章以鄉宅爲道觀修道。

〔九〕籠，《英華》、席本、顧本作『羣』。歸，《英華》、席本、顧本作『辭』。【補注】陶潛《搜神後記》卷一：『丁令威，本遼東人，學道於靈虚山。後化鶴歸遼，集城門曰：「有鳥有鳥丁令威，去家千年今始歸。城郭如故人民非，何不學仙冢壘壘。」遂高上冲天。』出籠鸞鶴，指賀知章擺脱官場的牢籠，應上『拘華省』，作『出羣』者非。歸遼海，喻歸故鄉，作『辭遼海』者亦非。而知章《回鄉偶書》所抒發之人生感慨，如『兒童相見不相識，笑問客從何處來』、『離别家鄉歲月多，近來人事半銷磨』，又正與丁令威『城郭如故人民非』之感慨相似。

〔一〇〕【曾注】李白《草書歌》：時時只見龍蛇走。

〔一一〕【曾注】《舊唐書》：李白字太白，山東人。少有逸才，志氣宏放，飄然有超世之心。賀知章賞之，曰：

「此天上謫仙人也。」後竟以飲酒過度，醉死於宣城。《本事詩》：白自蜀至京師，舍於逆旅。賀知章聞其名，首訪之，請所爲文，白出《蜀道難》以示之。讀未竟，稱歎數四，號爲謫仙。解金貂（鼦）換酒，與傾盡醉，期不間日。【補注】杜甫《飲中八仙歌》有賀知章、李白。詠知章已見前引，詠白云：「李白一斗詩百篇，長安市上酒家眠。天子呼來不上船，自稱臣是酒中仙。」

〔一二〕【補注】神彩，此指賀知章草書題詩之神韻風采。

【按】七言排律，唐代詩人製作甚少。此篇雖僅六韻短製，却頗似一篇賀知章詩傳，不僅由草題詩憶及其人，寫出其「任達憐才愛酒狂」之鮮明個性，且表現出其遺落「榮路」、擺脱「華省」，不慕利禄之品格。詩亦於清新流暢中寓縱逸之氣與遒勁筆力。從中可見其所受於李白詩清新俊逸一面的影響。

題裴晉公林亭〔一〕

謝傅林亭暑氣微〔二〕，山丘零落閟音徽〔三〕。東山終爲蒼生起〔四〕，南浦虛言白首歸〔五〕。池鳳已傳春水浴〔六〕，渚禽猶帶夕陽飛。悠然到此忘情處，一日何妨有萬機〔七〕？

校注

〔一〕【立注】裴度本傳：中官用事，衣冠道喪，度以年及懸輿，不復以出處爲意。東都立第於集賢里，築山穿池，竹木叢翠，有風亭水榭，梯橋架閣，島嶼回環，極都城之勝。又於午橋創別墅，花木萬株，中起涼臺暑館，名曰緑野堂。引甘水貫其中，釃引脈分，映帶左右。度視事之隙，與詩人白居易、劉禹錫酣宴終日，高歌放言，以詩酒琴書自樂。當時名士，皆從之遊。【補注】《新唐書·裴度傳》載，淮西吳元濟平，『策勳進金紫光禄大夫、弘文館大學士、上柱國、晉國公。』林亭，似指午橋别墅。據此詩次句，作詩時度已卒。當係開成四年三月度卒後之某年夏作。

〔二〕傅，李本、十卷本、姜本、毛本作『得』，誤。【曾注】陶潛詩：暑氣爲之無。【補注】《晉書·謝安傳》：『贈太傅，謚曰文靖。』故稱『謝傅』。此以謝安借指裴度。謝安命謝玄爲前鋒都督，授以方略，取得淝水之戰的勝利，與裴度親往前綫督師，取得淮西之捷，功業相似。晚年安因『會稽王道子專權，而奸諂頗相扇構，安出鎮廣陵之步丘，築壘新城以避之』，與裴度晚年因宦官專權，不復以出處爲念之情況亦復相似。而度薨，亦『册贈太傅，謚文忠』。用事可謂雅切。

〔三〕【曾注】《晉書》：羊曇經西州門，以馬策扣扉，誦曹子建詩曰：『生存華屋處，零落歸山丘。』詳卷五《經故翰林袁學士居》『西州』二句注。古詩：蒼蒼匿音徽。【補注】曹植《箜篌引》：『盛時不可再，百年忽我遒。生存華屋處，零落歸山丘。先民誰不死，知命復何憂。』山丘零落，暗寓裴度已經去世，並寫眼前林亭衰敗荒涼景象。閟，閉、埋藏。音徽，音容。劉禹錫《彭陽唱和集引》：『相去迥遠，而音徽如近。』

〔四〕【曾注】《謝安傳》：安年已四十餘，桓温請爲司馬，將發新亭，朝士咸送，中丞高崧戲之曰：『卿累違朝旨，高卧東山，諸人每言：安石不肯出，將如蒼生何！蒼生今亦將如卿何！』【補注】據《新唐書·裴度傳》，度於甘露事變後，不復以出處爲念，『開成二年，復以本官節度河東。度牢辭老疾，帝命吏部郎中盧弘宣諭意曰：「爲朕卧護北門可也。」趣上道，度乃之鎮。易定節度使張璠卒，軍中將立其子元益，度乃遣使曉譬禍福，元益懼，束身歸朝。』此其晚年『東山終爲蒼生起』之事例。句意則兼包其平生功業。

〔五〕【咸注】江淹賦：送君南浦，傷如之何！潘岳《金谷集作》詩：『投分寄石友，白首同所歸。』【補注】南浦，本指送别之地。此指其林亭水邊風景佳勝之地。據《新唐書·裴度傳》：度『（開成）三年以病丐還東都，真拜中書令，卧家未克謝，有詔先給俸料。上巳宴羣臣曲江，度不赴。帝賜詩曰：「注想待元老，識君恨不早。我家柱石衰，憂來學丘禱。」别詔曰：「方春慎疾爲難，勉醫藥自持。朕集中欲見公詩，故示此。異日可進。」使者及門而薨。』是度終於京邸，未歸東都也。《通鑑·開成四年》：『春，閏正月，己亥，裴度至京師，以疾歸第（胡注：此長安平樂里第也。）不能入見……三月，丙戌，薨。』故言『南浦虚言白首歸』，謂其未遂晚年歸東都午橋别墅以頤養天年之願也。

〔六〕【曾注】《晉書》：荀勗自中書監爲尚書令，或有賀之者，曰：『奪我鳳凰池，諸君賀我耶！』【補注】鳳池，指中書省。池鳳已傳春水浴，即指注〔三〕引《新唐書》本傳『真拜中書令』之事。

〔七〕機，李本、毛本、《全詩》作『幾』，通。【曾注】《尚書》：一日二日萬幾。《漢書》：丞相掌丞，助天子理萬機。【補注】尾聯謂悠然到此風景佳勝，令人忘情之地，雖日理萬機亦自無妨也。此贊林亭之美，參注〔一〕引度傳，謂其『視事之隙，與詩人白居易、劉禹錫酣宴終日』。

箋評

【按】此遊裴度晚年經營之午橋別墅有感而題。首聯謂其林亭佳勝，而斯人已逝。頷聯贊其深繫蒼生之望爲國建不世之功業，而慨其未遂歸老於風景佳勝之地的願望。五句謂其晚年猶拜中書令，承第三句；六句收歸林亭現境，謂洲渚中之禽鳥猶帶夕陽而飛翔，承第四句。七八承六，謂如此佳勝之林亭，雖日理萬機亦自無妨，雖以『林亭』起結，而通首不離『東山終爲蒼生起』之主意。此亦庭筠在詩中經常抒發之人生宗旨。

温庭筠全集校注卷五

詩

車駕西遊因而有作〔一〕

宣曲長楊瑞氣凝〔二〕，上林狐兔待秋鷹〔三〕。誰將詞賦陪雕輦〔四〕，寂寞相如卧茂陵〔五〕。

〔一〕《絶句》卷四十四載此首。【補注】車駕西遊，此指皇帝赴京西校獵，據次句『上林狐兔待秋鷹』可知。庭筠所歷諸帝中，惟武宗喜畋獵。據《通鑑》載，武宗即位之年（開成五年）十一月，幸雲陽校獵；會昌元年十月，校獵咸陽；二年十一月，幸涇陽校獵；四年十月，幸鄠校獵；十二月，幸雲陽校獵。雲陽、涇陽在長安北；鄠縣在長安西南；咸陽在長安西偏北。會昌元年，庭筠春赴吳中舊鄉，十月尚在江南，可以排除。其餘各次時令（秋）、地理較合者，當屬會昌四年十月校獵於鄠之役，因詩之首句『宣曲』『長楊』，其地均在長安之西南。鄠縣在盩厔（今周至縣）之東，離長楊宫舊址很近，又爲庭筠居住之地。故此詩可大致肯定爲會昌四年秋所作。時校獵尚未舉行，故曰『待』『誰將』。

〔二〕楊，原作『陽』，誤。據《絶句》、述鈔、《全詩》、顧本改。【曾注】《漢書》注：宣曲宫在昆明池西。長楊宫在盩厔。【補注】宣曲，西漢離宫，初建年代不詳，漢武帝時已有，位於上林苑昆明池西，約在今長安縣斗門鎮一帶。長楊，秦漢離宫。初建於秦昭王時，因宫中有垂楊數畝，故名。故址位於今周至縣城東三十里之終南鎮竹園頭村。長楊宫爲漢代皇帝游獵之所，揚雄有《長楊賦》，諷諫成帝游獵。

〔三〕【補注】上林，漢武帝建元三年在秦舊宫苑基礎上擴建，方三百四十里。苑中分三十六小區，共有宫觀七十餘座。苑中豢養衆多珍禽異獸，供天子貴臣觀賞射獵。《漢舊儀》：『（上林）苑中養百獸，天子遇秋冬射獵苑中，取禽無數。』

〔四〕陪，毛本作『倍』，誤。【補注】司馬相如有《上林賦》，揚雄有《長楊賦》、《羽獵賦》，内容均與天子校獵有關。雕輦，皇帝的乘輿。雕飾華麗，故云。

〔五〕【曾注】《漢書》：司馬相如病免，家居茂陵。【補注】《史記·司馬相如列傳》：『相如口吃而善著書，常有消渴疾……稱病閒居，不慕官爵。常從上至長楊獵。是時天子方好自擊熊彘，馳逐野獸，相如上疏諫之。』

【唐汝詢曰】帝將臨幸，故瑞氣凝於離宫，狐兔待鷹，將校獵也。校獵不可以不爲賦，然相如方卧茂陵，誰陪雕輦乎？蓋歎朝廷之失已也。（《唐詩解》卷三十）又《删補唐詩選脈箋釋會通評林·晚七絶上》引唐汝詢曰：第三句見無有賦校獵者，末句歎不得從遊。又曰：飛卿值唐末造，安得望此等盛事？【按】庭筠此詩，雖借漢喻唐，以相如自況，然非謂欲諷諫天子游獵，而係借相如卧病茂陵，歎已不得陪奉天子雕輦，撰著辭賦，紀校獵之盛事也。已空有相如之才，而賦閒家居之慨亦寓焉。從中可見爲天子之詞臣，乃庭筠之希望。當居鄠郊時作。李商隱會昌五年病居洛陽時有《寄令狐郎中》，亦以『茂陵秋雨病相如』自况，然義山此詩『一唱三歎，格韻俱高』（紀昀評語），遠勝温氏此作。

傷温德彝〔一〕

昔年戎虜犯榆關〔二〕，一敗龍城匹馬還〔三〕。侯印不聞封李廣〔四〕，他人丘壟似天山〔五〕。

校注

〔一〕《英華》卷三〇四悲悼四、《絶句》卷四十四載此首，《英華》題内『彝』作『彞』，十卷本、姜本、席本亦作『彞』。《英華》卷三〇〇軍旅二邊將此首重出，題作『傷邊將』。【咸注】《舊唐書》：興元軍亂，殺節度使李絳。文宗授節度使温造手詔四通，神策行營將董重質、河中都將温德彝、郃陽都將劉士和等，咸令稟造之命。【按】事在唐文宗大和四年，見《舊唐書·温造傳》。《通鑑·大和四年》二、三月亦載此事，未載河中都將温德彝，而有興元都將衛志忠。温德彝開成四年曾任天德軍使，見《通鑑》。

〔二〕【補注】榆關，即今之山海關，詳卷一《塞寒行》『晚出榆關逐征北』句注。

〔三〕敗，《英華》卷三〇四作『破』，校：集作『敗』。卷三〇〇作『敗』。【曾注】《漢書》注：應劭曰：匈奴單于祭天，大會諸國，名其處爲龍城。【補注】《漢書·匈奴傳上》：『歲正月，諸長小會單于庭，祠。五月，大會龍城，祭其先、天地、鬼神。』句意謂戎虜敗走龍城，惟餘單騎生還。然王昌齡《出塞》有『但使龍城飛將在，不教胡馬度陰山』之句，『龍城』或指李廣任右北平太守之盧龍城，此詩第三句又云『侯印不聞封李廣』，則此句意當爲戎虜從（盧）龍城敗走，僅餘匹馬生還。參下句注。

〔四〕【曾注】《李廣傳》：廣與望氣王朔語曰：『諸部校尉已下，以軍功取侯者數十人，廣終無尺寸功以得封邑，豈吾相不當侯耶？』【補注】《史記·李將軍列傳》：『于是天子乃召拜廣爲右北平太守……廣居右北平，匈奴聞之，號曰「漢之飛將軍」，避之，數歲不敢入右北平。』『初，廣之從弟蔡與廣俱事孝文帝。景帝時蔡積功勞至二千石。孝武帝時，至代相……蔡爲人在下中，名聲出廣下甚遠，然廣不得爵邑，官不過卿，而蔡爲列侯，位至三公。諸廣之軍吏及士卒或取封侯。』此以李廣比温德彝。

〔五〕他，《英華》卷三〇四、席本、顧本作『别』。《英華》校：集作『他』。《英華》卷三〇〇亦作『别』。【咸注】《漢書》：霍去病薨，發屬國玄甲，軍陳自長安至茂陵，爲冢象祁連山。師古曰：祁連山，即天山也。【補注】丘壟，墳墓。《禮記·月令》『塋丘壟之大小高卑厚薄之度』孫希旦集解：『墓城曰塋，其封土而高者曰丘隴。』按：霍去病與其舅父衛青多次出擊匈奴，屢建奇功，死後陪葬茂陵。墓冢高十五點五米，封土形似祁連山。冢巔堆放巨石。

【按】詩傷温德彝於戎虜犯邊關時建立大功，然未得封侯，而他人則不但榮顯於生前，且光耀於死後，爲其深致不平。題雖明標『傷温德彝』，詩則全用漢代史事，借古慨今之又一格。據《通鑑》卷二四六，開成五年『十月丙辰，天德軍使温德彝奏回鶻潰兵侵逼西城（西受降城），亘六十里不見其後。邊人以回鶻猥至，恐懼不安，詔振武節度使劉沔屯雲迦關以備之。』詹安泰謂此詩當作於會昌三年之後，詳見其《讀夏承燾先生的温飛卿繫年》（收入其《宋詞散論》一書，文長不録），可從。

贈少年〔一〕

江海相逢客恨多，秋風葉下洞庭波〔二〕。酒酣夜别淮陰市〔三〕，月照高樓一曲歌。

〔一〕《絶句》卷四十四載此首。

〔二〕【曾注】屈原辭：洞庭波兮木葉下。謝莊《月賦》：洞庭始波，木葉微脱。【補注】《楚辭·九歌·湘夫人》：『嫋嫋兮秋風，洞庭波兮木葉下。』

〔三〕【曾注】《韓信傳》：淮陰少年侮信，信便出胯下，一市皆笑。【補注】《史記·淮陰侯列傳》：『淮陰侯韓信者，淮陰人也。始爲布衣時，貧無行，不得推擇爲吏，又不能治生商賈，常從人寄食飲，人多厭之者……淮陰屠中少年有侮信者，曰：「若雖長大，好帶刀劍，中情怯耳。」衆辱之，曰：「信能死，刺我；不能死，出我袴下。」於是信孰視之，俯出袴下，蒲伏，一市人皆笑信，以爲怯。』《史記·刺客列傳》：『荆軻既至燕，愛燕之狗屠及善擊筑者高漸離。荆軻嗜酒，日與狗屠及高漸離飲于燕市，酒酣以往，高漸離擊筑，荆軻和而歌於市中，相樂也，已而相泣，旁若無人者。』三四句『酒酣』、『一曲歌』化用荆軻飲於燕市事。

【敖英曰】少年豪俠之氣可掬。（《唐詩絶句類選》）

【徐增曰】第一句是不遇。第二句是時晚。第三句是不屑，淮陰市乃韓信受辱處。第四句便行。總寫其俠氣。高手。（《而庵説唐詩》）

【王堯衢曰】少年眼空一切，俠氣如雲，故將所恨一概捐却。當此月照高樓之際，浩歌一曲，以自抒其洒落胸襟而已。（《古唐詩合解》）

【王文濡曰】江海相逢，都在客中，況已是洞庭秋晚，豈能少却愁恨乎！然淮陰市上，曾有少年崛起，當此酒酣夜別，一曲高歌，豪氣凌雲，百無留戀，是真英雄本色也。贈此以爲少年勉。（《唐詩評注讀本》卷四）

【按】題曰『贈少年』，詩云『酒酣夜別淮陰市』，則詩乃少年游俠間傾心相贈之詞。詩之佳處，在氣氛之渲染，景物之烘托。起二句以『秋風葉下洞庭波』之濶遠中帶有蕭瑟意味之境界襯起江海漂泊之『客恨』。三四句則以月照高樓，浩歌一曲烘托酒酣之際的壯別，從而將『客恨』消解於壯別之豪氣之中。然如聯繫詩中用典及詩人遭遇深入體味，則又頗有可發掘之意蘊。第三句用『淮陰市』，確係暗用韓信少年時受辱事，蓋以其少年未遇時境況暗寓己之困頓處境。《玉泉子》載庭筠少年時在淮南事云：『客游江淮間，揚子留後姚勗厚遺之。庭筠少年，其所得錢帛多爲狹邪所費。勗大怒，笞而逐之。』《桐薪》亦云：『温岐少曾於江淮爲親表檟楚。』《北夢瑣言》卷四亦載其事。與韓信少時淮陰市上受辱有相似處。而『酒酣』二句，又暗用荆軻、高漸離燕市悲歌事（見注〔一一〕），然則俠少之『客恨』中含有困辱之境遇，其壯别高歌中亦含憤激不平也。此當是庭筠少壯時之作。顧肇倉《温飛卿傳論》引《通鑑》卷二四六，開成四年五月，以鹽鐵推官檢校禮部員外郎姚勗檢校禮部郎中，定庭筠游江淮在大和末，其時庭筠已三十五歲（依陳尚君説），似稍遲。然以姚勗之歷官考之，其游江淮亦只能定於此時。

夏中病痁作〔一〕

山鬼揚威正氣愁〔二〕，便辭珍簟襲狐裘〔三〕。西牕一夕悲人事，團扇無情不待秋〔四〕。

〔一〕《絶句》卷四十四載此首。中，《全詩》、顧本校：一作『日』。【曾注】《甲乙經》：痁，瘧疾也。《左傳》：齊侯疥，遂痁。【補注】《左傳·昭公二十年》杜預注：『痁，瘧疾。』孔穎達疏引《説文》：『痁，有熱瘧。』按：此首其他各本均在《贈鄭徵君》後，惟底本與述鈔在《贈少年》後，《贈鄭徵君》前，現仍依底本及述鈔之次序。

〔二〕【咸注】《後漢·禮儀志》注：顓頊氏有三子，生而亡去，爲疫鬼，一居江水爲瘧鬼。【補注】干寶《搜神記》卷十六：『昔顓頊氏有三子，死而爲疫鬼：一居江水，爲瘧鬼；一居若水，爲魍魎鬼；一居人宫室，善驚人小兒，爲小鬼。』李商隱《異俗二首》之一：『鬼瘧朝朝避，春寒夜夜添。』此言『山鬼』，當即指瘧鬼。今方言中猶有稱半日瘧爲半日鬼者。

〔三〕珍，原作『枕』，據述鈔、《全詩》、顧本、《絕句》改。【曾注】《子夜夏歌》：珍簟鏤玉牀。《詩》：狐裘蒙茸。【補注】珍簟，精美的竹席。瘧疾發作時，發高燒，全身寒戰，故雖夏日而撤除竹席，披上狐皮袍。

〔四〕團，李本、十卷本、姜本、毛本作『圓』。【曾注】用班婕好詩，詳卷一《嘲春風》『争奈白團扇』二句注。【補注】謂因高燒寒戰，故不待秋天到來，團扇便被無情地拋棄不用。

【按】病瘧即興之作，緊扣『夏中病痁』着筆。三四略帶諧趣。

贈鄭徵君家匡山首春與丞相贊皇公遊止〔一〕

一拋蘭棹逐燕鴻〔二〕，曾向江湖識謝公〔三〕。每到朱門還悵望〔四〕，故山多在畫屏中〔五〕。

〔一〕《英華》卷二三〇隱逸一徵君、《絕句》卷四十四載此首，題均作『贈鄭徵君』。《英華》校：集作『題鄭徵君家匡山首春與丞相贊皇公遊止』。贈，《全詩》校：一作『題』。止，原脱，據十卷本、姜本、毛本、席本、《全詩》、顧本補。『遊止』與『遊』義有别，參下補注。【曾注】《廬山記》：匡俗出於周威王時，生而神異，隱淪潛景，廬於此山，故山取號焉。《李德裕傳》：德裕字文饒，趙州人，以本官平章事進封贊皇伯，食邑七百户。【補注】《舊唐書·文宗紀》：大和七年二月『丙戌，詔以銀青光禄大夫、守兵部尚書、上柱國、贊皇縣開國伯、食邑七百户李德裕以本官同中書門下平章事。』大和八年六月『甲午，以銀青光禄大夫、守中書侍郎平章事李德裕檢校兵部尚書、同平章事、興元尹、充山南西道節度使。』十一月，復出爲浙西觀察使。此詩題稱『丞相贊皇公』，當是德裕大和七年至八年任宰相期間所作；題又曰『首春』，則可定爲大和八年正月作。遊止，遊息。題内『家匡山』以下十三字，均爲對『鄭徵君』有關情况之説明。

〔二〕燕，《全詩》、顧本校：一作『征』。【補注】蘭櫂，猶蘭舟。逐燕鴻，追隨北方之鴻雁。句意謂由南方到北方。

〔三〕【曾注】李白詩：寂寞謝公宅。士贇曰：謝公宅在城東青山。【補注】謝公，當指謝靈運。靈運喜遊山玩水，故曰『曾向江湖識謝公』。李白《夢游天姥吟留别》：『謝公宿處今尚在，渌水蕩漾清猿啼。』謝公亦可指謝安，但『曾向江湖識謝公』只可指安隱居會稽東山之時。以謝安爲喻，詩中只能借指李德裕，而德裕生平無隱遁之跡。故此『謝公』當指謝靈運，借指『家匡山』之鄭徵君。徵君，見卷四《經李徵君故居》注〔一〕。

〔四〕【曾注】《世説》：竺法深在梁簡文帝座，劉尹曰：『道人何以遊朱門？』

〔五〕【補注】故山，此指鄭徵君之家山匡山（廬山）。

【按】一二句謂己從南方水鄉來到北方，曾在江湖隱逸之地結識鄭某。三四句謂我如今每到丞相府邸之外常常悵

望鄭之身影，歎息風景優美的廬山只能在朱門顯貴的畫屏中見到了。言外似對鄭之遊止朱門有所慨。

題友人居〔一〕

盡日松堂看畫圖，綺疏岑寂似清都〔二〕。若教煙水無鷗鳥，張翰何由到五湖〔三〕？

〔一〕《絶句》卷四十四載此首。

〔二〕岑寂，《全詩》、顧本校：一作「寂寞」。【咸注】孫綽《天台賦》：瞰日炯晃於綺疏。《列子》：清都紫微，鈞天廣樂，帝之所居。【補注】松堂，松林間房舍。鄭谷《喜秀上人相訪》：「他日松堂宿，論詩更入微。」畫圖，指坐松堂看窗外如畫之景色。綺疏，指雕刻成空心花紋之窗户。《後漢書·梁冀傳》：「窗牖皆有綺疎青瑣，圖以雲氣仙靈。」李賢注：「綺疏謂鏤爲綺文。」清都，神話傳説中天帝居住之宫闕。《楚辭·遠遊》：「集重陽入帝宫兮，造旬始而觀清都。」次句意謂綺窗户牖之間，清寂如同天上仙都宫闕。

〔三〕【咸注】《史記索隱》：五湖者，郭璞《江賦》云：具區、洮滆、彭蠡、青草、洞庭。又云：太湖周五百里，故曰五湖也。張勃《吴録》：五湖者，太湖之别名也。【補注】鷗鳥，用《列子·黄帝》狎鷗事，見卷三《和沈參軍招友生觀芙蓉池》「獨與鷗鳥知」注。張翰，用晉張翰見秋風起思吴中菰菜、蓴羹、鱸魚膾棄官歸江東事，見

《晉書》本傳，詳卷四《祕書省有賀監知章草題詩》『一宿秋風憶故鄉』句注。五湖，指太湖。

【按】味三四句，似友人所居窗外可見湖光煙水，羣鷗飛翔，故云，此即首句所謂『畫圖』也。蓋言友人所居，直似張翰之歸五湖也。

題李相公敕賜錦屏風〔一〕

豐沛曾爲社稷臣〔二〕，賜書名畫墨猶新〔三〕。幾人同保山河誓〔四〕，猶自栖栖九陌塵〔五〕。

〔一〕《絶句》卷四十四載此首。席本、顧本題内無『錦』字。【咸注】《舊唐書·李德裕傳》：宣宗即位，罷相，出爲東都留守。大中元年，再貶潮州司馬。明年，又貶潮州司户。又貶崖州司户。至三年十二月，卒。【夏承燾曰】《南部新書》戊：『李太尉以大中二年正月三日貶潮州司馬，當年十月十六日再貶崖州司馬。』《通鑑》及《舊書·傳》貶潮州在去年十二月。詩集五《題李相公敕賜屏風》云（略），指德裕遠貶，當此時作。（《唐宋詞人年譜·温飛卿繫年》，繫大中二年）【按】李德裕大中二年九月再貶爲崖州司户參軍。《李德裕崖州司户制》末注大中二年九月可證（制文見《唐大詔令集》卷五十八）。夏承燾繫此詩於德裕遠貶時，視詩中未及其身死事，可從。勑，指皇帝詔命。宋吴坰《五總志》：『當時帝王命令，尚未稱勑。至唐顯慶中，始云不經鳳閣鸞臺，不得稱勑。勑之名始定於此。』錦屏風，錦繡的屏風。此錦屏當是前朝皇帝武宗所賜。

〔二〕【曾注】《漢書》：高祖起豐、沛，衆立爲沛公。蕭、曹等爲收沛子弟，得三千人。【補注】社稷臣，定天下、安社稷的重臣，關係社稷安危存亡的重臣。《史記・袁盎晁錯列傳》：『絳侯所謂功臣，非社稷臣。社稷臣主在與在，主亡與亡。』《新唐書・李德裕傳》：『常以經綸天下自爲，武宗知而能任之，言從計行，是時王室幾中興。』句意謂李德裕如同漢高祖起於豐沛時之開國重臣蕭何，堪稱關係國家安危之『社稷臣』。

〔三〕【曾注】《漢書》：班彪幼與從兄嗣共游學，家有賜書。【補注】賜書名畫，指武宗在賜給李德裕的錦繡屏風上題寫畫名及御名。賜書，賜寫御號；名畫，題寫畫名。

〔四〕【曾注】《漢書》：封爵之誓曰：使長河如帶，泰山如礪。【補注】《史記・高祖功臣侯者年表》：『封爵之誓曰：「使黄河如帶，泰山若厲，國以永寧，爰及苗裔。」』裴駰集解引漢應劭曰：『封爵之誓，國家欲使功臣傳祚無窮。帶，衣帶也；厲，砥石也。河當何時如衣帶，山當何時如厲石。言若帶厲，國乃絶耳。』句意謂古往今來能有幾人保有功臣傳祚無窮、與國共存的山河之誓呢？

〔五〕猶，述鈔、席本、顧本、《絶句》作『獨』。【按】作『獨』，意謂詩人獨自忙碌於京城的道路上，與上文意不甚連貫。作『猶』，則泛指至今猶忙碌於九陌紅塵中的干禄者，有唤醒與感慨之意味，且與上句構成轉折，語意連貫。以作『猶』義勝。栖栖，忙碌不安貌。九陌，京城的大道。

【按】此詩對唐宣宗『務反會昌之政』（《通鑑》卷二四八宣宗大中元年），遠貶會昌朝擊回鶻、平澤潞，使唐室幾致中興之名相李德裕顯表不滿。而就勑賜屏風一事抒發感慨，以『賜書名畫墨猶新』與不旋踵山河之誓不保作鮮明對照，便小中見大，不落單純議論。末句似對『猶自栖栖九陌塵』者作唤醒語，實對統治者刻薄寡恩、貶逐功臣頗寓憤慨。《李德裕崖州司户制》云：『（李德裕）恣横而持國政，專權生事，妬賢害忠，動多詭異之謀，潛懷僭越之志……擢爾之髮，數罪無窮。』其罪名幾於十惡不赦。而庭筠此詩却稱其爲『社稷臣』，與貶制正相反對，可見其正義感與詩膽。

蔡中郎墳[一]

古墳零落野花春，聞説中郎有後身[二]。今日愛才非昔日，莫抛心力作詞人[三]。

[一]《絶句》卷四十四載此首，題末脱『墳』字。【曾注】范曄《後漢書》：蔡邕字伯喈，陳留人。仕至左中郎

將。王允收付廷尉，死獄中。《吴地志》：墳在毘陵尚宜鄉互村。【補注】蔡邕拜左中郎將，在漢獻帝初平元年（一九〇），其卒在初平三年。按：毘陵，今江蘇常州市。據《後漢書·蔡邕傳》，邕曾『亡命江海，遠跡吴、會』，其墓在毘陵或因此而附會。

〔二〕【咸注】商（殷）芸小説：張衡死日，蔡邕母始懷孕，二人才貌甚相類，人云邕是張衡後身。【補注】《文心雕龍·才略》：『張衡通贍，蔡邕精雅，文史彬彬，隔世相望。』以蔡邕與張衡並稱，且言其『隔世相望』，此類論述殆即蔡爲張之後身之傳説所本。此句則謂，聽説如今蔡中郎又有後身。按：蔡邕有後身，載籍未見，殆詩人之推想或姑妄言之。從語氣口吻看，當爲不確定的泛指。而詩人意中，則隱然以蔡邕後身自許，觀末句自知。

〔三〕莫，《絶句》作『枉』。【補注】《後漢書·蔡邕傳》：『少博學，師事太傅胡廣，好辭章、數術、天文，妙操音律……建寧三年，辟司徒橋玄府，玄甚敬待之……召拜郎中，校書東觀……熹平四年……奏求正定六經文字，靈帝許之。邕乃自書册於碑，使工鐫刻，立於太學門外。』後爲宦官中傷，下獄，與家屬髡鉗徙朔方，居五原。邕在東觀時，嘗與盧植、韓説撰《後漢紀》未成，在五原奏其《十意》（即十志），『（桓）帝嘉其才富，會明年大赦，乃宥邕還本郡』。復爲人所讒，亡命江海，遠跡吴、會。『中平六年，靈帝崩，董卓聞邕名高，辟之，稱疾不就，卓大怒……邕不得已，到，署祭酒，甚見敬重……三日之内，周歷三臺……獻帝遷都長安，封高陽鄉侯……卓重邕才學，厚相遇待……及卓被誅，邕在司徒王允坐，殊不意言之而歎，有動於色，允……即收付廷尉治罪，邕陳辭謝，乞黥首刖足，繼成漢史，士大夫多矜救之不能得。太尉馬日磾馳往謂允曰：「伯喈曠世逸才，多識漢事，當續成漢史，爲一代大典……」』允不從，遂死獄中。以上記載，既見邕之博學多才，又見其才受到當時皇帝、大臣之重視。詞人，指擅長文辭之人。

【陸次雲曰】借古人發洩，立意遂遠。（《五朝詩善鳴集》）

【劉永濟曰】此感己不爲人知而作。以蔡邕曾識王粲，欲以藏書贈之，傷今日無愛才如蔡者，故有『莫抛心力』之句。（《唐人絶句精華》）

【按】蔡邕之遭際，實爲一身處衰頽末世之才人不能掌握自身命運之悲劇。然自詩人視之，邕猶受到當時上自皇帝，下至大臣及衆多士大夫之嘉許敬重，較之於己，猶爲愈焉。然則『今日』之世，就『愛才』而論，尚不如『昔日』之東漢末世；推而論之，則『今日』之皇帝大臣，甚至不如『昔日』之桓、靈、董卓。憤惋之情，溢於言表。對『今日』之批判，可謂强烈之至。此詩之主旨與《過陳琳墓》一脈相承，而感情强度過之。前詩作於會昌元年自秦赴吴途中。此詩寫景切春令，或三年春在常州作。庭筠此行在南方歷時當經年也。

元處士池上〔一〕

蓼穗菱叢思蟪蛄〔二〕，水螢江鳥滿煙蒲〔三〕。愁紅一片風前落〔四〕，池上秋波似五湖〔五〕。

〔一〕《絶句》卷四十四載此首。元處士，疑爲元孚。詳卷四《寄分司元庶子兼呈元處士》注〔一〕。

〔二〕茭，李本、毛本、《全詩》、十卷本、席本、姜本作『菱』。【曾注】毛氏云：三輔以南爲蜩，楚地謂之蟪蛄。《莊子》：蟪蛄不知春秋。淮南王《招隱士》：蟪蛄鳴兮啾啾。【補注】蓼穗，蓼花的花穗。茭，茭白。蟪蛄，蟬的一種。體短，吻長，黄緑色，有黑色條紋，翅有黑斑，雄性腹部有發音器，夏末自早至暮鳴聲不息。《莊子·逍遥遊》：『朝菌不知晦朔，蟪蛄不知春秋，此小年也。』言其生命短促。蓼花吐穗，茭白成叢，均秋天景象，故『思蟪蛄』，興起生命之秋思。

〔三〕【補注】煙蒲，煙霧籠罩的一片蒲葦。

〔四〕【曾注】李賀詩：愁紅獨自垂。

〔五〕五湖，指太湖，見本卷《題友人居》『張翰何由到五湖』句注。【按】此隱用范蠡歸隱五湖事，見卷四《利州南渡》『誰解』二句注。

【按】詩寫元處士池上秋景，末句寓含隱逸之情趣。詩寫景有『蓼穗』、『江鳥』字，頗似江南景象，豈寫元孚宣州居所之池上乎？或爲開成三年後之某年秋作。然庭筠詩文中似無宣州一帶之行蹤，且當存疑。

華陰韋氏林亭〔一〕

自有林亭不得閑，陌塵官樹是非間〔二〕。終南長在茅簷外〔三〕，別向人間看華山〔四〕。

〔一〕《絶句》卷四十四載此首。【曾注】《唐書》：華陰縣屬華州，垂拱二年改爲仙掌縣，神龍元年復爲華陰。【補注】林亭，猶園林、園亭。

〔二〕官，李本、十卷本、毛本、姜本、席本、顧本、《絶句》、《全詩》作『宫』。【立注】吴兆宜云：《荀子》：是是非非之謂知，非是是非之謂愚。【補注】陌塵，京城九陌（大道）上的飛塵。官樹，官道旁的樹木。

〔三〕長，原一作『秖』，姜本、十卷本無。《絶句》作『秖』。【曾注】潘岳《關中記》：終南一名中南，言在天之中，居都之南。《福地記》：終南東接太華，去長安城八十里。【補注】終南，山名，又名中南山、太乙山、南山，係秦嶺山脈西自武功東至藍田一段之總稱。或專指長安城南之南山。此句『終南』指後者。自華陰西望，可見長安南面的南山。

〔四〕【曾注】《華山記》：山頂有池，生千葉蓮華，服之羽化，因名。【咸注】《白虎通》：西方太華用事，萬物生華，故曰華山。【補注】別，另。

【按】一二謂韋氏林亭之主人雖有園林亭樹之美却不得清閑享受林泉之樂，常年奔走於九陌紅塵、官道行樹之間，爲人間之是非得失所纏繞。三四即景設喻，謂終南山（隱逸者所居）雖長在茅簷外，抬頭遠望即見，却另向人間看華山，喻其不知享受林泉閑逸高致，却馳逐於京城紛擾之名利場也。

寄裴生乞釣鉤〔一〕

一隨菱櫂謁王侯〔二〕，深愧移文負釣舟〔三〕。今日太湖風色好〔四〕，却將詩句乞魚鉤。

〔一〕《絶句》卷四十四載此首。【補注】卷四有《寄湘陰閻少府乞釣輪子》七律，其中有『篷聲夜滴松江雨』之句，與此詩題既相關，地理亦合，當是先後同時同地之作。詩人舊鄉在吴中松江、太湖一帶。據一二句，此詩當是困居長安多年後回舊鄉期間作，酌編會昌三年春。裴生，名不詳。

〔二〕【補注】菱櫂，采菱船，泛指舟船。

〔三〕【咸注】孔稚圭《北山移文》：蕙帳空兮夜鶴怨，山人去兮曉猿驚。【補注】《文選·孔稚珪〈北山移文〉》吕向題解：『鍾山在都北。其先周彦倫隱於此山，後應詔出爲海鹽縣令。今欲却過此山，孔生乃假山靈之意移之，使不許得至，故云北山移文。』周顒，南朝宋、齊間文人，字彦倫，嘗於鍾山建草堂寺，有歸隱之志，而未能忘情仕宦，故友人孔稚珪作《北山移文》嘲之。移文，類似牒的文體，行於不相統屬之官署間之公文，或泛指平行文書。

〔四〕【曾注】《越絶書》：太湖，周三萬六千頃。《吴録》：西首無錫，東蹈松江，南負烏程，北枕大吴，東南之水都也。【補注】風色，風光、景色。

【按】一二謂已自乘舟北上拜謁王侯，外出求仕以來，深愧朋友移文相責，有負當年釣隱之約。三四謂今日復歸舊鄉，又見太湖景色之美，故作詩向裴乞求漁鉤也。此以詩代柬率筆之作。

長安春晚二首〔一〕

曲江春半日遲遲〔二〕，正是王孫悵望時〔三〕。杏花落盡不歸去〔四〕，江上東風吹柳絲。
四方無事太平年，萬象鮮明禁火前〔五〕。九重細雨惹春色〔六〕，輕染龍池楊柳煙〔七〕。

〔一〕《絶句》卷四十四載此二首。李本、毛本題末無『二首』二字，姜本、十卷本、席本『二首』二字作小字置題下側。

〔二〕【咸注】司馬相如《哀二世賦》：臨曲江之隑洲。注：曲江，在杜陵西北五里。《寰宇記》：曲江池，漢武帝所造，名爲宜春苑，其水曲折有似廣陵之江，故名之。《兩京新記》（原誤作《西京雜記》）：朱雀街東第五街，皇城之東第三街，昇道坊龍華尼寺南，有流水屈曲，謂之曲江。【補注】曲江，又名曲江池。秦稱隑洲，漢稱曲洲，劃爲宜春苑，漢武帝時又加疏鑿，後改稱曲江池。唐玄宗開元時期，大規模擴建營修，爲都人中和、上巳等盛節游覽勝地。康駢《劇談録》卷下：『其南有紫雲樓、芙蓉苑，其西有杏園、慈恩寺。花卉環周，煙水明媚。都人遊玩，盛於中和、上巳之節。綵幄翠幬，匝於堤岸；鮮車健馬，比肩擊轂。入夏則菰蒲蔥翠，柳陰四合，碧波紅蕖，湛然可愛。』《詩·豳風·七月》：『春日遲遲，采蘩祁祁。』日遲遲，陽光温暖，光綫充足貌。

〔三〕【補注】淮南小山《招隱士》：『王孫游兮不歸，春草生兮萋萋。』

〔四〕【補注】杏園爲唐代新科進士賜宴之處，此言『杏花落盡不歸去』，似借寓自己落第後尚滯留京師未歸。

〔五〕【曾注】《周禮》：司烜氏以木鐸修火禁於國中。【補注】梁宗懍《荆楚歲時記》：『去冬節一百五日，即有疾風甚雨，謂之寒食，禁火三日。』唐時寒食節猶有禁火之俗。郭鄖《寒食寄李補闕》：『萬井閭閻皆禁火，九原松柏自生煙。』

〔六〕【補注】《淮南子·天文訓》：『天有九重。』此處『九重』兼指天與皇宫；『雨』亦雙關皇帝雨露。惹，霑染。

〔七〕【立注】《長安志》：龍池在南内南薰殿北、躍龍門南，本是平地。垂拱後，因雨水流潦成小池，後又引龍首支渠分溉之，日以滋廣。至神龍、景雲中，彌亘數頃，深至數丈，常有雲氣，或見黄龍出其中，謂之龍池。【補注】舊址在今西安市興慶公園内。

【按】兩首均寫長安晚春景象。第一首『王孫悵望』、『杏花落盡』，似暗寓己之落第未歸，悵望舊鄉。第二首則贊時世太平，萬象鮮明，並以九重細雨輕染春色柳煙暗寓皇帝恩澤滋潤萬物，透露出對前途的希望。二首風格流麗，輕倩多姿，類似作者《楊柳枝》諸作。似早期在京應試未第之作，其時似尚未居鄠郊。

三月十八日雪中作〔一〕

芍藥薔薇語早梅，不知誰是豔陽才〔二〕。今朝領得東風意〔三〕，不復饒君雪裏開〔四〕。

〔一〕《絶句》卷四十四載此首。

〔二〕【咸注】鮑照詩：豔陽桃李節，皎潔不成妍。【補注】豔陽才，此指陽光明媚的春天開的花。

〔三〕東，李本、毛本、《歲詠》、《全詩》作『春』。【補注】領，領會。

〔四〕【補注】饒，讓。君，指早梅。

【按】時令已至三月中旬，正芍藥、薔薇開花之候。適值此時下雪，早梅枝頭亦綴滿似花之雪，形成早梅與芍藥、薔薇似乎同時在豔陽季候開放，又同時在雪中開花的奇特景象。通篇用芍藥、薔薇寄語早梅的口吻來表現，構思新穎，饒有風趣。

咸陽值雨〔一〕

咸陽橋上雨如懸〔二〕，萬點空濛隔釣船〔三〕。還似洞庭春水色〔四〕，晚雲將入岳陽天〔五〕。

〔一〕《絶句》卷四十四載此首。【咸注】《唐書》：京兆府有咸陽縣，武德元年置有便橋。

〔二〕【曾注】《一統志》：西渭橋在舊長安西，唐時一名咸陽橋。【補注】咸陽橋，即西渭橋，漢建元三年始建，因與長安城便門相對，亦稱便橋或便門橋，故址在今咸陽市南，唐時稱咸陽橋。送人西行多於此相别。杜甫《兵車行》：『牽衣頓足攔道哭，塵埃不見咸陽橋。』雨如懸，形容大雨如懸泉直瀉而下。

〔三〕【補注】句意謂大雨密集形成的空濛煙霧隔斷視綫，看不見對岸的釣船。

〔四〕還，顧本作『絶』。

〔五〕【曾注】《風土記》：岳陽樓，城西門門樓也。下瞰洞庭，景物寬闊。【補注】將，攜帶。

【宋顧樂曰】景味俱遠。（《唐人萬首絶句選》評）

【按】渭河本不甚寬，因大雨如瀉，一片空濛，遮斷視綫，望中所及，遂覺眼前汪洋浩翰，恍忽中似呈現往日岳陽樓下所見洞庭春水，浩瀾無際，晚雲密佈，攜雨進入岳陽天之情景。後兩句雖係眼前景所觸發之聯想，然基於往日親歷，故寫來仍有實感。庭筠大中元年春曾遊湘中洞庭，此詩或在其後作。

彈箏人〔一〕

天寶年中事玉皇〔二〕，曾將新曲教寧王〔三〕。鈿蟬金雁皆零落〔四〕，一曲伊州淚萬行〔五〕。

校注

〔一〕《絶句》卷四十四載此首，題作『彈箏人』。《才調》卷二、《英華》卷二一二音樂一載此首，題均作『贈彈箏人』，述鈔同。【補注】箏，撥絃樂器，形似瑟。應劭《風俗通·聲音·箏》：『箏，謹按《禮·樂記》「箏，五絃筑身也。」今并、涼二州箏形如瑟，不知誰所改作也。或曰秦蒙恬所造。』《隋書·音樂志下》：『四曰箏，十三絃。』

〔二〕中，《全詩》、顧本校：一作『間』。【曾注】《唐玄宗紀》：開元三十年改元天寶。【補注】玉皇，道教稱天帝爲玉皇大帝，簡稱玉帝、玉皇。此借指皇帝玄宗（玄宗崇道，故稱其爲玉皇。玄宗之前皇帝未見有稱其爲玉皇者）。無本《馬嵬》亦云：『一自玉皇惆悵後，至今來往馬蹄腥。』

〔三〕【立注】《宗室世系圖》：睿宗六子，長憲，稱寧王房。憲初立爲皇太子，以楚王有定社稷功，讓位玄宗。薨，追册爲讓皇帝。《諸王傳》：涼州獻新曲，帝御便坐，召諸王觀之。憲曰：『曲雖佳，然宫離而不屬，商亂而暴，君卑逼下，臣僭犯上，臣恐一日有播遷之禍。』帝默然。及安、史亂，世思憲審音云。【補注】《開元天寶遺事》卷上：『天寶初，寧王日侍，好聲樂，風流藴藉，諸王弗如也。』寧王審音事，又見於《開天傳信記》。按：據《新唐書·三宗諸子傳·讓皇帝憲》及《玄宗紀》，李憲卒於開元二十九年十一月辛未，年六十三。

〔四〕雁，《英華》、席本、顧本作『鳳』。皆，李本、十卷本、毛本、《全詩》作『今』，《全詩》、顧本作『俱』。【補注】鈿蟬，箏飾，蟬形金花。金雁，對箏柱的美稱。箏柱斜列有如雁行，故云。李商隱《昨日》：『十三絃柱雁行斜。』作『鳳』者非。

〔五〕【咸注】《唐·地理志》：伊州伊吾郡本西伊州，貞觀六年更名。《樂苑》有《伊州歌》。《伊州》，商調曲，西涼節度蓋嘉運所進也。【補注】《伊州》，商調大曲。《新唐書·禮樂志十二》：『天寶樂曲，皆以邊地名，若《涼州》《伊州》《甘州》之類。』白居易《伊州》：『老去將何散老愁，新教小玉唱伊州。』伊州故城在今新疆哈密市。其地隋末爲西域雜胡所據，貞觀四年歸化。

【顧璘曰】庭筠獨此絶可觀。（《批點唐音》）

【桂天祥曰】時移代换，極悲處正不在彈筝者。（《批點唐詩正聲》）

【邢昉曰】可與中山『何戡』（劉禹錫《與歌者何戡》）比肩。（《唐風定》）

【《夢蕉詩話》卷下】此作感慨凄惋，得詩人之怨也。

【沈德潛曰】與白頭宫女説玄宗（元稹《行宫》）同意。（《重訂唐詩别裁集》卷二十）

【《絶句類選評本》】與劉賓客《贈舊宫人》詩同一感愴。

【俞陛雲曰】唐天寶間，君臣暇逸，歌舞升平，由極盛而逢驟變，由離亂而復收京。殘餘菊部，白頭猶念先皇；老去詞人，青瑣重瞻禁苑。聞歌感舊，屢見於詩歌。如『白盡梨園弟子頭』『舊人唯有米嘉榮』『一曲淋鈴淚萬行』『村笛猶歌阿濫堆』，皆有『重聞天樂不勝情』之感，與玉谿（當爲飛卿）之『金雁』『鈿蟬』齊聲一歎也。（《詩境淺説續編》）

【劉永濟曰】彈筝人當係明皇宫妓，詩語係追憶昔時而生感歎，必彈筝人自述而詩人寫以韻語也。（《唐人絶句精華》）

【按】彈筝人曾在唐王朝極盛時代『侍玉皇』、『教寧王』，所彈之曲《伊州》又使人自然聯想起大唐帝國盛世之遼闊版圖與壯盛聲威。而今，時移世遷，唐王朝已是凋敗衰頹，日薄西山。以一經歷盛衰兩個時代之彈筝人，在衰世重彈盛世之《伊州》大曲，不但彈者『淚萬行』，聽者亦不勝今昔盛衰之感。音樂常是特定時代精神風貌之反映與象徵。衰世而聞盛世之樂，既喚起對逝去不復返之盛世的悵然追懷，更引起對眼前所處衰世之無窮感慨。自杜甫《江南逢李龜年》首開此調以來，中晚唐詩人，歷有佳製，形成一借音樂抒盛衰之系列（包括時世盛衰與個人榮悴）。此類作品之構思與藝術魅力，頗可深入研究。

瑶瑟怨〔一〕

冰簟銀牀夢不成〔二〕，碧天如水夜雲輕。雁聲遠過瀟湘去〔三〕，十二樓中月自明〔四〕。

〔一〕《才調》卷二、《絶句》卷四十四載此首。【補注】瑶瑟，用美玉裝飾的瑟。

〔二〕【補注】冰簟，竹席。銀牀，銀飾之牀。『夢不成』，暗含『怨』思。

〔三〕遠過，《絶句》作『還向』。遠，席本、顧本作『還』。過，原一作『向』，諸本均同。去，顧本校：一作『浦』。【曾注】《圖經》：湘水自陽海發源，至零陵北而營水會之，二水合流，謂之瀟湘。瀟者，水清深之名也。【補注】瑟在唐代通常爲二十五絃，每絃有一柱，上下移動，以定聲音。瑟柱亦如箏柱，斜列如雁行。故此句既可理解爲不寐的女子聽到雁聲遠去，也可理解爲暗寫女子彈瑟之聲。

〔四〕十二樓，見卷一《觱篥歌》「十二樓前花正繁」句注。【按】唐詩中「十二樓」既可借指帝王宫苑中樓殿，亦可借指道觀。如李商隱《碧城三首》之一「碧城十二曲欄干」即指女道觀，《贈白道者》之「十二樓前再拜辭」則指男道觀。此首之「十二樓」當指女道觀。全詩内容亦即李商隱《送從翁從東川弘農尚書幕》述及往日學仙玉陽山時所見「素女悲清瑟」之情景。

【謝枋得曰】此詩鋪陳一時光景，略無悲愴怨恨之辭，枕冷衾寒，獨寐寤歎之意在其中矣。（《注解章泉澗泉二先生選唐詩》卷四）

【胡應麟曰】此等入盛唐亦難辨，惜他作殊不爾。温庭筠《瑶瑟怨》、陳陶《隴西行》、李洞《繡嶺詞》、盧弼《四時詞》，皆樂府也，然音響自是唐人，與五言絶稍異。（《詩藪》内編卷六）

【周珽曰】展轉反側，所聞所見，無非悲思，含怨可知。（《唐詩選脈會通評林》）

【黄周星曰】不言瑟而瑟在其中，何必「二十五絃彈夜月」耶？（《唐詩快》）

【黄生曰】因夜景清寂，夢不可成，却倒寫景於後。瑶瑟用雁事，亦如歸雁用瑟事。輕，微也。（《唐詩摘鈔》卷四）

【宋宗元曰】深情遥寄。（《網師園唐詩箋》）

【《精選評注五朝詩學津梁》】神韻獨絶。

【范大士曰】「月自明」，不言怨，而怨已深。（《歷代詩發》）

【宋顧樂曰】此作清音渺思，直可追中盛唐名家。（《萬首唐人絶句選》評）

【胡本淵曰】只此三字（按：指『夢不成』）露怨意。通幅布景，正以渾含不盡爲妙。（《唐詩近體》）

【俞陛雲曰】通首純寫秋閨之景，不着跡象，而自有一種清怨……首句『夢不成』略露閨情，以下由雲天而聞雁，而南及瀟湘，漸推漸遠，懷人者亦随之神往。四句仍歸到秋閨，剩有亭亭孤月，留伴妝樓，不言愁而愁與秋宵俱永矣。此詩高渾秀麗，作詞境論，亦五代馮、韋之先河也。（《詩境淺説續編》）

【劉永濟曰】瑟有柱以定聲之高下，瑟絃二十五，柱亦如之，斜列如雁行，故以雁聲形容之。結言獨處，所謂『怨』也。（《唐人絶句精華》）

【富壽蓀曰】劉禹錫《瀟湘神》詞：『楚客欲聽瑶瑟怨，瀟湘深夜月明時。』殆爲此題所本。（《千首唐人絶句》）

【劉拜山曰】用湘靈鼓瑟之事，寫秋閨獨處之情，空靈委婉，晚唐佳境。（同上）

【按】此詩寫寂處樓中之女子清夜思念遠人，不能成寐，起坐彈瑟之情景，而構思精妙，表情含蓄，意境清迥。將月夜聞雁之實境與瑟上雁柱雁絃所發之樂聲融爲一體，不言彈瑟而瑟之音樂意境自現，不言彈瑟女子之清怨而怨思自現。第三句兼綰雁聲與絃聲之漸遠，亦透露懷人者情思之杳遠。末句殆從曹植《七哀詩》『明月照高樓，流光正徘徊。上有愁思婦，悲歎有餘哀』化出，而作爲結句，以景結情，尤爲雋永含蓄。此『十二樓』中彈瑟之女子，殆即寂處宫觀之女冠。通體空靈瑩澈，如籠罩在如水之月光中，其人其境其瑟其怨，俱渾化一體矣。

題端正樹〔一〕

路傍佳樹碧雲愁，曾侍金輿幸驛樓〔二〕。草木榮枯似人事〔三〕，緑陰寂寞漢陵秋〔四〕。

〔一〕《英華》卷三二六花木六載此首，題作『重題端正樹』。詩後有校記云：『據温庭筠集，《重題端正樹》、《題望苑驛》各是一詩。今《英華》《題望苑驛》已入二百九十八卷，而此篇『端正樹』却以『望苑驛』充之，今用集本釐正。』《絶句》卷四十四亦載此首，題同本集。【咸注】《關中記》：在博望苑西，爲唐明皇幸蜀所經處。《太真外傳》：華清宫有端正樓，即貴妃梳洗之所。又：上發馬嵬，至扶風道。道旁有花，寺畔見石楠樹團圓，愛玩之，因呼爲端正樹，蓋有所思也。《太平廣記》引《抒情詩》：長安西端正樹，去馬嵬一舍之程。唐德宗幸奉天，覩其蔽芾，錫以美名。有文士題詩逆旅：『昔日偏霑雨露榮，德皇西幸賜嘉名。馬嵬此去無多地，合向楊妃冢上生。』二説未詳孰是。

〔二〕【曾注】江淹賦：喪金輿及玉乘。【補注】金輿，皇帝車駕。此借指玄宗皇帝。句意謂端正樹曾得到玄宗登驛樓觀賞的榮幸。

〔三〕【咸注】顔延之《秋胡詩》：僶俛見榮枯。

〔四〕【補注】漢陵，借指玄宗陵墓。

【按】端正樹曾得到玄宗的命名與觀賞。而今緑樹依舊，碧雲含愁，草木幾變榮枯，人事滄桑變化，玄宗早已長眠陵寢，緑陰亦寂寞再無君主觀賞矣。因樹思人，有不勝盛衰變化之感。

渭上題三首〔一〕

呂公榮達子陵歸〔二〕，萬古煙波遶釣磯〔三〕。橋上一通名利迹〔四〕，至今江鳥背人飛〔五〕。

目極雲霄思浩然，風帆一片水連天。輕橈便是東歸路〔六〕，不肯忘機作釣船。

煙水何曾息世機〔七〕，暫時相向亦依依。所嗟白首磻谿叟〔八〕，一下漁舟更不歸〔九〕。

校注

〔一〕《絶句》卷四十四載此三首。題末『三首』二字，毛本無，席本、十卷本、姜本作小字置行側。【補注】渭上，渭河邊。

〔二〕【曾注】《齊世家》：太公望呂尚者，其先封於呂，姓姜氏。西伯出獵，遇太公於渭之陽，與語，大悦，載與俱歸，立爲師。《後漢書》：嚴光字子陵，與光武同遊學。及即位，令以物色訪之。齊國上言：『有男子披羊裘，釣澤中。』帝三聘乃至，除諫議大夫，不屈。【補注】《史記·齊太公世家》：『呂尚蓋嘗窮困，年老矣，以漁釣奸（干）周西伯。西伯將出獵，卜之，曰：「所獲非龍非彲，非虎非羆，所獲霸王之輔。」於是周西伯獵，果遇太公於渭之陽，與語大悦……載與俱歸，立爲師……天下三分，其二歸周者，太公之謀計居多……遷九鼎，修周政，與天下更始，師尚父謀居多。於是武王已平商而王天下，封師尚父於齊營丘……太公至國，修政，因其俗，簡其禮，通商工之業，便漁鹽之利。而人民多歸齊，齊爲大國。』曾注引過略，不但未顯示其『榮達』，且因删去『以漁釣奸西伯』，遂使次句『釣磯』語無着，故補引之。嚴子陵事已見卷四《西江上送漁父》『却逐嚴光』句注。子陵歸，指嚴光辭官不就歸耕富春。《後漢書·逸民傳·嚴光》：『除爲諫議大夫，不屈，乃耕於富春山，後人名其釣處爲嚴陵瀨焉。』李賢注引顧野王《輿地志》曰：『七里灘在東陽江下，與嚴陵瀨相接，有嚴山。桐廬縣南有嚴子陵漁釣處，今山邊有石，上下可坐十人，臨水，名爲嚴陵釣壇也。』

〔三〕【曾注】張志和詞：樂在煙波釣是閒。【按】吕尚、嚴光俱有漁釣事，然一則『以漁釣奸西伯』，一則不慕榮達，出處迥異，此句事雖同切『釣磯』，意則單承嚴光之歸隱。

〔四〕【曾注】《史記索隱》：今渭橋有三所：一在城西北咸陽路，曰西渭橋；一在東北高陵邑，曰東渭橋；其中渭橋在古城之北。《漢書》：武帝作便門橋。服虔曰：在長安西北茂陵東。師古曰：便門，長安城北面西頭門，即平門也。古平、便同字。於此道作橋，跨渡渭水，以趨茂陵，即今所謂便橋，是其處也。

〔五〕【補注】此句暗用鷗鳥忘機事。《列子·黄帝》：『海上之人有好漚（鷗）鳥者，每旦至海上，從漚鳥游，漚鳥之至者百住而不止。其父曰：「吾聞漚鳥皆從汝游，汝取來，吾玩之。」明旦之海上，漚鳥舞而不下也。』江鳥背人飛，即取『漚鳥舞而不下』意而變其詞，謂忘機之江鳥亦厭棄追逐名利之人。

〔六〕路，《全詩》、顧本校：一作『客』。【補注】橈，船槳。借指船。

〔七〕【補注】煙水息機，指隱遁江湖，忘却機心，過淡泊無憂的生活，暗用范蠡乘扁舟歸隱五湖事，詳卷四《利州南渡》末二句注。此反其意，謂雖有煙水迷濛之江湖美景，却不能停息世人的名利機巧之心。

〔八〕【立注】《尚書大傳》：文王至磻溪，見吕望拜之。【咸注】酈道元《水經注》：磻溪中有泉，謂之兹泉。泉水潭積，自成淵渚，即《吕氏春秋》『太公釣兹泉』也。東南隅有石室，蓋太公所居也。水流次平石釣處，即太公垂釣之所也。其投竿跽餌兩膝遺跡猶存，是以有磻溪之稱也。

〔九〕【補注】一下漁舟，指一離漁舟。

箋評

【按】三首對追逐『名利』、『不肯忘機』之士風均有所諷慨。第一首謂吕尚、嚴光趣尚不同，雖同有漁釣之事，一則藉此干榮禄，一則辭官而歸隱。後世所景仰者乃煙波釣磯、辭榮歸隱之高士。自從渭橋上一通名利之途，至今忘機之江鳥猶背人而飛。蓋諷慨追名逐利之士人也。第二首謂目極雲霄，思緒浩渺，渭水中風帆一片，河水接天。乘一葉扁舟，便可東歸，却不肯將輕舟作歸隱之釣船，忘却機巧名利之心。庭筠舊鄉在吴地，詩中『東歸』每指歸吴中舊鄉。故此首亦可理解爲詩人對自己『不肯忘機作釣船』思想行爲的一種自省。第三首首句即緊承『不肯忘機作釣船』而加以發揮，謂雖有煙水迷濛之江湖美景却未能停息士人的機巧名利之心，即使暫時與江湖美景相對亦每有依依不舍之情。次句補足首句。可歎連磻溪垂釣的白頭老翁吕尚，也因追求榮達，一離漁舟之後便永不歸磻溪。

經故翰林袁學士居〔一〕

劍逐驚波玉委塵〔二〕，謝安門下更何人〔三〕？西州城外花千樹，盡是羊曇醉後春〔四〕。

〔一〕《絶句》卷四十四載此首。【陶敏曰】袁學士，袁都。《舊書·袁滋傳》：『子都，仕至翰林學士。』都大和五年官拾遺，見《新書·宋申錫傳》。《千唐志》一〇六〇《趙正卿墓誌》：『將仕郎、守右補闕、集賢殿直學士袁都撰』，大和九年四月十日立。《學士壁記》：『袁郁，大和九年十二月自禮部員外郎、集賢殿直學士充；開成元年正月十四日，轉庫部員外郎；二年三月十一日丁憂。』『郁』乃『都』之訛。【按】袁都卒年未詳。詩當作於袁都卒後。都之弟袁郊，見《新唐書·宰相世系表四》，亦爲庭筠之友人，見卷五《開成五年秋以抱疾郊野不得與鄉計偕至王府將議退適隆冬自傷因書懷奉寄殿院徐侍御察院陳李二侍御回中蘇端公鄠縣韋少府兼呈袁郊苗紳李逸三友人一百韻》。

〔二〕【曾注】《張華傳》：雷煥補豐城令，掘獄得雙劍，遣使送一劍與華，留一自佩。煥卒，子華爲州從事，持劍經延平津，劍忽躍出墮水，使人取之，見兩龍蟠縈，光彩照水，波浪驚沸，於是失劍。【咸注】《世説》：庾亮卒，何充歎曰：『埋玉樹著土中，使人情何能已已。』【補注】此以劍逐驚波而逝與玉之委塵，喻袁都逝世。《梁書·陸雲公傳》：『不謂華齡，方春掩質。埋玉之恨，撫事多情。』宋之問《祭杜學士審言文》：『名全每困於鑠金，身没誰恨其埋玉？』玉委塵，即埋玉。

〔三〕【補注】謝安，借指袁都。參注〔四〕。

〔四〕【曾注】《晉書·謝安傳》：羊曇者，泰山人，爲安所愛重。安薨後，輟樂彌年，行不由西州路。嘗因石頭大醉，扶路唱樂，不覺至州門，左右白曰：『此西州門。』曇悲感不已，以馬策扣扉，誦曹植詩曰：『生存華屋處，零落歸山丘。』慟哭而去。【補注】羊曇，謝安外甥。西州門，晉西州城門。西州爲晉揚州刺史治所，故址在今南京市。謝安曾領揚州刺史。此以『西州』借指袁都故居。春，指春天開花。

箋評

【劉辰翁曰】悲感。（《删補唐詩選脈箋釋會通評林·晚七絶上》引）

【陸時雍曰】『春』字最楚，花時對此，倍爲慘然。（《唐詩鏡》卷五十一）

【黄生曰】首句敍學士身殁，用比體，隱而秀。『更何人』，唤下羊曇，感世俗炎涼之態，惟己於學士爲不能忘情耳。（《唐詩摘鈔》卷四）

【朱寶瑩曰】首句以『故』字落筆。次句説『謝安門下』，言己爲袁學士之甥也。三句、四句承次句，寫『居』字，而『經』字之神理亦見。引羊曇事，係翻用句法，與劉禹錫『玄都觀裏花千樹，盡是劉郎去後栽』同一機軸，而此尤新穎。

【品】哀豔。（《詩式》）

【俞陛雲曰】此詩情詞凄惻，洵誼重師門者。唐人詩：『曾接朱門吐錦茵，欲披荒徑訪遺塵。秋風忽灑西園淚，滿目山陽笛裏人。』亦有飛卿之感也。（《詩境淺説續編》）

【按】飛卿是否袁都外甥，視其稱袁都之弟袁郊爲友人，恐未可定。唐人用典不甚拘，用謝安、羊曇典未必即有甥舅關係，視『謝安門下』及『西州』二句，袁都於庭筠當有恩舊之誼，曰『謝安門下更何人』者，意謂惟己最受都之愛重也。今日經其故居，但見千樹花發，而斯人已逝，不免如羊曇之醉後經西州城門而慟哭耳。三四句句法顯有禹錫詩影響之跡，而一則借『花千樹』寓諷，一則借以抒懷念恩舊之悲慨，可謂異曲同工。

題城南杜邠公林亭 時公鎮淮南自西蜀移節〔一〕

卓氏壚前金綫柳〔二〕，隋家堤畔錦帆風〔三〕。貪爲兩地分霖雨〔四〕，不見池蓮照水紅〔五〕。

〔一〕《北夢瑣言》卷四、《絶句》卷四十四、《紀事》卷五十四載此首。城，李本、毛本作『成』，誤。李本、十卷本、姜本、毛本、《絶句》無題下自注『時公鎮淮南自西蜀移節』十字。【立注】《舊唐書》：杜悰以蔭選尚公主，會昌中拜中書侍郎、同中書門下平章事。出鎮西川，俄復入相，加太傅、邠國公。【補注】杜悰曾先後兩次鎮淮南，第一次在會昌二年至四年，然非由西蜀移節；第二次在大中六年至九年，係由西川節度使移鎮。詳見張采田《玉谿生年譜會箋》大中六年譜附考。據此詩題下自注，作詩時杜悰當方移鎮淮南未久。據『池蓮照水紅』語，酌編大中六年六月。杜悰六年五月初自西川啟程赴淮南，六月當已抵達揚州。又據《新唐書·杜悰傳》，悰封邠國公在懿宗咸通三年，故題内『邠公』或係作者後來追書。杜悰係杜佑之孫，據《新唐書·杜佑傳》，佑於長安城南『朱坡、樊川，頗治亭觀林芿，鑿山股泉，與賓客置酒爲樂』。唐裴延翰《樊川文集後序》：『長安南下杜樊鄉，酈道元注《水經》，實樊川也，延翰外祖司徒岐國公（杜佑）之別墅在焉。』杜佑《杜城郊居王處士鑿山引泉記》紀其別墅營建之事甚詳，云『佑此莊貞元中置，杜曲之右，朱陂之陽』，疑『杜邠公林亭』即佑之城南別墅傳子孫者，或悰於近地另置林亭。《瑣言》云：『杜豳公自西川除淮海，温庭雲詣韋曲杜氏林亭，留詩云（略）。』則謂林亭在韋曲莊（亦在城南），與杜曲鄰近，在其西北。

〔二〕卓氏壚，用卓文君當壚賣酒事，見卷四《春暮宴罷寄宋壽先輩》『馬卿才調似臨邛』句注。【補注】卓文君夜奔相如，係先至成都再至臨邛。此句切杜悰鎮西川。金綫柳，形容初生柳絲嫩黃如金綫。

〔三〕隋，述鈔作『隨』，通。【咸注】《隋書》：煬帝自阪渚引河，作街道，植以楊柳，名曰隋堤，一千三百里。【補注】隋煬帝時沿通濟渠、邗溝河岸修築御道，道傍植楊柳，後人謂之隋堤。錦帆，錦緞製的船帆。顔師古《大業拾遺記》：『煬帝幸江都……至汴，御龍舟，蕭妃乘鳳舸，錦帆綵纜，窮極侈靡。』此句切杜悰移鎮淮南。淮南節度使府在揚州，即隋之江都。句内『錦帆風』暗藏堤柳隨風飄拂之意。

〔四〕分，《瑣言》《紀事》作『行』。【曾注】《尚書》：若歲大旱，命汝作霖雨。【補注】《尚書·説命上》：『説築傅巖之野，惟肖，爰立作相。王置諸左右，命之曰：「朝夕納誨，以輔台德。若金，用汝作礪；若濟巨川，用汝作舟楫；若歲大旱，用汝作霖雨。」』霖雨，猶甘霖。句意謂兩地之柳均分霑霖雨的潤澤，喻西川、淮南两地的百姓均分霑杜悰善政的恩惠。

〔五〕池蓮，用蓮幕事，見卷四《送崔郎中赴幕》『屬詞還得幕中蓮』句注。此句表面上是説杜悰因出鎮西川、淮南，所以見不到自己長安城南池亭中的蓮花開得正紅豔，實則暗寓自己有入杜悰幕之意。

【孫光憲曰】杜豳公自西川除淮海，温庭雲詣韋曲杜氏林亭，留詩云（略）。豳公聞之，遺絹一千匹。（《北夢瑣言》卷四）

【吴喬曰】杜悰以西川節度移淮南，温飛卿題其林亭云（略）。杜氏贈之千緡。使明人作此題，非排律幾十韻，則七律四首，説盡道德文章，功業名位，必不作此一絶句。又，如此輕淺造語，杜氏亦必以爲輕己，風俗已成，莫可如何也。（《圍爐詩話》）

【按】詩頌揚杜悰貪爲西川、淮南兩地百姓行善政、布霖雨，而不見其招己入幕。據末句，庭筠當有希冀入杜悰幕府之意。據《新唐書·杜悰傳》：『徙西川，復鎮淮南。時方旱，道路流亡藉藉，民至漉漕渠遺米自給，呼爲「聖米」，取陂澤茭蒲實皆盡，悰更表以爲祥。獄囚積百千人，而荒湎宴適不能事。』其瀆職荒政如此，而稱揚其貪爲兩地百姓行霖雨甘澤之政，亦過於失實矣。晚唐温、李，一則於杜悰鎮西川時連獻長篇排律及書啓，極力稱頌，一則於其移鎮淮南時作短章以頌揚，均有所求於杜悰。此固落魄士人之常態，不必苛責，然寄入幕之望於『厚自奉養，未嘗薦進幽隱』之杜悰，其志亦可憫矣。

夜看牡丹〔一〕

高低深淺一欄紅〔二〕，把火殷勤繞露叢〔三〕。希逸近來成懶病〔四〕，不能容易向春風〔五〕。

〔一〕《才調》卷二、《絶句》卷四十四載此首。

〔二〕欄，《全詩》、顧本作『闌』，通。【補注】欄，指花欄。

〔三〕繞，《絶句》作『照』。【補注】殷勤，頻繁。露叢，带露的花叢。

〔四〕【曾注】《文章録》：謝莊字希逸，陽夏人，七歲能文，有才藻。【立注】徐注：《酉陽雜俎》：謝康樂集中言竹間水際多牡丹。今引謝莊未詳。【補注】《南史·謝莊傳》：「莊字希逸……孝建元年，拜吏部尚書。莊素多疾，不願居選部，與大司馬江夏王義恭牋，自陳『兩脅癖疢，殆與生俱……眼患五月來便不復得夜坐，恒閉帷避風……』」成懶病，當指此。

〔五〕【補注】容易，輕易。向，對。

【按】詩謂花欄中牡丹次第開放，高低深淺，滿欄紅豔。因愛花心切，故夜間把火繞帶露之花叢，頻繁觀賞。争奈近來懶病患眼，恒需避風，故不能輕易長對春風中之牡丹也。

宿城南亡友别墅〔一〕

水流花落歎浮生，又伴游人宿杜城〔二〕。還似昔年殘夢裏，透簾斜月獨聞鶯〔三〕。

〔一〕《才調》卷二、《絶句》卷四十四載此首。【補注】卷四有《李羽處士故里》七律，《英華》所載（卷三〇七）題作『宿杜城亡友李羽處士故墅』，與此詩次句『宿杜城』合。又卷七有《經李處士杜城別業》、《登李羽（處）士東樓》，卷八有《春日訪李十四處士》，亦云其別業在杜城。相互參證，知此『城南亡友』即別業在杜城之李羽。又卷四有《經李徵君故居》七律，次聯云『一院落花無客醉，五更殘月有鶯啼』，寫景言情與此詩三四句『還似昔年殘夢裏，透簾斜月獨聞鶯』亦合，知此『李徵君』亦指李羽。七律《經李徵君故居》係李羽亡故後不久所作，此首則再宿李羽故墅所作，故次句云『又伴游人宿杜城』，時間距前作當已經年。

〔二〕杜，李本、十卷本、姜本、毛本作『社』，誤。【咸注】《三秦記》：杜城一名下杜城，在雍州東南十五里。其城周三里，東有杜原城，在底下，故名下杜。【補注】杜城，又名下杜城、杜縣。秦武公十一年置杜縣，漢宣帝元康元年在杜縣東原（少陵原）上營建杜陵，置縣爲杜陵縣，改故杜縣爲下杜城。《長安志》：『杜縣故城在長安縣南十五里，其城周三里一百七十三步。』故址在今西安市西南十五里下杜村。

〔三〕斜，《全詩》、顧本校：一作『新』。【按】參見注〔一〕引《經李徵君故居》次聯。

【按】此前七律《經李徵君故居》已云『一院落花無客醉，五更殘月有鶯啼』，傷李羽亡故，五更殘月夢醒之際，唯聞鶯啼。此番『又』宿杜城，昔年曾歷之傷心境界竟又重歷，其惘然之情更覺難堪。此進一層寫法，却以回憶昔年情境之方式表現之。

過分水嶺〔一〕

溪水無情似有情，入山三日得同行。嶺頭便是分頭處〔二〕，惜别潺湲一夜聲。

校注

〔一〕《英華》卷二九四行邁六、《絶句》卷四十四載此首。【咸注】《通志》：分水嶺在漢中府略陽縣東南八十里，嶺下水分東西流。【補注】《水經注·漾水》：『嶓冢以東，水皆東流；嶓冢以西，水皆西流。即其地勢源流所歸，故俗以嶓冢爲分水嶺。』分水嶺雖各地以山脈爲界作爲河流走向分界綫者多有之，但著名而不必在分水嶺之前特别冠名提示者則爲嶓冢山。此係漢水與嘉陵江之分水嶺，在今陝西略陽南勉（沔）縣西，爲秦、蜀間交通要道。元稹有《分水嶺》，李商隱有《自南山北歸經分水嶺》，均同指一地。吴融《分水嶺》亦云南『通巴棧』，北『達渭城』。按：嶓冢有二。胡渭《禹貢錐指》謂：嶓冢在漢中西縣，乃嶓冢導漾者；其嘉陵江所出之嶓冢則在秦州上邽縣，所謂西漢水也。本篇之嶓冢指前者。王士禛《蜀道驛程》曰：『金牛驛西稍南入五丁峽，一名金牛峽，此峽爲蜀道第一險。次寧羌州過百牢關，關下有分水嶺。嶺東水皆北流至五丁峽，北合漾水至沔嶺；西水皆南流，逕七盤關、龍洞，合嘉陵水爲川江。』此詩當是大和四年庭筠由秦入蜀途中作。

〔二〕分頭，《英華》作「分流」。【補注】分頭，指與「入山三日得同行」之「溪水」分離。

【按】人在寂寞旅途中，「入山三日得同行」之溪水儼成不期而遇之同伴與知己，故於「嶺頭分頭處」投宿時，不免依依不舍，悵然若失，而覺「無情」之溪水亦似「有情」，潺湲一夜，似作「惜别」之聲。用極素樸之語言，寫出旅途中富於詩意與人情之新鮮體驗，就「分水」「分頭」構思抒感，實爲白描佳製。

鄠杜郊居〔一〕

槿籬芳援近樵家〔二〕，壠麥青青一逕斜。寂寞遊人寒食後，夜來風雨送梨花〔三〕。

〔一〕《才調》卷二、《絶句》卷四十四載此首。【曾注】《漢書》：宣帝尤樂鄠、杜之間。注：杜屬京兆，鄠屬扶風。【補注】鄠，今陝西户縣。杜，見《宿城南亡友别墅》注〔二〕。庭筠居於鄠郊，靠近杜陵。本篇及《鄠郊别墅寄所知》、《自有扈至京師已後朱櫻之期》均可證。

〔二〕援，《全詩》校：一作『杜』。【曾注】《爾雅》：椵，木槿，一名日及。古樂府：結網槿籬邊。【咸注】《謝靈運集》有《田南樹園激流植援》詩。注：援，衛也。【補注】槿籬，木槿的籬笆。木槿多植於庭院間，亦可作籬。沈約《宿東園》：『槿籬疎復密，荆扉新且故。』援，以樹木組成之園林防護物、籬笆。芳援，花木籬笆。

〔三〕【補注】《荆楚歲時記》：『去冬節一百五日，即有疾風甚雨，謂之寒食。』寒食節在清明前一二日，其時正梨花將謝之時，每多風雨，故云『風雨送梨花』。

【按】詩寫鄠杜郊居暮春景象。居處槿籬芳援，屋外壠麥青青，一徑斜通，似不經意點染，而郊居野趣如畫。三四點出『寒食』節候，以『夜來風雨送梨花』表現節候特徵，略寓傷春意緒，頗富詩情。

題河中紫極宮〔一〕

昔年曾伴玉真遊〔二〕，每到仙宮即是秋。曼倩不歸花落盡〔三〕，滿叢煙露月當樓。

〔一〕《絶句》卷四十四載此首。無『題』字。【曾注】《唐書》：河中，隋河東郡，乾元三年置河中府。又：天寶二年三月，改西京玄元廟爲太清宫，東京爲太微宫，天下諸郡爲紫極宫。【補注】唐河中府爲河中節度使治所，今山西省永濟縣西蒲州鎮即其地。庭筠詩别集有《河中陪帥遊亭》（一作《河中陪節度遊河亭》）七律，係『柳花飄蕩』時作，而此云『每到仙宫即是秋』，或作於同年秋。參該詩注〔一〕。

〔二〕真，毛本作『貞』，誤。【咸注】李白《玉真仙人詞》：玉真之仙人，時往太華峯。【補注】玉真，仙人，唐詩中多特指仙女。曹唐《劉阮再到天台不復見仙子》：『再到天台訪玉真，青苔白石已成塵。』本篇『玉真』當借指道觀中之女道士。

〔三〕歸，述鈔作『埽』，誤。【曾注】《漢書》：東方朔字曼倩，平原厭次人。【補注】《博物志·史補》：『漢武帝好仙道……王母乘紫雲車而至……王母索七桃，大如彈丸，以五枚與帝，母食二枚……母笑曰：「此桃三千年一生實。」……時東方朔竊從殿南廂朱鳥牖中窺母，母窺之謂帝曰：「此窺牖小兒嘗三來盗吾此桃。」帝乃大怪之，由此世人謂方朔神仙也。』唐代與道教有關之詩作中，東方朔每爲男道士或與女道士有戀情者之代稱，如李商隱《聖女祠》：『唯應碧桃下，方朔是狂夫。』《曼倩辭》：『如何漢殿穿針夜，又向窗中覷阿環。』

【按】前兩句謂己昔年秋日曾伴『玉真』遊此紫極宫，此來又值秋天。後兩句謂此番重來，『曼倩』不歸，花已

落盡，唯見煙露籠罩已經凋謝的花叢，明月空照樓殿而已。似『玉真』與『曼倩』（女冠與出游的男道士）之間曾有一段戀情。紫極宮係男道士所居宮觀。

四皓〔一〕

商於角里便成功〔二〕，一寸沉機萬古同〔三〕。但得戚姬甘定分〔四〕，不應真有紫芝翁〔五〕。

〔一〕《絶句》卷四十四載此首，『四皓』作『四老』，係洪邁避家諱改。【曾注】《三輔舊事》：漢惠帝爲四皓立碑，一曰園公，二曰綺里季，三曰夏黄公，四曰角里先生。《陳留志》：園公姓唐，字宣明。夏黄公姓崔，名廣，字少通。角里先生姓周，名術，字元道。綺里季姓朱，名暉，字文季。【補注】《史記·留侯世家》：『上（漢高祖）欲廢太子，立戚夫人子趙王如意，大臣多諫争，未能得堅决者也……人或謂吕后曰：「留侯善畫計策，上信用之。」吕后乃使建成侯吕澤劫留侯……留侯曰：「此難以口舌争者也。顧上有不能致者，天下有四人……令太子爲書，卑辭安車，因使辯士固請，宜來……則一助也。」……四人至……及燕，太子侍，四人從太子，年皆八十有餘，鬚眉皓白，衣冠甚偉。上怪之，問曰：「彼何爲者？」四人前對，各言名姓，曰東園公、角里先生、綺里季、夏黄公……四人爲壽已畢，趨去。上目送之。召戚夫人指示四人者曰：「我欲易之，彼四人輔之，羽翼已成，難動矣……」

……竟不易太子者，留侯本招此四人之力也。」

〔二〕甪里，原作「六里」，述鈔、李本、十卷本、姜本、毛本並同，據《絶句》、席本、《全詩》、顧本改。「六」蓋「甪」之音訛。《全詩》、顧本校：一作「六百」。亦誤。【曾注】《唐書》：商州上洛郡屬關内道，即古商於地。《史記》：張儀説楚能閉關絶齊，請獻商於之地六百里。楚果絶齊求地，儀與六里。【按】張儀誑楚絶齊，食言與商於之地六里之事與題「四皓」無關，當作「甪里」。四皓隱於商山，此舉「甪里」以概四皓。便成功，指成功保住太子之位不使更易。

〔三〕【曾注】《説文》：主發謂之機。【補注】沉機，深遠的計謀，指張良之計。

〔四〕【曾注】《漢書·外戚傳》：漢王得定陶戚姬，愛幸，生趙王如意。戚姬常從上之關東，日夜啼泣，欲立其子，幾代太子者數，賴留侯之策，得無易。【補注】事首見於《史記·吕太后本紀》。甘定分，甘於原已確定的太子、諸王名分，無改立其子趙王如意爲太子之異圖。

〔五〕真，李本作「貞」，誤。【曾注】《古今樂録》：四皓隱居，高祖聘之不出，仰天歎而作歌曰：「燁燁紫芝，可以療飢。」【補注】《高士傳》：「四皓避秦入商洛山，作歌曰：『曄曄紫芝，可以療飢。』」故稱四皓爲「紫芝翁」。

【王鳴盛曰】此詩用意深曲，指仇士良立武宗，楊賢妃賜死事，故以戚姬爲比。賢妃無傳，然有寵於文宗，請以安王溶爲嗣。武宗立，安王尚被殺，况賢妃乎！此可以意揣也。飛卿借戚夫人比賢妃，若曰宫掖詭祕，只須「一寸沉機」，足以殺安王母子。此等事，古今悲恨皆同，故云「萬古同」。然戚夫人奇冤，當訴之上帝，若果能甘定分，

即無紫芝翁，未必不成功也。飛卿之忠憤，千載如見。（《蛾術編》卷七十七）

【按】王氏聯繫晚唐宫闈鬭争，謂『戚姬』指文宗楊賢妃，極有識。然謂指武宗立，殺安王溶及賢妃事，則於詩意未切。詩意蓋謂吕后用張良之計，迎四皓而安太子之位，可謂計謀深沉，大功告成，萬古同贊。然如戚夫人甘於早就確定的太子、諸王名分，不另生立趙王如意爲太子的異圖，則連紫芝翁之有無亦無關緊要。詩之主旨集中在第三句，即指斥帝王之寵妃另立太子之異圖。而此類事在庭筠所處時代最爲相似者，乃楊賢妃欲立安王溶，而譖毀莊恪太子李永之事。《舊唐書·文宗二子傳》：『莊恪太子永，文宗長子也。母曰王德妃……（大和六年）十月，降詔册爲皇太子……開成三年，上以皇太子宴游敗度，不可教導，將議廢黜……其年（十月）薨……時傳云：太子德妃之出也，晚年寵衰。賢妃楊氏，恩渥方深，懼太子他日不利於己，故日加誣譖，太子終不能自辯明也。』《新唐書·安王溶傳》：『初，楊賢妃得寵於文宗，晚稍多疾，妃陰請以王爲嗣，密爲自安地，帝與宰相李珏謀，珏謂不可，乃止。』溶雖穆宗子（《舊·傳》謂其母爲楊賢妃），但楊賢妃爲自身利益欲立安王溶爲太子，而譖毁太子永之事，則與戚夫人欲高祖廢太子，改立趙王事相類。庭筠曾從莊恪太子游，對其時宫廷内部圍繞太子廢立改易問題上之鬭争，當有所聞，故作此詩以指斥『戚姬』之不甘定分，懷更易太子之異圖也。戚姬，喻指楊賢妃。惠帝爲漢高祖子，李永爲文宗長子，戚姬、楊賢妃則分别爲漢高、唐文宗寵姬，又均有廢易太子之事，事固絶相類也。此詩究竟在莊恪太子薨後作或此前作，頗不易定。似在薨前作之可能性較大。若薨後作，當更有憤激之語也。且視詩意，似對太子永之儲位不被動摇尚有信心，故有『商於角里便成功』之語。

贈張鍊師〔一〕

丹溪藥盡變金骨〔二〕，清洛月寒吹玉笙〔三〕。他日隱居無訪處，碧桃花發水縱横〔四〕。

〔一〕《絶句》卷四十四載此首。【補注】鍊師，原指德高思精之道士，常用作對道士的敬稱。趙殿成《王右丞集箋注·贈東嶽焦鍊師》注引《唐六典》：『道士修行有三號，其一曰法師，其二曰威儀師，其三曰律師。其德高思精者，謂之鍊師。故當時凡稱學道者，皆曰鍊師云。』

〔二〕金骨，仙骨，見卷一《曉仙謡》『鶴扇如霜金骨仙』句注。【補注】丹溪，即丹谿，仙人居住之處。曹丕《典論·論郤儉等事》：『適不死之國，國即丹谿。其人浮遊列缺，翱翔倒景。』郭璞《遊仙詩》之四：『雖欲騰丹谿，雲螭非我駕。』

〔三〕見卷四《贈袁司録》『玉管閒留洛客吹』句注。

〔四〕【曾注】陶潛《桃源記》：晉太元中，武陵人捕魚爲業。緣溪行，忘路之遠近。忽逢桃花林，夾岸數百步，中無雜木，芳草鮮美，落英繽紛，漁人異之，尋路，見黄髪垂髫，問之，皆避秦人也。問今是何代，不知有漢，無論魏晉。既白太守，遣人隨往尋之，迷不復得路。【補注】桃花源既指隱居避世之所，又指仙境。王維《桃源行》：『初因避地去人間，及至成仙遂不還……春來遍是桃花水，不辨仙源何處尋。』即將桃源視爲靈境、仙源。此句亦兼隱居、成仙二意。

【按】首句謂張鍊師服藥換仙骨。次句用道士浮丘公接王子晉駕鶴升仙事，謂其月夜吹笙，行將升仙。三四謂異日倘再訪仙居，恐唯見『碧桃花發水縱横』之景象，而『不辨仙源何處尋』矣。

温庭筠全集校注卷六 詩

開成五年秋，以抱疾郊野〔一〕，不得與鄉計偕至王府〔二〕。將議遐適〔三〕，隆冬自傷，因書懷奉寄殿院徐侍御，察院陳、李二侍御，回中蘇端公，鄠縣韋少府〔四〕，兼呈袁郊、苗紳、李逸三友人一百韻〔五〕

逸足皆先路〔六〕，窮郊獨向隅〔七〕。頑童逃廣柳〔八〕，羸馬臥平蕪〔九〕。黃卷嗟誰問〔一〇〕，朱絃偶自娛〔一一〕。鹿鳴皆綴士〔一二〕，雌伏竟非夫〔一三〕。菜地荒遺野〔一四〕，爰田失故都〔一五〕。予先祖國朝公相，晉陽佐命，食采於并、汾也。亡羊猶博簺〔一六〕，牧馬倦呼盧〔一七〕。奕世參周禄〔一八〕，承家學魯儒〔一九〕。功庸留劍舄〔二〇〕，銘戒在盤盂〔二一〕。經濟懷良畫〔二二〕，行藏識遠圖〔二三〕。未能鳴楚玉〔二四〕，空欲握隋珠〔二五〕。定爲魚緣木〔二六〕，曾因兔守株〔二七〕。五車堆縹帙〔二八〕，三逕闔繩樞〔二九〕。適與羣英集〔三〇〕，將期善價沽〔三一〕。葉龍圖夭矯〔三二〕，燕鼠笑盧胡〔三三〕。賦分知前定〔三四〕，寒心畏厚誣〔三五〕。躡塵追慶忌〔三六〕，操劍學班輸〔三七〕。文囿陪多士〔三八〕，神州試大巫〔三九〕。對雖希鼓瑟〔四〇〕，名亦濫吁竽〔四一〕。予去秋試京兆，薦名居其副〔四二〕。正使猜奔競〔四三〕，何嘗計有無〔四四〕。劉惔虛訪覓〔四五〕，王霸竟揶揄〔四六〕。市義虛焚券〔四七〕，關譏謾棄繻〔四八〕。至言今信矣〔四九〕，微尚亦悲夫〔五〇〕。白雪調歌響〔五一〕，清風樂舞雩〔五二〕。脅肩難黽俛〔五三〕，搔首易嗟吁〔五四〕。角勝非能者〔五五〕，推賢見射乎〔五六〕。兕觥增恐悚〔五七〕，杯水失錙銖〔五八〕。粉垛收丹采〔五九〕，金髇隱僕姑〔六〇〕。垂橐羞盡爵〔六一〕，揚觶辱彎弧〔六二〕。虎拙休言畫〔六三〕，龍希莫學屠〔六四〕。轉蓬隨款段〔六五〕，耘草闢墁壚〔六六〕。受業鄉名鄭〔六七〕，藏機谷號愚〔六八〕。質文精等貫〔六九〕，琴筑韻相須〔七〇〕。築室連中野〔七一〕，誅茅接上腴〔七二〕。葦花綸虎落〔七三〕，松瘦鬬欒櫨〔七四〕。静語鶯相對，閒眠鶴浪俱。蕊多勞蝶翅〔七五〕，香酷墜蜂鬚〔七六〕。芳草迷三島〔七七〕，澄波似五湖〔七八〕。躍魚翻藻荇〔七九〕，愁鷺睡葭蘆〔八〇〕。暝渚藏鸂鶒〔八一〕，幽屏卧鷓鴣〔八二〕。苦辛隨藾殖〔八三〕，甘旨仰樵蘇〔八四〕。笑語空懷橘〔八五〕，窮愁亦據梧〔八六〕。尚能甘半菽〔八七〕，非敢薄生芻〔八八〕。釣石封蒼蘚〔八九〕，芳蹊豔絳跗〔九〇〕。樹蘭畦繚繞〔九一〕，穿竹路縈紆〔九二〕。機杼非桑女〔九三〕，林園異木奴〔九四〕。横竿窺赤鯉〔九五〕，持翳望青鸕〔九六〕。泮水思芹味〔九七〕，瑯琊得稻租〔九八〕。杖輕藜擁腫〔九九〕，衣破芰披敷〔一〇〇〕。芳意憂鶗鴂〔一〇一〕，愁聲覺蟪蛄〔一〇二〕。短簷喧語燕〔一〇三〕，高木墮飢鼯〔一〇四〕。

事迫離幽墅〔一〇五〕，貧牽犯畏途〔一〇六〕。愛憎防杜摯〔一〇七〕，悲歎似楊朱〔一〇八〕。旅食常過衛〔一〇九〕，羈遊欲渡瀘〔一一〇〕。塞歌傷督護〔一一一〕，邊角思單于〔一一二〕。堡戍摽槍槊〔一一三〕，關河鎖舳艫〔一一四〕。威容尊大樹〔一一五〕，刑法避秋荼〔一一六〕。遠目窮千里〔一一七〕，歸心寄九衢〔一一八〕。寢甘誠繫滯〔一一九〕，漿饋貴睢盱〔一二〇〕。懷刺名先遠〔一二一〕，干時道自孤〔一二二〕。齒牙頻激發〔一二三〕，簦笈尚崎嶇〔一二四〕。

蓮府侯門貴〔一二五〕，霜臺帝命俞〔一二六〕。驤蹄初躡景〔一二七〕，鵬翅欲摶扶〔一二八〕。寓直迴驄馬〔一二九〕，分曹對瞑烏〔一三〇〕。百神歆髣髴〔一三一〕，孤竹韻含胡〔一三二〕。鳳闕分班立〔一三三〕，鵷行竦劍趨〔一三四〕。觸邪承密勿〔一三五〕，持法奉訏謨〔一三六〕。鳴玉鏘登降〔一三七〕，衡牙響曳婁〔一三八〕。祀親和氏璧〔一三九〕，香近博山鑪〔一四〇〕。瑞景森瓊樹〔一四一〕，輕冰瑩玉壺〔一四二〕。豸冠簪鐵柱〔一四三〕，螭首對金鋪〔一四四〕。内史書千卷〔一四五〕，將軍畫一厨〔一四六〕。眼明驚氣象〔一四七〕，心死伏規模〔一四八〕。豈意觀文物〔一四九〕，何勞琢碔砆〔一五〇〕。草肥牧騕褭〔一五一〕，苔澀淬昆吾〔一五二〕。鄉思巢枝鳥〔一五三〕，年華過隙駒〔一五四〕。銜恩空抱影〔一五五〕，酬德未捐軀〔一五六〕。時輩推良友〔一五七〕，家聲繼令圖〔一五八〕。致身傷短翮〔一五九〕，驤首顧疲駑〔一六〇〕。班馬方齊騖〔一六一〕，陳雷亦並驅〔一六二〕。昔皆言爾志〔一六三〕，今亦畏吾徒〔一六四〕。有氣干牛斗〔一六五〕，無人辨轆轤〔一六六〕。客來斟緑蟻〔一六七〕，妻試踏青蚨〔一六八〕。積毀方銷骨〔一六九〕，微瑕懼掩瑜〔一七〇〕。蛇矛猶轉戰〔一七一〕，魚服自囚拘〔一七二〕。欲就欺人事，何能逭鬼誅〔一七三〕。是非迷覺夢〔一七四〕，行役議秦吴〔一七五〕。凜冽風埃慘，蕭條草木枯。低徊傷志氣〔一七六〕，蒙犯變肌膚〔一七七〕。旅雁唯聞叫〔一七八〕，飢鷹不待呼〔一七九〕。夢梭抛促織〔一八〇〕，心繭學蜘蛛〔一八一〕。寧復機難料〔一八二〕，庸非信未孚〔一八三〕。激揚銜箭虎〔一八四〕，疑懼聽冰狐〔一八五〕。處己將營窟〔一八六〕，論心若合符〔一八七〕。浪言輝棣萼〔一八八〕，何所託葭莩〔一八九〕？喬木能求友〔一九〇〕，危巢莫嚇雛〔一九一〕。風華飄領袖〔一九二〕，詩禮拜衾襦〔一九三〕。欹枕情何苦〔一九四〕，同舟道豈殊〔一九五〕？放懷親蕙芷〔一九六〕，收迹異桑榆〔一九七〕。贈遠聊攀柳〔一九八〕，裁書欲截蒲〔一九九〕。瞻風無限淚，迴首更踟躕〔二〇〇〕。

校注

〔一〕【咸注】《唐書》：文宗立。改元開成，在位五年。【按】此引殊誤。文宗立，翌年改元大和，凡九年；繼改開成，凡五年。在位十四年。開成五年秋，文宗已逝，武宗新立。郊野，指庭筠在鄠杜的郊居，見卷五《鄠杜郊居》注〔一〕。

〔二〕【咸注】《漢書·武帝紀》：徵吏民有明當世之務、習先聖之術者，縣次續食，令與計偕。師古曰：計者，上計簿使也。郡國每歲遣詣京師上之。偕者，俱也。令所徵之人與上計者俱來，而縣次給之食。後世譌誤，因承此語，遂總謂上計爲計偕云。【補注】鄉計，地方政府掌管並負責上計之官吏（上計，將户口賦税盗賊獄訟等編造計簿，奏報朝廷）。《史記・儒林列傳序》：『郡國縣道邑有好文學、敬長上、肅政教、順鄉里，出入不悖所聞者，令相長丞上屬所二千石，二千石謹察可否，當與計偕，詣太常，得受業如弟子。』不得與鄉計偕至王府，指不能以鄉貢進士身份參加明春禮部進士考試。《新唐書・選舉志》：『唐制，取士之科，多因隋舊，然其大要有三：由學館者曰生徒，由州縣者曰鄉貢，皆升於有司而進退之……其天子自詔者曰制舉。』《唐摭言・統序科第》：『自武德辛巳歲四月一日，敕諸州學士及早有明經及秀才、俊士、進士明於理體，爲鄉里所稱者，委本縣考試，州長重覆，取其合格，每年十月隨物入貢。斯我唐貢士之始也。』王府，此指帝王收藏財物或文書之府庫。計吏所上計簿，即藏於王府。《書・五子之歌》：『關石和鈞，王府則有。』孔疏：『人既足用，王之府藏則有矣。』《後漢書・桓帝紀》：『司隸校尉李膺等二百餘人受誣爲黨人，並坐下獄，書名王府。』

〔三〕【補注】遐適，到遠方去。將議遐適，即此詩末段所云『行役議秦吴』，參該句注。

〔四〕【補注】唐代御史臺有三院：臺院、殿院、察院。趙璘《因話録》：『御史臺三院，一曰臺院，其僚曰侍御史，衆呼爲端公；二曰殿院，其僚曰殿中侍御史，衆呼爲侍御；三曰察院，其僚曰監察御史，衆呼亦曰侍御。』殿院徐侍御，殿中侍御史徐商。陶敏《全唐詩人名考證》云：『《全文》卷七二四李騭《徐商碑》：「文宗五年春，考登上第，升朝爲御史。會昌二年，以文學選入禁署……嘗任殿中侍御……禮部員外郎缺……卒以禮部與公。」五年，謂大和五年。卷六九八李德裕《授徐商禮部員外郎制》：「朝議郎、殿中侍御史内供奉、上柱國徐商……」《學士壁記》：「徐商，會昌三年六月一日自禮部員外郎充。」開成五年，商當官殿中侍御史。』察院陳侍御，名未詳。李侍御，指監察御史李遠。陶敏《全唐詩人名考證》云：『馬戴《送李侍御福建從事》：李侍御，李遠，開成末爲監察御史。《廣記》卷一七五引《閩川（名）士傳》：「林傑字智周……父爲閩府大將……至九歲，謁盧大夫貞、黎常侍殖，無不嘉獎。尋就賓見，日在宴筵。李侍御遠、趙支使容深所知仰。」《全文》卷七六五李遠《靈棋經序》：「開成末，予將適閩中……後予福建從事……離閩數日，忽宸書降，召爲御史……時會昌九（元）年九月尚書司馬員外郎李遠序。」盧貞開元四年閏正月出鎮福建，李遠當赴其幕。』李遠爲徐商同年進士，見《登科記考》卷二十一。回中蘇端公，當指涇原節度使幕中蘇姓帶臺院侍御史銜者，名未詳。開成三年李商隱曾在涇原節度使幕，其時文職幕僚有崔瑺、裴蘧、韓琮等人。王茂元於開成五年春文宗逝世後罷鎮入朝，蘇某當爲繼茂元任涇原節度使者所辟聘。鄠縣韋少府，鄠縣縣尉，名未詳，當是庭筠居鄠杜時所結識者。

〔五〕三，原作『四』，據十卷本、姜本、毛本、席本、《全詩》、顧本改。袁郊、陶敏《全唐詩人名考證》云：『《新·表》四下袁氏：「郊，字子乾，虢州刺史。」《直齋書録解題》卷十一：「《甘澤謡》一卷，唐刑部郎中袁郊撰……咸通戊子自序。」戊子，咸通九年。』袁郊之兄袁都，庭筠有《經故翰林袁學士居》詩傷之，見卷五該詩注〔一〕。苗紳，會昌元年登進士第，詳卷四《春日將欲東歸寄新及第苗紳先輩》注〔一〕。作此詩時，苗紳正在長安準備參加明年春進士試。李逸，未詳。【按】此詩詩題，席本、《全詩》作『病中書懷寄友人』（《全詩》『友人』下有『並序』二小字在行側），以『開成五年……一百韻』六十八字爲序。他本均同底本以『開成五年……一百韻』爲長題。

〔六〕【曾注】《蜀志》：龐通曰：『陸子可謂駑馬有逸足之力。』屈原《離騷》：乘騏驥以馳騁兮，來吾導夫先路。【補注】謂諸公已如駿馬奔馳，先得路而顯達。

〔七〕【曾注】《韓詩外傳》：衆或滿堂而飲酒，有人向隅悲泣，則一堂皆爲之不樂。【補注】窮郊，猶荒郊。指己所居鄠郊。句意謂己獨處荒郊，困頓不遇，向隅悲泣。

〔八〕【咸注】《漢書》：季布，楚人。任俠有名。項籍使將兵，數窘漢王。項籍滅，高祖購求季布千金。布匿濮陽周氏，乃髡鉗布，置廣柳車中，與其家僮數十人之魯朱家所賣之。鄭氏曰：作大柳衣車，若《周禮》喪車也。晉灼曰：載以喪車，欲人不知也。【立注】飛卿本名岐。吴興沈徽云：温曾於江、淮爲親表檟楚，由是改名。『頑童』句似指此。【補注】《史記·季布欒布列傳》：『迺髡鉗季布，衣褐衣，置廣柳車中。』裴駰集解引宋展曰：『皆棺飾也。載以喪車，欲人不知也。』此句似指自己幼少時頑皮捉迷藏，逃匿於喪車中，不使人知。

〔九〕【曾注】杜甫詩，懷古視平蕪。【補注】句意謂目前已如瘦馬，困卧於草地之上。以上二句也可理解爲『窮郊』即目所見：頑童捉迷藏，躲匿於喪車之内；瘦馬困卧於平蕪之上。

〔一〇〕【咸注】《舊唐書·狄仁傑傳》：兒童時，門人有被害者，縣吏就詰之，衆皆接對，仁傑堅坐讀書，曰：『黄卷之中，聖賢備在，猶不能接對，何暇偶俗吏，而見責耶？』【補注】黄卷，指書籍。句謂己雖滿腹詩書，可歎竟無人賞識。

〔一一〕【咸注】《樂記》：清廟之瑟，朱絃而疏越。【補注】朱絃，泛指琴瑟等絃樂器。蕭統《陶淵明傳》謂『淵明不解音律，而蓄無絃琴一張，每酒適輒撫弄以寄其意』，《桐薪》謂庭筠『最善鼓琴吹笛』云：「有絃即彈，有孔即吹，不必柯亭、爨桐也。」』《舊唐書》本傳亦謂庭筠『能逐絃吹之音，爲側豔之詞』。雖一解音律，一不解音律，然用以自娱則同。句意則承上謂自己喜好音樂，偶亦借此以自娱。

〔一二〕【曾注】《詩》：呦呦鹿鳴。【咸注】《樂府雜録》：宴羣臣即奏《鹿鳴》三曲。潘岳《閒居賦》：名綴下士。【補注】《新唐書·選舉志上》：『每歲仲冬……試已，長吏以鄉飲酒禮，會屬僚，設賓主，陳俎豆，備管絃，牲用少牢，歌《鹿鳴》之詩，因與耆艾敘長少焉。』綴士，屬文之士。此句謂諸參加鄉試者皆能文之士。

〔一三〕【曾注】《世説》：趙温居常歎曰：『大丈夫當雄飛，安能雌伏！』《左傳》：彘子曰：『聞敵强而退，非夫也。』【補注】《東觀漢記·趙温傳》：『初爲京兆郡丞，歎曰：「大丈夫當雄飛，安能雌伏！」遂棄官而去。後官至三公。』雌伏，喻居下位無所作爲。非夫，非大丈夫。此句謂己。

〔一四〕菜，十卷本、姜本、毛本、《全詩》、席本、顧本作『采』，字通。【曾注】《刑法志》：因官食地曰采地。《尚書》：既乃遯于荒野。【補注】菜地，即采地，古卿大夫因官受封之采邑。菜、采通。漢荀悦《漢紀·文帝紀下》：『此卿大夫菜地之大者，是謂百乘之家。』王維《暮春太師左右丞相諸公於韋氏消遥谷宴集序》：『灞陵下連乎菜地，新豐半入于家林。』趙殿成注：『即采地也。古菜、采字通用。』

〔一五〕【咸注】《左傳》：晉於是乎作爰田。《離騷》：又何懷乎故都！【補注】爰田，謂變更舊日的田地所有制，以公田賞賜衆人。《左傳・僖公十五年》『晉於是乎作爰田』孔疏：『服虔、孔晁皆云：爰，易也。賞衆以田，易其疆畔。』失故都，謂受封的故邑無復舊日的采地。《新唐書・温庭筠傳》：『彦博裔孫庭筠。』《温彦博傳》：『隋亂，幽州總管羅藝引爲司馬。藝以州降，彦博與有謀，授總管府長史……太宗立……復爲中書侍郎……貞觀四年，遷中書令，封虞國公……十年，遷尚書右僕射，明年卒。』彦博兄大雅，爲唐高祖李淵起兵晉陽時佐命功臣。自注『予先祖國朝公相，晉陽佐命』，即指彦博、大雅弟兄之功業地位。『食采於并、汾』即指其封虞国公事。

〔一一六〕【原注】簺，音塞。【曾注】《莊子》：臧與穀二人相與牧羊，而俱亡其羊。問臧奚事，則挾策讀書，問穀奚事，則博簺以遊。二人者事業不同，其於亡羊均也。【補注】博簺，亦作博塞，即六博、格五等博戲。洪興祖《楚辭補注・招魂》引《古博經》對六博有詳細記載。《漢書・吾丘壽王傳》顔注引《簺法》曰：『簺白乘五，至五格不得行，故曰格五。』此句似以『亡羊』比喻科舉考試不第。句意謂己雖屢試不第，但仍求一『搏』，庶幾登第入仕。

〔一一七〕【咸注】《晉書》：慕容寶與韓黄、李根等樗蒱，誓之曰：『世云樗蒱有神，若富貴可期，頻得三盧。』於是三擲盡盧。寶拜而受賜。程大昌《演繁露》：凡投子者五皆現黑，則其名盧，在樗蒱爲最勝之采。四黑一白，其采名雉，比盧降一等。自此而降，白黑相雜，每每不同。【補注】古代樗蒱博戲，用木製骰子五枚，每枚兩面。一面塗黑，畫牛犢；一面塗白，畫雉。一擲五子皆黑者爲盧，係最勝采。爲求勝采，博者往往且擲且呼，故云『呼盧』。句意似謂己如牧馬放牛之村野鄙夫，已經倦於在博戲中求最勝之采（喻科舉登高第）。

〔一一八〕奕，席本作『弈』，誤。【咸注】《國語》：祭公謀父曰：奕世載德。【補注】奕世，累世。參周禄，指食唐之禄，歷任顯職。據兩《唐書・温庭筠傳》、《温大雅傳》、《温造傳》及《通鑑》，庭筠先祖温彦博官至中書令，封虞國公。彦博兄大雅封黎國公。彦博子振歷太子舍人，挺尚千金公主，官延州刺史。彦博曾孫曦尚涼國長公主。庭筠爲彦博六或七世孫。

〔一一九〕【曾注】《易》：開國承家。《莊子》：以魯國而儒者一人耳。【補注】句意謂繼承家風，世代奉儒。

〔一二〇〕【曾注】《周禮》：民功曰庸。周遷《輿服雜事》：上公九命則劍履上殿，儲君禮均羣后，宜劍舄升殿。

【補注】舃，古代一種以木爲複底的鞋。句意謂祖上功勳卓著，上朝時可以不解劍，不脱鞋，享受殊榮。温彦博卒後陪葬昭陵（據《温大雅傳》）。

〔二一一〕【咸注】《七略》：《盤盂》書者，其傳言孔甲爲之。孔甲，黄帝之史也。書盤中爲誡法。【補注】古代在圓盤或方盂上刻文銘功或誡勵，故云『銘戒在盤盂』。《新唐書・温大雅附彦博傳》：『彦博性周慎，既掌機務，謝賓客不通。』或有銘戒之語傳後。

〔二一二〕【咸注】李興《諸葛亮表閭文》：孰若吾侯良籌妙畫。【補注】句意謂己懷抱經世濟時之良謀遠略。庭筠《郊居秋日有懷一二知己》：『自笑謾懷經濟策，不将心事許煙霞。』

〔二一三〕【咸注】《左傳》：榮成伯曰：『遠圖者，忠也。』謝靈運《述祖德》詩：遠圖因事止。【補注】《論語・述而》：『用之則行，舍之則藏。』行藏，指出處或行止。此指行止，猶一舉一動。句謂舉動之間均可識其有遠大的理想。亦指己。

〔二一四〕【曾注】《國語・楚語下》：王孫圉聘於晉，定公饗之，趙簡子鳴玉以相。【補注】《國語》韋昭注：『鳴玉，鳴其佩以相禮也。』鳴玉，亦喻出仕在朝。句意謂己未能在朝廷任職。

〔二一五〕【咸注】《淮南子》：隋侯之珠。高誘注：隋侯見大蛇傷斷，以藥傅而塗之。後蛇於大江中銜珠以報之，因曰隋侯之珠。曹植《與楊德祖書》：人人自以爲握靈蛇之珠。【補注】握隋珠，喻具有非凡才華，掌握寫作文章妙訣。係用曹植『握靈蛇之珠』意。

〔二一六〕【補注】《孟子・梁惠王上》：『以若所爲求若所欲，猶緣木而求魚也。』喻行動與要達到的目的正相反，勞而無所得。

〔二一七〕【曾注】《韓非子》：宋有耕者，兔走觸株折頸死，因釋耕守株，冀復得兔。【補注】謂己死守已往經驗不知變通，雖長期等待而空無所獲。

〔二一八〕【曾注】《莊子》：惠施多方，其書五車。【咸注】徐陵《玉臺新詠序》：方當開茲縹帙。【補注】縹帙，淡青色的書衣。此指書卷。句謂家多藏書，腹滿詩書。

〔二九〕【曾注】陶潛《歸去來兮辭》：三徑就荒。賈誼《過秦論》：陳涉甕牖繩樞之子。【補注】趙岐《三輔決録·逃名》：『蔣詡歸鄉里，荆棘塞門。舍中有三徑，不出，惟求仲、羊仲從之遊。』後常以『三徑』喻隱者所居。繩樞，以繩繫户樞，形容貧家房舍之陋。此言己居處簡陋，生活貧困。

〔三〇〕【曾注】《文子》：智過萬人謂之英。【補注】羣英，指題内袁郊、苗紳、李逸等人。三人當同時參加開成四年京兆府試及明春進士試者。

〔三一〕【補注】《論語·子罕》：『子貢曰：「有美玉於斯，韞匵而藏諸？求善賈而沽諸？」子曰：「沽之哉！沽之哉！我待賈者也。」』善賈，高價。句意謂希望自己的才能得到朝廷的賞識重用。

〔三二〕【立注】《莊子》：葉公好龍，室屋雕文盡以寫龍。於是天龍聞而下之，窺頭於牖，拖尾於堂。葉公見之，棄而退走，失其魂魄，五色無主。是葉公非好真龍也，好夫似龍而非龍者也。【補注】天矯，屈伸貌。形容龍飛騰時蜿蜒伸展之狀。此謂統治者表面上好賢士實則棄賢士，正如葉公之圖畫雕寫龍形而懼怕真龍。

〔三三〕盧胡，李本、十卷本、姜本、毛本、《全詩》、席本、顧本作『胡盧』。【立注】《闞子》：宋之愚人，得燕石於梧臺之側，藏之，以爲大寶。周客聞而觀焉。主人齋七日，端冕玄服以發寶，革匱十重，緹衣十襲。客見，俛而掩口，盧胡而笑曰：『此特燕石也，其與瓦甓不殊。』主人大怒曰：『商賈之言，醫匠之心。』藏之愈固，守之愈謹。《戰國策》：應侯曰：『鄭人謂玉之未理者爲璞，周人謂鼠之未腊者爲璞。周人懷璞過鄭，問賈者「欲買璞乎？」鄭賈曰：「欲之。」出其璞示之，乃鼠也，因謝而不取。』【補注】燕鼠，喻似才而非才者。盧胡，喉間笑聲。句意謂統治者賞愛似才而實非才者，使人啞然失笑。『燕鼠』，疑當作『燕石』，聲近致誤。或庭筠誤記，將『燕石』與『燕鼠』混淆。《戰國策》『鼠璞』之典，與『燕』國無涉。

〔三四〕【咸注】歐陽建詩：窮達有定分。【補注】賦分，天賦的禀性、資質、名位。

〔三五〕【咸注】《漢·鄒陽傳》：孝文皇帝據關入立，寒心銷志。《左傳》：鄭賈人曰：『吾小人，不可以厚誣君子。』【補注】寒心，担憂、戒懼。《逸周書・史記》：『刑始於親，遠者寒心。』厚誣，深加誣蔑。

〔三六〕【咸注】《吴越春秋》：吴王曰：『慶忌筋骨果勁，走追奔獸，手接飛鳥，骨騰肉飛，拊膝數百里。吾嘗追之於江，駟馬馳不及。』《吴都賦》：捷若慶忌。注：慶忌，吴王僚之子也。【補注】躡塵，猶追蹤。

〔三七〕【咸注】《淮南子》：魯般，古之巧人。高誘注：公輸班也。王充《論衡》：魯般刻木爲鳶，飛三日不下。爲母作木車，木人爲御，機關一發，遂去不還。【按】操劍事未詳。二句似爲設喻，謂己欲追蹤捷足如慶忌、巧藝如魯般之諸友人。

〔三八〕陪，原作『倍』，據述鈔、十卷本、姜本、席本、《全詩》、顧本改。【曾注】范蔚宗《樂遊應詔》詩：文囿降照臨。《詩》：濟濟多士。【補注】文囿，猶文苑。言己奉陪文苑中衆多才士（參加考試）。

〔三九〕【曾注】陳琳《答張紘書》：足下與子布在彼，所謂小巫見大巫，神氣盡矣。【補注】神州，此指京城。左思《詠史詩》：『皓天舒白日，靈景曜神州。』吕向注：『神州，京都也。』試大巫，指與袁、苗、李等一同參加京兆府試，已如小巫之見大巫。

〔四〇〕【補注】《論語・先進》：『子路、曾晳、冉有、公西華侍坐。子曰：「以吾一日長乎爾，毋吾以也。居則曰：不吾知也。如或知爾，則何以哉！」……「點！爾何如？」鼓瑟希，鏗爾，舍瑟而作，對曰：「異乎三子者之撰。」子曰：「何傷乎，亦各言其志也。」曰：「暮春者，春服既成，冠者五六人，童子六七人，浴乎沂，風乎舞雩，詠而歸。」夫子喟然歎曰：「吾與點也！」』此言在府試中雖亦希望自己的對答能得到考官的贊許。

〔四一〕吁，《全詩》作『吹』。【曾注】《韓非子》：齊宣王好竽，吹竽者三百人，皆食禄。南郭先生不知竽，濫食禄於三百人中。宣王薨，後王立，曰：『寡人好竽，欲一一吹之。』南郭乃遁。【補注】濫，虚妄不實，名不副實。吁，吐氣。吁竽，即吹竽。句意謂己亦名不副實濫厠於吹竽者之列。喻義見作者自注。

〔四二〕予，原作『子』，據述鈔、十卷本、姜本、毛本、席本、《全詩》、顧本改。【補注】去秋，指開成四年秋，試京兆，參加京兆府的府試。薦名居其副，謂府試合格推薦參加明春禮部進士試的名次排在第二名。《唐摭言》

卷一《兩監》：『以京兆为榮美，同、華爲利市。』卷二《京兆府解送》：『神州解送，自開元、天寶之際，率以在上十人，謂之等第。必求名實相副，以滋教化之源。小宗伯倚而選之，或至渾化。不然，十得其七八。苟異於是，則往往牒貢院請落由。』可見在正常情况下，京兆府試後薦名居第二，明春參加禮部進士試登第是『十得其七八』的事。

〔四三〕【咸注】《晉諸公贊》：人人望名，求者奔競。【補注】干寶《晉紀總論》：『悠悠風塵，皆奔競之士；列官千百，無讓賢之舉。』奔競，奔走競争，追名逐利。

〔四四〕【曾注】《莊子》：太初有無，無有無名。【補注】二句謂自己正因此使小人們猜疑爲争名逐利之徒，而自己又何嘗計較名利之有無。

〔四五〕【曾注】鐂，古文『劉』，通。【咸注】《晉書》：劉惔，字真長，沛國相人，雅善言理。簡文帝初作相，與王濛並爲談客，俱蒙上賓禮。時孫盛作《易象妙於見形論》，帝使殷浩難之，不能屈。帝曰：『使真長來，故應有以制之。』乃命迎惔，盛素敬服惔，及至，便與抗答，辭甚簡至，盛理遂屈。一座拊掌大笑，咸稱美之。【補注】《晉書·劉惔傳》稱其『性簡貴』、『高自標置』、『爲名流所敬重』，有『知人』之鑒。此當以劉惔借指朝中號稱『知人』之清貴。謂己雖往尋訪而不見知，故曰『虚訪覔』。

〔四六〕【曾注】《後漢書》：王霸字元伯，潁陽人。從光武在薊。王郎移檄購光武，霸至市中，募人以擊郎。市人大笑，舉手揶揄之，霸慚而還。注：揶揄，手相笑也。【補注】句意謂己雖如王霸之忠於君主，却遭到世人嘲笑。

〔四七〕【曾注】《戰國策》：馮煖爲孟嘗君客，收債之薛，燒其券，報曰：『竊以爲君市義。』【補注】句意謂己雖忠心爲主『市義』，却得不到主人的贊許，故曰『虚焚券』。

〔四八〕【曾注】《漢書》：終軍入關，關吏與軍繻。軍曰：『以此何爲？』吏曰：『爲復傳還，當以合符。』軍曰：『大丈夫西遊，終不復傳還。』棄繻而去。【補注】繻，帛邊，書帛裂而分之，合爲符信，作爲出入關卡之憑證。終軍棄繻，表示决心在關中創立事業，説明年少而有大志。謾，空自。句意謂己雖如終軍之少年立志，却遭到人們的譏諷。

〔四九〕【曾注】《漢書》：賈山言治亂之道，借秦爲喻，名曰《至言》。【按】此『至言』非指專書，而係指極高超之言論，所謂至理名言。《呂氏春秋・異寶》：『以和氏之璧，道德之至言，以示賢者，賢者必取至言矣。』

〔五〇〕【咸注】謝靈運詩：伊余秉微尚。【補注】微尚，微小的志向。謙辭。

〔五一〕【曾注】宋玉《對楚王問》：客有歌於郢中者，其爲《陽春白雪》，國中屬而和者數十人。【補注】句意謂己曲高和寡，不被世俗所理解。

〔五二〕【補注】清風，語本《詩・大雅・烝民》：『吉甫作誦，穆如清風。』鄭玄箋：『穆，和也。吉甫作此工歌之誦，其調和人之性如清風養萬物然。』樂舞雩，見注〔四〇〕。句意謂惟有穆如清風者方能樂此舞雩浴沂的志趣、境界，即追求高遠者方能了解己之志趣。

〔五三〕勉，《全詩》、顧本作『俛』，字通。【曾注】《漢・吴王濞傳》：脅肩纍足。【補注】《孟子・滕文公下》：『脅肩諂笑，病于夏畦。』黽勉，勉強。葛洪《抱朴子・自敍》：『乃表請洪爲參軍，雖非所樂，然利避地於南，故黽勉就焉。』

〔五四〕【曾注】《詩》：搔首踟躕。【補注】搔首，有所思貌。嗟吁，慨歎。

〔五五〕【咸注】《吴志・韋曜傳》：今當角力中原，以定強弱。【補注】句意謂角力争勝者並非能者。

〔五六〕【補注】《書・周官》：『推賢讓能，庶官乃和。』《禮記・射義》：『是故古者天子，以射選諸侯、卿、大夫、士。射者，男子之事也。』漢代考試取士方法之一爲射策，後亦泛稱應科舉考試爲射策。句意謂推選賢才當通過考試。

〔五七〕悚，李本、毛本、《全詩》作『竦』，通。【曾注】《詩》：兕觥其觩。【補注】《詩・小雅・桑扈》：『兕觥其觩，旨酒思柔。』鄭箋：『兕觥，罰爵也。古之王者與羣臣燕飲，上下無失禮者，其罰爵徒觩然陳設而已。』兕觥，用獸角製的酒器。

〔五八〕【曾注】《莊子》：置杯水於坳堂之上。《説文》：十絫爲銖，六銖爲錙。【咸注】陸倕《新漏刻銘》：箭異錙銖。【補注】兕觥，似喻諸賢才參加應試者；杯水，喻己才力微薄。二句似謂諸賢才大使人倍增恐懼，自己才力微弱，失之錙銖。

〔五九〕【咸注】《唐六典》：兵部員外郎掌貢舉，有二科，一曰平射，一曰武射。其試用有七，一曰射長垛。

〔六〇〕【咸注】李白詩：雙鶬并落連飛髇。注：髇，呼交切，音虓。飛髇，鳴鏑也。《左傳》：乘丘之役，公以金僕姑射南宫長萬。注：金僕姑，矢名。【補注】金髇，金屬製的響箭。此二句似隱喻自己不能參加明春的禮部進士試，如射垛之收，良箭之藏，失却『射』的機會。

〔六一〕【曾注】《左傳》：伍舉知其有備也，請垂櫜而入。《禮記》：君子之飲酒也，一爵而色灑如，二爵而言言，三爵而油油以退。【咸注】《吴志·諸葛恪傳》：張昭無辭，遂爲盡爵。【補注】垂櫜，倒垂着空的弓箭袋，示無用武意。櫜，弓衣、弓箭袋。盡爵，猶盡觴，飲盡杯中酒。『垂櫜』承上以射箭喻考試，謂己如同射者倒垂箭袋而歸，未能應試，羞與友人乾杯。

〔六二〕【曾注】《禮記》：知悼子卒，平公飲酒曰：『寡人亦有過焉，酌而飲寡人。』杜簣洗而揚觶。【咸注】班固《幽通賦》：管彎弧欲斃讎兮，讎作后而成已。【補注】《禮記·鄉飲酒義》：『盥洗揚觶，所以致絜焉。』揚觶，舉起酒器，古代飲餞時的一種禮節。《新唐書·韓琬傳》：『刺史行鄉飲餞之，主人揚觶曰：「孝於家，忠於國。」』揚觶後人用作選賢之典，語本《禮記·射義》『孔子射於矍相之圃』一節。彎弧，彎弓。此亦以射箭喻應試，謂己有辱於舉送士子應禮部試前舉行的鄉飲酒之禮。

〔六三〕【曾注】馬援《戒子書》：學杜季良不得，陷爲天下輕薄子，所謂畫虎不成反類狗也。【補注】謂己才藝拙劣，不能參加科舉考試。係貌似自謙之憤語。下句意類此。

〔六四〕【曾注】《莊子》：朱泙漫學屠龍於支離益。【按】曾引過略。《莊子·列禦寇》：『朱泙漫學屠龍於支離益，單千金之家，三年技成，而無所用其巧。』屠龍，喻高超的技藝。句意謂龍過於珍希，即使學會屠龍之技藝也無所施其技。喻科場競争激烈即使有文章長技亦未必能登第。

〔六五〕【曾注】《淮南子》：見飛蓬轉而知爲車。《馬援傳》：乘下澤車，御款段馬，使鄉里稱善人，足矣。注：款段，言形段遲緩也。【補注】曹植《雜詩》：『轉蓬離本根，飄飖隨長風。』句意謂自己如同轉蓬，漂泊不定，隨行動遲緩的馬慢行。

〔六六〕【原注】墁，莫（原作『草』，據席本、《全詩》、顧本改）干反。【補注】墁壚，疑指黑黄色硬而粗的不黏土壤。《漢書·地理志》：『下土墳壚。』顔師古注：『壚謂土之剛黑者也。』墁有塗抹之義。句意謂己耘田除草，開闢出一片黄黑粗硬的下等田地。

〔六七〕【立注】《後漢書》：鄭玄字康成，北海高密人。遊學十餘年乃歸鄉里，學徒相隨數百千人。國相孔融深敬於玄，屣履造門，告高密縣爲玄特立一鄉，曰鄭公鄉。【補注】句意似謂己在鄉居時收授受業弟子，有名於時。

〔六八〕【曾注】《寰宇記》：愚公谷在臨淄縣西二十五里。【立注】《説苑》：齊桓公獵，逐鹿入山谷中，見父老，問：『此何谷？』曰：『愚公谷。畜牸牛子大，賣之買駒。少年曰「牛不能生馬」，遂持駒去。旁人聞以爲愚，因以之名谷。』【補注】藏機，藏匿才智、心機。句意謂己隱於鄉間，藏機守拙。

〔六九〕【補注】《論語·雍也》：『質勝文則野，文勝質則史。文質彬彬，然後君子。』精等貫，精神同樣貫通。

〔七〇〕【補注】謂琴與筑的聲韻互相依賴，相得益彰。二句指在郊居作詩文奏琴筑。

〔七一〕【曾注】《詩》：築室百堵。《易》：葬之中野。【補注】中野，原野之中。

〔七二〕【曾注】屈原《卜居》：寧誅鋤草茅以力耕乎？庾信賦：誅茅宋玉之宅。【咸注】《西都賦》：華實之毛，則九州之上腴焉。【補注】謂誅鋤茅草，連接肥沃之地。

〔七三〕綸，《全詩》、顧本校：一作『編』。【曾注】《爾雅》：葦醜芀。《荆楚歲時記》：正旦縣索葦。【咸注】《漢·晁錯傳》：爲中周虎落。鄭氏曰：若今時竹虎也。師古曰：以竹篾相連遮落之也。何遜詩：虎落夜方寢。【補注】虎落，籬落、藩籬。用以遮蔽衛護城邑營寨之竹籬。綸，經綸牽引。此謂葦花牽引於籬落之間。

〔七四〕【咸注】庾信《枯樹賦》：戴癭藏瘤。《廣雅》：曲枅曰欒。《説文》：櫨，柱上枅也。【補注】松癭，松樹樹幹上突起如瘤之處。鬭，凑合。欒，柱上承梁之曲木。櫨，柱上承梁之方木。

〔七五〕【曾注】《古今注》：蛺蝶翅多粉，以芳時飛集花間。【補注】謂因花蕊多故蝴蝶頻繁飛舞於花間。

〔七六〕【曾注】杜甫詩：花蕊上蠭（蜂）鬚。【補注】酷，烈，形容花香濃烈。

〔七七〕【曾注】三島即海上三山。詳卷一《曉仙謡》注〔二〕。【補注】迷，迷失，丟失。此謂水中洲渚長滿萋萋芳草，使海上仙山般的三岛也似乎迷失了。

〔七八〕五湖，見卷五《題友人居》『張翰何由到五湖』句注。【補注】此謂湖水清澄，波光蕩漾，使人疑爲太湖。

〔七九〕【曾注】《埤雅》：藻，水草，生水底，横陳於水，若自澡濯然。【補注】《詩·小雅·魚藻》：『魚在在藻，有頒其首。』句意謂游魚躍動，翻動水中藻荇一類水草。

〔八〇〕【補注】葭，初生的蘆葦。

〔八一〕暝，述鈔、十卷本、《全詩》作『暝』。顧本作『溟』。《全詩》校：一作『冥』。【咸注】《臨海異物志》：鸂鶒，水鳥，毛有五采色，食短狐，其在溪中無毒氣。【補注】暝渚，暮色籠罩的洲渚。暝，昏暗。

〔八二〕【曾注】《異物志》：鳥像雌雉，名鷓鴣。其志懷南，不思北徂。【咸注】《嶺表録異》（引《南越志》）：鷓鴣雖東西回翔，開翅之始必先南翥，其鳴自呼薄杜。【補注】本疑即温詞《更漏子》『畫屏金鷓鴣』之意，指畫屏上繪有金色鷓鴣。然此處上下文均描繪郊野之景，無由闌入室内幽屏上之繪畫。此『幽屏』指隱僻之處。《文選·左思〈吴都賦〉》：『隱賑崴裹，雜插幽屏。』李周翰注：『雜插幽屏，謂雜生隱僻之處。』幽屏，幽隱屏蔽之處。句意蓋謂幽僻處有鷓鸪藏卧，與上句相對應。

〔八三〕蓺，李本、十卷本、姜本、毛本作『蓺』，非。述鈔、《全詩》、顧本作『藝』，同。【補注】蓺殖，耕種、栽植。

〔八四〕【曾注】《漢書》：樵蘇後爨。注：砍木曰樵，藝草曰蘇。【補注】甘旨，美味之食物。梁元帝《金樓子・立言》：『甘旨百品。』仰，倚仗。

〔八五〕【曾注】《吴志》：（陸）績年六歲，見袁術，出橘，績懷三枚，拜辭墮地。術曰：『陸郎作賓客而懷橘乎？』答曰：『欲以遺母。』【補注】曰『空懷橘』，其時庭筠母當已去世。開成五年，庭筠四十歲。

〔八六〕【曾注】《莊子》：據槁梧而瞑。【補注】《莊子・德充符》：『莊子曰：道與之貌，天與之形，無以好惡内傷其身。今子外乎子之神，勞乎子之精，倚樹而吟，據槁梧而瞑。天選子之形，子以堅白鳴。』成玄英疏：『槁梧，夾膝几也。惠子未遺筌蹄，耽内名理，疏外神識，勞苦精靈，故行則倚樹而吟詠，坐則隱几而談説，是以形勞心倦，疲怠而瞑者也。』

〔八七〕【咸注】《漢書》：項羽曰：『歲饑人貧，卒食半菽。』【補注】菽，豆。半菽，指半菜半糧，粗劣的飯食。顔師古《漢書注》引臣瓚曰：『士卒雜蔬菜以菽雜半之。』

〔八八〕【曾注】《後漢書》：郭林宗母憂，徐穉子弔之，買生芻一束於廬前而去。林宗曰：『此必南州高士徐孺子也。《詩》不云乎：「生芻一束，其人如玉。」吾何德以堪之？』【補注】生芻，鮮草。按：前有『笑語空懷橘』之句，此又用郭泰母去世，徐穉以生芻一束爲弔之事，或庭筠母確在其時去世。二句總言生活窮困。

〔八九〕【咸注】《古今注》：室内空無人行，則生苔蘚，或青或紫，一名緑錢。

〔九〇〕艷，述鈔、李本、十卷本、姜本、毛本、席本、《全詩》一作『絶』，底本無。【咸注】束晳《補亡詩》：白華絳趺，在陵之陬。鄭玄《毛詩箋》：跗，萼足也。跗與趺同。【補注】此謂芳香的小路上鋪滿絳色的花房，鮮豔奪目。

〔九一〕【補注】屈原《離騷》：『余既滋蘭之九畹兮，又樹蕙之百畝。』

〔九二〕【補注】謂曲折縈繞的小徑穿行於竹林中間。

〔九三〕【曾注】《詩》：女執懿筐，爰求柔桑。【補注】此『桑女』疑用漢樂府《陌上桑》，指『采桑城南隅』之美貌女子羅敷。句意謂在織機上紡織者非羅敷式之『桑女』。

〔九四〕【曾注】盛弘之《荆州記》：李衡於龍陽洲上種橘千株，臨死敕其子曰：『吾洲裏千頭木奴，歲可得絹千匹。』【補注】謂己之林園所種植者非可每年增殖財富之木奴。

〔九五〕【咸注】《西都賦》：投文竿，出比目。《古今注》：兖州人謂赤鯉爲赤驥，以其能飛越江湖故也。【補注】窺，伺。

〔九六〕【曾注】潘岳《射雉賦序》：聊以講肄之餘暇，而習媒翳之事。善曰：翳者，所隱以射禽者也。【咸注】《埤雅》：楊孚《異物志》云：鸕鷀能没於深水，取魚而食之。【補注】青鸕，即鸕鷀，俗稱魚鷹，羽毛黑色，有緑色光澤。故稱。

〔九七〕【曾注】《詩》：思樂泮水，薄采其芹。【補注】泮水，古代學宫前之水池，形狀如半月。此句即『思泮水之芹味』之意。

〔九八〕【立注】《世説》：李百藥七歲時，有讀徐陵文者，云『刈琅邪之稻』，坐客并不識其事，百藥進曰：『《傳》稱鄅人藉稻，注云「鄅國在琅邪開陽縣」。』人皆服其機穎。【補注】事出《續世説》卷四，非《世説新語》。此似有田出租，故云『得稻租』。

〔九九〕【立注】《劉向别傳》：向校書天禄閣，夜暗獨坐誦書，有老人黄衣，植青藜杖，叩閣而進。吹杖端煙燃，與向説開闢以前。向因受五行《洪範》之文。至曙而去，曰：『我太乙之精，天帝聞卯金之子有博學者，下而觀焉。』乃出竹牒天文地理之書，悉以授之。《莊子》：惠子曰：『吾有大樹，人謂之樗，其大本擁腫而不中繩墨。』【補注】藜杖質輕而體擁腫，故云。顧嗣立注引《劉向别傳》與句意無涉。

〔一〇〇〕【曾注】《離騷》：製芰荷以爲衣兮，集芙蓉以爲裳。【補注】芰，菱葉。披敷，開張披散貌。

〔一〇一〕【補注】屈原《離騷》：『恐鵜鴂之先鳴兮，使夫百草爲之不芳。』芳意，春意。鵜鴂、鶗鴂同，即杜鵑鳥。

〔一〇二〕【咸注】《莊子》：蟪蛄不知春秋。淮南王《招隱士》：蟪蛄鳴兮啾啾。【補注】蟪蛄生命短促，聞蟪蛄鳴而感生命之短促，故云『愁聲覺蟪蛄』。

〔一〇三〕【曾注】杜甫詩：嬌燕入簷回。

〔一〇四〕鼯，《全詩》、顧本校：一作『鳥』。【曾注】《埤雅》：鼯鼠夷猶，狀如小狐，似蝙蝠肉翅，飛且乳，亦謂之飛生，音如人呼。謝脁詩：飢鼯此夜啼。【咸注】杜甫詩：飢鼯訴落藤。【補注】鼯，俗稱大飛鼠。外形似松鼠，尾長，背部褐色或灰黑色。前後肢之間有寬大的薄膜，能借此在樹間滑翔。古人誤以爲鳥類。《爾雅·釋鳥》：『鼯鼠，夷由。』郭璞注：『狀如小狐，似蝙蝠，肉翅……能從高赴下，不能從下上高。』

〔一〇五〕【補注】事迫，情事緊迫，情况緊急。幽墅，指詩人鄠杜郊居。

〔一〇六〕【曾注】《莊子》：夫畏途者，十殺一人，則父子兄弟相戒也。【補注】貧牽，爲貧困所牽累。犯，冒。犯畏途，冒畏途之危險。

〔一〇七〕【立注】《魏志》：《文章敍録》：杜摯字德魯，署司徒軍謀吏，後舉孝廉，除郎中，轉補校書，卒。事未詳。【補注】《三國志·魏志·王衛二劉傳》：『郎中令河東杜摯等亦著文賦，頗傳於世。』裴注引《文章敍録》於『轉補校書』下云：『摯與毌丘儉鄉里相親，故爲詩與儉求仙人藥一丸，欲以感切儉求助也。其詩曰：「騏驥馬不試，婆娑槽櫪閒。壯士志未伸，坎坷多辛酸……被此篤病久，榮衛動不安。聞有韓衆藥，信來給一丸。」儉答曰：「鳳鳥翔京兆，哀鳴有所思……但當養羽翮，鴻舉必有期……」摯竟不得遷，卒於祕書。』然此杜摯事與句意不符合。按《史記·秦本紀》：『（孝公）三年，衛鞅説孝公變法修刑……孝公善之。甘龍、杜摯等弗然，相與争之。』又《商君列傳》：『孝公既用衛鞅，鞅欲變法……杜摯曰：「利不百，不變法；功不十，不易器。法古無過，循禮無邪。」杜摯當此，喻指傾軋之小人，《上裴相公啓》有『豈期杜摯相傾，臧倉見嫉』之語可證。

〔一〇八〕【咸注】《淮南子》：楊子見歧路而哭之，爲其可以南，可以北。【補注】唐人用楊朱泣歧事，多喻指仕宦失路，迷失方向。《列子·説符》載楊子之鄰人亡羊事，則歎『歧路之中又有歧，吾不知所之』。

〔一〇九〕【曾注】《史記》：孔子去衛過曹，去曹適宋，與弟子習禮大樹下。【補注】旅食，客居、寄食。《史記·孔子世家》：「（衛）靈公老，怠於政，不用孔子。孔子喟然歎曰：『苟有用我者，期月而已，三年有成。』孔子行。」此借孔子過衛不見用指自己旅居寄食，得不到賞識與聘用。曾注引恐非此句所用。

〔一一〇〕【曾注】諸葛亮《出師表》：五月渡瀘。【補注】《出師表》有『五月渡瀘，深入不毛』之語，『欲渡瀘』謂己羈游欲入蠻荒不毛之地。瀘，水名，今長江上游金沙江。

〔一一一〕【立注】宋孝武《丁督護歌》：督護初征時，儂亦惡聞許。願作石尤風，四面斷行旅。【補注】《宋書·樂志》：『《督護歌》者，彭城内史徐逵之爲魯軌所殺，宋高祖使府内直督護丁旿收殮殯埋之。逵之妻，高祖長女也。呼旿至閤下，自問斂送之事，每問輒息，曰：「丁督護！」其聲哀苦，後人因其聲廣其曲焉。』按：此只取《丁督護歌》『其聲哀苦』，謂遊邊塞聞塞歌聲調悲苦。

〔一一二〕【立注】李益《聽曉角》詩：秋風吹入《小單于》。注：唐大角曲有《大單于》、《小單于》。【補注】《樂府詩集·横吹曲辭四·梅花落》題解：『《梅花落》，本笛中曲也。按唐大角曲有《大單于》、《小單于》、《大梅花》、《小梅花》等曲，今其聲猶有存者。』此言聞邊角《小單于》而引起思鄉之情。庭筠《邊笳曲》有『朔管迎秋動』及『江南戍客心，門外芙蓉老』之句，《敕勒歌塞北》有『羌兒吹玉管』及『却笑江南客，梅落不歸家』之句，均可與『塞歌』二句類證，并可證其出塞之游在作此詩之前，其時猶家居江南吴中舊鄉。

〔一一三〕摽，李本、十卷本、姜本、毛本、《全詩》作『標』，通。【咸注】《韻會》：剡木傷盜曰槍。《通俗文》：矛長丈八謂之槊。【補注】摽，通『標』，樹立。此謂邊塞之碉堡戍樓樹立着槍槊。

〔一一四〕【咸注】《漢書》：舳艫千里。李斐曰：舳，船後持舵處也，艫，船前頭刺櫂處也。【補注】句意謂關隘渡口的船隻被困阻難以通行。

〔一一五〕【曾注】《馮異傳》：每所止舍，諸將並坐論功，異常屏樹下，軍中號曰大樹將軍。【補注】大樹，此處止取『將軍』之義。句意謂所歷邊地節鎮，威容尊嚴，令人敬畏。即『尊大樹（將軍）威容』意。

〔一一六〕【曾注】《漢·刑法志》：法繁秋荼。【補注】荼，此指田間雜草。《詩·周頌·良耜》：『以薅荼蓼。』荼至秋而繁茂，故以『秋荼』喻繁密的刑法。桓寬《鹽鐵論》：『昔秦法繁於秋荼，而網密於凝脂。』此謂行動小心謹慎，避免觸犯繁密的刑法。

〔一一七〕【咸注】宋玉《招魂》：目極千里兮傷春心。【補注】王之渙《登鸛雀樓》：『欲窮千里目。』

〔一一八〕【曾注】《爾雅》：四達謂之衢。【補注】九衢，縱横交叉的大道。借指京城。

〔一一九〕【咸注】《莊子》：孫叔敖甘寢秉羽，而郢人投兵。韓愈詩：倒身甘寢百疾愈。【補注】寢甘，猶安睡、酣睡。繫滯，棄置，指棄而不用。

〔一二〇〕【曾注】《莊子》：列禦寇之齊，中道而反曰：『吾驚焉。吾嘗食於十漿，而五漿先饋。』【咸注】王延壽《魯靈光殿賦》：洪荒樸略，厥狀睢盱。《字林》：睢，仰目也；盱，張目也。【補注】漿饋，贈送酒漿。睢盱，睜眼仰視貌。句意謂贈送酒漿者看重受贈者之仰視感恩。

〔一二一〕【咸注】《禰衡傳》：衡矯時慢物，建安初，來游許下，陰懷一刺，既而無所之適，至於刺字漫滅。【補注】刺，古代名片。於竹簡上刺姓名，拜謁時先投刺。此言己懷刺欲拜謁官吏，而名聲先已遠傳。

〔一二二〕【補注】干時，求合於當時。道自孤，指己之道不爲時所容，不爲世所用。

〔一二三〕齒牙，見卷二《醉歌》『其餘豈足霑牙齒』句注。激發，激動奮發。此謂別人隨口稱譽之言雖頻頻使自己激動奮發。

〔一二四〕簦，李本、十卷本、毛本作『凳』，姜本作『蹬』，均誤。【曾注】《史記》：虞卿躡屩擔簦。《後漢書》：蘇章負笈尋師。【補注】簦，古代長柄笠，猶今之雨傘。笈，放置衣物書籍之竹製盛器。簦笈，指攜行李包裹奔走於官吏顯貴之門，企其汲引任用。崎嶇，喻入仕之路險阻。

〔一二五〕蓮府，指幕府。屢見前注。【補注】侯門，指節度使，因其地位相當於古之諸侯國，故稱。此句指題内之『回中蘇端公』，蘇某當爲涇原節度使之幕僚，帶侍御史銜。

〔一二六〕【咸注】杜佑《通典》：御史爲風霜之任，故曰霜臺。《尚書》：帝曰俞。【補注】俞，表示應答與首肯，猶『是』『對』。《尚書·堯典》：『帝曰：俞，予聞，如何?』此句指題内『殿院徐侍御，察院陳、李二侍御』。謂諸公受皇帝贊許。

〔一二七〕【咸注】《穆天子傳》：八駿之乘，一曰赤驥。曹植《七啓》：忽躡景而輕騖。【補注】躡景，追踏日影，極言千里馬奔馳之迅疾。

〔一二八〕【補注】《莊子·逍遥遊》：『鵬之徙於南冥也，水擊三千里，摶扶摇而上者九萬里。』摶扶，『摶扶摇而上』之省，乘風直上。二句謂諸公前程遠大，升遷迅疾。

〔一二九〕【曾注】《後漢書》：桓典拜侍御史，常乘驄馬，京師畏憚，爲之語曰：『行行且止，避驄馬御史。』【咸注】《晉·五行志》：魏侍中應璩在直廬。陸機詩：夕息旋直廬。【補注】寓直，此泛指夜間於官署值班。迴驄馬，乘驄馬回府邸。

〔一三〇〕【曾注】《漢書》：朱博爲御史大夫，其府列柏樹，常有野烏數千，晨去暮來，號曰朝夕烏。【咸注】《蜀志·杜瓊傳》：瓊曰：『古者名官職不言曹，始自漢已來，名官盡言曹，吏言屬曹，卒言侍曹。』【補注】分曹，分部門、分官署。對暝烏，除點明爲御史臺官員外，兼點其夜間寓直。徐商與陳某、李遠分屬於殿院、察院，故云『分曹對暝烏』。暝、瞑字通。

〔一三一〕【曾注】《詩》：懷柔百神。【咸注】《魯靈光殿賦》：若鬼神之髣髴。【補注】歆，嗅聞。指祭祀時神靈享用祭品之香氣。髣髴，形容香氣之似有若無。

〔一三二〕【曾注】《周禮》：孤竹之管。《唐書》：安禄山斷顔杲卿舌，含胡而絶。【補注】孤竹，用孤生之竹製成之管樂器。韻含胡，指音調不清晰。劉禹錫《與柳子厚書》：『絃張柱差，枵然貌存。中有至音，含糊弗聞。』含胡，猶大音希聲之謂。此二句似寫早朝時焚香奏樂。

〔一三三〕【曾注】《漢書》：建章宫東則鳳闕，高二十餘丈。【補注】此言宫中上朝時官吏分班而立。

〔一三四〕【咸注】杜甫詩：爲報鴛行侣。【補注】鵷行，朝官之班行如鵷鷺之有序，故稱。鵷，同『鴛』。竦劍，持劍。經帝王特許，重臣上朝時可不解劍，不脱靴履，以示殊榮。

〔一三五〕【咸注】《詩》：密勿王事。【補注】觸邪，古代傳説中的神羊，名獬豸，能辨邪觸不正者。古代以觸邪冠（又名獬豸冠）爲御史之冠，參注〔一四三〕。密勿，機要、機密。此謂御史臺諸公承天子之密命。

〔一三六〕【曾注】《詩》：訏謨定命。【補注】訏謨，指皇帝宏偉之謀劃。

〔一三七〕【曾注】《禮記》：登降有節。鳴玉，見注〔二四〕。

〔一三八〕衡，《全詩》、顧本作『衡』。響，原作嚮，據述鈔、李本、顧本改。婁，十卷本、姜本、毛本作『裾』。【曾注】《禮記》：凡帶必有佩玉，佩玉必有衡牙。《詩》：弗曳弗婁。【補注】衡牙，古代佩玉部件之一種。《禮記·玉藻》『佩玉有衡牙』孔疏：『凡佩玉必上繫於衡，下垂三道，穿以蠙珠，下端前後以縣於璜，中央下端縣以衡牙，動則衡牙觸璜而爲聲。所觸之玉，其形似牙，故曰衡牙。』曳婁，牽引。

〔一三九〕【曾注】《墨子》：和氏之璧，諸侯之良寶也。【補注】《韓非子·和氏》：『楚人和氏（卞和）得玉璞楚山中，奉而獻之厲王，厲王使玉人相之。玉人曰：「石也。」王以和爲誑，而刖其左足。及厲王薨，武王即位，和又奉其璞而獻之武王，武王使玉人相之，又曰：「石也。」王又以和爲誑，而刖其右足。武王薨，文王即位……王乃使玉人理其璞，而得寶焉，遂命曰和氏之璧。』

〔一四〇〕【補注】博山鑪，此指御案前的香爐。注詳卷八《博山》注〔一〕。

〔一四一〕【咸注】《世説》：王戎曰：『太尉神姿高徹，如瑶林瓊樹，自然是風塵外物。』【補注】瑞景，吉祥的陽光。森，滿。瓊樹，對宫中樹木的美稱。

〔一四二〕【咸注】鮑照《白頭吟》：清如玉壺冰。【補注】此二句似兼喻御史臺諸公得到皇帝的恩寵及其官品之高潔。

〔一四三〕豸，李本、十卷本、姜本、毛本作『象』，誤。【立注】《漢宫儀》：獬豸獸性觸不直，故執憲者以角形爲冠。《輿服志》：侍御史冠法冠，一曰柱後，以鐵爲柱，言其審固不撓，常清峻也。

〔一四四〕【立注】《唐會要》：左右史分立殿下，直第二螭首，和墨濡筆，即螭首坳處，號螭頭金鋪。【補注】《新唐書・百官志二》：『其後復置起居舍人，分侍左右，秉筆隨宰相入殿。若仗在紫宸内閤，則夾香案分立殿下，直第二螭首，和墨濡筆，皆即坳處，時號螭頭。』趙彦衛《雲麓漫鈔》：『所謂螭首者，蓋殿陛間壓階石上雕鐫之飾。』金鋪，金屬鋪首。

〔一四五〕卷，李本、十卷本、毛本、姜本、席本、顧本作『弓』，並同。《全詩》校：一作『帙』。【立注】《王羲之傳》：羲之字逸少，尤善隸書，爲右軍將軍、會稽内史。

〔一四六〕【立注】《顧愷之傳》：愷之字長康，喜丹青，嘗以一厨畫糊題其前寄桓玄。玄發厨竊畫，而緘閉如舊以還之，紿云未開。愷之見封題如初，直云妙畫通靈，變化而去，亦猶人之登仙，了無怪色。案：《名畫記》：愷之小字虎頭。吴曾《漫録》：顧愷之爲虎頭將軍，非小字也。《畫記》誤耳。

〔一四七〕【咸注】《後漢・李業傳》：犍爲任永及業同郡馮信、公孫述連徵命，皆託青盲以避世難。及聞述誅，皆盥洗更視曰：『世適平，目即清。』【補注】氣象，當指以上所描繪之早朝威儀氣象。下句『規模』亦同指朝儀。

〔一四八〕【曾注】《莊子》：形固可使如槁木，而心固可使如死灰乎？《漢書》：規模宏遠。【補注】心死，心悦誠服。

〔一四九〕【咸注】《左傳》：文物以紀之。【補注】文物，指禮樂制度。觀文物，疑用季札觀樂事。《史記・吴太伯世家》：『吴使季札聘於魯，請觀周樂。爲歌《周南》、《召南》，曰：「美哉！始基之矣，猶未也，然勤而不怨。」……見舞《招箾》，曰：「德至矣哉！大矣，如天之無不燾也，如地之無不載也。雖甚盛德，無以加矣。觀止矣。若有他樂，吾不敢觀。」』

〔一五〇〕【咸注】《戰國策》：骨疑象碔砆類玉。【補注】碔砆，似玉之石。二句似謂朝廷文物極盛，何勞再雕琢我這碔砆之質呢？

〔一五一〕【曾注】《瑞應圖》：騕褭神馬，明君有德則至。

〔一五二〕【曾注】《列子》：西海上多昆吾石，冶成鐵，作劍，切玉如泥。【補注】苔澀，疑指劍上之緑色銹斑。淬，淬火。鍛造刀劍時將鍛件浸入水中，迅速冷却，以增强硬度。此泛指錘煉、磨礪。昆吾，寶劍。《山海經・中山經》：『又西二百里曰昆吾之山，其上多赤銅。』郭璞注：『此山出名銅，色赤如火，以之作刃，切玉如割泥也。』

〔一五三〕【曾注】古詩：越鳥巢南枝。【按】此謂己之鄉思方殷，如越鳥之巢南枝。據此，庭筠雖寓居鄠郊，其故鄉則在南方。

〔一五四〕【曾注】《漢・魏豹傳》：豹謝曰：『人生一世間，如白駒過隙。』師古曰：白駒，謂日景（影）也。隙，壁際也。

〔一五五〕【立注】王徽《雜詩》：朱火獨照人，抱景（影）自愁怨。【補注】抱影，言其孤獨。左思《詠史》之八：『落落窮巷士，抱影守空廬。』

〔一五六〕【立注】曹植《三良》詩：誰言捐軀易，殺身誠獨難。【補注】上句『銜恩』，下句『酬德』，均對徐、陳、李、蘇而言。

〔一五七〕【咸注】杜甫詩：脱略小時輩。《晉・周顗傳》：王導曰：『冥冥之中，負此良友』。【補注】謂袁、苗、李三人於時輩中推爲良友。

〔一五八〕【咸注】司馬遷《報任安書》：李陵既生降，穨其家聲。《左傳》：女叔齊曰：『君子能知其過，必有令圖。』謝朓詩：平生仰令圖。【補注】令圖，遠大的圖謀。此言三友人繼承家聲，懷抱遠圖。

〔一五九〕【曾注】魏彦深賦：雙骹長者起遲，六翮短者飛急。【補注】《論語・學而》：『事父母能竭其力，事君能致其身，與朋友交而有信。』致身，原指獻身，後用作出仕之典。此句傷己翅短力微，不能奮飛，入仕艱難。

〔一六〇〕【曾注】《漢・鄒陽傳》：蛟龍驤首。【咸注】《韓詩外傳》：昔者田子方出，見老馬於道，問其御曰：『此何馬也？』曰：『公家畜也。疲而不用，故出之。』子方喟然歎曰：『少盡其力，老棄其身，仁者不爲也。』宋玉

《九辯》：策駑駘而取路。【補注】驤首，抬頭。此謂諸友如駿馬時時抬頭回顧自己這匹疲馬。

〔一六一〕【咸注】《班固傳》：固字孟堅，綴集所聞，以爲《漢書》，凡百篇。《司馬遷傳》：遷著十二本紀，作三十世家，七十列傳，凡百三十篇，爲《太史公書》，成一家言。

〔一六二〕【咸注】《後漢書》：雷義舉茂才，讓於陳重，鄉里爲之語曰：『膠漆自謂堅，不如雷與陳。』【補注】二句謂三友人才如班、馬齊驁，情似雷、陳親密，並駕齊驅。

〔一六三〕皆言爾志，見本篇注〔四〇〕。【補注】句意謂昔與諸友均參加府州考試，如孔門弟子之各言其志。或解爲與三友人同門而學，亦通。

〔一六四〕【補注】《論語·子罕》：『子曰：後生可畏，焉知來者之不如今也！』《論語·先進》：『非吾徒也，小子鳴鼓而攻之可也。』此句『吾徒』指苗、袁、李三友人。謂如今則諸子後生可畏，自愧不如。

〔一六五〕【咸注】《張華傳》：斗牛間常有紫氣，華問雷煥，曰：『寶劍之精，上徹於天耳。』【補注】《晉書·張華傳》：『初，吴之未滅也，斗牛之間常有紫氣……及吴平之後，紫氣愈明。華聞豫章人雷煥妙達緯象，乃要煥宿……煥曰：「寶劍之精，上徹於天耳。」……因問曰：「在何郡？」煥曰：「在豫章豐城。」……華大喜，即補煥爲豐城令。煥到縣，掘獄屋基，入地四丈餘，得一石函，光氣非常，中有雙劍，并刻題，一曰龍泉，一曰太阿。其夕，斗牛間氣不復見焉。』斗，北斗星；牛，牽牛星。斗牛二宿之分野當吴越地區。此句以沉埋地下氣冲斗牛之寶劍自喻。

〔一六六〕辨，李本、十卷本、姜本、毛本、《全詩》作『辯』，通。【曾注】轆轤、鹿盧同。【立注】鹿盧之劍。晉灼曰：古劍首以玉作鹿盧。古樂府：腰間鹿盧劍，可直千萬餘。【補注】《漢書·雋不疑傳》注：『古長劍首以玉作井鹿盧形，上刻木作山形，如蓮花初生未敷時。今大劍木首，其狀似此。』此以『轆轤』代指寶劍。句意謂無人辨識自己的才能。

〔一六七〕緑蟻，借指酒。詳卷四《送陳嘏之侯官兼簡李常侍》注〔一一〕。

〔一六八〕【立注】《王衍傳》：衍妻郭氏，賈后之親，藉勢貪戾，聚斂無厭。衍疾郭貪鄙，口未嘗言錢。郭欲試之，令婢以錢繞牀，使不得行。衍晨起，見錢，謂婢曰：『舉阿堵物却。』干寶《搜神記》：南方有蟲，名青蚨，形似蟬而稍大，以母血塗錢八十一文，以子血塗錢八十一文，每市物，或先用母錢，或先用子錢，皆復飛歸，輪轉無已。故《淮南子》術以之還錢，名曰青蚨。【補注】妻試踏青蚨，似言己雖窮困而賤視金錢。

〔一六九〕【咸注】鄒陽上書：衆口鑠金，積毀銷骨也。

〔一七〇〕【曾注】《禮記》：瑕不掩瑜。注：瑕，玉之病也；瑜，其中間美者。

〔一七一〕【立注】《晉書·載記》：陳安左手奮七尺大刀，右手執丈八蛇矛。《唐書·鄭畋傳》：争麾隴右之蛇矛，待掃關中之蟻聚。【補注】《樂府詩集》卷八十五《隴上歌》：『隴上健兒有陳安，丈八蛇矛左右盤，十盪十决無當前。』此句似喻己猶希再參加科舉考試。

〔一七二〕【咸注】張衡《東京賦》：白龍魚服，見困豫且。《説苑》：吴王欲從民飲，伍子胥曰：『昔白龍下清冷之淵，化爲魚，豫且射中目。白龍不化，豫且不射。』【補注】白龍魚服，常以喻帝王或貴人微服出行，恐有不測之虞。此則似借喻自己如白龍魚服，不爲人所識，反而自我拘囚。

〔一七三〕【咸注】《莊子》：爲不善乎顯明之中者，人得而誅之，爲不善乎幽閒之中者，鬼得而誅之。【補注】逭，逃避。

〔一七四〕【咸注】《莊子》：其卧徐徐，其覺于于。餘詳卷五《華陰韋氏林亭》『陌塵宫樹是非間』句注。【按】此似化用《莊子·齊物論》：『昔者莊周夢爲蝴蝶，栩栩然胡蝶也。自喻適志與？不知周也。俄而覺，則蘧蘧然周也。不知周之夢爲胡蝶與？胡蝶之夢爲周與？周與蝴蝶，則必有分矣。此之謂物化。』句意謂夢醒後對是與非感到迷惑。此憤世之言。

〔一七五〕【曾注】《詩》：父曰嗟予子行役。【補注】秦，指關中長安；吴，指春秋吴國（今江蘇南部）之地。據此句，庭筠其時將有自長安至吴中之行役。亦即詩題所謂『將議遐適』。吴中爲其故鄉。

〔一七六〕【咸注】《史記》：余低回留之不能去云。【補注】低徊，徘徊、流連。

〔一七七〕【曾注】《左傳》：蒙犯霜露。【咸注】《東觀漢記》：世祖蒙犯霜雪。【補注】蒙犯，此指旅途上將受風霜塵埃的侵襲冒犯。

〔一七八〕【曾注】沈約詩：旅雁每回翔。

〔一七九〕【曾注】《魏志》：陳登喻吕布曰：『譬如養鷹，飢則爲用，飽則颺去。』【補注】二句想像旅途中所見，兼以自寓漂泊窮困。

〔一八〇〕【立注】劉石齡云：《古今注》：促織，一名蟋蟀，謂鳴聲如急織也。里語：促織鳴，嬾婦驚。

〔一八一〕繭，《全詩》、顧本校：一作『緒』。【咸注】《爾雅翼》：太昊師蜘蛛而結網。故張望賦云：『吐自然之纖緒，先皇羲以結網。』《太玄經》：蜘蛛之務，不如蠶之緰。【補注】心繭，謂心緒紛亂糾結如繭。學蜘蛛，謂如蜘蛛之結網以自困。

〔一八二〕【咸注】《莊子》：漢陰丈人曰：『有機械者必有機事，有機事者必有機心。』【補注】機，指事物變化之原由，故曰『難料』。

〔一八三〕【曾注】《左傳》：小信未孚。【補注】孚，使相信，使信服。

〔一八四〕【曾注】盧思道詩：谷中石虎徑銜箭。【補注】激揚，激奮昂揚。

〔一八五〕【立注】郭緣生《述征記》：盟津、河津恒濁，寒則冰厚數丈。冰始合，車馬不敢過，要須狐行。云此物善聽，冰下無水乃過，人見狐行方渡。【補注】句意謂心存疑懼，有如聽冰之狐。

〔一八六〕窟，底本一作□（闕文）。【曾注】《戰國策》：馮煖曰：『狡兔有三窟，僅得免其死耳。』

〔一八七〕【補注】合符，符信相合。古以竹木或金石爲符，上書文字，剖而爲二，各執其一，合之爲證。《孟子·離婁下》：『地之相去也，千有餘里；世之相後也，千有餘歲。得志行於天下，若合符節。』句意謂己與諸友人論心每相符合。

〔一八八〕【曾注】《詩》：棠棣之華，鄂不韡韡。【補注】浪，徒然。棣萼，喻兄弟。《詩・小雅・常棣》：『棠棣之華，鄂不韡韡；方今之人，莫如兄弟。』其小序謂爲召公宴兄弟而作。棠棣，薔薇科，暮春開花。

〔一八九〕【咸注】《漢書》：非有葭莩之戚。師古曰：葭，蘆也。莩，其筒中白皮，言輕薄而附著。【補注】二句似謂兄弟棣萼同輝徒成空言，親戚亦無所依託。按：庭筠有弟庭皓。

〔一九〇〕【曾注】《詩》：嚶其鳴矣，求其友聲。【補注】《詩・小雅・伐木》：『伐木丁丁，鳥鳴嚶嚶。出自幽谷，遷於喬木。嚶其鳴矣，求其友聲。』嚶嚶爲鳥鳴之聲，唐人常以嚶鳴出谷遷喬之鳥爲黄鶯，故以『鶯遷（喬木）』指登第。此句意謂，友人如出谷遷喬之鶯，即將登第，正嚶鳴而求友。

〔一九一〕巢，《全詩》、顧本校：一作『梁』。【曾注】《莊子》：鴟得腐鼠，鵷雛過之，仰而視之曰：『嚇！』【補注】《詩・豳風・鴟鴞》：『鴟鴞鴟鴞，既取我子，無毁我室，恩斯勤斯，鬻子之閔斯。』『予羽譙譙，予尾翛翛，予室翹翹，風雨所漂摇，予惟音嘵嘵。』句意當自此化出，『雛』指危巢中的小鳥。意謂鴟鴞（貓頭鷹）似的惡人切莫威嚇已處於風雨飄摇之境的兒女。如用《莊子・秋水》事，則『危巢』意無着落。

〔一九二〕【咸注】《晉書》：裴秀少好學，能屬文，時人爲之語曰：『後進領袖有裴秀。』又：魏舒堂堂，人之領袖。【補注】風華，風采才華。《南史・謝晦傳》：『時謝混風華爲江左第一。』此言友人之風采才華飄揚，爲士林領袖。

〔一九三〕襦，《全詩》作『繻』，誤。【咸注】《莊子》：儒以《詩》《禮》發冢。大儒臚傳曰：『東方作矣，事之何若？』小儒曰：『未解裙襦，口中有珠。《詩》固有之曰：「青青之麥，生於陵陂。生不布施，死何含珠？」』【補注】衾襦，覆蓋屍體之單被和死人所穿之短襖。此句似對當時欺世盜名，打着儒家幌子作壞事的文士有所諷。

〔一九四〕【曾注】《魏志》：曹公作攲案，卧視書。【補注】攲枕，倚枕，斜靠着枕頭。示不眠有所思，故曰『情何苦』。

〔一九五〕豈殊，二字原脱，據述鈔、席本、《全詩》、顧本補。豈，《全詩》、顧本校：一作『固』。【曾注】鄧析書：同舟涉海，中流遇風，救患若一，所憂同故也。【補注】《孫子・九地》：『夫吴人與越人相惡也，當其同舟而濟，遇風，其相救也，如左右手。』句意蓋企望友人同舟相濟。

〔一九六〕此句原作『放□懷親□蕙芷』，二闕文係上句末二字闕文誤入，茲據述鈔、十卷本『道』字下缺二字。席本、《全詩》、顧本删正。【曾注】《離騷》：雜申椒與菌桂兮，豈惟紉夫蕙芷。【補注】蕙芷，香草，蕙草與白芷。放懷，猶縱情。『蕙芷』喻友人。

〔一九七〕【曾注】《淮南子》：西日垂景在樹端，曰桑榆。【咸注】《馮異傳》：可謂失之東隅，收之桑榆。注：桑榆謂晚也。【補注】收之桑榆，本謂初雖有失，而終得補償，後轉喻時猶未晚。而已則異於是，故曰『收迹異桑榆』。

〔一九八〕攀，十卷本、李本、毛本、姜本作『扳』，通。贈遠攀柳，指折柳送別，詳卷二《東郊行》末二句注。

〔一九九〕【曾注】《漢書》：路温舒父爲里監門，使温舒牧羊。温舒取澤中蒲截以爲牒，編用寫書。【補注】時值隆冬，柳條未舒，雖欲折柳贈遠而不能，故曰『聊扳柳』；家貧無紙，故截蒲裁書以寄呈。

〔二〇〇〕【補注】《詩・邶風・静女》：『愛而不見，搔首踟躕。』二句謂臨行之前，遠瞻風采，流淚無限，頻頻回首，徬徨不前。

【按】本篇爲庭筠集中篇幅最長的一首百韻長律，亦爲反映其生平經歷中一段重要際遇之作品。全詩可分五段。

自開頭至『龍希莫學屠』五十八句爲第一段。其中首八句爲一總引，概述已因不得參加明年進士試而窮郊自傷之情事。以下五十句，先敘自己『奕世參周禄，承家學魯儒』之家世，次敘『文囿陪多士，神州試大巫』參加京兆府試的經歷，再敘因故未參加禮部試的遭遇及内心的憤懣。第二段自『轉蓬隨款段』至『高木墮飢鼯』四十二句，敘述自己居住鄠郊的生活及景物。第三段自『事廹離幽墅』至『蹬笈尚崎嶇』二十句，敘已曾因『事廹』而離開郊墅外出，遊歷邊地，拜謁官吏，雖蒙稱賞，實無汲引之意。第四段自『蓮府侯門貴』至『今亦畏吾徒』四十句，贊美御史臺諸公及三友人，對諸公之恩德表示感激，對三友人之並駕齊驅深表欣羨。第五段自『有氣干牛斗』至末，自慨寶劍沉埋，無人辨識，自敘將有『秦吳』之役，以瞻風流淚，回首踟躕作結。各段篇幅長短參差，反映作者落筆前並無通盤考慮與精密構思，全憑自身所遇所感信筆敘寫。故從藝術角度而言，此長律較杜甫、李商隱同類之作典麗精工者自遜一籌。然對了解當時之經歷遭遇及思想感情，則自有其價值。庭筠參加京兆府試，薦名居第二，却未能參加禮部進士試，其原因當非庭筠自稱緣於『抱疾』。從本篇『寒心畏厚誣』、『正使猜奔競』、『積毁方銷骨』、『危巢莫嚇雛』等語中不難想見，其時庭筠所遭之毁謗誣蔑當十分嚴重，不但直接影響其參加進士試，且使其無法繼續在郊墅安居，以至有『行役議秦吳』之舉。詩中雖未明言所遭誣毁之具體内容，然其對庭筠仕途的影響及所造成之内心傷害之嚴重，固不待言。

感舊陳情五十韻獻淮南李僕射〔一〕

嵇紹垂髫日〔二〕，山濤筮仕年〔三〕。琴樽陳座上〔四〕，紈綺拜牀前〔五〕。鄰里纔三徙〔六〕，雲霄已九遷〔七〕。感深情儻怳〔八〕，言發淚潺湲〔九〕。

憶昔龍圖盛〔一〇〕，方今鶴羽全〔一一〕。桂枝香可襲〔一二〕，楊葉舊頻穿〔一三〕。玉籍標人瑞〔一四〕，金丹化地仙〔一五〕。賦成攢筆寫〔一六〕，歌出滿城傳〔一七〕。既矯排虚翅〔一八〕，將持造物權〔一九〕。萬靈思鼓鑄〔二〇〕，羣品待陶甄〔二一〕。視草絲綸出〔二二〕，持綱雨露懸〔二三〕。法行黄道内〔二四〕，居近翠華邊〔二五〕。書迹臨湯鼎〔二六〕，吟聲接舜絃〔二七〕。白麻紅燭夜〔二八〕，清漏紫微天〔二九〕。雷電隨神筆，魚龍落彩牋〔三〇〕。閑宵陪雍畤〔三一〕，清暑在甘泉〔三二〕。耿介非持禄〔三三〕，優游是養賢〔三四〕。冰清臨百粤〔三五〕，風靡化三川〔三六〕。委寄崇推轂〔三七〕，威儀壓控弦〔三八〕。

梁園提彀騎〔三九〕，淮水换戎旃〔四〇〕。照日青油濕〔四一〕，迎風錦帳鮮〔四二〕。黛蛾陳二八〔四三〕，珠履列三千〔四四〕。舞轉迴紅袖〔四五〕，歌愁斂翠鈿〔四六〕。滿堂開照耀〔四七〕，分座儼嬋娟〔四八〕。油額芙蓉帳〔四九〕，香塵玳瑁筵〔五〇〕。繡旗隨影合〔五一〕，金陣似波旋〔五二〕。緹幕深迴互〔五三〕，朱門暗接連〔五四〕。彩虬蟠畫戟〔五五〕，花馬立金鞭〔五六〕。

有客將誰託〔五七〕，無媒竊自憐〔五八〕。抑揚中散曲〔五九〕，漂泊孝廉船〔六〇〕。未展干時策〔六一〕，徒抛負郭田〔六二〕。轉蓬猶邂爾〔六三〕，懷橘更潸然〔六四〕。投足乖蹊徑〔六五〕，冥心向簡編〔六六〕。未知魚躍地〔六七〕，空媿鹿鳴篇〔六八〕。予嘗忝京兆薦，名居其副〔六九〕。稷下期方至〔七〇〕，漳濱病未痊〔七一〕。二年抱疾，不赴鄉薦，試有司〔七二〕。定非籠外鳥〔七三〕，真是殼中蟬〔七四〕。蕙逕鄰幽澹〔七五〕，荆扉興静便〔七六〕。草堂苔點點，蔬囿水濺濺〔七七〕。釣罷溪雲重〔七八〕，樵歸澗月圓。嬾多成宿疢〔七九〕，愁甚似春眠〔八〇〕。木直終難怨〔八一〕，膏明只自煎〔八二〕。鄭鄉空健羨〔八三〕，陳榻未招延〔八四〕。

旅食逢春盡，羈遊爲事牽〔八五〕。宦無毛義檄〔八六〕，婚乏阮修錢〔八七〕。冉弱營中柳〔八八〕，披敷幕下蓮〔八九〕。儻能容委質〔九〇〕，非敢望差肩〔九一〕。瀝劍猶堪淬〔九二〕，餘朱或可研〔九三〕。從師當鼓篋〔九四〕，窮理久忘筌〔九五〕。折簡能榮瘁〔九六〕，遺簪莫弃捐〔九七〕，韶光如見借〔九八〕，寒谷變風煙〔九九〕。

校注

〔一〕【立注】《舊唐書》：李蔚字茂休，隴西人。開成末進士擢第。大中七年，知制誥，轉郎中，正拜中書舍人。咸通五年，權知禮部貢舉。六年，拜禮部侍郎，轉尚書右丞。尋拜京兆尹、太常卿。尋以本官同平章事，加中書侍郎。罷相，出爲襄州刺史、山南東道節度使。入爲吏部尚書，加檢校尚書右僕射、汴州刺史、宣武軍節度觀察等使。咸通十四年，轉揚州大都督府長史、淮南節度副大使知節度事。【顧肇倉曰】《舊唐書》一七四《李德裕傳》：『武宗即位，七月，召德裕於淮南。九月，授門下侍郎同平章事。』《舊·紀》開成五年下亦云：『九月，以淮南節度使檢校尚書左僕射李德裕爲吏部尚書、同中書門下平章事。』據此，本詩蓋即開成五年秋季李德裕自淮南任入朝時飛卿獻李德裕之作。是時，李德裕官淮南節度使檢校尚書左僕射，與本詩題官正合。故本詩有『既矯排虛翅，將持造物權。萬倫（當作靈）思鼓鑄，羣品待陶甄』之語，言其即將入相也。又曰：復按德裕曾三官西浙觀察使。《漢書·地理志》注：『自交趾至會稽七八千里，百粤雜處。』則西浙固可稱百粤，而與『冰清臨百粤』之語合矣。曾分司東都，即所謂『風靡化三川』也。《箋注》以三川爲河南，説固可通，但唐代，蜀地亦可稱三川，而德裕則曾鎮西川，且有政績。又曾爲滑州刺史及淮南節度使，即本詩所謂『梁園』、『淮水』也。與德裕宦蹟正合。（《温庭筠感舊陳情五十韻獻淮南李僕射舊注辨誤》，轉引自夏承燾《温飛卿繫年》，見《唐宋詞人年譜》三九〇至三九一頁）【夏承燾曰】此詩蓋獻李德裕而非李蔚……以此詩按之德裕行歷：『視草絲綸出，持綱雨露懸。』『白麻紅燭夜，清漏紫微天。』一段，乃指其穆宗初召充翰林學士；『冰清臨百粤，風靡化三川。委寄崇推轂，威儀壓控弦』一段，則指其爲鄭滑節度使、雲南招撫使，在蜀『西拒吐蕃，南平蠻蜑《舊書》本傳，語語皆合。再案獻李僕射詩在書懷百韻後。書懷百韻題云：『開成五年秋，以抱疾郊野，不得與鄉計偕至王府。』而獻李僕射詩亦有『稷下期方至，漳濱病未痊』之句，原注云：『二年抱疾，不赴鄉薦試有司』：是二詩必同爲開成五年作，正德裕在淮南任就加左僕射之時也（李蔚其時方擢進士第）。（《温飛卿繫年》，《唐宋詞人年譜》三八九頁）【陳尚君曰】以德裕爲贈詩對象……明顯不合者，至少有三：德裕分司東都，爲時僅十餘天，旋遭貶去，不能説『風靡化三川』，此其一。德裕兼雲南招撫使，官廨駐成都，是爲蜀地；三鎮浙西，乃越地。漢以前自交趾至會稽一帶，百粤雜處，確有其事，而唐人所謂百粤，皆指嶺南……罕有稱越、蜀爲百粤之例。德裕會昌前，未涉足嶺南，『冰清臨百粤』句，無從着落。此其二。詩中『梁園提轂騎，淮水换戎旃』，謂李自梁宋一帶調鎮淮南。鄭滑節度轄地與梁宋相接，只是很少用『梁園』指代。姑謂此處可代，而德裕自鄭滑任到移鎮淮南，相隔八年之久，用『换』字似嫌唐突。此其三。德裕時負盛名，庭筠如贈詩給他，不應錯舛如此。又曰：尤應確定的，是《感舊》詩的投贈時間。詩中自注：『余嘗忝京兆薦，名居其副。』即《書懷百韻》自注：『予去秋試京兆，薦名居其副』一事，在開成四年秋。《感舊》另一自注：『二年抱疾，不赴鄉薦試有司』，指受薦名的當年和次年均未赴選……後段復云：『旅食逢春盡，羈游爲事牽。』當爲暮春客游淮南时作。開成五年春（八四〇），庭筠無法預卜是年秋能否赴試，故此詩至早也應作於次年會昌元年（八四一）春末。據《舊唐書·武宗紀》，開成五年九月，李德裕自淮南節度使入京爲相。此時，庭筠尚卧疾郊野。及至贈詩時，德裕已離淮南逾半年。唐人重官稱，尤重官職，干謁詩絶不會用較低的舊銜稱謂。又曰：檢《舊唐書·武宗紀》，德裕淮南卸職後，『以宣武軍節度使、檢校吏部尚書、汴州刺史李紳代德裕鎮淮南』。會昌二年（八四二）二月，李紳自淮南入相。同書一七三《李紳傳》：『武宗即位，加檢校尚書右僕射、揚州大都督府長史、知淮南節度大使事。』是李紳也可稱爲『淮南李僕射』，其任職起訖時間，與庭筠贈詩時間，也可吻合。以李紳仕歷與《感舊》中的敍述相參，確鑿無疑地表明李紳爲受贈詩者（以下略，詳見有關各句注引陳文）。（《温庭筠早年事迹考辨》，《中華文史論叢》一九八二年二期。）【按】淮南李僕射，除李蔚、李德裕、李紳諸説外，尚有黄慶雲所主張之李珏説（《江海學刊》）一九八三年五期《温庭筠雜考三題》）。諸説之中，考辨詳密可信者當屬陳尚君所主張之李紳説。茲從陳説，訂此詩作於會昌元年春末。句下注亦多采陳説。

〔二〕【曾注】《晉書》：山濤字巨源，與嵇康善，爲竹林之遊。康坐事，臨誅謂子紹曰：『巨源在，汝不孤矣。』【補注】嵇紹（二五三—三〇四），字延祖，嵇康子。十歲時康被殺。武帝咸寧五年（二七九）時山濤領吏部，乃言於武帝，授祕書監，入洛。人見之，目爲『昂昂然如野鶴之在雞羣』。累遷汝陰太守、徐州刺史、給事黄門侍郎、散騎常侍，領國子博士。後爲成都王穎軍所殺。《晉書·忠義傳》有《嵇紹傳》。垂髫，髮髻下垂，爲古時兒童髮式。約七八歲。嵇康《與山巨源絶交書》云：『女年十三，男年八歲，未及成人，况復多病。』

〔三〕【咸注】《左傳》：畢萬筮仕於晉，遇屯之比，辛廖占之曰吉。【補注】《晉書·山濤傳》：『濤年四十，始爲郡主簿、功曹、上計掾。』筮仕，本指將出做官，卜問吉凶。後多指初出做官。二句謂已正當垂髫之年，李紳初入仕。陳尚君曰：『參照《唐書·李紳傳》及卞孝萱先生《李紳年譜》，李紳初仕情况是：元和元年（八〇六）登第後，旋即東歸。途經潤州，鎮海軍節度使留爲掌書記。次年十月，李錡謀反被殺。李紳以不附錡免罪，歸無錫縣家居……李紳初仕數年間，在江浙一帶留住甚久。從「琴書陳座上」看，時正賦閑。今姑定庭筠見李紳在元和三年（八〇八），李紳時年三十七歲，辭掌書記職家居。嵇康《與山巨源絶交書》：「男（指嵇紹）年八歲，未及成人。」庭筠《上令狐相公啓》：「嵇氏則男兒八歲，保在故人。」庭筠以嵇紹自比，時年約八歲，比李紳年幼近三十歲。嵇紹、山濤之比，言年歲懸殊，甚爲恰當。以此逆推庭筠生年，約在德宗貞元十七年，即公元八〇一年。』按：陳説近是。李紳初仕之年，如不從在李錡幕作掌書記時算起，則應從元和四年爲校書郎時算起，與陳定二人相見之年只差一年，時紳年三十八歲，與山濤初仕之年四十歲亦較合。從此年逆推，庭筠當生於德宗貞元十八年（八〇二）。然既已爲校書郎，則庭筠似無緣在李紳家居無錫時拜見，故仍以將爲李錡掌書記時作爲初入仕較妥，二人相見則在紳離李錡幕居無錫時。又，牟懷川《温庭筠生年新證》（文載《上海師範學院學報》一九八四年一期），以温《上裴相公啓》中『至於有道之年，猶抱無辜之恨』爲依據，認爲『有道之年』即郭有道（郭泰，字林宗）的享年四十二歲，並認爲此啓係開成四年首春求懇裴度之作，由此逆推，温當生於貞元十四年（七九八），此説雖似與『山濤筮仕年』（四十歲）較合，然據筆者考證，《上裴相公啓》非上裴度而係上大中時爲相之裴休的書啓，『有道之年』亦非指郭泰之享年，而係泛稱政治清明之年代。故不取牟説。參卷十一《上裴相公啓》注〔一〕注〔五〕。

〔四〕座，原作「壁」，誤。据述鈔、席本、顧本改。十卷本、姜本、毛本、《全詩》作「席」。《全詩》、顧本校：一作「几」。【咸注】《孔融傳》：融好士，賓客日盈其門，常歎曰：「座上客常滿，尊中酒不空，吾無憂矣。」

〔五〕【立注】梁張纘《離别賦序》：太常劉侯，前輩宿達，余在紈綺之歲，固已欽其風矣。《馬援傳》：援嘗有疾，梁松來候之，獨拜牀下，援不答。松去後，諸子問曰：「大人奈何獨不爲禮？」援曰：「我乃松父友也。」【補注】紈綺，謂少年。張説《梁國文貞公碑》：「公紈綺而孤，克廣前業。」二句謂紳如孔融之好士，座上客常滿，琴樽列於座上；己時方年少，即拜謁於牀前。

〔六〕【曾注】《列女傳》：孟軻之母三徙其居，而軻成大賢。【補注】劉向《列女傳·鄒孟軻母》：「鄒孟軻之母也，號孟母。其舍近墓，孟子之少也，嬉遊爲墓間之事，踴躍築埋。孟母曰：「此非吾所以居處子。」乃去，舍市傍。其嬉戲爲賈人衒賣之事。孟母又曰：「此非吾所以居處子也。」復徙學宫之傍，其嬉戲乃設俎豆揖讓進退。孟母曰：「真可以居吾子矣。」遂居之。」【陳尚君曰】其家居與李紳爲比鄰。【按】孟母三遷擇鄰典，多用作母親教子有方之意。《新唐書·李紳傳》：「紳六歲而孤，哀等成人。母盧，躬授之學。」紳有母如此教子有方，故以三徙擇鄰之孟母爲比，非謂庭筠與紳比鄰而居。李紳因父寓居無錫，遂爲無錫人，而庭筠舊鄉則在吴中蘇州一帶（見有關詩箋注），雖地近可趨前拜謁，然並非比鄰而居。

〔七〕【咸注】任昉《爲范尚書讓封侯表》：雖千秋之一日九遷。注：《東觀漢記》：馬援與楊廣書曰：「車丞相，高祖園寢郎，一月九遷爲丞相者。知武帝恨誅衛太子，上書訟之。」然「日」當爲「月」字之誤也。【陳尚君曰】用車千秋一月九遷典故，稱李仕進之速……李紳元和初進士，會昌二年入相，歷三十六年。【按】作此詩時（會昌元年春末），紳尚未入相。從登第至任淮南節度使，凡三十五年。二句不過頌紳母教養有方，故紳歷居顯位耳。

〔八〕【曾注】屈原《九章》：怊惝怳而乖懷。【補注】感深，感念舊恩之情深。惝怳，惆悵、傷感。

〔九〕【咸注】屈原《九歌》：橫流涕兮潺湲。

〔一〇〕【補注】龍圖，天子之雄圖。

〔一一〕【咸注】《埤雅》：鶴始生二年，落子毛；後六十年大毛落，茸毛生，色雪白。【補注】二句謂：回憶往昔天子富有雄圖大略（指紳登第入仕之憲宗元和年間，李商隱《韓碑》詩所謂『元和天子神武姿』），而今李紳已如羽毛豐滿之白鶴，位居顯榮。

〔一二〕【曾注】劉安《招隱士》：攀援桂枝兮聊淹留。《晉書》：郤詵曰：『臣舉賢良對策，猶桂林之一枝。』【補注】此當謂其父祖輩亦科舉登第，紳承其家風，故云『桂枝香可襲』。紳爲武后朝中書令李敬玄曾孫。白居易《淮南節度使檢校尚書右僕射趙郡李公（紳）家廟碑銘并序》云：『曾祖府君諱敬玄，總章、儀鳳間歷吏部尚書、同中書門下三品、中書令……王父府君諱守一……終成都郫縣令……先考府君諱晤，歷金壇、烏程、晉陵三縣令。』

〔一三〕舊，《全詩》、顧本校：一作『射』。【曾注】《戰國策》：楚有養由基者，善射，去柳葉百步而射之，百發百中。【咸注】杜甫《醉歌行》：舊穿楊葉真自知。【補注】唐人多謂科舉考試爲『射楊』，謂登第爲『穿楊』。《新唐書·藝文志》：『馬幼昌《穿楊集》四卷。』注曰：『判目。』李商隱《偶成轉韻七十二句贈四同舍》：『武威將軍（指盧弘止）使中俠，少年箭道穿楊葉。』曰『舊頻穿』，當指其父、祖均以科舉登第。

〔一四〕摽，述鈔、十卷本、姜本、《全詩》、顧本作『標』，通。【曾注】《西京雜記》：陸賈曰：『天以寶爲信，應人之德，故曰瑞應。』【補注】玉籍，仙人之名冊。人瑞，指年壽特高者。摽，標榜、標舉。

〔一五〕【咸注】《抱朴子》：覽金丹之道，使人不復措意小小方書。《楞嚴經》：衆生堅固服餌草木藥，道圓成名地行仙。【補注】葛洪《抱朴子·論仙》：『按《仙經》云：上士舉形升虛，謂之天仙；中士遊於名山，謂之地仙；下士先死後蜕，謂之地解仙。』後因謂住在人間之仙爲地仙。此二句似指李紳好道，頌禱其爲人瑞，爲地仙。其時紳年已七十，故有人瑞、地仙之之頌禱語。

〔一六〕【咸注】禰衡《鸚鵡賦序》：衡因爲賦，筆不停綴，文不加點。【補注】攢筆，聚筆、衆筆。寫，此指傳鈔。《晉書·左思傳》：『復欲賦三都……遂構思十年……及賦成，時人未之重……安定皇甫謐有高譽，思造而示之。謚稱善，爲其賦序……於是豪貴之家競相傳寫，洛陽爲之紙貴。』攢筆寫，即競相傳寫。此用左思事，謂李紳善賦，爲人廣相傳寫。

〔一七〕【咸注】《南史·謝靈運傳》：每有一首詩至都下，貴賤莫不競寫。宿昔間士庶皆徧，名動都下。【陳尚君曰】《舊·傳》：『能爲歌詩，鄉賦之年，諷誦多在人口。』《新·傳》：『於詩最有名，時號短李。』正是《感舊》『賦成攢筆寫，歌出滿城傳』的注脚。【補注】《雲谿友議》卷上《江都事》：『初，李公（紳）赴薦，常以古風求知，呂光化温謂齊員外煦及弟恭曰：「吾觀李二十秀才之文，斯人必爲卿相。」詩曰：「春種一粒粟，秋收萬顆子。四海無閑田，農夫猶餓死。」「鋤禾日當午，汗滴禾下土。誰知盤中餐，粒粒皆辛苦。」』元和四年，紳作《樂府新題》二十首（已佚），元稹取其尤切者十五章和之。凡此，皆所謂『歌出滿城傳』也。

〔一八〕【曾注】盧諶詩：媿彼排虛翮。【補注】矯，高舉。排虛，凌空。

〔一九〕物，《全詩》、顧本校：一作『化』。【補注】造物權，創造、主宰萬物之權力。此指宰輔之權。李紳於庭筠獻此詩之翌年二月入相。

〔二〇〕【咸注】《莊子》：是其塵垢粃糠，猶將陶鑄堯、舜者也。【補注】萬靈，衆生靈，此猶萬民。鼓鑄，本指鼓風扇火，冶煉金屬，喻陶冶、鍛煉。

〔二一〕【咸注】班固《典引》：甄殷陶周。《漢書》：董仲舒曰：『上之化下，猶泥之在鈞，惟甄者之所爲。』【補注】羣品，猶衆生。陶甄，喻陶冶、教化。

〔二二〕【咸注】《翰林志》：學士於禁中草書詔，雖宸翰所揮，亦資檢校，謂之視草。《禮記》：王言如絲，其出如綸。【補注】詞臣奉旨修正詔諭一類公文，稱『視草』。《漢書·淮南王劉安傳》：『每爲報書及賜，常召司馬相如等視草乃遣。』絲綸，指皇帝的詔書。

〔二三〕【咸注】杜甫《贈田舍人詩》：獻納司存雨露邊。【補注】持綱，執持綱紀，指持憲綱。雨露，喻皇帝恩澤。上句指李紳擢翰林學士，遷中書舍人。下句指其改任御史中丞。《新唐書·李紳傳》：『穆宗召爲右拾遺、翰林學士，與李德裕、元稹同時，號「三俊」，累擢中書舍人……僧孺輔政，以紳爲御史中丞。」

〔二四〕【曾注】杜甫詩：閶闔開黃道。【補注】黃道，古人想像中太陽繞地球的軌道。此句承『持綱』，謂其執法而行事，在日所行的軌道（皇帝的意志）之内。

〔二五〕【曾注】《上林賦》：建翠華之旗。【補注】翠華，天子儀仗中以翠羽爲飾之旗幟或車蓋。此借指天子。此句承『視草』，謂翰林院在宫内，居天子之旁。李肇《翰林志》：『故事，駕在大内，即於明福門置院……今在右銀臺北第一門，向口，牓曰翰林之門。其制高大重複，號爲北門。入門直西爲學士院，即開元二十六年所置也。引鈴於外，惟宣事入。其北門爲翰林院。』韋執誼《翰林院故事》：『翰林院者，在銀臺門内麟德殿西重廊之後。』

〔二六〕【立注】《宣和博古圖》：商有癸鼎，今從四中，此癸則一中三包。漢揚雄、許慎博羣書、窮訓詁，而智不及知，無此鼎，則造書之精義奥旨，孰得而窺之？癸，湯之父主癸也。【補注】湯鼎，商湯時所鑄之鼎，其上刻有銘文。此句謂李紳能書，其書迹臨摹湯鼎上的古文字。陳尚君曰：『李紳工書，嘗書《法華寺》詩刻石。《集古録》、《金石録》、《墨池編》均著録。』

〔二七〕【曾注】《禮記》：昔者舜作五絃之琴，以歌《南風》。【補注】《孔子家語·辨樂解》：『昔者舜彈五絃之琴，造《南風》之詩，其詩曰：「南風之薰兮，可以解吾民之愠兮；南風之時兮，可以阜吾民之財兮。」』舜絃，指皇帝抒寫關心民情民生感情的詩歌。句意謂李紳有奉和聖製之作。今李紳《追昔遊》中有《憶春日太液池亭候對》、《憶夜直金鑾殿承旨》等詩，雖係日後追憶之作，亦可想見當年應有此類『接舜絃』之作。

〔二八〕【曾注】《唐會要》：凡赦書、德音、立后、建儲、大誅討、拜免三公宰相、命將，并用白麻，不用印。【補注】白麻，紙名，由翰林學士起草的上述重要詔書用白麻紙，中書省所頒詔書則用黄麻紙。葉夢得《石林燕語》卷三：『學士制不自中書出，故獨用白麻紙而已。』白麻紙用苘麻（又稱青麻）製成。

〔二九〕微，李本、十卷本、姜本、毛本作『薇』。【咸注】杜甫詩：清漏聞馳道。【補注】紫微，紫微垣。《晉書·天文志上》：『紫宫垣十五星，其西蕃七，東蕃八，在北斗北。一曰紫微，大帝之座也，天子之常居也，主命主度也。』常用作皇宫之代稱。又，唐代曾稱中書舍人爲紫微舍人。李紳長慶二年二月，遷中書舍人加承旨。

〔三〇〕【咸注】梁簡文帝《春宵》詩：彩殘徒自襞。【補注】二句謂其爲翰林學士、中書舍人，筆生雷電，字走魚龍。

〔三一〕宵，底本作『霄』，據述鈔、李本、十卷本、毛本、顧本、《全詩》改。【曾注】《史記》：自古以雍州積高，神明之隩，故立畤郊上帝、諸神，祠皆聚云。【補注】雍畤，古代祭五方天帝之祭壇。《後漢書·馮衍傳下》『陟雍畤而消摇兮』李賢注：『雍，縣名，屬右扶風，故城在今岐州雍縣南；畤者，止也，神靈之所止也。』

〔三二〕【咸注】《漢·郊祀志》：武帝作甘泉宫，中爲臺室，書天地泰一諸鬼神，而置祭具以致天神。《西京賦》：九嵕、甘泉，涸陰沍寒。日北至而含凍，此焉清暑。【補注】甘泉，西漢離宫，位於漢雲陽縣甘泉山。武帝建元年間在秦林光宫基礎上擴建，周長十九里，武帝在宫内設泰畤，祀奉天神（成帝時將泰畤遷往長安南郊）。史載武帝每年五月避暑於此，八月方歸長安，故云『清暑在甘泉』。【陳尚君曰】《舊·傳》：『元和初（八〇六）登進士第，釋褐國子助教。』『穆宗召爲翰林學士，與李德裕、元稹同在禁署，時稱三俊。』『長慶元年三月，改司勳員外郎、知制誥。三年二月，超拜中書舍人。』《感舊》自『既矯排虚翅』以下，即指李紳這段經歷。又曰：唐制，翰林學士掌内制，中書舍人掌外制。李紳於長慶、寶曆間任翰林學士多年，内廷供直，外行陪侍，爲其職守。（《也談温庭筠生平之若干問題》。載《南開大學學報》一九八二年六期）【按】李紳元和元年登第後未任國子助教，即東歸。元和四年任校書郎，元和九年始遷國子助教。十四年爲山南西道觀察判官，同年五月任右拾遺。『既矯排虚翅』似當指『穆宗召爲翰林學士』後的一段宦歷。

〔三三〕【咸注】劉峻《廣絶交論》：耿介之士，疾其若斯。【補注】持禄，保持禄位，猶尸位素餐。句意謂紳生性耿介剛正，非持禄庸碌之輩。

〔三四〕【曾注】《詩》：優游爾休矣。【補注】優游，悠閒自得貌。養賢，保持、培養才德。【陳尚君曰】《舊·傳》載，李紳在朝與李逢吉對立，逢吉勾結宦官王守澄，利用敬宗年幼，『言紳在内署時，嘗不利於陛下』，敬宗

『不能自執，乃貶紳端州司馬。』《感舊》：『耿介非持祿，優游是養賢。』謂李紳立朝耿直持正，遭權奸排擠而遠貶。【按】李紳《趨翰苑遭誣構四十六韻》詩及自注對此段經歷有如下追敘：『潔身酬雨露，利口扇讒諛。碧海同宸眷，鴻毛比賤軀。辨疑分黑白，舉直觝朋徒。思政面論逢吉、崔楨奸邪，劉栖楚、柏耆凶險，張又新、蘇景修朋黨也。庭獸方呈角，階蓂始效莩。日傾烏掩魄，星落斗摧樞。穆宗升遐。墜劍悲喬岳，號弓泣鼎湖。亂羣逢害馬，擇肉縱狂貙。逢吉、守澄、柏耆、又新等，連爲搏噬之徒。膽爲隳肝竭，心因瀝血枯。滿帆摧駭浪，征棹折危途。余以户部侍郎貶端州司馬。』貶端州司馬後，至寶曆元年五月，量移江州刺史。大和二年遷滁州刺史。四年改壽州刺史。七年正月，授太子賓客、分司東都。以上宦歷，均爲外州刺史或分司閑職，亦均可包括在『優游是養賢』之境遇中。

〔三五〕【咸注】《漢・地理志》注：臣瓚曰：自交趾至會稽七八千里，百粤雜處。【陳尚君曰】『百粤』，指嶺南，唐爲流黜地。端州當今廣東肇慶，時屬嶺南道。『冰清』喻潔身無過。【補注】百粤，或稱百越，古代南方越人之總稱，分佈於今浙、閩、粤、桂等地，因部落衆多，故稱百越，亦指百越所居的地區。唐代固然多稱今兩廣地區爲百越（粤），亦有稱今浙、閩之地爲百越（粤）者。此句『百粤』即指浙東地區。《舊唐書・李紳傳》：『大和七年，李德裕作相。七月，檢校左常侍、越州刺史、浙東觀察使。』此謂『臨百粤』，表明係鎮守一方臨民之長官，而非如端州司馬之安置性貶職；『冰清』亦貼臨民之長官廉潔清正而言，非謂其潔身無過而遭貶。且詩之敘事，至『耿介』二句已是一小收束，『冰清』以下所敘乃重新受皇帝信任，擔任重要官職之經歷。如以貶端州之事與相隔十餘年之久的『化三川』（任河南尹）宦歷並提，殆爲不倫。

〔三六〕【咸注】班固《漢書・贊》：天下學士，靡然向風。任昉彈事：所向風靡。《漢書》：河南故秦三川郡。韋昭注曰：有河、洛、伊，故曰三川。【陳尚君曰】《新・傳》：『開成初，鄭覃以紳爲河南尹。河南多惡少，或危帽散衣，擊大毬，户官道，車馬不敢前。紳治剛嚴，皆望風遁去。』『風靡化三川』即謂此。【按】陳説是。河南尹，唐人又謂之三川守。許渾有《三川守大夫劉公早歲寓居敦行里肆有題壁十韻》，三川守指河南尹劉瑑。風靡，語本《論語・顔淵》：『草上之風，必偃。』靡，猶『偃』，倒下。桓寬《鹽鐵論》：『上之化下，若草之靡風，無不從教。』

〔三七〕【曾注】《漢書》：馮唐曰：『上古王者遣將也，跪而推轂，曰：「閫以内寡人制之，閫以外將軍制之。」』【補注】委寄，指皇帝的委任寄託。推轂，推車前進，古代帝王任命將帥之隆重禮節。

〔三八〕弦，原作『絃』，據述鈔、李本、十卷本、姜本、毛本、《全詩》、顧本改。【曾注】《漢書》：控弦百萬。【補注】控弦，拉弓，此借指拉弓之士兵。二句謂皇帝的委任託付之重高過古代的『推轂』之禮，節鎮府尹的威儀使部下的士兵俯首聽命。

〔三九〕【咸注】《漢書》：梁孝王築東園，方三百里，廣睢陽城七十里。《新唐書·兵志》：其始盛時有府兵，府兵後廢爲彍騎，彍騎又廢，而方鎮之兵盛矣。【陳尚君曰】《舊·傳》：開成元年『六月，檢校户部尚書，汴州刺史，宋亳汴潁觀察等使。』梁園，西漢梁孝王所築兔園，在汴州附近，時歸宣武軍轄。【補注】梁園，作爲地名代稱，唐人詩文中例指汴州，不指鄭滑（顧肇倉謂『梁園』指李德裕曾爲滑州刺史），如李白之《梁園吟》，李商隱《偶成轉韻七十二句贈四同舍》之『臘月大雪過大梁』，『梁園』、『大梁』均指汴州。提，率領、統轄。彀騎，持弓弩之騎兵。《史記·張釋之馮唐列傳》：『彀騎萬三千。』司馬貞索隱引如淳曰：『彀騎，張弓之騎也。』

〔四〇〕【曾注】《禮記》：通帛曰旃。【陳尚君曰】至武宗即位，徙淮南節度。兩地（指汴州、淮南）均帶軍職。《感舊》云：『梁園提彀騎，淮水换戎旃。』地點、職銜均吻合無差。《舊唐書》卷一七三《李紳傳》：『武宗即位，加檢校尚書右僕射、揚州大都督府長史、知淮南節度大使事。』【補注】戎旃，軍旗。换戎旃，猶調任另一軍區。『换』字精切，説明自汴州至淮南，時間上緊相承接。此種宦歷，在庭筠生活之時代，李姓節鎮中舍紳外無第二人。

〔四一〕【咸注】《梁·宗室傳》：蕭韶爲郢州刺史，庾信塗經江夏，韶接信甚薄，坐信青油幕下。韓愈詩：談笑青油幕。【補注】青油，由烏桕樹種仁所得之乾性油，用於油漆。或説即黑漆。青油，即青油幕，指將帥幕府。溼，形容油幕在日光照映下閃亮有光澤。

〔四二〕【曾注】古樂府：錦帳掛香囊。【按】青油（幕）、錦帳，均切戎幕而言。

〔四三〕蛾，原作『娥』，據述鈔、李本、十卷本、毛本、《全詩》改。【咸注】宋玉《招魂》：二八侍宿，射遞代些。注：二八，二列也。【補注】二八，古代歌舞分爲二列，每列八人。《左傳・襄公十一年》：『凡兵車百乘，歌鍾二肆，及其鎛磬，女樂二八。』杜注：『十六人。』此句謂帳中歌舞。

〔四四〕珠履，用春申君上客着珠履事，見卷四《寄河南杜少尹》注〔二〕。【補注】此句謂幕中府僚賓客衆多。

〔四五〕【曾注】庾信《詠畫屏風》詩：誰能惜紅袖。【補注】回，飄轉，翻卷。

〔四六〕【咸注】《續幽怪録》：韋固妻容貌端麗，眉間常貼花鈿。王臺卿詩：按曲動花鈿。【補注】翠鈿，本指用翠玉製成之首飾。此云『斂翠鈿』，則『翠鈿』實指眉間飾，庭筠《南歌子》詞『臉上金霞細，眉間翠鈿深』可證，係貼於眉間之花子。蓋歌愁則歌者雙眉緊皺，眉間之翠鈿亦隨之而斂。如指首飾，則不當云『斂』。

〔四七〕【曾注】屈原《九歌》：滿堂兮美人。【補注】開照耀，形容歌舞女子光豔照人。宋玉《神女賦》：『其始來也，耀乎如白日初出照屋梁。』

〔四八〕【補注】分座，依次而坐。儼，美豔。《詩・陳風・澤陂》：『有美一人，碩大且儼。』亦可解爲『整齊』貌。嬋娟，姿態美好貌。

〔四九〕【補注】油額，光潤的帳額。

〔五〇〕【咸注】李白樂府：玳瑁筵中懷裏醉，芙蓉帳底奈君何！【立注】劉楨《瓜賦》：布象牙之席，熏玳瑁之筵。【補注】玳瑁筵，喻豪華珍貴的宴席。

〔五一〕影合，顧本校：一作『月影』。【咸注】白居易詩：紅旗影動薄寒嘶。

〔五二〕【咸注】《漢・郊祀歌》：月穆穆以金波。注：月光穆穆，如金之波流也。【補注】上句『影』指日影，下句『波』指月光。金陣，指披上金色鎧甲的戰士行列。

〔五三〕㸦，李本、十卷本、姜本作『牙』，毛本作『訝』，均誤。席本、《全詩》作『互』，通。【咸注】《西京賦》：緹衣韎韐。善曰：《字林》：緹，帛丹黄色。回㸦，詳卷四《題友人池亭》注〔三〕。【補注】句意謂橘黄色之帳幕層深回環。

〔五四〕【咸注】東方朔《十洲記》：臣故舍韜隱而赴王庭，藏養生而侍朱門矣。郭璞《遊仙詩》：朱門何足榮，未若託蓬萊。【補注】此「朱門」泛指豪華之朱漆門户。

〔五五〕【補注】謂畫戟上刻繪彩色之虬龍。參見卷二《走馬樓三更曲》「虎幡龍戟風飄揚」句注。

〔五六〕【咸注】李白樂府：五花馬，千金裘。白居易詩：馬鬣翦三花。

〔五七〕【曾注】《詩》：有客有客。【補注】有客，作者自指。李商隱《五言述德抒情詩一首獻上杜七兄僕射相公》末段亦云：『有客趨高義，於今滯下卿。』『有客』云云，殆爲投獻詩陳情熟套。

〔五八〕【咸注】《禮記》：男女非有行媒，不相知名。【補注】以女子無媒難嫁託喻文士無顯宦汲引而難以入仕。

〔五九〕【咸注】《嵇康傳》：康字叔夜，拜中散大夫。嘗暮宿華陽亭，引琴而彈，夜分，忽有客詣之，稱是古人，與康共談音律，辭致清辨。因索琴彈之，而爲《廣陵散》，聲調絶倫，遂以授康。【補注】抑揚，謂樂曲聲調抑揚起伏，美妙動聽。中散曲，即指《廣陵散》。此句歎世無賞音。

〔六〇〕【咸注】《張憑傳》：憑字長宗，舉孝廉。初，欲詣劉惔，同舉者笑之。既至，惔處之下座，言旨深遠，一座皆驚。惔延之上座，清言彌日，留宿至旦遣之。憑既還船，須臾，惔傳教覓張孝廉船，便召與同載。【補注】句意謂己雖如張憑之富才辯，却至今漂泊困頓，得不到知音的推賞。

〔六一〕【補注】干時策，治世之謀略。

〔六二〕【曾注】《蘇秦傳》：秦喟然歎曰：『且使我有洛陽負郭田二頃，吾豈能佩六國相印乎？』【補注】負郭田，靠近城郭的良田。徒抛家鄉之田地外出求仕而功名不就，故云『徒抛負郭田』。

〔六三〕【咸注】《説文》：蓬，蒿也。陸佃曰：葉散生，遇風輒旋。曹植《雜詩》：轉蓬離本根，飄颻隨長風。嵇康詩：邈爾相遐。【補注】蓬，草名。葉形似柳葉，邊緣有鋸齒。花外圍白色，中心黄色。秋枯根拔，隨風飛旋，故稱轉蓬。句意謂己蓬轉漂泊的生活尚邈遠而無停歇着落之期。

〔六四〕懷橘，見本卷《書懷一百韻》：『笑語空懷橘』句注。【曾注】《詩》：潸然出涕。【補注】謂雖欲如陸績之懷橘奉親，而母已去世，故曰『更潸然』。

〔六五〕【咸注】張衡《應問》：捷徑邪至，吾不忍以投步。謝朓詩：桃李成蹊徑。【補注】謂己欲投足而無路可走。

〔六六〕【補注】冥心，專心致志。簡編，指典籍。

〔六七〕【咸注】《辛氏三秦記》：龍門在河東界，每暮春，有黃黑鯉魚自海及諸川争來赴之，得上者便化爲龍，否則暴鰓點額而退。

〔六八〕【咸注】《詩小序》：《鹿鳴》，燕羣臣嘉賓也。既飲食之，又實幣帛筐篚，以將其厚意，然後忠臣嘉賓得盡其心矣。【補注】《鹿鳴》篇，古代宴羣臣嘉賓所用之樂歌。《新唐書・選舉志》：『每歲仲冬……試已，長吏以鄉飲酒禮，會屬僚，設賓主，陳俎豆，備管絃，牲用少牢，歌《鹿鳴》之詩，因與耆艾敍長少焉。』上句謂己未知何時能魚躍龍門，科舉登第；下句謂己空自辜負州郡的推薦，行飲酒之禮，歌《鹿鳴》之篇。

〔六九〕自注毛本『忝』字上脱『予』字，李本無『薦』字、『居』字。【補注】柳宗元《送辛生下第序略》：『京兆尹歲貢秀才，常與百郡相抗。登賢能之書，或半天下。』餘詳《書懷一百韻》注〔四二〕。

〔七〇〕【咸注】《魯連子》：齊之辨者曰田巴，辨於俎豆而議於稷下，毁五帝，罪三王，一旦而服千人。《七略》：齊有稷城門也。齊談説之士，期會於稷下者甚衆。【補注】《史記・田敬仲完世家》：『（齊）宣王喜文學游説之士，自如鄒衍、淳于髡、田駢、接予、慎到、環淵之徒七十六人，皆賜列第，爲上大夫，不治而議論，是以齊稷下學士復盛，且數千百人。』此以稷下之士之期會喻參加科舉考試士子之聚於京城。

〔七一〕【咸注】劉楨詩：余嬰沉痼疾，竄身清漳濱。【補注】謂己病未愈，不能參加禮部進士試，參下作者自注。

〔七二〕作者自注中『二』字，《全詩》作『一』，誤。【陳尚君曰】指受薦名的當年和次年均未赴選。【補注】試有司，指參加禮部主管的進士考試。

〔七三〕【咸注】《鶡冠子》：籠中之鳥，空籠不出。《世説》：郭元瑜少有拔俗之韻，張天錫遣使備禮徵之，元瑜指翔鴻示使人曰：『此鳥安可籠哉！』【補注】此反其意，謂己定非籠外之鳥，志存高遠寥廓。下句意似之。此自嘲語。

〔七四〕殼，李本、十卷本、姜本、毛本作『㲉』。【曾注】《淮南子》：蟬無口而鳴，飲而不食，三十日而蜕。仲長統論：蟬蜕亡殼。

〔七五〕【補注】蕙逕，長滿蕙草（一種香草）的小徑。幽澹，指幽静的池塘。

〔七六〕【曾注】杜甫詩：長吟阻静便。【咸注】謝靈運詩：還得静者便。【補注】静便，清静安適。興，喜也。

〔七七〕囿，《全詩》、顧本校：一作『圃』。

〔七八〕【補注】重，形容溪雲層密低垂。

〔七九〕【補注】宿疢，舊疾、痼疾。

〔八〇〕【補注】韋應物《寄李儋元錫》：『世事茫茫難自料，春愁黯黯獨成眠。』此謂因愁緒太濃，如同春眠，設喻新穎。

〔八一〕【曾注】嵇康《與山巨源絶交書》：足下見直木，必不可以爲輪。【補注】此謂己如直木故遭剪伐，又何怨乎？蓋激憤之辭。

〔八二〕【咸注】《漢書》：龔勝卒，有父老哭之曰：『蘭以芳自燒，膏以明自煎。』【補注】《莊子·人間世》：『山木自寇也，膏火自煎也。桂可實，故伐之；漆可用，故割之。』

〔八三〕見《書懷一百韻》『受業鄉名鄭』句注。【補注】健羨，非常仰慕。

〔八四〕【曾注】《徐穉傳》：陳蕃爲太守，不接賓客，惟穉來特設一榻，去則懸之。【補注】二句謂己雖如鄭玄之鄉居授徒，受人仰慕，但至今尚未得到地方長官的禮遇招延。下句蓋希紳之招延。

〔八五〕【補注】旅食，指客居淮南。羈遊爲事牽，指此次由秦至吴之羈游係出於事情之牽累。

〔八六〕【立注】《後漢書》：廬江毛義字少卿，家貧以孝稱。南陽人張奉慕其名，往候之。坐定，而府檄適到，以義守令。義捧檄而入，喜動顔色，奉心賤之，自恨來，固辭而去。及義母死，去官，公車徵遂不去。張奉歎曰：『賢者固不可測，往者之喜，爲親屈也。』【按】此只取一端，謂無人徵聘自己做官。

〔八七〕修，顧本校：一作『孚』。非。【立注】《晉書》：阮修字宣子，家貧，年四十餘未有室。王敦等斂錢爲婚，皆名士也。時慕之者，求入錢而不得。【陳尚君曰】庭筠作《感舊》時年逾四十，早過了婚配之年，前一年作《書懷百韻》有云：『妻試踏青蚨。』又云：『危巢莫嚇雛。』雛非自喻，當指温憲（庭筠子）。定庭筠婚配及憲生之年在開成以前，與温憲經歷正相稱。『婚乏阮修錢』，或爲《繫年》推測的『嘗喪妻再娶』（夏承燾《温飛卿繫年》。見《唐宋詞人年譜》三九七頁），或係借喻無錢爲進身之資。【按】用阮修四十餘貧無家室事，顯係自喻（作此詩時庭筠年四十一，與阮修年四十餘合），『婚乏阮修錢』之『婚』當指己之續娶再婚（因子温憲時已生，年尚幼小），然《書懷一百韻》明言『客來斟緑蟻，妻試踏青蚨』，可證開成五年隆冬，其妻尚健在，至作此詩時，相隔不過三四月，豈其妻已卒而庭筠欲續娶繼室乎？然如此用典，詩意只能作此解，或句意只言己貧困無錢，喪妻後亦無力再娶也。

〔八八〕冉，十卷本、姜本、毛本作『苒』。【補注】《晉書·陶侃傳》：『嘗課諸營種柳，都尉夏施盜官柳植之於己門。侃後見，駐車問曰：「此是武昌西門前柳，何因盜來此種？」施惶怖謝罪。時武昌號爲多士，殷浩，庾翼等皆爲佐吏。』故稱『營中柳』。冉弱，荏弱，柔弱。或謂用周亞夫軍細柳，即『柳營』典故，亦通。此句『營中柳』與下句『幕下蓮』均指在戎幕爲從事。

〔八九〕【補注】披敷，開放貌。幕下蓮，用蓮幕事，屢見。

〔九〇〕【曾注】《吕氏春秋》：孔子周流海内，委質而爲弟子者三千人。【補注】委質，放下禮物。古代卑幼見尊長，不敢行賓主授受之禮，將禮物放在地上，然後退出。《禮記·曲禮下》：『卿羔，大夫雁，士雉，庶人之摯匹，童子委摯而退。』摯，通『贄』『質』。句意謂李紳倘能容許自己執卑者見尊者之禮，委質而拜師。

〔九一〕【曾注】《禮記》：行肩而不并。注：謂少者不可以肩齊長者，當差退在後。【補注】差肩，比肩，喻並列，地位相等。句意謂自己不敢奢望與幕中諸賢平起平坐。

〔九二〕【立注】漢王褒《聖主得賢臣頌》：及至巧冶鑄干將之璞，清水淬其鋒，越砥斂其鍔。【補注】謂己雖如不鋒利的銹澀之劍，猶堪淬厲。

〔九三〕朱，十卷本、姜本、毛本作「硃」。【曾注】韓愈詩：丹朱在磨研。【補注】餘朱，剩餘之丹朱。喻赤誠之心。《吕氏春秋·誠廉》：「丹可磨也，而不可奪赤。」研，研磨。

〔九四〕【曾注】《禮記》：入學鼓篋，孫其業也。【補注】鼓篋，擊鼓開篋，古代入學之一種儀式。《禮記·學記》鄭玄注：「鼓篋，擊鼓警衆，乃發篋出所治經業也。」

〔九五〕【曾注】《易》：窮理盡性，以至於命。【咸注】《莊子》：筌者，所以得魚也。得魚而忘筌。注：筌，取魚籠。【補注】謂紳窮理探玄，久已得其精義。

〔九六〕【曾注】陸倕《石闕銘》：折簡而禽廬九。【補注】折簡，折半之簡，言其禮輕。《三國志·魏志·王淩傳》「淩至項，飲藥死」裴注引魚豢《魏略》：「卿直以折簡召我，我當敢不至邪？」《通鑑·魏邵陵公嘉平三年》引此文，胡三省注曰：「《漢制，簡長三尺，短者半之，蓋單執一札謂之簡。折簡者，折半之簡，言其禮輕也。」句意謂李紳一紙短簡便可决定人的榮顯或困頓，使憔悴者變爲榮顯。

〔九七〕【咸注】《韓詩外傳》：少原之野，有婦人刈著薪而失簪，中澤而哭甚哀，曰：「曩者，吾刈著薪而亡我著簪，是以哀。非傷亡簪，所以悲者，不忘故也。」【補注】遺簪，借喻舊交。李紳於庭筠有故舊之恩誼，故以遺簪自喻，希望李紳不忘故舊，對自己予以關懷照顧。

〔九八〕【咸注】王勃《春思賦》：若夫年臨九域，韶光四極。【補注】《史記·樗里子甘茂列傳》：「臣聞貧人女與富人女會績，貧人女曰：「我無人買燭，而子之燭光幸有餘，子可分我餘光。」」此似取其意而易燭光爲韶光（春光），希望借己以温暖的春光。

〔九九〕【曾注】劉向《別録》：鄒衍在燕，有谷寒不生五穀，鄒子吹律，而温至生黍也。【補注】王充《論衡・定賢》：『然而鄒衍吹律，寒谷更温，黍穀育生。』常用爲對別人提攜獎掖的謝辭。二句謂李紳若能借給自己一縷温暖的春光，自己定能如寒谷變暖，重現生機。風煙，形容美好的春色。

【按】此五十韻長律與前篇百韻長律寫作時間僅隔數月，作詩背景基本相同，均爲『二年抱疾，不赴鄉薦試有司』情況下所作。而前篇側重於『自傷』，『奉寄』『兼呈』之内容，亦側重於敘己之失意困頓境遇，對諸御史及友人之稱揚感激多作爲自身遭遇之反襯。而本篇則爲有明顯目的之投獻之作。起手八句敘宿昔交往，爲『感舊』、『陳情』張本。『憶昔』以下八句，敘李紳仕歷，重點突出其充翰林學士及任淮南節度使二節，蓋此二端乃李紳會昌二年入相前最榮顯之兩段經歷，故詳加鋪敘渲染。淮南節度爲紳之現任，獻詩之目的即欲入淮南幕爲幕僚，故於其威儀亦極力形容。而於紳之遭讒被貶及此後一大段輾轉外郡刺史之經歷，僅以『耿介非持禄，優游是養賢』二語輕輕帶過。敘紳之榮顯仕歷，即寓『感舊』之情。『有客』以下四十四句，轉爲『陳情』。先陳己之困頓境遇；其中『二年抱疾，不赴鄉薦試有司』之遭遇尤爲感慨自傷之中心。『鄭鄉』以下，乃露『陳情』本意，『陳榻』、『幕蓮』、『委質』等語，希企入幕之意顯然。敘至結尾四句，則哀懇之情愈顯迫促矣。庭筠於李德裕、李紳等李黨重要人物似均有好感，而對牛黨後期重要人物如令狐綯亦有交往，其在牛李兩黨鬬争中之立場似並不明顯。

題翠微寺二十二韻 太宗升遐之所〔一〕

邠土初成邑〔二〕，虞賓竟讓王〔三〕。乾符春得位〔四〕，天弩夜收鉎〔五〕。偃息齊三代〔六〕，優游念四方〔七〕。萬靈扶正寢〔八〕，千嶂抱重崗〔九〕。幽石歸階陛〔一〇〕，喬柯入棟梁〔一一〕。火雲如沃雪〔一二〕，湯殿似含霜〔一三〕。澗籟添仙曲〔一四〕，巖花借御香。野麋陪獸舞〔一五〕，林鳥逐鴛行〔一六〕。鏡寫三秦色〔一七〕，窗摇八水光〔一八〕。問雲徵楚女〔一九〕，疑粉試何郎〔二〇〕。蘭芷承雕輦〔二一〕，杉蘿入畫堂〔二二〕。受朝松露曉〔二三〕，頒朔桂煙涼〔二四〕。嵐濕金鋪外〔二五〕，溪鳴錦幄傍〔二六〕。倚絲憂漢祖〔二七〕，持璧告秦皇〔二八〕。短景催風馭〔二九〕，長星屬羽觴〔三〇〕。儲君猶問豎〔三一〕，元老已登牀〔三二〕。鶴蓋趨平樂〔三三〕，雞人下建章〔三四〕。龍髯悲滿眼〔三五〕，螭首淚沾裳〔三六〕。疊鼓嚴靈仗〔三七〕，吹笙送夕陽。斷泉辭劍珮〔三八〕，昏日伴旗常〔三九〕。遺廟青蓮在，頹垣碧草芳〔四〇〕。無因奏韶濩〔四一〕，流涕對幽篁〔四二〕。

〔一〕二十二韻，李本、姜本、毛本爲小字置行側。【咸注】《唐書·地理志》：長安縣注：太和谷有太和宮，武德八年置，貞觀十年廢，二十一年復置，曰翠微宮，籠山爲苑，元和中以爲寺。《長安志》：翠微宮在萬年縣外，終南山之上。杜甫詩：雲薄翠微寺。【補注】升遐，指皇帝逝世。《舊唐書·太宗紀》：貞觀二十三年，『四月乙亥，幸翠微宫……庚午，遣舊將統飛騎勁兵從皇太子先還京。」《通鑑·太宗貞觀二十三年》：『夏四月，乙亥，上行幸翠微宫……（五月）丁卯，疾篤，召長孫無忌入含風殿……有頃，上崩。』胡注：『含風殿，在翠微宫。』

〔二〕【曾注】《漢書》：公劉邑於豳。師古曰：即今之豳州，是其地也。《吕氏春秋》：舜二年成邑。【補注】《孟子·梁惠王下》：『滕文公問曰：「齊人將築薛，吾甚恐，如之何則可？」孟子對曰：「昔者大王居邠，去之岐山之下居焉。非擇而取之，不得已也。苟爲善，後世子孫必有王者矣……」』《史記·周本紀》：『公劉雖在戎狄之間，復修后稷之業，務耕種，行地宜，自漆沮度渭，取材用，行者有資，居者有畜積，民賴其慶，百姓懷之，多徙而保歸焉。周道之興自此始……公劉卒，子慶節立，國于豳。』豳，同『邠』，今陝西彬縣。此以公劉居邠興周喻唐室之興。《詩·大雅·公劉》：『篤公劉，于豳斯館。』此以公劉喻太宗。

〔三〕【咸注】《尚書》：虞賓在位。《莊子·讓王篇》：堯以天下讓許由。【補注】《書·益稷》：『虞賓在位，羣后德讓。』蔡沈集傳：『虞賓，丹朱也。堯之後，爲賓於虞。』堯之子丹朱不肖，『不足授天下，于是乃權授舜』（《史記·五帝本紀》）。舜待丹朱以賓禮，故曰虞賓。虞賓讓王，謂唐高祖原立太子如丹朱之不肖，故高祖將帝位傳給太宗。此諱之之詞，在玄武門事變中，太子建成、齊王元吉均被殺，高祖乃傳位太宗。參注〔五〕。然改元貞觀，則在翌年春正月。

〔四〕春，李本、十卷本、毛本、《全詩》作『初』。【按】據《新唐書·太宗紀》：武德九年『八月甲子，即皇帝位於東宫顯德殿。』其非『春得位』甚明。【曾注】《東都賦》：於是聖皇乃握乾符。【補注】乾符，帝之受命于天的吉祥徵兆，猶符瑞。春得位指太宗得帝位，後，於次年春改元。《春秋·定公元年》：『元年春王。』杜注：『公之始年不書正月，公即位在六月故。』

〔五〕【曾注】《漢·天文志》：天厠下一星曰天矢。【立注】《舊唐書》：武德九年六月庚申，秦王以皇太子建成與齊王元吉同謀害己，率兵誅之。詔立秦王爲皇太子。八月癸亥，詔傳位於皇太子。尊帝爲太上皇，徙居弘義宫，改名太安宫。【補注】天弩，即天弓，又名天弧、弧矢，屬於南方七宿中之井宿，凡九星（漢時謂有四星），形如弓弧，弧矢動移不如常而現角芒，古人以爲主兵盗。天弩收鋩，謂變亂平息，指太子建成之亂被平。

〔六〕【咸注】《司馬法》：古者，武軍三年不興，則凱樂凱歌偃伯靈臺，答人之勞，告不興也。【補注】偃息，謂偃兵息民、偃武息兵。

〔七〕【補注】《詩・大雅・卷阿》：『伴奂爾游矣，優游爾休矣。』優游，悠閒自得。【顧嗣立曰】已上敍太宗初得位事。

〔八〕【曾注】《魯靈光殿賦》：神靈扶其棟宇。【補注】萬靈，衆神。《史記・封禪書》：黄帝接萬靈明廷。正寢，即路寢，古代帝王治事之宫室。

〔九〕【補注】此句寫翠微宫籠山爲苑之形勢，謂千山萬嶂環抱着重疊的山崗。

〔一〇〕歸，《全詩》、顧本校：一作『臨』。【補注】幽石，指深山中的石頭。句意謂以深山之石砌成宫殿之臺階。

〔一一〕入，《全詩》、顧本校：一作『聳』。【補注】句意謂以山上之高樹作爲宫殿之棟梁。

〔一二〕【咸注】杜甫詩：火雲滋垢膩。【補注】火雲，夏天炎熱的紅雲。沃雪，以雪水澆灌。謂火雲帶來的炎蒸之氣頓爲之銷。

〔一三〕【曾注】湯殿即温泉宫。【補注】驪山温泉宫，即華清宫。此則指翠微宫中之湯殿（温泉浴殿）。二句謂其地氣候涼爽。

〔一四〕【補注】澗籟，山澗流水發出的天籟之音。仙曲，指宫中的樂曲聲。

〔一五〕【曾注】《尚書》：百獸率舞。【補注】謂野生的麋鹿也陪同象徵太平景象的百獸齊舞而一道起舞。

〔一六〕鴛，李本、十卷本、姜本、毛本作『鵷』，字通。【補注】鴛行，喻百官朝見皇帝的班行。句意謂林中野鳥亦追隨仿效百官朝見的班行。

〔一七〕【咸注】《漢書》：項羽三分關中，立秦三將：章邯爲雍王，都廢丘；司馬欣爲塞王，都櫟陽；董翳爲翟王，都高奴。【補注】寫，映照。

〔一八〕【曾注】《關中記》：涇、渭、滻、灞、澇、滈、灃、潏，爲關内八水。【補注】《初學記》卷六引晉戴祚《西征記》：『關内八水：一涇二渭三灞四滻五澇六潏七灃八滈。』

〔一九〕【曾注】《高唐賦序》：楚襄王與宋玉遊於雲夢之臺，望高唐之觀。問玉曰：『此何氣也？』玉曰：『此所謂朝雲者也。』曰：『何謂朝雲？』玉曰：『昔者先王嘗遊高唐，夢見一婦人曰：「妾巫山之女也。聞君遊高唐，願薦枕席。」』【補注】此句似謂宫中曾從南方徵選美女爲宫女。

〔二〇〕【咸注】《世説》：何平叔美姿儀，面至白。魏明帝疑其傅粉，正夏月與熱湯餅，既噉，大汗出，以朱衣自拭，色轉皎然。【補注】此句似謂朝士中有美姿儀者。

〔二一〕【咸注】李白《宫中行樂詞》：選妓隨雕輦。【補注】謂皇帝乘坐的華麗車輦行進在長滿香蘭白芷的草地上。

〔二二〕【補注】畫堂，宫中有彩繪的殿堂。《漢書·成帝紀》：『孝成皇帝，元帝太子也，母曰王皇后。元帝在太子宫生甲觀畫堂，爲世嫡皇孫。』

〔二三〕【曾注】《禮記》：諸侯北面曰朝。【補注】受朝，接受朝臣之朝見。

〔二四〕頒，十卷本、姜本作『班』，音、義同。【咸注】《公羊傳》：天子玄冕視朔。《玉藻》：天子聽朔於南門之外。干寶《晉紀總論》：頒正朔於八荒。【補注】頒朔，帝王於每年季冬將來年曆日佈告天下諸侯。《周禮·春官·大史》：『頒告朔于邦國。』

〔二五〕【咸注】司馬相如《長門賦》：擠玉户以撼金鋪兮。餘詳卷一《雍臺歌》『黄金鋪首』句注。【補注】嵐，山林中霧氣。

〔二六〕鳴，十卷本、姜本、毛本作『明』。【咸注】徐君蒨詩：樹斜牽錦帔。○已上實寫翠微宫。以下專指易儲事，以及太宗升遐也。【補注】錦幄，錦製之帷幄。

〔二七〕【立注】《西京雜記》：戚夫人侍兒賈佩蘭説，在宫内見戚夫人侍高帝，嘗以趙王如意爲言，而高祖思之，幾半日不言，歎息悽愴，而未知其術，輒使夫人擊筑，高祖歌《大風》詩以和之。又：戚夫人善鼓瑟、擊筑，帝常擁戚夫人，倚瑟而弦歌，畢，每泣下流漣。【補注】倚絲，指依瑟之音樂節拍而歌。憂，指爲太子儲位是否更易之事而憂。此借指唐太宗事，參注〔三二〕。

〔二八〕璧，李本作『壁』，誤。【曾注】《史記》：使者從關東夜過華陰平舒道，有人持璧遮使者曰：『爲我遺鎬池君。』因言曰：『今年祖龍死。』【補注】此借『持璧』事暗示太宗將去世。唐人用典，每只取一端，不問其它方面是否相稱。此以秦皇喻太宗即其例。

〔二九〕【咸注】杜甫詩：歲暮陰陽催短景。【補注】風馭，神話傳説中由風駕馭之神車。此狀其迅疾。常用於指帝王逝世。

〔三〇〕【曾注】《晉書·孝武帝紀》：長星見於華林園，舉酒祝之曰：『長星勸汝一杯酒，自古何有萬歲天子邪！』宋玉《招魂》：『瑶漿蜜勺，實羽觴些。』【補注】長星，古星名，類似彗星，有長形光芒。《史記·景帝本紀》：『三年正月乙巳，赦天下。長星出西方。』《漢書·文帝紀》『有長星出於東方』顔注引文穎曰：『孛、彗、長三星，其占略同，然其形象小異……長星多爲兵革事。』長星見，預示有兵禍。羽觴，酒器，作鳥雀狀，左右形如兩翼。一説，插鳥羽於觴，促人速飲。

〔三一〕【曾注】《左傳》：太子國之儲貳。【咸注】《漢書》：疏廣曰：『太子，國儲嗣君。』【補注】問豎，問宫中小臣（宦官）。

〔三二〕【曾注】《詩》：方叔元老。【立注】《晉·衛瓘傳》：惠帝爲太子，朝廷咸謂純質不能親政事，瓘每欲啓廢之，而未敢發。後會宴陵雲臺，瓘託醉，因跪帝牀前曰：『臣欲有所啓。』帝曰：『公何言？』瓘欲言而止者三，因以手撫牀曰：『此座可惜。』帝意悟。案：《舊唐書》：皇太子承乾廢，魏王泰亦以罪黜，太宗欲立晉王治爲皇太子，又欲立吴王恪。高宗嗣位，馴至武后革命，唐祚幾絶。此句似暗含諷刺。【按】元老登牀，似别有事在。衛瓘事與『登牀』無關。此『元老』或指長孫無忌、房玄齡等贊同立晉王爲皇太子之重臣。《舊唐書・長孫無忌傳》：『（貞觀）十七年……太子承乾得罪，太宗欲立晉王，而限以非次，回惑不決。御兩儀殿，羣官盡出，獨留無忌及司空房玄齡、兵部尚書李勣，謂曰：「我三子一弟，所爲如此，我心無憀。」因自投於牀，抽佩刀欲自刺。無忌等驚懼，争前扶抱，取佩刀以授晉王。無忌等請太宗所欲，報曰：「我欲立晉王。」無忌曰：「謹奉詔。有異議之，臣請斬之。」太宗謂晉王曰：「汝舅許汝，宜拜謝。」晉王因下拜。太宗謂無忌等曰：「公等既符我意，未知物論何如？」無忌曰：「晉王仁孝，天下屬心久矣。伏乞召問百僚，必無異辭。若不蹈舞同音，臣負陛下萬死。」於是建立遂定，因加授無忌太子太師。尋而太宗又欲立吴王恪，無忌密争之，其事遂輟。』又《褚遂良傳》：『太子承乾以罪廢，魏王泰入侍，太宗面許立爲太子，因謂侍臣曰：「昨青雀（魏王泰小字）自投我懷云：臣今日始得與陛下爲子，更生之日也。臣惟有一子，臣百年之後，當爲陛下殺之，傳國晉王。父子之道，故當天性，我見其如此，甚憐之。」遂良進曰：「陛下失言。伏願審思，無令錯誤也。安有陛下百年之後，魏王執權爲天下之主，而能殺其愛子，傳國於晉王者乎？陛下昔立承乾爲太子，而復寵愛魏王，禮數或有逾於承乾者，良由嫡庶不分，所以至此。殷鑒不遠，足爲龜鏡。陛下今日既立魏王，伏願陛下别安置晉王，始得安全耳。」太宗涕泗交下曰：「我不能。」即日召長孫無忌、房玄齡、李勣與遂良等定策，立晉王爲皇太子。』『問豎』『登牀』事未詳。

〔三三〕【曾注】《廣絶交論》：雞人曉唱，鶴蓋成陰。【咸注】《三輔黄圖》：明帝永平五年，至長安，悉取飛廉并銅馬置之西門外，爲平樂館。【補注】鶴蓋，形如飛鶴之車蓋，此借指太子車駕。太子所居所御每以鶴爲言，如鶴禁、鶴馭、鶴軺、鶴駕、鶴軫、鶴關。平樂觀，西漢上林苑别館，爲觀看角觝之戲的場所。此句似指太子李治因太宗在翠微宫病重，從京城長安趕往翠微宫侍奉太宗事。平樂觀借指翠微宫。

〔三四〕【咸注】《周禮》：雞人夜呼，旦以嘂百官。《漢官儀》：宫中不得畜雞，衛士候於朱雀門外傳雞唱。《漢書》：柏梁災。越俗有火災，復起屋必以大，用勝服之。於是作建章宫。【補注】此謂雞人不再傳唱，暗示皇帝已逝，羣臣暫停上朝。

〔三五〕【咸注】《封禪書》：黄帝鑄鼎荆山下。鼎既成，有龍垂胡髯下迎黄帝。黄帝上騎，羣臣後宫從上者七十餘人。餘小臣不得上，乃悉持龍髯，龍髯拔，墮，墮黄帝之弓。百姓抱其弓與胡髯號，故後世因名其處曰鼎湖，弓曰烏號。【補注】此以對龍髯而悲號寓故君之思。下句意類此。

〔三六〕螭首見《書懷一百韻》『螭首對金鋪』句注。【立注】《舊唐書·太宗紀》：貞觀二十三年四月己亥，幸翠微宫。己巳，上崩於含風殿。

〔三七〕疊鼓，見卷三《莊恪太子輓歌詞二首》注〔二〕。【補注】靈仗，此指皇帝靈駕出殯時的儀仗。

〔三八〕【咸注】賈至《早朝》詩：劍佩聲隨玉墀步。【補注】斷泉，折斷的龍泉劍。

〔三九〕【曾注】《周禮》日月爲常，交龍爲旂。【補注】此謂日色昏黄，映照着靈仗中繪有日月、交龍的旗幟。

〔四〇〕頹，李本、十卷本、姜本、毛本作『顔』誤。

〔四一〕【補注】《左傳·襄公二十九年》：『見舞《韶濩》者。』杜預注：『殷湯樂。』《韶濩》，指盛世之音。

〔四二〕【補注】幽篁，幽深之竹林。

【按】前三韻概敍太宗得位始末及治績。『萬靈』以下六韻，寫翠微寺之幽美景色及涼爽宜人氣候，處處扣緊自然景色與皇家行宫相互交融之特點。『問雲』以下四韻，承上仍寫翠微寺，而側重寫當年太宗在此時之人事活動，如出游、受朝、頒朔等，與上六韻亦可合爲一大段。『倚絲』以下至『昏日』七韻，則追憶太宗當年在立儲問題上之憂慮及逝世於翠華宫之情景，切題注『太宗升遐之所』。末二韻則今日對此遺廟頹垣，深慨盛世不再。此詩寫翠微宫與唐太宗之關係，既隱寓其得位時曾經歷變亂紛争，又寫其在立儲問題上的憂念，似有感於現實政治中類似情況而發，與一般寫太宗之詩例作贊頌追思者有別。

過孔北海墓二十韻〔一〕

撫事如神遇〔二〕，臨風獨涕零〔三〕。墓平春草緑〔四〕，碑折古苔青。珪玉埋英氣，山河孕炳靈〔五〕。發言驚辯囿〔六〕，搗翰動文星〔七〕。蘊策期千世，持權欲反經〔八〕。激揚思壯志〔九〕，流落歎頽齡〔一〇〕。惡木人皆息〔一一〕，貪泉我獨醒〔一二〕。輪轅無匠石〔一三〕，刀几有庖丁〔一四〕。碌碌迷藏器〔一五〕，規規守挈瓶〔一六〕。憤容凌鼎鑊〔一七〕，公議動朝廷〔一八〕。故國將辭寵〔一九〕，危邦竟緩刑〔二〇〕。鈍工磨白璧〔二一〕，凡石礪青萍〔二二〕。揭日昭東夏〔二三〕，摶風滯北溟〔二四〕。後塵遵軌轍〔二五〕，前席詠儀形〔二六〕。木秀當憂悴〔二七〕，弦傷不底寧〔二八〕。矜誇遭尺鷃〔二九〕，光彩困飛螢〔三〇〕。白羽留談柄〔三一〕，清風襲德馨〔三二〕。鸞皇嬰雪刃〔三三〕，狼虎犯雲屏〔三四〕。蘭蕙荒遺址〔三五〕，榛蕪蔽舊坰〔三六〕。轘轅近沂水〔三七〕，何事戀明庭〔三八〕？

〔一〕『二十韻』三字，李本、毛本、席本作小字置右側。【立注】《後漢書》：孔融字文舉，魯國人，孔子二十世孫也，幼有異才，性好學，博學多該覽。舉高第，爲侍御史。董卓廢立，融每因對答，輒有匡正之言。卓乃諷三府同舉爲北海相。歷官至將作大匠，遷少府。曹操既積嫌忌，奏誅之，下獄棄市。《淮揚志》：墓在府治高士坊。【按】

此詩作於揚州，詩有『墓平春草緑』之句，與《感舊陳情獻淮南李僕射五十韻》『旅食逢春盡』時令相合。當爲會昌元年春赴吴途中經揚州拜謁李紳期間所作。

〔二〕【曾注】《列子》：形接爲事，神遇爲夢。【補注】撫事，追思（孔融）往事。神遇，猶神交。句意謂追思孔融之生平行事，千載之下猶如神交。

〔三〕【咸注】古詩：終日不成章，泣涕零如雨。【補注】飛卿《過陳琳墓》亦有『莫怪臨風倍惆悵』之句。此言『獨』，與上句『神遇』應。

〔四〕【咸注】江淹《恨賦》：春草暮兮秋風驚，秋風罷兮春草生。綺羅畢兮池館盡，琴瑟滅兮丘壟平。【補注】飛卿《蔡中郎墳》亦有『古墳零落野花春』之句。

〔五〕埋，述鈔作『理』，誤。【曾注】《蜀都賦》：近則江漢炳靈。【補注】珪玉，此泛指美玉、瑞玉。《世説新語・傷逝》：『庾文康亡，何揚州臨葬云：「埋玉樹箸土中，使人情何能已已。」』《梁書・陸雲公傳》：『不謂華齡，方春掩質，埋玉之恨，撫事多情。』炳靈，閃耀之靈氣。班固《幽通賦》：『系高頊之玄胄兮，氏中葉之炳靈。』二句謂孔融之才，如大地所埋藏之美玉，英氣鬱勃；如山河所孕育之靈氣，光輝閃耀。『珪玉』句不取傷逝之義，而語則似指『埋玉』，故特引之以免誤解。

〔六〕辯，李本、十卷本、毛本、席本、姜本、顧本、《全詩》、《英華》作『辨』，通。【曾注】《莊子》：公孫龍，辨者之囿也。【咸注】《魏都賦》：聊爲吾子，復玩德音，以釋二客，競於辨囿也。【立注】本傳：融年十歲，詣河南尹李膺門曰：『我是李君通家子弟。』膺請融問之，曰：『先君孔子與君先人李老君，同德比義，而相師友，則融與君累世通家。』衆坐莫不歎息。陳煒後至，坐中以告。煒曰：『夫人小時聰了，大未必奇。』融應聲曰：『觀君所言，將不早慧乎？』膺大笑，曰：『高明必爲偉器。』【補注】辯囿，辯論之苑囿，猶雄辯家之淵藪。

〔七〕【咸注】杜甫詩：今夜文星動。【立注】本傳：魏文帝深好融文辭，歎曰：『揚、班儔也。』募天下有上融文章者，輒賞以金帛。【補注】撝，同『揮』。撝翰，猶揮筆。文星，文昌星，傳文星主文才。唐裴説《懷素台歌》：

『杜甫李白與懷素，文星酒星草書星。』《史記・天官書》：『斗魁戴匡六星曰文昌宫：一曰上將，二曰次將，三曰貴相，四曰司命，五曰司中，六曰司禄。』第四星舊傳主文運，故俗稱文星。

〔八〕【立注】虞溥《江表傳》：獻帝嘗時見郗慮及少府孔融，問融曰：『慮何所優長？』融曰：『可與適道，未可與權。』【補注】權，權宜，變通。《易・繫辭下》：『巽以行權。』王弼注：『權，反經而合道。』權與經相對而言。經指常道。持權反經，謂用權宜通變的謀略，雖貌似反經，而實合乎道。

〔九〕志，席本、《英華》三〇六作『氣』，與『珪玉埋英氣』末字複。【曾注】江淹《恨賦》：中散下獄，神氣激揚。【立注】本傳：融負其高氣，志在靖難，而才疎意廣，迄無成功。【補注】激揚，激動振奮。

〔一〇〕【曾注】沈約詩：頽齡儻能度。【立注】孔融《論盛孝章書》：五十之年，忽焉已至，公爲始滿，融又過二，海内知識，零落殆盡。

〔一一〕【曾注】陸機《猛虎行》：渴不飲盗泉水，熱不息惡木陰。【補注】《文選》李善注引《管子》曰：『夫士懷耿介之志，不蔭惡木之枝。惡木尚能恥之，況與惡人同處！』曰『人皆息』，則已『獨不息』之意已包含在内，與下句相應。

〔一二〕【曾注】《廣州記》：貪泉在石門山西。吴隱之詩：古人云此水，一歃懷千金。試使夷齊飲，終當不易心。屈原《漁父》：世人皆醉我獨醒。【補注】《晉書・良吏傳・吴隱之》：『隆安中，以隱之爲龍驤將軍、廣州刺史……未至州二十里，地名石門，有水曰貪泉，飲者懷無厭之欲。隱之既至，語其親人曰：「不見可欲，使人不亂。越嶺喪清，吾知之矣。」乃至泉所，酌而飲之，因賦詩曰（略，見曾注引）。及在州，清操逾厲，常食不過菜及乾魚而已。』

〔一三〕【曾注】《莊子》：匠石之齊，至乎曲轅，見櫟社樹，其大蔽牛，絜之百圍，觀者如市，匠石不顧。【補注】匠石，名石之巧匠。《莊子・徐無鬼》：『匠石運斤成風。』輪轅，喻經世可用之大材。句意謂孔融乃經國之大材，但無巧匠如石者使其發揮作用。

〔一四〕【曾注】《莊子》：庖丁爲文惠君解牛，奏刀騞然，莫不中音。文惠君曰：『善哉！技蓋至此乎？』【補注】《莊子・養生主》：『庖丁釋刀對曰：「臣之所好者道也，進乎技矣。」』刀几，切肉用的刀和案板（几案）。句意謂孔融如庖丁解牛，已進乎一般的技藝而達到道（掌握規律）的境界。

〔一五〕【咸注】《文中子》：藏器以俟時。【補注】藏器，喻懷才以等待施展之時機。《易・繫辭下》：『君子藏器於身，待時而動。』

〔一六〕【曾注】《左傳》：雖有挈瓶之智，守不假器。【補注】規規，淺陋拘泥貌。挈瓶，汲水用的小瓶，喻才器淺小。《莊子・秋水》：『子乃規規然求之以察，索之以辯，是真用管闚天，用錐指地也。』二句似謂融懷抱才能以等待時機而終未遇時，碌碌無爲，迷失方向，規規然混同於才器淺小的士人。

〔一七〕【曾注】《漢書》：刀鋸在前，鼎鑊在後。【補注】《後漢書・孔融傳》：『時年飢兵興，操表制酒禁，融頻書争之，多侮慢之辭。既見操雄詐漸著，數不能堪，故發辭偏宕，多致乖忤。』此或即所謂『憤容凌鼎鑊』之表現。鼎鑊，用鼎鑊烹煮之酷刑。

〔一八〕【立注】本傳：每朝會訪對，融輒引正定議，公卿大夫皆隸名而已。

〔一九〕【咸注】謝朓詩：辭寵悲團扇。【補注】《後漢書・孔融傳》：『融由是顯名，與平原陶丘淇、陳留邊讓齊聲稱。州郡禮命，皆不就。』『舉高第，爲侍御史，與中丞趙舍不同，託病歸家。』辭寵，辭謝寵命。

〔二〇〕【咸注】《文子》：法寬刑緩，囹圄空虛。【補注】《後漢書・孔融傳》：『時論者多欲復肉刑，融乃建議曰：「……夫九牧之地，千八百君，若各刖一人，是下常有千八百紂也。求俗休和，弗可得已。且被刑之人，慮不念生，志在思死，類多趨惡，莫復歸正……」朝廷善之，卒不改焉。』危邦，不安寧之國家，此指東漢末年之亂世。《論語・泰伯》：『危邦不入，亂邦不居。』此句謂孔融之建議使東漢末這樣的衰危之世也能實行比較寬緩的刑法。

〔二一〕鈍工磨，席本、顧本、《英華》作『上卿廉』。【立注】：《史記》：虞卿説趙孝成王，一見賜黄金百鎰，白璧一雙。再見爵上卿。【補注】句意謂靠愚鈍粗劣的工匠來磨治白璧。似有傷孔融處於亂世，得不到賞識之意。下句意同。

〔二一二〕【咸注】張叔及論：青萍砥礪於鋒鍔。陳琳《答東阿王牋》：秉青萍干將之器。注：青萍，劍名。【補注】句意謂用普通的石頭來磨礪寶劍。

〔二一三〕【咸注】《莊子》：孔子圍於陳、蔡之間，太公任往弔之，曰：『子其意者，飾智以驚愚，修身以明汙，昭昭乎如揭日月而行，故不免也。』《左傳》：祁午謂趙文子曰：『服齊、狄，寧東夏。』【補注】此言孔融高志直行，如高舉日月而光照東夏。東夏，古稱中國東部。

〔二一四〕【曾注】《莊子》：北溟有魚，其名爲鯤，化而爲鳥，其名爲鵬。又：水擊三千里，摶扶摇而上者九萬里。注：摶，飛而上也。【補注】此謂其如北溟之鯤，未能化鵬摶風直上，留滯未展抱負。

〔二一五〕【曾注】杜甫詩：青雲滿後塵。【補注】謂後繼者遵循其軌轍，向孔融學習仿效。

〔二一六〕形，毛本、《英華》作『刑』，《全詩》、顧本作『型』，並通。【曾注】《漢·賈誼傳》：上方受釐坐宣室，因感鬼神事，誼具道所以然之故。至夜半，文帝前席。師古曰：漸促近誼，聽説其言也。【補注】『前席』事首見於《史記·屈原賈生列傳》。此謂孔融才比賈生，理應受到君主之垂詢禮遇，作爲後世歌詠赞颂的典範。儀形，楷模、典範。

〔二一七〕【咸注】李康《運命論》：木秀於林，風必摧之。

〔二一八〕【咸注】《戰國策》：雁從東方來，更嬴以虚弓發而下之，曰：『其飛徐者，故創痛也；悲鳴者，久失羣也。故創未息，而驚心未去也。聞弦者音烈而高飛，故創隕也。』鮑照《東門行》：傷禽惡弦驚。【補注】底寧，安寧、安定。此謂其如驚弓之鳥，已爲箭所傷，復聞弦而驚，永無安寧之時。

〔二一九〕尺，十卷本、姜本、毛本、《全詩》、顧本作『斥』，通。【曾注】《莊子》：斥鴳笑之曰：『我騰躍而上，不過數仞，翱翔蓬蒿之間，此亦飛之至也。而彼且奚適也？』【補注】謂孔融自有鯤鵬之志，却遇到斥鴳一類志氣目光短淺者之自我矜誇炫耀。

〔三〇〕【咸注】曹植《求自試表》：螢燭末光，争輝日月。【補注】謂孔融如日月之輝光，却被微弱如螢火之小人所困。

〔三一〕【曾注】《韻府》：大明禪師每執松枝談論，號談柄。【補注】談柄，清談時所執之拂塵。六朝士人以麈尾爲談柄。此謂『白羽』，似指手執羽扇談論。

〔三二〕【曾注】《書》：明德惟馨。【補注】《詩·大雅·烝民》：『吉甫作誦，穆如清風。』清風，指清微之風。此喻指高潔品格。德馨，德行馨香。此謂後世繼承其高潔之品格與馨香之德行。

〔三三〕皇，李本、十卷本、姜本、毛本、述鈔、《全詩》、席本作『凰』，通。【咸注】《西京雜記》：漢高祖斬白蛇劍，十二年一加磨瑩，刃上常若霜雪。【補注】嬰，遭。句意謂孔融如人中鸞鳳，却遭到鋒利的刀劍殺戮。此指融被曹操所殺害事。

〔三四〕【曾注】《戰國策》：秦，虎狼之國也。【咸注】張衡《七命》：雲屏爛汗。【補注】雲屏，以雲母裝飾之屏風。句意謂虎狼闖入内室。似喻京城遭受戰亂。即王粲《七哀詩》『西京亂無象，豺虎方遘患』之意。

〔三五〕【補注】遺址，指孔融墓之遺址。句即『古墳零落野花春』之意，不過易『野花』爲『蘭蕙』而已。

〔三六〕【曾注】謝靈運詩：遵渚鶩修坰。【補注】榛，叢木；蕪，雜草。舊坰，荒郊野外。

〔三七〕近，原一作『遠』，述鈔、李本、十卷本、姜本、毛本、《全詩》並同。席本、顧本末二句作『羨君雖不禄，猶得對明庭』。《英華》『對』作『到』。【補注】轘轅，盤旋往還，形容道路彎曲。沂水，在今山東境内。《論語·先進》：『浴乎沂，風乎舞雩。』孔融魯人，孔子二十世孫，故云『轘轅近沂水』。作『遠』者非。

〔三八〕【咸注】《漢·郊祀志》：黄帝接萬靈明庭。明庭者，甘泉也。【補注】明庭，此指朝庭。杜牧《雪中書懷》：『明庭開廣敞，才儁受羈維。』二句謂孔融歸家之路彎曲蜿蜒通向沂水絃歌之地，何事不歸而留戀朝庭呢？對孔融最終被殺有惋惜之意。

【按】首四句『過墓』起，『撫事如神遇』五字，揭出千載之下猶如神交，實爲一篇主意。蓋詩人過孔融墓，不禁由其才能品性及不幸遭遇聯及自身，深有感慨，傷融之中即寓自傷之情。『珪玉』以下三十二句，均就孔融之身世遭遇、才器品格抒感。『珪玉』四句盛讚其才氣縱横，『蘊策』四句，歎其壯志激揚，期望干世而頽齡流落不遇；『惡木』四句，讚其高潔品格與神奇才藝，惜其輪轅大材不爲世用；『碌碌』四句，謂其藏器待時而不遇於時，贊其憤容直諫，公議動朝；『故國』四句，謂其辭謝榮寵而所提建議使危邦得以寛刑，惜其才器終不被賞識；『揭日』四句，讚其志行光輝昭著而未能摶風直上，遂其宏圖壯志，而其言行已足爲後世之典範。『木秀』四句，惜其才高遭忌，如驚弓之鳥，不能安寧，爲庸小所嗤所困。『白羽』四句，謂其才德流芳後世，惜其才高遭戮，處於戰亂之世。末四句收歸孔融墓荒蕪之現境，爲其『戀明庭』而不歸沂水致憾抒慨。庭筠集内，《過陳琳墓》、《過孔北海墓二十韻》、《蔡中郎墳》作詩時令均在春天，而地則在邳縣、揚州、毘陵一帶，所詠對象均爲東漢末三國初文士，所表現之思想感情或爲異代同情之慨，或爲才同遇異之感，頗似一過古人墓系列，均爲會昌元年春至三年春『行役秦吴』及自吴中歸長安期間所作。

過華清宮二十二韻〔一〕

憶昔開元日〔二〕，承平事勝遊〔三〕。貴妃專寵幸〔四〕，天子富春秋〔五〕。月白霓裳殿〔六〕，風乾羯鼓樓〔七〕。

鬬雞花蔽膝〔八〕，騎馬玉搔頭〔九〕。繡轂千門妓〔一〇〕，金鞍萬户侯〔一一〕。薄雲攲雀扇〔一二〕，輕雪犯貂裘〔一三〕。過客聞韶濩〔一四〕，居人識冕旒〔一五〕。氣和春不覺，煙暖霽難收〔一六〕。澁浪涵瑶甃〔一七〕，晴陽上綵斿〔一八〕。卷衣輕鬢嬾〔一九〕，窺鏡淡蛾羞〔二〇〕。屏掩芙蓉帳〔二一〕，簾褰玳瑁鉤〔二二〕。重瞳分渭曲〔二三〕，纖手指神州〔二四〕。御案迷萱草〔二五〕，天袍妬石榴〔二六〕。深巖藏浴鳳〔二七〕，鮮隰媚潛虬〔二八〕。

不料邯鄲蝨〔二九〕，俄成即墨牛〔三〇〕。劍鋒揮太皞〔三一〕，旗焰拂蚩尤〔三二〕。内嬖陪行在〔三三〕，孤臣預坐籌〔三四〕。瑶簪遺翡翠〔三五〕，霜仗駐驊騮〔三六〕。艷笑雙飛斷〔三七〕，香魂一哭休〔三八〕。早梅悲蜀道〔三九〕，高樹隔昭丘〔四〇〕。朱閣重霄近，蒼崖萬古愁〔四一〕。至今湯殿水〔四二〕，嗚咽縣前流〔四三〕。

〔一〕《才調》卷二、《英華》卷三一一居處一載此首。題内『二十二韻』，李本、十卷本、姜本、毛本作『二十韻』，非。李本、毛本『二十韻』爲小字置行側。【立注】《唐書》：天寶六載，改驪山温泉宫爲華清宫，治湯爲池，環山列宫殿。【補注】華清宫，在今陝西省臨潼縣南驪山西北麓。傳周幽王即於此建離宫。唐太宗貞觀初在此建湯泉宫，高宗咸亨年間改名温泉宫。玄宗天寶六載擴建，改名華清宫。玄宗每年冬攜嬪妃來此游宴，來年春暖方還長安。天寶十五載安史之亂時毁於兵火。作年考證見箋評編著者按語。

〔二〕【立注】案《舊唐書》：玄宗立，改元開元。二十九年，復改元天寶。【補注】杜甫《憶昔二首》之二：『憶昔開元全盛日，小邑猶藏萬家室。稻米流脂粟米白，公私倉廩俱豐實。』

〔三〕【立注】崔寔《政論》：承平日久，漸蔽而不悟。韓愈詩：江山多勝遊。【補注】勝遊，快意之遊覽。此指玄宗的享樂遊宴生活。

〔四〕【咸注】《楊貴妃傳》：妃資質天挺，專房宴，宫中號娘子，儀體與皇后等。天寶初，進册貴妃。【補注】白居易《長恨歌》：『承歡侍宴無閑暇，春從春游夜專夜。後宫佳麗三千人，三千寵愛在一身。』

〔五〕【曾注】《漢・高五王傳》：天子富於春秋。【補注】富春秋，謂正值壯盛之年。按：玄宗始寵楊氏之時（開元二十五年），已五十八歲。此曰『富春秋』，似不無諷意。

〔六〕【立注】鄭嵎《津陽門詩》注：葉法善嘗引上入月宫，聞仙樂，及歸，但記其半，遂於笛中寫之。會西涼節度使楊敬述進《婆羅門曲》，聲調相符，遂以月中所聞爲散序，敬述所進爲腔，名《霓裳羽衣》也。【補注】霓裳殿，舞《霓裳羽衣曲》之殿。

〔七〕【立注】南卓《羯鼓録》：羯鼓出外夷，以戎羯之鼓，故曰羯鼓。其聲促急，破空透遠，特異衆樂。明皇極愛之。嘗聽琴未終，遽止之曰：『速令花奴持羯鼓來，爲我解穢！』《十道志》：玄宗建温泉宫，又造玉女殿，又有按歌臺、羯鼓樓。【補注】風乾，則羯鼓之皮緊綳，其聲益破空透遠。

〔八〕【立注】陳鴻祖《東城老父傳》：玄宗治雞坊，以賈昌爲小兒長，號爲神雞童，衣鬬雞服。或從幸驪山，昌冠雕翠金華冠，錦袖繡襦袴，導羣雞敍立於廣場。勝負既罷，隨昌歸雞坊。○《古今樂録》：宋少帝時，南徐一士子從華山畿往雲陽，見客舍女子，悦之，遂感心疾。母至華山尋訪，見女，女感之，因脱蔽膝令母密置其席下，卧之當已。少日果差。忽舉席見蔽膝而抱持，遂吞食而死。【補注】蔽膝，圍於衣服前面之大巾，用以蔽護膝蓋。此『花蔽膝』當是鬬雞時所著者。

〔九〕【立注】《舊唐書》：玄宗凡有遊幸，貴妃無不隨侍，乘馬則高力士執轡授鞭。《西京雜記》：武帝過李夫人，就取玉簪搔頭。自此後，宫人搔頭皆用玉，玉價倍貴焉。【補注】《新唐書・楊貴妃傳》：『每十月，帝幸華清宫，五宅車騎皆從，家别爲隊，隊一色，俄五家隊合，爛若萬花，川谷成錦繡。國忠導以劍南旗節。遺鈿墮舄，瑟瑟璣琲，狼藉于道，香聞數十里。』『騎馬玉搔頭』，當指玄宗楊妃及楊氏兄妹等赴華清宫時盛况。宋樂史《楊太真外傳》卷下亦云：『上每年冬十月，幸華清宫……有端正樓，即貴妃梳洗之所；有蓮花湯，即貴妃澡沐之室。國忠賜第在宫東門之南，號國相對，韓國秦國，甍棟相接。天子幸其第，必過五家，賞賜燕樂。扈從之時，每家爲一隊，隊着一色衣。五家合隊相映，如百花之焕發。遺鈿、墜舄、瑟瑟、珠翠，燦於路岐，可掬。』

〔一〇〕【咸注】《漢書》：建章宫千門萬户。【補注】此謂華美之車中載着宫中衆多歌舞妓。此『千門妓』當指玄宗親自教習之梨園弟子。

〔一一〕【曾注】《漢·李廣傳》：萬户侯豈足道哉！【補注】此當指楊國忠官位顯赫。《新唐書·外戚傳·楊國忠》：『天寶七載，擢給事中、兼御史中丞，專判度支。會三妹封國夫人，兄銛擢鴻臚卿，與國忠皆列棨戟，而第舍華僭，彌跨都邑……遂拜右相……自御史至宰相，凡領四十餘使。』亦可泛指扈從車駕者多公侯顯貴。

〔一二〕欹，《英華》、席本、顧本作『欺』。【咸注】《南史》：齊高帝頗好畫扇。宋孝武賜戢蟬雀扇，善畫者顧景秀所畫。時吴郡陸探微、顧彦先皆能畫，歎其巧絶。戢因王晏獻之，上令晏厚酬其意。【補注】欹，斜靠、倚靠。雀羽，羽扇，係皇帝儀仗。驪山上温泉霧氣繚繞，故云『薄雲欹雀羽』。

〔一三〕【曾注】杜甫詩：永夜攬貂裘。【補注】每年冬十月至明年春暖，玄宗、貴妃在驪山避寒，故云『輕雪犯貂裘』。杜甫《自京赴奉先縣詠懷五百字》亦有『瑶池氣鬱律』、『煖客貂鼠裘』之句，與此二句所寫情景相似。

〔一四〕【曾注】《樂緯》：舜樂曰《韶》，殷樂曰《大濩》。【立注】《文獻通考》：唐舊制，於盛春殿内錫宴宰輔及百辟，備《韶》《濩》及九奏之樂，設魚龍蔓延之戲，三日方罷。【補注】此與杜甫《詠懷五百字》『君臣留歡娱，樂動殷膠葛』，白居易《長恨歌》『驪山高處入青雲，仙樂風飄處處聞』亦可合參，謂過往之路人可聞華清宫中奏樂之聲。

〔一五〕冕，李本作『晃』，誤。【咸注】蔡邕《獨斷》：漢明帝采《尚書·皋陶》及《周官》、《禮記》以定冕制。天子冕廣七寸，長一尺二寸，繫白珠於其端，十二旒，三公及諸侯九卿七。【補注】冕旒，此借指玄宗皇帝。

〔一六〕【補注】驪山上有暖煙霧氣繚繞，故雖晴霽煙霧亦難收盡。煙指温泉騰起的水汽。

〔一七〕《英華》、席本、顧本、《全詩》此句作『溰浪和瓊甃』。《英華》校：集作『怨浪涇瑶甃』。述鈔、李本、十卷本、姜本、毛本『溰』作『細』。【咸注】《天寶遺事》：奉御湯中，甃以文瑶密石，中央有玉蓮花捧湯泉，噴以成池。帝與妃子施小舟戲玩於其間。【補注】古代宫牆基壘石凹入，作水紋狀，謂之溰浪。見胡應麟《少室山房筆叢·藝林伐山一·溰浪》。又見楊慎《丹鉛總録》。瑶甃，謂温泉池以玉石砌壁。

〔一八〕【曾注】劉孝綽詩：叢花映彩斿。【補注】斿，旌旗下垂的飄帶等飾物。彩斿，猶彩旗，指皇帝儀仗。顔延之《車駕幸京口三月三日侍游曲阿後湖作》：『雕雲麗琁蓋，祥飈被綵斿。』

〔一九〕鬌，十卷本、姜本作『髻』。【曾注】吴筠詩：秦帝卷衣裳。【咸注】范静婦滿願《映水曲》：輕鬌學浮雲。【補注】卷衣，謂君王贈衣與所愛女子，語出樂府古題《秦王卷衣曲》。吴兢《樂府右題要解·秦王卷衣曲》：『右言咸陽春景及宫闕之美，秦王卷衣以贈所歡也。』

〔二〇〕【曾注】杜甫《虢國夫人》詩：却嫌脂粉涴顔色，澹掃蛾眉朝至尊。

〔二一〕【咸注】梁簡文帝詩：綺幕芙蓉帳。【補注】芙蓉帳，用芙蓉花染繒製成之帳。白居易《長恨歌》：『芙蓉帳暖度春宵。』

〔二二〕【咸注】《漢武故事》：上起神屋，以白珠爲簾箔，玳瑁押之。【補注】玳瑁鉤，此指以玳瑁甲製作的簾鉤。

〔二三〕【咸注】《尸子》：舜兩眸子，是謂重瞳。《史記》：舜目蓋重瞳子，又聞項羽亦重瞳子。《唐書·地理志》：京兆府有渭南縣，西十里有遊龍宫，開元二十五年更置。【補注】以舜目重瞳，故此處借指玄宗。分渭曲，謂其在驪山上遠眺，可以分辨渭水之彎曲處。

〔二四〕【咸注】《詩》纖纖女手。《史記》：中國名曰赤縣神州。《河圖括地象》：昆侖謂東南地方五千里，名曰神州，帝王居之。【補注】此『神州』指京城（長安）。左思《詠史八首》之五：『皓天舒白日，靈景曜神州。』二句意謂貴妃與玄宗同登驪山，指點京城長安與周圍地區。

〔一一五〕【立注】《天寶遺事》：明皇與妃子幸華清宮，因宿酒初醒，凭妃子肩同看木芍藥，帝親折一枝與妃子，曰：『不惟萱草忘憂，此花香豔，尤能醒酒。』【補注】萱草，即今之金針菜、黄花菜，古人以爲可以忘憂，故又稱忘憂草。《詩·衛風·伯兮》：『焉得諼（萱）草，言樹之背。』此句意晦，似謂御案上迷失萱草而忘憂，喻其溺於貴妃而不理政事。

〔一一六〕【曾注】梁元帝《烏棲曲》：芙蓉爲帶石榴裙。【咸注】萬楚詩：紅裙妬殺石榴花。【補注】妬，美。此謂天袍之色紅豔耀眼，使石榴花亦妬羡。

〔一一七〕【曾注】《初學記》：鳳，神鳥也。天老曰：『鳳過昆侖，飲砥柱，濯羽弱水，暮宿丹宮。』【補注】驪山温泉有專供唐玄宗、楊貴妃沐浴的奉御湯。深巖藏浴鳳，喻指貴妃在山巖下的湯池沐浴。

〔一一八〕【曾注】《詩》：度其鮮原。謝靈運詩：潛虬媚幽姿。【立注】《安禄山事蹟》：玄宗常夜宴禄山，禄山醉卧，化爲一黑猪而龍首。左右遽言之。玄宗曰：『此猪龍也，無能爲者。』禄山將入朝，乃令於温泉爲禄山造宅，至温泉賜浴。正月一日，是禄山生日。後三日，召禄山入内，貴妃以繡綳子縛禄山，令内人以綵輿舁之，歡呼動地。玄宗就觀之，大悦。深巖二句，隱含諷刺。又案：杜甫《湯東靈湫》詩：坡陀金蝦蟆，出見蓋有由。至尊顧之笑，王母不敢收。復歸虚無底，化作長黄虬。飛卿『鮮隰媚潛虬』句，又似從此脱化出來。〇已上敍開元盛時事，以下敍禄山亂後事。【補注】顧嗣立以爲『潛虬』隱指安禄山，是也。鮮隰，鮮麗的濕地，媚，謂禄山投玄宗貴妃所好，故作忠誠之媚態，使玄宗深信不疑。《開天傳信記》載：『上幸愛禄山爲子，嘗與貴妃於便殿同樂。禄山每就坐，不拜上而拜妃，上顧問：「此胡不拜我而拜妃子，意何在也？」禄山奏曰：「胡家即知有母，不知有父也。」上笑而捨之。禄山豐肥大腹，上嘗問曰：「此胡腹中何物，其大如是？」禄山尋聲應曰：「腹中更無他物，唯赤心爾。」上以言誠而益親善之。』

〔一一九〕【曾注】《戰國策》：應侯謂秦王曰：『王得宛，臨陳陽夏，斷河内，臨東陽，邯鄲猶口中蝨也。』【補注】邯鄲蝨，喻微小而易制之敵。事又見《韓非子·内儲説上》：『應侯謂秦王曰：「王得宛、葉、藍田、陽夏，斷河内，困梁、鄭，所以未王者，趙未服也。弛上黨在一而已，以臨東陽，則邯鄲口中蝨也。」』舊注：『以守上黨之兵臨東陽，則邯鄲危如口中蝨也。』

〔三〇〕【曾注】《田單傳》：騎劫代樂毅，攻即墨。單收城中得千餘牛，爲絳繒衣，畫以五彩龍文，束兵刃於其角，而灌脂束葦於尾，燒其端，牛尾熱，怒而奔燕軍，所觸盡死傷。【補注】即墨牛，喻難以抵擋之敵。邯鄲蝨、即墨牛均喻安史叛軍。

〔三一〕鋒，姜本作『峯』，誤。【曾注】《月令》：孟春之月，其帝太皞。鄭玄云：宓犧也。劍鋒未詳。案：《越絶書》：楚王作鐵劍三枚，晉、鄭聞而求之，不得，興師圍楚之城，三年不解，於是楚王引太阿之劍，登城而麾之，三軍破敗，士卒迷惑，流血千里，晉、鄭之軍頭畢白也。【按】太皞，疑指太阿（劍），曾注引《越絶書》似是。句意蓋謂安禄山叛亂，如揮太阿之劍，鋒芒所及，流血千里。《漢書·梅福傳》：『倒持泰阿，授楚其柄。』顔師古注：『泰阿，劍名，歐冶所鑄也。言秦無道，令陳涉，項羽乘間而發，譬倒持劍而以把授與人也。』此句或用此典，謂玄宗寵信安禄山，授以三鎮節度使之大權，造成安史之亂。

〔三二〕【咸注】《西京賦》：蚩尤秉鉞。案：《韻會》：蚩尤，黄帝臣，獸身人語。後叛，大戰於涿鹿，殺之。畫其形於旗上。又：彗星，一名蚩尤旗。【立注】《皇覽》：蚩尤冢在東郡壽張縣闞鄉城中，高七丈。民嘗十月祀之，有赤氣出，如一匹絳，名爲蚩尤旗。○上四句謂禄山之叛也。【補注】蚩尤，喻叛臣，此指安禄山。蚩尤旗爲變亂之象徵。句意蓋謂安禄山叛軍之氣焰甚熾。

〔三三〕【咸注】《左傳》：齊侯好内多寵，内嬖如夫人者六人。《漢書》：徵詣行在所。師古曰：天子或在京師，或出巡狩，不可豫定，故言行在所耳。○【立曰】謂貴妃從幸也。【補注】《舊唐書·玄宗紀》：天寶十五載六月，『乙未，凌晨，自延秋門出，微雨霑濕，扈從惟宰相楊國忠、韋見素、内侍高力士及太子、親王。妃主、皇孫已下多從之不及。』時楊貴妃隨行，故云『内嬖陪行在』。行在，此指馬嵬驛。

〔三四〕【曾注】《漢·張良傳》：臣請借前箸以籌之。○【立曰】謂陳玄禮之密啓也。【補注】《舊唐書·玄宗紀》：『丙辰，次馬嵬驛，諸衛頓軍不進。龍武大將軍陳玄禮奏曰：「逆胡指闕，以誅國忠爲名，然中外羣情，無不嫌怨……陛下直徇羣情，爲社稷大計，國忠之徒，可置之於法。」……兵士圍驛四合，及誅楊國忠、魏方進，兵猶未解。上令高力士詰之，回奏曰：「諸將既誅國忠，以貴妃在宫，人情恐懼。」上即命力士賜貴妃自盡，玄禮等見上請罪，命釋之。』孤臣，不容於當政者而心懷忠誠的臣子。《孟子·盡心上》：『獨孤臣孽子，其操心也危，其慮患也深，故達。』此指陳玄禮建議誅楊國忠，雖違玄宗之意，實忠於唐王朝。預坐籌，參預出謀畫策。

〔三五〕【曾注】《異物志》：赤而雄者曰翡，青而雌者曰翠。【立注】《後漢·輿服志》：太皇太后、皇太后入廟，簪以玳瑁，爲擿長一尺，端爲花勝，上爲鳳雀，以翡翠爲毛羽。梁費昶詩：日照茱萸領，風摇翡翠簪。【補注】句意即『遺翡翠之玉簪』，亦即白居易《長恨歌》『花鈿委地無人收，翠翹金雀玉搔頭』之謂，指楊妃死而首飾散落丟棄。

〔三六〕【咸注】《穆天子傳》：右服驊騮而左騄駬。郭璞曰：驊騮，色如華而赤，今名馬驃赤者爲棗騮。○【立曰】上二句謂四軍不進也。【補注】霜仗，閃耀兵刃寒光的儀仗，此指皇帝的扈從部隊。上句指貴妃死，此句謂『諸衛頓軍不進』，倒置其文。

〔三七〕【咸注】《詩》：豔妻煽方處。《北史》：苻堅滅燕，慕容沖姊清河公主年十四，有殊色，堅納之。沖年十二，亦有龍陽之姿，堅又幸之。姊弟專寵，長安歌之曰：『一雌復一雄，雙飛入紫宫。』【按】此句恐非用慕容姊弟專寵於苻堅之典，不過謂貴妃之豔笑已不復睹，與玄宗比翼雙飛之恩愛從此斷絶。即杜甫《哀江頭》『一笑正墜雙飛翼』之謂，亦白居易《長恨歌》『在天願爲比翼鳥』之反面。

〔三八〕【曾注】徐注：徐陵詩：香魂何處來。○【立曰】上二句謂國忠、貴妃之死也。【補注】此句即杜甫《哀江頭》所謂『明眸皓齒今何在，血污游魂歸不得』。一哭休，指玄宗之悲泣，《長恨歌》所謂『回看血淚相和流』。

〔三九〕【咸注】盧僎《十月梅花詩》：君不見巴鄉春候中華別，年年十月梅花發。李白《蜀道難》云：噫吁嚱！危乎高哉！蜀道之難，難於上青天。【補注】據《舊唐書·玄宗紀》，天寶十五載『秋七月癸丑朔。壬戌，次益昌縣，渡吉柏江……甲子，次普安郡……庚午，次巴西郡……庚辰，車駕至蜀郡……八月癸未朔，御蜀都府衙。』則奔蜀經蜀道時非『早梅』開時。此當指其翌年自蜀返京時。《舊・紀》：『明年九月，郭子儀收復兩京。十月，肅宗遣中使啖廷瑶入蜀奉迎。丁卯，上皇發蜀郡。十一月丙申，次鳳翔郡。』則返京途經蜀道正早梅開放之時。

〔四〇〕【咸注】謝眺詩：思見昭陽丘。善曰：《荆州圖》：楚昭王墓，《登樓賦》所謂昭丘也。《通鑑》：太宗文德皇后長孫氏葬昭陵，高祖神堯皇帝葬獻陵。帝念后不已，於苑中作層觀以望昭陵。嘗引魏徵同登，使視之。徵熟視之，曰：『臣昏眊不能見。』帝指示之。徵曰：『臣以爲陛下望獻陵，若昭陵，則臣固見之矣。』注：昭陵在西安府醴泉縣，獻陵在陝西三原縣。〇【立曰】上二句謂改葬貴妃他所也。《舊唐書・楊貴妃傳》：禄山叛，潼關失守，從幸至馬嵬。禁軍大將陳玄禮密啓太子，誅國忠父子。既而四軍不散，玄宗遣力士宣問，對曰：『賊本尚在。』蓋指貴妃也。力士復奏，帝不獲已，與妃訣，遂縊死於佛堂。時年三十八，瘞於驛西道側。上皇自蜀還，密令中使改葬於他所。初瘞時，以紫褥裹之，肌膚已壞，而香囊仍在。内官以獻，上皇視之悽惋，乃令圖其形於别殿。【按】此句寫玄宗回長安後思念太宗功烈。昭丘即唐太宗之陵墓昭陵。『高樹隔昭丘』者，謂昭陵爲高樹所隔不可見，極望中含痛定思痛之意。與太宗念長孫皇后望昭陵及楊妃改葬事均無涉。

〔四一〕愁，《英華》作『秋』。【補注】二句收歸驪山華清宮現境。蒼崖指驪山，朱閣指華清宮之樓閣。『朱閣』句即『驪宮高處入青雲』之意。

〔四二〕【補注】湯殿，内有温泉之宮殿。

〔四三〕嗚咽，《英華》校：一作『惆悵』。【咸注】《寰宇記》：驪山在昭應縣東南二里，即藍田山也，温泉在山下。【補注】驪山又名藍田山，相傳周幽王爲犬戎所逐，死於山下。天寶元年，改名會昌山，七載，改稱昭應山。縣前，指昭應縣前（今臨潼縣）。

【張戒曰】往年過華清宮，見杜牧之、温庭筠二詩，俱刻石於浴殿之側，必欲較其優劣而不能。近偶讀庭筠詩，乃知牧之之工。庭筠小子，無禮甚矣。劉夢得《扶風歌》、白樂天《長恨歌》及庭筠此詩，皆無禮于其君者。庭筠語皆新巧，初似可喜，而其意無禮，其格至卑，其筋骨淺露，與牧之詩不可同年而語也。其首敍開元勝遊，固已無稽，其末乃云『豔笑雙飛斷，香魂一哭休』，此語豈可以瀆至尊耶？人才氣格，自有高下，雖欲强學不能，如庭筠豈識《風》《雅》之旨也？牧之才豪華，此詩初敍事甚可喜，而其中乃云：『泉暖涵窗鏡，雲嬌惹粉囊。嫩嵐滋翠葆，清渭照紅妝。』是亦庭筠語耳。（《歲寒堂詩話》卷上）

【曾季貍曰】《華清宮》詩精切，如『月白霓裳殿，風乾羯鼓樓』，霓裳則曰『月白』，『羯鼓』則曰『風乾』，皆移换不動，所以爲佳。（《艇齋詩話》）

【楊慎曰】蔡衡仲一日舉温庭筠《華清宮》詩『澀浪浮瓊砌，晴陽上綵斿』之句問余曰：『澀浪，何語也？』予曰：『子不觀《營造法式》乎？宫牆基，自地上一丈餘疊石凹入如崖險狀，謂之疊澀。石多作水文，謂之澀浪。』（《丹鉛總録·澀浪》）

【黄周星曰】可想盛世景象。（『過客』二句下）摹寫精妙。（『重瞳』二句下）此即詩史也，盛衰理亂之感，無一不備其中，令觀者慨當以慷。（《唐詩快》）

【馮班曰】此篇著意只在開元盛時，禄山亂後便略，與《華清》、《長恨》不同。（《中晚唐詩叩彈集》卷八引）

【杜詔、杜庭珠《中晚唐詩叩彈集》卷八】『深巖』二句，隱含諷刺。以上敍開元盛時事，以下敍禄山亂後事。（『深巖』二句下）四句謂禄山之叛也。（『不料』四句下）謂貴妃從幸也。（『内嬖』句下）謂陳玄禮之密啓也。（『孤臣』句下）二句謂四軍不進也。（『瑶簪』二句下）二句謂馬嵬賜死之事。（『豔笑』二句下）二句謂改葬貴妃他所也。（『早梅』二句下）（按：除『瑶簪』二句箋改正顧嗣立箋語之誤外，其餘各條，均鈔録顧嗣立箋語。顧氏箋注刊於康熙三十六年，而杜詔杜庭珠之《中晚唐叩彈集》則編成於康熙四十三年）

【張文蓀曰】飛卿取材之富，過於義山。此首氣清詞麗，最好是不橫着議論，而情事顯然，得詩人忠厚之意。以麗詞寫事，是《南》、《北史》體。温、李都熟六朝書。（《唐賢清雅集》）

【按】《文苑英華》卷三一一收入杜牧《華清宫三十韻》、温庭筠《過華清宫二十二韻》及缺名《華清宫和杜舍人》（顧嗣立《温飛卿詩集箋注》卷九《温飛卿集外詩》收入此詩，經今人考證，此首實爲張祜之作）。温詩雖未標明和杜，但就三首詩題目、内容、構思、立意、体裁之一致，可大體肯定爲同時先後之作。杜牧大中六年夏秋間任中書舍人，是年十二月卒，其詩當同年秋冬間作（詩有『鳥啄摧寒木』之句），温、張二和作當亦作於同時或稍後。温氏此詩，可分兩大段。第一段自開篇至『鮮隰媚潛虬』，專寫開元末至天寶末玄宗寵幸楊妃，在華清宫『承平事勝遊』之享樂生活，『鮮隰』句暗點安禄山，過渡至下段。第二段自『不料邯鄲蝨』至篇末，寫安史亂起，馬嵬事變，貴妃賜死，帝妃愛絶及玄宗回鑾等情事。末四句收歸現境，切題内『過』字。全篇雖不無諷戒之意，而其主旨則在借華清宫之興廢及玄宗貴妃之事抒發盛衰之感。從三首華清宫長律之思想内容及藝術成就看，杜牧詩爲優，不僅整體氣勢恢宏，語言華贍，且頗有警策。張祜詩鑒戒之意雖最激切，而詩藝則最下。温詩亦平平少警策。

洞户二十二韻〔一〕

洞户連珠網〔二〕，方疏隱碧潯〔三〕。燭盤煙墜燼〔四〕，簾壓月通陰〔五〕。粉白仙郎署〔六〕，霜清玉女砧〔七〕。

醉鄉高窈窈[八]，碁陣静愔愔[九]。素手琉璃扇[一〇]，玄髻玳瑁簪[一一]。昔邪看寄迹[一二]，梔子詠同心[一三]。樹列千秋勝[一四]，樓懸七夕針[一五]。舊詞翻白紵[一六]，新賦换黄金[一七]。唳鶴調蠻鼓[一八]，驚蟬應寶琴[一九]。舞疑繁易度[二〇]，歌轉斷難尋[二一]。露委花相妬，風欹柳不禁。橋彎雙表迴[二二]，池漲一篙深[二三]。清蹕傳恢囿[二四]，黄旗幸上林[二五]。神鷹參翰苑[二六]，天馬破蹄涔[二七]。武庫方題品[二八]，文園有好音[二九]。朱莖殊菌蠢[三〇]，丹桂欲蕭森[三一]。黼帳迴瑶席[三二]，華燈對錦衾[三三]。畫圖驚走獸[三四]，書帖得來禽[三五]。河曙秦樓映[三六]，山晴魏闕臨[三七]。緑囊逢趙后[三八]，青鏁見王沉[三九]。任達嫌孤憤[四〇]，疎慵倦九箴[四一]。若爲南遁客，猶作卧龍吟[四二]。

[一]《才調》卷二載此首。『二十二韻』四字，李本、毛本作小字置行側。【曾曰】未詳。【立注】徐箋云：此篇詩意與前篇（按：指《過華清宫二十二韻》）同。俞瑒云：追憶昔遊而作，只拈起二字爲題，亦義山《錦檻》之類耳。【補注】洞户，房間與房間門户相通。《後漢書·梁冀傳》：『堂寢皆有陰陽奥室，連房洞户。』詩中所寫，即深邃之宫苑或府邸景象。

[二]【咸注】宋玉《招魂》：網户朱綴，刻方連些。虞茂《白紵歌》：雕軒洞户青蘋吹。【補注】珠網，綴珠爲網狀之帳幃，施於殿屋者。

[三]【曾注】張協《七命》：方疏含秀。杜甫詩：松筠起碧潯。【補注】方疏，方形的疏窗。碧潯，緑水邊。

[四]墜，《全詩》、顧本校：一作『墮』。【曾注】梁簡文帝《對燭賦》：掛同心之明燭，施雕金之麗盤。【咸注】

庾信《對燭賦》：還却燈檠下燭盤。【補注】燭盤，帶底盤之燭臺。可兼盛燭脂。

〔五〕【曾注】李白詩：却下水晶簾，玲瓏望秋月。【補注】壓，垂。月通陰，指月光透過疏簾，通向室内幽暗處。或解：上句『燭盤』係名詞，此句『簾壓』與之對文，當亦名詞。壓，通『押』，字又作『柙』，壓簾之具。此處『簾壓』義仍同簾。李商隱《燈》：『影隨簾押轉，光信簟文流。』簾押亦泛指簾。

〔六〕【曾注】《漢官儀》：省中皆胡粉塗壁，故曰粉署。《白帖》：諸曹郎稱爲仙郎。【補注】此謂粉壁白於郎官之署。

〔七〕【曾注】《地理志》：嵩山頂上有玉女擣帛碪石。入秋，人聞杵聲。【咸注】杜甫詩：三霜楚户碪。【補注】任昉《述異記》卷上：『擣衣山，一名靈山，在瑯琊郡。山南絶險，巖有方石，昔有神女於此擣衣，其石明瑩，謂之玉女擣練碪。』按：此則泛指婦女擣砧聲。句意謂值此月白霜清之夜，遠處傳來清亮的婦女擣衣砧杵聲。

〔八〕窈窈，《才調》作『窈窕』，誤。醉鄉，見卷四《李羽處士寄新醖走筆戲酬》『沈醉無期即是鄉』句注。【咸注】《長門賦》：天窈窈而晝陰。【補注】窈窈，深冥幽暗貌。

〔九〕陣，顧本作『陳』，通。【咸注】《左傳》：《祈招》之愔愔。杜預曰：愔愔，安和貌。嵇康《琴賦》：愔愔琴德。【補注】愔愔，悄寂貌，視『静愔愔』字可知。下圍棋布陣下子全神貫注，長時間思考，故棋室静悄無聲。

〔一〇〕【曾注】《西域傳》琉璃作『流離』，大秦出。李賀詩：琉璃疊扇烘。【補注】琉璃，一種有色半透明之玉石。琉璃扇，當指以琉璃鑲嵌的團扇。

〔一一〕【曾注】《廣志》：玳瑁形似龜，出巨延州。【咸注】古樂府：雙珠瑇瑁簪。【補注】玄鬌，黑髮。鬌，兒童下垂之髮。

〔一二〕【咸注】張華《情詩》：昔邪生户牖。【立注】《酉陽雜俎》：博邪在屋，曰昔邪；在牆，曰垣衣。《廣志》謂之藺香，生於久屋之瓦。魏明帝好之，命長安西載箕瓦於洛陽以覆屋。梁簡文帝《薔薇》詩：緑階覆碧綺，依檐映昔邪。【補注】昔邪，生長在牆垣屋瓦上的青苔。寄迹，猶託身。

〔一三〕【曾注】庾信詩：不如山梔子，猶解結同心。【立注】《酉陽雜俎》：梔子，諸花少六出者，惟梔子花六出。陶貞白言梔子翦花六出，刻房七道，其花香甚，即西域薝蔔花也。徐悱妻《摘同心梔子贈謝娘因附此詩》：兩葉誰爲贈？交情永未因。同心何處恨，梔子最關人。

〔一四〕【咸注】《釋名》：花勝，草花也。言人形容正等着之則勝。○【立案】徐注：《舊唐書》：開元十七年八月癸亥，上以降誕日，宴百官於花萼樓下。百僚上表，請以每年八月五日爲千秋節，王公以下獻鏡及承露囊，天下諸州咸令讌樂，休暇三日，仍編爲令，從之。【補注】勝，婦女首飾，剪綵爲之。《歲時風土記》：『立春之日，士大夫之家，剪綵爲小幡，謂之春幡。或懸於家人之頭，或綴於花枝之下。』此曰『樹列千秋勝』，當指爲慶賀皇帝千秋節而製作的懸掛於樹枝上的小幡。太子誕辰亦可稱千秋令節。宋胡繼宗《書言故事·聖壽》：『祝太子壽曰千秋令節。』唐時或亦然。

〔一五〕【曾注】《荆楚歲時記》：七夕，婦人結綵縷穿七孔鍼。【咸注】《西京雜記》：漢綵女常以七月七日，穿七孔鍼於開襟樓。○【立案】徐注：《開元遺事》：唐宫中，七夕，妃嬪各執九孔鍼、五色線，向月穿之，過者謂得巧。

〔一六〕【曾注】沈約詩：夜長未央歌《白紵》。【立注】吴兢《樂府古題要解》：《白紵歌》：案舊史：白紵吴地所出，《白紵舞》本吴舞，梁武帝命沈約改其詞爲四時之歌，若『蘭葉參差桃半紅』，即《春日白紵曲》也。○案：徐注：《異聞録》：明皇製《霓裳羽衣》之曲。詳《過華清宫二十二韻》『月白霓裳殿』句注。【補注】翻，譜寫。句意謂依《白紵歌》之曲調改舊詞寫新詞。

〔一七〕【曾注】司馬相如《長門賦序》：武帝陳皇后得幸，頗妒。別在長門宫，愁悶悲思。聞相如工爲文，奉黄金百斤，爲相如、文君取酒，爲文以悟主上，復得親幸。○【立案】徐注：《梅妃傳》：妃姓江氏，莆田人，性喜梅，上以其所好，戲名曰梅妃，曰：『此梅精也。』竟爲楊氏遷於上陽東宫。妃以千金壽高力士，求詞人擬司馬相如爲《長門賦》，欲邀上意。力士方奉太真，且畏其勢，報曰『無人解賦』，妃乃自作《樓東賦》，太真聞之，訴明皇曰：『江妃庸賤，以廋辭宣言怨望，願賜死。』又案：吴兆宜云：《楊貴妃傳》：天寶九載，貴妃復忤旨，送歸外第。時吉温與中貴人善，温入奏曰：『婦人智識不遠，有忤聖情。然貴妃亦久承恩顧，何惜宫中一席之地，使其就戮，安忍取辱於外哉！』上即使力士召還。『新賦换黄金』句，或指此也。二説未詳孰是。

〔二一八〕【曾注】《白帖》：會稽有大鼓，名雷門，有白鶴飛入鼓，於是洛陽亦聞其聲。【立注】《吴録》：吴王夫差移於建康之宫，南門有雙鶴，從鼓中而飛上入雲中。《海録碎事》：南蠻鑄銅爲大鼓，初成，懸於亭，置酒以召同類。富女子以金銀爲大釵，叩鼓，因名之曰銅鼓釵。【補注】《會稽記》：『雷門上有大鼓，圍二丈八尺，聲聞洛陽。孫恩之亂，爲軍人所破，有雙白鶴飛出，後不鳴。』此言『唳鶴調蠻鼓』，雖用雷門鼓之典，其意則在强調鼓聲之遠傳。

〔二一九〕【咸注】《世説》：蔡邕在陳留，鄰人召飲。比往，客有彈琴於屏，邕至門，潛聽之，曰：『以樂召我，而有殺心，何也？』遂反。主人追問其故，邕具以告。彈琴者曰：『我見螳螂方向鳴蟬，蟬將去而未飛，螳螂爲之一前一却。吾惟恐螳螂之失蟬也，此豈爲殺心而形於聲乎？』【補注】此似謂琴聲傳達出彈奏者之隱微心理。

〔二二〇〕疑，《才調》作『凝』。【咸注】傅毅《舞賦》：軼態横出，瑰姿譎起。【補注】繁，指舞姿繁複多樣。易度，指舞姿之變化流暢迅疾。

〔二二一〕【咸注】謝偃《聽歌賦》：似將絶而更連，疑欲止而復舉。【補注】此言歌聲的曲調轉换時，似斷絶而不可復尋。

〔二二二〕【咸注】杜甫《橋成》詩：天寒白鶴歸華表。【補注】表，華表。古代設於橋梁、宫殿、城垣或陵墓前，兼作裝飾用的巨大柱子。此指設於橋邊者。李商隱《灞岸》：『灞水橋邊倚華表。』句意謂因橋彎曲，故設於兩邊橋頭的華表距離顯遠。

〔二二三〕【曾注】潘岳詩，楚浪漲三篙。

〔二二四〕【曾注】《漢儀注》：皇帝輦左右侍帷幄者，稱警，出殿，則傳蹕止行人清道也。【咸注】韋孟《諷諫詩》：惟囿是恢。師古曰：恢，大也。【補注】清蹕，帝王出行，清除道路，禁止行人。恢囿，廣大的園囿，指下句『上林』。

〔二五〕【咸注】司馬德操《與劉恭嗣書》：黄旗紫蓋，恒見東南。謝朓詩。黄旗映朱邸。上林，苑名，見卷一《漢皇迎春詞》『上林鶯囀游絲起』句注。【補注】黄旗，皇帝儀仗。此借指皇帝。

〔二六〕【咸注】《宣室志》：鄴郡人有好育鷹隼者。有人持鷹來，告於鄴人，鄴人遂市之，其鷹甚神駿。【立案】徐注：《新唐書·玄宗紀》：開元二年四月，停諸陵供奉鷹犬。《肅宗紀》：寶應元年建卯月，停貢鷹鷂狗豹。《德宗紀》：大曆十四年五月，罷諸州府及新羅、渤海貢鷹鷂。《穆宗紀》：長慶二年十二月，放五坊鷹隼及供獵狐兔。《文宗紀》：寶曆二年十二月，縱五坊鷹犬。《宣宗紀》：大中元年二月，放五坊鷹犬。《懿宗紀》：咸通八年，縱神策、五坊、飛龍鷹鷂。則鷹爲唐之常貢可知矣。【補注】參，間雜。

〔二七〕【咸注】《漢天馬歌》：天馬徠，從西極，涉流沙，九夷服。《淮南子》：牛蹄之涔，無尺之鯉。注：牛馬迹中水曰蹄涔。○【立案】徐注：《新唐書·王毛仲傳》：檢校内外閑廄，知監牧使。從帝東封，取牧馬數萬匹，每色一隊，相間如雲錦，天子才之。【補注】蹄涔，亦作『蹏涔』『蹄跱』。語本《淮南子·氾論訓》：『夫牛蹏之涔，不能生鱣鮪。』高誘注：『涔，雨水也，滴牛蹏迹中，言其小也。』蹄涔，每指稱體積、容量微小。唐蔣貽恭《詠蝦蟆》：『欲知自己形骸小，試就蹄涔照影看。』此處仍用其本義。二句承上寫皇帝游獵，謂獵鷹與隨從陪奉的翰林學士相間雜，獵馬相續奔馳，後馬踩破了前馬留下的蹄印。

〔二八〕【咸注】王隱《晉書》：杜預爲尚書，損益萬機，不可勝數，號曰杜武庫，言其無所不有。【補注】題品，品評。

〔二九〕有，《才調》作『自』。【曾注】《司馬相如傳》：臨邛令前奏琴曰：『竊聞長卿好之，願以自娱。』相知辭謝，爲鼓一再行。後拜文園令，卒。【補注】二句謂侍從之臣中既有學識淵博者，亦有精通音樂者。

〔三〇〕【咸注】韓愈《石鼎聯句》：龍頭縮菌蠢。【補注】菌蠢，謂如菌類之短小叢生。《文選·張衡〈南都賦〉》：『芝房菌蠢生其限。』李善注：『菌蠢，是芝貌也。』朱莖，疑指荷花。殊，異也。

〔三一〕【曾注】《吴都賦》：丹桂灌叢。【咸注】張協詩：荒楚鬱蕭森。【補注】蕭森，草木茂密貌。《洛陽伽藍記·平等寺》：『堂宇宏美，林木蕭森。』

〔三二〕【曾注】鮑照《蕪城賦》：藻扃黼帳。劉孝綽詩：委座陪瑶席。【補注】黼帳，華美的牀帳。司馬相如《美人賦》：『芳香芬烈，黼帳高張。有女獨處，婉然在牀。』瑶席，華美的牀席。迴，重新鋪設。

〔三三〕【咸注】《西京雜記》：夕照九華之燈。《詩》：錦衾爛兮。【補注】錦衾，錦被。

〔三四〕走，《才調》作『畏』。【曾注】徐注：後魏道武帝造畏獸辟邪諸戲。【立注】馮班云：衛協有《畏獸圖》。【補注】郭璞《山海經圖贊·猛槐》：『列象畏獸，凶邪是辟。』唐裴孝源《貞觀公私畫史》：『《畏獸圖》，王廙畫。』

〔三五〕【曾注】唐李綽《尚書故實》：王内史書帖中有與蜀郡太守書，求櫻桃來禽，日給藤子。注：言味好來衆禽也。俗作林檎。【補注】二句謂收藏有珍貴的繪畫、書法。

〔三六〕曙，李本作『署』，誤。【咸注】謝朓詩：秋河曙耿耿。古樂府：日出東南隅，照我秦氏樓。【補注】河，指銀河。秦穆公爲其女弄玉所造之樓，亦稱鳳樓。此句『秦樓』與下句『魏闕』對舉，當泛指秦地的宫殿樓臺。李商隱《當句有對》：『密邇平陽接上蘭，秦樓鴛瓦漢宫盤。』

〔三七〕【咸注】《莊子》：中山公子牟謂瞻子曰：『身在江湖之上，心存乎魏闕之下。』謝靈運詩：子牟眷魏闕。【補注】魏闕，古代宫門外兩邊高聳的樓觀。泛指宫闕。

〔三八〕【咸注】《漢·外戚傳》：成帝許美人生子，趙后以頭擊壁户柱，啼泣不肯食。詔使靳嚴持緑囊書予許，許以葦篋一合盛所生兒，緘封，及緑囊報書予嚴。后害之，穿獄樓垣下爲坎，埋其中。〇【立案】徐注：此刺貴妃之妒悍也。《梅妃傳》：後上憶妃，遣小黄門滅燭，密以戲馬召妃至翠華西閣。繼而上失寤，侍御驚報曰：『妃子已届閤前，當奈何！』上披衣，抱妃藏夾幙間。太真歸私第，上覓妃所在，已爲小黄門送令步歸東宫。《太真外傳》：

妃子以妒悍忤旨，令高力士送還楊銛宅。力士探旨，奏請載還，送院中。自茲恩遇日深，後宫無得進幸矣。

〔三九〕鏁，席本、顧本作『瑣』。《才調》、李本、十卷本、姜本、毛本、《全詩》作『鎖』。沉，《全詩》、顧本作『沈』。【立注】《晉書》：王沈二，封博陵侯，一見《文苑傳》，青瑣事俱未詳。【牟懷川曰】遍索唐前諸史，仍從《晉書·劉聰載記》中找到了此處所指的王沈。這個王沈乃是劉聰的中常侍，『奢侈貪殘』、『勢傾海内』、『殺生除授，王沈等意所欲，皆從之。』（《温庭筠從游莊恪太子考論》，載《唐代文學研究》第一輯）【補注】青鏁，指宫廷。

〔四〇〕【咸注】司馬遷《報任安書》：韓非囚秦，《説難》《孤憤》。注：《説難》、《孤憤》，《韓子》之篇名也。【補注】任達，放任曠達。《晉書·阮咸傳》：『咸任達不拘，與叔父籍爲竹林之游，當世禮法者譏之。』孤憤，憤孤直之不容於時，後多指因孤高嫉俗而産生的憤慨之情。

〔四一〕【曾注】《左傳》：魏絳爲晉侯引虞人之箴曰：『茫茫禹迹，畫爲九州。』徐注：《漢·揚雄傳》：箴莫善於《虞箴》，作《州箴》。晉灼曰：九州之箴也。【補注】九箴，反覆規諫。

〔四二〕遁，李本、十卷本、姜本、毛本作『遁』。【咸注】《蜀志》：諸葛亮字孔明，躬耕隴畝，好爲《梁父吟》。徐庶言於先主曰：『諸葛孔明，卧龍也。』《漢晉春秋》：亮家於南陽之鄧縣，號曰隆中。【補注】南遁，猶南隱，謂隱居於南方家鄉。

【陸時雍曰】爽氣清音，掃除塵悶。（《唐詩鏡》卷五十一）

【杜詔曰】玩詩中『舊詞翻白紵，新賦换黄金』及『任達嫌孤憤，疎慵倦九箴』等語，全是追賦豔情，自傷流

落。或云此篇與前《華清宫》詩意相同，恐非篤論。（《中晚唐詩叩彈集》卷八）

【牟懷川曰】（青瑣句）與宦官專權的晚唐政局十分相似。所以『青瑣』句是説像王沈這樣的宦官再度出現而横行於宫内。詩人既據漢史，又引晉紀，二句合觀之，是説，宦官與寵妃共同害死了年幼的皇子。二句實切楊賢妃與宦官（仇士良、魚弘志等）共同害死莊恪太子李永事。太子被害死，温庭筠『南遁』，僅此便足證温與太子之間之密切關係。因此，僅由末二韻的分析而推論全詩，作爲一個藝術的整體，必應暗寫從游莊恪太子始末，涉及一個複雜的政治事件。那麼，前十九韻之貌似豔游的描寫，當句句曲意深包……，第一、二韻，寫出一個特定環境，網攔洞户，閃爍着珍珠之光；緑染方窗，隱映於碧水之畔。燭煙摇曳，燈燼墜落，簾櫳半捲，月入幽深……這就是詩人追憶的昔游之地，即太子所居少陽院……第三、四韻，轉寫一個宴樂場合。從詞面上看，在尚書粉署仙郎之地，當霜清玉女擣砧之時——實際上交待了初事皇子的時間與地點……『仙郎』、『玉女』之對偶……以兒女之情，言君臣之事，即以『求女』喻『事君』（雖然是年幼的儲君），暗示了温庭筠與莊恪太子的關係。這裏的『仙郎署』應指左春坊司經局下郎官的官署……第五、六韻，詩的核心人物出現了，他就是年方髫齡的太子李永……妝飾之中，亦暗挾與太子有關的事物……《晉東宫舊事》：『太子納妃，有玳瑁簪、鏤鏡臺。』……從第六韻之解，也可看出，本看自己寄身之迹比於昔邪（即瓦松），竟詠二人同心之情勝過梔子。前句透露出他們之間的遇合是偶然而没有基礎的，詩人攀附高門，其初意不過聊以寄食，然從後句看……他們竟是魚水相得，心心相印，從此便一起游處了。第七、八韻，正是同游時所歷。這裏忽換賦筆，實仍是賦中帶興，意味深長，細析其意，『樹列』二句之意可分爲三層理解。一、揭示從游時間，正遇上七月初七……二、七夕懸針乞巧，是祈求遭逢幸福。正是『仙郎』、『玉女』同心所求。『千秋』語含雙關，又有祝福『千秋萬歲』之意。因此這兩句實寫祝願太子長視久安，自己與太子的融洽關係保持下去之意。三、七夕牛女相會亦只一時……因此二句又暗示不幸……温與太子相處的時間……自開成二年秋受李程之薦至開成三年九月太子死（按：應爲十月），只有一年左右。第八韻説明他果然是一位詞賦之臣。他妙解音律，又詩賦冠時，侍從太子，自然是游刃有餘……『舊詞』句謂自己亦按樂府舊題翻製新曲，配以新詞。温集中這種近似於宫體的樂府詩猶存不少，皆從游太子當時所作……『新賦』句……乃令人聯想到莊恪之母王德妃的失寵，徒借詩人的美好詞章欲挽回君王喜新厭舊之心。從時間上看，王德妃在開成二年八月方與楊賢妃同時受封，一年後才被讒死，與詩人的入侍時間是完全相合的。三、此二句的主語是詩人自己……詩人爲辭、爲賦所服務的對象，只可能是莊恪太子……第九、十韻，表面上詠琴、鼓並作，歌舞齊發，然而……樂聲中敗象已顯，殺機已露……此暗指王德妃之死也。第九韻是説，羯鼓聲催，如聞風聲鶴唳，寶琴哀奏，又是螳向鳴蟬……見出形勢急轉直下，楊賢妃日夜譖毀，只一年便置王德妃於死地。第十韻是説，觀舞姿繽紛，疑其尚易過接；聽歌聲哀轉，苦調已難斷續，此亦以歌舞暗射人事，其含蓄之意，本期在艱難的形勢下存一綫希望，但畢竟繁華易盡，團扇見棄，王德妃死於非命……第十一韻，寒露相妬，嬌花凋萎；惡風相催，弱柳傾斜。也就是説，太子李永此時更被楊賢妃落井下石，而『終不能自辨明』……他的處境自可憂可危。第十二韻，實際寫的正是這種形勢……『一篙深』若隱指楊賢妃『聖眷方隆』、『恩渥方深』，則可邏輯地推出『池漲』指牛黨勢力的得寵與膨脹……『雙表迥』則指南北二司尖鋭的對立，政見相懸之遠，實即宦官專權的形勢。在這裏，『橋彎』未始没有對庸懦無才的文宗的微辭……第十三、十四韻，竟寫皇帝傳詔清蹕，駕幸上林苑進行囿獵了……諸史皆未載唐文宗此時有這麽一件事，倒是寫他開延英殿大會羣臣議廢太子了……鷹之爲物，每喻彈劾監察之任……指御史大夫狄兼謨（雪涕以諫），可謂恰切。至於『天馬』……由『聖主得賢臣』之意化來，指宰輔重臣。回看『清蹕』二句，竟是以田獵比廷議……第十五、十六韻，時有『杜武庫』之類一位重臣，正在品藻人物，才比相如的庭筠得到了賞識……他設喻説本有『朱莖』，自是靈枝，『丹桂』一枝，即將攀折到手，故其樹『欲蕭森』（衰颯貌）。這就是説，自己才學出衆，被『題品』之後，有希望登第了……此處所言『武庫』之事，疑與裴度有關……第十七、十八二韻，謂延英會議既散，太子歸少陽院的歸寢情景。這裏顯然是詩人代太子立言。回到黼帳之瑶席，難免華燈對錦衾，前途未卜，禍根未除，縱暫時化險爲夷，終不能安眠。牆前的畏獸固狰獰可怖，它究竟是『凶邪是辟』，抑或本身即惡物？案上的王右軍書帖『櫻桃來禽』正暗示讀者：太子之位是招惹災禍的根源……第十九韻，連上二句，謂一宿未眠，終於晴日曙光，映臨樓闕，山河晏清，太子亦無事。所謂

『秦樓』，指太子所居；『魏闕』，指文宗皇朝。這裏以短暫時光中凝縮的内容概指太子回少陽院之後所餘時日……第二十韻，如前所析，太子終於被狠毒的寵妃和猖獗宫掖的宦官共同害死。第二十一、二十二韻，如前所析，詩人在篇終亮相了。又曰：末聯説，如何你這『南遁』之客，還在作『卧龍』之吟啊！『南遁』，即《百韻》詩所言『遐適』和『行役議秦吴』……卧龍吟，即梁甫吟，本挽歌詞，唐人亦每以其抒發世路坎坷的怨憤，此處正指本詩。

（《温庭筠從游莊恪太子考論》）

【按】徐箋以爲本篇與《過華清宫二十二韻》同意，並引《梅妃傳》以釋『新賦换黄金』及『緑囊逢趙后』句，謂『刺楊妃之妬悍』。孤立視此二句，或勉强可通，然全篇無一涉及開元末及天寶時事，謂詠明皇貴妃及梅妃事，實不切全詩之絶大部分内容。牟懷川《温庭筠從游莊恪太子考論》以篇末『緑囊逢趙后，青瑣見王沈』二句爲切入點，謂『趙后』指楊賢妃，『王沈』指宦官仇士良、魚弘志等，並由此推論全詩係記庭筠從游莊恪太子始末之事，洵爲有識之創見。雖其句釋索其比興隱喻之義，不免求之過深，言之過鑿，但就其整體而言，牟氏此説之價值自應得到充分重視。庭筠曾從莊恪太子游，視《莊恪太子輓歌詞二首》之『鄴客』『西園』之語，洵爲不易之事實。詩集卷五《四皓》『但得戚姬甘定分，不應真有紫芝翁』亦借詠古隱指當時宫廷中有皇帝寵姬如戚夫人者不甘已定之名分，圖謀更易儲位之事，實係影射文宗杨賢妃。而卷四《題望苑驛》亦借題漢武帝戾太子之博望苑對寵姬式的人物『盛姬』表現出明顯的怨恨情緒（參見二詩箋評之編者按語）。故牟氏結合用典（趙飛燕害許美人之子）謂『趙后』指譖害太子永之楊賢妃，當可成立。而宦官仇士良自甘露之變後，『天下事皆决於北司，宰相行文書而已。宦官氣益盛，迫脅天子，下視宰相，陵暴朝士如草芥』，『時數日之間，殺生除拜，皆决於兩中尉』（均載《通鑑·文宗大和九年》），以王沈擬士良等權宦，亦甚切合。詩中『清蹕』、『黄旗』、『幸上林』、『翰苑』、『天馬』、『秦樓』、『魏闕』、『趙后』、『青鏁』、『王沉』乃至『千秋』、『七夕針』等語，均與宫苑相關，説明此詩所詠之『洞户』或即宫苑之代稱。按庭筠一生除咸通六、七年曾任國子監助教外，從未任京官，故詩中所寫，自非其任京官時入宫苑所見或陪奉皇帝游幸之經歷，而篇末『任達嫌孤憤，疎慵倦九箴。若爲南遁客，猶作卧龍吟』數語，又明白顯示詩所寫者係詩人自己之見聞經歷。而庭筠一生中有此類經歷者惟開成間從莊恪太子游一事。故據詩之内容及詩人經歷即可推定此詩確係詠從游太子永之事。惟牟氏據『緑囊』二句，即謂『宦官與寵妃共同害死了年幼的皇子』，似尚可商榷。二句似只能説明宫苑中遇見過像趙飛燕這樣妬悍毒辣的后妃和像王沉這樣專權貪殘的宦官，從而感到太子永處境的危險，但並不意味着太子已遇害。因爲下聯明言『疎慵倦九箴』，説明其時規諫的對象太子永尚在，規諫的内容當是其『宴游敗度』（《舊唐書·文宗二子傳·莊恪太子永》）。如此時太子永已死，自無所謂『倦九箴』。實則此詩之絶大部分篇幅，即寫宫苑内外宴游情景。試略作詮釋：首聯點明題目及洞户所在，曰『隱碧潯』，則此『洞户』恐非城内森嚴之宫禁，而係傍水而建之離宫别苑。『燭盤』二句，苑中夜景，燭盤燼墜，月光透簾。『粉白』二句，謂苑中粉壁白於郎官之粉署，窗外傳來霜砧之清韻。『仙郎』『玉女』，以綺語點綴，温、李慣技，不必深求。『醉鄉』二句，謂苑中有人醉鄉高卧，有人静静下棋，此當是太子之賓客之流。『素手』二句，謂宫中侍女執扇侍候，而玄髻黑髮之太子頭插玳瑁爲飾之簪。牟謂『玄髻』指『詩的核心人物』太子永，甚是。兩《唐書》均未載莊恪太子永之生年及卒時之年歲，但以文宗開成五年薨時年僅三十三，三年太子卒時文宗年三十一推之，其時李永的年齡不過十來歲，用『玄髻玳瑁簪』來指稱是相當確切的。『昔邪』二句，謂屋瓦牆垣上附着青苔，院中有象徵同心爲詩人所歌詠的梔子花。『樹列』二句，謂苑樹上掛列着祝太子千秋的華勝，宫樓上正懸着七夕得巧的針線。似暗示太子之生日在七月初。『舊詞』二句，謂苑中賓客文士或翻舊曲作新詞，或撰新賦以獲重賞。『新賦』句不必拘泥陳皇后失寵事，泛言因新賦而獲賞或更直捷。唐時宫廷中此類詩賦競賽活動，如武則天幸洛陽龍門，令從官賦詩，宋之問奪得錦袍之賜即廣爲流傳。『唳鶴』二句，寫苑中擊鼓奏琴，鼓聲遠傳，琴聲應心。『舞疑』二句，寫苑中歌舞，舞姿繁複而變化多端，歌聲高低抑揚，似斷難尋。『露委』二句，寫深夜露下風斜，苑中花柳摇曳。『橋彎』二句，橋曲池深。以上均苑中夜間宴樂景象。『清蹕』六句，轉寫日間苑外游獵。『清蹕』本指皇帝出游清除道路，禁止行人，此處當指儲君出游。謂太子將幸苑囿打獵，傳令清道，獵鷹天馬，均齊出動，且與文學侍從之臣參雜。從臣中既有博學如杜預者，亦有知音如相如者。『朱莖』二句，又轉回宫苑，謂池中朱莖之池蓮異於矮小之菌類，園内丹桂亦枝葉繁茂。

『黼帳』二句，室內華美之帳席燈衾等陳設。『畫圖』二句，苑中藏有名貴之繪畫及書法。『河曙』二句，天明後日映秦樓、山晴魏闕之京城宫闕氣象。『緑囊』二句，謂於苑中遇見妬悍狠毒之后妃、專恣貪殘之宦官。『任達』二句，謂己性格放任曠達，憤世嫉俗，恐爲人所嫌忌，何况性又疎懶，已倦於反覆規諫，似透露出詩人在太子宫苑中爲人所忌之處境以及曾對太子之宴游頗有規諫而無效，故曰『嫌孤憤』、『倦九箴』，暗示已有離去之意。『若爲』二句，承上謂己若爲南去隱於故鄉之人，仍當爲卧龍諸葛的梁甫之吟，抒發一己之壯志，蓋言己之報國壯志仍未銷也。庭筠《謝襄州李尚書啓》係上山南東道節度使李翱之謝啓，作於大和九年八月至開成元年七月李翱鎮襄陽期間，啓云：『豈知畫舸方遊，俄昇於桂苑（桂宫，指太子宫）；蘭扃未染，已捧於芝泥。』芝泥即封泥，上蓋印章，如後世之火漆印。《新唐書·百官志四》：東宫官有内直局，郎二人、丞二人。掌符璽、衣服、繖扇、几案、筆硯、垣牆。『捧芝泥』，似指『掌符璽』之事，或借指執筆硯爲文字之役。詩中『新賦換黄金』，『文園有好音』均用司馬相如典實，庭筠既擅詩賦，又曉音律，其從游太子永期間所從事者或即此類文字、音樂侍從工作也。此詩當開成三年九月以前作，時太子危象已露，然尚未議廢立之事。

温庭筠全集校注卷七 詩

送洛南李主簿〔一〕

想君秦塞外〔二〕，應見楚山青〔三〕。槲葉曉迷路〔四〕，枳花春滿庭〔五〕。禄優仍侍膳〔六〕，官散得專經〔七〕。子敬懷愚谷〔八〕，歸心在翠屏〔九〕。

〔一〕《英華》卷二七九送行十四載此首，題作「送洛南尉之官」。【曾注】《唐·地理志》：洛南縣屬商州。【補注】洛南，今陝西縣名，在商州市北。主簿，縣主管文書簿籍事務之官吏。

〔二〕【補注】秦塞，秦地的關塞。赴洛南需出藍田關，此即「秦塞」之一。又，秦塞亦可理解爲秦地，指關中地區。秦爲四塞（四面有險阻）之國，故稱「秦塞」。

〔三〕應，李本、十卷本、毛本、席本、姜本、顧本、《英華》、《全詩》作「因」。楚，《英華》、席本、顧本作

「遠」。青，《英華》作「清」，誤。【補注】楚山，商山的别名。商山又名商嶺、商阪、地肺山、楚山。

〔四〕【補注】槲，木名，即柞櫟，落葉喬木。庭筠詩中常用「槲葉」意象（如《商山早行》：「槲葉落山路，枳花明驛牆。」）。清晨槲葉堆滿山路，幾乎使人不辨路徑，故云「曉迷路」。或謂「槲」當作「檞」，即松樠。檞葉冬天存留在枝上，次年嫩芽發生時才脱落。春天正是檞葉脱落時。

〔五〕【補注】枳，木名，似橘樹而小，莖上有刺，春開白花。至秋成實，果小，味酸苦不能食。《周禮·考工記序》：「橘踰淮而北爲枳。」庭院中常植枳樹作籬笆，稱枳籬。故云「枳花春滿庭」。

〔六〕【補注】侍膳，陪從尊長用膳。李主簿家當在洛南，故得侍膳父母。

〔七〕【補注】散，閑。主簿爲縣中屬僚，職事較清閑，故云「官散」。專經，專門研治一經。

〔八〕子敬懷，顧本、《英華》作「余亦還」，席本作「余亦懷」。愚谷，見卷六《書懷一百韻》「藏機谷號愚」句注。【補注】子敬，東晉王獻之字，工書善畫能文，王羲之第七子。太和中，入任爲州主簿，故此句以「子敬」擬李主簿。懷愚谷，謂其懷鄉居谷隱之所。

〔九〕【曾注】杜詩注：羊元所居，山峯奇秀，每據筠牀，終日笑傲，或偃卧看山，曰：「此翠屏當晚對。」【補注】翠屏，指翠緑如屏之山巖、峯巒。曰「歸心」，則洛南爲李主簿之家鄉無疑。

【按】前二聯想像李主簿赴官洛南途中所見。腹聯謂其雖官職閑散，然得以侍親治經，亦人生樂事。尾聯謂其生性澹泊，久懷忘機谷隱之心，得歸見故山翠色，正遂所願也。美之亦慰之。「槲葉」一聯，寫山間曉行景色如畫。

巫山神女廟〔一〕

黯黯閉宮殿，霏霏蔭薜蘿〔二〕。曉峯眉上色〔三〕，春水臉前波〔四〕。古樹芳菲盡，扁舟離恨多。一叢斑竹夜〔五〕，環珮響如何〔六〕？

〔一〕【咸注】酈道元《水經注》：丹山西即巫山。宋玉所謂帝女居之，名爲瑶姬，朝爲行雲，暮爲行雨，朝朝暮暮，陽臺之下。旦早視之，果如其言，故爲立廟，號朝雲焉。《方輿勝覽》：神女廟在巫山縣治西北二百五十步，有陽雲臺。【補注】宋玉《高唐賦序》：『昔者楚襄王與宋玉遊於雲夢之臺，望高唐之觀，其上獨有雲氣，崪兮直上，忽兮改容，須臾之間，變化無窮。王問曰：「此何氣也？」玉對曰：「所謂朝雲者也。」王曰：「何謂朝雲？」玉曰：「昔者先王嘗遊高唐，怠而晝寢，夢見一婦人，曰：妾巫山之女也，爲高唐之客，聞君遊高唐，願薦枕席，王因幸之。去而辭曰：妾在巫山之陽，高丘之阻，旦爲朝雲，暮爲行雨。朝朝暮暮，陽臺之下。旦朝視之，如言，故爲立廟，號曰朝雲。」』

〔二〕【補注】霏霏，雨盛貌。《楚辭·九歌·山鬼》：『若有人兮山之阿，被薜荔兮帶女蘿。』薜蘿，即薜荔與女蘿。蔭，籠蓋。

〔三〕【咸注】《飛燕外傳》：爲薄眉，號遠山黛。【補注】《西京雜記》卷二：『文君姣好，眉色如望遠山，臉際常若芙蓉。』眉上色，謂如神女眉黛之色。

〔四〕【咸注】《神女賦》：望余帷而延視兮，若流波之將瀾。【補注】春水，指廟前江水。兼喻女子明亮流動之眼波。臉波，即眼波。句謂廟前春水，似神女清澈流轉之眼波。

〔五〕斑，《全詩》、顧本校：一作『湘』。【曾注】《博物志》：舜二妃曰湘夫人。舜崩，二妃啼，以淚揮竹，竹盡斑。

〔六〕【曾注】杜甫詩：環佩空歸月夜魂。

【按】曰『扁舟離恨多』，詩當是羈旅途中泊舟廟前，而有此作。尾聯想像斑竹叢邊之神女廟，夜間神女歸來，環珮丁冬作響的情景，雖從杜詩脱化，而頗具情致。卷四七律《送崔郎中赴幕》有『一別黔巫似斷絃』、『雨散雲飛二十年』之句，此詩當爲早年游歷經黔巫一帶時作。約大和四年，詩人曾入蜀，五年春在成都，有《錦城曲》。此詩『古樹芳菲盡』，寫景在春夏間，當爲同年春夏間在巫山作。『扁舟離恨』，蓋順江東下而歸矣。

地肺山春日〔一〕

苒苒花明岸〔二〕，涓涓水繞山〔三〕。幾時抛俗事，來共白雲閑〔四〕？

〔一〕《絶句》卷十六載此首。胏，李本、十卷本、姜本、毛本作「脉」。【咸注】案：《高士傳》：四皓共入商雒，隱地胏山。又案：《永嘉郡記》：地胏山在樂城縣東大海中，去岸百餘里。又案：陶隱居《真誥》：金陵者，句曲之地胏也。水至則浮，故曰地胏。未知孰是。【按】山名地胏者，有今河南靈寶縣西南之地胏山，即古枯樅山；今陝西西安市南之終南山，又稱地胏山；今陝西商縣東之商山，今江蘇句容縣東南之句曲山，亦均稱地胏山。詩中所寫之地胏山，以指四皓所隱之商山可能性較大。

〔二〕苒苒，《全詩》、顧本作「冉冉」。【補注】苒苒，花草盛貌。

〔三〕【補注】涓涓，細水緩流貌。陶淵明《歸去來兮辭》：「木欣欣以向榮，泉涓涓而始流。善萬物之得時，感吾生之行休。」

〔四〕【補注】白雲，歸隱之象徵。左思《招隱詩》之一：「白雲停幽岡，丹葩曜陽林。」陶弘景《詔問山中何所有賦詩以答》：「山中何所有？嶺上多白雲。只可自愉悦，不堪持贈君。」陶淵明《歸去來兮辭》：「雲無心以出岫，鳥倦飛而知還。」《和郭主簿》：「遥遥望白雲。」白雲悠悠飄蕩之景象，正隱者閑適心境之寫照。

【按】商山爲高士隱逸之地，值此春日花明溪畔，水繞青山，白雲幽閑之時，不免觸動擺脱塵俗、歸依自然之意趣。陶淵明《歸去來兮辭》於「木欣欣以向榮」四句後復云：「已矣乎！寓形宇内復幾時？曷不委心任去留，胡爲乎遑遑兮欲何之？富貴非吾願，帝鄉不可期。』數語正可與此詩三四句相發明。

題陳處士幽居〔一〕

松軒塵外客〔二〕，高枕自蕭疎〔三〕。雨後苔侵井，霜來葉滿渠。閑看鏡湖畫〔四〕，秋得越僧書〔五〕。若待前溪月〔六〕，誰人伴釣魚？

〔一〕《英華》卷二三一隱逸二載此首。【補注】處士，本指有才德而隱居不仕的士人，此泛稱未入仕者。

〔二〕【補注】松軒，植有松樹的住所，即題内「幽居」。塵外客，指陳處士。

〔三〕枕，《英華》、席本、顧本作「竹」。《英華》校：集作「枕」。【補注】蕭疎，清寂疎曠。

〔四〕【曾注】《地理志》：鏡湖，以水明如鏡得名。【咸注】李紳詩：鏡湖亭上野花開。《鼓吹》注：鏡湖，即鑑湖，在越州，即今紹興府也。【補注】鏡湖爲古代長江以南大型農田水利工程，在今浙江紹興會稽山北麓。東漢永和五年會稽太守馬臻主持修建。以水平如鏡，故名。又名鑑湖。

〔五〕秋，《英華》、述鈔、顧本作「時」。

〔六〕前溪，見卷二《罩魚歌》「金塘柳色前溪曲」句注。【按】此「前溪」泛稱幽居前之溪流。非指今浙江武康縣南之前溪。

【按】詩寫陳處士幽居生活之幽閑疎曠，着意在『塵外』二字。腹聯可作兩種不同理解：一謂陳處士閑看風光如畫之鏡湖，值此秋日又得越僧來信。則陳處士幽居即在鏡湖邊，越僧亦當地僧人與之時有交往者。詩即庭筠在鏡湖時作，時間在會昌二年秋，自長安東歸吴中舊鄉後又至越中時。一謂陳處士閑時觀賞繪有鏡湖景物之圖畫，秋來又得越僧之來信。則陳處士或係越州人目前居於外地（可能爲長安）者。二解之中，似以後解較優，味『秋得越僧詩』之句可知。蓋如陳處士身處越地，則越僧逕可來訪，不必來書也。

握柘詞〔一〕

楊柳縈橋緑，玫瑰拂地紅〔二〕。繡衫金騕褭〔三〕，花髻玉瓏璁〔四〕。宿雨香潛潤，春流水暗通。畫樓初夢斷，曉日照湘風〔五〕。

校注

〔一〕《才調》卷二、《樂府》卷五十六舞曲歌辭五載此首。《樂府》題作「屈柘詞」。【立注】《樂府雜録》：「健舞曲有《柘枝》，軟舞曲有《屈柘》。」《樂苑》：「羽調有《柘枝曲》，商調有《屈柘枝》。此舞因曲爲名。用二女童，帽施金鈴，抃轉有聲。其來也，於二蓮花中藏，花坼而後現，對舞相占，實舞中雅妙者也。」【補注】唐段安節《樂府雜録·舞工》：「軟舞曲有《涼州》《緑腰》《蘇合香》《屈柘》《團圓》《旋甘州》等。」屈、屋形近，故誤屈爲屋，又加手旁爲握。當依《樂府雜録》及《樂府詩集》作「屈柘詞」。

〔二〕【咸注】《西京雜記》：樂遊苑自生玫瑰樹。【補注】玫瑰爲落葉灌木，枝條低矮，故花開時「拂地紅」。

〔三〕【補注】騕褭，古駿馬。《太平御覽》卷八九六引《漢書音義》：「騕褭者神馬也，赤喙黑身。」句意謂女子着繡衫騎金色駿馬。或解：此句「騕褭」與下句「瓏璁」均爲疊韻聯綿詞，疑「騕褭」係形容繡衫隨風飄揚之狀。金指蹙金。後解似較勝。

〔四〕【補注】玉瓏璁，花名。句意謂髮髻上插着玉瓏璁花。或解：此「瓏璁」係連綿詞，形容女子髮髻蓬鬆之狀。玉狀鬢髮光潤可鑑。尹鶚《江城子》詞：「鬢雲光，拂面瓏璁，膩玉碎凝妝。」後解較勝。

〔五〕曉，《樂府》作「晴」。湘風，見卷三《陳宮詞》「淅瀝湘風外」句注。

箋評

【按】此詩內容、情調、手法頗似閨情小令，蓋詠晚春閨中女子之情思。首聯女子所見晚春柳緑花紅景象。頷聯女子之妝束姿態。腹聯寫昨夜宿雨，花香潛潤，流水暗通。尾聯則曉來畫樓夢斷，紅日映照，湘風徐徐之景。『畫樓』句點醒全篇，蓋前面所寫之景均畫樓中人曉夢醒來後所見。

題盧處士山居〔一〕

西溪問樵客，遥識楚人家〔二〕。古樹老連石，急泉清露沙。千峯隨雨暗，一逕入雲斜。日暮雀飛散〔三〕，滿山蕎麥花〔四〕。

〔一〕《英華》卷二三二隱逸二載此首。題作『處士盧岵山居』，席本、顧本同《英華》。

〔二〕識，原一作『指』，集本均同。楚，席本、顧本作『主』。

〔三〕雀飛，《英華》、顧本作『鳥飛』，席本作『飛鳥』，十卷本、姜本作『飛鳥』，李本、毛本作『飛鴉』。雀飛散，《全詩》作『飛鴉集』。

〔四〕山，述鈔、李本、十卷本、毛本作『庭』。【咸注】蕎麥，高一二尺，赤莖，開小白花，結實有小角，粉亞於麥麵。一名烏麥。【按】蕎麥，即蕎麥。

【方回曰】温飛卿詩多麗，而淡者少。此三、四乃佳。（《瀛奎律髓》卷二十三）
【查慎行曰】五、六有景。（《瀛奎律髓彙評》引）
【紀昀曰】飛卿詩固傷麗，然亦有安身立命處。如以此爲佳，則不如竟看姚武功。（《瀛奎律髓刊誤》）
【宋宗元曰】『老』字『清』字，非八叉平時能下。（《網師園唐詩箋》）
【黄叔燦曰】筆致别甚。（《唐詩箋注》）
【按】此温氏五律中清麗流走，以白描見長一格。頷聯『老』字『清』字固鍊，而稍顯用力，不如腹聯之自然流動，寫景富於動態感，可以入畫。尾聯謂山中廣植蕎麥，雀來啄食，飛散後花落滿山也。此正顯出『山居』特點。

初秋寄友人〔一〕

閑夢正悠悠，涼風生竹樓。夜琴如欲雨〔二〕，曉簟覺新秋〔三〕。獨鳥楚山遠，一蟬關樹愁。憑將離別恨〔四〕，江外問同遊〔五〕。

〔一〕《英華》卷二六一寄贈十五載此首。

〔二〕如，十卷本、姜本、席本、《全詩》、顧本作「知」。【按】作「知」似與下句「覺」字對更切，且可解爲因將雨琴絃返潮，聲音不亮，故云「夜琴知欲雨」。然此處似本爲形容夜間鳴琴，其聲如欲雨之際風聲瑟瑟，與上句「涼風生竹樓」相應，頗能傳夜間彈琴之神韻意境。謝朓《和王中丞聞琴》：「蕙風入懷抱，聞君此夜琴。蕭瑟滿林聽，輕鳴響澗音。」意可互參。

〔三〕【補注】曉卧竹席覺涼，知新秋已至。

〔四〕離別，姜本、十卷本、毛本作「別離」。

〔五〕外，《英華》作「水」，顧本同《英華》。同，《英華》校：一作「東」。非。【補注】二句謂憑藉此詩將自己的離別之恨，寄與江南昔日之同遊。

【按】「離別恨」三字，一篇主意。閑夢悠悠，風生竹樓，夜琴蕭瑟，曉簟初涼，鳥遠楚山，蟬愁關樹，無不觸動羈客之離恨。尾聯點醒，照應題意。曰「楚山遠」「關樹愁」，说明友人遠在江外楚山、自己則在關中。

題豐安里王相林亭二首 公明《太玄經》〔一〕

花竹有薄埃〔二〕，嘉遊集上才〔三〕。白蘋安石渚〔四〕，紅葉子雲臺〔五〕。朱户雀羅設〔六〕，黄門馭騎來〔七〕。不知淮水濁〔八〕，丹藕爲誰開〔九〕？

偶到烏衣巷〔一〇〕，含情更惘然。西州曲堤柳〔一一〕，東府舊池蓮〔一二〕。星坼悲元老〔一三〕，雲歸送墨仙〔一四〕。誰知濟川檝〔一五〕，今作野人船〔一六〕。

〔一〕毛本題内無『二首』二字，李本、十卷本、姜本『二首』二字係小字置行側。【吴汝煜、胡可先曰】王相爲王涯。題注：『公明《太玄經》。』《新唐書》卷五九著録王涯注《太玄經》六卷。王涯，《舊唐書》卷一六九、《新唐書》卷一七九有傳。『朱户雀羅設，黄門馭騎來』，與王涯在甘露之變中被殺合。（《全唐詩人名考》）【補注】豐安里，唐長安坊名。據清徐松《唐兩京城坊考》，西京朱雀門西第二街南第七坊爲豐安坊，有户部尚書梁寬宅、蘇郎中宅及王相宅。王涯居永寧里，此豐安里林亭當爲其别業。曾注引《地理志》謂豐安里在建業城南，誤。此二首当作於大和九年十一月甘露之變以後，具體年月未詳。從詩中所寫情景看，離甘露之變已有一段時日，暫繫開成元年夏。王涯所注《太玄經》六卷，今存《説玄》一卷，五篇，見《全唐文》卷四四八。

〔二〕【補注】薄埃，細塵。花竹上蒙細塵，見遊人衆多，塵土飛揚。此指往昔盛時景况。

〔三〕【補注】嘉遊，美好的遊賞。句意謂往日遊賞有衆多才士參加。

〔四〕【補注】安石，指東晉名相謝安，字安石。安位登台輔，總攬朝政。此喻指王涯。涯元和十一年、大和七年兩度爲相。渚，指林亭内湖中洲渚。此句言其官位功業。

〔五〕【咸注】劉禹錫《陋室銘》：南陽諸葛廬，西蜀子雲亭。【補注】揚雄字子雲。《漢書·揚雄傳下》：『哀帝時，丁、傅、董賢用事，諸附離之者或起家至二千石。時雄方草《太玄》，有以自守，泊然也。』『贊曰……實好古而樂道，其意欲求文章成名於後世，以爲經莫大於《易》，故作《太玄》。』此以揚雄比涯，言其著述可傳後世。臺亦指林亭中之臺榭。

〔六〕【曾注】《史記·鄭當時傳》：下邳翟公爲廷尉，賓客填門。及廢，門外可設雀羅。【補注】朱户，朱門。此句狀王涯舊居荒廢，林亭冷落景象。

〔七〕【咸注】《初學記》：黄門侍郎，秦官也。漢因之。【補注】黄門，此指宦官。因東漢黄門令、中黄門諸官，均由宦官充任，故稱。嵇康《與山巨源絶交書》：『豈可見黄門而稱貞哉！』李周翰注：『黄門，閹人也。』《新唐書·王涯傳》：『别墅有佳木流泉，居常書史自怡……涯居永寧里，乃楊憑故第，財貯鉅萬，取之彌日不盡……籍田宅入於官。』涯於甘露之變中爲宦官誣以謀反罪名被殺，其田宅入官，故其舊林亭有宦官騎馬前來。

〔八〕【曾注】《建業志》：秦淮水貫城内，王、謝環而居之。【咸注】《王氏家譜》：初王導渡淮，使郭璞筮之，曰：『吉，無不利。淮水濁，王氏滅。』【補注】此句言其爲宦官滅族。據本傳，涯被宦官所殺，其子孟堅、仲翔、季琰，從弟沐，皆死。『淮水濁』，蓋隱指『王氏滅』。並以『淮水』指王涯林亭中池沼。

〔九〕【補注】丹藕，指紅豔的荷花。二句謂王涯被族滅，林亭池沼中的紅蓮無人欣賞。

〔一〇〕【曾注】《方輿勝覽》：烏衣巷在秦淮南，去朱雀橋不遠，王、謝子弟所居。【補注】《宋書·謝弘微傳》：『混風格高峻，少所交納，惟與族子靈運、瞻、曜、弘微並以文酒高會。嘗共宴處，居在烏衣巷，故謂之烏衣之遊。』三國吴時於秦淮河南置烏衣營，東晉王、謝等望族居此。此以『烏衣巷』指豐安里王涯林亭。

〔一一〕【咸注】山謙之《丹陽記》：揚州廨王敦所創，開東、南、西三門，俗謂之西州。【補注】《晉書・謝安傳》：『羊曇者，太山人，知名士也，爲安所愛重。安薨後，輟樂彌年，行不由西州路。嘗因石頭大醉，扶路唱樂，不覺至州門。左右白曰：「此西州門。」曇悲感不已，以馬策扣扉，誦曹子建詩曰：「生存華屋處，零落歸山丘。」慟哭而去。』西州，古城名，東晉置，爲揚州刺史治所。謝安曾領揚州刺史。視此句用『西州』，首句用『烏衣』典，庭筠或曾從王涯遊。此亦以『西州』喻王涯舊居林亭，兼寓懷舊感恩之情。曲堤柳，係林亭舊物，亦暗寓懷舊之情依依。

〔一二〕【咸注】《丹陽記》：東府城池，晉簡文爲會稽王時第也。東則丞相會稽王道子府，道子領揚州，故俗稱東府。【補注】東府，東晉都建業時丞相兼領揚州刺史的治所，謝安曾領揚州刺史。唐時亦稱丞相府爲東府。『舊池蓮』，明點林亭景物，實亦暗寓己曾爲王涯門下客。『池蓮』用庾杲之事，屢見。陳尚君亦謂：『從「嘉遊集上才」、「東府舊池蓮」看，庭筠似曾從王涯游。』

〔一三〕【曾注】《晉書》：永康元年中台星坼，張華少子韙勸華遜位。【補注】據《晉書・張華傳》，華不從其子之勸，後果被孫秀所害，夷三族。其情況與王涯『年過七十，嗜權固位，偷合（李）訓等，不能挈去就，以至覆宗』（《新唐書・王涯傳》）類似，故用以爲比。坼，裂。王涯憲宗時已爲相，故稱『元老』。

〔一四〕【咸注】葛洪《神仙傳》：班孟，不知何許人也。嚼墨一噴皆成字，竟紙各有意義。【補注】《新唐書・王涯傳》：『家書多與祕府侔，前世名書畫，嘗以厚貨鉤致，或私以官，鑿垣納之。』此句謂王涯好書畫，今則『墨仙』亦雲歸逝去矣。

〔一五〕【曾注】《尚書》：若濟大川，用汝作舟檝。【補注】濟川檝，喻宰輔大臣。

〔一六〕【咸注】《晉・郭翻傳》：翻乘小船歸武昌，安西將軍庾翼躬往造翻，以其船小，欲引就大船，翻曰：『此固野人之舟也。』庾信詩：終作野人船。【補注】二句含義雙關，既明指舊日林亭中華美之遊船，今已破敗如野人之舟，又暗寓王涯以宰輔大臣之位竟遭此悲慘結局。

【按】二詩雖傷王涯之遭宦官族滅，舊日林亭荒廢，但内容則基本不涉政治，而以懷舊感恩之情爲主。此或與其時宦官勢力仍熾有關。涯之爲人爲政，實不足取。史稱其憲宗時拜相，『坐循默不稱職罷』；『復統鹽鐵，政益刻急』；『始變茶法，益其稅以濟用度，下益困。而鄭注亦議榷茶，天子命涯爲使，心知不可，不敢争。李訓敗，乃及禍。初，民怨茶禁苛急，涯就誅，皆羣詬詈，抵以瓦礫』；『年過七十，嗜權固位，偷合訓等，不能挈去就，以至覆宗』。而詩屢以謝安比之，不免虚譽。據『東府舊池蓮』句，似庭筠曾入王涯幕爲幕僚。涯曾於元和十五年出鎮劍南西川；寶曆二年，出鎮山南西道。詩多用雙關手法，然寓意尚稱明白。

早秋山居

山近覺寒早，草堂霜氣晴。樹凋窗有日，池滿水無聲。果落見猿過，葉乾聞鹿行。素琴機慮静〔一〕，空伴夜泉清。

〔一〕静，《全詩》、顧本校：一作『息』。【曾注】江淹《恨賦》：素琴晨張。【補注】素琴，不加裝飾之琴。機慮，猶機心。機慮静，謂琴之清韵使機心雜念爲之銷歇。

【鍾惺曰】（池滿水無聲）五字雖小景，却是深思實見中出。（《唐詩歸》卷三十三）

【陸次雲曰】蔚然深秀。（《五朝詩善鳴集》）

【黃生曰】無機之至，素琴罷彈，此所以『空伴夜泉清』也。『素琴』略斷，以下句續之，『機慮静』三字另讀。（《唐詩摘鈔》卷一）

【朱之荆曰】後半分明寫次聯，另是一格。（《唐詩摘鈔補》）

【王堯衢曰】前解將早秋山居描寫已足，後解聞見機慮，便寫居山者之情。（《古唐詩合解·五言律詩》）

【余成教曰】最愛飛卿『樹凋窗有日，池滿水無聲』，『僧居隨處好，人事出門多』兩聯，與義山『高閣客竟去，小園花亂飛』，『五更疏欲斷，一樹碧無情』同爲佳句。（《石園詩話》）

【按】『樹凋』一聯，白描佳句。上句尤能傳出一種意外之欣悦。下句非細緻體察不能道。尾聯謂素琴之清韻已使機心雜念盡銷，然知音不在，則素琴之聲亦空伴夜泉之清韻而已。『空伴』，嘆無知音之賞也。

和友人盤石寺逢舊友〔一〕

楚寺上方宿〔二〕，滿堂皆舊遊〔三〕。月溪逢遠客，煙浪有歸舟〔四〕。江館白蘋夜〔五〕，水關紅葉秋〔六〕。西風吹暮雨，汀草更堪愁〔七〕。

〔一〕《英華》卷二三八寺院六載此首。【按】卷九《盤石寺留别成公》七律，其頷、腹二聯云：「三秋岸雪花初白，一夜林霜葉盡紅。山疊楚天雲壓塞，浪遥吴苑水連空。」曰「三秋」「林霜」「楚天」「吴苑」，時、地、景物與本篇均合。二詩又均有「歸舟」「歸客」及「旅榜」字，當均爲會昌元年東歸吴中舊鄉途中作，約是年深秋作。盤石寺具體所在未詳。

〔二〕【曾注】僧舍最深處曰上方。【咸注】《維摩經》：汝往上方界，分度四十二恒河沙佛土。【補注】上方，住持僧居住之内室。

〔三〕【補注】舊遊，猶舊交、舊友。

〔四〕【補注】二句謂在月光映照的溪流中遇到遠道前來的客人，自己正在煙波迷漫的溪上乘舟歸去。

〔五〕【補注】江館，江邊旅舍。王建有《江館》五絶。

〔六〕【補注】水關，水上關口。杜甫《峽口》詩之一：「開闢當天險，防隅一水關。」仇兆鰲注引宋王洙曰：

「峽口有關，斷以鐵鎖。」沈亞之《五月六日發石頭城步望前船示舍弟兼寄侯郎》：「水關開夜館，霧櫂起晨涼。」

〔七〕汀，《英華》作「江」，校：一作「汀」。

【按】首聯點題。三四倒敘與友人相逢時情景，「遠客」「歸舟」即指詩人自己。五六宿寺所見。七八西風暮雨，汀草堪愁，暗透離别。

送人南遊

送君遊楚國〔一〕，江浦樹蒼然。沙浄有波跡，岸平多草煙。角悲臨海郡〔二〕，月到渡淮船。唯以一盃酒〔三〕，相思高楚天〔四〕。

〔一〕【補注】庭筠詩中之「楚國」或「楚」，多指今長江下游之江南地區，其故鄉今江蘇南部一帶。這一帶春秋末爲吴地，戰國時屬楚。視第五句「臨海郡」可知。

〔二〕【補注】二句想像其南遊途中所歷。臨海郡泛指臨海之州郡。

〔三〕【曾注】王維詩：勸君更盡（進）一杯酒，西出陽關無故人。

〔四〕高楚，李本、十卷本、毛本、席本、姜本作『隔遠』。

【按】首句點題，次句送別之地。三四承『江浦』，寫所見江邊景色。五六想像其南遊途中經歷見聞。友人此去，當渡淮水，過臨海之州郡。尾聯謂別後已唯以杯酒寄相思於楚天也。或解，第二句至第六句，均爲想像其人南遊所歷。

贈鄭處士〔一〕

飄然隨釣艇，雲水是天涯〔二〕。紅葉下荒井，碧梧侵古槎〔三〕。醉收陶令菊〔四〕，貧賣邵平瓜〔五〕。更有相期處，南籬一樹花。

校注

〔一〕李商隱有《贈鄭讜處士》云：『浪迹江湖白髮新，浮雲一片是吾身。寒歸山觀隨碁局，暖入汀洲逐釣輪。』與庭筠此詩首聯頗相似。

〔二〕天，述鈔作『生』。【曾注】古詩：各在天一涯。【補注】二句謂鄭處士飄然隨釣艇所至，雲水盡處便是天涯。

〔三〕【補注】古槎，古樹的杈枝。

〔四〕【曾注】《續晉陽秋》：陶潛九日無酒，坐宅邊東籬下菊叢中，摘花盈把。未幾，望見白衣人至，乃太守王弘轉致龐通之餽，酒至，遂即酣飲。【補注】陶潛《飲酒二十首》之五：『采菊東籬下，悠然見南山。』

〔五〕【咸注】《史記》：邵平者，故秦東陵侯。秦破，爲布衣，貧，種瓜於長安城東，瓜美，故時俗謂之東陵瓜，從邵平始也。

箋評

【按】鄭處士蓋隱逸之士。首聯寫其飄然隨釣艇至雲水天涯的放逸生活。次聯其居處之景物：碧梧紅葉，荒井古槎，色彩鮮豔中有荒寒之趣。腹聯其平居生活，透出高逸之情。尾聯則相約他日南籬花樹下重敍也。

江岸即事〔一〕

水容侵古岸〔二〕，峯影度青蘋〔三〕。廟竹唯聞鳥，江帆不見人。雀聲花外暝〔四〕，客思柳邊春〔五〕。别恨轉難盡，行行汀草新〔六〕。

〔一〕《英華》卷一六二地部四載此首。

〔二〕【補注】水容，水流之態勢；水面。

〔三〕【曾注】宋玉《風賦》：夫風起於青蘋之末。【補注】青蘋，一種生於淺水中之草本植物。《文選》李善注引《爾雅》曰：「萍，其大者蘋。」句意江水中有山峯的倒影，峯影上有青蘋浮動。

〔四〕【補注】暝，此處形容雀聲幽細不響亮。

〔五〕【補注】春，係形動詞，有逢春而發之意。客思，即下「别恨」。

〔六〕行行，《英華》、顧本作「年年」。《英華》校：集作「行行」。【補注】轉，更加。行行，指情況進展或時序運行，有「漸漸」意。汀草，汀洲上的草。

【按】前幅江岸即景。三四分寫江邊之廟與江中之舟，寫景中寓幽静之趣。五句承上，六句啓下，點出『客思』。七八承『客思』作結，汀草漸緑而已則不歸，故『别恨』轉添也。此聯暗用《楚辭·招隱士》『王孫遊兮不歸，春草生兮萋萋』之意。係客中思家之作。

贈隱者〔一〕

茅堂對薇蕨〔二〕，爐暖一裘輕。醉後楚山夢〔三〕，覺來春鳥聲。採茶溪樹緑，煮藥石泉清〔四〕。不問人間事，忘機過此生。

校注

〔一〕《英華》卷二三二隱逸三載此首。

〔二〕【補注】《史記·伯夷列傳》：『武王已平殷亂，天下宗周，而伯夷、叔齊耻之，義不食周粟，隱於首陽山，采薇而食之。』采薇遂爲隱者生活志趣之象徵。而薇、蕨作爲山間野蔬，亦每連稱。《詩·小雅·四月》：『山有薇蕨，隔有杞楝。」

〔三〕【補注】庭筠詩中言及「楚山」者，或指商山（見本卷《送洛南李主簿》），或與「楚國」、「楚鄉」同指其舊鄉吴中一帶。此「楚山」或指前者，蓋商山爲四皓隱居之山，「楚山夢」，謂在隱居之山入夢。

〔四〕藥，毛本、李本、十卷本、姜本作「茗」。

【按】首聯隱者所居茅堂内外景物：門對薇蕨，室擁爐火。頷聯茅堂之中醉後醒來之生活情趣，「覺來」句自然親切。腹聯隱者日常之户外室内活動，采茶樹緑，煮藥泉清，皆自然之賜。尾聯以「忘機」結全篇。

渚宫晚春寄秦地友人〔一〕

風華已眇然〔二〕，獨立思江天〔三〕。鳧雁野塘水〔四〕，牛羊春草煙。秦原曉重疊〔五〕，灞浪夜潺湲〔六〕。今日思歸客，愁容在鏡懸〔七〕。

校注

〔一〕《英華》卷二二三釋門五載此首，題作『渚宮晚春寄咸秦上人』。【曾注】《一統志》：渚宮在江陵故城東南，梁元帝即位渚宮，即此。【咸注】《郡縣志》：渚宮，楚别宫也。【補注】《左傳·文公十年》：『（子西）沿漢泝江，將入郢。王在渚宮，下，見之。』渚宮故址在今湖北江陵市。此借指江陵。秦，指長安。

〔二〕眇，《英華》作『渺』，通。【補注】風華，指春天的優美景色。此句切題内『晚春』。眇然，遥遠貌。

〔三〕【咸注】杜甫詩：獨立萬端憂。【補注】句意謂己獨立於江天寥廓之處，思緒縈繞。江天，即指江陵。

〔四〕【咸注】劉楨詩：方塘含白水，中有鳧與雁。

〔五〕曉，席本、顧本、《英華》作『晚』。【補注】秦原，指關中平原。這一帶的地勢，高而平者稱原，原與原間低下之地爲川，構成川原相間重疊之勢。

〔六〕【咸注】《漢書》注：灞水出藍田谷。

〔七〕在，《英華》、席本、顧本作『滿』。懸，《英華》、席本、顧本作『前』。【補注】思歸客，作者自指。鏡懸，即懸鏡，懸掛着的銅鏡。二句謂己思歸之愁容映於懸鏡之中。

【按】首聯點題『渚宮晚春思念友人』。頷腹二聯承『思』字，回憶想像秦地景物及山川形勢。『鳧雁野塘水』一類景物，詩人在思念長安郊居時每有描寫，如《商山早行》之『因思杜陵夢，鳧雁滿回塘』即是。尾聯點明『思歸』之意。庭筠咸通二年初由襄陽抵江陵，曾在荆南節度使蕭鄴幕爲從事，與段成式同幕（詳參庭筠文《謝紇干相公啓》、《上首座相公啓》、《上令狐相公啓》有關箋注及拙文《温庭筠文箋證暨庭筠晚年事跡考辨》，載《文學遺産》二〇〇六年第三期）。此詩當咸通二年晚春作。

碧澗驛曉思〔一〕

香燈伴殘夢〔二〕，楚國在天涯〔三〕。月落子規歇〔四〕，滿庭山杏花。

〔一〕《才調》卷二、《絶句》卷十六載此首。澗，顧本作『礀』，通。

〔二〕【補注】香燈，油脂中加入香料的燈。

〔三〕【補注】楚國，指作者之舊鄉，今江蘇南部一帶地區。

〔四〕【補注】子規，即杜鵑鳥。常夜鳴，故詩中每言子規啼夜月；又其鳴聲似不如歸去，故每易觸動旅人鄉思。《蜀王本紀》：『蜀望帝淫其臣鼈靈之妻，乃禪位而逃，時此鳥適鳴，故蜀人以杜鵑鳴爲悲望帝，其鳴爲不如歸去云。』李白《宣城見杜鵑花》：『蜀國曾聞子規鳥，宣城還見杜鵑花。一叫一回腸一斷，三春三月憶三巴。』唐佚名《雜詩》：『早是有家歸未得，杜鵑休向耳邊啼。』

【周詠棠曰】曉色在紙。（《唐賢小三昧集續集》）

【宋顧樂曰】寫得情景悠揚婉轉，末句更含無限寂寥。（《唐人萬首絶句選》評）

【李慈銘曰】此等句調清暢易於討好，然非天趣淡泊，不能得言外之神。（《唐人萬首絶句選》批）

【胡本淵曰】别有風致。（《唐詩近體》）

【俞陛雲曰】詩言楚江客舍，殘夢初醒，孤燈相伴，其幽寂可想。迨起步閑庭，子規啼罷，其時羣囂未動，唯見滿庭山杏，浥晨露而争開，善寫曉天清景。飛卿尚有詠春雪詩，……不若《曉思》詩之格高味永也。（《詩境淺説續編》）

【按】此詩抒寫羈旅途中夜宿山驛清晨殘夢初醒時之瞬間感觸與情思。從次句看，『殘夢』乃夢回江南故鄉。三句『月落子規啼』更暗示夜聞子規啼月時所觸動之縈回鄉思。妙在末句以景結情，但書即目所見『滿庭山杏花』之景象，而詩人對此景象時所引起之聯想與感觸，則不着一字，别具一種朦朧淡遠的情致和韻味。此種表現手法，最近詞中之小令。此詩之意境、情調，亦純然詞境。碧澗驛當是離江南故鄉較遠之山驛，具體所在未詳。劉長卿有《碧澗别墅喜皇甫侍御相訪》五律，儲仲君謂碧澗在陽羡（今江蘇宜興）山中，張公洞側（詳見其所撰《劉長卿詩編年箋注》三九七頁）。然陽羡即在庭筠所稱之『楚國』範圍内，如『碧澗驛』在陽羡，似不得云『楚國在天涯』。故此『碧澗驛』與劉長卿之『碧澗别墅』未必在一地。

送并州郭書記〔一〕

賓筵得佳客〔二〕，侯印有光輝〔三〕。候騎不傳箭〔四〕，廻文空上機〔五〕。塞塵牧馬去〔六〕，烽火射鵰歸〔七〕。惟有嚴家瀨〔八〕，回還徑草微〔九〕。

〔一〕【咸注】《唐·地理志》：太原府太原郡本并州，開元十一年爲府。【按】郭書記名未詳，當任河東節度使掌書記。時間不詳。

〔二〕【補注】《詩·小雅·賓之初筵》：『賓之初筵，左右秩秩。』賓筵語本此。此指幕府賓僚。佳客，指郭某。

〔三〕【曾注】胡廣《漢官儀》：諸侯玉印，黄金龜紐。【補注】侯印，此指河東節度使之印信。節度使相當於古代之侯國，故云。

〔四〕【曾注】何遜詩：候騎出蕭關。杜甫詩：青海無傳箭。【咸注】《新唐書·吐蕃傳》：其舉兵以七寸金箭爲契，一百一驛，有急兵驛人臆前加銀鶻，甚急銀鶻益多。【補注】候騎，擔任偵察巡邏任務之騎兵。此謂候騎無緊急軍情傳送，邊境局勢安寧。

〔五〕【曾注】陳後主詩：上林書不歸，回文徒自織。【補注】《晉書·列女傳·竇滔妻蘇氏》：『滔，苻堅時爲秦州刺史，被徙流沙，蘇氏思之，織錦爲回文旋圖詩以贈滔。宛轉循環以讀之，詞甚悽惋，凡八百四十字。』句意似謂，因邊境安寧，郭回歸有日，不必織錦爲回文詩苦寄相思。

〔六〕塵，十卷本、姜本、毛本、《全詩》作『城』。牧，原作『收』，據李本、十卷本、姜本、毛本、顧本改。

【補注】句意謂塞塵起處，乃牧馬羣馳而去。

〔七〕【曾注】《李廣傳》：廣爲上郡太守，匈奴入上郡，上使中貴人從廣勒習兵擊匈奴。中貴人者將數十騎從，見匈奴三人，與戰，射傷中貴人，殺其騎且盡。中貴人走廣，廣曰：『是必射雕者也。』廣乃從百騎往馳三人，殺其二人，生得一人，果匈奴射雕者也。【按】此句未必用典。此與上句均形容邊上和平寧静景象，書記可從容陪侍主帥行射獵之事。烽火，指射獵歸來時所點燃之火把，即所謂獵火。

〔八〕【咸注】《嚴光傳》：光耕於富春山，後人名其釣處爲嚴陵瀨。【補注】嚴家瀨，借指自己舊日家鄉耕釣之處。

〔九〕還，述鈔、十卷本、姜本、《全詩》、顧本作『環』。【補注】趙岐《三輔决録》『蔣詡歸鄉里，荆棘塞門，舍中有三徑，不出，惟求仲、羊仲從之遊。』二句謂唯有自己仍困守蓬蒿，不得志於時。

【按】首聯美郭作爲河東節度使之佳賓，職掌書記，執侯印而有光彩。頷聯謂河東管内邊上安寧，郭妻自不必苦相思念。腹聯邊上安寧景象。尾聯『唯有』轉到自身，謂己仍困居蓬蒿，故居三徑就荒，爲雜草所縈繞矣。

贈越僧岳雲二首〔一〕

世機消已盡〔二〕，巾屨亦飄然〔三〕。一室故山月，滿瓶秋澗泉〔四〕。禪庵過微雪，鄉寺隔寒煙。應共白蓮客〔五〕，相期松桂前〔六〕。

蘭亭舊都講〔七〕，今日意如何？有樹關深院〔八〕，無塵到淺莎〔九〕。僧居隨處好，人事出門多。不及新春雁〔一〇〕，年年鏡水波〔一一〕。

〔一〕《英華》卷二二三釋門五載此首。『雲』字下校：集作『雪』。述鈔、李本、十卷本作『贈越僧二首』，姜本作『贈越僧岳雲（二首）』，毛本作『贈越僧（二首）』。底本作『贈越僧二首』。兹據《英華》、席本、姜本、《全詩》、顧本增『岳雲』二字於『越僧』之下。《英華》第一、二首次序與集本相反。

〔二〕【補注】世機，世俗之機心。

〔三〕屨，李本、姜本、十卷本、毛本作『履』。【補注】屨，單底鞋。

〔四〕【補注】瓶，指僧人所用的净瓶。又名軍持。釋道源《義山詩注》引《寄歸傳》：『軍持有二：若甆瓦者是净用，若銅錫者是濁用。』此即指飲水用的净瓶。

〔五〕【咸注】《樂邦文類·贊寧結社法集文》：晉、宋間，廬山慧遠化行潯陽，高人逸士輻輳於東林，皆願結香火。時雷次宗、宗炳、張詮、劉遺民、周續之等共結白蓮華社，立彌陀像，求願往生安養國，謂之蓮社。【補注】東晉釋慧遠於廬山東林寺，同慧永、慧持及雷次宗、劉遺民等結社精修念佛三昧，誓願往生西方净土，又掘池植白蓮，稱白蓮社。事見晉無名氏《蓮社高賢傳》。白蓮客，指慧遠，借指越僧岳雲。

〔六〕【補注】李商隱《題僧壁》：『蚌胎未滿思新桂，琥珀初成憶舊松。』《唐音戊籤》胡震亨注：『舊松，前生；新桂，來生。』朱鶴齡注：『按新桂、舊松即未來、過去之喻。』此句『松桂』明指寺院中松桂，或亦兼含佛教前生來世之義。

〔七〕【咸注】《海録》：山陰縣西南有蘭渚，渚有亭曰蘭亭。何延之《蘭亭記》：永和九年三月三日，琅琊王羲之與太原孫統、孫綽、廣漢王彬之、陳郡謝安、高平郄曇、太原王蘊、釋支遁，并其子凝之、徽之、操之等四十有二人，會於會稽山陰之蘭亭，修祓禊之禮。《世説》：支公與許掾在會稽王齋頭，支爲法師，許爲都講。【補注】魏、晉以後，佛家開講佛經，一人唱經，一人解釋，唱經者稱都講，解釋者稱法師。此以『蘭亭舊都講』指越僧岳雲。

〔八〕闕，《英華》作『開』，誤。【補注】謂寺院周圍，樹木茂密，將寺院包圍封閉。

〔九〕莎，席本、顧本作『沙』。【補注】莎，莎草。謂短淺的莎草上潔净無塵。

〔一〇〕雁，《英華》作『鳥』。

〔一一〕【咸注】《輿地志》：山陰南湖縈帶郊郭，白水翠巖，互相映發，若鏡若圖，故王逸少云：『山陰路上行，如在鏡中遊。』

【按】首章起聯謂越僧消盡機心，巾屨飄然，畫出其飄逸出世之高致。次聯謂其禪室映故山之月，净瓶汲秋澗之

泉，出句微透其故山之思，對句兼寓其高潔之情。腹聯禪菴、鄉寺同指越僧住持之寺，謂寺與己所居相隔寒煙而可望見，此時微雪正飄過禪寺。尾聯則致異日相期於寺中松桂前共話之意。次章首聯以問候語起。頷聯寺院樹林茂密四合，潔净無塵。腹聯以僧居與人事相對，主意在出句。尾聯微露越僧之鄉思，謂其不及新春之雁，年年可見鏡湖之清波。此『越僧』當是越人爲僧現居長安郊外鄉寺者，故詩中每寫其對故鄉越中之繫念，視『故山月』及次章尾聯可知，非庭筠在越中時作。

詠山雞〔一〕

萬壑動晴景〔二〕，山禽凌翠微〔三〕。繡翎翻草去〔四〕，紅嘴啄花歸〔五〕。巢煖碧雲色，影孤清鏡輝〔六〕。不知春樹伴〔七〕，何處又分飛？

〔一〕《英華》卷三二九禽獸二載此首。【曾注】《禽經》：山雞一名鵔鸃。【補注】詩中所詠，係有五彩羽毛之雄性山雞。

〔二〕萬，《英華》作『石』。

〔三〕凌，《英華》作『陵』。【咸注】左思《蜀都賦》：鬱芬蒀以翠微。劉淵林曰：翠微，山氣之輕縹也。【補

注】翠微，此代指青翠縹緲的山。

〔四〕【補注】繡翎，五彩的羽毛。

〔五〕【咸注】禰衡《鸚鵡賦》：紺趾丹嘴。

〔六〕清，十卷本、姜本作『青』。【曾注】《異苑》：山雞愛其毛羽，映水則舞。魏武時，南方獻之，帝欲其鳴舞而無由。公子蒼舒令置大鏡其前，雞鑒形而舞，不知止，遂乏死。

〔七〕伴，《英華》作『畔』，誤。

【按】首聯萬壑晴光蕩漾，山雞飛越青山。次聯寫其繡羽紅嘴之鮮豔色彩與翻草而飛、啄花而歸的活動。腹聯謂其巢雖暖而影則孤。尾聯承『影孤』，問其雌侶何時與之分飛也。

清旦題採藥翁草堂

幽人尋藥徑，來自曉雲邊。衣濕术花雨〔一〕，語成松嶺煙〔二〕。解藤開澗户〔三〕，踏石過溪泉。林外晨光動〔四〕，山昏鳥滿天。

〔一〕术，李本、十卷本、姜本、毛本作『木』，誤。【補注】术，草名，多年生草本。有白术、蒼术等數種，根莖可入藥。嵇康《與山巨源絶交書》：『又聞道士遺言，餌术黄精，令人久壽，意甚信之。』句意謂因清晨採术作藥，衣裳爲术花上的露水霑濕。

〔二〕【補注】句意謂清旦微寒，説話時呵出的氣化成松嶺上的煙霧。

〔三〕【曾注】孔稚珪《北山移文》：磵户摧絶無與歸。【補注】澗户，家居山澗旁者的門户。門户爲藤所纏繞，故需解藤而入。或解：門户用藤開闔，故云。

〔四〕【曾注】杜甫詩：小雨晨光内。

【按】全篇緊扣『清旦』寫采藥翁之活動。『衣濕』句頗有情致。尾聯寫景真切，『山昏鳥滿天』的是晨光熹微時之山中景色。

商山早行〔一〕

晨起動征鐸〔二〕，客行悲故鄉。雞聲茅店月，人迹板橋霜〔三〕。槲葉落山路，枳花明驛牆〔四〕。因思杜陵夢〔五〕，鳬雁滿迴塘〔六〕。

〔一〕《英華》卷二九四行邁六載此首。【補注】商山，在今陝西商縣東。亦名商嶺，地肺山、楚山。地形險阻，景色幽勝。秦末漢初四皓曾隱此山。詩爲作者離長安鄠杜郊居經商山南行途中所作。時令在春天。

〔二〕【補注】征鐸，車上的鈴鐺。動征鐸，車行鈴響。指啓程。

〔三〕【曾注】《關中記》：板橋在商州北四十里。《三洲歌》：送歡板橋灣。【按】此『板橋』泛指山間道路上之木板橋，非專稱之具體地名、橋名。劉禹錫《途中早發》有『霜橋人未行』之句。

〔四〕槲葉，枳花，見本卷《送洛南李主簿》『槲葉』二句注。【補注】枳花色白，故曰『明』。

〔五〕【曾注】《漢書》：元康元年，以杜東原上爲初陵，更名杜縣爲杜陵。《三輔黄圖》：宣帝杜陵在長安城南。【補注】杜陵，漢宣帝陵墓杜陵的陵邑。庭筠家居鄠杜間，此曰『因思杜陵夢』，當是昨晚住在商山驛店時曾夢見杜陵家居，晨起征行時回想昨夜夢境，故云。

〔六〕【補注】迴塘，曲折的池塘。此句所寫，即『杜陵夢』之内容。

【梅堯臣曰】詩家雖率意，而造語亦難。若意新語工，得前人所未道者，斯爲善也。必能狀難寫之景，如在目前，含不盡之意，見於言外，然後爲至矣……温庭筠『雞聲茅店月，人迹板橋霜』，賈島『怪禽啼曠野，落日恐行人』，則道路辛苦、羈愁旅思，豈不見於言外乎？（歐陽修《六一詩話》引梅氏語）

【歐陽修曰】余嘗愛唐人詩云『雞聲茅店月，人迹板橋霜』，則天寒歲暮，風凄木落，羈旅之愁，如身履之。（《温庭筠嚴維詩》）

【王直方曰】歐陽文忠《送張至祕校歸莊》詩云：『鳥聲梅店雨，柳色野橋春。』此『茅店月』、『板橋霜』之意。（《王直方詩話》）按：《苕溪漁隱叢話前集·温庭筠》引《三山老人語録》亦以爲歐此詩效温詩之體。

【曾季貍曰】劉夢得『神林社日鼓，茅屋午時雞』，温庭筠『雞聲茅店月，人迹板橋霜』，皆佳句，然不若韋蘇州『緑陰生晝静，孤花表春餘。』（《艇齋詩話》）

【方回曰】温善賦，號爲八叉手而八韻成。三四極佳。（《瀛奎律髓》卷十四評）

【李東陽曰】『雞聲茅店月，人迹板橋霜』，人但知其能道羈愁野況於言意之表，不知二句中不用一閑字，止提掇出緊關物色字樣，而音韻鏗鏘，意象具足，始爲難得。若強排硬疊，不論其字面之清濁，音韻之諧舛，而云我能寫景用事，豈可哉！（《麓堂詩話》）

【胡應麟曰】盛唐句如『海日生殘夜，江春入舊年』，中唐句如『風兼殘雪起，河帶斷冰流』，晚唐句如『雞聲茅店月，人迹板橋霜』，皆形容景物，妙絶千古，而盛、中、晚界限斬然。故知文章關氣運，非人力。（《詩藪·内編》卷四）

【李維楨曰】對語天然，結尤蒼老。（《唐詩雋》）

【陸時雍曰】三四太似逼削。至《渚宫晚春》『鳧雁野塘水，牛羊春草煙』，更爲少味矣。（《唐詩鏡》卷五十一）

【周珽曰】此詩三四二語……六一居士甚愛之，極力摹倣，有『鳥聲茅店雨，野色柳橋春』之句，點綴雖善，終未免爲效顰。國朝莆田李在稱爲善畫，曾以此二語作圖頗佳。又雞在店門外，立於籠口之上而啼，似爲失理。故唐人賦早行者不少，必情景融渾，妙極形容，無如此詩矣。即一起發行役勞苦之懷，一結含安居羣聚之想，而五六『落』字『明』字，詩眼秀拔，誰謂晚唐乏盛、中音調耶？（《删補唐詩選脈箋釋會通評林·晚五律》）

【黄周星曰】三四遂成千古畫稿。（《唐詩快》）

【查慎行曰】頷聯出句勝對句。（《初白菴詩評》）

【沈德潛曰】中、晚律詩，每於頸聯振不起，往往索然興盡。（《重訂唐詩别裁集》卷十二）

【何焯曰】中四句從『行』字，次第生動。（《瀛奎律髓彙評》引）又曰：『人迹』二字，亦從上句『月』字一氣轉下，所以更覺生動，死對者不解也。（《唐三體詩評》）

【紀昀曰】歸愚譏五六卑弱，良是。七八複，衍第二句，皆是微瑕，分别觀之。（《瀛奎律髓刊誤》）

【盛傳敏曰】（雞聲二句）非行路之人，不知此景之真也。論章法，承接自在；論句法，如同吮出。描畫不得出，偏能寫得。（槲葉二句）句句是早行，故妙。（《磧砂唐詩》釋評）

【冒春榮曰】三四句法貴匀稱，承上陡峭而來，宜緩脈赴之。五六必聳然挺拔，别開一境。上既和平，至此必須振起也……温岐《商山早行》，於『雞聲茅店月，人跡板橋霜』下接『槲葉落山路，枳花明驛牆』……便直塌下去，少振拔之勢。（《葚原詩説》）

【顧安曰】三四寫晨起光景，極妙。若五六自應説出『悲故鄉』意來，又寫閑景無謂。結句輕忽，亦與悲故鄉不合。『因思』二字，接五六耶？接三四耶？總之依稀仿佛而已。（《唐律消夏録》）

【屈復曰】此詩三四名句，後半不稱。（《唐詩成法》）

【黄叔燦曰】『雞聲』一聯，傳誦人口，寫早行而旅人之情亦從此畫出。詩有别腸，非俗子所能道也。（《唐詩箋注》）

【周詠棠曰】三四膾炙人口，雖氣韻近甜，然濃香可愛，不失爲名句也。（《唐賢小三昧集續集》）

【薛雪曰】得句先要鍊去板腐。後人於高遠處，則茫然不會；於淺近處，最易求疵。如温太原《早行》詩：『雞聲茅店月，人跡板橋霜。』未嘗不佳，而俗子偏指摘之，謂似村店門前對子。（《一瓢詩話》）

【趙翼曰】蔡天啓與張文潛論韓、柳五言，以韓詩『暖風抽宿麥，清風捲歸旗』，柳詩『壁空殘月曙，門掩候蟲秋』爲集中第一。歐陽公稱周朴詩『風暖鳥聲碎，日高花影重』，『曉來山鳥鬧，雨過杏花稀』，梅聖俞以嚴維『柳塘春水漫，花塢夕陽遲』，皆以爲佳句。然總不如温庭筠《曉行》詩『雞聲茅店月，人跡板橋霜』，不著一虛字，而曉行景色，都在目前，此真傑作也。（《甌北詩話》卷十一）

【郭麐曰】温飛卿《曉行》詩『雞聲茅店月，人跡板橋霜』，世謂絶調。余謂不如劉夢得『寒樹鳥初動，霜橋人未行』二語。近見瘦山詩『殘月半在樹，孤村尚有燈』，亦佳。（《靈芬館詩話》卷三）

【按】此詩自歐公《六一詩話》引梅堯臣語以來，歷代評者甚多，然有真知灼見者，亦僅梅氏及明李東陽二人。梅氏之評，雖以『狀難寫之景，如在目前』與『含不盡之意，見於言外』並提，實側重於後者。而後世發揮梅氏之論者，多側重於前者，不免輕重倒置。而所謂『含不盡之意，見於言外』，又實不止梅氏所揭示之『道路辛苦，羈旅愁思』一端。蓋此詩雖以『客行悲故鄉』起，以『因思杜陵夢』結，然全詩所表現之思想感情，並不單純是『悲故鄉』（因思念故鄉而悲）。詩人之思想感情，隨早行行程之推進，所見所聞景物之變化，本身即呈現爲動態發展之過程。當其晨起啓程，征鐸乍動之際，雖曾浮現『悲故鄉』之羈旅情思，然當其耳聞目接『雞聲茅店月，人迹板橋霜』之景象時，心中不僅有對此山野早行圖畫之新鮮感、愉悦感，且有一種對此特殊詩意美之美好體驗與感受，一種對詩意美新發現的審美愉悦。上述感受，對『悲故鄉』之情乃是一種緩解、冲淡與替代。此即『含不盡之意，見於言外』之重要一端。李東陽所指出之『不用一二閑字，止提掇出緊關物色字樣，而音韻鏗鏘，意象具足』，相當於今之所謂『意象疊加』，且全爲名詞性意象之疊加組合。此種寫法，在詩詞曲創作中雖不乏例，但真正成功且千古流傳者，除温氏此聯外，亦僅陸游之『樓船夜雪瓜洲渡，鐵馬秋風大散關』（《書憤》）及馬致遠之《天净沙》小令『枯藤老樹昏鴉，小橋流水人家，古道西風瘦馬』數例而已。温氏此聯之成功，一在體驗真切，全從羈旅生活之實際見聞感受中來，無絲毫造作之痕。二在表現自然，雖意象密集而無刻意錘鍊之跡，宛如天然之畫圖。三在意象集中。兩句所寫之景象雖有時間上之先後，然均集中在『早行』之時。無論茅店中傳出之雞聲、茅店上空懸掛之殘月，或是木板小橋上之清霜與霜上留下的一行足迹，均極具『早行』與羈旅之典型特徵，故非强排硬疊、堆砌雜湊者可比。四在實而能虚，能於密集之意象組合中創造出特定的情景氣氛，具有完整之意境。至於全詩之不甚相稱，五六較爲平衍，七八與一二意複，自是微瑕，然如顧安之認定『悲故鄉』一端，以此責其『閑景無謂』，則出於對詩中所藴含之感情過份簡單化理解。實則『槲葉』一聯已是『悲故鄉』之情緩解淡化後對途中景物心情較爲平和之欣賞，『明』字尤透出一種喜悦之情。此詩作年，向無考證。頗疑係大中十年春貶隋縣尉南行途中作。《渚宫晚春寄秦地友人》有『鳧雁野塘水，牛羊春草煙』一聯，結亦有『思歸』語，『鳧雁』句即此詩之『鳧雁滿廻塘』，均係對鄠杜郊居景物之想像思念。《清宫晚春》作年雖在咸通二年，但均爲此次南行之作，從二詩造語及所抒感情之相似，可看出其聯繫。

題竹谷神祠〔一〕

蒼蒼松竹晚〔二〕，一逕入荒祠。古樹風吹馬，虚廊日照旗。煙煤朝奠處〔三〕，風雨夜歸時〔四〕。寂寞湖東客〔五〕，空看蔣帝碑〔六〕。

〔一〕《英華》卷三二〇郊祀祠廟載此首，題作『題谷神廟』，題下校：集作『題竹谷祠』。【補注】竹谷，當是地名，或即因谷中多竹而得名，視首句可知。具體所在未詳。神祠，據末句，似是蔣帝神祠，則祠當在江南。

〔二〕竹，顧本、《英華》作『色』，校：集作『竹』。

〔三〕【補注】煙煤，凝結在建築物或器物上之煙塵。此指神祠中因長年點燃香火燈燭凝成的煙塵。李商隱《南朝》：『前朝神廟鎖煙煤。』

〔四〕風，《英華》作『雲』。【補注】夜歸，指神靈夜間歸來。

〔五〕湖東，李本、十卷本、毛本、姜本、《全詩》作『東湖』。《英華》作『湘江』。

〔六〕蔣帝，是卷一《蔣侯神歌》注〔一〕。

【按】首聯穿松竹之徑入神祠。頷聯古樹虛廊，着意渲染『荒』字。腹聯寫朝奠之處，尚留煙煤；風雨之夜，神當夜歸。一實境，一想像。尾聯謂已作客湖東，今日至祠，唯空看蔣帝碑而已。

途中有懷

驅車何日閑，擾擾路岐間〔一〕。歲暮自多感，客程殊未還。亭臯汝陽道〔二〕，風雪穆陵關〔三〕。臘後寒梅發〔四〕，誰人在故山〔五〕？

校注

〔一〕路岐，《全詩》、顧本校：一作「岐路」。【補注】擾擾，紛亂貌、煩亂貌。

〔二〕【曾注】《上林賦》：亭臯千里，靡不被築。服虔曰：臯，澤也。隄上十里一亭。《地理志》：汝陽在河内郡。【補注】亭臯，水邊平地。《漢書·司馬相如傳上》：王先謙補注：「亭當訓平……亭臯千里，猶言平臯千里，臯，水旁地。」汝陽，唐蔡州縣名，今河南汝南縣。

〔三〕【曾注】《左傳》：東至於穆陵。【補注】穆陵關有二：一在今山東臨朐縣南大峴山上，地勢險峻，係春秋齊國南境。《左傳·僖公四年》「南至于穆陵，北至于無棣」即此。一在今湖北麻城縣北，一作木陵關，南北朝時爲軍事要地。本篇所説的「穆陵關」，從上句「汝陽道」看，當指後者。從汝陽至穆陵關，中間僅隔光州。此「穆陵關」即在光州與黄州交界處。而青州臨朐則與汝陽了不相及。

〔四〕【咸注】杜甫《江梅》詩：梅蕊臘前破，梅花年後多。【補注】臘，指臘月。

〔五〕【咸注】張協《雜詩》：流波戀舊浦，行雲思故山。【補注】故山，猶故鄉。

【按】此歲暮僕僕道塗，有懷故山之作。清暢流走，不乏情致。故山似指江南吴中舊鄉。

經李處士杜城別業〔一〕

憶昔幾遊集〔二〕，今來倍歎傷。百花情易老，一笑事難忘。白社已蕭索〔三〕，青樓空豔陽〔四〕。不閑雲雨夢，猶欲過高唐〔五〕。

〔一〕【補注】李處士，即李羽，詳卷四《題李處士幽居》注〔一〕。李羽在杜城有別業，參《宿城南亡友別墅》「又伴遊人宿杜城」句注。此亦李羽亡故後作。

〔二〕【曾注】杜甫詩：終非曩遊集。

〔三〕社，李本、毛本作「杜」，誤。【咸注】《逸士傳》：董威在洛陽，隱居白社。【補注】葛洪《抱朴子·雜應》：「洛陽有道士董威輦常止白社中，了不食，陳子敍共守事之，從學道。」事又見《晉書·隱逸傳》。白社，以白茅蓋成之集會場所，此借指李羽別業昔爲朋友遊玩聚會之所，兼點明其隱逸身份。

〔四〕【補注】青樓，青漆的樓房，此亦借指李羽別業中的樓房。

〔五〕唐，姜本、毛本作『堂』。【補注】宋玉《高唐賦序》：『昔者先王嘗遊高唐，怠而晝寢，夢見一婦人曰：「妾巫山之女也，爲高唐之客，聞君遊高唐，願薦枕席。」王因幸之。去而辭曰：「妾在巫山之陽，高丘之岨，旦爲朝雲，暮爲行雨，朝朝暮暮，陽臺之下。」』此借喻己思念故友，猶欲再次夢過杜城別業與之相會。

【按】首聯憶昔遊而傷今來。頷聯似謂人情固如百花有盛開之時亦有凋衰之時，今友既逝世，情亦隨之衰減，然往昔遊集一笑會心之情景卻難以忘懷。腹聯別業眼下蕭索荒涼景象，雖豔陽依舊映照青樓，而人則杳然。尾聯則難忘故交，猶欲夢回亡友杜城故居也。

登李羽處士東樓〔一〕

經客有餘音〔二〕，他年終故林〔三〕。高樓本危睇〔四〕，涼月更傷心。此意竟難坼〔五〕，伊人成古今〔六〕。流塵其可欲〔七〕，非復懶鳴琴。

〔一〕【補校】『處』字原脱，各本均同，據前《李羽處士寄新醖走筆戲酬》、《李羽處士故里》補。

〔二〕【補注】經客，過客，指已亡故之李羽。餘音，據末句，似指其鳴琴之餘音。句意蓋謂琴在人亡，往日鳴琴似有餘音。『餘音』蓋用《列子·湯問》『韓娥……鬻歌假食，既去，而餘音繞梁欐，三日不絶』之典。

〔三〕【補注】他年，昔年。故林，猶故居。從此句看，作詩時離李羽去世已有一年以上。

〔四〕【補注】宋玉《高唐賦序》：『長吏隳官，賢士失志，愁思無已，太息垂淚，登高遠望，使人心瘁。』高樓，指李羽杜城別業中之東樓。危睇，俯視而感到驚恐。

〔五〕坼，述鈔作『拆』，同。李本作『炘』；姜本、十卷本、毛本作『析』；《全詩》作『折』，校：一作『訴』。顧本校：難坼，一作『誰訴』。【補注】坼，除也。

〔六〕【補注】成古今，指李羽處士已逝，彼此竟成古今之隔。

〔七〕其，《全詩》校：一作『無』。【咸注】劉鑠詩：堂上流塵生。

【按】首聯李羽久已去世，而往日鳴琴之餘音似猶存。頷聯登其故居東樓俯視本已深感憂傷，獨自空對凉月而益加傷神，蓋嘆人去樓空，無人共賞明月也。腹聯謂己之懷友傷舊之情難以消除，而伊人已成千古。尾聯謂見堂上之琴蒙流塵而不忍再彈，蓋知音已逝無人賞會，非復懶於鳴琴也。

題僧泰恭院二首〔一〕

昔歲東林下〔二〕，深公識姓名〔三〕。爾來辭半偈〔四〕，空復歎勞生。憂患慕禪味，寂寥遺世情。所歸心自得，何事倦塵纓〔五〕？

微生竟勞止〔六〕，晤言猶是非〔七〕。出門還有淚〔八〕，看竹暫忘機〔九〕。爽氣三秋近，浮生一笑稀。故山松菊在〔一〇〕，終欲掩荆扉〔一一〕。

〔一〕毛本題末無『二首』二字，李本、十卷本、姜本『二首』二字置行側爲小字。

〔二〕【補注】晉慧遠法師居廬山東林寺，與劉遺民、雷次宗、宗炳等十八人同修净土業結白蓮社。見《蓮社高賢傳》。

〔三〕【曾注】《高僧傳》：竺法深業慈清净，不耐風塵，考室剡溪仰山。【補注】據《高僧傳》卷四，竺道潛，字法深。此以『深公』借指僧泰恭。

〔四〕半偈，見卷四《寄清源寺僧》注〔三〕。辭半偈，謂告别佛家修行生活。

〔五〕【曾注】孔稚珪《北山移文》：今見解蘭縛塵纓。【補注】塵纓，喻塵俗之事的束縛。二句謂只要歸心於自得之境即可，又何必倦於世俗之事呢？

〔六〕【曾注】《詩》：民亦勞止。【補注】勞止，辛勞。止，語助詞。

〔七〕【補注】晤言，見面談話。《詩·陳風·東門之池》：「彼美淑姬，可與晤言。」

〔八〕【咸注】《阮籍傳》：時率意獨駕，不由徑路，車迹所窮，輒慟哭而返。

〔九〕【曾注】《王徽之傳》：吴中一士大夫家有好竹，欲觀之，徽之坐輿造竹下，諷嘯良久。主人灑埽請坐，徽之不顧，將出，主人方閉門。徽之以此賞之，盡歡而去。【補注】《世説新語·任誕》：「王子猷嘗暫寄人空宅住，便令種竹。或問：『暫住何煩爾？』王嘯詠良久，直指竹曰：『何可一日無此君！』」竹爲高士清高絶俗之象徵，故云「看竹暫忘機」。

〔一〇〕【補注】陶潛《歸去來兮辭》：「歸去來兮，田園將蕪胡不歸……三徑就荒，松菊猶存。」

〔一一〕荆，《全詩》校：一作「柴」。顧本作「柴」。

【按】首章起聯謂昔日曾在泰恭門下學佛。頷聯謂此後告别修行生活，空復歎惜勞生之多艱。腹聯謂已久歷人生憂患而深慕禪味，更因身世寂寥而遺落世情。尾聯則以歸心自得之境，不必倦塵俗之事自解。次章起聯歎自己微生辛勞，即見面談話亦不免涉及是非。三四分承一二，謂出門即感無路可走而慟哭窮途，惟有看竹可暫忘機事之紛擾。腹聯謂三秋爽氣已近，已却深感浮生憂患之多，一笑之稀。尾聯謂已終將歸隱故山，對松菊而掩荆扉，離此人生憂患是非。

西遊書懷〔一〕

渭川通野戍，有路上桑乾〔二〕。獨鳥青天暮，驚麏赤燒殘〔三〕。高秋辭故國，昨日夢長安〔四〕。客意自如此，非關行路難。

校注

〔一〕【陳尚君曰】爲初離長安在渭川一帶作。詩題爲西游，目的地是西行後北上。（《温庭筠早年事跡考辨》）

〔二〕【曾注】《地理志》：桑乾一名漯水，在今保安，古涿鹿也。【陳尚君曰】當是用漢代代郡桑乾，代指北方邊塞。【補注】渭川，渭河邊的平川。野戍，野外戍守之處，荒野中的城堡。《水經注·㶟水》：『南池水又東北注桑乾水爲㶟水，自下並受通稱矣。』『㶟水出鴈門陰館縣東北，過代郡桑乾縣南。』桑乾河即古㶟水，流經今應縣、渾源、蔚縣境。漢之代郡桑乾縣即今之蔚縣。此處『桑乾』疑即指桑乾水，泛指今山西北部一帶邊地。

〔三〕【補注】麏，同『麇』，獐子。赤燒，指晚霞，因紅似火燒，故稱。李端《茂陵山行陪韋金部》：『古道黄花落，平蕪赤燒生。』或解：『赤燒』指野火，似更切『驚』字。

〔四〕【補注】此聯以『故國』與『長安』對舉，上下句意一貫，知所謂『故國』實即指長安。

【按】首聯揭出『西遊』路綫：先沿渭川西上，然後折向北邊，次句係實寫此地有路通向桑乾代北一帶。頷聯途中所見鳥飛暮天、磨鷲赤燒景象，廣遠中含孤孑之感。腹聯敘事，謂昨日方辭故國，當夜即夢歸長安。尾聯承五六，謂己之羈旅情思本自如此，『夢長安』非因行路之難也。

送人東遊〔一〕

荒戍落黃葉〔二〕，浩然離故關〔三〕。高風漢陽渡〔四〕，初日郢門山〔五〕。江上幾人在，天涯孤棹還〔六〕。何當重相見，尊酒慰離顏？

校注

〔一〕《才調》卷二、《英華》卷二七九送行十四載此首。題内『遊』字，《全詩》、顧本校：一作『歸』。

〔二〕【曾注】《月令》：季冬之月，草木黃落。漢武帝《秋風辭》：草木黃落兮雁南歸。【補注】荒戍，荒廢的舊關戍，即下句的『故關』。

〔三〕【補注】《孟子・公孫丑下》：『予然後浩然有歸志。』注：『浩然，心浩浩有遠志也。』朱熹集注：『浩然，如水之流不可止也。』此句『浩然』乃形容被送的友人浩然而離去的情狀。

〔四〕【曾注】《地理志》：漢陽在漢水之陽，今漢口。【補注】高風，秋風、長風。漢陽，唐沔州漢陽郡，今湖北武漢三鎮之漢陽市。

〔五〕【曾注】《三楚記》：荆門山在大江之南，與虎牙相對，即郢門山。【補注】初日，朝陽。荆門山在今湖北宜都縣西北，長江南岸。《水經注・江水二》：『江水又東，歷荆門、虎牙之間。荆門在南，上合下開，闇徹山南；有門像虎牙，在北，石壁色紅，間有白文，類牙形，並以物像受石。此二山楚之西塞也。』

〔六〕【補注】孤棹，指友人所乘之孤舟。

【王士禛曰】律詩貴工於發端，承接二句尤貴得勢……如『萬壑樹參天，千山響杜鵑』，下即云『山中一夜雨，樹杪百重泉』……『古戍落黃葉，浩然離故關』，下云『高風漢陽渡，初日郢門山』……此皆轉石萬仞手也。（《帶經堂詩話》）

【沈德潛曰】賈長江：『秋風吹渭水，落葉滿長安。』温飛卿：『古戍落黃葉，浩然離故關。』卑靡時乃有此格。後惟馬戴亦間有之。（《説詩晬語》卷上）又曰：起調最高。（《重訂唐詩別裁集》卷十二）

【黃叔燦曰】首聯領起，通篇有勢。中四語結撰亦稱。如此寫離情，直覺有浩然之氣。（《唐詩箋注》）

【宋宗元曰】中晚罕此起筆，竟體亦極渾脱。（《網師園唐詩箋》）

【周詠棠曰】高朗明健，居然盛唐格調。晚唐五言似此者，億不得一。（《唐賢小三昧集續集》）

【紀昀曰】蒼蒼莽莽，高調入雲。温、李有此筆力，故能熔鑄一切濃豔之詞，無堆排之跡。（《删正二馮先生評閲才調集》）

【管世銘曰】温庭筠「古戍落黄葉」，劉綺莊「桂楫木蘭舟」，韋莊「清瑟怨遥夜」，便覺開、寶去人不遠。可見文章雖限於時代，豪傑之士終不爲風氣所囿也。（《讀雪山房唐詩序例》）

【按】前四句一氣直下，氣象闊大，境界高遠，故雖寫深秋蕭瑟景象而無衰颯之氣，抒離情而無悽惻之音，洵乎盛唐高渾和平音調。題曰「送人東游」，而詩有「漢陽渡」、「郢門山」字，似寄幕江陵時所作，時或在咸通二年深秋。

寄山中友人

惟昔有歸趣，今兹固願言〔一〕。嘯歌成往事〔二〕，風雨坐涼軒。時物信佳節，歲華非故園〔三〕。固知春草色，何意爲王孫〔四〕？

〔一〕固，十卷本、姜本作「顧」。【曾注】《左傳》：無令孤我願言。【補注】歸趣，指歸隱之趣尚。固願言，謂遂其所願。

〔二〕【曾注】《詩》：其嘯也歌。【補注】《詩·小雅·白華》：『嘯歌傷懷，念彼碩人。』嘯歌，長嘯歌吟。此指昔日與友人嘯志歌懷之事。

〔三〕【補注】時物、歲華，均泛指春天美好之景物。

〔四〕【補注】《楚辭·招隱士》：『王孫遊兮不歸，春草生兮萋萋。』『王孫兮歸來，山中兮不可以久留。』王孫，借指友人。

【按】首聯謂友人往昔即有歸隱之志趣，故今居山中固爲遂其所願。頷聯謂昔日與友人嘯志歌懷之情景均已成往事，今惟風雨中獨坐涼軒思念友人而已。腹聯謂春日之芳華美景固佳，其如非己之故園何。『故園』當指詩人之吴中舊鄉。尾聯謂春草萋萋又生，山中人則不歸來，故曰『何意爲王孫』。有蕭散自然之趣，頷聯亦有情致。

偶題〔一〕

孔雀眠高閣〔二〕，櫻桃拂短簷。晝明金冉冉〔三〕，筝語玉纖纖〔四〕。細雨無妨燭，輕寒不隔簾〔五〕。欲將紅錦段〔六〕，因夢寄江淹〔七〕。

〔一〕《才調》卷二、《英華》卷二一六人事三宴集載此首。《英華》題作「夜宴」。

〔二〕閣，李本、十卷本、毛本、姜本作「閤」，通。《英華》、席本、顧本作「樹」。【咸注】《太平廣記》引《紀聞》：羅州山中多孔雀，雌者短尾，無金翠；雄者生三年有小尾，五年成大尾。始春而生，三四月後復彫，與花萼相榮衰。自喜其尾，凡欲山棲，必先擇有置尾之地，然後止焉。【按】此似以孔雀喻指美麗女子。李商隱《和孫朴韋蟾孔雀詠》有「西施因網得」、「佳人炫繡袿」等句，則以西施、佳人喻孔雀。可與此互參。作實寫解亦通，孔雀蓋人家所豢養以供觀賞者。

〔三〕苒苒，述鈔、李本、姜本、十卷本、毛本、《全詩》、顧本、《才調》、《英華》作「冉冉」，通。【咸注】《畫苑》：唐人畫工多用泥金塗之。【補注】苒苒，柔和貌。元稹《鶯鶯傳》：「華光猶苒苒，旭日漸曈曈。」

〔四〕【咸注】白居易《箏》詩：甲鳴銀玓瓅，柱觸玉玲瓏。【補注】箏語，猶箏聲。白居易《琵琶行》：「小弦切切如私語。」玉纖纖，形容彈箏女子的手指潔白纖細。

〔五〕隔，十卷本、毛本作「觸」。【補注】此謂輕寒透入羅幕。

〔六〕欲，《英華》作「莫」。【曾注】張衡詩：美人贈我錦繡段。

〔七〕寄，《英華》作「與」。【立注】徐注：《南齊書》（按：當作《南史》）：江淹夢一人自稱張景陽，謂曰：「前以一匹錦相寄，今可見還。」淹探懷中，得數尺，與之，自爾淹文章日躓。【補注】此句活用故典，謂美人欲因夢寄思慕之情與江淹。紅錦段，喻思慕之情。江淹，詩人自指。

【按】此豔情詩。起聯謂孔雀（喻美麗女子）居於高閣，櫻桃輕拂短簷。頷聯謂居室内有泥金塗飾之畫，光彩柔和，女子彈箏，玉指纖纖。腹聯室外細雨綿綿，室内燭光熒熒。輕寒料峭，暗透簾幕。尾聯則代女子抒情，謂欲寄思慕之情與江郎式之才士也。全篇内容、情調、意境均近晚唐五代閨情小令。

贈考功盧郎中〔一〕

白首方辭滿〔二〕，荆扉對渚田〔三〕。雪中無陋巷〔四〕，醉後似當年。一笈負山藥〔五〕，兩瓶攜澗泉。夜來風浪起，何處認漁船〔六〕？

校注

〔一〕《英華》卷二六一寄贈十五載此首，題内無『考功』二字。【補注】《新唐書·百官志》：吏部『考功郎中、員外郎各一人，掌文武百官功過、善惡之考法及其行狀。』考功盧郎中，名未詳。吴汝煜，胡可先《全唐詩人名考》以爲指盧言（約會昌初至會昌四年任考功郎中），恐非。盧言雖曾歷官考功郎中、户部郎中，但大中二年又曾任大理卿（李商隱大中二年二月有《爲滎陽公與三司使大理盧卿啓》，即指盧言），非以考功郎中辭滿解退。

〔二〕【曾注】謝靈運詩：辭滿豈常秩。【補注】辭滿，指官吏任期届滿，自求辭職解退。此盧郎中當是因郎中任期滿後已年老而退職者，故云『白首方辭滿』。

〔三〕【曾注】陶潛詩：荆扉晝常閑。【補注】渚田，小洲上的田。岑參《晚發五渡》：『芋葉藏山徑，蘆花雜渚田。』

〔四〕【吴汝煜、胡可先曰】『雪中無陋巷，醉後似當年。』自述在京師貧居景象，似爲干謁之作。【按】此解恐非。首聯已點明盧郎中辭滿解退，所居荆扉正對渚田。三四承上正寫其退職閑居情景。《後漢書·袁安傳》注引《汝南先賢傳》：『時大雪，積地丈餘，洛陽令自出按行……至袁安門，無有行路，謂安已死。令人除雪入户，見安僵卧。問何以不出，安曰：「大雪人皆餓，不宜干人。」令以爲賢，舉爲孝廉。』《論語·雍也》：『賢哉，回也！一簞食，一瓢飲，在陋巷，人不堪其憂，回也不改其樂。』此反用之，謂雖在雪中，而居非陋巷，謂其生活優裕。下句則謂其醉後逸興豪情仍似當年。

〔五〕【補注】笼，此指竹編之盛藥器，即採山藥用的竹簍。

〔六〕認，《英華》作『任』。

【按】此詩寫盧郎中白首辭滿解退後居於鄉間之休閑生活。耕渚田、採山藥、汲澗泉、樂漁釣，生活優裕悠閑，而醉後逸興仍不減當年。

題蕭山廟〔一〕

故道木陰濃〔二〕，荒祠山影東。杉松一庭雨〔三〕，幡蓋滿堂風〔四〕。客奠曉莎濕〔五〕，馬嘶秋廟空〔六〕。夜深池上歇〔七〕，龍入古潭中。

〔一〕《英華》卷三二〇郊祀祠廟載此首。【曾注】《唐·地理志》：越州會稽郡有蕭山縣。案：《越志》：蕭山，句踐與夫差戰，敗，以餘兵棲此，四顧蕭然，故名。一名蕭然山。一云蕭然山即杭塢山，有白龍王廟在。【按】據末句，所題之廟或即白龍王廟。

〔二〕濃，顧本校：一作『穠』。【補注】故道，指廟前的舊道。

〔三〕杉松，《全詩》、顧本校：一作『松杉』。

〔四〕【補注】幡蓋，指廟内的神幡華蓋。

〔五〕曉莎，《英華》、席本、顧本作『晚沙』。

〔六〕秋，《英華》、席本、顧本作『春』。

〔七〕池上，原闕，述鈔同。《英華》、席本、顧本作『雷電』。此據李本、十卷本、姜本、毛本、《全詩》補。

【按】夜宿蕭山廟，清晨題廟之作。首聯昨日循廟前樹陰深濃之舊道入廟。頷聯夜來風雨交加，庭中杉松爲秋雨所洗，堂上神幡華蓋則因風而飄蕩。腹聯曉來祭奠，莎草地爲酒所濕，而已所騎之馬則嘶於空廟之中。『客奠』『馬嘶』，點出旅程中偶經此廟。尾聯則啓程時見廟前池塘，想像昨夜風雨交加時應有龍躍入古潭之中。按：會昌元年春庭筠有由長安至吴中舊鄉之行，此詩寫景值秋令，或係二年秋由越中返吴中道經蕭山時作。

春日寄岳州李員外二首〔一〕

苒弱樓前柳〔二〕，輕空花外窗。蝶高飛有伴，鶯早語無雙。剪勝裁春字〔三〕，開屏見曉江。從來共情戰〔四〕，今日欲歸降。

從小識賓卿〔五〕，恩深若弟兄。相逢在何日，此别不勝情。紅粉座中客，彩斿江上城〔六〕。尚平婚嫁累〔七〕，無路逐雙旌〔八〕。

校注

〔一〕李本、十卷本、姜本題作「春日寄岳州事員外（二首）」，毛本作「春日寄岳州事員外」。「事」字顯係「李」字之形誤。《全詩》、席本、顧本題作「春日寄岳州從事李員外二首」，「從事」二字衍。底本、述鈔均作「春日寄岳州李員外二首」，是。【咸注】《唐書》：岳州巴陵郡本巴州，武德六年更名。《藝文志》：李遠字求古，大中建州刺史，詩集一卷。郝天挺《鼓吹》注：大和五年進士，蜀人也，累官歷忠、建、江刺史，終御史中丞。【陶敏曰】李員外，李遠。《北夢瑣言》卷五：「唐進士曹唐《游仙詩》，才情縹緲，岳陽李遠員外每吟其詩而想其人。」《全文》卷七六五李遠《靈棋經序》：「時會昌九（元？）年秋九月，尚書司門員外郎李遠序。」詩云「無路逐雙旌」，知李乃岳州刺史。（《全唐詩人名考證》）【補注】席本、《全詩》、顧本「從事」二字之衍，當是訛「李」爲「事」之後，遂於「事」上加「從」字，復據别本於「員外」上增「李」字，題遂成《春日寄岳州從事李員外二首》。不知增衍之「從事」二字，不僅與詩中「無路逐雙旌」直接矛盾，且與温氏另一首《早春寄岳州李使君》亦顯然不合。故「從事」二字顯衍，當删。又據郁賢皓《唐刺史考全編》，李遠任岳州刺史約在大中初。李商隱《懷求古翁》五律，首聯云「何時粉署仙，兀傲逐戎旃」，亦謂遠以郎官出刺兼軍職，乃寄遠於岳州刺史任上者，當與温此首先後同時之作。

〔二〕苒，顧本作「荏」。【補注】苒弱，柔弱貌。

〔三〕【曾注】《漢書》注：勝，婦人首飾也。漢代謂之華勝。詳卷三《詠春幡》題注。【按】漢代之華勝爲婦女之花形首飾，剪綵爲之。此云「剪勝裁春字」，似是剪綵爲花形首飾，並裁剪出「春」字以示迎春。

〔四〕【補注】共情戰，似指在詩歌創作中比賽誰更善於言情。下句「歸降」謂己甘拜下風。

〔五〕【補注】賓卿，待以賓禮之才士，指李遠。

〔六〕【補注】彩斿，猶彩旒，旗幟上之彩色飄帶，借指旌旗。江上城，指岳州。

〔七〕【咸注】《後漢書》：向長字子平，隱居不仕。男女婚嫁既畢，敕斷家事勿相關，當如我死也，與同好北海禽慶俱游五岳名山，不知所終。魏隸《高士傳》『向長』作『尚長』。【補注】此謂己尚有兒女婚嫁之事未了之牽累，庭筠大中元年約四十七歲，其子温憲此時猶未婚，故云。

〔八〕【補注】雙旌，唐代節度使領刺史或刺史持節軍事者，以雙旌（兩副旌旗）爲出行時之儀仗。儲光羲《同張侍御宴北樓》：『今之太守古諸侯，出入雙旌垂七旒。』逐，追隨。

【按】此大中元年春日寄岳州刺史李遠之作。首章前四句想像岳州春日之景。柳絲柔弱，春花映窗，雙蝶飛舞，早鶯鳴囀。五六春日剪裁華勝及春字，開屏面對曉江之情事。尾聯謂己與遠從來以詩競賽言情，今日則欲舉降旗。味此聯，似遠先有詩寄庭筠，以情角勝，庭筠此二首乃酬寄之作，故有此語。次章起聯敍彼此交誼。次聯此次別後不知何日方能相逢。味『此別』語，似與遠近日有離別，則庭筠其時當在湖湘。腹聯謂岳州刺史座上之客有紅粉佳人，岳州城上復有旌旗飄揚，蓋美其風流，羨其歷官。尾聯則謂己子女婚嫁未畢，不能追隨李遠爲幕中從事也。似遠有招其爲從事之意。按：據庭筠《上鹽鐵侍郎啓》，庭筠大中元年曾拜謁時任湖南觀察使之裴休（詳該文題注），則其時與岳州刺史李遠有交往聚別及詩歌酬贈，自屬合乎情理之事。

和段少常柯古〔一〕

稱觴慚座客〔二〕，懷刺即門人〔三〕。素尚寧知貴〔四〕，清談不厭貧〔五〕。野梅江上晚〔六〕，堤柳雨中春。未報淮南詔〔七〕，何勞問白蘋〔八〕？

校注

〔一〕《英華》卷二四六酬和七載此首。【咸注】《古今詩話》：段成式字柯古，文昌之子。博學強記，多奇篇秘籍，終太常少卿。【夏承燾曰】《楚南新聞》二：『太常卿段成式，相國文昌子也。與舉子温庭筠親善。咸通四年六月卒。』（《唐宋詞人年譜·温飛卿繫年》）【陶敏曰】《酉陽雜俎》序題『唐太常少卿段成式撰』。（《全唐詩人名考證》）【按】據《舊唐書·段文昌傳》附《成式傳》：『咸通初，出爲江州刺史。』其入爲太常少卿在任江州刺史以後。而咸通二年成式猶與庭筠同在荆南蕭鄴幕，其任江州刺史當在此後。故此詩當作於咸通四年六月成式卒前。據『野梅』及『春』字，當作於咸通三年春。

〔二〕客，李本、毛本作『容』，形近而誤。【曾注】杜甫詩：獻壽更稱觴。【補注】稱觴，舉杯祝酒。

〔三〕懷刺，見卷六《書懷一百韻》『懷刺名先遠』句注。

〔四〕尚，毛本、《全詩》作『向』。【咸注】任昉《王儉集序》：或德標素尚。【補注】素尚，素樸高尚之情操。

〔五〕【咸注】劉楨詩：清談竟日夕。《晉·王衍傳》：衍補元城令，終日清談。【按】此『清談』非指玄言之清談，乃泛指友朋間清雅的談論。

〔六〕晚，《英華》作「曉」。

〔七〕【補注】淮南詔，淮南王劉安的詔書。王逸《楚辭章句·招隱士序》：「昔淮南王安，博雅好古，招懷天下俊偉之士，自八公之徒咸慕其德而歸其仁，各竭才智，著作篇章，分造辭賦，以類相從，故或稱小山，或稱大山，其義猶《詩》之有《小雅》、《大雅》也。」此句似謂己尚未答某節鎮之招延。

〔八〕【補注】柳惲《江南曲》：「汀洲采白蘋，日暖江南春。洞庭有歸客，瀟湘逢故人。故人何不返，春花復應晚。不道新知樂，只言行路遠。」「問白蘋」似從此詩化出。

【按】首聯謂己雖舉杯祝酒而有愧於爲段之座上客，然既已懷刺拜謁即等同於門人身份。頷聯謂段之情操素樸高尚使人不覺其貴顯地位，何況與己清談竟夕並不嫌己之貧賤。腹聯江上雨中景色。尾聯似謂，己尚未答某節鎮之招延，又何勞問近日有無「白蘋」之詩呢？據「江上」句，似庭筠此時在長江邊某地，當即指寄幕之江陵。

海榴〔一〕

海榴開似火〔二〕，先解報春風〔三〕。葉亂裁牋緑〔四〕，花宜插鬢紅〔五〕。蠟珠攢作蔕〔六〕，緗綵剪成叢〔七〕。

鄭驛多歸思〔八〕，相期一笑同。

〔一〕【曾注】《博物志》：張騫使西域，得塗林安石國榴種以歸。一云來從海外新羅國，又名海榴。【按】海榴，即石榴，又名海石榴。古代詩文中多指石榴花。

〔二〕【曾注】隋煬帝詩：海榴開欲盡。【咸注】梁元帝《石榴》詩：然燈疑夜火。

〔三〕【咸注】孔紹（安）《應制詠石榴》詩：只爲來時晚，開花不及春。【按】石榴開當五月，春天已過，此言『先解報春風』，似謂榴花盛開乃報答春風之煦育。

〔四〕【咸注】梁元帝《石榴》詩：葉翠如新剪，花紅似故裁。【補注】亂，繁多。石榴花之特點是紅豔似火的繁花有繁多的緑葉相襯而益鮮明耀眼。裁牋緑，如同裁剪緑色的牋紙而成。或解『亂』爲『相亂』，亦通。

〔五〕髻，十卷本、姜本、毛本、《全詩》作『鬟』。【咸注】陳後主詩：佳人早插髻，試立且裴回。

〔六〕【咸注】應貞《石榴賦》：膚折理阻，爛若珠駢。夏侯湛《石榴賦》：接翠萼於緑蒂。【補注】蠟珠，紅色的蠟淚凝成的珠狀物，形容深紅色的石榴花苞。

〔七〕【咸注】張協《石榴賦》：素粒紅液，金房緗隔。【補注】緗綵，淺紅色絲綢。句意謂淺紅色的石榴花叢如同絲綢剪成。

〔八〕【曾注】《漢書》：鄭莊常置驛馬長安諸郊，請謝賓客。杜甫詩：鄭驛正留賓。【補注】鄭驛，此借指賓幕、幕府。李商隱《自南山北歸經分水嶺》：『鄭驛來雖及，燕臺哭不聞。』鄭驛、燕臺均指令狐楚幕府。此句謂已在幕府思歸。

箋評

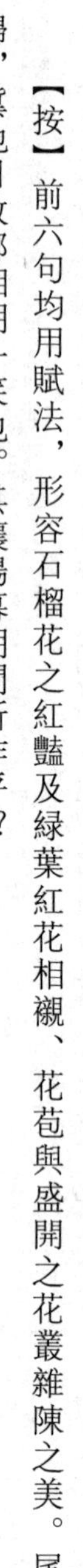

【按】前六句均用賦法，形容石榴花之紅豔及緑葉紅花相襯、花苞與盛開之花叢雜陳之美。尾聯謂己在幕府思歸，冀他日故鄉相期一笑也。其襄陽幕期間所作乎？

李先生別墅望僧舍寶剎因作雙韻聲〔一〕

棲息消心象〔二〕，簷楹溢豔陽。簾櫳蘭露落，鄰里柳林涼〔三〕。高閣過空谷〔四〕，孤竿隔古岡〔五〕。潭廬同淡蕩〔六〕，髣髴復芬芳〔七〕。

校注

〔一〕雙韻聲，顧本作『雙聲』。【立注】《南史》：王玄謨問謝莊曰：『何者爲雙聲疊韻？』答曰：『玄瓠爲雙聲，磝碻爲疊韻。』《吟窗雜録》：『留連千里賓，獨侍一年春』，此頭雙聲句也；『我出崎嶇嶺，君行磝碻山』，此腹雙聲句也；『野外風蕭索，雲裏日朦朧』，此尾雙聲句也。【補注】永明體創始人之一王融有《雙聲詩》，庾信有《示封中録》、《問疾封中録》，亦雙聲詩。王融《陽翟新聲》、何遜《詠雜花詩》則爲疊韻詩。此言『雙韻聲』似兼雙聲及疊韻二體而言。詩中除第七句『廬』字外，每句各字均爲雙聲。而簷簾、鄰林、髣芳、髴復則爲疊韻或雙聲疊韻字，題内『韻』字似非衍字。

〔二〕【補注】心象，心生之象。

〔三〕柳，《全詩》、顧本校：一作『樹』。非。林，顧本作『陰』，非。

〔四〕【補注】句意謂高聳之寺觀樓閣横越空谷之上。

〔五〕岡，李本、十卷本、姜本、毛本作『崗』，同。【補注】孤竿，似指僧舍前之寶刹尖聳，如同孤竿。或即指旗竿。

〔六〕【補注】潭廬，潭邊的僧廬。同澹蕩，謂潭廬倒影隨蕩漾之潭水一起晃動。

〔七〕芬，李本、十卷本、姜本、毛本作『菲』。

箋評

【按】遊戲之筆。

敷水小桃盛開因作〔一〕

敷水小橋東，娟娟照露叢〔二〕。所嗟非勝地〔三〕，堪恨是春風〔四〕。二月豔陽節，一枝惆悵紅〔五〕。定知留不住，吹落路塵中。

〔一〕《英華》卷三二一花木一載此首。底本、李本、十卷本、姜本、毛本均只前四句，十卷本、姜本入五絶，均非。玆據《英華》、述鈔、席本、《全詩》、顧本補後四句。題末「作」字，《英華》、姜本作「題」。【咸注】《舊唐書·元稹傳》：俄分司東都。詔召稹還，次敷水驛。《新書》華陰縣注：有敷水驛。

〔二〕娟娟，《英華》校：一作「涓涓」。非。【補注】娟娟，姿態柔美貌。露叢，指霑露的叢開桃花。

〔三〕【曾注】杜甫詩：勝地石堂偏。【補注】勝地，名勝之地。

〔四〕《全詩》注：洪邁取此四句爲絶句。【補注】春風吹開桃花，而所託非勝地，無人欣賞，故曰「堪恨是春風」。

〔五〕【補注】惆悵紅，令人惆悵的衰紅。

【按】詠敷水驛旁桃花，而有所託非地，無人賞識，自開自落，淪爲塵泥之慨。自寓之意明顯。《萬首唐人絶句》卷十六截前四句爲五絶。